동아시아 정치서사 연구

19세기 말~20세기 초의 텍스트를 중심으로

노연숙 盧連淑

1980년 광주 출생. 전남대 국어국문학과를 졸업하고, 서울대 대학원 국어국문학과에서 석사, 박사 학위를 받았다. 박사과정 동안 동경대학교 대학원 조선문화연구소에서 연구생으로 수학했으며, 수료 후에 공군사관학교, 육군사관학교를 시작으로, 홍익대, 국민대, 한국기술교육대, 서울대 등에서 강의를 했다. 포스텍 인문사회학부의 대우교수(2013년 3월~2015년 2월)였으며, 현재 서울대학교 기초교육원(2015년 3월부터) 강의교수로 재직 중이다.

최근 논문으로는 〈1900년대 과학 담론과 과학 소설의 양상 고찰〉, 〈역사에 기록되지 않은 자의 낭만적 형상화-박화성의 '백화'론〉 등이 있다.

동아시아 정치서사 연구

초판 제1쇄 인쇄 2015. 9. 25.
초판 제1쇄 발행 2015. 10. 2.

지은이   노연숙
펴낸이   김경희
경 영   강숙자
편 집   정다운, 고정용
영 업   문영준
경 리   김양헌

펴낸곳   (주)지식산업사
　　　　본사 ● 10881, 경기도 파주시 광인사길 53 (문발동 520-12)
　　　　　　　전화 (031) 955-4226~7 팩스 (031)955-4228
　　　　서울사무소 ● 03044, 서울시 종로구 자하문로6길 18-7 (통의동 35-18)
　　　　　　　전화 (02)734-1978 팩스 (02)720-7900
　　　　영문문패 www.jisik.co.kr
　　　　전자우편 jsp@jisik.co.kr
　　　　등록번호 1-363
　　　　등록날짜 1969. 5. 8.

책값은 뒤표지에 있습니다.

ISBN 978-89-423-4063-7 93810

이 책을 읽고 저자에게 문의하고자 하는 이는
지식산업사 전자우편으로 연락 바랍니다.

솔벗한국학총서 20

동아시아 정치서사 연구

19세기 말~20세기 초의 텍스트를 중심으로

노 연 숙

지식산업사

책을 내면서

이 책은 필자의 박사논문을 다듬은 것으로, '정치서사'라는 주제에 따라 지속적으로 작성해 온 소논문들을 엮은 것이기도 하다. 이 책의 토대가 된 박사논문은 석사논문인 〈한국 개화기 영웅서사 연구〉를 마무리하면서 시작되었다. 영웅서사의 목록을 정리하는 과정 가운데, 일본이나 중국에서 들어온 작품들이 많다는 것을 알게 된 덕분이다. 동경대학교에 머물면서 일본에 소재한 작품과 자료를 수집하여 비교하는 연구를 본격적으로 시작했다. 번역된 작품을 비교, 분석하면서 단순한 직역일지라도 각국의 정치적 색채가 담겨 있다는 것을 알 수 있었다. 곧, 번역행위는 정치적 행위와 같았다. 그러므로 논문을 작성할 때는 텍스트 외에 정치적인 사정과 역사를 살펴야 했다. 결국 문학과 정치와 역사가 결합되어 나온 것이 '정치서사'이기 때문이다.

연구를 하는 과정에서 짧은 식견과 부족한 외국어 실력은 논문의 완성을 더욱 더디게 하였다. 자료 모으기부터 많은 발품을 팔아야 하는 어려움도 있었기에, 때로는 이 문제의 연구를 접으려는 마음이 생겼던 것도 사실이다. 그러나 이러한 마음은 개화기 연구에 점점 빠져들수록 급격히 바뀌었다. 연구대상의 광범위함과 출구의 불확실성이 오히려 필자를 더욱 채찍질해 주었다.

이제야 비로소 개화기 문턱에 진입한 것에 지나지 않았다는 사실을 깨닫게 되면서 연구에 대한 의지를 다시금 세울 수 있었다. 어느덧 개화기 언저리를 머문 시간이 십 년 남짓이 되었다. 아직도 보지 못한 텍스트들도 많고, 이 시기를 안다고 말하기에도 자신이 없기는 십 년 전이나 지금이나 별반 다르지 않다. 그만큼 너무도 긴 시기가 개화기이기에, 이 책은 단편적인 리뷰에 지나지 않는다.

이 무렵 필자가 지칠 때면, 계속 나아갈 수 있도록 도움을 주셨던 분들을 언급하지 않을 수 없다. 책에는 저자의 이름만이 나가겠지만, 이 책이 엮어져 나온 과정을 돌이켜보면 지난 십여 년 동안 격려해 주신 분들의 공동 저작물이라 할 수 있겠다. 함께해 주셨던 분들의 존함이 그래서 더욱 소중하다. 짧은 지면 아래 일일이 거론하지 못하지만, 힘이 되어 주셨던 모든 이들께 정말 감사하다는 인사를 뒤늦게나마 올리고자 한다.

이 책은 대학원 지도교수님이신 권영민 선생님의 격려 속에 나올 수 있었다. 십여 년 동안 공부하면서 흔들림도 많았고 우유부단함 속에 실패도 적지 않았다. 묵묵히 지켜봐 주시고 항상 물심양면으로 지원해 주신 덕에 학업이 가능했다. 그리고 부족하고 불완전한 부분을 예리하게 지적해 주고 대안을 모색해 주셨던 박사논문의 심사위원 조남현 선생님, 방민호 선생님, 정선태 선생님, 권보드래 선생님께도 감사를 드린다.

자주 찾아뵙지 못했던 모교의 임환모 선생님, 신해진 선생님, 김신중 선생님, 윤평현 선생님, 손희하 선생님께도 감사의 인사를 올린다. 필자의 연구에 관심을 보내 주셨던 송현호 선생님과 전기철 선생님께도 감사의 인사를 드린다. 따뜻한 환대와 배려 속에 함께 해 주셨던 포스텍의 선생님들께도 뒤늦은 인사를 드린다. 이렇게 인사할 수 있도록 기회를 마련해 주신 솔벗재단의 심사위원 선생님들과 이온규 이사장님께 감사드린다. 이 책이 나올 수 있도록 도와주신 지식산업사 대표님과 편집부 직원 여러분들께도 감사드린다.

마지막으로, 지금까지 공부한다는 핑계로 제대로 효도를 한 적이 없다. 이 책은 부모님과 가족들에게 드리는 첫 번째 작은 선물이다. 부족한 부분을 항상 보듬어 주신 소중한 분들께도 고맙다는 말을 하고 싶다. 어두운 터널과도 같던 긴 시간을 같이 걸어 준 선배님들과 동학들에게도 고맙다는 말을 전하고 싶다.

많은 허점과 부족한 부분들은 차후 연구자들이나 예리한 독자들이 수정하고 채워갈 수 있으리라 믿는다. 일단은 이렇게 해서라도 이 책을 나에게서 떼어 놓고 또 다른 구상과 꿈을 꾸어 보고자 한다. 새로운 시작을 위해 내려놓은 짐이 다른 이들에게 누가 되지 않기만을 바랄 뿐이다.

2015년 7월
노연숙

차 례

Ⅰ. 서론

1. 연구사 검토 및 문제 제기

이 글은 기존의 개화기 문학 연구에 드러난 일련의 연구 경향에 문제를 제기하는 것으로 시작하고자 한다.[1] 개화기 문학 연구는 이미 설정된 양식론의 틀을 넘지 못한 채 연구되어 온 경향이 있다. 다시 말해 임의로 분류된 양식에 따라, 그 틀을 넘지 못한 채 연구가 수행되어 온 것이다. 이러한 현상은 개화기 문학의 연구를 세밀하게 조명할 수 있다는 장점을 보였지만, 어디까지나 그 연구의 방향이 특정 작품을 중심으로 소재론적 접근에 기대어 풍속적 차원에서 주변부로 전이되는 양상을 낳았다는 한계를 지적하지 않을 수 없다. 분류된 양식에 토대를 둔 연구의 경향은 어디까지나 그러한 양식론적 특성에 갇혀서 전체를 총체적으로 조망해보는 시야를 확보하지 못했던 것이다. 선대 연구자에 의하여 규정된 양식론적 특성이 연구의 경향마저 규정해 버린 현상은 기존의 연구사에서 체계적으로 조명되거나 지적

---

1) 이 책은 일차적으로 제목에서도 명시한바, '20세기 초'라는 용어를 한국을 비롯하여 일본과 중국의 경우에도 동시적으로 적용해 볼 수 있는 시공간적 기표로 사용하고자 한다. 다만, 한국의 경우에는 '개화기開化期'로, 일본의 경우에는 '메이지明治'로, 중국의 경우에는 주로 '청말淸末' 때로는 '만청晩淸'이라는 용어를 세부적으로 같이 사용하여, 삼국 각기의 특수성을 명시하고자 한다. 더욱이 한국 문학의 경우, 19세기 말에서 20세기 초를 지칭하는 용어는 그 시대의 특성을 강조해야 하는 특정한 입장에 따라, 개화계몽기, 근대계몽기, 애국계몽기 등 여러 용어가 혼재되어 쓰인 바 있다. 이 글에서는 보편적인 맥락에서 문학적인 영역을 비롯하여 사회학, 역사학적인 영역을 아우를 수 있는 '개화기'라는 시대적 용어를 사용하고자 한다. 참고로 보다 구체적인 차원에서 이 시기의 시대를 가리킬 수 있는 용어에 대한 문제 제기는, 권보드래, 〈한국 근대의 '소설' 범주 형성에 관한 연구〉, 서울대 박사학위논문, 2000, 5~6쪽 참조 가능.

된 바 없다.

이러한 연구는 개화기 문학의 특성을 편향된 방향으로 국한시켜 버린 면이 적지 않다. 동시에 각 서사양식 사이에 경계의 벽을 굳건히 쌓아 버림으로써 각 작품 사이의 연계성과 동시성이 간과되어 버린 측면이 없지 않다. 개화기는 문학이라는 독립된 영역이 구축되기 전 단계였으며, 이제 막 文에서 文學으로 분화하던 시기였다. 이렇게 미분화된 상태에서 등장한 개화기 문학의 각기 다른 형태의 서사 양식들은 서로 혼재된 상태에서 동시적으로 등장했다. 바로 이 지점, 동시다발적으로 각기 상이한 서사양식들이 등장했다는 점에 필자는 주목하고자 한다. 같은 시기 각기 다른 서사양식이 출현했다는 '동시성', 그리고 이 작품들이 공통적으로 정치적인 문제를 끌어안고 있었다는, 이들 텍스트가 공유한 '정치성', 그리고 이들 작품들이 어디에서나 서로 공존했다는 '혼재성'이 그것이다. 개화기에 등장한 '문학'이라 불리는 텍스트들은 당대 정치적인 사안에서 자유로울 수 없었으며, 각기 정치성을 표방함으로써 '그 시대'에 속할 수 있는 '그 시대의 문학'이었다. 개화기에만 등장했고, 개화기에만 그 의미 부여가 가능했던 지점을 지니고 있었던 것이다.[2]

개화기 서사양식은 익히 알려진 바대로 크게 네 가지로 구분되어 왔다. 경험적인 서사양식이자 동시에 허구적 인물이 출현하는 '신소설', 경험적인 서사양식으로 실존했던 인물이 등장하는 '전기'와 이와 밀접한 성향을 지닌 것으로 역사적인 실제 사건을 재현하는 '역사', 비경험적인 영역에서 환상의 세계에 배경을 두는 '몽유'와 동물들이

---

2) 이 글에서 논의 대상으로 삼는 시기는 청일전쟁에서 한일병합 이전까지이다. 본격적인 서사양식을 게재했던 것이 청일전쟁 이후에 등장한 《독립신문》의 논설과 잡보에서였으며, 한일병합 이후에는 실질적으로 정치적인 방향성이 종횡무진으로 질주할 수 없는 제자리걸음 상태에서 그 본질적인 측면이 왜곡될 수밖에 없었기 때문이다.

등장하여 토론하는 '우화', 마지막으로 오로지 대화의 형식으로 서사
가 진행되는 '토론문답체' 형태의 작품들이 이에 해당한다. 다시 말
해 허구성과 실재성을 기반으로 한 '신소설', 경험성과 실재성을 토대
로 둔 '역사'와 경험성과 이념성이 살아 있는 '전기', 허구적이면서 이
념적인 풍자의 속성이 부각된 '몽유와 우화', 여기에 대화로만 일관된
'토론문답체'라는 각기 다른 장르로 묶였다.[3] 그리고 연구 또한 이러
한 양식론에 따라, 오로지 신소설 연구,[4] 역사와 전기 연구,[5] 그리고

---

3) 장르의 설정 및 분류와 체계에 대해서는 권영민, 앞의 책, 서울대출판부, 1999, 101쪽.
4) 신소설에 관한 연구들에서는 신소설을 정치성이 결여된 양식으로 규정함으로써, 신소
   설의 정치성을 논의하는 장이 축소된 경향이 있다. 신소설 연구는 특정 작가를 중심으
   로 한 연구 이외에 루비라는 표기 방식에 대한 연구를 비롯한 순국문체라는 언어적인
   차원, 무엇보다 이러한 언문일치의 세계가 현실 세계를 그려냄으로써 재현된 일상공
   간에 대한 탐사, 근대문명이라는 기표에 길들여진 근대적 인간에 대한 소재적인 접근
   을 중심으로 전개되어 왔다. 여기에는 대중성과 통속성이라는, 신소설이라는 명칭 그
   대로 신소설만의 소설다운 면모가 부각되는 것도 물론이다. 속독으로 읽힐 수 있는 문
   자의 선택과 흥미를 자아내는 이야기의 구조는 신소설이 근대소설의 시작점으로서 자
   리매김할 수 있는 발판으로 작용했다. 이와 관련한 주된 연구로는 강현조, 〈이인직 소
   설 연구〉, 연세대 박사학위논문, 2010; 이상희, 〈신소설의 형성기반과 대중 소설적 미
   학〉, 성균관대 박사학위논문, 2006; 이영아, 〈신소설에 나타난 육체인식과 형상화 방
   식 연구〉, 서울대 박사학위논문, 2005; 김석봉, 〈신소설의 대중적 성격 연구〉, 서울대
   박사학위논문, 2003; 다지리 히로유키田尻浩幸, 〈이인직 연구〉, 고려대 박사학위논문,
   2000; 황정현, 〈신소설의 분석적 연구〉, 연세대 박사 논문, 1992; 김교봉, 〈신소설의
   서사양식과 주제의식에 관한 연구〉, 연세대 박사 논문, 1986 외 다수.
5) 역사와 전기에 대한 연구는, 단지 실증적인 사건과 인물을 다루는 양식이라는 이유로
   두 장르가 서로 동일한 장르로 묶여서 연구되는 경향이 우세했고, 그 과정에서 특정한
   작품을 중심으로 역사와 전기 연구를 하되, 민족독립운동이라는 명제로 귀착되는 한
   계, 다시 말해 구체적인 정치운동과 정치적 활동을 펼친 인물에 대한 면밀한 고찰보다
   는 각기 다른 지점들을 동일한 결론으로 귀착, 봉쇄시켜 버림으로써 텍스트 자체가 지
   닌 다층적인 국면을 일원화시켜 버린 경향이 없지 않다. 그 과정에서 정치적인 속성,
   곧 비주류적 저항집단인 정치세력에 대한 서사가, 역사적인 주류를 차지했던 세계적인
   영웅과 사건을 다룬 서사와의 대립구조로만 연출된 바 있다. 더욱이 역사소설의 전신
   으로서 역사와 전기가 주목되기도 했다. 송명진, 〈개화기 서사 형성 연구 : 고전 산문
   양식의 轉化 양상을 중심으로〉, 서강대 박사 논문, 2007; 이승윤, 〈한국 근대 역사소
   설의 형성과 전개 - 매체를 통한 역사담론의 생산과 근대적 역사소설 양식에 관한 통
   시적 고찰〉, 연세대 박사 논문, 2006; 김찬기, 《한국 근대소설의 형성과 전(傳)》(연세
   근대한국학 총서 5), 소명출판, 2004 외 다수.

이따금 풍자와 토론문답체 연구가 이루어졌다.[6][7] 이들 사이의 연계성과 서로 맥이 닿는 지점에 대한 고찰은 미미할 뿐이다. 서로 교차하고 있는 지점, 공유점에 대한 고찰이 부재했다는 것은, 개화기 서사양식의 연구 결과가 척박한 결론으로 치달았다는 사실을 말해 주며 이는 연구자들의 반성을 필요로 한다. 각기 다른 텍스트들이 서로 면밀하게 연계된 상태에서 공존했던 양상에 대한 고찰이 수행되지 않았다는 점은, 이제 개화기 문학의 연구를 보다 총체적인 시야에서 고찰해 볼 것을 주문한다.

개화기 문학 연구가 주로 신소설을 중심으로 개진되어 왔다는 점은 부정할 수 없는 사실이다. 여기에 역사나 전기 그리고 우화나 몽유 양식 연구가 가세하고 있는 형국이다. 문제는 이러한 연구 경향이 텍스트 자체로의 접근을 심화시키면서 동시에 개별 양식에 대한 연구를 고립시키고 있다는 점에 있다. 개화기 문학은 양식별로 끝없이 분류되고 체계화되는 과정에서 각기 다른 장르의 속성만이 부각되어 온

6) 토론문답체 연구는 형식적인 차원에서 연구가 수행되었는데, 논의 대상 자체가 독립적인 텍스트로 존재하지 않는다는 한계와 함께, 비교적 협소한 차원에서만 연구되어 신소설이나 역사전기와 같은 서사양식에 견주어 극히 제한적으로 다루어졌다. 여기에는 저자의 대부분이 무기명이라는 사실도 빼놓을 수 없다. 그만큼 개화기 문학의 연구는 텍스트 그 자체의 속성보다는 작가의 이름과 행적에 치중되었던 것, 곧 텍스트 자체에 대한 고찰이 선행되지 못한 면이 있다. 김주현, 〈개화기 토론체 양식 연구〉, 서울대 석사 논문, 1989 외 다수.
그리고 몽유 양식은 토론문답체와 같이 문답 형태라는 대화 구조를 지닌 서사로 동물들이 등장하는 우화와도 겹치는 한편, 꿈이라는 서사구조가 지닌 특이성인 입몽入夢과 각몽覺夢의 구조에 토대를 둔 것으로 민족의 안위를 걱정하고 보위할 방책을 궁구하는 내용에 대한 탐사가 주류를 이루는 민족담론으로 귀착되어 왔다. 연구는 수사학이나 담론체계에 대한 형식적인 고찰에 집중되어 있다. 최용남, 〈몽자류 소설 연구〉, 전북대 박사 논문, 1992; 강준철, 〈꿈 서사양식의 구조 연구〉, 동아대 박사 논문, 1989 외 다수.
7) 역사와 전기를 하나의 동일한 장르로 간주해 온 배경에는 이재선이 제기한 분류법의 여파가 작용하고 있다. 이재선은 '경험적 서사체'와 '허구적 서사체'로 나누어, 전자에는 역사와 전기가 속한다고 보고 '역사전기문학'이라는 용어로 통칭한다. 후자에는 물론 신소설이 들어간다. 이재선, 《한국개화기 소설연구》, 일조각, 1982.

것이다. 그리고 그 기원에는 편중된 연구의 흐름을 형성해 개화기 문학 내부의 우위와 우열을 나누었던 선대 연구자의 시각이 자리하고 있다. 안확은 개화기 문학을 역사소설과 신소설로 나누고, 전자의 경우 고루한 한문 투가 새로운 근대문학이라 지칭하기를 꺼리게 하는 요인이 된다고 지적한 바 있다.[8] 여기서 그는 '소설 언어'의 탄생과 문체에 고심했던 것으로 보이는데, 새로운 소설이 지녀야 할 요건으로서 소설 언어란 적어도 한문 투를 벗어나야 한다고 바라보았다. 이 맥락에서 순국문이 아닌 형태의 소설은 낡은 것이자 더 나아가 순수하지 못한 것이라고 보았다. 이러한 의식은 그대로 김태준에게로 전해지는데, 그는 순문학적 속성은 오로지 신소설에서만 발견될 수 있다고 보았다.[9]

이들은 공통적으로 역사소설의 형식적인 문제로 한문체를, 내용적인 문제로 이념 지향적인 목적성을 지적했다. 달리 말하자면, 이들은 소설의 문체에 집착한 나머지 다양한 형식을 지닐 수 있는 소설 문체의 특징을 간과했으며, 이들이 순문학이라 간주했던 신소설에 내재된 명료한 정치성을 주목하지 않았다.

그리고 개화기 문학은 언제나 불완전하다는 오명을 벗어나기 쉽지 않았다. 그나마 신소설이 언문일치된 신종 국문소설로서 주목받았을 뿐이다. 신소설의 출현은 근대문학의 형식을 보여주었고, 그 기원이

---

8) 안자산,《朝鮮文學史》, 한일서점, 1922. 안확은 〈법란서신사〉, 〈보법전기〉, 〈서사건 국지〉, 〈월남망국사〉를 '역사소설'이라 일컫는다. 안확은 당대 소설이 중국의 한역본과 일본의 번안이라는 두 방면에서 나왔다는 것을 명시한 바 있다. 그의 논지에 따르면, 당대 문학은 크게 신채호를 비롯한 역사소설과 이인직을 중심으로 한 신소설로 나눠진다. 전자의 경우, 전통소설의 가치관과 맞물리는 교훈적 속성이, 당시 시대적으로 간과할 수 없었던 정치적인 상황으로 말미암아 상당한 호응을 받았으나, 역시나 문학적인 면에서는 구소설의 속성을 벗지 못한 것이었다. 반면에 후자의 경우, 시대적인 상황이나 과제와는 무관하게 인정세태의 속성을 묘사하는 데 치중한 작품으로, 기존에 볼 수 없었던 이러한 특성이 신문학의 시대를 연 것으로 평가받았다.
9) 김태준,《朝鮮小說史》, 학예사, 1932.

되었다. 이 관점에서 신소설은 개화기 문학 가운데 독보적인 지위를 차지했다. 흔히 알려진 대로《무정》이 나오기 전에,《무정》과 비슷한 원형 텍스트로서 신소설이 개화기 문학의 대변자로 자리했던 것이다. 이는 그 당시의 텍스트 자체가 갖는 특이성에 주목하기보다, 어디까지나 근현대문학과의 지속성, 연계성에 주안점을 두고 본 결과였다. 그리고 이러한 연구 관점은 선대 연구자라 볼 수 있는 안확, 김태준, 임화, 백철, 조연현을 거쳐 전광용, 송민호, 이재선 등이 계승하였다.[10] 이 연구자들의 공통점은 개화기 문학에 의미를 부여하는 방편으로 근대문학과의 근접성을 찾는 데 역점을 두었다는 점이다. 근대문학의 원류로서 개화기 문학을 끌어올리고자 텍스트 자체에 대한 고찰보다는, 텍스트의 근대성이나 근대소설이 갖는 속성과의 유사성에 주안을 두었다.[11] 달리 말해 전통문학과 근현대문학의 중간지대를 차지하는 개화기 문학의 특이성이 상대적으로 은폐되기도 했던 것이다. 개화기 문학은 근대성을 담보로, 어디까지나 근대문학의 원형으로서 훌륭하게 평가될 수 있었다.

현대의 시각에서 볼 때, 개화기 문학의 특이성은 저작권 개념이 불명료했다는 점과 '소설'이라는 명칭을 근대의 '노벨Novel'이 아닌 전통적인 길거리 이야기인 가담항설街談巷說의 부류로 사용했다는 점을 들 수 있다. 그 밖에도 여러 특이한 속성이 발견되지만, 무엇보다 이 두 개의 사안은 개화기 문학만이 지닌 '문학적 가치의 척도를 매기는 방식'의 자

---

10) 안확,《조선문학사》, 한일서점, 1922; 김태준,《조선소설사》, 학예사, 1939; 백철, 《조선신문학사상사》, 수선사, 1948; 조연현,《한국신문학고》, 을유문화사, 1977; 전광용,《신소설연구》, 새문사, 1986; 송민호,《한국 개화기소설의 사적 연구》, 일지사, 1975; 이재선,《한국 개화기소설사》, 일조각, 1972.
11) 또는 이와 정반대로 신소설의 전근대적인 면모에 착안하여, 전통소설에 대한 계승이라는 차원에서 접근하는 시각도 있다. 조동일,《신소설의 문학사적 성격》, 서울대출판부, 1973.

율적인 면모를 보여 준다는 점에서 시사하는 바가 있다. 그것은 저작권이 없기에 가능할 수 있는 것, 소설이라는 명칭 자체가 불안정하게 통용되고 있었기에 가능할 수 있는 지점을 보여 준다는 점에서 그러하다.[12] 개화기 문학의 혼재성은 여기서 드러난다.

저작권이 없다는 것은 원작이 지닌 권위가 크게 작용하지 않는다는 것을 의미한다. 그리하여 이에 따른 규제가 없었기에 자유로운 이중, 삼중 번역이 가능했으며 누구라도 무기명으로 자유롭게 자신의 정치성을 드러내는 발언과 창작을 할 수 있었다. 더욱이 자유로운 번역은 '번안'이라는 개화기 문학의 독특한 형식을 구축했으며, 번역의 윤리성을 현대적인 관점에서의 직역이 아닌, 내용적인 면에서 시대에 위배되지 않는 이념을 보여 주는 것으로 귀착되게 했다. 더욱이 불명료한 저작권은 번역이라고 하여, 번역작을 원작의 아류로 폄하하거나 창작품보다 열등한 것으로 간주하지 않도록 했다.

그리고 개화기 문학은 전통과 현대의 속성이 맞물리는 시점에서 발생한 것임을 부정할 수 없는 한, 그 문학의 속성은 소설小說로 불리는 전통적인 시선에서의 '하찮은 이야기'일 뿐이었다. 그러다가 소설은 시대적인 정치담론을 풀어내는 서사양식으로서 일종의 월등한 문학적 특권을 지닌 신종 장르로 부상했다.[13] 그러므로 초기에 '소설'이라는 용어가 불명확하고, 그 장르가 온전하게 성립하지 않았다는 점에서도 현대적인 관점에서 개화기 문학의 가치를 훼손하거나 과소평가하는 시선에 대한 경계를 요한다 하겠다.

---

12) 소설에 가까운 서사양식은 당대 매체에서 〈文苑〉, 〈담총〉, 〈가담〉 등으로 혼재되어 있는 것을 쉽게 볼 수 있다. 이와 관련하여 권보드래는 '패림稗林이나 담총談叢, 가담街談이 모두 소설과 통용하는 것'이라 언급한 바 있다. 권보드래, 《한국 근대소설의 기원》, 소명출판, 2000, 108쪽.

13) 동양에서 소설에 대한 인식과 변천 과정은 조남현, 《소설신론》, 서울대출판부, 2004, 2~42쪽 참조.

2000년대 들어서 추진된 개화기 문학 연구의 경향은 특정 작품이나 작가 연구에서 점차 문학 개념이나 문학사의 전개 양상 또는 제도에 대한 고찰로 나아간 것으로 압축해 볼 수 있다.[14] 더욱이 개화기 문학은 매체에 실린 텍스트 연구가 중점적으로 이루어진 바 있다. 개화기 연구 사항의 전개와 특징을 모두 다 세밀하게 아우를 수는 없지만, 일반적으로 개화기 문학 연구는 특정한 테마와 특정한 매체를 중심으로 한 연구가 2000년대에 들어 집중적으로 수행되었다.[15] 그것은 담론과 수사 등 언어와 문체의 놀이와 형태에 대한 관심이 학계에 고조되기 시작한 90년대 후반의 분위기와도 맞물려 있다. 가령 푸코 이론의 성행이나 탈구조주의에 대한 움직임이 거대서사보다는 미시사로의 관심을 부추기기 시작했던 것이다.

이러한 연구 경향과 맞물린 개화기 문학의 연구 가운데에는 특정한 소재를 중심으로 당대의 시공간을 재구축하려는 시도가 있었다. 그것은 제도에 대한 관심이었다. 어떠한 제도나 장치의 개입으로 변

---

14) 김영민, 〈근대계몽기 문학 연구의 성과와 과제〉, 《한국문학의 근대와 근대성》, 소명출판, 2006, 199쪽. 개화기 주된 연구 경향을 보여주는 성과물로는 다음과 같다. 전광용, 《신소설 연구》, 새문사, 1986; 송민호, 《한국 개화기 소설의 사적 연구》, 일지사, 1975; 이재선, 《한국 개화기 소설 연구》, 일조각, 1972; 조동일, 《신소설의 문학사적 성격》, 한국문화연구소, 1973; 최원식, 《한국 근대소설사론》, 창작과 비평사, 1986; 김교봉·설성경, 《근대전환기 소설 연구》, 국학자료원, 1991; 황정현, 《신소설 연구》, 집문당, 1997; 설성경, 《신소설 연구》, 새문사, 2005; 김석봉, 《신소설의 대중성 연구》, 역락, 2005 등.

15) 연구대상이 된 매체로는 《한성신보》, 《독립신문》, 《조선(대한)크리스토인회보》, 《매일신문》, 《제국신문》, 《대한매일신보》, 《만세보》, 《경향신문》, 《대한민보》, 《조양보》 등이 있으며, 이러한 작업을 거쳐서 개화기 문학은 '서사'라는 넓은 범주에서 고찰되기에 이른다. 이와 관련한 연구로는, 정선태, 《개화기 신문 논설의 서사 수용 양상》, 소명출판, 1999; 연세대 근대한국학연구소, 《근대계몽기 단형 서사문학 연구》(연세근대한국학총서 9), 소명출판, 2005; 연세대 근대한국학연구소 기초학문연구팀, 《한국 근대 서사양식의 발생 및 전개와 매체의 역할》, 소명출판, 2005; 박수미, 〈개화기 신문소설 연구〉, 성균관대 박사 논문, 2005; 김영민, 《한국의 근대신문과 근대소설 1 : 대한매일신보》, 소명출판, 2006; 김영민, 《한국의 근대신문과 근대소설 2 : 한성신보》, 소명출판, 2008.

모한, 텍스트로 기록되지 않은 틈새에 대한 고찰이 그것이었다. 가령 민족이 발생한 경위, 만민공동회라는 정치운동이 배태되고 전개된 경위 등 당대 매체를 통한 연구가 집중적으로 이루어진 바 있다.[16] 개화기 매체의 연구 사항을 토대로 개화기 텍스트에 대한 연구가 수행된 것은, 당대 텍스트가 매체에 연재되는 등 텍스트가 발간될 수 있는 유용한 통로로 매체가 쓰였기 때문이다.[17] 그러므로 이 글에서 다루고자 하는 연구 대상은 매체라기보다 텍스트이나, 매체에 실린 텍스트도 아울러 살펴볼 것이다.

최근에 이 글의 연구 대상과 관련하여 '동아시아'를 배경으로, 한국과 중국 또는 한국과 일본의 텍스트를 모아서 '비교연구'한 국내 연구로는 다음과 같은 저작이 있다.[18] 일본에서 또는 그곳에서 유학 중인 중국인의 시각에서 개진된 연구는 다음과 같다. 연구 목록을

---

16) 이화여대 한국문화연구원, 《근대계몽기 지식개념의 수용과 그 변용》, 소명출판, 2004; 이화여대 한국문화연구원, 《근대계몽기 지식의 발견과 사유 지평의 확대》, 소명출판, 2006; 이화여대 한국문화연구원, 《근대계몽기 지식의 굴절과 현실적 심화》, 소명출판, 2007.

17) 개화기 매체에 실린 텍스트의 서지 사항에 대한 도표는 한원영, 《韓國新聞 한 世紀 II》, 푸른사상, 603~607쪽 참조.

18) 〈설중매〉, 〈화성돈전〉, 〈경국미담〉, 〈라란부인전〉, 〈이태리건국삼걸전〉, 〈서사건국지〉, 〈월남망국사〉, 〈애국부인전〉, 〈애급근세사〉, 〈금수회의록〉 등이 각기 연구된 바 있다. 이 가운데 한중일 사이의 비교연구를 시도한 것으로는 다음과 같다.
최원식, 《한국계몽주의 문학사론》, 소명출판, 2002; 손성준, 〈번역과 원본성의 창출 : 롤랑부인 전기의 동아시아 수용 양상과 그 성격〉, 《비교문학》(제53집), 한국비교문학회, 2011. 2; 손성준, 〈국민국가와 영웅서사:《이태리건국삼걸전》의 서발동착西發東着과 그 의미〉, 《사이》(제3권), 국제한국문학문화학회, 2007; 손성준, 《《이태리건국삼걸전》의 동아시아 수용양상과 그 성격》, 성균관대 석사논문, 2007; 서여명, 〈한·중《서사건국지》에 대한 비교 고찰〉, 《민족문학사연구》(제35호), 민족문학사연구소, 2007. 12; 서여명, 〈중국을 매개로 한 애국계몽서사 연구 :1905~1910년의 번역 작품을 중심으로〉, 인하대 박사논문, 2010; 윤영실, 〈동아시아 정치소설의 한 양상 :《서사건국지》 번역을 중심으로〉, 《상허학보》(제31), 상허학회, 2011; 서재길, 《《금수회의록》의 번안에 관한 연구〉, 《국어국문학》(제157호), 국어국문학회, 2011. 4; 왕희자, 〈안국선의 〈금수회의록〉과 田島象二의 〈인류공격금수국회〉의 비교연구〉, 이화여대 박사논문, 2011.8.

보면 알겠지만, 특정한 텍스트를 중심으로 이에 대한 반복되는 고찰이 눈에 띈다. 그리고 국외 연구의 경우는 일본인이 자국의 국문학으로서 일본 정치소설을 심도 있게 고찰한 경우로, 중국문학의 전반적인 사항에 토대를 두고 원활한 비교를 수행한 경우로 나누어 볼 수 있다.[19] 널리 알려진 대로 '일본과 중국에서 소설의 변이 과정을 다룰 때 관건이 되는 것이 바로 정치소설'[20]이다. 이는 조선에서도 고찰되어야 할 사항으로, 이 글에서는 이와 관련하여 한·중·일 사이에 공유되었던 정치소설(한국의 경우는 정치서사)을 중심으로 근대소설이 어떠한 양상으로 발전할 수 있었는지 그 과정을 좀 더 심도 있게 살펴보고자 한다.

요컨대 지금까지 개화기 문학의 주된 연구 흐름은 오로지 종적인 계보에 집착한 면이 없지 않다. 전통문학에서 현대문학으로 나아간다는 시선, 다시 말해서 문학이 특정한 방향으로 발전한다는 진보사

---

19) 寇振鋒, 〈《新中國未來記》における〈志士〉と〈佳人〉：《經國美談》《佳人之奇遇》からの 受容を中心に〉, 《多元文化》(제4호), 나고야대학 국제언어문화연구과, 2004. 3.
寇振鋒, 〈清末《新小說》誌における《政治小說 回天綺談》：明治政治小說《英國名士 回天綺談》との比較〉, 《多元文化》(제5호), 나고야대학 국제언어문화연구과, 2005. 3.
寇振鋒, 〈清末《新小說》誌における《歷史小說 洪水禍》：明治政治小說《經國美談》からの受容を中心に〉, 《名古屋大學 中國語學文學論集》(제17집), 나고야대학 중국어학문학회, 2005. 3.
寇振鋒, 〈清末の漢譯政治小說《累卵東洋》について：明治政治小說《累卵の東洋》との 比較を通して〉, 《多元文化》(제6호), 나고야대학 국제언어문화연구과, 2006. 3.
寇振鋒, 〈清末の漢譯小說《經國美談》と戲曲《前本經國美談新戲》：明治政治小說《經國美談》の導入, 受容をめぐって〉, 《名古屋大學 中國語學文學論集》(제18집), 나고야대학 중국어학문학회, 2006. 3.
20) 김윤식·김현, 《한국문학사》, 민음사, 1973. 97쪽. 또한 김윤식은 '이념 지향적 유형의 허구물'을 '정치소설'로 지칭하면서, 〈월남망국사〉, 〈서사건국지〉, 〈비율빈전사〉와 같은 번안역사물과 〈가인지기우〉, 〈설중매〉, 〈경국미담〉과 같은 일본 정치소설의 번안물, 〈소경과 앉은뱅이 문답〉, 〈거부오해〉 등의 단편물과 〈금수회의록〉, 〈자유종〉 등의 소설이 이에 들어간다고 말한 바 있다.(김윤식·정호웅, 《한국소설사》, 문학동네, 2000, 23~24쪽)

관에는 문학 안에서 장르 사이의 경쟁과 소멸이라는 생존 방식을 부
여하여, 계승되지 못한 문학 형식은 열등한 것으로 치부하는 경향이
있었던 것이다. 본래 진화라는 것이, 특정한 방향으로 일관되게 나
아가는 것이 아니라, 여러 가지로 혼재된 상태에서 반복되고, 혼잡
하게 이어지는 것이라는 사실을 상기해 볼 때, 특정한 방향으로 편
중된 개화기 문학 연구사의 다양성을 확보하고 고정된 틀을 깨는 방
편으로 횡적인 교류에 내재된 동시대성에 집중할 필요가 있다. 문학
의 발전은 단순히 생성과 소멸을 거치는 데 있는 것이 아니라, 무수
한 담론의 체계나 서사가 서로 겹치고 맞물리면서 새롭게 등장하고,
남아 있는 것이 혼잡하게 충돌하는 과정이 반복되는 것에 있기 때문
이다.[21] 그러므로 이제 종적인 계보에 집착하여 특정한 속성으로 텍
스트를 가두기보다, 갇힌 텍스트를 다시 해체시키고 혼합된 상태 그
대로 텍스트들 사이의 복합적인 겹침과 마주침의 자리들을 되짚어
봄으로써 횡적인 관계망을 재구축해 볼 필요가 있는 셈이다. 이로
써, 기존에 제대로 보지 못했던 지점에 대한 고찰과 서로 합쳐지는
지점에 대한 발견과 논의가 생성됨에 따라 고착되고 경직된 개화기
문학 터場에서 보다 풍성하고 다양한 논의를 끌어낼 수 있는 지점을
확보할 수 있을 것이다.

---

21) 이에 대한 관점은 진평원; 이보경 · 박자영 옮김, 《중국소설사》, 이룸, 2004, 164쪽.
    궁극적으로 루쉰의 문학사관으로, "(사라진 것의 재등장으로) 반복과 (남아있는 것의)
    혼잡이 없는 순수한 진화는 실제로 존재할 수 없다. 학자들은 진화라는 총체적인 구상
    에 얽혀 있는 것 같지 않은 반복과 혼잡에 대한 이해를 못 하고 곧잘 이들을 모조리 부
    정하곤 했다."

2. 연구의 시각 및 연구 방법론

소설을 양식화하는 작업은 소설을 분류하여 체계를 세우는 것임과 동시에 향후 쓰여야 할 소설 창작의 기준이 되는 소설의 문법을 만드는 일과도 맞물린 것이었다. 텍스트의 서사양식은 소설작법과 연관되어 있던 것이다. 갈래가 많은 소설의 특성을 특정한 방향으로 밀고나가는 선택 과정은 곧 부수적인 특성을 배제하는 일이었으며, 이는 앞서 언급한 대로 피할 수 없는 것이었다. 이 글은 바로 이 지점, 특정한 서사양식으로 나뉜, 규정할 수 없는 텍스트들을 한자리에 동시에 놓고 그들 사이의 접맥지점을 살펴보고자 한다.

그리고 그 방편으로 '정치서사'라는 개념을 설정하고자 한다.[22] 국내의 정치적 텍스트를 대상으로 이들을 서로 묶을 수 있는 교차지점으로서 정치서사라는 용어를 사용하여, 기존에 임화가 정치적 산문이나 정치소설 등으로 혼용했던 용어를 정리하여, 정치소설을 포괄하는

---

22) 한국의 정치서사는 아래의 도표에서 볼 수 있듯이 개화기에 성행한 모든 서사양식을 대상으로 한다. 지면의 한계로 아래의 도표에 모든 작품을 다 나열하지 않았지만, 정치소설이라는 표제가 신소설과 역사에 공통적으로 쓰이고 있음을 확인해 볼 수 있다. 이에 정치소설이나 신소설이나 역사 그리고 전기와 풍자 등 모든 서사양식을 포괄하는 차원에서 정치서사라는 범주를 설정해 보았다.

한국의 정치서사																			
신소설(국내 정치적 사건)						역사(정치사)						전기(정치가)					풍자(정담)		
정치소설	과학소설	종교소설	탐험소설	모험소설	가정소설	정치소설	전쟁사	망국사	건국사	독립사	세계사	대통령	전사	외교가	문사	혁명가	몽유	우화	문답
설중매	철세계	경세종	소학령	십오소호걸	화의혈	애국정신담	크림전쟁칠년사	월남망국사	미국독립사	의태리독립사	세계만국사	가필드전	크롬웰전	비사맥전	민충공전	갈소사전	몽견제갈량	금수회의록	자유종

넓은 범주에서 개화기 문학의 특성을 대변해 줄 수 있는 일종의 언어적·규범적 장치로서 정치서사라는 용어를 정의해 보고자 한다.

정치서사는 일차적으로 임화가 정치소설이나 정치적 산문으로 언급했던 용어와 구분된다. 특정한 기준에 따라 체계적으로 분류하지도 그렇다고 전 텍스트를 포괄하는 의미에서 사용하지도 않은 임화의 용어는 정치소설이라는 본래 용어의 의미를 제대로 전달하지 못했다는 한계와 사회소설 등 다른 용어와의 혼재 가능성을 보임으로써 혼란을 가중시켰다는 문제를 지니고 있었다.[23] 임화는 나라[國]와 연계된 거의 모든 작품을 정치소설이라 보았다. 비록 용어의 혼란은 있었지만, 정치소설의 속성은 비교적 엄밀하게 파악하고 있었다. 그가 보기에 일본의 정치소설은 서구의 정치소설의 영향을 받은 것으로, 조선에는 들어오지 않은 장르였다. 그의 진단에 따르면 조선에서 정치소설은 '수입되지도 창작되지도' 않았다. 이는 임화가 정치소설의 문학성을 주목했기 때문에 내릴 수 있는 판단이었다.

임화는 정치소설이 문학의 신종 장르라는 점에 역점을 두고, 문학성을 정치소설의 요건이라 보았다. 그리하여 문학적이지 않은 정론政論적인 텍스트만이 조선에 들어왔기에, 이러한 텍스트들은 엄밀히 말하자면 정치소설이 아니지만, 내용적인 면에서 정론적인 성격이 있기에 정치적 산문이나 정치소설로 통칭하고자 했던 것이다. 개념 파악은 하고 있었으나 결론적으로 용어를 혼용해 버린 셈이다. 임화는 영국이나 일본의 정치소설을 문학적인 것으로 바라보면서 정치소설의 요건으로 문학성에 역점을 두었다. 그는 조선에는 이러한 문학성을 지닌 텍스트가 없다는 것을 지적하면서, 문학성을 지니게 하는 요

---

23) 임화, 〈신문학사〉, 《조선일보》, 1939년 12월 9일~20일. (임규찬·한진일 편, 《임화 신문학사》, 한길사, 1993, 144쪽)

건으로 소설이라는 외피를 지닌 텍스트를 무엇보다 상위에 두었다. 이 과정에서 정론적인 면이 강하나 소설이라는 형태를 지닌 《가인지기우佳人之奇遇》와 같은 작품을 '반半정론 반半소설의 문학'이라 규정했다. 《가인지기우》가 일본과 중국에서 대표적인 정치소설로 통용되었다는 점을 감안해 볼 때, 임화 스스로가 설정한 정치소설의 체계가 보다 세밀했다는 것을 알 수 있다.

임화는 조선의 정론적인 텍스트를 규정하고자 정치소설이라는 용어를 사용했다. 그러나 그의 말대로 조선에는 소설이라는 외피가 없었기에, 이 용어의 범주에 들어가는 작품들은 그저 설화라는 외피를 쓴 것에 불과했다. 그나마 내세울 만한 유일무이한 작품은 박은식이 번역한 《서사건국지》였다. 정치소설이라는 용어를 붙이고 있었기 때문이다. 《서사건국지》의 서문에 실린 소설효용론은 그야말로 량치차오梁啓超의 소설혁명론과 흡사하다. 그러나 량치차오가 정치소설의 특성을 정확하게 인지하고 있던 것과 달리, 박은식은 구소설과 신종 소설로서의 전기傳奇를 대비시키는 것에 그치고 말았다. 《서사건국지》가 구소설과 다른 개량改良의 효과를 지닌 전기라는 것만이 부각될 뿐, 국가를 구성하는 데 주된 동력이 되는 장치로서 정치소설의 기능과 장르적인 특성을 간파하지 못한 것이다. 박은식이 본 것은 정치소설이 아니라, 그저 신종 소설이었다. 그리고 신종 소설을 전기라고 통칭하여, 서로 다른 장르를 지칭하는 용어가 얼마나 혼재되어 있는가 하는 문제를 노출시켰다.

임화는 '문학성'과 동시에 '소설체'에 집중했는데, 문학성은 없지만 그나마 소설체를 지닌 텍스트로 《서사건국지》와 《금수회의록》을 손꼽았다. 그리고 소설체는 아니지만 정론적인 텍스트라는 점에서 각종 역사서를 정치소설에 포함시켰다. 임화에게 소설이라는 용어는 구소설과의 경계 짓기보다 소설체를 지닌 텍스트를 지칭하는 것으로, 사용하는 폭이 비교적 넓었다. 임화가 정치소설로 꼽은 《몽견제갈량》은 당대 인기 있는 한문 소설이었다. 여기서 그가 생각한 소설체도 '언문에서 한문까지' 아우르는 넓은 폭을 지녔다는 것을 알 수 있다. 게다가 임화는 공리적 목적을 지닌 것으로 정치소설과 번역문학을 동시에 다루고자 했다. 그가 생각하는 번역문학은 종교문학, 정치문학, 순문학으로 나뉘어지며, 이 가운데 '정치문학'에 속하는 것은 《서사건국지》, 《애국정신》, 《경국미담經國美談》과 같이 비교적 명확히 정치소설이라는 표제를 달고 있는 '정치계몽서'였다. 여기서 '번역문학〉정치문학=정치소설=정치계몽서=정치적 산문'이라는 도식이 성립한다.

이 지점에서 정치서사라는 개념 규정의 필요성에 대해서 논해 보고자 한다. 일차적으로 임화도 명시한 바, 정치소설이라는 용어는 개화기 문학에 접맥시켜 보기에는 무리가 있다. 단지 번역된 두 작품에서 표제로 쓰였을 뿐, 오히려 특이한 양상으로 국내에 번역된 일본의 정치소설은 신소설이라는 표제로 그 틀이 달라졌기 때문이다. 이렇듯 정치소설은 제대로 정착되지 않았다. 그리고 정치 계몽서나 정치적 산문이라는 임시방편적인 용어를 쓰기에는 일차적으로 '계몽'이라는 용어에 포섭되지 않는 이데올로기적 성향을 지닌 작품이나, '산문'이라는 양식에 포함시킬 수 없는 텍스트에 대한 문제가 뒤따른다. 그렇다고 정치문학이라는 포괄적인 용어를 사용하기에는 문학성의 여부를 떠나 문학이라는 개념 자체가 이제 막 도입된 시기라는 점에서, 개화기 텍스트는 정치문학의 용어와 관련시켜 볼 때, 현대문학에서 정치문학의 기원이 되는 모형이 나오기 시작했다는 의의를 찾는 차원에 지나지 않을 것이다.

이에 따라 이 글에서는 정치소설과 정치소설이 번역된 신소설, 역

사, 전기, 풍자, 우화 등 정치성을 담고 있는 텍스트를 통칭할 수 있
는 개념으로 '정치서사'라는 용어를 명명하고자 한다. 여기서 정치서
사는 정치적 담론체계의 틀 안에서 인물이나 이야기의 흐름이 정치적
인 사건에 얽혀 정치적인 대담을 나누는 것 그리고 정치적인 행동으
로 서사 자체를 움직여 나가는 것 등 정치적인 면모와 연루된 텍스트
를 모두 다 포괄하고자 한다. 다만 정치서사의 성격을 좀 더 분명히
하기 위해서 다음과 같이 정의하고자 한다.

정치서사political narrative는 말 그대로 정치적인 기술을 하고 있는
describe 텍스트다. 이는 사카이 나오키酒井直樹가 국민의 주체성을 언
급하면서, 국민이란 국민이 되고자 하는 자를 가리킬 때, 국민 주체
의 제작은 국민이고자 하는 욕망을 어떻게 만들어 낼 것인가하는 제
도화의 과정과 연관되어 있다는 점을 문제시했던 구절과도 연계된
다.[24] 사카이는 이러한 산출의 도구로서 '정치적(또는 주체적) 기술
techne의 문제'를 언급한다. 국민이 어떻게 만들어지고, 국민을 만들어
내기 위해서 작동하는 정치적 기술에 대한 고찰이 곧 일본의 정치사
상사다. 이에 비추어 볼 때, 개화기의 정치서사는 수동적이고 정치적
감각을 지니지 못한 독자를 향하여 능동적인 정치 참여자가 될 것을
선동하는 텍스트이다. 시대에 반응하고 정세에 동참할 수 있는 능동
적인 국민을 만들고자 정치서사가 다채로운 형태로 무수히 공급되었
던 것이다. 정치서사의 이러한 특징은 정치서사가 일종의 정치적 기
술로 쓰였다는 것을 보여 준다.

그러나 임화도 지적한 바 있듯이 당시 조선에는 정치소설이 정착
되지 않았고, 정론적인 성격을 지닌 텍스트 또한 일본의 정치소설과

---

24) 사카이 나오키酒井直樹; 후지이 다케시藤井たけし 옮김, 《번역과 주체》, 이산, 2005,
   138쪽.

다른 목적을 지니고 있었다. 그 목적성은 정치서사의 특징인 문학성
을 주변부로 밀어낸다. 그것은 애국 또는 구국이라는 민족주의로의
블랙홀이었다. 정치서사는 일괄적으로 내셔널리즘과 결탁되기 쉬웠
다. 그 안에는 물론 식민주의와 반식민주의가 치열하게 충돌하고 있
었다. 이 맥락에서 정치서사는 앞서 언급한 대로, 이러한 균열 상태
를 그대로 드러낼 수 있는 혼재된 상태 그리고 일본과 중국을 비롯하
여 조선에 이르는 횡적인 동시대성 그리고 정치서사의 핵심 키워드인
정치성을 지닌 텍스트를 아우르는 용어로 정의하고자 한다.

　좀 더 좁혀서 말하자면, 정치적 인물이 정치적인 사건을 일으키는
것 또는 정치적인 사건에 연루되어 서사를 이끌어 가는 것으로, 정치
적인 행위를 펼치는 과정이 기술된 텍스트를 지칭하는 용어로 쓰고자
한다. 이러한 정의 안에 설정된 요건에 부합하는 텍스트라면 정치서
사라 일컬을 수 있다. 그렇다면 정치서사의 범위를 어디서부터 어디
까지 설정할 것인가 하는, 정치서사 범주 설정에 대한 문제를 고찰하
지 않을 수 없다.

　이 글에서 다루고자 하는 정치서사에 해당하는 작품은 개화기에
발행된 신문을 비롯하여 단행본으로 발간되었던 텍스트 및 서사양식
의 차이로 말미암아 분리되었던 모든 서사양식을 아우른다.[25] 개화기
에 나왔던 여러 방면에 걸친 각종 서사양식의 텍스트들이 정치서사에
속하는 것이다. 그러나 현실적으로 이 모든 텍스트를 다루는 것은 한
정된 지면상 어려운 작업이 될 것이다. 다만 이러한 취지에서 당대에
성행했던 텍스트들 가운데 주로 한·중·일에 걸쳐 횡적으로 교차했
던 작품들을 위주로 기존에 주목받지 못했던 작품들을 중점적으로 다

---

25)　당대 매체에 실린 개화기 서사양식 및 자료에 대해서는 정선태, 《개화기 신문 논설의
　　서사 수용 양상》, 소명출판, 1999 참조.

루어 볼 것이다. 여기서는 더욱이 정치라는 키워드에 부합하는 인물
이나 정치운동 그리고 정치성이 드러나는 텍스트를 선별하여 이를 집
중적으로 살펴보고자 한다. 이로써 정치서사가 어떤 식으로 형성될
수 있었고, 실질적으로 어떠한 형태로 변모하며 형성되었는지 고찰
해 보고자 한다. 이는 텍스트들을 비교하여, 국내에 번역되고 통용된
텍스트의 특성을 규정하는 작업을 통해 진행될 것이다. 이러한 검증
이 선행되고 그 결과물이 온전하게 드러날 때 한국문학의 기원과 관
련한 사항이 보다 면밀해지고 폭넓어지리라 기대된다. 이러한 연구는
부수적으로 창작문학에 견주어 번역문학이 다소 경시된 점 그리고 서
사양식 사이에 나뉜 장벽으로 말미암아 이를 근원적으로 통합하여 보
는 시각이 부재했다는 점을 보완하는 방향을 제시해주는 데 그 의의
가 있을 것으로 보인다.

익히 알려진 대로 정치소설이라는 용어와 성격은 일본에서 규정된
바 있다.[26] 정치소설은 일본의 자유민권운동이라는 정치운동과 그 흐
름을 같이했던 것으로, '정치운동의 선전문학'이라는 오명을 피하기
어려울 정도로 정치적인 입장을 드러내는 수단으로 간주되었던 문학
적인 작품을 말한다.[27] 이 작가들은 문학텍스트를 통해서 현실에서

26) 일본 정치소설 연구의 선구가 되는 연구로 야나기다 이즈미柳田泉, 《政治小説研究》
(上・中・下), 춘추사, 1935 참조 가능.
27) 스즈키 사다미鈴木貞美, 《日本の〈文學〉概念》, 東京 : 作品社, 1998. (김채수 옮
김, 《일본의 문학개념》, 보고사, 2001, 278쪽) 일본은 영국 등의 서구에서 정치소설
에 해당하는 모형을 보았으며, 자체적으로 아시아적 풍토가 결합된 한문체의 정치소
설을 개발해 냈다. 메이지 10년대 중반부터 20년대에 걸쳐서 자유민권운동기의 정치
가들은 각각의 정치적 입장을 주장하고자 영국의 빅토리아조의 군주 중심 보수정치를
전개, 대내적으로는 제국주의 정책을 적극적으로 전개한 디즈레일리(Benjamin Disraeli,
1804-1881)나 이에 대항하면서 국내에서 자유민권주의적 제개혁을 행한 글래드스턴
(William Gladstone, 1809-1898)을 모방하였고, 또한 프랑스 19세기 중엽에 제정 부활에
반대하여 국외 추방을 받으면서 《레미제라블》 등의 작품을 발표, 전 유럽 공화국의 심
볼이 된 빅토르 위고(Victor Hugo, 1802-1885)의 자세를 배워 그의 정치적 주장을 엮은 소
설을 번안하거나 자신의 정치사상을 실은 창작을 하고, 많은 양의 소설을 발표했다. 그

실현되기 어려운 이상적인 세계를 구현하고자 했다. 이에 따라 이들이 자주 썼던 서사기법이 미래시제였다. 미래시점에서 시작하는 정치소설은 작가 스스로 이상적인 정부와 국가의 모델이 완성된 시점에서, 이러한 국가모형을 완성하기까지의 여정을 회상하는 형태로 소설을 기술했다. 이는 각 정당의 입장을 대변하는 남녀를 설정하여 화합과 평화를 상정하는 은유로 남녀의 결합을 가미해 놓은 것과 마찬가지로 일종의 공식과도 같았다.

이러한 특징은 중국의 신소설에 영향을 미쳤다. 량치차오는《청의보》에 〈가인지기우〉와 〈경국미담〉을 번역하여 소개한 바 있다. 그는 이러한 모방의 차원에서 더 나아가 직접 〈신중국미래기〉와 같은 정치소설을 발표했다. 이러한 창작행위를 기점으로 중국의 문단은 정치소설이라는 새로운 소설 장르를 갖추게 된다. 중국에서 전통적인 소설은 대개가 〈삼국지연의三國志演義〉와 같은 역사소설을 지칭한 것이었다.《음빙실문집飮氷室文集》에 따르면 역사소설이란 역사상 사실을 소재로 하여 연의가 가능하도록 이를 서술한 것이다. 여기에는 〈로마사연의〉, 〈십구세기연의〉, 〈자유종〉(미국독립사연의), 〈홍수화〉(법국대혁명연의), 〈동구여호걸〉(아라사민당의 사실), 〈아력산대외전〉(알렉산더), 〈화성돈외전〉(워싱턴), 〈나파륜외전〉(나폴레옹), 〈비사맥외전〉(비스마르크) 등이 있다. 그리고 정치소설이란 정치사상의 회포를 토로하되, 적절한 환상이 가미되어 있는 것으로 정의한다. 이러한 작품으로는 〈신중국미래기新中國未來記〉, 〈구중국미래기舊中國未來記〉, 〈신도원新桃源〉(일명 〈해외신중국海外新中國〉)이 있다. 이외의 장르로는 철리哲理과학소설, 군사軍事소설, 모험소설, 탐정소설, 사정寫情소설, 어괴語怪소설, 전기체傳奇體소설이 있었던 것으로 기록되어 있다. 정치적인 사건

───────────

작품들과 그 흐름에 있는 소설을 총칭하여 '정치소설'이라고 한다.

을 기반으로 한 정치소설은 주로 역사적인 배경을 지니고 있는데, 이렇듯 사실성과 미래로 대표되는 판타지 계열의 허구성의 결합은 소설이라는 장르의 본질을 되묻게 하는, 근간이 되는 사건이었다.

일본에서 자유민권운동과 같은 실제적 정치운동의 흐름과 맞물려 주목을 받은 정치소설은 실증적인 속성을 바탕으로 당대 청년들에게 세계의 지배원리에 대한 감각을 전달했다. 그것은 실제 눈앞에서 펼쳐지는 제국주의의 근간이 되는 힘의 논리가 지배하는 세계였다. 이러한 정치소설의 목적성은 중국의 계몽가인 량치차오가 그대로 포착했다. 량치차오는 정치소설을 통해 '사회개량'이라는 실질적인 정치 변혁을 달성하고자 했다. 량치차오는 새로운 내용을 담을 수 있는 새로운 그릇으로서 신종 잡지를 발간했는데, 그 가운데 대표적인 것으로 《청의보》와 《신민총보》 그리고 《신소설》이 있다. 이들 잡지를 검토해 보면 알 수 있듯이, 이 잡지에 게재된 서사양식은 주로 역사와 전기 그리고 정치소설이 차지하고 있다. 특이한 것은 우화와 풍자 같은 서사양식은 거의 소개되지 않았다는 점이다. 오히려 다윈의 진화론이나 서구의 철학 이론들이 적극적으로 도입되었는데, 이는 과학적이면서 논리적인 속성들에 당대 지식인들이 매료되었다는 사실을 보여 준다.

이 글에서는 각기 양식적인 차원에서 국한되어 연구대상으로 다루어진 텍스트를, 동시적으로 출현했던 혼재된 상태 그대로, 서로 접속하고 있는 지점들을 고찰해 보고자 한다. 그 방편으로 이 글을 통해 당대의 텍스트를 재배치·재배열해 보고자 한다. 텍스트들 사이에 연결된 교차점을 발견하는 일은 일차적으로 거시적인 시각에서 텍스트의 원류를 찾아가는 작업이다. 이는 당대에 성행한 텍스트의 원전을 찾아 그 수용 경로를 되짚어 보고, 텍스트들을 비교해 국내에 번역된 텍스트의 특성을 규정하는 작업을 말한다. 그리고 미시적인 차원에서 국내에 동시적으로 발간된 텍스트들을 서로 규합하는 과정 또한 살펴보고자 한다. 이를 위한 방편으로 이들이 서로 공유했던 정치적인 문제의식에 주목하여, 공통의 관심사가 된 작품의 동기와 주제의식들을 들여다보고자 한다. 이로써 상호 다른 서사양식의 텍스트들이 공유했던 지점을 확인하고 동시에 당대 독자에게 수용 가능했던 지점들을 살펴볼 것이다.

19세기는 소설사에서 의미심장한 시기이다. 소설이 발생한 시기를 논한다는 차원을 넘어 소설이 여타의 문학 장르를 능가할 정도로 그야말로 편파적으로 주목을 받았던 시기였다.[28)29)] 여기서 국가와 소설이 함께 태어났다는 점, 소설이라는 용어 및 장르의 성립과 동시에 소설에 해당할 수 있는 작품에 대한 정전화가 시도되었다는 점, 작품을 선정하고 평가하는 과정에서 어떤 것이 '진정으로 소설적 가치를 지니는가'하는 논쟁이 일었다는 점, 그리하여 국가 수립에 일조할 수 있는 작품이 진정한 소설로 평가되기에 이르렀다는, 일명 '국가−소설' 성립의 과정에 대한 도식이 세워진다.

이와 동시에 동서양에서 공통적으로 논의되었던 것은 문학의 발생에 대한 경위를 추적하는 일이었다. 더욱이 전통문학과 근대문학을 나누지 않을 수 없었던 계기가 이 문학이라는 용어가 들어오면서부터인 동양의 사정에서는 더욱 급박한 일이기도 했다. 그것은 문학이 단순히 순문학으로 정립되기 전에, 어디까지나 정치운동과 함께 국사를

---

28) 호미 바바 편저; 류승구 옮김, 《국민과 서사》, 후마니타스, 2011, 126~127쪽. '나라와 소설이 함께 태어났다'는 것, 곧 책을 그대로 인용하자면, '소설을 위한 분위기가 정치적으로 무르익은 것은 19세기가 시작된 지 한참 후'였다. 이는 '문학이 역사를 구성하는 데 일조하고 역사에 개입할 능력을 가진다는 것을 가정한다'.

29) 미카미 산지三上參次, 다카스 구와사부로高津鍬三郎, 〈緖言〉, 《일본문학사》(上·下), 金港堂, 1890(스즈키 사다미; 김채수 옮김, 앞의 책, 310쪽(재인용)). '소설만이 편파적으로 발달을 하여 세인世人에게 문학은, 곧 소설이라는 생각을 품도록 하기에 이르렀다.'

논의하는 담론의 체계, 담론보다 면밀히 구성된 서사로서 인식되었기 때문이다. 이는 소설이라는 용어에 특정한 지식체계에 기반을 둔 장르라는 인식이 가세하여 그 지위가 높아졌다는 일련의 연구 결과와도 상응하는 흐름이기도 하다.

19세기 후반, 더욱이 동양에서 소설은 현재의 '노벨'과 달리, 오히려 더 광범위한 범위에서 서사와 밀접히 연계된 장르였다.[30] 그러한 면에서 19세기 후반에서 20세기 초에 이르는 시기의 소설에 근접한 텍스트의 형식은 현재의 노벨보다 압도적으로 자유로운 형식 그 자체였다. 그것은 여러 언어가 동시적으로 범람했다는 점, 소설의 언어가 제한되지 않았다는 것에서부터 비롯하여, 앞서 말했듯이 저작권과 같은 제도의 제약이 없었다는 점, 허구와 실제가 마구잡이로 혼재될 수 있었고 상상과 현실의 경계가 중요하게 인식되지 않았다는 점에서 창작의 자율성이 무궁무진했다는 것을 추정해 볼 수 있다. 서사화된 텍스트 중에는 오로지 대화로만 개진된 작품도 있었으며, 일절의 대화가 없는 작품 또한 동시다발적으로 등장하여 공존했다.

필자는 이러한 동시대성을 고구해 볼 수 있는 방편으로, 크게 세 가지의 연구방법론을 제시하고자 한다. 어디까지나 보편적인 방편으로서, 그러나 깊이 있게 수행되지 못했던 가장 기본적인 것에서 시작하고자 한다. 주된 연구방법론의 중심에는 번역이 놓여 있다. 동시대적으로 횡단했던 텍스트의 흐름을 재고하려면 번역된 텍스트에 대한 고찰이 우선적이라 볼 수 있다. 번역이란 곧 텍스트의 이동이다. 번역은 일차적으로 일종의 매개적 행위로서, 서로 다른 지역과 나라를 연계시키면서 공명할 수 있었던 당대의 문학적 흐름을 대변하고 있었다. 번역된 텍스트가 실질적으로 근대국가 성립에 기여하고 역할을

---

30) Andrew Edgar and Peter Sedgwick, *Cultural Theory*, Routledge, 219쪽.

했는가의 여부는 차후의 문제이자, 후대 연구자가 의미를 부여하고
자 했던 번역의 지대한 영향력이 입증된 후의 일이었다. 번역은 이차
적으로 다시쓰기의 행위로서 전유專有였다.[31] 그것은 번역의 윤리성
과 맞물린 사항으로, 번역은 저작자의 의도가 아닌 번역되는 국가의
정치성을 반영하는 것으로 재창작되었다. 그러므로 이에 대한 고찰은
불가피하다.

두 번째로는 정치성을 논하는 것이다. 정치성이란, 정치성을 지니
지 않은 텍스트란 개화기에 존재하지 않을 정도로, 개화기 텍스트가
지닌 보편적인 요소라 볼 수 있다. 순수 오락물로서 존재했던 텍스트
는 고전적인 것, 선대가 남긴 흔적으로 존재하는 것뿐이었다. 개화기
를 대변하는 개화기 문학은 정치적인 역동성을 띠고 있었으며, 심지
어는 직설적으로 독설에 가까운 정치담론을 피력하기도 했다. 개화기
를 말해 주는 키워드는 문명, 계몽, 독립, 애국 등 흔히 근대성과 민
족적인 정체성을 논하는 것으로 압축되었다. 이와 밀접하게 연계되어
있으면서 모든 서사양식에 공통적인 것이 바로 정치성이다. 반反제국
혹은 반反봉건 혹은 반反근대를 주창하는 입장들, 거칠게 말해 개국
과 쇄국을 논하는 지점에서부터 상반된 정치적 입장까지 곧 정치성으
로 귀결되는 것이다.

개국의 필연성을 논하는 자리와 개국의 여파로 말미암아 생존권을
박탈당한 자리에 놓인 자들 사이의 첨예한 혈투는 문학 텍스트에서
고도의 풍자와 언어놀이로 전이되었다. 이들의 정치적 입장들, 더욱
이 상충하는 정치적 시각은 공통된 정치적 욕망의 대상을 점유하려는
권력싸움으로 나아갔다. 그것의 압축된 형태로, 정권의 변혁으로 극
대화된 정치적 사건 가운데 대표적인 것이 갑신정변이다. 이 사건은

---

31) 로렌스 베누티; 임호경 옮김, 《번역의 윤리》, 열린책들, 2006, 109쪽.

문학 텍스트로 형상화되는 과정에서 국가의 역적으로 몰린 김옥균을 근대화의 선구적인 영웅으로 전도시킨다. 오히려 영웅을 역적으로 내몬 정부의 반근대성을 비판하는 것이다. 이는 더 나아가 무기력한 지배정권에 대한 저항의식을 텍스트상에서 직접적으로 피력하고, 중국과 함께 반정부운동의 흐름을 같이하려 했다는 아시아국 사이의 연대의식도 추정해 볼 수 있는 정치적, 역사적, 문학사적 사건으로 읽힐 수 있는 여지를 남겨 준다.

세 번째로 제도와 연계된 것이다. 제도적인 측면에서 개화기 문학은 저작권이 불투명했다는 자유로움이 있었다. 그러나 점차 외부의 정치적 압박과 간섭으로 말미암아, 자유로운 정치담론이 유포되었던 텍스트들은 한일합방을 앞두고 금서로 지정되는 제도의 제약을 받게 된다. 이는 소설작법을 변형시키면서 특정 방향으로만 고착시키는 경향을 낳았는데, 개화기 문학 텍스트에서 정치성이 표면적으로 제거되는 것으로 정치서사의 잠정적인 소멸을 부추겼다.

학문, 특히 근대의 학문은 분화와 조직화를 특징으로 한다고 볼 수 있다. 일찍이 문文은 문학과 과학과 미술 등의 여러 갈래의 학문으로 쪼개지고 각기 다른 특성에 바탕을 두고, 분화하여 심화된 발전을 이룰 수 있었던 것이다. 달리 말하면 분열되고 균열된 상태의 것을 질서 정연하게 분류하고 분석하여 일종의 체계적인 조감도를 구축해 냈다. 그러나 분류하는 과정에서 빚어지는 무수한 선택은 곧 배제를 수반하는 작업이었다. 문학의 영역에서 제도와 관련하여, 그 대표적인 경우가 정전화 작업이라 할 수 있다. 정전은 한 시대를 대표하는 문학작품을 선정하는 작업을 기초로 하며, 정전이나 대표작으로 주목받지 못한 경우에는 상대적으로 작품명으로만 존속하는 경우가 일반적이었다. 전체적인 총체성과 통일성을 확보하는 방편은, 분류하는 과정에서 그 자체의 특성이 상대적으로 경시되었던 작품들까지 넓히고 수렴하여, 동시대성과 혼재성이 분출된 지점, 분열되고 균열되었던 지점을 되짚어보는 데 있을 것이다.

중국의 경우에 무수한 소설의 유형이 출현한 기점으로 20세기 초를 지목한다. 이 시기에 량치차오가 일본의 정치소설을 중국 독자에게 소개하고자, 정치소설이라는 소설 유형 외에 기존의 그리고 동시기에 나왔던 소설들을 유형화했던 것이다. 이는 정치소설을 나머지 소설들과 차별하려는 전략이라 볼 수 있다. 량치차오는 국민국가의 수립을 이룰 수 있는 유용한 도구라는 면에서 소설의 위력을 신봉했다. 여기서 주목해야 할 것은 정치소설을 어떻게 자리매김하려 했는가 하는 점보다, 이들이 소설을 유형화하는 방편으로 일종의 명명화 naming 작업에 집착했다는 점이다.

당대 잡지 운영자나 소설가 혹은 비평가들 스스로도 질릴 정도로 셀 수 없는 소설의 유형화를 시도하였던 바, 이들은 무수한 소설이 존재했기에 이를 분류했던 것이 아니라, 특정한 소설을 창작하고자 다시 말해 소설의 창작 규칙을 만들고자 소설의 유형을 설정했다. 소설의 유형은 그 내용에 따라 또는 홍보되어야 할 사항에 따라 특정한 강조점을 내세우는 방식으로 이루어졌는데, 이 과정은 그리 단순하지 않았다. 무엇보다 이들은 단순히 소설의 유형화를 통해서 판매부수 올리기(홍보의 용이함과 효과의 극대화)를 떠나 독자에게 작품을 이해시킬 수 있는 키워드를 제시하고자 했다.[32] 그러나 이러한 유형화는 서로 교차하고 있는 지점들을 지나쳐 버릴 수밖에 없었기에, 특정한 유형으로 명명된 작품이 다른 특성이 발견되고 강조되어야

---

32) 진평원에 따르면 그들이 노렸던 바는 다음과 같은 세 가지로 압축된다. 첫째가 중국 고대소설에 대한 새로운 해석, 둘째가 소설 창작 규칙에 대한 연구, 셋째가 중국소설의 전체적인 구조에 대한 개조이다. 진평원, 앞의 책, 271쪽.

할 필요가 있을 때 또 다른 이름으로 다시 분류되고 호명되는 일이
부지기수였다.

정작 일본에서 정치소설은 이러한 도입 과정이 중시될 필요가 없
었기에, 그들 내부에서 창작된 정치소설은 정치운동의 수명과 그 운
명을 같이하면서, 특정한 정치인들이 자신들의 정치적 신념을 피력하
기 위한 수단으로서 확실히 언명되었다. 특정한 장르나 양식과의 경
쟁이 불필요했던 것이다. 그리고 정치소설은 정치운동의 쇠퇴와 맞물
리면서 자연스럽게 명멸했다. 물론 여기에는 쓰보우치 쇼요坪內逍遙
의《소설신수》의 여파를 간과할 수 없다. 이들은 이즈음에 들어서 진
정한 소설의 요건을 논하기 시작했던 것이다.

한국에서 정치소설은 일본에서처럼 확고한 정치운동을 대변할 매
체로 이용되지 않았으며, 중국처럼 명명화 현상을 형성할 만큼, 정치
소설이라는 특정한 소설 유형이 정착되지 못했다. 그저 정치소설이라
는 명칭을 앞세운 두세 편의 작품(〈서사건국지〉, 〈애국정신〉, 〈설중매〉
등)이 들어와 소개되었을 뿐이다. 그러므로 이 지점에서 정치서사 용
어 정립의 필요성이 제기된다. 그리고 정치서사라는 명칭에서 짐작할
수 있는바, 정치서사와 밀접히 연계된 정치소설과의 상관성을 밝히는
작업이 필요하다. 일본에서 성행했던 정치소설이 중국을 비롯하여,
한국에도 도입되었고, 그리하여 정치문학의 원류가 되는 정치소설의
출범이 한 · 중 · 일 3국에 동시적으로 개진되었다는 전제에서 이 글
은 출발한다.

그리하여 제2장에서 정치소설이 어떻게 아시아에 등장하게 되었
는지, 이 정치소설이 궁극적으로 소설사에서 어떤 의미를 갖는지를
재검해 볼 것이다. 이는 소설의 발생과도 연루된 작업이다. 정치와
소설이 어떻게 만나서, 근대소설의 초기 모델로서 정치소설이 등장

하고 각광받았는가 하는 기본적인 배경 사실에 대한 점검은 반드시 다루어져야 할 사항이다. 더욱 문제가 되는 것은 한국의 경우 정치소설이라는 장르가 제대로 정착되지 않았다는 점이다. 그리하여 정치소설이라는 라벨을 달고 있는 유일한 작품으로서 특정 작품이 주목되거나, 이 명칭이 다른 장르로 혼용되면서 무분별하게 쓰인 예를 쉽게 볼 수 있다.

당시 도서판매시장에서는, 도서라는 상품을 판매하고자 상품을 소개하는 차원에서 그 특성을 대변해 주는 각 명칭들을 분류하여 사용했는데, 정작 정치소설로 광고된 작품은 겨우 두 편에 불과하다. 또한 일본의 대표적인 정치소설인 《경국미담》이 직역되었음에도 신소설로 소개되었다는 점을 감안해 볼 때, 이러한 명칭의 구분은 실제 작품의 성격과 엄청난 괴리가 있었다는 것을 알 수 있다. 여기서 흥미로운 것은 흥미성과 오락성을 주된 특성으로 했던 신소설이라는 명칭이 무색해질 만큼, 《경국미담》은 애국성과 독립성을 고양시키는 목적으로 번역되었다는 점이다.

이는 정치성이 퇴색되지 않았던, 오히려 더욱 정치적이었던 신소설의 작품과 다른 방향에서 다루어질 필요가 있는데, 이들 각기 다른 텍스트들은 서로 다른 정치적 입장에서 국민국가의 건설이라는 명제에서 자유롭지 않았다. 이 시기의 문학은 여타 근대국가의 출현 시기에 등장한 문학들처럼, 국가에 복무하거나 국가를 설립하는 데에서 문학적인 의의를 찾고자 했다. 이는 시기적으로 개인의 탄생이 없었고, 개인이 성장할 수 있는 국가의 탄생이 더욱 필수적인 사항이었다는 것을 보여 준다. 곧 국민의 탄생을 위한, 국민국가를 위한 문학이 이 시기 공통적인 특성 가운데 하나였다. 이에 관한 사항들을 제2장에서 좀 더 면밀히 살펴보도록 할 것이다.

또한 이 글에서는 한 · 중 · 일 3국에 동시에 유통된 텍스트를 상호 비교해 봄으로써, 각기 독립적인 특성과 공유되었던 문제의식들을 재검해 볼 것이다. 이와 관련하여 빠뜨릴 수 없는 과제가 바로 번역의 문제다. 당대 번역의 의미는 불명료한 저작권의 영역과도 면밀하게 연계되어 있다. 번역이 직역과 번안으로 나뉘듯이, 이 당시에는 번역의 본질이 있는 그대로 재현하는 데 있지 않았다. 번역에 의미가 있다면, 그것은 전달력이었다. 국경의 경계를 넘나드는 여권처럼, 번역은 그 어원 그대로 한 곳에서 다른 곳으로 수송되는 과정, 그 이상이 되지 못했다. 저작권이 무의미한 것처럼, 저작자의 의도가 중요하지 않았던 것이다. 번역은 널리 알려진 대로 근대화를 추진하는 주된 국가사업의 하나였다. 이제는 학계에서 상투적으로 고착되어 버린 '번역된 근대'라는 표현은, 이를 대체할 만한 표현을 찾아보기 힘들 정도로 근대를 설명하는 절묘한 것으로 통용되고 있다. 단, 전제를 단다면 일본과 같은 근대일 경우다. 그리고 대부분의 아시아가 경험하지 않을 수 없었던 운명과 같은 근대이다.

번역이 모방이나 아류로 속칭되듯이 번역된 산물은 원본과 결코 완전히 동일해질 수 없는 차이를 지니고 있다. 더욱이 정치의 영역에서, 각기 상호적으로 맞물린 정치적 입장은 동일성보다는 차이를 드러낼 수밖에 없다. 이러한 차이의 지점에서 번역은 각 정치적인 입장을 반영하는 주체적인 행위가 된다. 단순한 되풀이나 받아쓰기란 존재할 수 없기 때문이다. 이 맥락에서 번역행위만큼 정치적인 행위란 없다. 정치행위로서 번역행위가 규정되었을 때, 번역된 작품은 정치적 입장을 표명하는 선전도구가 된다. 시기상 근대 초기라는 점에서 번역은 국가사업의 한 부분으로 근대를 옮기는 과정에서 필연적이었으며, 검열과 규제를 받기 전에 자유로이 우회적으로 정치적 입장을 피력할 수 있는 유용한 정치도구로서 필수적이었다.

일제의 통치를 본격적으로 받기 시작했을 때, 개화기 문학작품의
일부는 금서로 지정되어, 정치 성향이 공식적으로 입증되었다. 식민
지 통치에 방해가 될 수 있는 정치성을 표면적으로 피력하고 있었던
것이다. 금서라는 통치 방식은 결과적으로 이와 흡사한 작품의 지속
적인 발간이나 창작의 수단을 봉쇄시키는 데는 성공한 것으로 보인
다. 이후에 나오는 작품들이 이전 작품에 비추어 표면적으로 정치성
을 상실했다는 것은 이를 말해 준다. 여기서 흥미로운 것은 금서로
지정된 작품이 대부분 번역된 작품이라는 점과 번역된 작품이 제국의
교과서처럼 통용되었던 작품이라는 점이다.[33] 제국의 교과서와 같이
제국에서 성행한 작품은 식민지국에서도 수용되었던 것인데, 이러한
제국과 식민지라는 이분법적 세계가 본격적으로 진행되기 전에 통용
되었던 텍스트는 점차 식민지국에서 금서로서 절명하고 만다.[34]

---

33) 당대의 출판법(1909년 2월 23일)(이완용 내각의 광무)은 신문지법(1907)과 달리 사
    전검열을 했던 것으로, 이에 대해서는 정진석, 《한국언론사》, 나남, 1990을 참조. 그
    리고 실제로 발매 및 반포를 금지한 시점은 1910년 5월 5일로 보이는데, 이에 대해서
    는 권영민, 앞의 책, 183쪽 참조.
    아래에서 볼 수 있듯이 1910년 5월 5일 이후에 금서로 지정된 도서 가운데, 번역 작품
    (밑줄 친 도서)이 13권이고, 창작 작품이 5권으로, 창작 작품보다 번역 작품이 더욱 많
    이 금서로 지정되었음을 알 수 있다. 이는 창작 작품보다 상대적으로 번역 작품이 더
    많았다는 점(신소설과 같이 지배적인 이데올로기에 편승된 정치적인 텍스트의 경우에
    는 금서로 지정되지 않았음은 말할 것도 없기에), 더 나아가 기존 연구사에서 창작으로
    알려진 작품이 실제로는 번역 작품으로 밝혀지고 있다는 점에서 번역 작품은 이보다
    더 많아질 가능성이 있다. 1905, 《애급근세사》, 장지연/ 1907, 《미국독립사》, 현채/
    1907, 《월남망국사》, 현채/ 1907, 《서사건국지》, 김병현/ 1907, 《애국부인전》, 장지
    연/ 1907, 《이태리건국삼걸전》, 신채호/ 1907, 《비율빈전사》, 안국선/ 1908, 《라란
    부인전》, 대한매일신보사/ 1908, 《애국정신》, 이채우/ 1908, 《애국정신담》, 이채우/
    1908, 《금수회의록》, 안국선/ 1908, 《몽견제갈량》, 유원표/ 1908, 《을지문덕》, 신채
    호/ 1908, 《화성돈전》, 이해조/ 1908, 《경국미담》, 현공렴/ 1911, 《몽배금태조》, 박
    은식/ 1910, 《자유종》, 이해조/ 1912, 《최도통전》, 신채호.
34) 번역된 텍스트가 검열 대상이 되어 금지 처분을 받는 것은 1910년 한일병합이 공
    식화되기 전이다. 국내에서 검열은 러일전쟁 때 일본이 군사기밀이 누설될 염려
    를 빌미로 《황성신문》과 《제국신문》에 압력을 넣었던 것을 시작으로, 을사조약 이후

여기에는 번역하는 과정에서 원텍스트와 다르게 텍스트의 성격이 변용되었다는 텍스트의 변용 가능성과, 텍스트의 성격은 그대로이나 정치적인 입장에서 다르게 해석되고 옮겨지지 않을 수 없는 텍스트의 정치성에 대한 고찰이 필요하다. 그리고 이 지점에서 번역의 윤리성이 문제가 되는데, 윤리적인 번역이란 원저자의 의도를 그대로 살리는 것이 아니라 최대한 당대 시국에 맞게 변용하는 데 있었다는 점이다. 무엇보다 그 나라의 사정이 요구하는 정치성을 내포하고 있는 번역된 텍스트가 실로 윤리적인 텍스트로 수용되었다는 점이다. 애국이나 독립이라는, 보편적인 근대화나 문명이라는 명제를 표현하고 있는 텍스트로의 변용, 정치적인 입장을 표명하고 있는 변용된 텍스트는 자연스럽게 윤리성도 나타내고 있는 것이다. 시대의 명제와 호응하지 않는, 이에 위배되는 반시대적인 번역은 통용되기 어려웠으며, 그러한 번역이 설 자리도 없었다. 이는 판매시장과도 긴밀히 연계되는데, 텍스트의 상업성은 곧 텍스트의 수명을 좌지우지하여 텍스트 존립 방식을 규정하는 부정할 수 없는 권력이었다. 이 과정 가운데 팔리는 텍스트라면 이중 번역, 더 나아가 삼중, 다중 번역이 허용되었다. 번역을 중심으로 한 이와 관련된 사항들을 제3장에서 살펴볼 것이다.

이즈음에서 텍스트와 실제 정치적 사건과의 상관성을 고찰해 볼 필요가 있다. 텍스트의 윤리적인 면모가 실제 시국을 반영하는 정도에서 입증되고, 자국 실정에 맞는 정치적인 입장을 피력하고 있는 텍

에는 그 간섭을 더욱 강화했다. 익히 알려진 대로 장지연의 논설 〈시일야방성대곡〉 (1905.11.20)이 실린 연유로 《황성신문》은 정간을 당하기도 했던 것이다.
구장률, 〈근대계몽기 소설과 검열제도의 상관성〉, 《한국 근대 서사양식의 발생 및 전개와 매체의 역할》, 소명출판, 2005, 272~273쪽; 최기영, 〈광무신문지법에 관한 연구〉, 《역사학보》92, 1981; 정진석, 앞의 책; 정근식, 〈식민지 검열의 역사적 기원〉, 《사회와 역사》64, 2003.

스트가 시대에 부합하는 것이라 볼 때, 텍스트와 실제적인 상황과의 거리는 최대한 좁혀진다. 그러한 거리가 좁혀졌을 때, 텍스트의 윤리성과 정치성이 조화를 이루면서 텍스트의 시대적 가치가 최고로 부상하는 것이다. 실질적으로 개화기 텍스트는 시대적인 정황에서 자유롭지 않았다. 오히려 시대적인 정황을 가지고 텍스트를 변용하거나 엮어 나갔다. 그러한 방식이 최대한 직설적으로 드러났을 때 시대적인 지배체제나 외세를 풍자하는 문답 형태가 자유로이 통용되고 여러 독자들의 마음을 끌 수 있는 자리가 구축될 수 있었다. 실제적으로 국내의 정치적 운동의 시작은 갑신정변에서부터 찾지 않을 수 없다. 전복적인 성향과 지향했던 이념의 체계가 과격했다는 결과론적인 사실보다는, 갑신정변을 이끌었던 정치적 문사文士들이 당대 아시아의 최고 지식인들과 교류하여 동시대성과 지적 감각을 가졌다는 사실을 우선적으로 고찰해 볼 필요가 있을 것이다.

흑룡회는 일본에서 대동아주의를 내세우고 아시아의 연대를 주창했던 대표적인 정치단체다. 현양사는 이러한 흑룡회의 전신으로, 정한론을 주창했던 우국주의의 근간이 되는 무리였다. 조선의 급진적인 정치운동이었던 갑신정변이나 김옥균과 연루된 일본의 정치운동은 구체적으로 자유민권운동 일파가 일으킨 오사카 사건으로 기록되어 있다. 그러나 단순히 정치적 사건으로 일단락 지을 수 없을 정도로 국내의 급진적인 정치운동의 근간은 외래의 정치단체와 깊은 연관이 있었다. 일본의 정치단체는 비단 흑룡회뿐만 아니라, 일종의 지식연대로서 흥아회 등 각기 기능을 분담한 여러 단체가 존재했다. 이 가운데 흑룡회가 서구제국에 맞설 수 있는 아시아국 사이의 연대를 빌미로 아시아국을 정탐했다는 사실은 익히 알려진 사실이다. 그러나 이 같은 이면이 드러나기까지, 긍정적인 면에서 아시아 연대를 꿈꾸었던 진보적인 지식단체는 중국과 한국의 경우에도 예외 없이 존재했다.

다만 일본의 정치단체와 중국과 한국의 정치단체의 차이는, 마루야마 마사오丸山眞男가 지적한 것처럼 정치단체가 결탁하고 있는 이념적인 성향에서 결정되었다.[35] 일본의 정치단체는 비주류의 편에 선 지식단체에서 시작되었으나, 결과적으로는 비주류(대표적으로 흥아회의 구성원이나 자유민권운동의 일파)일지라도 어디까지나 지배 정부의 지지 없이는 존립이 불가능했던 것으로, 황제를 중심으로 한 중앙정부의 후원을 받았다. 달리 말해 정부의 지원을 받고자 더욱 우국적인 성향을 구축해 나갔던 것이다. 이들 비주류적인 정치단체는 지배 정부의 지나친 구화주의를 비판하면서, 전략적으로 서구에 대항하기 위한 아시아국의 연대를 강조했다. 이 과정에서 후쿠자와 유키치福澤諭吉의 탈아론은 아시아국의 동맹을 주창했던 비주류에게 치명적인 위협이었다. 그러나 이들이 탈아론과 다른 방향에서 아시아국을 자국의 이익 노선으로 끌어 오는 과정은 궁극적으로 내셔널리즘이라는 하나의 통념으로 통하는 것이었다. 이들은 공통적으로 정부를 주도로 하여 봉건적인 폐해를 없애고 근대화를 이끌어 갔다. 이는 오로지 부국강병이라는 절대적인 명제 앞에서 가능한 일이었다.

중국과 한국의 경우에 정치사상의 기조는 외세에 대항하려는 내셔널리즘과 자국의 부패한 정부를 타파하려는 혁신적인 혁명 의지로 고무되어 있었다. 더욱이 중국의 경우는 실전 경험이 있던 터라, 갑오년의 수치를 극복하려는 방안 모색에 혈안이 되어 있던 차, 근본적인 패배의 원인으로 무기력한 만주정부와 고루한 정권의 폐습을 지목했다. 중국의 신지식인들은 대부분이 일본 유학파였으며, 이들은 배만

---

35) 마루야마 마사오丸山眞男, 김석근 옮김, 《현대정치의 사상과 행동》, 한길사, 1997.

排滿사상과 함께 정권을 전복하고 새로운 세계를 수립하려는 혁명을 도모했다. 여기서 흥미로운 것은 그러한 혁신적인 진척 방향이 단일하게 나아가지 않고, 대립과 대립 속에 무수한 균열을 안고 있었다는 점이다. 중국의 개신파들은 크게 온건파와 급진파로 나뉘었으며, 그 안에는 또 각자의 출신과 성향에 따라 파벌이 나뉘었다. 그리고 이들은 일방적으로 배만을 주창하지도 않았으며, 그렇다고 근대국가를 무작정 지향하지도 않았다. 배만을 주창한 무리는 대개가 급진파에 속했으며, 근대국가가 아닌 대동大同이라는 공동체를 지향하는 사상가도 등장했던 것이다.

또한 급진파였다가 훗날 정부세력에 편승하는 전향자도 발생했다. 특히 캉유웨이康有為의 경우는 경쟁의 원리로 침략을 자행하는, 국가라는 제도적 시스템을 부정했다. 그러나 그는 어디까지나 량치차오와 뜻을 같이했던 근대적인 계몽과 사상의 전파자이자 수혜자였기 때문에 진화론적인 사고의 틀을 벗어날 수 없었다. 이 과정에서 빚어지는 모순들은 고스란히 혁명당의 모순적인 운명과 양태를 보여주었다. 그럼에도 여러 혁명당이 통합되고 마침내는 혁명을 달성하는데, 이는 그들 역시 자신들만의 내셔널리즘에 입각한 힘이 동족의 구제라는 구국주의와 애국주의를 벗어나지 않고, 어디까지나 그 안에서 현존했다는 것을 보여 준다.

조선의 경우는 좀 더 복합적이었는데, 이는 조선이 실질적으로 전쟁의 경험이 없었기 때문이다. 근대 무기의 필요성과 문물 도입의 절실함은 어디까지나 탐방하는 수준에서 느낄 뿐이었다. 이 과정에서 외세에 따라 무차별적으로 개방된 중국과 달리, 일단은 개화 그 자체를 보류하는 사태가 빚어졌다. 정치적 문사文士들은 개화파와 쇄국파로 갈리고, 반봉건적이고 반외세적인 그룹과 반봉건적이되 외세지향적인 그룹으로 또 나뉘고, 봉건적이면서 반외세적인 외골수 또한 등장했다. 이와 관련하여 정치단체와 정치적 인물이 펼치는 구체적인 정치운동에 대해서는 제4장에서 다룰 것이다.

정치서사는 근대소설의 초기 모형으로 간주되는 정치소설을 포함하고 있었으며, 정치소설은 한국, 중국, 일본에서 공통적으로 성행했던 시기가 있었다. 이는 문학이 자생할 수 있는 정치적 영토를 각기 구축해 나가려는 정치운동이 숙명적으로 서로 맞물리면서 전개되고 있었기에 가능했다. 이러한 정치운동의 토대는 정치운동의 정치적 지향성이 끝내 '제국 되기'라는 일종의 시대적 명제에서 자유로울 수 없었던 사정에서 말미암는다. 아시아국 자체가 제국 모델에 속박된 운명임을 반영하지 않을 수 없었던 것이다. 다만, 일본의 정치운동과 중국과 한국의 정치운동에서 드러난 지향점의 차이에서 볼 수 있듯이, 정치서사에서도 일본이 '제국-되기'라는 일종의 정석을 세우고 수행해 냈다면, 중국과 한국은 이러한 제국이 되지 못한 실질적인 한계에 봉착해 있었다.

그리하여 정치서사의 주된 특징은, 좌절된 제국 지향성의 뒤틀린 형태로서 반제국주의가 지배적으로 성행하기에 이른다. 반제국주의는 제국주의를 전제한 것으로, 제국에 대항하여 제국의 움직임에 저항하려는 운동의 흐름이다. 중국이 그 내부에서 이질적인 민족 구성원에 대한 거부와 지배 정권인 청조에 대한 배격운동을 활발히 펼치는 과정에서 민족주의가 강성했다면, 한국은 혁명의 도가니에서 공화제라는 혁신적인 정치체제의 구축을 도모했던 중국과 다소 다르게, 독립과 구국이라는 명제에 좀 더 힘을 실어 넣었다. 한국에서는 국민국가라는 근대적인 국가체제로의 지향성보다 오히려 독립국가에 대한 명제가, 황제와 정부세력에게 직접적으로 대항할 만한 힘을 확보하지 못한 사정에서 애국충정이라는 슬로건이 강세를 이룰 수 있었다.

호미 바바Homi Bhabha는 거대한 집단 내부에서 서로 뒤섞인 혼종 상태가 커져 가는 양상을 국민국가의 성장으로 바라보았다. 국민국가란 다양성이 끝없이 뒤섞이면서 변화하는 유동적인 산물이라 할 때, 정치서사는 이러한 무형적인 국민국가의 형체를 직조하기 위해 동원된 기계적인 서사다. 상이한 정치적 이데올로기가 혼재하고 충돌하는 양상은 국민국가의 창출과 더불어 국민국가라는 가상의 이미지를 현실에서 재현해 내는 정치서사의 태동을 수반하고 있었던 셈이다. 이 책은 이러한 정치적인 사정과 문학 텍스트의 상관성에 토대를 두고 근대문학의 기원으로서의 정치성을 고찰해 보고자 한다. 이 글의 목적은 궁극적으로 20세기 초 동아시아에서 한국문학의 특수성을 도출하고 그 위상을 새롭게 정립하는 데 있다. 이는 한국 근대문학의 형성과 관련하여 단순히 한국에만 국한할 수 없을 정도로 당대에 활발하게 성행했던 정치적인 텍스트와 실제로 운영되었던 정치단체와 발간된 정치매체를 통해 문학이 정치와 분리될 수 없는, 문학의 새로운 기능으로서 부각되었던 정치적인 측면을 고구해 보고자 함이다. 동시에, 정치적인 면에 치우치지 않고 어디까지나 문학일 수 있었던, 더욱이 당시 신문학이라는 관념의 형성과 관련하여 어떠한 운동이 펼쳐지고 있었는지 면밀히 살펴봄으로써 한국문학사를 새롭게 볼 수 있는 지평을 여는 데 기여할 수 있기를 기대한다.

Ⅱ. 20세기 초 정치의 각축장과 정치적인 텍스트

1. '문학적인 텍스트'와 문학 행위의 의미

1) 역사와 경합하는 문학적인 텍스트의 등장

이 장에서는 한국의 정치서사 가운데 문제적인 자리를 차지하고 있는 정치소설에 대해 살펴보고자 한다. 한국에 통용된 정치소설은 앞서 언급한 대로 두세 편의 작품뿐이지만, 기존의 연구사에서 일괄적으로 개화기에 나온 텍스트 가운데 이념적인 성향을 지닌 것을 정치소설이라 호명하는 등, 용어에 있어서 혼란이 가중된 상태이다. 한국의 경우는 중국과 다르게 일본의 정치소설을 정치소설로 받아들이고 이를 모방하여 정치소설을 특수한 장르로 고착시키지 않았다. 이는 후에 서술하겠지만, 중국의 경우는 량치차오가 소설을 곧 국력배양의 요소로 보고 일본의 정치소설을 번역하여 소개하고 중국의 정치소설을 창작한 것과는 대조적이다. 한국에서는 정치소설이 번역되면서 신소설로 그 명칭을 바꾸었을 뿐 아니라 내용 또한 원작의 정치적인 부분이 축소되어 일본의 정치소설을 그대로 가져왔다고 볼 수 없다. 이는 한국에서 번역된 정치소설이 단순히 결함을 지닌 형태로 남아 있다고 결론짓고 넘어갈 수 없는 지점을 보여 준다.

한국의 경우 특수한 정치적 텍스트가 이미 산재하고 있었으며, 중국처럼 중국의 문학적 풍토에서 존재하지 않았던 새로운 장르로서 정치소설이 각인될 여지가 매우 적었다는 것을 추정해 볼 수 있다. 곧

수용의 경위와 수용의 시기가 중요한데, 량치차오는 중국에서 찾아
볼 수 없는 문학 장르로서 일본의 정치소설을 도입해 왔다. 그러나
박은식이 〈서사건국지〉를 번역했을 때는, 그의 서문을 보아서도 알겠
지만, 정치소설의 기능적인 측면을 강조한 것이 아니라, 기존에 존재
하고 있던 동시대의 애국계몽을 알리는 텍스트와 동일한 장르로 편입
시켜 놓고 있다. 소설을 국풍國風을 측정하는 척도로 보는 시각은 량
치차오와 동일하지만, 박은식은 《정치소설政治小說 서사건국지瑞士建
國誌》를 기존의 중국소설과 흡사한 장르로서 '전기傳奇'에 포함시켜 놓
았다.

  천하 후세에 이 《서사건국지》를 읽는 사람은 누군들 애국 사상과
  백성을 구제하려는 혈심血心이 분발하지 않겠는가? 내가 이에 병을
  이기고 바쁨을 떨쳐 버리고 국한문을 섞어서 역술譯述을 마치고,
  간행 · 배포하여 우리 동포들에게 항상 옆에 놓고 읽을 것으로 제공
  하니, 오직 우리 국민은 **예로부터 내려오는 여러 소설들을 온통 다
  시렁에 묶어 두고, 이 같은 전기傳奇가 세상에 대신 유행하도록 한다
  면** 지혜를 깨우쳐 진보하도록 하는 데 유익함이 확실히 있을 것이
  다. 훗날 우리 대한도 저 서사와 같이 열강들 사이에 위치하여 독
  립 자주를 공고히 한다면, 우리 동포의 생활이 곧바로 지옥을 벗어
  나 천국에 오를 것이니 어찌 즐겁지 않겠는가? 이 목적을 달성코자
  한다면 오직 애국의 뜨거운 마음이 한 덩어리로 뭉치는 데 있다 하
  겠다.[1]

---

1) 박은식, 〈서序〉, 《서사건국지》, 대한매일신보사, 1907. (민족문학사연구소 편역, 《근
  대계몽기의 학술 · 문예 사상》, 소명출판, 2000, 96~97쪽) 이 책의 인용문에서 강조
  표시는 인용자가 한 것이다. 이하 이 글에서 별도의 표기가 없는 한 강조 표시는 인용
  자의 것임을 밝혀 둔다.
  天下後世에 玆《瑞士建國誌》를 讀ᄒᆞᄂᆞᆫ 者가 誰가 愛國思想과 救民血心이 奮發치 아
  니ᄒᆞ리오? 余乃病을 强ᄒᆞ며 忙을 撥ᄒᆞ고 國漢文을 和ᄒᆞ야 譯述을 竣了에 爲之印布
  ᄒᆞ야 我同胞의 茶飯閱讀을 共ᄒᆞ노니, 惟我國民은 舊來 小說의 諸種은 盡行束閣ᄒᆞ고

위의 구절에서 전후를 보면 박은식이 말한 전기傳奇가 실은 전기傳奇가 아닌 전기傳記임을 알 수 있다. 《서사건국지》는 스위스를 건국한 빌헬름 텔維霖楊露의 궤적을 다루고 있는 이야기로, 빌헬름 텔을 나폴레옹과 워싱턴에 견주어 놓았기 때문이다. 무엇보다 기존 소설들이라 함은 대개가 중국 고전 소설들로 전기傳奇를 가리킨다. 여기서 박은식이 말하는 것은 정치소설에 가까운 전기傳記이다. 혹은 전기傳奇이든 전기傳記이든 이 둘의 구별이 무의미할 정도로 박은식이 중요하게 생각한 것은, 애국정신의 고양과 국가의 독립정신을 고무시킬 수 있는지의 여부였다. 그리고 이러한 특성은 정치소설을 비롯하여 역사와 전기傳記가 지닌 것이었다. 박은식의 논리에 따르면 '정치소설=전기'라는 등식이, 더 나아가 '정치소설〈전기'라는 등식이 성립한다. 결론적으로 그의 눈에 정치소설은 전기와 흡사하거나 밀접했다. 정치소설이든 전기든 애국운동에 기여만 할 수 있다면, 그것은 중요한 문제가 아니었던 것이다.

허구적인 전기傳奇에서 실증적인 전기傳記로의 전환은 근대적인 서사양식의 출범을 가능케 했다. 여기서 전기(傳奇, romance)는 기이하고 지괴志怪한 특성을 지닌 이야기를 말한다.[2] 반면에 전기(傳記, biography)는 실존 인물의 자전적인 기록을 뜻한다. 실증 사료를 작품의 제재로 삼아 허구적인 상상력을 가미하여 구성된 정치소설은, 기존의 허구성과 새로운 실증성을 겸비한 텍스트로 인식되었다. 물론

此等 傳奇가 代行于世ᄒ면 牖智進化에 裨益이 確有ᄒ지라. 異日 我韓도 彼瑞士와 如히 屹然히 列强之間에 標置ᄒ야 獨立自主를 鞏固히 ᄒ면 我同胞의 生活이 便是地獄을 離ᄒ고 天國에 躋ᄒ이니 豈不樂哉아? 此目的을 達코저 ᄒ면 惟是愛國熱心이 打成一團에 在ᄒ다 ᄒ노라.

2) 좀 더 자세히 말하자면, 일반적으로 전기傳奇는 '사전문史傳文의 형식에 지괴志怪의 내용이 결합된 텍스트'로 통용되고 있다. 이에 대한 사항과 이론異論을 제기한 논문으로는 박지현, 〈당대唐代 정치 문인의 등장과 소설적 글쓰기〉, 《중국의 지식장과 글쓰기》, 소명출판, 2011, 207쪽 참조.

전기傳記 또한 그것 자체로 사료를 토대로 재구성된 산물이기 때문에 그 자체로 인위적인 작가의 목소리를 배제할 수 없다. 그리고 어느 정도 실증성에서 거리를 두었다는 바로 이 점으로 말미암아, 이러한 주관적인 목소리가 전기傳記를 문학의 장으로 인도하는 것이기도 하다. 가령 신채호가 《을지문덕전》에서 실제로 기록된 사료에 근거한 구절은 작은 글씨로 연도를 밝혀 놓고, 그 옆에 자신이 재구성한 구절, 이를 좀 더 드라마틱하게 부연하거나 묘사한 구절은 큰 글씨로 표기하여 상호 대조가 가능하게 동시적으로 기술한 것을 들 수 있다.

개화기 소설이라는 용어와 범주의 불명료한 사항은, 일반적으로 개화기 문학을 접할 때 직면하게 되는 연구의 출발점이기도 하다. 동양의 소설이 서구의 노벨과 다르고, 근대에 정립된 소설의 개념에 비추어 볼 때 당대 매체에 소개된 소설은 소설이라 규정하기 모호한 상태였다.[3][4] 전기傳記가 소설로 인식된 현상은, 익히 김태준이 '전기傳記가 소설小說이라는 개념槪念이 가진 중추中樞'라 언급한 데 있다. 부연하자면 소설의 명칭은 '이야기 책'이나 '전기'라는 칭호로 불렸고, 이러한 칭호는 중국과 일본의 소설 개념 변천사와도 맞물려 있었다.

> 小說이라는 文字는 예전이나 지금이나 一定한 範圍와 定義가 없이 가장 文苑에 쓰게 되었다. 中國에 있어서는 班固가 지은 漢書에 〈小說者流……道聽塗設로서 지은 것이라〉라고 하였더니 四庫全書를 分類할적에는 그처럼 單純히 생각지 아니하고 相當한 範圍를 定하였습니다. 卽 1 雜事를 敍述한 것 2 異聞을 記錄한 것 3 瑣屑을 綴輯한 것 等입니다. 그러므로 이 名稱은 稗說 諧謔 野談 隨筆 等의 部

---

3) 김영민, 〈한국 근대계몽기 '소설'의 정체성 연구 -《대한매일신보》를 중심으로〉, 《근대계몽기 문학의 재인식》, 소명출판, 2007.
4) 김재영, 〈근대계몽기 '소설' 인식의 한 양상 -《대한민보》의 경우〉, 《근대계몽기 문학의 재인식》, 소명출판, 2007.

分的 或은 總稱的 代名詞이었다. 그러나 虛妄한 怪談과 素朴한 隨筆
에서 한거름 나가서 文藝의 中心이 점점 사람의 生活을 描寫하는 데
로 옴겨 오고 作家도 意識的으로 그와 같은 小說을 쓸 시절에 이르
러 小說이라는 名稱이 가진 概念에도 變動을 주어 演義와 傳記類의
創作에도 그 名稱을 쓸 뿐 아니라 도로혀 演義와 傳記가 小說이라
는 槪念이 가진 中樞가 되었다. …… 나는 예전 사람들의 律하든 小
說의 定義로서 예전 小說을 考察하고 小說이 發達하여 온 經路를 分
明히 하고저 한다 **小說이라는 名稱이 時代를 따라 槪念에 差가 있다**
는 것이다. 따라서 이에 더하야 말코저 하는 것은 中國에서도 漢代
의 說話에서 唐代의 傳奇 宋朝의 譚詞가 되었다가 元明以後에야 相
當한 體裁와 內容을 가진 小說이 생긴 것과 같이 大陸文明의 影響을
받어 온 朝鮮 小說의 發達도 이에 追隨하는 바가 있으며 小說의 名
稱도 〈이야기책〉〈전기〉라는 稱呼로서 흔히 流行된다. 〈이야기책〉
이라는 稱號는 相當히 오랜 것으로서 〈한글〉을 〈諺譯〉〈俗諺〉〈諺
文〉이라고 함과 같이 漢文책에 對한 諺文冊이라는 것이며 〈전긔〉라
는 것은 朝鮮小說의 大部分이 一個 主人公의 實傳 같은 體裁에 있으
므로 〈傳記〉라는 文字로써 通稱하는 것이 아닌가 한다. 日本에서도
江戶時代의 初葉에 假名草紙라는 名稱이 流行한 것은 이와 好一對
라고 볼 수 있다.[5]

소설의 기원에 대한 관심과 자국 소설의 개념에 대한 고찰은 김태
준이 개진한 바 있다. 위의 인용문에서 볼 수 있듯이 그의 관심사는
소설이란 무엇인가를 규명하고, 소설의 정의로 과거 소설을 고찰하고
소설이 발달한 경로를 밝히는 데 있었다. 김태준이 보기에 조선에서
소설은 중국의 영향에서 자유롭지 않았으며, 오히려 추종하는 경향
이 있었다. 중국에서 소설은 '패설稗說, 해학諧謔, 야담野談, 수필隨筆'

---

5) 김태준, 《朝鮮小說史》, 학예사, 1932, 11~14쪽.

을 가리키는 것에서 시작되었다가 점차 연의演義와 전기傳記를 지칭하기에 이르러, 오늘날 통용되는 소설小說이라는 개념으로 변천되었다. 김태준은 이러한 변화에 따른 개념의 차이가 조선에도 그대로 유입되었기에, 중국에서의 소설 변천사(설화說話→전기傳奇→원사諢詞→소설小說)는 조선에도 적용된다고 보았다. 다만 조선에는 자국어인 언문체의 소설이 있기에, 소설은 경우에 따라 이야기책(언문책)으로 불렸으며 이는 전기傳記로 통하는 것이었다. 그리고 이러한 현상은 일본 에도시대에 삽화가 실린 대중소설을 의미했던 용어인 초지草紙의 쓰임과도 연계된 것이었다.

요컨대 김태준은 소설다운 소설이 나올 때에 이를 대변하는 것에는 연의演義와 전기傳記가 있다고 보았다. 앞서 언급한 대로 김태준에게 신문예나 신소설이란 기존의 문학적 형식과 결별한 것이었다. 동양 소설의 양식과 결별했을 때, 자국만의 문학을 발견할 수 있다고 본 것이다. 이는 또한 근대소설로서 확립을 가능케 하는 시작점이기도 했다. 김태준은 기존에 '패설, 해학, 야담, 수필' 등으로 간주되었던 소설이 연의演義와 전기傳記로 대표되면서, 그 위치가 격상되었다고 보았다. 이러한 관점은 일본에서 정치소설의 등장으로 소설의 지위가 높아졌다는 평과 상통한다. 그리고 이는 중국에서 상류층의 고급문화와 하류층의 저급문화를 통합할 수 있는 국민문학으로서 계몽적인 소설을 수입하여 새로운 국가를 창출하려는 차원에서 소설 개량을 시도했던 흐름과도 연계된다.

더 넓게는 서구 문학이 로맨스에서 노벨로 발전하는 것과도 연계되는데, 이는 근대소설을 정립하는 과정에서 기존에 동양에 없었던 소설을 수입하여 발전시킨 운동의 결과다. 김태준은 비교적 명확하게 로맨스와 노벨의 차이를 알고 있었으며, 전반적인 소설의 발달사를 꿰뚫고 있었다. 더욱이 서구소설의 영향으로 일본소설과 중국소설이 발달하고 이들 주변국 사이에 끼인 조선소설 또한 동시적인 발전을 이뤄 냈다는 발견은, 문학 더욱이 소설사 연구에 정석과 같은 틀을 만들어 냈다는 면에서 중요하다. 분명한 것은 소설이 점차 소설답게 되는 것은 일상이라는 현실, 곧 인정세태를 있는 그대로 묘사할 때 가능하다는 것이다.

다시 말해서 소설 쓰기는 일상을 허구라는 토대 위에서 재구축하는 작업인 것이다. 픽션이 소설의 핵심적인 요건으로 부상하면서, 논픽션적인 전기나 역사는 소설의 특성을 약화시키는 것으로, 소설과는 더욱 거리를 두게 되었다. 그리하여 전기와 역사는 소설이 아니라는 결론을 낳기도 했는데, 김태준은 조선에서는 (근대적인 의미에서의) 소설이 없었다고 말한다. 소설이라는 용어가 있었어도, 근대소설적인 의미에서의 소설은 존재하지 않았던 것이다. 소설이라는 명칭이 지닌 개념의 차이에 대한 이러한 지적은 오직 조선에만 국한된 사정이 아니었다.

이러한 시각은 정작 일본의 경우에서도 발견된다. 아시아풍의 정치소설을 창작해 낸 일본의 경우에, 전기를 정치소설과 밀접한 '계도적인 양식'으로 인식하고 있었다. 전기가 국민의 심성을 계몽하는 데 유용하다는 측면이, 전기를 기존의 소설이나 시가와 다른 양식으로 각광받게 했다. 메이지 초기에 서구의 정치가를 위주로 대다수의 위인전기가 번역된 바 있다. 정치가로 주로 워싱턴과 함께 소개된 인물이 영국의 수상 글래드스턴이다. 더욱이 글래드스턴은 이와쿠라岩倉 사절단이 1872년 영국을 방문했을 무렵에 간접적이나마 접했던 동시대의 실존 인물이다.[6] 근대의 새로운 정체를 모색하는 과정에서 주

---

6) 구메 구니타케久米邦武; 방광석 옮김, 《특명전권대사 미구회람실기(제2권 영국)》, 소

로 롤모델이 될 만한 나라로 언급된 국가가 영국이었고, 글래드스턴
은 안국선의《정치원론》에서 영국의 내각 조직을 소개하면서 구체적
으로 거론된 인물이기도 하다. 아래의 인용문은 일본에서 글래드스턴
을 소개한 전기의 서문 가운데 일부이다.

> 무릇 전기傳記란 유용한 교훈이 되는 것 또는 인물의 여하나 언
> 행의 여하를 기술한 것이다. 이는 과학보다 도(이치)에 감춰진 깊은
> 뜻을 끌어내기에 족하다. 이는 소설이나 시가보다 감동을 일으키기
> 에 족하다. 그렇지만 결국에는 장부나 부인의 열전을 읽는 자는 하
> 나도 없고, 어째서인지 '자연의 이치理에 따라 세계 안의 모든 형제
> 라면 되리라' 한다. 무릇 인물의 전기로 인간의 성행(성질과 행실)
> 을 고구하는 데 이익이 되는 바가 적지 않으니, 가난한 자의 소전小
> 傳에서도 또한 그러하다. 덧붙여 말하자면, 부유하게 태어나 국민의
> 운명을 좌우했던 자의 소전小傳에서와 같으리라.[7]

위의 인용문에 따르면, '전기傳記'는 일차적으로 '과학'과 '소설'과
'시가'와 다른 서사양식이다. 전기는 과학보다 감춰진 사물의 이치를
일깨워 주는 바가 크고, 기존의 소설이나 시가보다 감동을 주는 바도
적지 않다. 여기서의 소설은 패사(소설로 쓴 역사)와 같은 것으로, 이

명출판, 2011, 115쪽. '우리 일행이 런던에 체류하고 있을 당시에는 영국정부에 대한
국민들의 평가가 매우 낮아 글래드스턴은 사표를 제출했다. 런던에서는 보수당의 디즈
레일리가 수상이 될 것이라는 예측이 돌았으나 여왕은 사표를 수리하지 않았고 자유당
의 인기도 다시 높아졌다.'

7) 理智先生(J. Ewing Ritchie); 渡邊修次郎 譯補,《大政事家 虞拉土斯頓(グラッドスト
    ン)立身傳》(The Life and Times of William Ewart Gladstone), 東京:中央堂, 1886. 凡そ有
    用にして教訓となる者 傳記に若くはなし, 傳記は人物の如何·言行の如何を述ぶる者
    なり,科學固より其道に心を潜むる者を誘導するに足る, 小說詩歌固より感動を起すに
    足る, 然れども畢竟するに男子婦人の列傳を読むが如き事は一も有るなし, 何となれば
    〈自然の理に於て世界の内皆な兄弟なればなり〉. 凡そ人の伝記として人間の性行を考
    究する者に稗益なきは甚だ稀なり, 貧人の小傳に至ても亦然り猶ほ富貴に生れて国民
    の命運を左右すべき人の小傳に於けるが如きなり.

무렵에 등장하기 시작한 정치소설과 완연히 다른 것임은 새삼 언급할
필요가 없을 정도로 자명하다. 정치소설이 등장했을 무렵 각종 서문
에서 정치소설의 의의를 부각시키는 과정에서, 이들이 주안을 두었던
사항이 바로 기존 동양 소설과의 '거리두기'였기 때문이다. 그리고 이
렇게 등장한 정치소설은 기본적으로 역사적인 사건과 실존했던 인물
의 전기에 토대를 두고 있었다. 여기에 허구적인 인물이 가세하여 정
치적인 이념을 설파하는 것이 정치소설의 기본적인 도식을 이루었다.

일본 정치소설의 저자는 글쓰기를 업으로 삼은 전문 작가가 아닌
실제 정치가였다. 당대 거대한 정치운동이었던 자유민권운동에 참
가하는 등 실제로 정치 활동을 하는 부류가 대다수였다. 이들이 글
을 쓴다는 것은 주로 연설문이나 당대 매체에 기고하기 위한 논설문
을 쓰는 것이었다. 다시 말하자면 이들이 만들어 낸 정치소설은 소설
이나 문학의 발전을 도모하기 위함이 아니라, 보다 나은 정치선전의
방안으로 연설이나 투고 이외에 소설을 이용하고자 했던 것이다. 그
결과 정치소설에는 당대의 민권가民權歌의 '노랫말'이나 실제 '연설문'
그리고 정치적 '토론'이 자연스럽게 삽입되었다. 이들 정치가들은 실
제로 영국의 정치가인 벤저민 디즈레일리Benjamin Disraeli나 글래드스턴
William Gradstone이 정치활동 가운데 《비비언 그레이》(1826)등 정치소
설을 쓴 것에 영향을 받았던 것으로 밝혀진 바 있다. 이들에게 소설
은 일종의 여기餘技이거나 정치활동의 연장선이었던 것이다.

그랬던 만큼 정치소설은 비전문적인 소설 형태라는 비판을 피할
수 없었다.[8] 동시에 이렇게 비전문적인 경향은 작품의 목적 지향성을
보다 뚜렷하게 했다. 그것은 정치소설의 특성을 형성한 것으로, 독특
한 한문체는 물론 그 내용과 형식이 기존 소설과 변별점을 구획하는

---

8)   히라오카 도시오平岡敏夫, 《日本近代文学の出発》, 塙書房, 1992.

데 별 무리가 없었던 것이다. 특히 '소설이 어떠해야 하는가', 무엇보다 '소설이란 무엇인가' 하는 새로운 논란을 제기하는 데, 하나의 모범이 되든 비판의 대상이 되든 정치소설이 소설의 새로운 개념 설정을 위한 하나의 계기가 되었다는 점은 부정할 수 없다. 문학사의 전환점을 찍은 것이다. 그리고 이러한 맥락에서 일본의 정치소설은 중국의 근대소설과 한국의 근대소설의 형성과도 맞물린다. 특정한 소설 혹은 서사의 출현이 문학사의 전환점으로 기능했다는 공통적인 운명을 공유하게 된 것이다.

　일본에서 근대적인 소설의 정의와 효과 그리고 그 구성 방식에 대한 의문과 답안은 쓰보우치 쇼요의《소설신수》에서 구체적으로 개진된 바 있다. 쓰보우치는 이상적인 소설을 정의하는 과정 중에 기존의 정치소설이 이렇게 기능적으로 작동하는 기계적인 면모를 비판하고, 인정세태를 묘사하여 예술적인 경지에 이르는 것을 소설의 핵심적인 본분으로 내세웠다. 그러나 쓰보우치는 소설이 가져다 주는 유익한 점을 열거하면서 정치소설이 줄 수 있는 차원의 것과 완전히 다른 것을 제시하지는 않았다.

　　소설은 미술美術이다. 실용적인 것이 아니기 때문에 그 실익을 열거하는 것은 아주 그릇된 일이다. 그렇지만 음악, 회화에도 은연중에 실익이 있는 것처럼, 소설, 패사의 경우에도 작가가 굳이 바라지 않은 비익裨益이 어쩌면 적다고 할 수 없다. 생각건대 예술가가 바라는 바는 오로지 미묘美妙한 감각을 제공하여 사람을 즐겁게 하는 데 있으며, 달리 더 바라는 바가 없기 때문이다. 앞에서도 이미 논한 바와 같이 미술의 묘공妙工이 신묘한 경지에 들어가 완미完美의 정도에 도달한 것은 크게 인심을 감동시켜 은연중에 기품을 고상하게 하고 교화를 돕는 연유가 있다. 그렇지만 그것은 묘공이 신묘한 경지에 들어가 자연히 생긴 결과이지 결코 미술의 목적이 아니므로 그 직접의 이익이라 함은 아주 커다란 잘못이다. 그러므로 소설의 이익을 말하려고 하면 우선 구별을 두어 직접의 이익과 간접의 이익으로 나누어야 할 것이다. 직접의 이익은 인심을 즐겁게 하는 데 있다. 바꿔 말하면 소설의 목적은 사람들에게 오락을 주는 데 있다. …… 간접의 이익은 하나로 부족하다. 이른바 사람의 기품을 고상하게 하는 것, 이른바 사람을 권장징계勸獎懲戒하는 것, 이른바 정사正史를 보충하는 것, 이른바 문학의 모범이 되는 것 바로 이것이다.[9]

위의 인용문에서 볼 수 있듯이 소설의 미학성을 제기하며 기존의 소설 경향을 주도했던 정치소설을 비판한 쓰보우치조차, 소설의 득실을 논하면서 소설의 기능으로서 유희를 제공해 주는 오락성 이외에 인간 심성을 계도한다는 교훈성을 배제할 수 없었다. 소설의 폐단을 지적했던 과거와 달리 소설의 위상을 확보하려면 소설의 개념부터 달리 정의하여 새로운 의미를 부여하는 것에서부터 시작해야 했다. 이는 정치소설가나, 소설이 도달해야 할 최종 목적지로서 미술(예술)을 거론한 쓰보우치 또한 마찬가지였다. 그 가운데에서도 권장징계勸獎懲戒라는 인간을 훈도하는 사항에서 그러했다.

　가) 소설을 평하는 것도 대개 이와 같아서 **어떠한 것이 소설인가**를 미리 이해하지 않고, 멋대로 비평을 내리려고 한다면 **소설과 유사하지만 소설이 아닌** 이른바 기이담(奇異譚, 로망스)류를 평하여 소설을 언급하는 잘못이 생길 수 있다. 당나라 사람들이 소설을 가리켜 회음도욕이라고 비난했던 것은 《금병매》 또는 《육포단》 등에 대한 평이며 우리나라 사람들이 모노가타리를 배척하여 풍의를 어지

9) 쓰보우치 쇼요坪內逍遙, 정병호 옮김, 〈소설의 비익裨益〉, 《소설신수》, 고려대출판부, 2007, 82~85쪽.

럽히는 책이라고 말한 것은 남녀 치정의 은미(隱微)를 베껴서 야비
함과 음란으로 흐른 정사류(情史類)를 가리키는 말이었다. 그러나
**《금병매》나 《육포단》 혹은 외설스런 정사와 같은 책은 바로 사이비
소설**이다. 진정한 소설이라고는 할 수 없다. 왜냐하면, 이들 종류의
소설은 미술에서 가장 기피해야 할 야비함과 외설의 원소를 포함하
고 있기 때문이다.[10] (강조는 인용자)

나) 나는 평소에 소설 읽기를 좋아하지 않았다. 그것은 **권선징
악이라는 명분에 반하여 풍속을 망가트리는 일을 서술**하기 때문이
다. 의리 있고 용맹한 행동을 찬양하면서 난세의 풍토를 유도하기
때문이다. 내 친구 도카이 시바군은 아이즈번 출신이다. 넓은 재주
와 탁월한 식견이 있고, 문학에도 해박하다. 오랫동안 해외에 유학
하며 한가로운 시간에 소설을 지었는데, 《가인지기우》라고 하였다.
지난번 나에게 주어서 읽게 하였는데, 나는 진실로 소설을 좋아하
지 않지만 친구의 명이라 받아서 읽었다. 몇 장 지나지 않았는데,
크게 감격한 부분이 있었다. 대개 군은 망국의 사람에 의탁하여 **당
세 선비들을 풍자하였는데, 의론이 정대**하고, 세속에 아첨하지 않
아 우뚝하고 **빼어난** 것이 마치 화산 같았다. 요약하자면 **소설이라
는 이름을 뒤집어(반대하여) 가슴에 충만한 불평한 기운을 드러낸
것**일 뿐이다. 어찌 그러하지 않을 수 있겠는가? **동양에 소설이라고
일컬어지는 것들은, 《수호전》·《서유기》·《금병매》·《팔견전》 등이
있다.** 그러나 《수호전》은 도적들의 이야기에 불과하고, 《서유기》
는 망령되고 떳떳하지 못한 이야기이며, 《금병매》는 외설스럽고 음
란하며 잡스럽고, 《팔견전》은 괴이하고 어지럽고 황당하며, 답습한
흔적을 벗어 버리기 어려운 작품이니, 모두 **사람들을 인도하고 세
상을 다스릴 방편**은 아니다. 시바군의 《가인지기우》는 이 몇 종의
작품들과는 다르니 이 작품을 읽지 않을 수 있겠는가? 책을 돌려주

---

10) 앞의 책, 88~89쪽.

며 붓을 들어 책 말미에 쓴다.[11] (강조는 인용자)

첫 번째 인용문 가)는 쓰보우치의 《소설신수》에 나오는 〈소설의 비익〉이라는 글의 일부이다. 쓰보우치는 소설을 말할 때 '소설이란 무엇인가'를 먼저 고려할 것을 주문한다. 이 말에는 기존의 소설이라 불린 소설들이, 정작 소설이 무엇인지를 생각하지 않고 그저 유희를 위한 책자로 생산되었다는 질책이 담겨 있다. 쓰보우치는 자신이 말하는 소설이라는 용어와 기존에 사용된 소설을 구별하고자 기존의 소설을 '사이비 소설'로 언명한다. 소설이 아닌 소설인 사이비 소설은 '야비하고 외설적인' 내용만으로 채워진 《금병매》, 《육포단》 등 중국에서 유래한 소설을 가리킨다.

그리고 두 번째 인용문 나)는 정치소설 《가인지기우》의 2편에 실린 발문跋文의 한 부분이다. 인용문에서 볼 수 있듯이 현재 소설이라 불리는 것은 권선징악이라는 명분을 빌렸을 뿐, 기술된 내용이 허무맹랑하여 결국 풍기를 문란하게 만들고 있음을 지적한다. 정치소설이 나오기 전에 소설이라는 명칭으로 불린 작품들은 대개가 중국소설들로, 인용문에서 '동양의 소설'로 명시되어 있는 《수호전》·《서유기》·《금병매》·《팔견전》 등이 이에 해당한다. 앞의 두 인용문에서 볼 수 있듯이, 정치소설을 논하는 입장에서나 그 이후 정치소설을 비판하는

11) 〈佳人之奇遇 跋〉, 余平生不好讀小說其以反勸懲之名而述敗俗之事也以揚俠勇之
行而導乱世之風也吾友東海柴君会津人鴻才卓識文学該博久遊海外間余著一小說曰
佳人之奇遇頃者授余讀之余固不好小說然交友之命也受而讀之未至数葉有大感激者
焉蓋君托亡国之人而諷当世之士議論正大不媚世不謟時卓逸俊邁如華嶽摩空津浩流
転如江河懸海如駿馬下阪如回風捲落葉者其勢也如春蚕吐系夏雲出岫者其趣也如素
琴穿雲如秋鶴嘯風者其風韻也若夫至造意之新奇搆思之変幻有使人驚而嘆者矣要之
反小說之名而発満腔鬱勃不平気而己豈得不然哉抑東洋称小說者曰水滸伝曰西遊記
曰金瓶梅曰八犬伝然水滸伝不過伝草賊西遊記則妄談不経金瓶梅則猥淫蕪雑八犬伝
則怪乱荒唐而且不免襲踏之跟跡非皆所以導人治世也柴君佳人之奇遇則異此数種者
此可不読哉及還之援筆書卷尾云 明治乙酉冬日雪後 望洋居士.

시선에서도 줄곧 논의의 대상이 된 것은 소설의 개념 규정이었다. 어떠한 것을 소설로 볼 것인가 하는 이론이 고차원적으로 전개된 것은 아니었지만, 정치소설을 읽고 이를 추천하는 서·발문의 필자는 공통적으로 기존의 소설이라는 명칭과의 혼용을 경계하고자 했다.

그렇다면 이 지점에서 정작 중국소설이 창작된 중국의 경우에 어떻게 새로운 소설 개념을 규정하고자 했는지를 살펴볼 필요가 있다. 새로운 정치 소설이나 근대소설을 정립하는 과정에서 공공의 적으로 부각된 중국의 전통 소설은, 그 내부에서 쓸모없는 산물에 지나지 않았다. 그것은 본래 소설이라는 용어가, 어떠한 정치나 미학적인 면모를 담보하게 되는 전 단계에서, 자질구레한 이야기라는 뜻밖의 나머지 다른 의미를 함축하지 못했기 때문이다(《漢書·藝文志》, '小說者, 街談巷說之說也'). 이러한 중국소설사에 대한 고찰은, 한국에서 1930년대에 들어 중점적으로 소설사가 개진되었던 것과 같이, 1920~1930년대에 이루어졌다. 이 가운데 루쉰의 논의가 주목되는데, 아래의 인용문은 그의 저작 《중국소설사략中國小說史略》에 실린 중국인의 소설 인식을 보여 주는 몇 개의 대목이다.

> 가) 소설이란 말은 옛날에 장주莊周가 말한 "하찮은 의견을 치장하여 높은 명성과 훌륭한 명예를 얻으려 한다"(《장자莊子》, 〈외물外物〉)고 하는 대목에 보인다. 그러나 이 말의 실제적인 의미를 고찰해 보면, 하찮은 이야기라고 하는 것은 도술道術이 없다는 것으로서 이것은 이른바 후대에 일컬어지는 소설과는 다른 것이다. 환담桓譚은 "소설가와 같은 무리들은 자질구레하고 짧은 말들을 모아, 가까운 것에서 비유적인 표현을 취해 짧은 글을 만들었으니, **자기 한 몸을 수양하고 집안을 건사하는 데 볼 만한 말이 있었다.**"라고 하였는데, 이때에 이르러 소설의 관념은 비로소 후대의 그것과 비슷해졌

다. 하지만 《장자》에서 "요임금이 공자에게 물었다."고 한 대목이
나, 《회남자》에서 "공공이 황제의 자리를 다퉈 땅을 이은 끈이 끊어
졌다."라는 등의 대목들에 대해서는 당시에도 역시 대부분의 사람
들이 "짧은 글은 별 도움이 안 된다"고 생각했다. 그러므로 여기에
서 말하는 **소설이라고 하는 것은 여전히 우언寓言이나 기이한 이야
기의 기록異記을 일컫는 것**으로, 경전經典을 근본으로 삼지 않아 유
가의 도리道理에 배치되는 것이다. 후세에는 여러 설들이 더욱 많아
졌으나, 여기에서 다 거론하지는 않을 것이다. 다만 사서史書에서
그것을 고찰해 볼 것인데, 그 까닭은 역대로 **문예를 논단하는 것 역
시 본래부터 사관의 소임**이었기 때문이다. …… 반고班固가 《한서漢
書》를 지을 때 그 요점을 추려내어 〈예문지藝文志〉를 만들고는 그 세
번째를 〈제자략諸子略〉이라 하였다. …… 반고의 주로 미루어 보면,
이러한 책들은 **대부분 고대의 인물에 가탁한 것이 아니면, 고대의
사적事跡을 기록한 것**일 것이다. 고대의 인물에 가탁한 것은 제자諸
子에 가깝지만 **천박하고**, 고대의 사적을 기록한 것은 사서史書에 가
깝지만 **신빙성이 결여된 것**이었다.[12]

나) 소설이라는 명칭을 고찰해 보면 가장 오래된 것은 장자가 말
한 "하찮은 의견을 치장하여 높은 명성과 훌륭한 명예를 얻으려 한
다[飾小說以干縣令]"는 것이다. (원문에서의) 현縣이라고 하는 것은 높
다는 뜻이니 높은 명성을 말한다. 영令이라고 하는 것은 훌륭하다
[美]는 것이니 훌륭한 명예[美譽]를 가리킨다. 하지만 이것은 그가
말하고 있는 하찮은 말이라는 것이 도술道術과는 무관하다는 것이
기에 후대의 이른바 소설과는 다르다. 공자孔子나 양자楊子, 묵자墨
子와 같은 제가의 학설들은 장자가 보기에는 하찮은 의견[小說]이라
할 수 있기 때문에 그렇게 말한 것이다. 이와 반대로 여타의 제가들

---

12) 魯迅, 《中國小說史略》, 《魯迅全集》第九卷, 北京 : 人民大學出版社, 1981. (조관
    희 옮김, 《중국소설사》, 소명출판, 2004, 25~30쪽)

이 장자를 보면 그의 저작 역시 하찮은 의견[小說]이라 할 수 있다.
《한서漢書·예문지藝文志》에서는 다음과 같이 말했다. "소설이라고
하는 것은 길거리와 골목의 이야기이다[小說者, 街談巷說之說也]." 이
것이야말로 현재 말하는 소설과 가까운 것이지만, 옛날에 패관이 일
반 백성들이 말한 하찮은 말을 채집해 그것을 빌어 나라 안의 백성
들의 실상을 살피기 위한 것에 지나지 않았으니, 현재 말하는 소설
로서의 가치는 없는 것이다. 소설의 기원은 무엇인가?《한서·예문
지》에서는 다음과 같이 말했다. "소설가의 무리는 대개 패관稗官에
서 나왔다[小說家者流, 蓋出于稗官]." 패관이 채집한 소설이 있었느냐
없었느냐 하는 것은 별개의 문제인데, 설사 정말로 있었다 하더라도
**이것은 소설책[小說書]의 기원에 지나지 않으며 소설의 기원은 아니
다.** 현재에 이르러 일반적인 문학사 연구자들은 오히려 소설의 기원
을 신화로 보는 경우가 많다.[13]

소설은 엄밀한 실증성을 요구하는 사서와 다르고, 전기와도 같을
수 없는 그저 '떠도는 이야기'였다. 이렇게 떠도는 이야기를 한 자리
에 수집한 것이 소설이었고, 사기 가운데에서도 신뢰할 수 없는 기
록을 기술한 것은 일부러 '격하시켜' 소설에 집어넣었던 것이 당대
소설의 용례였다. 인용문에서 볼 수 있듯이 소설의 초기 유형이 인
물에 가탁한 것이거나 사적을 기록한 것임에도 결과적으로 '천박하
고 신빙성이 결여된 것'이라는 인식을 넘어설 순 없었다. 그러나 루
쉰이 놓인 자리에서 소설은 '수신제가修身齊家'에 일조할 수 있는 것
이었다. 그가 환담桓譚의 논의를 오늘날의 소설 관념에 일치하는 것
으로 평가했듯이, 소설은 '볼 만한 것'이었다. 이러한 소설에 대한
무한한 신뢰와 절대적인 긍정은, 물론 량치차오에게서 시작되었다
고 볼 수 있다. 다만, 차이가 있다면 무조건 정치소설을 긍정했던

13) 魯迅; 조관희 옮김, 〈중국 소설의 역사적 변천〉, 앞의 책, 757~758쪽.

량치차오와 달리 루쉰은 좀 더 문학성에 대한 고찰을 시도했다는 점이다.

그것은 두 번째 인용문에서 볼 수 있듯이 '소설이란 무엇인가' 하는, 소설의 기원에 의문을 제기하는 것으로 나타나기도 했다. 소설이 패관잡기이니 가담항설이니 하는 것은 그저 잡다한 이야기를 엮어놓은 소설책의 유래를 말하는 것에 지나지 않으며 정작 소설의 기원에 대한 해명이 되지 못한다는 지적은 상당히 전문적인 경지에서 소설의 본질적인 의미를 깊이 연구하고자 했음을 보여준다. 또한 아래의 인용문에서 볼 수 있듯이 루쉰은 일반적으로 정치소설을 말할 때 폄하의 대상으로서 대척점에 놓였던 《금병매》와 같은 동양의 소설에 대한 편견을 경계한 바 있다.

> 문장 표현과 의상意想이라는 관점에서 《금병매》를 살펴본다면, 이것은 곧 다름 아닌 세정世情을 묘사하여, 그 진실과 거짓을 철저하게 드러내 보인 것이었고, 또 당시는 세상이 쇠락하여 만사가 어지러워져 있었으므로, 이에 고언苦言을 발하고, 극히 준렬하게 꾸짖었으나, 때때로 은밀하고 완곡한 부분까지도 다루어 외설스러운 묘사도 많다. 후대에는 독자들이 그 밖의 문장은 제쳐 놓고 오로지 이 점에만 주의하였으므로 이에 악명을 붙여 "음서"라고 하였다. 그러나 사실은 그것이 당시의 유행이기도 했다. …… 순식간에 입신출세하는 것은 세상 사람들이 간절히 바라는 바이니, 요행을 바라는 자들 가운데 자신들의 지혜와 힘을 다해 진기한 처방과 약을 구하려는 사람들이 많았으며, 이에 세간에서는 점차 규방의 일과 미약에 대해 거리낌 없이 이야기하기를 부끄러워하지 않았다. 이미 기풍이 이렇게 변하자 문학세계에도 그 영향이 미쳐, 이 때문에 방사들이 등용된 이래로 방술과 미약이 흥성하였고, 음란하고 요망한 심리가 일반화하여, 소설 역시 신마神魔를 다룬 이야기가 많아지고 특히 늘상 규

방의 일을 서술하게 되었다. 그러나 《금병매金瓶梅》의 작자는 문장에 능해, 비록 간혹 외설스러운 말이 섞여 있긴 하지만 그 밖의 뛰어난 곳이 더러 있기도 하다. (후대에 이와 같은 작품을 쓴 작가들 가운데) 수준이 낮은 이들의 경우에는 의도적으로 묘사한 것이 오로지 성교에 있었고, 또 정상적인 심리를 넘어서 마치 색정광色情狂과 같았지만, 오직 《육포단肉浦團》만은 그 취향이 자못 이어李漁와 흡사하여 비교적 뛰어난 작품이었다. 이 가운데 저급한 작자들은 음란한 것을 쓰고자 했으나 문장력이 뒤따르지 못해 작은 책을 지어 세간에 간행하여 유포했으나 모두 중도에서 제재를 당하여 지금은 대부분 전하지 않았다.[14]

위의 논지에 따르면 명明의 인정소설人情小說 《금병매》는 실제 부패한 인물군상을 대상으로 이들의 행태를 묘사하여 비판하고자 저술된 것이다. 다시 말해서 《금병매》에 나타난 외설스러움은 그저 일부에 불과한 것으로, 루쉰은 이를 확대하여 일방적으로 '음서淫書'라 규정하고 음란한 것이라 치부할 필요는 없다고 본다. 《금병매》가 비판의 대상이 된 것은, 이 작품의 인기가 급상승하면서 이에 미치지 못하는 문장력으로 이를 모방한 소설들이 등장했기 때문이다. 《금병매》는 당시의 인정세태人情世態를 반영한 것으로 비교적 충실한 당대의 문학이었던 셈이다. 그렇다면 이 지점에서 이러한 일본에서의 소설 개념 인식과 중국의 소설 개념 인식의 중간지대에서 동시적으로 이들 문학 개념의 변천사를 목도했던 김태준의 논의로 다시 돌아가 볼 필요가 있다.

중국에서는 왕국유王國維 씨의 말과 같이 "일 시대에 일 문학이

---

14) 魯迅; 조관희 옮김, 앞의 책, 464~465쪽.

있다"라고 주장한 한의 산문, 당의 시, 송의 사詞, 원의 희곡, 명의 소설 등이 각각 그 시대를 대표하는 특색이다. 그리하여 〈삼국연의 三國演義〉, 〈서유기西遊記〉, 〈금병매金甁梅〉 같은 웅편雄篇으로부터 〈이 언삼박二言三拍〉, 〈태상감응편太上感應篇〉 같은 단편에 이르기까지 전혀 명대의 작품이다. …… 조선소설의 대다수를 점령하고 있는 중국을 무대로 한 소설 중에는 **명대소설의 번역이거나 혹은 조금 변개한 것이거나 그렇지 아니하면 순수한 모방**이므로 작자의 창작의식을 보여 주지 않은 것이 많다. …… 세계의 사원(詞苑)에 눈을 던져 보면 구주에 있어서 삼대 극시인이 그 아니 거룩한가? 중국에 있어서 사대 기서奇書가 그 아니 놀라운가? 눈을 **조선에 돌려볼 적에 단테도 없고, 사용도 괴테도 없었으며 〈삼국지〉·〈수호전〉·〈서유기〉·〈홍루몽〉 같은 대웅편도 없었다.** 유업儒業 이외에는 모조리 학대하던 과거의 조선에 있어서 문예의 맹아를 촉진할 조건과 기회를 조금도 허여치 아니하므로 소설 이외의 다른 부분에 있어서는 상당히 찬란한 예술적 기능을 발휘하면서도 다만 연문학軟文學의 경역에서는 아무것도 자랑할 만한 작품을 내지 못하고 말았다. …… 서구 문화의 동점東漸과 함께 갑오경장의 날을 보게 되며 태극을 상징한 깃발이 반도에 비치움에 모든 문학의 혁명을 보게 되어 현금에 이르렀다. …… 갑오경장 이후 구미 문화의 대량수입과 함께 문예운동이 융성해서 이래 수년 동안 소설창작이 매우 흥성하게 된 것은 우리네의 목전에 보고 있는 일인지라 대략사적大略史的으로 기술하여 둔다.[15]

김태준은 소설이 전기나 역사를 함의하는 것으로 쓰이는 등 여러 용어가 혼재되어 있었다는 것을 말하고, 조선에 진정한 소설이 없다는 것을 말한 바 있다. 이렇듯 조선의 소설 발달이 부진했던 요인 가

---

15) 김태준, 《조선소설사》, 예문, 1989, 13~19쪽.

운데는, 명대의 소설 영향이 우세했다는 것과 유림들의 세력이 극심하여 한글문학이 경시되었다는 것 등을 지목한다. 위의 인용문에서 볼 수 있듯이 김태준이 보기에 〈삼국지〉·〈서유기〉·〈금병매〉·〈수호전〉·〈홍루몽〉과 같은 작품은 뛰어난 대작이다. 그러나 조선의 문학은 이러한 명대의 소설을 번역, 변개, 모방하는 정도에 그치고 있어 본격적인 창작품이 매우 적은 형편이라고 밝혔다. 김태준은 중국소설을 풍기를 문란하게 하는 서적으로 보지 않고, 오히려 이러한 시각이 소설에 대한 편견을 만들고 소설의 발달을 부진하게 했다고 본다. 그 실례로 이반 투르게네프가 소설을 썼을 때에도 소설을 경시하는 사회적 풍토로 말미암아 그의 모친이 소설 창작을 만류했다는 사실을 예로 든다.

이렇게 소설을 경시하는 태도는 조선에서 더욱 극심했으며, 이러한 풍토가 서구의 단테나 셰익스피어〔沙翁〕 그리고 괴테에 버금가는 대 문호의 성장을 가로막았다고 본다. 이러한 진단은 소설을 단순히 계몽의 도구로만 간주하지 않고 한 시대의 문화를 대변하는 미적 산물로 바라보았다는 것을 말해 준다. 이렇듯 조선의 시각에서 소설은 쓰보우치와 같이 미적인 예술작품으로 나아가는 것이었지만, 그렇다고 해서 동양의 소설이라 하여 일방적으로 중국소설을 폄하하지는 않았다. 오히려 중국소설의 가치를 고평하고 루쉰처럼 무조건적으로 음서로 매도하는 경향을 경계하여, 소설 자체에 대한 폄하의 시선을 줄여 나가고자 했다. 이러한 중립적인 시각은 조선문학에 대한 특수성을 인지하는 과정에서 확보된 것이라 볼 수 있다.

갑오의 개화운동은 확실히 신구시대의 경계를 지었다. 이리하여 정치방면에서만 아니라 문예라는 부분에 나가서 다시 범위를 좁혀 말하면 소설에 대해서는 혁명을 유인하였다. 즉 **번역과 국문운동을**

통하여 신문예운동의 서막을 열었고 언문일치로써 소설을 쓰고자하
는 운동이 생겼다. 갑오, 즉 명치 27년의 일청전역이 청국의 패배로
끝난 뒤 조선에서의 일체 우월권이 **중인의 손에서 일인의 손으로** 돌
아가게 되어 명치유신의 놀라운 건설과 새로운 발흥에 눈을 깨인 당
시의 인사들은 모든 것을 일본에 배우고자 하였다. 이 개화운동을
기회로 **일본문화가 도도히 흘러들고 중국문명은 완고한 학자의 손**
에 일부의 《음빙실문집》이 유행될 뿐이었다.[16]

김태준은 조선의 경우 갑오경장을 계기로 서구 문학을 수입하면
서 혁신적인 문예운동이 전개된 것으로 보았다. 그도 그럴 것이 조선
의 문학은 서구 문학을 주로 일본을 거쳐 수입하면서 전통적인 文
의 체계에서 근대적인 문학의 세계로 나아가는 전환점을 맞게 되었기
때문이다. 인용문에서 볼 수 있듯이 조선의 문학은 중국에서 일본으
로 패권이 이동하는 정치적인 변동과 맞물려 그 문학적 경향 또한 변
모하게 된다. 번역과 국문 사용의 활성화는 언문일치체의 자국 소설
이 대거 등장할 수 있는 길을 열어 주었다. 당시 유용한 번역문체는
한문보다 국한문체나 국문체였으며, 더욱이 자국 문자에 대한 인식이
요청되면서 국문의 위상이 높아지고 언문일치체로서 국문체가 신소
설의 주된 문체로 자리 잡았다. 더욱이 신종 번역어는 주로 일본에서
만들어졌으며, 일본의 번역어와 중국의 번역어 가운데 끝까지 중국에
서도 각광받았던 것은 일본의 번역어였다. 이에 대해서는 다음 장에
서 살펴보기로 한다.

전기와 역사는 소설이 아니지만, 정작 소설은 전기와 역사가 지닌
실증적인 힘을 빌려 그 권위를 확보할 수 있었고, 차후에 인정세태의
묘사나 픽션의 위력이 중시되면서 소설은 전기와 역사와 다른 입지를

---

16) 김태준, 앞의 책, 188쪽.

확보하게 되었다. 이를 위해 소설은 일차적으로 기존에 동양의 소설로 통용되었던 중국소설이라는 용어와 갈라서야 했으며, 이렇게 갈라지는 과정에서 소설은 전기나 역사와 통하는 개념으로 인식되기도 했다. 그 과정 가운데 동양의 소설과 다르고 전기나 역사와 밀접한 양식으로 정치소설이 각광받았으며, 정치소설을 거쳐 근대적인 노벨에 가까운 예술성을 지닌 소설이 등장하기에 이르렀다.

정치소설은 본래부터 역사와 전기에 기대어 만들어진 소설로, 역사와 전기가 상호텍스트인 것처럼 '정치소설 안에는 역사나 전기'가 들어 있다. 실제로 그 내용은 약소국에서 독립운동을 했던 영웅들의 행적〔傳記〕이나 강대국의 침략으로 말미암아 국명을 잃게 된 나라의 기록〔歷史〕이 주를 차지하고 있다. 허구적인 인물들 사이의 미묘한 감정은 이러한 국사와 대사를 논하는 것에 밀리고, 기본적인 패턴인 남녀결합의 구도 또한 부차적인 것에 지나지 않을 정도로 엉성하다. 가령 정치소설에서 여주인공의 롤모델로 롤랑 부인이 제시되며 소개되거나, 정치소설에서 당대 정치적 화두로 국제 문제가 거론될 때 실제 식민지로 전락한 이집트나 인도의 역사가 기술되는 것이 그러하다.

같은 맥락에서 이 장에서는 역사에서 허구(문학적인 텍스트)로 전환되는 양상을 보여 주는 텍스트와 정치소설에서 신소설로 변모된 텍스트를 살펴보고자 한다. 전자의 경우는 시바 시로柴四郞의《애급근세사》를, 후자의 경우로 야노 후미오矢野文雄의《경국미담》을 들 수 있다.《애급근세사》는 엄밀히 말해 정치소설이 아니지만, 실증적인 역사의 기술에 국한된 텍스트도 아니다. 일본에서《애급근세사》는 애급에 관한 역사서를 참조하여 편찬한 것으로 야나기다 이즈미柳田泉가 '문학적인 텍스트'로 간주한 바 있다.[17] 그리고 한국의 경우

---

17) 야나기다 이즈미는 시바 시로가 남긴 작품들 가운데 "문학적인 텍스트"로 다음과 같

에 《애급근세사》는 정치서사에 속한다. 《애급근세사》의 일부 내용인 '애급이 몰락한 경위'는 흥미롭게도 《가인지기우》에서 편입되어 인물들이 주고받는 대화 가운데 간접적으로 기술되어 있다. 바로 이러한 점은 역사와 경합하는 정치소설의 속성을 잘 보여 준다. 역사가 아닌 소설의 편에서, 역사에 기반을 두고 이에 기대어 쓰인 작품이 정치소설인 것이다.

시바 시로의 《가인지기우》는 역사와 전기를 토대로 창작된 작품으로 정치소설의 정석을 보여 준다. 《가인지기우》는 《경국미담》과 함

은 작품들을 선별해 놓은 바 있다. (야나기다 이즈미柳田泉, 〈解題〉, 《明治政治小說集》, 筑摩書房, 1967. 도표는 야나기다 이즈미가 정리한 사항을 바탕으로 만든 것임을 밝혀둔다.) 《가인지기우》의 3편의 6권(명치19년; 1886)에는 〈애급근세사〉(명치22년; 1889)의 전신이라 볼 수 있는 이집트의 내용이 실려 있다. 〈애급근세사〉가 나오기 전후의 작품을 보았을 때, 시바 시로가 《가인지기우》를 일차적으로 집필한 후에 중간에 전기와 역사 문학을 쓰고, 이어 〈애급근세사〉를 집필한 것을 알 수 있다.

순번	시기	작품	출판사	특성
1.	명치9년 11월9일	東洋美人の歎	東京毎日	후에 정치소설화된 《東洋之佳人》의 원본으로 보인다.
2.	명치18년 (1885)~	佳人之奇遇	博文堂	초편(권1~2) 18년 10월 (1885) 이편(권3~4) 19년 1월 (1886) 삼편(권5~6) 19년 8월 (1886) 사편(권7~8) 권7 : 20년 12월(1887) 권8 : 21년 3월 (1888)
3.	명치 21년 1월	東洋之佳人	博文堂	
4.	명치 21년 (월 미상)	河野磐州傳		가제본 국판 두 권만이 나온 것으로 보임, 2권으로 완결시킨 것인지 여부는 현재 확실히 알 수 없다. 당시 아직 옥중에 있던 고향 선배인 민권상의 공적을 크게 기리는 작품이다.
5.	명치 22년 1월 (1889)~	埃及近世史	自家版	영국의 입장에서는 반도叛徒나 흉웅兇雄인 아라비 파샤를 크게 동정하여 기술해 놓았다.
6.	명치 24년~	佳人之奇遇	博文堂	오편(권9~10) 24년 11월 육편(권11~12) 30년 7월 칠편(권13~14) 30년 9월 팔편(권15~16) 30년 10월

께 실제 정치적인 사건과 역사적인 사실에 토대를 둔 정치소설이다. 세계의 정치적인 권력의 판도가 어떻게 바뀌었는지, 강건한 국가를 건립하고자 세계의 영웅들이 어떻게 싸웠는지를 보여주는 이 텍스트는 일종의 내셔널리즘을 고양시키는 책략에 동원된 바 있다. 《가인지기우》는 중국에서 〈가인기우〉라는 제목으로 번역되어 《청의보》에 연재되었으나, 한국에서는 번역되지 않았다. 그러므로 이 글에서는 한국에서 번역된 시바 시로의 또 다른 작품 《애급근세사》를 살펴보고자 한다.

앞서 말한 대로 도카이 산시東海散士로 불리기도 한 시바 시로를 대표하는 작품은 《가인지기우》이다. 이 작품은 일본의 정치소설을 대표하는 작품이자 국권론자의 입장에서 쓰인 작품으로 유명하다. 한국에서 이 작품은 이인직의 〈모란봉〉의 첫 장면의 배경 설정에 영향을 준 것으로 언급된 바 있다.[18] 일본의 대표적인 정치소설이라는 점 이외에 한국에서 이 작품이 집중적으로 조명된 경우는 거의 없다. 오히려 작품보다 작가가 지닌 문제적인 면모와 연관하여 주목되어 온 경향이 있다. 그것은 이 작품이 정작 다른 정치소설인 《경국미담》이나 《설중매》와 달리 번역이나 번안이 된 기록이 없기 때문이다.

따라서 작가의 행적을 중심으로, 김옥균이나 명성황후와 관련하여 이 작품이 거론되었을 뿐이다. 그것은 이 작품이 담고 있는 정치적인 면모, 곧 조선을 바라보는 시각과 기술 부분이 직접적으로 투사되어 있기 때문이다. 그리고 무엇보다 이 작가가 이 작품을 완성해 나가는 과정 가운데 명성황후 시해 사건에 직접 가담했기 때문이다. 그리고 이 작품이 기술되는 과정에서, 작품 중간에 등장하는 김옥균의 서문에서도 볼 수 있듯이, 조선의 문제적 인물과 접촉한 흔적이 남

---

18) 김윤식·정호웅, 《한국소설사》, 문학동네, 2000, 54쪽.

아 있기 때문이기도 하다. 요컨대 텍스트 자체에 대한 관심보다 작가의 전기적 기록에 대한 관심이 고조되어 있는 편이다. 그것은 한국문학의 영역에서 볼 때 정작 비교 대상의 텍스트가 존재하지 않았기 때문이다. 한국문학과 연관하여 이 작가의 작품을 살펴볼 때 눈길을 끄는 작품으로《애급근세사》가 있다.《애급근세사》의 역자는《애국부인전》의 역자로 저명한 장지연이다.《애급근세사》는 표제에서 볼 수 있듯이, 일종의 '(역)사'로 간주되어, 문학적인 텍스트로서 고찰된 바가 거의 없다. 다만, 최근에 중국과의 텍스트 비교 차원에서, 때로는 영국이 이집트를 지배했던 실정을 고발하는 텍스트로서 간간이 언급되었을 뿐이다.

《애급근세사》는 한마디로 애급이 몰락한 이야기이다. 이러한 특성은《애급근세사》를《월남망국사》나《파란말년전사》와 같은 몰락한 약소국의 이야기로 공유할 수 있는 점을 설정할 수 있다. 바로 이 지점에서 지나쳐 버리기 쉬운 것이 다른 작품과의 상호텍스트성이나 정작 몰락의 이야기에 가려진 독립 투쟁의 기록이다.《애급근세사》의 경우, 이집트가 몰락한 경위를 보도했던 당대 신문 기사의 기록을 보다 세밀하게 그려낸 작품으로,《월남망국사》나《가인지기우》에 부분적으로 그 내용이 소개되어 있다. 이외에 영국이 이집트를 통치하는 방식과, 그들이 저지른 횡포에 대한 고발은 당대의 신문 논설에서 쉽게 발견되는 사항이기도 하다. 여기서 주목하는 것은, 이러한 텍스트가 지닌 한중일 공간에서의 함의와 변모하는 맥락이다.

《애급근세사》는 단순한 실사만을 기록한 사기史記가 아니라, 허구적인 상상력이 어느 정도 투영되어 있다. 그것은 여행 이후에 그리고 이차적인 자료에 근거하여 재구성된 산물이기 때문이다. 바로 이 점에서 객관적인 사실만을 기록한 역사와 구분되며, 허구성이 지배적인 소설과도 갈라진다. 그럼에도 역사적인 텍스트라기보다 '문학적인 텍스트'에 포함되는 것은, 실증적인 사실에 토대를 두되 기술자에 따른 서사적인 재구성이 이루어졌기 때문이다. 이는 일반적으로 '史'라는 틀에 갇혀서, 실제적으로《애급근세사》의 내용을 살펴보지 않았던 기존 연구사의 한계를 건드리는 부분이기도 하다.《애급근세사》는 객관적인 이집트사에 그친 것이 아니라, 주관적인 한 개인의 시선에서 무형적인 이집트라는 기표가 실감나게 펼쳐진다. 어떻게 이집트의 근대가 형성되었고, 그 형성기에 어떠한 사건이 어떤 인물을 중심으로 펼쳐졌는지, 그 구체적인 여정이 상술되어 있다.[19)]

---

19) 〈애급근세사〉의 서지사항은 다음과 같다. 중국에서 출간된 〈애급근세사〉와 관련된 서지사항에 대한 기록은 다음의 자료를 참조했다. 김병철,《한국번역문학사연구》, 을유문화사, 1988. 205~209쪽; 서여명, 〈중국을 매개로 한 애국계몽서사 연구〉, 인하대 박사 논문, 2010. 2, 50~51쪽; 유페이沛, 〈近代早期中国对世界历史的认识〉,《北方论丛》(The Northern Forum), 하얼빈논문집, 2008. 1, 67~73쪽; 甲午战争后, 帝国主义列强加紧瓜分中国. 为避免中国重蹈埃及之覆辙, 一些学者译出了日本学者柴四郎的《埃及近世史》作为警戒. 该书有多种中文译本: 玉瑟斋主人译《埃及近世史》, 1900年5月发表在《清议报》第45期; 章起渭翻译的《埃及近世史》, 为商务印书馆1903年出版 "历史丛书"之一; 麦鼎华翻译《埃及近世史》, 由上海广智书局出版1902年出版. 此外, 还有出洋学生编辑所编《埃及近世史》, 商务印书馆1902年出版.

國名	著者 및 譯者	出版年度	題目	發賣所
日本	柴四郎 (東海散士)	명치22년(1889)11월	埃及近世史 (初版)	博文堂書店
	柴四郎	명치24년(1891) 7월	埃及近世史 (再版)	敬業社
	柴四郎	명치27년(1894) 2월	埃及近世史 (三版)	八尾書店
中國	麥鼎華 譯 (玉瑟齋)	광서26(1900).6.1~ 광서27년(1901).2.11	埃及近世史	잡지《淸議報》연재 (제49책~제74책)
	麥鼎華 譯	광서28년(1902)	埃及近世史 (初版)	廣智書局
	麥鼎華 譯	광서28년(1902) 8월	埃及近世史 (再版)	廣智書局
	出洋學生編輯所 譯	광서28년(1902)	埃及近世史	商務印書館
	章起渭 譯	광서29년(1903)	埃及近世史	商務印書館
韓國	張志淵 譯 (嵩陽山人)	광무9년(1905) 9월	埃及近世史 (初版)	皇城新聞社

《애급근세사》의 원작은 일본에서 생산된 텍스트이다. 시바 시로는 여러 이집트사와 영국사의 저서를 참조하여 '창작'했다기보다 '편찬'해 냈다. 원작 《애급근세사》에는 독자의 이해를 돕기 위한 시각 자료로 여러 삽화가 실려 있다. 그것은 당대 일본인들에게 이집트라는 공간이 낯선 지대였다는 것을 보여 준다. 시바 시로는 이집트가 생겨난 역사적인 배경을 비롯하여 이집트의 전성기를 이룬 마호메트 등의 주된 인물 소개에서부터 이집트가 과도한 구화주의 추진정책으로 말미암아 무리하게 부채를 끌어다 쓴 나머지 몰락에 이르게 되기까지의 여정을 세밀하게 기술해 놓았다. 그리고 후반부에는 이러한 국가의 위기에 직면하여 이집트의 독립운동이 전개된 과정을 부기附記해 놓았다.

이러한 이야기는 일본의 독자에게 결과적으로 이집트라는 나라가 어떠한 형태로 몰락하게 되었는가 하는 경종의 메시지와 함께, 한 나라를 어떠한 방법으로 몰락시킬 수 있는가 하는 식민지 통치 전략을 보여 주었다. 그것은 이후에 일본이 영국과 같은 방식으로 조선에 부채를 지게 하여 점차 그 통치권을 확립해 가는 식으로, 영국의 정체政體 스타일뿐만 아니라 식민지 통치 방식을 그대로 모방하는 면이 없지 않기 때문이다. 그리고 이 텍스트는 원저자가 일본인임에도 조선에서 금서로 지정되었다. 저자나 텍스트의 출처와 상관없이 그 텍스트 안에 담긴 메시지가 독립을 지향한다면 금지 대상이었다. 이는 《애급근세사》가 번역되면서 원저자의 의도가 있는 그대로 반영된 것이 아니라, 번역자가 뜻한 바대로 다시 쓰기가 되었다는 것을 보여 준다.

이렇듯 단일한 텍스트가 내포한 다양한 복수적 함의들은 중국과 한국에 유포되어 더욱 확장되었다가, 차단되고 말았다. 그러나 그것은

어디까지나 어떠한 함의를 지니고 유통되느냐는 유통의 맥락에 지배
될 때의 이야기였다. 다시 말해 중국에 소개된 〈애급근세사〉는 조선
에서와 같이 독립을 지향하는 텍스트로 소개되지 않았다. 중국 사회
를 개량시킬 수 있는 텍스트로도 간주되지 않았다. 다만, 〈사회진화
론〉처럼 학술적인 지식이나 정보를 제공하는 차원에서 소개되었다.
이는 〈애급근세사〉가 실린 《청의보》의 코너에서 확인할 수 있다. 〈애
급근세사〉는 《가인지기우》의 번역본인 〈가인기우〉나 〈경국미담〉과 같
이 소개될 때, 〈정치소설政治小說〉란에 연재된 정치소설과 다른 장르
로 간주되어, 〈사회진화론〉과 같이 〈역서부록譯書附錄〉란에 묶여 애급
이 몰락한 경위가 다소 객관적으로 소개되었을 뿐이다.

　이렇게 볼 때 원작 《애급근세사》와 조선에서 번역된 《애급근세사》
의 거리가 더욱 주목된다. 그것은 둘 다 강한 정치적인 목적을 지니
고 있다는 점에서 그러하다. 미리 말하자면, 원작의 경우는 구미에서
유학한 경험이 있는 시바 시로가, 구미가 주변국을 식민지로 만드는
과정을 목도한 자신의 경험담에 기반을 두고, 과도한 구화주의를 경
계하려는 목적으로 편찬한 작품이다. 시바 시로는 구화주의를 추진하
다가 자칫 자국의 존립위기를 초래할 수도 있다고 보았다. 그것을 보
여주는 증거사례가 바로 영국에게 매수되고 만 이집트의 사정이었다.

　장지연이 번역한 《애급근세사》는 그 서문에 정치적인 목적성이 명
시되어 있다. 그것은 외채로 말미암아 몰락하게 된 이집트의 이야기
가 곧 조선의 이야기로 대체될 수 있다는 것이다. 1907년에 국채보
상운동이 일어날 정도로 조선의 경제 사정은 일본에 잠식되어 있었
다. 일본의 정치적 술수로 말미암아 조선은 점차 독립된 주권을 상실
해 가고 있는 형편이었던 것이다. 이러한 위기감은 구국을 외치는 텍
스트를 대량 생산하게 했는데, 《애급근세사》는 바로 이러한 출판기획

에 부합할 수 있는 작품이었다. 《애급근세사》는 비교적 꾸준히 구국을 도모하기 위한 텍스트로 묶여서 당대 매체에 광고된 바 있다. 독자에게 소개된 《애급근세사》는 이미 구국 텍스트로서 그 성격이 규정되어 읽혔던 것이다.

독특하게도 조선의 경우는, 여러 장르가 갈리고 장르적 속성이 강조되었던 청말淸末의 문학 사정과 다르게, '역사, 전기, 우화, 신소설' 등의 서사양식이 동시적으로 공존하고 있었으며, 이러한 서사양식 사이의 구별과 장르적 속성이 강조되지 않았다. 그것은 마치 소설이라는 용어를 엄격한 규정에 바탕을 두어 사용하지 않고, 임의로 썼던 사정과도 닮아 있다. 어떠한 경계나 규정이나 제도가 확립되기 전 단계였던 것이다. 요컨대 정작 개화기에 《애급근세사》는 그것이 역사인지 소설인지의 문제가 중요치 않았다. 장르적 속성이나 특성이 거의 배제된 채 여러 잡다한 문학적 텍스트가 범람하고 있던 시기가 바로 개화기였던 것이다.

특정한 장르와 장르에 맞는 창작 문법이 설정되어 있는 형편이 아니었기에, 《애급근세사》가 어떠한 장르인가 하는 문제보다 어떠한 목적으로 읽힐 수 있는가라는, 사회 기능적인 측면에서의 가치평가가 중요했다. 이 과정에서 작품 자체의 고유한 주제의 특성보다는, 작품에서 끌어낼 수 있는 주제가 오히려 외부에서 부여되는 경향이 있었다. 이러한 형국이 펼쳐지는 장이 바로 작품의 독법을 제시하는 '서문'이었다. 당대의 텍스트는 대부분 추천사와 같은 서문을 달고 있었으며, 그 서문에는 이 작품이 어떠한 의미를 지니고 있는지로 시작하여, 결과적으로 이 작품이 사회에 기여할 수 있는지의 유무에 따른 가치평가를 해 놓고 있다. 당대의 서문은 오늘날의 서평에 가까운 형태로, 이 책의 독법과 권장하는 의도가 한층 노골적으로 제시되었던 것이다.

일본에서 원작 《애급근세사》는 정치소설은 아니지만 문학적인 텍스트로 규정된 바 있다. 반면에 중국에서 번역된 《애급근세사》는 특정한 문학 텍스트로 간주되지 않았다. 번역된 텍스트의 목록에서 《애급근세사》는 문학적이라기보다 기사문과 별반 다르지 않은 텍스트였다. 당연히 특정한 장르로서 묶이지도 않았다. 그것은 오히려 《월남망국사》에서 이집트의 사례가 소개될 때 상기될 수 있을 정도의 여지를 남긴 자료 가운데 하나였다. 그리하여 이 텍스트는 오히려 독립된 단독 텍스트의 특성을 지닌 장지연 역의 《애급근세사》나 시바 시로의 《애급근세사》와의 비교를 위한 텍스트로서 고찰 대상이 될 수 있었다.

장지연이 번역한 《애급근세사》는 시기적으로 을사조약이 체결되기 직전에 발간되었고, 단행본으로 발간되기 전에 이미 국내에 소개되었다. 《황성신문皇城新聞》에 광무 8년(1904) 8월 30일부터 광고가 실리기 시작하여, 한일병합에 이르는 시기까지 기서형식의 독후감 등과 더불어 대대적인 홍보가 이루어졌다. 이러한 광고는 당대 최대 광고의 수치를 보인 《애국부인전》과 대등할 정도로, 이는 둘 다 《황성신문》의 핵심 주필인 장지연의 역작이라는 공통점이 있다.

장지연은 대한자강회와 신민회 등 정치단체에서 활동했던 정치가였고 〈시일야방성대곡〉이라는 논설로 강렬한 내셔널리스트이자 애국자로서 입지를 외형적으로 굳힌 바 있다. 장지연은 정치활동을 하면서 정치운동의 일환으로 문학 텍스트를 번역했다. 그에게 번역은 논설을 쓰는 과정에서, 논설을 구체적으로 서사화하는 작업과 연계되어 있었다. 조선에서 번역의 관건은, 원전에 최대한 가깝게 다가서는 것이 아니라, 오히려 원전과 별도로 최대한 기존 매체의 정론政論과 '동

질화'시키는 데 있었다. 번역은 '자국화'시키는 것이며, 번역에 사용
되는 다른 언어의 체계는 이미 이러한 원리를 체계적으로 반영한다.
이 과정에서 극적으로 빚어진 형태가 번안이다.

장지연이 번역한 《애급근세사》(1905)는 2년 뒤에 출간된 《애국부
인전》(1907)과 함께 금서로 지정된다. 조선에서 《애급근세사》는 단지
'애급의 근대사적'을 다룬 것으로 광고되었지만, 이집트의 몰락은 이
미 여러 기사에서 전해진 사실이었다. 객관적인 정보에 토대를 두고
번역된 《애급근세사》가 거의 직역에 가까운 텍스트임에도 검열의 대
상이 되었다는 것은, 번역의 과정에서 원작과 다른 차이가 빚어졌다
는 것을 보여 준다. 아래의 인용문은 각각 일본과 중국 그리고 한국
에서 번역된 《애급근세사》의 일부이다. 인용문을 보면 알겠지만, 기
본적으로 번역의 과정에서 각국의 정체성을 드러내는 구절은 삭제되
고 텍스트가 최대한 보편화된 상태에서 각국의 실정에 맞는 사정이
개입되어 있다. 그리고 이러한 번역의 패턴은 그 밖의 다른 텍스트에
서도 쉽게 발견되는 사항이다.

> 가) 천리에 영웅과 호걸이 생기는 게 어찌 우연이랴. 이는 태평성
> 시에 아직 남아 있는 폐해를 없애고 오랜 습성의 폐정을 씻어 내어,
> 부패한 민속을 새롭게 하는 것이자, 또한 어지러운 난세를 평정하
> 고, 장정을 전쟁으로부터, 노인과 아이를 수렁으로부터 구해 내기를
> 바라는 것과 같다. 그러므로 참된 영웅은 세상에 매번 나오지 않고,
> 반드시 나오지 않으면 안 되는 때에 처음으로 나타날 뿐으로, 그러
> 한즉 수백천세에 겨우 한 사람을 볼 뿐이다. **우리나라에는 도쿠가와
> 이에야스가 있고, 미국에는 워싱턴이 있고, 러시아에는 표트르가 있
> 고, 프로이센에는 프리드리히가 있고, 프랑스에는 나폴레옹이 있으
> 니,** 그 재주와 덕행, 지혜와 수단이 모두 다르고, 혼란에 빠진 세상

과 나라의 흥망을 다스리는 것 또한 동일하지 않더라도, 그 화란을
평정하고 대업을 성취하여 천고의 일인이라 우러러보는 것은 일치
하리라. 그리하여 이에 또한 영웅의 재주가 대체로 거의 전 영웅에
버금가는 자가 있으니, 애급 중흥의 영웅 군주 마호메트 알리가 이
러하다.[20]

나) 천리에 영웅과 호걸이 생겨나는 것이 엇지 우연이리오. 혹 태
평의 남은 폐해를 일소하며 혹 부패의 민속을 혁신하며 혹 어지러운
난세를 평정하는 고로 영웅이 세세로 나오지 않고 혹 수천백세에 겨
우 한 사람을 볼 뿐이니 **미국의 워싱턴과 러시아의 표트르와 프로이
센의 프리드리히와 프랑스의 나폴레옹이** 비록 그 재능과 덕과 지혜
와 수단이 조금씩 다르고 난을 평정하고 흥망을 다스리는 것은 각각
서로 같지 않으나, 그 화란을 평정하며 대업을 성취함은 실로 천고
에 유일한 사람들이라 하나니, 비록 그러하나 영웅의 재주와 대략이
족히 전 사람으로 더불어 서로 막상막하할 자는 애급의 중흥 웅주인
마흐메트 알리가 이러하도다.[21]

다) 하늘이 영웅호걸을 만듦이 엇지 우연이리오. 혹 태평의 여폐

---

20) 天ノ英雄豪傑ヲ生ズル豈偶然ナランヤ. 或ハ太平ノ餘弊ヲ一掃シ, 積習ノ弊政ヲ洗
ビ, 腐敗ノ民俗ヲ新ニセシメントシ, 或ハ紛擾ノ亂世ヲ平定シ, 壯丁ヲ干戈ニ免レ, 老
幼ヲ溝瀆ニ救ハシメント欲スルモノ, 如シ. 故ニ真成ノ英雄ハ世毎ニ出デズ, 必ズ出デ
ザル可カラザルノ時ニ當リ始メテ出ヅルアルノミ, 即チ數百千歳ニシテ僅ニ一人ヲ見
ルノミ. 我國ニ德川家康アリ, 米國ニ華盛頓(ワシントン)アリ, 露國ニ伯德(ペートル)
アリ, 普ニ風烈鉄騎(フレデリツキ)アリ, 佛ニ拿破崙(ナポレオン)アリ, 其才德智術皆
相異ナリ. 治亂興亡亦悲ク同ジカラズト雖モ, 而レドモ其禍亂ヲ平定シ, 大業ヲ成就
シ, 千古ノ一人ト仰ガレタルハ一ナリ. 而シテ此ニ又雄才大略殆ド前人ニ伯仲スルモノ
アリ, 埃及中興ノ雄主明平滅土, 阿梨(メヘメット, アリ -引用者)是ナリ.
21) 天之生英雄豪傑. 豈偶然哉. 或一掃太平之餘弊. 或新腐敗之民俗. 或平定紛擾之亂
世. 故英雄不世出. 或數千百歳. 僅見一人. 如美國之華盛頓. 俄國之彼得. 普之風烈
鐵騎. 法之拿破崙. 雖其材德智術. 不無小異. 治亂興亡. 各不相同. 而其平定禍亂.
成就大業. 實千古一人而己. 然雄才大畧. 足與前人相伯仲者. 埃及中興雄主. 謨罕麥
德阿梨是也.

餘弊를 일소하며 혹 부패의 민속을 혁신하며 혹 분요의 난세를 평정하는 고로 영웅이 세세로 나오지 않고 혹 수천백세에 일인을 볼 뿐이니 **미국의 워싱턴華盛頓과 러시아의 표트르彼得와 프로이센의 프리드리히風烈鐵騎와 프랑스의 나폴레옹拿破崙이** 비록 그 재주와 지덕이 다소 다르고, 치란흥망은 각각 같지 않으나, 그 화란을 평정하며 대업을 성취함은 실로 천고에 일인뿐이라 하노니, 비록 그러하나 영웅의 재주가 족히 선인으로 더불어 서로 우열을 가릴 수 없는 자는 이집트의 중흥 웅주雄主 마호메트 알리(謨罕麥德 阿梨)가 이러하다.[22]

첫 번째 인용문은 시바 시로의 원작《애급근세사》의 첫 부분에 나오는 일부 대목이다. 인용문에서 볼 수 있듯이 편찬자 시바 시로는 이집트의 영웅 마호메트를 소개하는 과정에서, 그의 덕망과 재능을 세계의 영웅들과 동등하게 나열하되, 이 과정에서 슬쩍 일본의 영웅 도쿠가와 이에야스德川家康를 삽입해 놓았다. 차후 이 구절은 다른 나라에서 번역되는 과정에서 자연스레 삭제되었다. 자국의 영웅을 제시해야 하는 구절이기에 일본이 주체임을 드러내는 구절은 배제된 것이다. 이렇게 삭제된 구절은 번역이 직역에 가까울수록 지향하는 바와 부정하고자 하는 바를 더욱 투명하게 한다는 것을 보여 준다.

비단 이러한 차이만 있는 것은 아니다. 이외에 원작에서 사용된 장구한 표현이나 수사들은 역작에서 소거되었다.[23] 두 번째 인용문과

---

22) 天이 英雄豪傑을 生홈이 엇지 偶然ᄒ리오 或 太平의 餘弊「一掃ᄒ며 或 腐敗의 民俗을 革新ᄒ며 或 紛擾의 亂世를 平定ᄒᄂ 故로 英雄이 世世로 不出ᄒ고 或 數千百歲에 一人을 僅見ᄒᄂ니 如 美國의 華盛頓과 俄國의 彼得과 普魯士의 風烈鐵騎와 法國의 拿破崙이 비록 其材德智術은 小異홈이 不無ᄒ고 治亂興亡은 各各相同치 아니ᄒ나 其禍亂을 平定ᄒ며 大業을 成就홈은 實노 千古에 一人己而라ᄒ나니 雖然이나 雄才大略이 足히 前人으로더브러 相伯仲홀者ᄂ 埃及의 中興雄主 謨罕麥德 阿梨가 是也니.

23) 원작과 비교하여 생략된 구절은 다음과 같다. '적습의 폐습을 씻어 내고(積習ノ弊政

세 번째 인용문은 각각 중국과 한국에서 번역된 것으로, 내용과 구절
이 거의 흡사하다. 《황성신문》은 특히 《청의보》를 동시적으로 열람
하고 논설 등을 그대로 번역하여 소개한 경우가 많았는데, 장지연의
《애급근세사》가 《청의보》에 실린 〈애급근세사〉를 참조하여 번역한
것임을 추정해 볼 수 있다. 이러한 번역의 경로와 변모 양상에 대해
서는 다음 장에서 구체적으로 살펴보도록 하겠다.

《가인지기우》는 '비유럽적인 관점에서 기술된 세계사'로 평가된 바
있을 정도로,[24] 이 텍스트 안에는 첫 장면부터 간결하게 압축된 〈미
국독립사〉가 들어 있다. 그 밖에 〈파란말년전사〉를 상기시키는 폴란
드의 이야기는 물론, 〈가리발디전〉과 〈헝가리애국자갈소사전〉 등 약
소국에서 투쟁하는 지사들의 이야기가 수록되어 있다. 《가인지기우》
6권에는 〈애급근세사〉의 전신이 될 내용이 수록되어 있다. 《가인지
기우》에서 산시散士는 홍련紅蓮에게서 애급의 실상이 기록된 책을 소
개받는다.[25] 이 책은 《애급근세사》의 참고문헌 가운데 하나인 시모어
J.Seymour Keay의 저서로 《애국참상사埃国惨状史》이다.[26] 이 서적의 구체

ヲ洗ビ)', '장정을 전쟁터에 보내지 않고 노인과 아이를 수렁에서 구해 내기를 바라는
것과 같은(壮丁ヲ干戈ニ免レ, 老幼ヲ溝瀆ニ救ハシメント欲スルモノ, 如シ.)', '반드
시 나오지 않으면 안 될 때에야 최초로 나올 뿐(必ズ出デザル可カラザルノ時ニ當リ始
メテ出ヅルアルノミ).'

24) 마에다 아이(前田愛), 《近代日本の文学空間》, 新曜社, 昭和58年(1983), 15쪽. "비
유럽적 세계의 시점으로 기술된 또 하나의 세계사의 가능성을 보여주었다."

25) 홍련이 일어나 한 소책자를 책상 위에서 집어, 뒤돌아보며 걱정스레 말하기를 '낭군
은 아직 영국의 지사 인도참상사의 기자인 청무류혜J. Seymour Keay가 영국 보고서에서
발췌·편집한 애국참상사를 읽지 않으셨는가 보군요'하여, 산시가 책자를 받아 발코니
로 나와 긴 의자에 기대어 그것을 읽는다.(紅蓮起テ一小冊子ヲ机上ニ取リ顧ミテ曰
ク 郎君未ダ英国ノ志士印度惨状史ノ記者清茂流恵ガ英国青史ヨリ抜萃編纂セル埃
国惨状史ヲ讀マザルカト 散士受ケテ楼廊ニ出デ長椅ニ倚テ之ヲ讀ム)

26) 시바 시로의 〈애급근세사〉에 밝혀진 참고문헌이다. 이 가운데 강조된 표시의 시모어
서적은 《가인지기우》 권6에서 이미 내용이 요약되어 소개된 바 있다. Egypt (Baron de
Malortie), Modern Egyptians(Lane), The Khedive's Egypt(De Leon), Egypt(M. Wallace),
Egypt(Vyse), Lower Egypt(Baedeker), **Spoiling the Egyptians (S. Keay)**, History of

적인 출처는 〈애급근세사〉에 원문 그대로 "Spoiling the Egyptians(S. Keay)"
라 언급되어 있다. 그리하여 일본 연구자들은 이 원서의 내용과 대조
하여 시바 시로 진술의 진위를 판별하기도 했다. 《가인지기우》에 실
린 '애급편'은 이집트에서 활약한 아라비 파사에 대한 내용이 집중적
으로 소개되어 있다. 그리고 애급의 소식은, 산시가 애급에 대한 기
사와 책을 읽는 형태로, 그 내용이 부분적으로 인용되어 제시되어 있
다. 이러한 구성은 작품에서의 객관성을 확보해 주며 이로써 독자로
하여금 실증적인 사실에 토대를 두고 이를 비판적으로 바라보게 한
다. 여기에 산시의 한탄이 추가됨으로써 애급의 몰락에 대한 동정의
정서가 유도된다.[27]

시바 시로는 《가인지기우》를 집필하는 과정 중에 〈애급근세사〉를
썼다. 〈애급근세사〉의 서문을 보면, "가인지기우를 저술하여 이 세상
을 깨닫도록 하고, 이제는 애급근세사의 편찬이 있으니, 오호라 산시
가 영국과 프랑스의 훌륭함을 말하지 않고, 오히려 패망한 애급을 이
야기하니 그 뜻하는 바를 알아야 하리"[28]라는 구절이 있다. 이를 보아
《애급근세사》가 《가인지기우》와 상통하는 이념을 표출하는 텍스트라

Egypt(Sharpe), England and Egypt(Dicey), Warm Corner in Egypt, Ottoman Turks
(Sir. Creasy), Turkish Empire(Wallace), Modern Europe(Fyffe), New Greece(Sergeant),
Political History of Recent Times (Muller), A Political Survey (Grant Duff), Cyclopaedia
of Universal History (Ridpath), Dictionary of Dates (Daydon), Britannica Encyclopardia,
Encyclopaedia Americana.

27) 하루는 신문을 보니, 애급의 원사 아라비 파사의 필방에 격하는 글이 있다. 말하기
를, …… 오호라 영불은 언론의 자유를 중시하는 나라더니, 그러나 지금은 이와 같이
전횡이 더욱 심하여지니, 즉 애급국회를 열어, 널리 인재를 뽑아 백사를 토의한다. 영
국인 또한 항의하여 말하기를, …… 오호라 대영국인자숙성여황폐하의 정부는 과히 이
와 같던가. 오호라 자유정당의 정략은 과연 이와 같던가. 산시는 비분의 정흥 중에 울
적해진다.

28) 隈山居士, 〈序〉, 《埃及近世史》, 敬業社, 明治22年. 佳人之奇遇ヲ著シ以テ世俗ヲ
警醒ス今ヤ埃及近世史ノ撰アリ嗚呼散士英佛ノ盛事ヲ語ラズ却テ敗政亡徴ノ埃及ヲ
說クモノ其志知ルベシ.

는 것을 알 수 있다. 《가인지기우》에서 소략하게 언급되었던 사항은 《애급근세사》에서 구체적으로 펼쳐지는데, 그 정치적인 입장과 태도에는 변화가 없다. 다름 아닌 애급에 대한 동정과 애급의 지나친 구화주의 추진에 대한 우려 그리고 아라비 파사에 대한 각별한 애정이 그것이다. 이는 반反구화주의와 독립투쟁의 긍정을 나타낸다.

차이가 있다면 《가인지기우》에서 약소국 지사들(스페인의 유란, 아일랜드의 홍련, 청국의 범경) 사이의 서사가 중심인 것만큼 약소국의 독립투쟁과 더욱 극심하게 횡포를 부리는 제국과의 대립에 집중한 것과 달리, 《애급근세사》에서는 애급의 전성기에 해당하는 마호메트 알리의 시대로부터 시작해 애급이 어떻게 형성되어 어떠한 문명을 이루었으며, 어떠한 경로로 위기에 처했는지, 비교적 균형 잡힌 시각에서 애급 전반에 대한 기술을 하고 있다는 점이다.

《애급근세사》의 구성은 일본에서 출판된 경우부터 살펴보자면 일종의 견문기에 가깝다. 더욱이 이듬해에 재판된 《애급근세사》의 경우, 애급과 주변국들의 세밀한 지도가 첨부되어 있으며, 초판에서부터 소개된 각종 다양한 그림들이 삽입되어 있다. 흥미로운 것은 이러한 삽화는 시바 시로가 직접 이집트를 방문했을 당시, 그가 보았던 정경을 중심으로 삽입하였다는 점이다. 시바 시로의 시각에서 본 이집트가 일본인에게 소개되고, 이집트를 직접 방문했던 자신의 경험을 토대로 정치적 이념을 투영했다는 점에서, 이 텍스트가 단순한 견문기나 사적인 기술이 아니라, 정치소설인 《가인지기우》의 전후 경계선에 끼인 작품으로서, 그의 정치적인 세계를 포착하는 데 중요한 자료라는 것을 방증한다.

제일 총론第一 總論에서부터 이집트인에 대하여 "이 민족은 활발하여 세력이 있어도, 흉노인이나 서구인과 같이 침략적인 야욕이 매우

희박하더라(此ノ人民ハ活溌ニシテ勢力アリシモ匈奴人或ハ歐人ノ如キ侵略慾望ノ念ハ甚タ薄カリキ)."라는 식으로 기술하여, 온순한 이집트인과 야욕적인 서구인을 대립시켜 놓았다. 애급의 발전을 방해하는 주된 요인은, 바로 삼국 간섭이다. 이 삼국 간섭은 일본에게도 국치에 가까운 것이었다. 삼국 간섭을 받는 애급의 모습은, 청일전쟁 이후 삼국 간섭을 받았던 일본의 모습을 연상시킨다. 하지만 〈애급근세사〉는 청일전쟁 이전에 나왔기에, 이러한 사정은 반영되지 않았을 것이다. 다만 시바 시로가 이러한 절차로 한 나라를 압박하는 제국의 패턴을 간파했을 것이라고 추정해 볼 수 있다.

여기서 흥미로운 것은 애급의 위치다. 애급(이집트)은 서구에게 눌리면서도, 희랍(그리스)을 식민지로 갖고 있었다. 애급은 완전한 독립을 원하면서도, 희랍의 독립운동을 통제하고 있는 미묘한 지점에 놓인 나라였던 것이다. 이러한 사정은 일본의 위치를 보여 준다. 제국 이전의 일본은 중국이나 조선보다 강했지만, 온전한 조약개정을 이루기 전까지는 불완전한 모습이었다. 바로 이러한 사정으로 말미암아 시바 시로는 독립을 지향하는 후쿠자와 유키치와 같은 계열에 놓일 수 있었다. 시바 시로가 《애급근세사》를 포함하여 《가인지기우》에서 다루었던 나라들은 방대하면서도 약소국인 아시아에 집중되어 있다. 세계를 무대로 하되 아시아의 약소국에 집중하여, 그가 상상한 지도 안에서 이 아시아는 서로 긴밀하게 연결되어 있다. 그것은 서구의 잠식으로부터 위험에 노출되어 있다는 '공통적으로 지고 나가야 할 숙명'을 말한다. 그러나 하나로 연대하지 못하고 대립할 수밖에 없다는 것이 아시아의 숙명이었다. 무엇보다 연대론에는 이미 대립이 전제되어 있었다.

사카이에 따르면 일본에서 문文의 개념 속에는 이미 정치적인 의미가 내포되어 있었다. 문의 형상은 이데올로기와 같이 결국 인간의 행동양식을 조직하는 짜임새(texture)를 지니고 있었던 것이다. 그리고 이문文에는 이미 학學이라는 학습적인 행동양식도 포함되어 있었다. 그리하여 문학에서 근대는 이러한 문의 세계가 분리되고 분절된 지점에서 시작되었다. 그리고 이러한 분리의 과정은 '정치적인 선택'에 따른 결과로서 18세기의 '새로운 발상'이었다.[29] 문학에서 '가장 고상한' 최상의 장르인 소설은 내용적인 면에서 정치적인 이념성을 지닌 것으로 계몽적 · 교훈적인 효과를 지녔다는 고평을 받기 전에, 이미 형식적인 면에서 신종 장르로서 그 위상을 확보하고 있었다.[30]

소설이라는 개념의 도입은 이야기라는 서사양식 바깥에서 떠돌던 온갖 종류의 서사양식들까지 수렴하여, 떠도는 이야기들 사이의 유기적 관계의 규명과 체계적 질서의 성립을 가능케 했다. 메이지시대 일본에서 소설의 지위 상승에는 실질적으로 자유민권운동의 여파가 컸다. 이들 민권운동가들은 정치사상을 피력하고자 연설을 했으며, 연설의 효과를 증대시킬 목적으로 중간중간에 민권운동가요라 할 만한 노래를 삽입했으며, 이러한 연극적인 효과는 정치소설 발달의 필요성을 상대적으로 부추겼다.

---

29) 사카이 나오키, 앞의 책, 76~77쪽. 문학의 과거 정의에 따르면 문은 직접적인 구두 명령이나 법령 이외의 방법으로 나라를 다스리는 것을 포함한다. 이와 같이 문이란 사람들에 의해 체험되고 사람들을 다스리는 어떤 사회적 현실의 짜임새를 뜻했다. …… 사람들은 행동양식으로서 문을 내면화할 의무가 있었으며 사회적 짜임새 안에서 살아감으로써 성공적으로 다스려졌다. 처음부터 문은 비언어 텍스트와도 관련이 있는 정치적 개념이었다.

30) 시라네 하루오治夫白根 · 스즈키 토미鈴木登美 엮음; 왕숙영 옮김, 《창조된 고전》, 소명출판, 2002, 27쪽. 소설의 지위 향상은 19세기 서양의 문학literature 개념과 함께 novel, essay, drama, poetry, epic과 같은 장르 개념이 메이지시대에 도입되면서 일어난 결정적인 변화의 일부라고 할 수 있다. 스펜서류 사회진화론에서 가장 진보된 장르로 평가받은 '소설'이라는 개념이 광범위한 텍스트를 지칭하려는 목적으로 사용되기 시작했고, 이야기, 설화, 오토기조시, 가나조시, 우키요조시, 가보시 등이 중세소설, 근대소설로 불리기 시작했다.

이제 문제는 좋은 소설의 요건을 규정하는 일이었다. 그것은 의회 제도가 있는 근대국가의 모델을 자연스러운 것으로 표현해 내는 정치적인 기술이 최대치로 발휘된 작품을 구상하는 일이었다. 이 과정에서 정치소설은 미래를 상정하지 않을 수 없었으며, 이렇게 가공된 현실을 상상한다는 행위 자체는 소설이란 필연적으로 허구의 산물임을 인정하지 않을 수 없게 했다. 문제는 이 허구의 본질을 그때까지 허무맹랑한 것으로 비하되어 왔던 속성과 다른, 학문분야와 연계된 상상력이 동원된 영역으로 경계를 짓는 일이었다. 허무맹랑함을 상상력으로 대체했을 때, 허구라는 소설의 본질에 일종의 문학적 권력이 부여된다. 그리고 이것은 문학이라는 용어를 수입하는 과정과도 필연적으로 연계되어 있었다.

동서양에서 공통적으로 논의되었던 것은 문학의 발생 경위를 추적하는 일이었다. 더욱이 전통문학과 근대문학을 나누지 않을 수 없었던 계기가 이 문학이라는 용어가 들어오면서부터인 동양의 사정에서 이는 더욱 급박한 일이기도 했다. 그것은 문학이 단순히 순문학으로 정립되기 전에, 어디까지나 정치운동과 함께 국사를 논의하는 담론의 체계, 담론보다 면밀히 구성된 서사로서 인식되었기 때문이다.

동양에서 문학이라는 용어는 공자의 《논어》에 나오는 것으로 밝혀진 바 있다. 《논어》에서 문학의 의미는 순수학문이자 이러한 학문을 수행하는 유학자를 가리키는 것이었다. 이와 다르게 서구에서 들어온 문학Literature은 상상력이 발현된 산물로 니시 아마네西周가 소개했다. 이로써 메이지기 문학은 넓은 의미에서 인문학의 영역으로 학문의 분과이자, 좁은 의미에서 상상력에 토대를 둔 창작물로서 특수한 위치를 지니게 되었다. 후자의 관점에서, 문학의 이러한 속성을 구체적으로 재현하고 있는 장르는 소설이다. 소설의 완성도는 이러한 상상력의 정도에 따라 가늠하게 되었다. 그러나 그렇게 되기까지는 구소설이 지닌 속성과의 싸움이 불가피했다.

문학적인 상상력이 객관적인 역사성보다 중요하다는 인식은 소설의 가치를 높이는 데 일조했지만, 동시에 소설에서 역사성은 소설의 위상을 높이는 전제가 되었다. 환상으로만 가득 찬 비실재성의 세계는 허무맹랑하고 근거 없는 가담항설과 같은 것으로 소설의 지위를 낮추었던 반면, 여기에 실재성의 세계를 부여하여 소설이 인간의 세계와 근사하게 거리가 좁혀졌을 때, 실재적인 세계를 재현하는 양식으로서 각광받게 된 것이다. 역사와 거리를 두되, 그 역사를 기반으로 소설이 창출될 때, 비로소 소설은 허무맹랑하다는 비판으로부터 자유로울 수 있었다.

그만큼 기존의 소설이라 불리는 것과 다른 차별성을 지닌《가인지기우》는 당대 독자에게, 특히 청년층에게 신선한 충격으로 다가왔다.[31] 일본 내에서는, 정치소설이라 불리는 초기 작품인《정해파란政海波瀾》과 또 다른 계열인《가인지기우》와《경국미담》이 주목받았다. 기존의 정치소설이 그저 정담에 치우친 나머지 미학성이 전혀 고려되지 않았다면, 후자의 경우 적절한 문학성과 시적인 산문성을 지니고 있었기 때문이다. 더욱 중요한 것은 기존의 독자들이 상상할 수 없었던 세계를 무대로 하여, 세계를 바라보는 시야를 넓히고, 세계 지도 위에서 역동적인 서사가 펼쳐지는 '세계적인 감각의 시대'를 열어 주었다는 점이다.[32]

---

31)　나카무라 미쓰오中村光夫; 고재석·김환기 옮김,《일본 메이지 문학사》, 동국대출판부, 2001, 78쪽.

32)　오오누마 도시오大沼敏夫·나카마루 노부아키中丸宣明 엮음,《政治小説集》(新日本古典文學大系, 明治編), 岩波書店, 2006, 204쪽, 각주 5번. 당초 (초기작인 〈정해파란〉은) 정담에 시종하고 다른 것을 고려하지 않은 측면이 있었지만,《가인지기우》나《경국미담》은 종래의 일본문학에 없었던 사상성, 세계사적 시야를 가진 문학 작품성을

그럼에도 인정소설적 요소가 상당히 가미된 정치소설인 《설중매》가 나오기 이전 작품인 《경국미담》과 《가인지기우》의 경우, 인정소설과는 대치될 정도로 정담政談에 치우친 경향이 있었다. 더욱이 한 나라의 역사와 핵심적인 인물을 중심으로 한 활약상은, 정치소설이 역사와 영웅서사와 밀접하게 교착되어 있음을 보여준다. 정치소설의 핵심은 소설이라는 그릇에 정치적인 이념이라는 내용을 담는 것으로, 일본 국내외의 과제였던 국권수립과 민권획득에 역점을 두고 있었다. 이 맥락에서 정치소설을 쓴다는 것은, 실사實事라는 역사적인 사건에서 작품의 실마리를 찾고, 사史에서부터 출발하여, 그 사史를 중심으로 역사적 주체였던 인물과 그 인물의 행적을 구체적으로 재구성하고 그려 내는 작업이었다. 이것으로 볼 때 정치소설의 속성은 허구적인 인물로만 채워진 신소설보다, 실제의 인물과 사건에 토대를 두고 서사가 전개되는 역사와 영웅서사에 더욱 가까운 것이라 볼 수 있다.

바로 이 과정, 구소설의 허구와는 다른 허구의 개념을 논하고자 정치소설을 최대치로 활용한 것이 역사와 전기다. 그리고 시기적으로 정치소설의 후반부에 등장하는 《설중매》에서 알 수 있듯이, 쓰보우치가 강조한 인정세태와 맞물린 일상의 허구화라는 일상성(사실성)의 토대도 정치소설에서 적극적으로 이용되었다. 이 지점에서 정치소설과 역사와 전기의 관계를 논할 필요가 있다. 정치소설은 구소설과 거리두기의 방편으로 역사와 전기에서 드러나는 주된 특성인 실증성을 효과적으로 사용했으며, 신종개념으로서 정치 이념을 적극적으로 활용했다. 정치소설은 역사적인 기록에 가상의 힘을 적절히 이용했던 것이다. 가상의 힘이란 없는 것을 마치 실재하는 것과 같이 현실

획득하기에 이르렀다.

로 만들어 내는 데서 입증된 바 있다. 그것은 말로 설명할 수 없는 비논리적인 세계를 논리에 상관없이 감정을 활용하는 데서 그 힘이 드러났다. 그 감정이란 특히 공유하는 집단에게 전이되었을 때, 감정의 공동체를 형성해 내는 것으로 논리보다 강력한 힘을 발휘한 바 있다. 가령 내셔널리즘이 그것이다.

이와 관련하여 정석처럼 통용되고 있는 것은 앤더슨의 논의이다. 앤더슨은 상상력의 산물로 소설과 신문을 꼽았으며, 더욱이 소설의 다채로운 표현 방식은 국민이라는 공동체를 형성한다고 보았다. 소설의 형식과 국민의 기원에 대한 고찰은 이를 기반으로 시작되었다 해도 지나친 말이 아닐 것이다. 여기서 좀 더 발전시켜 말하자면, 소설의 형식은 곧 국민국가 구성의 형식이 된다. 소설이 정치적인 전략에 따라서 정치적인 이데올로기를 반영하는 수단으로서 당대 독자의 감성에 침투하여 세계나 역사에 대한 특정한 공통감각을 형성시킬 수 있기 때문이다. 문제는 이러한 소설이 어떻게 형성되고 어떤 방식으로 유통되는가에 있다. 이에 따라 중요해지는 문제가 바로 소설작법과 소설의 번역이다. 더욱이 후자, 즉 번역된 소설은 국경을 넘어 "세계주의적인 형식"을 구축한다.[33]

19세기에 현실적으로 소설이 일상에서 보편화되지 않았다는 점은, 소설이 번역 가능한 일부 특권층, 소수 지식층을 중심으로 끝없는 번역을 거쳐야만 자생할 수 있다는 것을 말해 준다. 이는 물론 사람들이 소설을 향유하는 방식과도 연계되어 있었다. 낭독 체계가 쉽게 무너지지 않았던 것이다. 소설의 대중적 보급과 판매율은 인쇄술과 출판사의 출현과 지속적인 신문 광고를 통한 판촉활동 등이 본격화되는

---

33) 티모시 브레넌, 〈형식을 향한 국가의 열망〉, 《국민과 서사》, 후마니타스, 2011, 94쪽.

시기에 의미를 지닐 수 있다. 묵독이 성행하고 고진이 말한 바 내면 풍경의 세계가 통찰되고 루카치가 말했던 문제적 개인이 출현하는 시기가 아니었던 것이다. 그 이전 단계, 근대소설이 첫 출발하는 모습은 각종의 서사양식이 충돌하되 어디까지나 정치라는 공통적인 과제를 향해 그 카테고리 안에서 매번 다른 목소리로 동일한 구호를 외치는 형국이었다. 그것은 국〔國〕이라는 규정되지 않는 형체― 제국, 애국, 구국, 국가, 국수, 국체, 국민, 국혼, 황국, 종주국, 식민지국, 독립국 등 ―를 둘러싼 것이었다.

일차적으로 19세기 말의 텍스트는 내셔널리즘의 고양이라는 반복되는 정치적 이데올로기에 노출되어 있었으며, 동시에 이러한 것을 피력하고 있었다. 이러한 텍스트는 시대적으로 '국가 만들기'라는 거대한 프로젝트에 세뇌된 것이다. 그러나 텍스트는 단지 세뇌만을 위해 존재하지 않는다. 모든 텍스트가 연계되고 반복적으로 동원되면서 단일하게 국민국가의 건설을 지향했던 것만은 아니다. 그 안에는 근대화의 추진으로 바깥으로 내몰린 자들의 목소리, 소수자의 발화도 분명 존재했다. 그리고 정치세력일지라도 중앙이 아닌 비주류에서 반정부적인 시각에서 완전히 동일할 수 없는 입장의 차이를 내포한 세력들이 존재했고, 오히려 이들은 정치단체를 움직이고 이를 효과적으로 운영하는 차원에서 정치소설을 썼다. 그럼에도 정치소설은 일차적으로 내셔널리즘을 내려놓고 말할 수 없다. 그것은 정치소설을 썼던 대부분의 자유민권가들이 결국은 내셔널리스트였다는 사실과 이들의 정치세계의 성격을 배제해 놓고 말할 수 없는 것과 같다. 여기에는 이들의 정치적인 성향에 대한 고찰이 필요한데, 일차적으로 이 장에서는 소설의 내셔널리즘적 특성을 살펴보기로 한다.

2) 내셔널리즘과 결합한 국민국가의 문학

아시아가 상호 연대하는 데 '누가 동양의 맹주가 될 것인가'하는 것
은 문제 삼을 필요도 없이 일본이 되어야 한다는 것이, 일본 측의 정
설이었다. 일본 국민은 1880년대부터 일본이 동양의 맹주가 되는 것
을 이상으로 삼고 있었는데, 청일전쟁에서 승리함으로써 그 이상의
실현 가능성에 자신감을 갖고 조선과 중국을 향한 팽창의식을 강화해
갔다.[34] 이러한 동양 맹주론을 사상적으로 확립한 자가 바로 후쿠자
와 유키치다. 그의 이러한 입장은 1885년에 발표한 〈탈아론〉으로 표
명되었다. 후쿠자와는 구미 열강에 맞설 수 있는 문명의 중요성을 설
파하고, 그의 이념과 뜻을 같이하는 지사를 지지했다. 이들 지사 가
운데에는 중국이나 조선 등 아시아의 지사들이 있었다. 조선에는 김
옥균이 있었으며, 그는 후쿠자와의 보호를 받았다.

김옥균은 중국에서 암살당한 뒤 조선에서 참형에 처해졌지만, 일
본에서는 장례가 치러졌다. 한중일 삼국에 걸친 그의 죽음의 이력이
보여 주듯이 김옥균은 당대 급변하는 정치의 중심에 놓인 인물이었
다. 그리고 자국에서 그의 비참한 말로가 말해 주듯이 그의 정치적
이념 노선은 실패의 전철을 걷고 있었다. 일본에서 보조금을 모아 김
옥균 묘비를 세운 이들로, 이누카이 츠요시犬養毅와 삿사 도모후사佐
佐友房 그리고 시바 시로柴四郎가 보도된 바 있다.[35] 여기서 이누카이
는 후쿠자와가 설립한 게이오 의숙 출신으로, 정한론과 대동아 공영
론을 설파했던 요시다 쇼인吉田松陰과 같이 조선에 대한 강경책을 표

---

34) 아사오 나오히로朝尾直弘, 이계황 외 옮김, 《새로 쓴 일본사》, 창비, 2003, 429쪽.

35) 〈鳩金立碑〉(外報), 《皇城新聞》, 1900. 2. 27. (鳩金立碑)日本의 犬養毅, 佐佐友
房, 柴四郎諸氏가 發起ㅎ야 補助金을 鳩聚ㅎ야 金玉均의 墓碑를 建設ㅎ기로 計畫
ㅎ더라

명한 바 있다. 그리고 삿사는 《한성신보》의 사장인 아다치 겐조安達謙
蔵의 스승인 미우라 고로三浦梧樓의 배후 인물이었다. 삿사는 구마모
토熊本에서 활동했으며, 구마모토 출신자들로 구성된 한성신보사를
정치행동의 본거지로 삼았다.

이들 세 인물이 공통적으로 조선에 대해 사고하고 실행했던 도달
점에 을미사변이 있었다. 이누카이는 조선을 대륙 진출의 발판으로
삼고자 했으며, 삿사는 미우라와 아다치와 함께 그 뜻을 실행했다.
미우라는 시바 시로를 조선으로 불러 《한성신보》의 구성원들과 접촉
하여 을미사변을 기획했다. 아다치는 신문사의 주필을 비롯하여 구마
모토 출신들을 모아 미우라의 지시에 따라 움직였으며, 미우라의 참
모가 된 시바 시로 또한 미우라의 계획에 따랐다. 을미사변은 이렇듯
낭인들이 저지른 우발적인 사고가 아니라, 최상위 지식인들이 주도면
밀한 계획과 단합으로 이뤄 낸 결과였다.[36] 이들은 대개가 해외 유학
파인 최상의 인텔리겐치아Intelligentsia이자 강경한 내셔널리스트였다.

스스로의 판단 아래 자발적인 살상을 자행했던 이들은, 일본이 지
향해야 할 세계의 극단에 서 있었다. 이것이 일본 우익파의 초기 모
습을 보여 주는 전형적인 사례 가운데 하나다. 그들은 대부분 구미문
명이라는 이름 뒤에 가려진 야욕적인 모습을 실제로 경험한 세대였으
며, 국가의 잠재된 욕망을 실행해 냄으로써 최상위 국민으로서의 의
무를 다했다고 여겼다. 이들이 반성의 여지가 없었다는 점, 수감되었
던 용의자 전원이 증거 불충분으로 무죄 석방되었다는 점, 천황이 치

---

36) 을미사변의 배후가 일본 정부 자체였다는 사실 등 자세한 사항은 이삼성, 《동아시아
   의 전쟁과 평화 2》, 한길사, 2009, 715쪽 참조. "미우라 공사는 스기무라 후카시杉村
   濬 서기관, 구노스세 사치히코楠瀬幸彦 공사관 무관, 오카모토 류노스케岡本柳之助 조
   선국 군부 겸 궁내부 고문관 등과 협의하여, 민비의 정적政敵으로서 경성 교외 공덕리
   에 칩거하고 있던 대원군을 옹립하여 민비를 무너뜨리고 친일정부를 수립할 것을 계획
   했다."

하했다는 점, 이후의 화려한 정계 진출 등이 그러하다. 여기에는 현양사, 흑룡회와 같은 우익단체가 연루되어 있었으며, 시바 시로의 인적인 네트워크는 이들과 얽히면서 확장되었다.

시바 시로는 자신의 체험을 반영하여 구미를 떠도는 지사인, 그와 동명의 분신分身을 그려 냈다. 시바 시로는《가인지기우》를 집필하면서, 필명인 도카이 산시를 작중인물의 이름으로 사용하여, 작가와 인물 사이의 거리를 거의 두지 않았는데, 이러한 작가와 인물의 일치는 작가인 시바 시로의 정치적 사상을 투명하게 드러내는 데 일조했다. 시바 시로는 을미사변에 가담한 일원으로, 미우라와 함께 뜻을 실행하고 히로시마 감옥에 수감된 적이 있다. 이러한 사건은 시바 시로라는 한 인물을 두 가지의 시선으로 갈라놓는다. 하나는 그의 정치적 이념이 급변했다는 것이고, 다른 하나는 그의 정치적 신념이 본래부터 이러했다는 것이다. 전자의 경우, 그의 대표작인《가인지기우》의 약소국에 대한 동정과 혁명 투사에 대한 동조를 어떻게 해석해야하느냐의 문제와 연관된다. 그리고 후자의 경우, 시바 시로가 보인 이러한 동정, 아시아의 약소국에 대한 동정이 아시아 연대론을 주창했던 극우 단체와 뜻을 같이하고 있던 결과라는 해석과 연결시켜 볼 수 있다.

이미《가인지기우》를 분석하는 계열에서는, 시바 시로가 일본이 유신을 맞아 중앙정부로 통합되는 과정에서, 그가 속한 아이즈번을 상실한 '망번의 경험'으로 말미암아 약소국을 동정했다는 여론이 지배적이다. 이는 텍스트에서도 언급된 것이기에 이론의 여지가 없다. 그러나 동시에 그의 약소국에 대한 동정론과 함께, 아시아 연대를 주창하면서 아시아를 잠식하고자 정탐했던 극우 단체와의 연관성을 간과해선 안 될 것이다. 일본이 '연대의 논리'를 주창하면서 대만과 오키나와를 흡수하는 장면은, 연대와 융합이 병탄과 침략이라는 것을 실제로 보여 준 사례였다.

이와 관련하여 마에다는 약소국의 독립운동이 각기 개별적으로 이루어지고, 한 나라에서 독립투사인 사람이 타국에서는 지배자로 군림하는 아이러니가 현실에서 펼쳐지는 상황 속에서, 시바 시로가 각 나라의 독립투사가 상호 연대하고 지원하는 망상을 했다고 지적한 바 있다. 시바 시로가 《가인지기우》에서 가리발디가 아라비 파샤를 돕는 대목을 상정한 것은 그러한 망상을 보여 준 대목으로, 실제로는 그 자신이 조선의 침략자로 부상했던 것이다.[37]

시바 시로는 아시아 약소국에 동정과 연민을 보였지만 그 안에는 일본이 아시아를 대표해서 이끌어야 한다는 동양 맹주론의 사고가 짙게 깔려 있었다. 《가인지기우》에서 마지막 주인공으로 산시 그 자신만 남는다는 것도 그러하거니와,[38] 《애급근세사》에서 극우주의자의 초기 단계에서 반구화주의의 입장을 관철하고 있는 것도 그러하다. 약소국의 위태로운 존립의 이야기는 제국이 되지 않으면 생존이 불가능하다는 '제국주의로의 필연적인 지향성'을 보여 주는 것으로 기울고 만 것이다.

《애급근세사》는 일차적으로 생존의 논리를 제시해 주는 한중일 삼

---

37) 마에다 아이, 앞의 책, 17쪽. "1882년이라는 시점에서, 아일랜드의 독립운동과 이집트의 반식민지투쟁 등이, 거의 상호연대를 하지 않고, 각기 개별적으로 싸웠다는 것은 말할 것도 없다. 보불전쟁 때의 애국자 ガンベッタ가, 강경한 이집트의 내정간섭론자였다는 점도 역사의 미묘한 아이러니다. 도카이 산시의 《애급근세사》에는 이탈리아 가리발디당이 아라비 파샤의 반란에 정신적 지원을 하는 것이 기술되어 있다. 산시는 현실적으로 바랄 수 없었던 세계 각지의 독립운동이나 반식민지투쟁의 연대와 상호 지원을 구상했다. …… 약소민족의 연대를 꿈꾸는 산시의 장대한 공상이 제목에도 투영된 바, 유란과 홍련 두 가인과 연애를 성취하지 않는 것은, 후년의 산시가 조선 침략에 협력함으로써 이 몽상을 스스로 깨뜨려 버렸던 것에서부터 해명되어야 할 것이다."
38) 야나기다 이즈미는 《가인지기우》의 후편이 그저 도카이 산시의 "신변드라마"라고 말한다.

국의 바이블이었다. 몰락의 서사는 공포를 불러오고, 특정한 신념을 갖게 하는 데 공포만큼 효과적인 정서도 없다. 시바 시로에게 애급의 이야기는 무분별한 구화주의를 추진하는 내부 정책에 대한 경계를 위한 것이었다. 이노우에 가오루井上馨는 당시 불평등 조약을 개정하고자 서구 문물의 수용이 불가피하다고 보고 적극적으로 구화주의를 추진했다. 일명 로쿠메이칸鹿鳴館의 시대가 열린 것이다. 이즈음에 귀국한 시바 시로는 제국의 실체를 목도했기에 이러한 정책에 반대했다. 그리하여 《가인지기우》와 《애급근세사》를 출간하여 지나친 구화주의의 추종이 자국의 존립을 위협할 수 있다는 것을 보여 주고자 했다.

시바 시로의 《애급근세사》는 첫 간행 이후, 청일전쟁 직전까지 주기적으로 팔린 것으로 보인다. 현재까지는 제3판까지 나온 것으로 확인되며, 당시 시바 시로가 《가인지기우》를 집필하는 도중에 《애급근세사》를 집필했다는 점은, 두 개의 텍스트가 동일한 궤도에 놓여 있다는 것을 방증한다. 대략 십 년 뒤, 청일전쟁(1984~1985)을 기점으로 지속적으로 팔렸던 시바 시로의 《애급근세사》가 조선에서는 중국을 거친 텍스트로 중역되어 나온다. 1905년에 출간된 장지연의 《애급근세사》는 시대적 격차만큼이나 벌어진 일본과의 사이에서, 일본의 행적을 비판하려는 서책으로 번역되었다.

이 과정은 다소 복잡한데 《애급근세사》의 원저자인 시바 시로가 을미사변의 주모자들 가운데 한 명이라는 점, 원저자에 대해서는 거의 알려지지 않았다는 점, 같은 시기에 《청의보》에 게재된 《가인지기우》는 번역되지 않고 《애급근세사》가 번역되었다는 점, 애급은 곧 조선이며 애급을 침략했던 영국은 일본이라는 도식이 출간되기 전부터 논설로 소개되었다는 점,[39] 장지연이 《애국부인전》을 번역하기 전

---

39) 〈영국과 일본에 비교할지라〉(논설), 《대한매일신보》, 1904. 9. 14.

에《애급근세사》를 번역하여 국채보상운동과 별도로 국가의 외채外債에 대해서 우려했다는 점, 무엇보다《애급근세사》가 을사조약이 이뤄지기 몇 달 전에 발간되었다는 점 등 일본에 대한 적대적인 감정이 구체적으로 개진되기 시작했을 때 소개된《애급근세사》가 자국의 실정에 동화된 산물로 변용, 번역, 홍보되었다는 점은 여러모로 시사해 주는 바가 많다.

장지연은《애급근세사》를 국한문체로 직역했다.《청의보》에 실린 것과 동일한 형태로 결론은 누락되어 있다. 장지연의《애급근세사》의 성격을 결정지은 것은, 단행본으로 출간될 때 붙은 박은식의 서문이다. 박은식은 서문에서 애급의 몰락 원인을 외채外債로 보고, 외채에 대한 두려움을 피력해 놓았다.《애급근세사》는 외채로 말미암아 몰락한 대표적인 실증 사례인 셈이다. 이러한 사정은《월남망국사》에서도 언급된다.《월남망국사》는 논설만으로 채워진 정치담론으로, 나라가 망하는 원인과 사례를 조목조목 제시해 놓았다. 그 가운데 애급이 첫 항목이니, 애급의 사례에서 보듯이, 무분별하게 외채를 늘리는 것은 망국의 원인이 된다는 것을 장구하게 설파하고 있다.

중국의《청의보》에 실린〈애급근세사〉는 애급의 실정을 그대로 전달하는 데 주력했던 것으로 보인다. 가령 애급의 제도들을 최대한 자국화하여 자국의 실정에 견주어 설명하는 방식을 첨가한 것이나, 어떠한 서문이나 개입 없이 강조점을 두지 않은 것이 그렇다. 그리고 무엇보다 초기에〈사회진화론〉과 대등한 장르로 게재했다는 점은, 일종의 정보와 지식의 전달용으로 소개된 텍스트임을 보여 준다. 논설의 형식도 아닌, 설명의 형식에 가까운 글인 셈이다.

원작인 시바 시로의《애급근세사》에는 저자의 주관적인 심상이 상당히 투사되어 있다. 심지어 자신이 텍스트 중간중간에 개입하여, 직접 보고 온 것을 그림을 곁들여 설명하거나, 제국의 간교한 방책들과 제국의 속성을 주관적으로 기술하고, 더 나아가 애급을 이끌었던 두 영웅을 중심으로 영웅에 대한 칭송도 아끼지 않고 있다. 더욱이 아라비 파샤에 대한 동정과 논평은 시바 시로만의 정치적 입장을 보여 주고 있다.

　당시 시바 시로는 천우협이나 현양사, 흑룡회 등의 아시아 해방을 제창하는 민족주의 그룹들과 그 뜻을 함께하고 있었다. 이들은 아시아 연대를 주창하며, 아시아의 독립과 해방을 도모하고자 했고, 실질적으로 약소국의 독립운동에 개입하여 이들을 돕기도 했다. 아시아의 약소국을 서구로부터 지켜 낸다는 발상인데, 실상은 서구에게 자신의 영역을 빼앗기지 않기 위함이었다. 아시아를 자신들이 소유하려는 첫 단계의 구호였던 셈이다. 바꿔 말하자면 아시아를 동정하는 것은, 아시아를 침략하기 위한 첫 단계였다.

　이와 관련하여 요네타니 마사후미米谷匡史는 일본의 침략 방책 단계에서 아시아에게 우호적이었던 시기를 주목하라고 말한다. 아시아의 연대와 해방을 제창했던 '흥아론'에 일본 시각에서의 오리엔탈리즘, 식민지주의의 계기가 각인되어 있다는 것이다. 요네타니는 본격적으로 극우주의가 등장하기 전 단계부터 주의 깊게 살필 것을 주장한다. 요네타니가 지적한 '내재된 제국론'을 살피고자 할 때, 《가인지기우》의 상편과 《애급근세사》가 그 후편보다 더욱 중요한 텍스트가 될 것이다. 탈아론 이전에 흥아론을 주창할 때부터 이미 '내재된 제국론'은 텍스트에 투영되어 있을 것이기 때문이다.[40] 탈아론 이전에 나왔던 흥아론인, 아시아를 일본이 앞장서서 구한다는 발상에는 조선을 포함하여 나머지 다른 아시아국의 자발적이고 독립적인 내재적 발전

---

40)　요네타니 마사후미米谷匡史,《アジア・日本》, 岩波書店, 2006.

론을 부정한다는 전제가 깔려 있다. 그들 스스로 할 수 없기에 일본이 돕고 궁극적으로 이들을 포섭해 나가야 한다는 것이 일본의 노골적인 침략 방침의 이전 단계였던 것이다. 더욱이 시바 시로가 서구에 머물면서, 서구를 선망하고 모방하는 데 치중하면 끝내 이들에게 먹히고 마는 제국의 야만성을 목격하고 '반反구화주의자'가 된 것은 당연한 순리다.

로맨스romance가 상대적으로 연방 국가 형태로 분열되어 있는 상태에 머물렀다면, 소설novel이 국가 단위를 통합하고 동시대성을 지녔다는 것은 앞서 언급한 대로다.[41] 소설은 근대국가를 구축하려는 정치운동의 흐름 속에서 발생한 것이다. 기술적인 면에서 보편화된 인쇄술과 산업혁명 등으로 말미암은 하부계층의 성장과 외부세계와의 소통을 위한 번역의 언어를 지닌 텍스트로서 소설은 시기적으로도 절묘하게 근대에 등장했다. 역으로 이러한 토대가 있었기에 신종 장르로서 편입된 소설이 광범위하게 통용될 수 있었다. 그리고 내부적인 정치운동 외에 소설을 지탱해 주는 힘은 전쟁과 혁명처럼 실제적으로 정치적인 면모가 극단적으로 드러났을 때 더욱 극대화되었다. 전쟁의 선동과 혁명을 고창하는 데 소설은 필수적인 프로파간다의 기능을 자임했던 것이다. 정치적 활동을 추동하는 힘이 '제국'이라는 가상의 이미지를 지속적으로 공급하는 데 있었으며, 나라를 위해 목숨을 잃은 자들의 애국담과 영웅담은 '정치소설'로써 체계적으로 재구성되었다.

이렇게 정형화된 소설을 둘러싼 시나리오는 무엇보다도 소설의 목적이 국민국가 재건에 있었다는 것을 전제한 것이다. 본래부터 소설이 포함된 문학의 속성은 그 어원상 국민문학이었다. 독일에서 비롯

---

41) 이와 관련해서 프랑코 모레티Franco Moretti; 조형준 옮김, 《근대의 서사시》, 새물결, 2001 참조 가능.

된 국민문학Nationalliteratur이라는 어원은, 영국 등 유럽으로 퍼지면서 공통적으로 국민문학에 대한 관념을 형성했다. 여기서 국민문학이란 각자의 국가에 그들만의 자국어가 존재하는 것처럼, 그들만의 자국 문학이 존재해야 한다는 필연적인 필요성에 따라 자리매김할 수 있었다. 이로써 '하나의 민족은 하나의 문학을 가진다'는 관념이 확고해 지기에 이른다.[42] 이러한 '민족적 주체성'을 지닌 문학에 대한 관념은 국민문학이 정치적으로 공통된 민족의식을 추동시킬 수 있는 내셔널 리즘 형성의 중요 요소로서 거듭나게 했다. 특정한 민족에게 읽히는 보편적인 서적은 공통적인 정서를 형성해 낸다. 더욱이 일본의 정치 소설은 민권사상을 피력하려는 목적에서 출발했으나 결과적으로 내 셔널리즘을 형성하는 데 복무하고 말았다. 그것은 시대적인 명제에서 비켜날 수 없었다는 것을 보여주는데, 가령 아래와 같은 작품에서 일 본 정치소설의 특성을 살펴볼 수 있다.

> 러시아가 시베리아 대철도를 준공하여, 그 철도를 중국에 이르기 까지 확장시키고자 하더라. 차츰 동양 잠식의 기미를 보이는 것으로, 무역 사무에 분분한 의론이 생겨나더니, 결국엔 중국과 갈등을 빚고 말았다. 동양에 물의를 일으킨 것으로 매우 떠들썩하게 되어, 재야 의 지사는 수군수군거리며 외교 정략을 논하더라. …… 일본국의 안 위에서도 또한 새로운 신진 교체는 정치세계에 필수적인 것으로, 일 단 내각을 조직할 것. 지위에 연연하여 한없이 그 내각을 버리지 않 을 때는 스스로 정치의 부패를 초래할 뿐 아니라, 매우 심할 경우 그 부패를 봉합하고 결국에는 인심을 어그러뜨리는 정략을 시행하고자 소란을 일으킬 것이다. 옛 역사에서도 쉽게 보지 않았던가. 대표자의 지위에 있다는 것은 자신을 나중에 생각하고 국가를 먼저 생각하는

---

42) 스즈키 사다미; 김채수 옮김, 앞의 책, 72쪽.

것이다. 국가를 위해서는 대표자의 지위도 높은 신발을 버리는 것과 같이 추호도 아쉬워하는 마음 없이 신속히 제2의 인물에게 넘겨주는 것을 정치가의 본의라고 말해야 할 것이다. 하물며 정치 부패의 비방을 초래한다면 말해 무엇하랴. …… 여자라도 법률박사의 자격을 얻고 정치사상에도 조예가 깊어지더라. 그 태도가 고상한 것은 백인종과 하등 다를 바가 없으리라. 현금 문명의 교육을 받아 아름다운 천성 위에 문명의 꽃으로 몸을 장식하는 것은 이미 귀부인의 지위에 오르는 것이자 한층 아름다움을 더해 가는 것과 같으리라.(《文明花園 春告鳥》, 第四十二齣)[43]

메이지 초기에 일본에서 정치적인 이슈는 러시아의 남하정책에 집중되어 있었다. 러시아의 남하를 경계하면서 점차 러시아가 동양으로 진출하려는 영역, 만주를 중심으로 동양 대륙을 향한 일본의 이목이 쏠리기 시작했던 것도 이즈음이었다. 이는 이전의 정한론과도 맞닿아 있었지만 본격적으로 '동양의 평화'라는 명목으로 '동양의 진출'이 구체적으로 제기된 것이다. 여기에는 러시아에 대한 공포와 반감이 공존하고 있었다. 위의 인용문은 1888년에 간행된 작품으로, 작품의 마지막 장에는 이렇듯 당대의 정치적 이슈였던 러시아의 동양

---

43) 服部誠一, 《文明花園 春告鳥》（後編）, 鶴聲社, 1888. 魯國が西比利亞の大鉄道を竣功して. その線路を支那を延べしより. 漸く東洋蚕食の色を見はし. 貿易事務の紛議よりして. 遂に支那と葛藤を生じ. 東洋の物議頗る喧しく. 在野の志士は喋々と外交政略を論じ. …… 日本國の安危にも關すべし且つ新陳更替は政治世界の必要にして. 一たび內閣を組織するもの. 我位地に戀々して. 際限もなく其內閣を去らざるときは. 自ら政治の腐敗を來すのみならず.甚たしきは其腐敗を繩縫せんと.終には人心に悖る政略を施し. 爲めに擾乱を提起すること. 古來の史乘に乏しからず. 首相の位地に立つものは. 我身を後ちにして國家を先きにし. 國家の爲めには首相の位地も敝れし靴を棄るが如く.毫も惜むの心なく. 速かに第二の人傑に讓るこり. 政事家か本意と云ふべし. 矧してや政治腐敗の誹りを招く時おやと. …… 女なからも法律博士の免狀を得て. 政治上の思想にも富めるのみか. 其態度の高尙なるは. 白哲人種に異ならず.今や文明の教育を受け. 天性の麗質あるが上に文明の花もて身を飾り. 已に貴婦人の位地に昇りしより.

진출 행보를 언급하고 있다. 더욱이 러시아가 시베리아 철도 공사를 위해 조사를 시작한 것이 1887년이라는 점을 감안해 볼 때, 위의 작품이 동시대적인 정치적 이슈를 다루었다는 점, 요컨대 당대의 정치소설은 이렇듯 현 시국과 맞물리는 사안, 미결정의 상태를 논하는 데 그 특징이 있었음을 알 수 있다.

이 작품은 '봄을 알리는 새〔春告鳥〕'라는 제목 그대로 문명국을 봄에 빗대고 문명국을 형성하고자 고군분투하는 정치가들의 이야기를 다루고 있다. 비단 정치가 이외에도 상업에 종사하는 직업군까지 아울러, 부강한 나라를 도모할 수 있는 요소로 법과 정치와 상업을 제시한다. 흥미로운 것은 이들이 문명국의 척도로 유럽과 미국을, 문명인의 기준으로 백인을 강조했다는 점이다. 이들은 일본인 그 자체에 만족하여 일본인이 지닌 정통성을 내세우기보다, 서구와 같이 일본이 변모하기를 바랐다. 서구에서 문명국을 형성하는 법을 배우고 정치를 익히고 이들의 풍속을 답습하여 고상해질 때, 백인종〔白晳人種〕과 같은 문명인이 될 수 있다고 본 것이다. 이는 구화주의의 추종과도 맞물리며, 당대 구화주의를 경계하고자 했던 도카이 산시의 《가인지기우》와는 다른 정치적 입장에 선 정치소설의 행보를 보여 준다.

위의 작품에서도 볼 수 있듯이 대개의 정치소설에서 정치적인 입장은 진보와 개혁으로 대변된다.[44] 이 작품에서는 전제주의專制主義를 배격하고 '개진주의改進主義'를 주창한다. 이러한 입장에서 앞으로 나아가기 위한 방법은 오로지 끝없는 쇄신뿐이다. 이 맥락에서 새로운 것을 받아들이고 노후한 것을 내보내는 '정계의 신진대사'가 강조된다.

---

44)   1)러시아와 중국의 충돌과 러시아의 동양 잠식의 행보, 2)일본국 내 정계의 혁신을 위한 정권 교체의 필요성, 3)일개 여자라도 법학을 익히고 정치사상을 함양하면 그 태도와 기질이 백인 귀부인과 다르지 않다. 누구라도 근대적인 학문을 답습하면 문명한 국민으로 거듭날 수 있다.

그럼에도 결과적으로 국익을 도모하는 것만큼 아름다운 것은 없다는 논리로, 개인보다 국가를, 누구라도 국민이 되어 각자의 지위에서 최상이 되어야 함을 강조하는 것은 국익의 창출이라는 명제에서 보면 여타의 정치소설과 기본적인 취지에서 다를 바가 없다.

흔히 내셔널리즘의 속성은 일종의 보상을 위해 결탁한 집단의 구원을 위한 방략으로, 억압된 심리가 표출되는 것인 동시에 정상적인 논리로 해명이 불가능한 병리적인 현상으로 파악된다.[45] 이렇듯 양면성을 지니고 있는 내셔널리즘은 여타의 이념들—'애국심, 포퓰리즘(대중영합주의), 민족주의, 자민족중심주의, 외국인혐오증, 배외주의, 제국주의, 감정적 애국주의'[46]—과 결합되어 추상적인 가상의 이미지가 형체를 구축하는 과정을 보여 준다. 일본의 경우 정치소설은 일종의 변형 과정을 거쳤다. 그것은 민권을 강조하는 것에서 시작하여 점차 국권을 강조하는 방편으로 동화되었다가 궁극적으로 근대소설의 모형을 말할 때 요구되는 허구적인 일상의 재현에 성공한 작품으로 거듭났다.

이러한 양태를 보여 주는 대표적인 텍스트로는 야노 류케이矢野龍溪의 《경국미담》(1883)과 시바 시로의 《가인지기우》(1885) 그리고 스에히로의 《설중매》(1886)가 있다. 무엇보다 초기 민권과 국권의 결합을 구상했던 작품으로 《정해파란》[47]이 있지만, 중국과 한국에 유입된 텍스트로는 앞서 언급한 세 개의 대표적인 정치소설을 탐사해 볼 필요가 있다. 정치소설이 변모하는 양태는 실질적으로 정치적인 흐름이 변화한 사태와 연관되어 있었다. 자유민권운동을 주창했던 민권파의 정치운동가는 대부분 청일전쟁을 기점으로 국수주의를 제창하는 내

---

45) 강상중; 임성모 옮김, 《내셔널리즘》, 이산, 2004, 27~30쪽.
46) 강상중, 앞의 책, 24쪽.
47) 나카무라 미쓰오; 고재석·김환기 옮김, 앞의 책, 74쪽.

셔널리스트에 흡수되었으며, 1890년에 실질적인 정치기구인 의회가
설립되면서 입헌정치의 실현 가능성을 목전에 두고 운동 자체의 성격
이 강경해질 이유가 없었다. 이와 관련하여 야나기다 이즈미는 일본
정치소설의 발달사를 세분하여 고찰한 바 있다.[48]

그러나 엄밀히 말하자면 자유민권운동파의 성격 변화는 없었다.
자유민권운동파의 본래 성향에는 이미 국수주의 성향의 강인한 내셔
널리즘이 자리하고 있었던 것이다. 정작 그들이 추구했던 민권운동의
중심에는 서구와 달리 개인의 인권과 자유가 아닌, 국가의 건설과 국
익의 도모가 놓여 있었다.[49] 다만 내부적으로는 민권을, 대외적으로
는 국권을 주창하는 형태로 외형상 이분법적으로 나눠진 것처럼 보였
을 뿐이다. 이렇게 내셔널리즘을 중심에 두고 볼 때 이들이 추구하고
자 했던 정치적인 성향을 대변하여 보여 주는 작품으로《가인지기우》
가 주목된다. 본질적으로 국민국가가 구성되는 데는, 내셔널리즘이
동반되지 않을 수 없다. 내셔널리즘은 국민을 하나로 통합하는 데 유
용했으며, 이 과정에서 발생한 국민을 위한 서사는 내셔널리즘을 표
방하지 않을 수 없었던 것이다. 국민문학은 시대를 초월하여, '국민통
합'을 위해서 '위기의 시대'에 등장했다.[50]

---

48) 야나기다 이즈미,《政治小說研究》(上卷), 春秋社, 소화 10년(1935), 45쪽. 야나기
   다에 따르면 정치소설은 민권시대인 전기와 의회시대인 후기로 나눠지며, 전기에는 정
   치소설이 출범하는 발아시대와 민권운동이 활성화된 시기의 민권문학, 정당운동이 강
   화된 정당문학으로 나뉘며, 이 가운데 정당문학은 다시 정당전성시대, 정당쇠퇴시대,
   정당부흥시대로 나뉜다. 가령《경국미담》은 개진당의 편에서 나온 작품으로 자유당과
   함께 존재했던 정당전성시대에 속한다.
49) 초기 자유민권파는 그들 내부에서도 자체적인 독자성을 지니고 있지 않았다. 그것은
   민권 사상에 대한 지식이 얕은 상태에서 그들 스스로 민권과 국권 사이에서 우왕좌왕
   하고 있었기 때문이다. 중앙집권세력이 아닌 비주류적 세력인 것은 확실했지만, 대부
   분 주변 아시아국에 대한 침략적인 정책에 동조하는 극우파이자 정부 세력에 대한 반
   감을 지녔을 뿐 적극적으로 피력하는 정도의 권력을 지니지 못했다. 이러한 사정에 대
   해서는, 한상일,《아시아연대와 일본제국주의》, 오름, 2002, 23쪽 참조.
50) 니시카와 나가오; 윤대석 옮김,《국민이라는 괴물》, 소명출판, 2002, 87~88쪽.

일본에서 정치소설이 성행했고, 중국으로 유입되었으며, 조선에도 소개되었다는 사실은 당대의 아시아국이 필연적으로 위기에 직면하고 있었다는 사실을 보여 준다. 약소국의 몰락사를 다룬《가인지기우》는, 그리하여 초심을 잃을 수밖에 없었다.《가인지기우》가 완성되기까지는 십여 년의 시간이 걸렸으며, 그 십여 년은 일본이 위기에서 탈피하는 시간이었다.《가인기지우》는 약소국과의 연대와 동정이라는 초심을 잃었기에, 보다 완고한 내셔널리즘의 저작으로 거듭날 수 있었다. 보다 강한 국권을 지닌 제국의 설계와 완성은 정치소설의 소임이 바로 여기에 있었다는 것을 보여 준다. 시바 시로가 을미사변에 가담했다는 사실도 이 작품의 완성을 위한 필연적인 과정으로 읽을 수 있다. 내셔널리즘과 결합한 국민국가의 문학은 정치적인 이상을 실현시키려는 실질적인 정치운동에 토대를 두고 있었다.

그리고 바로 이러한 점으로 말미암아, 소설이 국가를 만들고 사회를 변화시키고 기존의 정부를 전복시킬 수 있다는 일종의 희망이 이방의 지식인들에게 생겨났다. 본래부터 그러한 것이 아님에도 새로운 의미가 부여된 것이다. 그 결과 일본의 정치소설은 중국의 신종 잡지에 연재될 수 있었으며, 조선에도 소개되기에 이르렀다. 여기서 흥미로운 것은 이러한 유입 과정에서 본래 일본 정치소설의 성향이 변형되었다는 점이다. 국익을 추구하는 원작의 방향성과 강도는, 중국에서 혁명의 근간으로, 조선에서 독립의 기치로 각기 분파되어 각 나라에 맞는 사정에 따라 희석되었다. 그리고 이러한 도식적인 결과는 이미 임화도 언급한 바 있다. 이제 문제는 다시 장르다. 이 지점에서 번역된 정치소설을 어디에 위치 지을 것인가 하는 문제에 봉착했던, 국내 문단의 구도를 살펴볼 필요가 있다.

중국은 역사 중심 기술 방식의 전통이 강력했으며, 점차 역사라는

견고한 틀이 해체되는 과정에서 허구적인 소설이 개진되었다.⁵¹⁾ 중
국의 독자가 장구한 형식에 익숙하여 단편보다는 장편에 익숙했다는
점도 이러한 경향에 말미암은 것이라 볼 수 있다. 루쉰이 해외 단편
을 번역한 《역외소설집》이 널리 전파되지 못한 데는, 이야기가 시작
될 무렵에 끝나 버리고 만다는, 이른바 장편에 길들여진 독자의 독서
습성이 바뀌지 않았기 때문이다. 이는 량치차오가 외부의 소설을 소
개하여 편성할 때도, 장편소설의 구성인 '회回'를 썼던 것, 옌푸嚴復가
《천연론》을 옮기면서 효율적인 전달을 위해 '편篇'의 구성을 취했던
경위와도 연관되어 있다.

　여러 논의에도 기본적으로 역사가 '인류의 집단적인 거대한 운명의
서사'라는 점은 부정되지 않는다. 역사는 '거대 서사'로 각인되었으
며, 미시사로의 접근은 근대를 넘어선 이후의 일이었다.⁵²⁾ 서사敍事란
19세기 영미권의 수사학에서 역사와 여행기가 기술된 특성을 가리
키는 용어로 사용된 것으로 기록되어 있다. 초기 이 서사의 영역에는
소설이 포함되지 않았으며, 소설은 픽션에 속하는 것으로, 서사와 픽
션은 상호 대등한 병렬적 관계로 규정되어 있었다. 그리하여 소설이
점차 역사와 같은 서사적 기법을 차용하여 서사화하는 특성을 지니게
되었다는 것이다. 이 맥락에서는 전통 소설의 전형적인 구도인 권선
징악의 체계가 바로 이런 이야기들, 곧 소설을 서사 그 자체로 수용
할 수 있게 한 일종의 틀(형태)이었다.⁵³⁾

　근대 초기에 소설이 역사와 경합하는 현상은 동양뿐 아니라 서구
에서도 필연적이었다. 그도 그럴 것이 한국에서 문학과 소설이라는
개념은 중국과 일본과의 교류 속에 조성되었으며, 중국이 근대적인

51)　루샤오펑魯曉鵬; 조미원·박계화·손수영 옮김, 《역사에서 허구로》, 길, 2001.
52)　장 뤽 낭시Jean-Luc Nancy; 박준상 옮김, 《무위의 공동체》, 인간사랑, 2010, 217쪽.
53)　가메이 히데오龜井秀雄; 신인섭 옮김, 《〈소설〉론》, 건국대 출판부, 2006, 42~99쪽.

소설의 형식을 구비할 무렵이나 일본이 근대소설을 변화시켜 나갈 때
는 서구와의 접촉과 서구 소설의 번역에 따른 상호 영향관계가 절대
적이었기 때문이다. 일본의 경우는 서구 소설의 도입으로 중국 중심
의 동양 소설의 체계를 부정하고, 일본만의 정체성이 담긴 문학을 형
성할 가능성을 열 수 있었다. 중국의 경우도 내부적으로 청조를 부정
하고 기존의 사유 방식이나 제도를 폐지하고 새로운 사회를 건설할
수단으로서 신문학이 요구되었다.

그러나 조선의 경우는 좀 더 특별했다. 조선의 경우는 조공관계였
던 중국과의 관계가 청산된 뒤에도 중국의 변천한 문학을 수용했으며
동시에 일본의 문학도 수입하였다. 결과적으로 청말의 주된 중국문학
은 일본문학을 옮긴 것이었기에, 서구 문학을 수입하거나 별도로 창
작한 일본문학이 조선에 들어왔지만, 조선의 경우에 정치적으로 억압
받는 상황에서 외세에 대적하려는 '자국 문학'과 지배세력을 우회적
으로 야유하는 '풍자문학'이 성행했다. 가령 세태를 풍자하고 자국 지
배 정권의 이면을 폭로하는 〈향긔담화〉·〈쇼경과 안즘방이 문답〉 등
이 대표적이다.[54]

이러한 텍스트들은 자국의 현실을 반영하는 언어놀이로 이루어
져, 조선에서만 가능한 정치서사의 특성을 보여 준다. 최근에는 이
또한 일본이나 중국의 문학적 텍스트를 수용한 것으로 밝혀지고 있
으나, 이 글에서 비교 대상이 된 텍스트 사이의 차이에서도 볼 수 있
듯이 타국의 현실이나 연원을 배제하고 자국의 현실과 역사를 일부
러 기입하는 등 변용한 부분이 발견되는 것은, 어디까지나 타국의

---

54) 개화기의 풍자나 우화로는 〈향 I)담화〉·〈쇼경과 안즘방이 문답〉·〈향로방문의생이
라〉·〈거부오히〉·〈시사문답〉·〈디구셩미리몽〉·〈병인간친회록〉·〈절영신화〉·〈인
력거군 수작〉·〈갑을문답〉·〈금수재판〉 등이 있다. 이에 대해서는 권영민, 《풍자우화
그리고 계몽담론》, 서울대 출판부, 2008 참조.

이야기가 아닌 자국의 현실과 형편을 논하는 데 주안점이 있었다는 것을 보여 준다.

> 법亽 왈 인도 익급은 망흔 지 빅 년식이나 다 되엿고 파란 월남은 또흔 니웃 나라이 아니라 엇지 션싱은 이곳치 과도히 슬허ᄒ시ᄂ뇨 우셰즈ㅣ 일향 아모 말이 업고 다만 이고 하ᄂ님하ᄂ님 소릭 ᄲ이라 법亽ㅣ 할 일 업시 잔듸밧헤 물너안즈 흔슘을 쉬고 남우아 미타불을 외오더라
>
> 우셰직 법亽를 향ᄒ여 왈 여보 대亽 내 말슴 드러보시오 나ᄂ **인도 익급의 민족을 슬허ᄒᄂ 것이 아니라 우리 대한민족을 슬허ᄒ며 파란 월남의 국亽를 슬허ᄒᄂ 것이 아니라 우리 대한국亽를 슬허ᄂ 노라** 우리 신셩ᄒ신 단군의 ᄌ손의 디옥이 목젼에 잇도다 여보 대亽 **우리 대한에 결亽흔 민영환씨를 혹 맛나 보앗ᄂ지** 과연 대亽의 말슴과 곳홀진듸 민츙졍도 환생홀 긔흔이 묘연ᄒ리로다 법亽ㅣ 왈 션싱은 참으시오 쇼승은 염라부에셔 대한민국 잇더라 ᄒᄂ 말은 못 드릿스니 **셜령 대한이 위터흔 디경이라도 민지가 기명되야 졍치 법령이 붉어지면** 극락셰계 엇지 못되오리잇가 우셰직 눈물을 씻고 니러안즈 가亽 삼쟝을 부르니[55]

위의 인용문에서 볼 수 있듯이 당대 국내 논자의 입장에서는 파란이나 월남이나 애급이 몰락한 이야기는 단지 타국의 사정일 뿐이며, 이들의 이야기를 하는 이유는 어디까지나 자국의 사정을 말하기 위함이다. 다시 말해서 자국의 정치적 위기를 논하는 사례로 타국의 이야기가 쓰인 것이다. 그리하여 애급이 몰락한 사정을 슬퍼하는 것이 아니라, 이와 다를 바 없는 대한민족의 운명을 슬퍼하는 것이다. 또한 월남이 처한 국사를 슬퍼하는 것이 아니라, 이와 같이 분열되고

---

55) 우세자, 〈디구셩미릭몽〉, 《대한매일신보》, 1909. 7. 21.

말 대한의 국사를 슬퍼하는 것이다. 이러한 맥락에서 이들 외부의 이야기는 당연히 번역될 때 변용되지 않을 수 없었다. 그것은 대한민족과 역사에 기여할 수 있는 민족문학으로 수렴되어야 했기 때문이다. 단순히 자국의 영웅을 논하는 〈을지문덕전〉이나 〈이순신전〉 등 창작된 정치서사 이외에도 〈이태리건국삼걸전〉의 이야기를 전하는 도중에 조선의 현실을, 〈애국부인전〉의 이야기를 소개하면서 동시에 조선의 국사를 삽입하는 것은 번역된 정치서사의 '자국 문학을 논하는' 정치성이 비단 창작된 정치서사에 견주어 미약하지 않다는 것을 보여준다. 그리고 자국의 정치적 사정에서 자유로울 수 없는 자국 문학의 특성은 결과적으로 검열이라는 형식으로 직접적으로 정치적인 규제를 받기도 했다.

한국 · 중국 · 일본의 정치적인 텍스트는 내부 검열을 피할 수 없었다는 공통점이 있었다. 정치적이지 않을 때에만 검열을 비켜갈 수 있었다. 그러므로 정치서사는 필연적으로 검열에서 자유로울 수 없었다. 조선에서 검열은 일본인들이 조선의 독립 열기를 통치하는 방식에서 등장한 것으로 기록되어 있다. 아래의 인용문에서 볼 수 있듯이, 매천의 기록에 따르면 일본인들은 '비분강개한 글이 감정을 선동하여' 조선의 애국심이 고양되는 현상을 경계하고자 했다. 여기서 비분강개한 글들이란 대개가 조선에 통용된 정치서사이다.

> 가) 학부대신 이재곤李載崑이 사립학교령을 중외에 반포하였다. 이때 사립학교가 각 군에서 설립되어, 그 교과서의 저술을 모두 우리나라 사람들이 하기 때문에 나라가 망한 것을 분통히 여겨 모두 비슷한 내용을 서술하였다. 또 종종 **비분강개한 글을 기재하여 서로 감정을 선동**하므로, **일본인들은 그것을 싫어하여 이재곤에게 그런 글을 쓴 사람을 제재하도록 칙령을 내렸다.** 그리고 애국을 강조한

교과서는 모두 거두어 소각하였으며, 또 관리들에게 그 자료를 편집
하게 하여 순박하고 온건한 사실만 책으로 만들어 교육하도록 하였
다. (《매천야록》, 륭희 2년 戊申)

　나) 일본인들은 서점에서 판매하는 〈월남망국사越南亡國史〉와 〈동
국사략東國史略〉, 〈유년필독幼年必讀〉 등의 서적을 판매하지 못하게
하였다. 그들은 우리 한국인을 이와 같이 견제하였다. 그리고 그들
은 인쇄법을 정하였다. (《매천야록》, 륭희 3년 己酉)

　다) 〈압수건 금지〉 교과용 도서 가운데 **금지한 책자를 사용치 못**
하게 할 뜻을 학부에서 이미 반포하였거니와 **내부 출판법에 따라 압**
수한 책자도 사용치 못하게 할 의도로 학부에서 한성부 및 각 관찰
사에게 명하고 관하 각 군 학교에 실시하도록 하였다더라.[56]

　라) 〈인도 혁명당의 격문〉 **영국은 인도에 출판법을 반포하여 혁**
명적 언론을 금지하고 탄압하나, 인도 혁명당 등은 은밀히 선동적
격문을 만들어 사방에 전파하는데, 금번에도 벵갈 지방의 모든 대학
및 기타에 다수 격문을 배포한 자가 있더라. 그 뜻은 〈외국인(영국
인)의 피를 취하여 신에게 공양하자〉함이오. 그 출처는 수도 캘커타
인 듯한다더라[57]

---

56) 〈押收件禁止〉(雜報), 《皇城新聞》, 1909. 5. 29. 敎科用圖書中에 禁止ᄒ 冊子를
使用치 못홀 意로 學部에셔 已爲頒佈ᄒ얏거니와 內部出版法에 依ᄒ야 押收ᄒ 冊子
도 使用치 못홀 意로 學部에셔 漢城府及各觀察使에게 發訓ᄒ고 管下各郡學校에 申
飭케 ᄒ얏다더라.
57) 〈印度革命黨의 檄文〉(外報), 《皇城新聞》, 1910. 3. 18. 英國은 印度에 出板法을
頒布ᄒ야 革命의 言論을 禁壓ᄒ나 印度革命黨等은 暗密히 煽動的檄文을 刊出ᄒ야
四處로 傳播ᄒᄂ디 今番에도벵갈 地方의 諸大學及其他에 多數檄文을 配布ᄒ 者ㅣ
有ᄒᄃᆡ 其意ᄂᆫ 〈外人의 血을 取ᄒ야 神에게 共養ᄒ자〉홈이오 其出處ᄂᆫ 首府칼캇타
인듯ᄒ다더라.

당시 언론 보도에 따르면 출판법으로 발매 금지를 당한 책자는 대략 3,800부를 육박한 것으로 기록되어 있다.[58] 근래 발포된 '서적출판법'등 여러 규제와 법령에 대한 정보가 원활하게 보급되지 못한 실정으로 이를 등한시하다가 죄에 연루되어 이권을 잃게 되는 경우가 다반사였다. 그리하여 《서적출판법》이라는 책자도 나오고 이를 홍보하기에 이르렀다.[59] 이러한 출판법에 저촉되어 금서로 지정된 도서는, 두 번째 인용문에서 볼 수 있듯이 《월남망국사》·《동국사략》·《유년필독》과 같은 교과서류였다.

네 번째 인용문에서 볼 수 있듯이 영국이 출판법을 제정하여 인도를 탄압한 사례와 같이, 일본은 출판법을 수단으로 삼아 조선을 통치하고자 했다. 번역된 서적일지라도 자국의 정신이 들어가는 순간, 그것은 객관적인 정보 전달용 서적이 아닌, 혁명을 일으키거나 감정을 고양시키는 위험 요소로 간주되었다. 바로 이 점이 정치서사를 저술했던 필자들이 궁극적으로 저술과 번역의 목적으로 두었던 바이다. 정치서사의 번역과 저술로써 이루고자 하는 바는, 각각 서문에서 볼 수 있듯이 자주와 독립이라는 실제적인 정치운동의 달성이었다.

---

58) 〈押收冊子數〉(雜報), 《皇城新聞》, 1909. 5. 27. 출판법에 의하야 발매를 금지하고 압수훈 책자의 수가 삼천팔백여부라더라.(出版法에 依하야 發賣를 禁止하고 押收훈 冊子의 數가 三千八百餘部라더라)

59) 〈法規新選〉(廣告), 《皇城新聞》, 1909. 5. 18. 一百六十頁 定金 五拾錢 今日 此時에 新頒法令이 次第 實施하되 凡我人民은 等閒視之하다가 罪戾에 自陷하고 利權을 自失훔이 誠所慨嘆이라 所以로 近日 官報에 揭布훈 家屋稅法及細則과 酒草稅法及細則과 國稅徵收法及細則及其他 書式이며 舊未納公逋의 徵收法과 民籍法及細則과 書籍出版法과 漁業條例幷圖書式揲을 摘纂刊行인 바 雖僻巷窮村이라도 人民의 不可緩覽훌 冊子이오니 照亮훔 五月十九日(陰三月晦日)에 各冊肆에 出售하오니 趂期 請求하시오 元賣所 京城寺洞 光東書觀 分賣所 銅峴 文明書館 東洋冊達會社 鍾路 大東書市 廣橋 滙東書館 典洞 光東書局 典洞 天道敎冊肆 安峴 隆文堂 安峴 大韓書林 寺洞 惟一書館 布廛屛門下 廣學書舖 罷朝橋越便 中央書館 紫巖 新舊書林.

가) 프랑스 사람이 월남에서 월남 사람에게 그렇게 참혹하게 행하는 일을 온 세상에서 아는 이가 없으니 그대가 나한테 말을 다하여 내가 그대를 위하여 그 말을 전파하면 혹시라도 세계의 공론을 일으킬지도 모르겠습니다. **미국에서 노예를 풀어 준 일도 글을 지은 자 덕분**이요, **러시아와 터키의 전쟁도 신문지가 파란을 일으켰으니** 그대가 월남의 앞날에 뜻이 없으면 그만인데 만약 뜻이 있거든 월남 사정을 숨기지 말고 다 말하십시오. …… 그대가 월남의 지난 일을 말하면 우리 청국의 대부분 사람이 이 일을 듣고 깨달아 후회하는 이들이 생겨서 차차 분발할 날이 있을지니 이러하면 이일이 어찌 우리나라에만 유익하겠습니까?[60]

나) 월남이 망한 사기史記는 우리에게 극히 경계될 만한 일이라. 그러나 이제 우리나라 사람들이 귀천 남녀 노소를 무론하고 다 이런 일을 알아야 크게 경계되며 시세의 크고 깊은 사실을 깨달아 우리가 다 **어떻게 하여야 이 환란 속에서 생명을 보전할지** 생각이 나리라. 이러므로 한문을 모르는 이들도 이 일을 다 보게 하려고, 우리 서관에서 이같이 순국문으로 번역하여 전파하노라.[61]

다) 일본은 천하에 이름을 떨쳐 세상 사람들이 영국, 독일 같은 나라에 견주는데 우리나라는 파란이 되고 애급이 되고 또 인도가 되는 것을 면하지 못하고 있다. …… 청컨대《통감》·《사략》등 낡은 책은 묶어서 선반에 올려놓고, 책을 끼고 다니는 아이들에게 우리 대한 역사를 한 번 읽어 보게 한 연후에, 또 만국사를 읽혀서 견문을 넓히고 정세를 인식케 하며, 더욱 병·형·농·공 등의 실천 사업에 더욱 힘쓰도록 하여 게으르지 않고 거칠지 않으며 진실한 마음

---

60) 梁啓超 찬(纂),《월남망국사》, 광지서국, 1905. (안명철·송엽휘 역주,《월남망국사》, 태학사, 2007)

61) 노익형, 〈서문〉,《월남망국사》(주시경 역 국문본), 박문서관, 1907. (임형택 외,《근대계몽기의 학술 문예 사상》, 소명출판, 2000, 227쪽)

으로 해 나가면, 몇 년이 지나지 않아 **우리가 옛날의 문화를 회복하여 엄연히 독립국의 면목을 갖출 수 있을지** 어찌 알겠는가?[62]

라) 우리나라에서는 아비와 스승된 자가 《천자문》과 《동몽선습》으로 자제들을 가르치며 나아가서는 《통감》·《사략》 등에 이르고 있으니, 대개 이런 류의 책들은 모두 천부의 자유를 방기하고 노예의 습성을 양성하는 것이다. 이로 말미암아 풍교 정령으로부터 가요 패설 언어 문자에 이르기까지 오로지 **외국을 위주로 하여 남을 받들어 섬기고 자국은 얕잡아 보아, 오늘의 패망**에 이르게 되었다. …… 오늘날 세계가 크게 열려 만리가 뜨락처럼 통하게 되었으니 만약 변통함이 없으면 인심이 날로 더욱 이지러져서 파란이나 월남의 유민처럼 되고자 해도 또한 어려울 것이다. …… **이 책이 출간된다고 해서 시대에 비익됨이 있을 것인가?** 단지 바라는 바는 어린 아이들이 **이 책으로 말미암아 애국심이 일어나게 되어 자주 자립**에 이르게 된다면, 나의 영예와 다행스러움은 참으로 어떻다 할 것인가?[63]

첫 번째 인용문은 《월남망국사》에 실린 일부분으로, 량치차오는 월남 망명객과의 대화로 월남의 실상을 알려, 결과적으로 청국의 민중에게 깨우침을 주고자 한다. 그것은 월남이 프랑스에게 잠식되었던 것처럼 청국이 외세에 의해 몰락할지도 모른다는 사실이었다. 인용문에서 눈길을 끄는 것은, 정치적인 격문의 위력이 나열된 것이다. 미국의 노예해방에 기여한 소설이나, 러시아와 터키에 보도된 기사 등, 글이 선동하는 힘에 대한 신뢰는 이러한 정치서사가 나올 수 있는 기본적인 전제가 된다.

---

62) 현채, 〈서문〉, 《동국사략》, 보문관, 1906.(《근대계몽기의 학술 문예 사상》, 212~216쪽)
63) 현채, 〈서문〉, 《유년필독석의》, 휘문관, 1907.(《근대계몽기의 학술 문예 사상》, 30~31쪽)

두 번째 인용문은 조선에서 번역된 《월남망국사》의 국문본 가운데 주시경의 역본에 실린 서문이다. 박문서관의 운영자인 노익형은 이 책을 발간하면서 동시에 서문을 썼는데, 그가 현채의 국한문본을 국문본으로 재차 번역하여 출간한 이유로, 보다 많은 독자를 위한 것이라 밝혀 놓고 있다. 여기서는 단순히 독자를 확보하기 위해서라기보다, 많은 독자를 계도하기 위해서이다. 량치차오가 말한 대로 월남의 이야기를 보도하는 목적이 아닌, 자국민에게 자극을 주려는 것이다. 요컨대 생존의 방략을 도모하기 위함이다.

세 번째 인용문은 《동국사략》의 서문으로, 자국의 힘이 약한 실정에 대한 처방전으로 '대한 역사'와 '만국사'를 읽을 것을 권하고 있다. 중국의 역사만 알고 자국의 역사를 알지 못하는 것이 결과적으로 국익에 위배되는 결과를 낳은 것은 물론, 과거만 알고 현재의 시세에 둔감한 것 또한 결과적으로 시세에 뒤처지는 결과를 낳았기 때문이다. 이 모든 활동의 지향점은 당연 독립국가의 수립이다.

네 번째 인용문은 교사용 《유년필독》인 《유년필독석의》에 실린 서문으로, 《동국사략》처럼 자국의 역사를 가르치는 교재가 없는 실정이, 노예의 습성만 길러 패망을 자초한 것이라 보고 있다. 자유의 기풍을 회복하여 애국심을 양성하는 것이 근대 교육의 본질적인 목표가 되어야 한다는 것, 마침내 이러한 사고로 채워진 국민이 양성되어 근대국가를 이루어야 한다는 것이 논자의 주장이다. 이것이 이 저서에서 기대할 수 있는 '서적의 비익裨益'이다.

이러한 관점들은 여러 형태의 무수한 정치서사가 결국에는 동일한 목적을 지향하고 있다는 것을 확인시켜 준다. 그것은 세계의 패권이 이미 '영국과 독일과 같은 위치의 일본' 그리고 '애급이나 파란이나 인도나 월남과 같은 상황의 청국과 조선'으로 나뉜 상태이기에 그러하다. 이러한 상태를 벗어나지 않는 한, 동일한 답안만 반복할 수밖에 없다는 것이 이들이 처한 사정이었다. 그럼에도 무수히 범람했던 정치서사는 이들이 좀 더 확고한 답안을 찾는 노력을 멈추지 않았다는 점을 보여 준다. 동일한 답안을 서로 다른 목소리와 형식으로 반복하는 것이 이들이 할 수 있는, 루쉰이 말한 것과 같은 저항으로서의 문학이었다. 그것은 전통의 소설 방식에 얽매이지 않는 형식의 파괴에서부터, 이전에 거론되지 않았던 신세계에 대한 열망을 표출하는 것까지 여러 방면에서의 전환을 함의하고 있었다.

2. 장르의 재편성, 역사에서 정치소설로 전환

1) 정치의 도입과 정치소설의 수용

문학의 정치성은 지배언어와 다른 체계의 새로운 언어를 구사할 때 발견되곤 한다. 그것은 지배하고 있는 사상에 포섭되지 않고 다른 목소리를 내는 것을 말한다. 창작된 정치서사 가운데 〈소경과 안즘방이 문답〉과 〈거부오해〉에서 볼 수 있듯이, 랑시에르의 말을 빌리자면 문학의 정치는 '보이지 않았던 것을 보이게 하며, 킁킁대는 동물로 취급되었던 사람을 말하는 존재'로 만드는 데 있다.[64] 이 구절에서

---

64) 자크 랑시에르; 유재홍 옮김, 《문학의 정치》, 인간사랑, 2011, 11쪽. 랑시에르는 '감성의 분할'이라는 용어를 가지고, 문학의 정치를 말한다. 감성의 분할이란 '공동 세계에의 참여에 대한 자리들과 형태들을 나누는 감각 질서'를 가리키며, 가령 가시적인 것과 비가시적인 것을 배분하고 재배치할 때 생겨난다. 그것은 견고한 질서가 있는 것처

알 수 있듯이 문학에서 정치란, 은폐되어 있는 것을 '폭로'하는 것이고, 일깨워 줌으로써 '계몽'하는 것이고, 피지배층이나 소수자의 목소리를 '재현'하는 것이다. 이 맥락에서 정치란 기성 질서에 반하여 이를 해체시키고 재배치하는 과정이다. 그 과정에서 검열 대상이 된 도서는 정치서政治書로서 인증을 받은 것과 같다.

18세기 프랑스에서 금지되고 단속 대상이 되어 '불온한 서적'으로 통용된 '계몽철학서적'은 감시를 피해야 하는 수고로움 때문에 일반 서적보다 두 배 더 비싼 가격에 거래되었다.[65] 그러나 20세기 초 한국에서 정치는 이러한 이론적인 접근의 대상이라기보다, 실질적으로 추상명사로만 존재하는 개념을 구체적으로 가시화하는 차원에서 정체政體의 문제로 이해되었다.

안국선은 〈정치의 득실〉(《친목회회보》 3, 1896. 6)이라는 논설에서 정치를 말하면서, 정치 그 자체를 논하는 것이 아니라 입헌정체와 전제정체를 설명하고, 이들의 차이를 알리는 데 집중한 바 있다. 이는 초기 일본에서도 그러한데, 크게 입헌정체와 전제정체를 대립시켜 소개하고, 어떠한 나라가 어떠한 정체를 쓰고 있으며, 이들 정체의 장단점이 어떠한지를 논하는 대목에 이르러서야 '정치'가 말해진다. 그리고 이러한 정체政體와 함께, 근대국가가 성립되는 단계에서는 국체國體가 논해졌다.

또한 안국선은 이로부터 십여 년 뒤에 〈정치학〉이라는 논설에서 "인류 역사의 대부분은 인류의 정치적 갈망에 기원을 둔 활동의 역사

럼 보이는 밀폐된 세계에 일종의 틈새와 같은 것이다. 그리고 이것이 바로 정치의 속성과 일치한다. 정치는 현실을 바꾸어 나가는 것이기 때문이다. 그러한즉 '정치행위는 감성의 분할을 새롭게 구성하고 새로운 대상들과 주체들을 공동 무대 위에 오르게 한다.' 이에 덧붙여, 랑시에르가 말하는 '정치'란 한마디로 기존 체계, 즉 배치된 상태를 재배치하는 것으로 그 과정에서 참여가 발생하는 것이다.

65) 로제 샤르티에; 백인호 옮김, 《프랑스혁명의 문화적 기원》 일월서각, 1999, 115쪽.

로, 혁명이나 전쟁 또한 정치의 자연적 결과"라 보고 정치의 기원과
역능을 규정한 바 있다.[66] 여기서 정치학政治學은 "국가의 사실적 성
질을 설명하며, 국가정책의 기초를 강구하는 학문으로, 국가의 목적
을 결정하며 정체의 우열을 비교하여 국가의 근본적 관념을 보급"하
는 것으로 정의되어 있다. 안국선의 진술에서도 확인된바, 아리스토
텔레스의 《정치학》은 개화기에 소개된 그리스 철학서 가운데 하나였
다.[67] 안국선은 집단을 구성하는 인류의 본성상, 정치의 등장은 필연
적인 것이라 보았다. 이 정치란 국가조직을 구성하는 데 유용한 기능
을 하는 것으로 간주되었다.

그러나 아리스토텔레스에게 정치란 국가가 아닌 공동체를 위한 것
이었다. 그에게 국가란 최상의 선善을 실현하는 최대의 공동체였던
것이다. 인간의 언어능력은 곧 로고스Logos를 지닌 능력으로 선악을
판별하는 것으로 나타나는데, 이러한 인식체계를 근간으로 가정과 국
가가 성립하는 것이라 보았다. 국가는 가정이나 개인보다 우선하며,
이는 전체가 부분보다 우선되어야 하기 때문이라는 논리는, 동양의
'수신제가치국평천하修身齊家治國平天下'의 논리와도 미묘하게 연계된
다. 전체와 부분의 관계에서, 서구의 정치적인 입장은 전체를 위해서
부분의 희생이 필연적이었다. 그것은 보다 더 큰 선善의 실현과 연관
되어 있었기 때문이다. 국가(국가공동체), 엄밀히 도시국가의 형성 자

---

66) 安國善, 〈政治學 (政治學 政治學硏究의 必要)〉(논설), 《기호흥학회월보(제2호)》,
    1908. 9. 25.

67) 安國善, 앞의 책. 〈人類는 政治的 動物〉이라 홈은 希臘의 碩學 아리스토터루氏가
    二千年 以前에 看破홍 眞理라 政治는 人間生活의 必要條件될 뿐 아니라 亦其 性情
    이니 彼 蒙昧野蠻의 人類가 家에 家長을 戴호고 部落에 酋長을 奉호야 其 權力에 服
    從호야 外部의 侵害를 防禦호며 內部의 平和를 維持호는 所以가 其 政治的 性情의
    發見이 아니면 何오 故로 人類의 集團이 有호면 政治가 玆有호고 政治가 旣有호면
    組織이 伴有호야 國運의 消長과 人民의 休戚이 此에 干繫치 아니홈이 無호니 此ㅣ
    古今의 學者와 政治家가 國家組織에 頭腦를 消盡호며 志士仁人이 善政良治에 心血
    을 枯渴호는 所以로 我에게 自由를 與홀지어다.

체가 윤리적인 구현체라는 발상은 국가 성립에 절대적인 당위성을 확보해 준다. 국가가 성립하는 데는 인간들의 결합 방식과 통치 방식이 결부되어 있었다. 여기서 법과 정의가 중요해진다. 정의가 실현될 때 국가가 형성된다.[68] 그러나 이러한 도식적인 측면보다 안국선과 같은 개화기 지식인에게 어필했던 것은 '인간은 정치적 동물'이라고 정의한 인간 생활양식의 특성으로 규정된 정치라는 키워드였다. 오히려 국가보다 정치라는 키워드에 내재된 힘, 국가조직을 구성할 수 있는 동력에 관심이 쏠렸던 것이다. 이는 그들의 머릿속에 국가가 없었다는 것을 증명한다. 이들의 인식체계에서 국가라는 정치조직의 최종적인 모델이 부재했던 것은, 국력을 지탱할 수 있는 근간이 되는 틀이 없었다는 것을 말한다.

이에 따라 근대국가가 지닌 국력이 없는 것은 당연한 결과였다. 나라의 힘이 없다는 것은 개화기 지식인들의 인식체계를 지배하는 전제이자, 이들의 정신세계에 과중한 스트레스를 부여하는 주범이기도 했다. 이들은 국력을 갖추기 위한 방안을 모색하지 않을 수 없었는데, 이 맥락에서 추진된 것이 개화운동, 문명사업, 계몽운동, 위생사업 등 근대화의 범주에 들어가는 대대적인 근대화 추진사업이었다. 이러한 사업은 일본의 경우처럼 위에서부터 추진되었지만, 결과적으로 일본과 같은 성과를 거두지 못했다. 그것은 개화를 추진했던 무리의 극단이 일으킨 갑신정변이라는 초유의 사태가 빚어진 결과, 개화 무리에 대한 반감과 경계가 일관된 운동의 흐름에 균열을 가했기 때문이다. 이로써 정치는 급진적인 것일수록 불온한 것이 되었다. 실제로 국가의 원조로 일본 유학을 떠났던 학생들은 중도에 학비가 끊기고 오히려 단죄의 대상으로 물망에 오르면서 최대의 시련을 겪기도 했다.

---

68) 아리스토텔레스; 천병희 옮김, 《정치학》, 숲, 2009.

다시 말해 이러한 여파로 근대적인 정치가들은 대개가 국외로 추방되거나 국내 진출이 차단되었다. 그 결과 개화기 조정의 근간을 이룬 정치세력은 온건파인 근왕주의자들을 중심으로 구성되었다.[69] 박영효의 경우에서 알 수 있듯이 급진적 개화파에서 근왕주의자로 변모한 그의 행적은 정치적인 퇴보로 압축될 만큼, 정치라는 명제에는 시대적인 상황에 부합할 수 있는 진보라는 명제가 전제되어 있었다. 봉건적인 입장 또한 정치적이나, 정치가 어디까지나 근대국가 수립에 목적을 둔 행위라면, 가장 정치적인 것은 봉건적인 사상을 타파하고 근대적인 국가를 구축해 가려는 혁신적인 운동에서 찾아볼 수 있었다.

개화기를 수식하고 대변하는 명사는 근대화를 지향하는 '계몽', 독립을 꿈꾸는 '애국', 근대국가를 도모하고자 했던 '신학문' 등으로 손꼽힌다. 근대라는 추상적인 개념을 구체적인 사물로 명시해 주었던 철도를 비롯한 근대의 문물은 18세기에 발명된 산물들로 전 세계로 확산되면서 전 세계를 동질하게 구획하기에 이르렀다. 그러나 이러한 문물에는 주인이 있었으며, 문물이 들어가는 순간 근대적인 계약체계인 주종관계가 성립함에 따라 국가 사이의 상호 연대보다 국가의 국토를 넓히려는 상호 전쟁이 정당한 정치적 방략으로 성행하기에 이른다.

한국의 근대는 단순히 속도 면에서 뒤처진 것만이 아니었다. 어느 정도까지를 개화할 것인가 하는 개화의 허용 정도에 대한 여부, 곧 범주 설정의 문제 앞에 고심했던 것으로 바꾸어 말할 수 있다. 선별

---

69) 이삼성이 분류한 '19세기 말 조선에 대한 역사인식과 근대화 담론 분류'를 보면 이들은 '근왕주의적 자력근대화론'을 주창한 그룹으로 자체적으로 외부적인 문제를 해소하려는 하부계층인 '시민주의적 자력근대화론'자들과 맞닿아 있다. 이삼성, 《동아시아의 전쟁과 평화》, 한길사, 2009, 787쪽.

적으로 수용하고자 했던 의지는 무조건 무력을 쓰는 것이 아니라 첨예한 필담筆談과 설전舌戰으로 점철된 혼돈의 상태가 자의적으로 고수되었던 정황을 유념해 볼 때 그러하다.

이들의 망설임에는 단순히 뒤처짐으로 비하할 수 없는, 외교적인 면, 정치적인 면, 사회적인 면에서의 고민이 넓고도 깊게 숨어 있었던 것이다. 이 맥락에서 개화기를 대변하는 명사로서, 계몽이나 애국보다 중요했던 것은 이를 체계적으로 추진해 나갈 정치政治였다는 것을 알 수 있다. 여기서의 정치는 기본적으로 외래 용어로, 기존 제도에서 볼 수 없었던, 외부에서 도입된 개념이자 제도였다. 한·중·일 삼국은 공통적으로 정치의 중요성을 강조했다.

더욱이 일본의 경우는 체계적으로 정치 제도의 스타일을 선별하고 규정할 정도로, 일본의 국정을 이끌어 갈 정치 제도의 표본을 형성하고자 했다. 그 결과물은 정치를 운용하는 방식에 대한 고찰로 정치학이 개설되는 것은 물론, 국회의 개설이라는 거국적인 국가사업으로 나타났다.

요컨대 개화기 공론장에 유포된 정치라는 언표言表는 수입된 용어였다. 정치라는 새로운 역어譯語는 연이어 정치학이라는 새로운 학문 분과와 맞물려 근대국가를 수립하는 중요 요소로 부각되었다. 정치는 새로운 시대를 여는 동인動因으로, 구세대적인 관념에서 애국충정과도 연계시켜 이해되었다.[70] 유길준과 안국선을 주도로 외래의 정치학에 대한 탐구가 강조되었던바, 정치는 근대국가 형성의 근간이 되는 요소로서 법률, 군대, 의학 등과 함께 신학문으로 조명되었다. 학문으로서 정치적 성격은 철학적인 고찰 대상이라기보다, 실제로 현실 세계에 응용하여 적용할 수 있는 실천적인 것이었다. 그리하여 전

---

70)　윤효정, 〈국민의 정치사상〉, 《대한자강회월보》(제6호), 1906. 12. 25.

근대적인 세계를 근대적인 사회로 바꾸어 나가는 데 필수적인 것으로
간주되었다.

근대국가의 성립 과정은 평화적인 화합과 결탁이 아닌 필수적 국
가사업인 전쟁과 분출되어 통제할 수 없는 혁명으로 점철되어 있다.
이러한 정치적인 변동은 필연적으로 문학적인 변화와 긴밀히 맞물
려 있었다. 그리고 정치적으로 연관된 나라 사이에 문학적인 텍스트
의 교류가 활발하게 이루어졌다. 더욱이 문학적인 텍스트가 정치적
인 상황을 변화시킬 수 있는 '정치 교본'으로 인식되었을 때 더욱 극
렬했다. 가령 동양에서 중국의 경우는 청일전쟁 이후로 일본정치소
설이 대량으로 번역되기 시작하여 결과적으로 번역 정치소설이 대
대적으로 유행한 것을 들 수 있다.[71] 소설을 국력으로 보는 시각은
정치적 상황이 텍스트와 얼마나 긴밀하게 맞물려 있는가 하는 단면
을 보여준다.

정치는 19세기 소설이 현대화되는 데 중요한 역할을 담당했는데,
그것은 소설이 현실을 재현할 때, 그 현실을 규정할 수 있는 것이
바로 정치였기 때문이다. '정치적 주제와 소설의 형식'이 단순히 결
합하기도 전에 서로 교묘하게 일치하여 내통하고 있었다는 점은, 정
치와 소설이 상호보완적으로 발전했다는 사항과 맞물린다.[72] 서구
에서 정치소설은 '소설의 형식the novel as form'과 '정치의 이념politics as
ideology'이 만나 생겨난 것으로 공인된 바 있다.[73] 두 요소의 이러한
결합은 일종의 정치소설이 형성될 수 있는 기본적인 공식으로, 서구

---

71) 중국소설의 번역 목록 및 실태에 대해서는 康東元, 〈淸末における日本近代文學作
　　品の飜譯と紹介〉,《圖書館情報メディア硏究》(제2권 1호), 2004 참고 가능.
72) 폴 프티티에; 이종민 옮김,《문학과 정치사상》, 동문선, 2002, 115~116쪽. '정치는
　　한 사회 전체의 모습과 그 사회를 구조화하는 관계의 다양한 유형들을 표현하도록 하
　　면서 소설에 서사시적인 차원을 부여했다.'
73) Irving Howe, *Politics and the Novel*, New York : Fawcett World Library, 1967.

뿐만 아니라 동양에서도 통용되었다.

그리고 여기에는 정치와 소설이 필연적으로 결합할 수밖에 없는 속성이 공유되고 있었다. 동양에서 등장한 정치소설의 기원은 서구에 있다고 볼 수 있는데, 그것은 서구 정치소설의 영향을 받은 일본에서 이들의 소설을 번역했기 때문이다. 번역 작품은 창작 작품의 전신으로 신종 소설의 모형이나 모델로서 기능했다. 더욱이 서구에서 문학의 정치성은 검열과 함께 거론되는데, 이는 동양에서도 마찬가지였다. 동양에서 소설은 작품이 실리는 신문과 함께, 신문지법 등의 제한을 받았으며, 더 나아가 사전에 검열되는 출판법 등에 따라 정치적인 요소를 지닌 텍스트는 검열이 되었고, 이로써 텍스트가 지닌 정치성은 그만큼 강도 높은 것으로 고평될 수 있었다.

조선에서 정치소설은 근대적인 소설 형식이 정착되기 전에 도입된, 과도기적인 성격을 지닌 서사양식이었다. 여기서 과도기라는 표현은 그동안 개화기 문학을 중간자적인 매개로만 바라보는 폄하의 시선과 결부되기 쉬웠다. 정치소설을 전통적인 텍스트에서 근대적인 텍스트로 본격적인 변화가 이뤄지기 전에 거치는 단계로 보는 진화론적 시선에서, 정치소설은 근대적인 소설의 본질적인 속성이라기보다 잠시 등장했다가 사라져 버린 텍스트로서만 각인되었던 것이다. 소설이라는 형식이 구축되기 전에, 정치적인 이념을 담고 이를 표출하는 텍스트는 오직 근대소설만이 아닌 시나 가사, 기사나 우화, 논설이나 전기 등 다양한 서사양식에 포진되어 있었다. 앞서 언급한 대로 정치소설은 극히 일부를 이루었지만, 정치서사의 범주에 들어서는 텍스트는 종류도 많고 다양했던 것이다.

근대의 탄생은 혁명에서 비롯되었다는 기본적인 사항을 상기해 볼 때, 혁명이라는 정치적인 사건은 이를 구체적으로 재현하고 보조할 수 있는 근대소설이 태동할 수 있는 근간으로 작동했다. 소설이 발생하려면 정치적인 사건이 필연적으로 요구되었던 것이다. 문학은 현실을 반영하거나 이끌어 가거나 초월하기 위한 일종의 이상idea이 수반되어야 했다. 이러한 이상은 정치성과 이념성이 부여됨으로써 실현가능한 구체성을 획득했다. 특정한 시대를 떠나서 정치소설의 주된 기능은 정치에 무관심한 이들의 마음을 끌어당기는 것에 있다.

정치소설은 사람들로 하여금 정치적인 세계로 이끌고 정치적인 관심을 지닐 수 있게끔 현실을 비판하거나 풍자하는 것과 결코 괴리될 수 없었던 것이다. 더 나아가 정치소설은 도덕적인 비전moral vision을 제시해 줄 수 있어야 한다.[74] 미래에 대한 전망을 제시한다는 점은 정치소설의 형식적인 특성으로 미래시제를 설정하여, 이러한 미래가 조성되기까지의 여정을 서술하는 회상의 서술방식과도 연관시켜 볼 수 있다. 기본적으로 정치소설은 보다 나은 미래를 위해 도덕적인 비전을 제시하여 결과적으로 사회의 변화를 기도하는, 정치적으로는 진보적이며 문학적으로는 기능적인 장르라는 것을 알 수 있다.

조선에서 정치서사는 이러한 정치소설을 포함하여, 정치소설이라는 체계적인 장르의 형성이 보편화되기 전에, 여러 서사양식으로써 당시의 정치적 위기를 극복하려는 과제에 편입되어 있었다. 이는 비단 조선에서만의 사정이 아니었다. 조선의 정치적인 사안이 중국, 일본과 맞물려 있었던 만큼, 이 시기에 조선에서 정치적인 텍스트가 발생한 것은 중국에서 정치소설의 성행과 일본에서 정치소설의 발달이 상호 연계되어 있었던 것이다. 이러한 정황은 구체적으로 정치적 사건을 일으켰던 당대의 정치적인 인물을 재현하는 텍스트에서 발견된다.

---

74) Irving Howe, 앞의 책, 25쪽.

자유민권운동가들이 실제로 그들의 정체성에 혼란을 경험했던 것처럼, 정치소설 또한 제대로 정착된 것은 아니었다. 자유민권운동의 실패 이후 성행했던, 문학사에 기록된 정치소설은 별도의 독립된 장르로 간주되지 않았다.[75] 그럼에도 당대 문학에서 중요한 위치를 차지한 것으로 정평이 난 것은, 당대 독자의 수요도와 연계된 판매(대중의 인기), 동시대 작가와 독자에게 주었던 충격(실험적인 참신함), 특정한 시기를 설명하는 특성으로서 정치성(이념)에 따른 기준들을 만족시켰기 때문이다.

그 가운데 무엇보다도 정치소설의 명맥을 유지시킨 것은 세 번째 요소인 정치성이었다. 이는 《설중매》의 저자인 스에히로가 그 스스로 자신의 작품이 정치소설의 후발주자로서 그저 '정치담에 소설이라는 가루를 뿌린 것'에 지나지 않는다고 말한 사실에서도 알 수 있다.[76] 야나기다에 따르면 정치소설의 목적은 '정당의 선전, 사회의 개량, 정부에 연계된 구성원의 세력을 폭로'하는 데 있다. 그리고 정치소설을 가능케 하는 요소로는 '정치적인 이데올로기'와 '정치적 사건의 묘사'가 있으며,[77] 최소한 이 두 가지 속성을 전제로 정치성을 묘파해내는 서술기법이 더해질 때 비로소 정치소설은 완성될 수 있었다.

야나기다는 《경국미담》의 형식이 갖는 결점으로, '역사도 전기도 소설도 아닌' 애매한 위치를 말한 바 있다.[78] 실질적으로 문학적인 텍스트의 범주에 들어오기까지 《경국미담》은 정치소설로서의 장르이기는 하나, 어디까지나 정치에 기반을 둔 텍스트로서 소설이라는 근대적인 장르적 차원의 속성에는 근접하지 못한 면이 있었던 것이다. 흥미로운

---

75) 스즈키 사다미, 앞의 책, 302쪽.
76) 나카무라 미쓰오, 앞의 책, 81쪽.
77) 야나기다 이즈미, 앞의 책, 39~41쪽.
78) 야나기다 이즈미, 앞의 책, 235쪽.

것은 중국에서도 그대로 정치소설로서 소개되었던 《경국미담》이 한국에 들어와서 신소설이라는 표제를 달게 되었다는 점이다. 이 작품은 후반부에 부가된 건국 이후의 사정—건설된 나라의 보존과 유지에 대한 당부와 강조—을 전달하는 것을 제외하면, 내용이 원작 그대로인 직역으로 조선에서 통용되었다. 광고 또한 이 작품을 읽고 독립의 의기를 키우라는 것인데, 표시된 장르가 신소설이라는 점은 장르에 혼재 상태가 빈번했다는, 시대적으로 불완전했던 문단의 사정으로만 설명할 수 없는 부분이 있다. 여기서 정치소설과 신소설의 연계성으로, 정치성과 정치소설이라는 장르가 국내에 정착되지 않았다는 사정을 전제로 신소설, 역사, 전기의 교차점을 상정해 볼 수 있다.

《경국미담》은 그리스 테베의 건국이야기로 그 형식과 내용은 역사적 기술과 영웅들의 행적들로 역사적인 사건과 정치적인 면모를 그대로 재구성해 놓은 작품이다. 실질적으로 원작은 정치소설이지만, 역사나 전기와 더욱 밀접한 서사인 것이다. 근대문학의 형성이란 국민국가의 형성과 맞물려 있으며, 이러한 흐름은 기존의 운문이나 시와 연극 그리고 역사소설로부터 탈피하여 산문으로 소설로 그것도 리얼리즘소설로 방향을 전환시켰다.[79] 이러한 경위를 감안해 볼 때《경국미담》이라는 텍스트가 놓일 수 있는 자리는 역사소설에서 리얼리즘소설로 가는 그 길목, 중간지점이 된다. 여기서 정치소설은 역사소설과 리얼리즘소설의 사이에 놓인 것이다. 이와 관련하여 야나기다는 정치소설의 이전 소설 유형으로 번역소설, 실사소설, 시사소설을 언급한 바 있다.

특히 역사소설인 실사소설의 경우, 정치소설과의 상관성이 긴밀하다는 것을 말한다. 이들 사이의 영향 관계를 부정할 수 없는 한, 정치

---

79) 니시카와 나가오, 앞의 책, 79쪽.

소설은 역사소설과 밀접하며, 또한 정치소설이 점차 인정세태의 반영을 주된 특징으로 한 근대소설과 동시적으로 공존했던 지점이 있었다는 것을 염두에 둘 때, 리얼리즘소설과도 연계된다. 결과적으로 정치소설에는 여러 가지의 속성이 중첩되어 있다. 이러한 중첩성이 장르 사이에 교차하는 혼재성을 만들어냈다고도 볼 수 있다.

그리고 이러한 사항은 일본과 중국에서보다 정치소설이라는 장르가 정착하지 않았던 조선에서 더욱 두드러졌다. 조선의 경우에 일본의 정치소설의 특성이 정착하지 않았다. 이미 자체적으로 정치소설의 속성이 분파된 서사양식이 공존하고 있었기 때문이다. 여기서 정치성을 지닌 신소설, 신소설 표제를 단 정치소설, 정치소설과 긴밀한 역사와 전기, 정치소설의 초기 특성이기도 했던 몽유양식, 어디까지나 지배정권에 대한 폭로라는 기능을 자임한 정치소설의 속성과 일치하는 풍자 등 개화기 모든 서사양식이 결과적으로 정치소설이라는 자리를 별도로 내주지 않아도 되었을, 정치적인 이데올로기와 정치적 사건에 대한 은유와 묘사 그리고 평가와 전망을 하는 지점에 걸쳐있었다는 것을 확인해 볼 수 있다. 그렇다면 이 지점에서 개화기 문단에 대립구도를 형성했던 소설의 의미에 대해 재검해 볼 필요가 있다. 신소설 작가와 역사와 전기를 썼던 작가들 사이에 펼쳐졌던 대립구도의 양상을 되짚어봄으로써, 동시적으로 등장하여 공존했던 텍스트들 사이의 연계성을 찾아볼 수 있을 것이다.

2) 역사를 차용한 정치소설의 출현

동양에서 소설은 서사다.[80] 하지만 서사가 소설은 아니다. 서사는

---

80) 김진곤, 《이야기 小說 Novel》, 예문서원, 2001, 25쪽.

소설 이외에 역사를 지칭할 때도 있고 전기를 가리키기도 하며 그저 단편적인 신문 기사의 사건 진술을 말할 수도 있기 때문이다. 작품을 정치소설이나 심리소설이라는 특정한 장르적 명칭에 국한시킬 필요가 없다고 볼 때,[81] 무엇보다 정치소설을 포함하여 작품의 내재된 특성을 드러낼 수 있는 용어로 정치서사를 쓸 수 있다. 정치서사는 일차적으로 정치소설과 다르다. 정치서사는 정치소설을 포괄하는 넓은 범주이기 때문이다.

그럼에도 어디까지나 정치소설을 포함하기에 정치서사는 정치소설의 속성을 지니고 있다. 그러므로 우선 정치소설을 유념해 볼 필요가 있는데, 조선에서 정치소설은 일반적으로 신소설로 번역되었다. 그러나 정치소설의 속성은 신소설이라기보다 역사와 전기에 좀 더 밀접하게 연관되어 있다. 이는 역사와 전기에 기반을 두고 정치적인 서사가 펼쳐지기 때문이다. 이 광경은 마치 폴 리쾨르가 말한 '허구효과 effet de fiction'를 정치 소설가들이 잠시 빌려온 것이라 말해도 좋을 정도이다.[82]

정치소설의 특징 가운데 하나는 정치적 담론을 펼치거나 특정한 정론을 주장하고자 실증적인 논의 근거가 되는 사료나 인물을 가져온다는 점이다. 역사나 영웅의 이야기에 의존하여 전달의 편이성을 위해 약간의 소설적 기법을 이용하고 있다. 가령 역사적인 사건을 재현

---

81) Irving Howe; 김재성 옮김, 《소설의 정치학》, 화다, 1988, 10쪽; Irving Howe, Politics and the novel, New York : Fawcett World Library, 1967.

82) '허구효과 effet de fiction'에 대해서는 폴 리쾨르; 김한식 옮김, 《시간과 이야기 3 ―이야 기된 시간》, 문학과지성사, 2004, 360쪽 참조. '위대한 역사서들이 영속적이 될 수 있는 것은, 그 작품들의 시학적·수사학적 기법이 바로 과거를 보는 방법에 맞춰진 것이라는 특성이다. 그래서 하나의 작품이 위대한 역사서이면서 동시에 뛰어난 소설이 될 수 있는 것이다. 놀라운 사실은 그처럼 허구를 역사와 얽히게 한다고 해서 역사의 재현성이라는 구상 자체가 약화되는 것이 아니며, 오히려 그 구상을 완성하는 데 도움이 된다는 점이다.'

하여 민주정체의 중요성이라든가 보국을 위해 펼치는 전쟁의 정당성
을 호소하는 것이 얼마든지 가능하다. 이와 연관된 대표적인 텍스트
가 바로 야노 류케이의 《경국미담》이다. 이 텍스트는 테세우스 신화
까지 활용하여 테세우스 같은 영웅의 용맹함으로 국가의 대업을 달성
할 것을 주문한다.

소설은 그 자체의 속성보다 담당한 기능의 성과 여부에 따라 위계
질서가 결정되어 온 경향이 있다. 얼마나 허구적인가에 따라 가치가
결정되는 것이 아니라, 얼마나 효과를 지니는가 하는, 사회나 정치
와의 관계 맺음의 방식에 따라 소설이 지니는 의미가 결정된 것이다.
근대소설의 근원적인 모형이라 할 수 있는 정치서사의 경우에도 예외
가 아니다. 오히려 정치서사에서부터 이러한 시각이 생겨났다고 볼
수 있다.

역사와 전기를 집필했던 신채호는 널리 알려진 대로, 신소설과 같
은 작품이 소설로서 소임을 다하지 못한다고 비판한 바 있다. 소설의
기능을 오로지 독자를 계도하는 데 역점을 둔 결과라고 치부하기 전
에, 소설 자체의 속성과 소임에 대해서 고민했던 것으로 읽을 수 있
다. 신채호는 신소설이 신사상을 흡입하지 못하고, 구소설과 다름없
이 인심과 풍속을 그르치고 있다고 보았다.[83] 이는 신소설이 여전히
구소설의 문법을 답습하고 있는 면도 있었다는 점, 근대와 전근대적
인 관념이 서로 엉클어져 있었다는 면을 감안해 볼 때 신소설의 새롭
지 못한 면면에 대한 질책으로 이해할 수 있다.

신채호나 박은식 등의 신진 유학자들의 특징은 '소설은 곧 국력'이
라는 슬로건을 제창할 정도로 소설의 기능을 강조했다는 점이다. 이
들은 철저한 효용론에 입각하여, 소설을 정치운동에 연계시킬 수 있

---

83) 신채호, 〈근금 소설 저자의 주의〉, 《대한매일신보》, 1908. 7. 8.

는 방편으로 그 존립 방식을 인정하고자 했다. 이러한 시각은 량치차오 같은 중국의 신진 개혁파의 영향이 절대적으로 작용한 결과라 볼 수 있다. 그리고 량치차오의 이러한 사상은 일본의 정치소설이 준 파급효과에 말미암은 것이었다. 중국과 일본의 영향으로 각각 역사와 전기를 썼던 작가군과 신소설 작가군과의 대립적인 노선은 결국 하나로 연계되어 있었던 것이다.

정치소설이 있는 국가가 강력한 국력을 지녔다는 량치차오의 판단은, 소설이 학적, 사회적, 정치적 분야로까지 진출할 수 있는 활로를 열어 주었다. 여기서 소설은 정치적인 역할을 담당할 수 있기에 그 존립의 가치가 인정되었다. 그리고 신소설의 작가들은 소설작법으로서 사실성의 재현에 역점을 두었다.[84] 이러한 사실성의 재현이 지닌 힘은 쓰보우치 쇼요의 작품이 정치소설을 밀치고 나올 수 있었던 사실로도 입증된 바 있다. 이 지점에서 흥미로운 것은 정치소설의 기능과 속성이다. 정치소설은 철저히 수단으로서 존재하는 문학적인 텍스트이면서, 부분적으로만 실증성을 갖춘 허구적인 텍스트였다.

정치소설은 실재했던 역사적인 사실과 정치적인 사건을 작품의 배경이나 사건을 전개시키는 전제로 제시했지만, 허구적인 인물을 가미시켜 결과적으로 근대문학으로 들어설 수 있는 진입로를 열어 놓았다. 어떠한 면에서 보면 철두철미하게 실증적이거나 사실적이지 않았던 것이다. 어디까지나 역사와 전기는 아니었기에, 그것은 소설일 수

---

84) 이상협, 《재봉춘》, 동양서원, 1912. '현대 사회의 형편을 비추는 거울이라'.
이해조, 《화의혈》, 보급서관, 1912. '근일에 저술한 《박정화》, 《화세계》, 《월하가인》 등 수삼종 소설은 모두 현금에 있는 사람의 실지 사적(事蹟)이라. …… 현금 사람의 실적으로 《화의혈》이라는 소설을 새로 저술하니, 허언낭설(虛言浪說)은 한 구절도 기록치 아니하고 정녕히 있는 일동일정(一動一靜)을 일호차착(一毫差錯)도 없이 편집하노니, …… 사실은 적확(的確)하여 눈으로 그 사람을 보고 귀로 그 사정을 듣는 듯하여 선악 간에 족히 밝은 거울이 될만한가 하노라'.

도 있는 여지가 있었다. 정작 허구적인 속성에 기대어 이상적인 정치
사회를 유토피아처럼 구현하고자 했다. 신소설 작가들과 역사와 전기
를 썼던 작가들의 대립은 공통분모로 정치성을 제기할 때 곧, 정치소
설이라는 모태적인 매개를 넣고 볼 때, 이 텍스트들은 일정한 교차점
에서 하나로 합쳐진다.

  이로써 단순히 신소설에서 정치적인 성향이 드러나는 대표작으로
공인된 이인직의 작품뿐만 아니라, 신소설이 당대 정치적 사건과 긴
밀히 맞물려 있다는 점을 상기시켜 볼 때, 새로운 해석이 가능한 시
각을 확보할 수 있다. 이를 위한 방편으로 신소설의 일부는 근본적으
로 번역된 정치소설에서 시작되었다는 사실의 확인 작업이 요구된다.
이러한 사항과 관련하여 주목되는 작품이《경국미담》이다. 번역된 정
치소설인《설중매》와 대조적으로 그대로 직역되었고, 여기에 역자의
주관적인 정치사상이 가세되어 있다. 이 지점에서《경국미담》을 살펴
볼 필요가 있다.[85]

---

85) 1908년에 발행된 현공렴의《경국미담》(상편, 하편)은 1883년에 그 첫 권이 발행된
    야노 류케이의《經國美談》(상편, 하편)을 번역하거나, 중국역본을 중역한 것이다. 현
    공렴의《경국미담》에 대한 판본(번역 원본)은 명확하게 밝혀진 바가 없으나, 텍스트
    에 나온 인물의 표기 등을 염두에 둘 때,《경국미담》의 상편은 일본의 텍스트를(가령,
    아네테의 장수 사량무) 그리고 후편은 중국역본의 텍스트를(가령, 아테네의 난당대표
    자 흑차) 참조한 것으로 보인다. 더욱이 중국역본의 가장 초기 판본인《淸議報》에 실
    린 〈經國美談〉의 경우, 미완으로 끝났기 때문에, 주로 일본의 원작을 참조하여 번안했
    을 가능성이 있다. 이렇듯 현공렴의《경국미담》은 비록 순수한 창작물이 아니지만, 번
    안 작품으로서 동아시아에 공통적으로 통용되었던 정치서사의 표본이라 볼 수 있다.
    야노 류케이의 〈經國美談〉은《漢城新報》(1904. 10. 4~11. 2)에 연재됨으로써 국내
    최초로 소개된 바 있다.《漢城新報》에 연재된 이 작품은 야노 류케이의 작품을 번역한
    다고 명확하게 그 원저자를 밝혀 놓았지만, 상편 초반까지만 연재됨으로써 미완에 그
    치고 말았기에, 이 텍스트만을 대상으로 분석하기에는 다소 무리가 있다. 이에 견주어
    4년 뒤에 완역 단행본으로 출간된 현공렴의《경국미담》은 여러모로 주목할 필요가 있
    다. 그 가운데 흥미로운 사안으로, 政治小說이라는 표제를 달고 있던 원작과 중국역본
    의 〈經國美談〉이 현공렴을 거쳐 新小說이라는 표제를 달게 된 점이다. 이뿐만 아니라,
    현공렴은 작품의 서문을 그대로 번역하지 않고, 국내의 실정을 반영하여 새롭게 쓰고,
    작품의 말미에서도 원작에서 볼 수 없는 인물들의 대담을 덧붙여 놓았다.

원작 《經國美談》은 자유민권운동과 연계된 정치의식을 반영한 작품으로, 민권주의에 기반을 둔 정당의 형성을 비롯하여 연설이나 자유투표제 등 정치적 제도와 매체를 자유자재로 활용하면서 구체적으로 민정정치를 행하는 모습을 재현한 정치소설이다. 더욱이 배경은 그리스지만 작중 중심인물인 파비타巴比陀가 지은 〈봄의 꽃春ノ花〉이라는 노래는 당시 민권운동가들 사이에서 불려진 노래로 일본 정계의 분위기를 반영하고 있다. 그리스 이야기에서 벗어난 일본의 국정을 반영한 부분들은 번역의 과정에서 앞서 살펴본 《애급근세사》의 경우처럼 누락되었다. 부연하자면 텍스트의 재배치(파비타의 행로에서 마류의 에피소드가 나오는 것과 반대로, 중국역본과 한국역본에는 마류의 에피소드가 먼저 나오고 파비타의 행로가 나옴)와 함께, 〈봄의 꽃〉이라는 곡조를 예온이 부르는 대목은 현공렴의 텍스트에는 빠져 있다. 중국역본의 경우에 노래 제목은 소개되지 않았으나, 그 가사는 기술되어 있다.[86)]

그리고 정치소설은 주로 작가의 정치관을 반영한 것으로 작가의 전기적 행위와 밀접하게 연관되어 있다. 다만 《경국미담》의 저자인 야노 류케이가 왕권을 중시하는 입헌당원이었다는 점에서 민권을 주창하는 작품의 내용이 작가의 정치관과 다르며, 동시에 작품에서 아테네(阿善, Athens)에 등장한 과격한 당파로서 平邪(ヘージアス)黨을 비

---

86) 《經國美談》(상편), 제11회. 又一曲ヲ奏シツ, 見渡セハ 野ノ末, 山ノ端マデモ 花ナキ里ソナカリケル 今ヲ盛リニ咲キ揃フ 色香愛タキ其花モ過キ越シ方ヲ尋ヌレハ 憂キコトノミゾ多カリキ 霜降ル 朝ニハ葉ヲロシ 雪降ル夜ニハ技ヲ折リ 枯レシトマデニ眺メラレ 集リ會フ憂キコトノ 積リ積リシ其中ヲ 耐ヘ忍ヒシ甲裝アリテ 長閑キ 春ニ巡リ逢ヒ 斯ク咲出ルゾ愛タケレ 世ノ爲ニトテ誓ヒテシ 其ノ身ノ上ニ 喜ノ花ノ苔ハ憂キ事 ト 知リナハ何カ憾ムヘキ 春ノ花コソ例ナレ 春ノ花コソ 愛タケレ.
《淸議報》(第46冊), 41쪽. 歌又彈琴彈了琴又唱歌道 我有短劍兮以斬佞臣才夫世兮以救兆民功耀日星兮氣凌雲震天地兮驚鬼神是 男兒之本分兮是豪傑之偉勳又何畏乎患難又何苦乎 覼覼苦君不見世界之優優悉豪傑之風雲.

판하는 대목으로 보아 과격한 개혁 세력을 경계하고 있다는 점에서 어느 정도 온건파로서의 입장과 상통하고 있다.

《경국미담》은 실제 인물과 가상의 인물이 《가인지기우》처럼 혼재 되어 있다. 실제 인물로는 위파능(威波能, Epaminondas)과 파비타(巴比 陀, Pelopidas)가, 허구적 인물로는 마류(瑪留, Mello)가 있다. 이 밖에 많 은 인물이 등장하지만,《경국미담》의 주인공은 바로 이 세 사람이다. 《경국미담》은 이 영웅들이 역경을 극복하고 강한 국가를 건립하는 데 성공하기까지의 여정을 다루고 있다.

이 세 영웅들의 인물형은 《이태리건국삼걸전》으로 이름을 날린 이 태리의 삼걸과도 닮았다. 파비타는 뛰어난 재략과 온후한 인품을 지 닌 명사名士이며, 위파능은 역사가들 사이에서 제일의 영웅으로 기록 될 만큼 성덕을 지닌 영웅英雄이며, 마류는 소박하고 솔직한 성격에 무예가 출중한 지사志士로, 기존의 연구사에서도 지적된 바 있듯이 삼국지의 세 영웅과 닮아 있다.

이에 관하여 사이토 마레시齋藤希史는 《經國美談》이 근세소설로부 터 어느 정도 이탈했으나, 기존의 전통적 근세소설 방법을 답습했다 고 밝혀 놓았다.[87] 실제의 인물과 가상의 인물을 적절하게 안배하여 동시에 등장시키는 것은 차후 픽션이 가미된 역사소설의 모형이 되는 것이라 봐도 문제가 안 될 것이다.

---

87)   齋藤希史,《漢文脈の近代 : 淸末=明治の文学》, 名古屋大学出版会, 2005. '세 영 웅호걸의 이미지는 〈수호지〉와 〈삼국지연의〉 등의 인물과 부합한다. 그러나 이들 작품 에서 연애 표현이 전무했던 것과 달리,《經國美談》에서는 가인과 지사의 연애 감정이 표현되어 있어 새롭다. 다만, 한시풍으로 남녀의 감정을 표현한 수법은 구식이다. 연 애 정경(표현)은 근세소설적 기법(스타일)을 벗어날 수 없었다. 그러나《經國美談》의 문체와 문구에서, 한문은 이미 그 구속력을 상실했다. 한문을 일본어 어순으로 고쳐 쓰 고 있다. 그리고 중국소설에서 구체적인 정경 묘사가 더 소설적이다. 구체적인 시간과 일시의 제시는 소설(의 감)성을 줄게 할지언정, 늘게 하지 않는다. 일본의 텍스트가 근 대적인 배경과 틀에서 쓰여졌다면, 중국의 텍스트는 전근대적인 시간 묘사로 전통적인 기법에 더 의존하고 있다'.

야노 류케이는《경국미담》을 여러 서적을 참조하여 번역한 뒤 편찬했음을 밝혀 놓았다.[88] 엄밀히 말하자면 창작된 소설이라기보다 쓰보우치가 명명한 대로 '역사서사'인 것이다. 주인공들은 제무의 간당을 제거하고 제무의 국세를 진흥시켜 제무를 열국 맹주의 지위에 올려놓는다. 전편은 이들이 간당을 물리치고 민정을 회복하기까지의 여정이며, 후편은 간당과 합작했던 그 배후세력인 스파르타와 치열한 전쟁을 거쳐 그리스의 강국으로 거듭나는 과정의 이야기다.

이 인물들이 대립해 갈림길에 서게 되는 배경은 크게 세 가지로 나타난다. 첫 번째는 내부적인 문제로, 전제정과 민주정(공화정)으로 나뉜 나라의 정체 문제이다. 국정은 정부 방침의 선택 사항으로 다소 유동적인 사항의 문제라 볼 수 있다. 그리고 두 번째로는 문명과 야만의 대립이다. 더욱이 20세기 초의 세계는 이미 문명국과 야만국으로 그 위상이 분리되어 있었다. 세 번째로 독립의 문제가 있다. 텍스트에서도 볼 수 있듯이 전 세계는 오래전부터 강대국과 약소국, 독립국과 비독립국이라는 다른 차원의 세계가 존재하고 있었다. 이 경계는 추후에 제국과 식민지의 역사로 나아간다. 텍스트에서 아테네는 공화정이라는 이상적인 유토피아가 실현된 나라로, 민정의 정체뿐만이 아니라 문화와 학문의 중심지로 각광받는 유적지이자 유학지로 소개되어 있다. 더욱이《경국미담》상편에서 아테네는 민정을 추구하는 제무지사들의 도피처이자, 차후 그들이 모방해야 할 문명의 모델이 되는 나라로 많은 감명을 준다.

---

88) 야노 류케이가 참조한 것으로 밝혀놓은 저서 목록은 다음과 같다. 〈인용서목(引用書目)〉 具朗杜(George. Grote)氏著《希臘史》, 1869; 慈兒禮(John. Gillies)氏著《希臘史》, 1820; 志耳和兒(Connop. Thirlwall)氏著《希臘史》, 1835; 格具(George. W. Cox)氏著《희랍 및 로마의 고대(希臘及ヒ羅馬ノ古代)》, 독일(日耳曼) : 1876; 須密(William. Smith)氏著《希臘史》, 1870; 防是新(Bojesen)氏著《希臘史》, 1871; 遇杜律(Goodrich)氏著《希臘史》, 1877; 知杜禮(Tytlers)氏著《萬國史》, 1866.

가) 테베의 유지자 등은 이 도시를 배회하며 인민의 원을 구할 힘을 기르고, 또 한가하면 이 도시의 유명한 미술관, 서적관, 또는 정사당, 의사의 체재 등을 돌아보며 일일은 순람하는데, 일일은 파비타 등 삼인이 당국의 유지자 아자돈阿慈頓을 방문하고 국사를 담화한 후 돌아와 도내의 유명한 장소를 유람하니, 그때는 세계 중에 문명의 모범과 아름다움으로 이름을 높이던 아테네를 둘러보고 삼인들이 경탄을 금치 못하더라.[89]

나) 모두가 제무(테베)의 회복을 바라며 간당을 제거하니 바야흐로 마음이 놓였다. 참으로 곳곳에서 상주가 올라와 매일매일 피눈물을 흘리는 하나하나가 모두 신포서[90]와 같았지만 도리어 바라는 바 대로 얻지 못하는 경우가 많았다. 이들 지사들은 한가한 시간이 있어, 본성 내 유명한 미술관, 서적관, 혹은 정사당, 의사당 등을 유람하였다. 이는 첫째는 마음속에 생기는 번거로움을 흩어 버리기 위함이요, 둘째로는 이를 통해 아선(아테네)의 풍속과 자기 나라 국민들의 모습을 살피는 것이다. 이 아선의 도성은 희랍 내에서 제일문명의 구역이었다. 모든 학술은 이 안에서 발원하며, 또한 이 안으로 모였다. 온갖 장인들의 기예가 모였으며, 성명聲明과 문물의 품평회 장이었다. 당시에는 정치가 병리 구가 국가 정사를 담당하며 도성 주위에 성곽을 쌓았고, 모든 공사와 대소의 가옥이 이 안에 포괄되게 하였다. 그때 도성 안이 비록 큰 난리를 당해 영락한 이후였지

---

89) 《經國美談》(上篇), 제7회. (山田有策·前田愛 注釈, 《明治政治小說集》(日本近代文學大系 2), 214쪽),
　　齊武ノ有志者等ハ此都ヲ徘徊シテ專ラ人民ノ援ケヲ求ムルコヲ力メ又其ノ暇ニハ此都ノ有名ナル美術館, 書籍館,　或ハ政事堂,　議事ノ體裁等マテモ一々ニ巡覽シケルガ一日巴氏等三人ハ當國ノ有志者阿慈頓ヲ訪ヒ國事ヲ談セシ歸途ニ道內ノ有名ナル場處ヲ遊覽シタリケルカ此ノ時, 世界中ニテ文明ノ模範ト賞美サレタル名ニシ負フ阿善ノ大都ホトアリテ觀ル物每ニ三人ノ目ヲ驚カサヌハカリケリ.
90) 포서: 신포서를 지칭한다. 춘추전국시대 초나라 대부로 오나라가 오자서의 계책을 써서 초나라를 쳐부수자 신포서가 진나라에 가서 구원병을 청하며 7일 밤낮을 통곡하자 진나라가 이에 감격하여 구원병을 보냈다고 한다.

만, 도저히 다른 나라들이 따라잡을 수가 없었다. 제무 사람이 이곳
에 오니 마치 진금(지명) 등의 사람들이 양자 강의 일대 지방에 도
착한 것과 일반이라. 이는 또한 과거의 동양인이 금일의 런던에 도
착한 것과 일반이라. 자연히 자신도 모르게 선망하고 경탄하였다.[91]

첫 번째 인용문과 두 번째 인용문은 각각 원작과 중국역본에 수록
된 부분으로, 현공렴의 《경국미담》에서는 번역되지 않았다. 현공렴의
《경국미담》에서는 아테네로 건너와 연설한 파비타의 명성이 높아지
자 이 소식이 제무 간당들의 귀에도 들어가, 간당들이 파비타를 없애
고자 자객을 보내는 것으로 이야기가 전개되고 있다. 반면 원작에서
는 파비타 등의 일파가 아테네의 문명에 감탄하고, 테세우스의 신전
에서 그의 신화를 파비타가 들려 주는 방식으로, 그리스 신화에 대한
파비타의 박학한 지식을 보여 주는 것은 물론, 그리스 신화의 정보를
독자에게 제공해 주고 있다.

첫 번째 인용문은 원작의 일부로, 아테네로 망명 온 지사들이 하루
는 아테네를 유람하며, 아테네의 미술관, 서적관, 정사당 등을 방문
하여 그 규모에 놀라고 경탄하는 것이 그려져 있다. 이어 테베의 지
사들은 도성 중앙에 있는 아크로폴리스와 고등재판소와 인민공회당
등을 둘러보며, 아테네가 최상의 문명지이자 민주공화정으로서 전
통과 면모를 지니고 있음을 거듭 확인한다. 마에다 아이前田愛는 이

---

91) 《淸議報》(第41冊), 20쪽. 總要回復齊武. 掃除奸黨. 方始甘心. 眞是處處奏廷. 天
天泣血. 個個包胥. 却總不得如願. 這些志士. 有時閑暇了. 卽到本城內有名的美術
館,書籍館,或政事堂,議事堂,等處遊玩. 一則散散心靈免生煩厭. 二則訪訪阿善的風
俗. 與自己國民倣樣這阿善都城. 是希臘境內的第一文明區域. 一切學術. 都從這裏
發源. 又在這裏總匯. 是百工技藝的淵藪. 聲明文物的賽會. 當年政治家兵理久執政.
在這周圍築着城郭. 凡公私大小的家屋. 都包括在內. 這時城內雖承大亂凋零以後.
到底非別國所能及. 齊武的人來道裏. 恰似滇黔等處的人到着揚子江一帶地方一般.
又似昔日的東洋人到着今日的倫敦一般. 自然羨慕驚嘆自覺弗如.

대목에서, 야노 류케이가 아나크로니즘을 일으켰다고 지적한 바 있다.[92] 당대 연원으로 따져 볼 때, 그리스에는 미술관과 도서관이 없었다. 현존하지 않은 미술관과 도서관이 그리스에 있었다는 야노 류케이의 가상은, 아테네를 문명의 성지로서 손색없이 수식하기 위한 방편으로 택한 전략적 수사로 보인다.

두 번째 인용문은 중국역본의 《경국미담》에서만 볼 수 있는 부분으로, 번역자의 독창성이 반영되어 있다. 번역자는 아테네로 망명한 테베의 지사들이 아테네의 발전된 문물을 보고 놀라움을 금치 못하는 부분에서, 마치 자신들이 중국에서 일본으로 도피하여 요코하마에 머물며 일본의 문물에 마음이 기울던 경험의 감상을 반영하듯이, 중국의 실정에 견줄 수 있는 공간으로 대체해 놓았다.

다시 말해서 새로운 문명에 대한 충격과 경이로움을 설명하기 위해, 시골 사람이 중국 대륙의 중앙부를 횡단하여 거대한 양자강 일대에 올라와 느끼는 감상으로, 또한 동양인이 근대 최고의 성지 가운데 하나인 영국의 수도 런던에서 문명의 충격을 받는 것으로, 중국의 독자가 이해하고 공감할 수 있는 사례를 첨가해 놓음으로써, 세계 문명과 문명지에 대한 동경을 보여 주고 있다. 중국역본에서는 이렇듯 중국의 실정과 직접 비교하여 상황을 이해시키고 전달하는 것은 물론, 동시에 현 중국 정부에 대한 비판적 정치의식도 드러내고 있다.[93] 아

---

92) 山田有策, 前田 愛 注釋, 《明治政治小說集》, 角川書店, 1974.

93) 《淸議報》(第41冊), 22쪽. 却說齊武奸黨. 好容易請得斯兵. 握了政權. 今幸得如願. 便仍意糊爲起來. 把四百名公會及人民公會廢了. 改作完全的寡人政治把立法行政二權. 都歸自己掌握. 不准人民于預. 把自己黨類. 選幾個作行政議官. 自捉拿 威波能□ 一天後不出三月. 凡有權力的官職. 盡是自己黨內人. 又如人民必想回復民政. 便禁止人民聚會. **如我中國歷代所謂偶語者棄市腹誹者刑的禁令一般.** 又嚴捕密查. 凡有志的都逃遁他國. 否卽定遭捕拿. **如我現政府嚴捕新黨一般.** 種種暴虐. 無所不爲. 早經二三個月. 見國內還沒有動靜人民及各□志士. (각설 제무 간당은 사병(스파르타 병사)을 청하여 정권을 쉽게 장악한 터라. 지금은 운 좋게 원하는 바를 얻은 것 같더라. 사백 명의 공회를 장악하고 인민 공회를 폐지하더라. 완전한 과인정치로 고치고, 입법권

울러 중국의 번안자는 세계의 지형을 중국의 지형에 빗대는 것은 물론, 서력을 중국의 연원과 비교하여 나란히 제시해 놓는 등[94], 의식적으로 세계사의 흐름 속에 중국사를 개입시켜 놓았다.

이와 달리 현공렴의 《경국미담》은 문명의 성지로 추앙된 아테네에 대한 부분을 전혀 거론하지 않음으로써, 오로지 지사들이 경국을 이루는 대목, 독립하는 과정에 초점을 맞추고 있다. 이는 문명보다 독립에 역점을 둔 결과이다. 또한 중국역본에서도 볼 수 있지만 가급적 일본의 정치적 사정과 세계의 문명지도를 배제하고, 이야기 자체의 스토리라인을 가져와 자국의 실정에 맞는 정치서사로의 각색 작업을 시도하려 했음을 보여준다. 요컨대 테베의 지사들이 아테네를 순례하는 행로는, 현공렴의 《경국미담》에서는 번역되지 않았는데, 이는 세계 문화에 대한 동경이나 향수가 불필요했기 때문으로 보인다. 현공렴의 《경국미담》에서 세계는 오로지 독립의 보유라는 시대적 명제로 귀결되어야 했기 때문이다.

이들은 공통적으로 실재의 것을 그대로 재현하는 것보다 자국의 실정에 맞는 것을 부풀리거나 강조하는 방식을 택했다. 일본의 경우, 실제로 그것이 있었는지 여부와 상관없이 근대문물을 보여주기 위한 전략으로 허구를 가미했으며, 중국 또한 자국 독자에게 이해될 수 있는 범위에서 선택적인 번안을 했다. 조선의 경우, 원텍스트의 재현보

과 행정권을 장악하더라. 도성을 간당이 장악하고 인민의 참정을 승인하지 않더라. 간당의 행정의관이 장악한 이래, 위파릉을 감옥에 넣고, 모든 권력의 관직을 자기당 내에 들이더라. 또한 인민이 반드시 민정을 회복하려 들 것이라 생각하여, 인민의 모임을 금지하더라. 이는 마치 우리 중국 역대 소위 우어자들이 시복을 버리고 비판하는 자를 형벌의 금령에 처하게 하는 것과 일반이더라. 또 밀사를 엄포하여, 모든 유지자들이 타국으로 도망하는 것을 붙잡아 들이도록 하더라. 이 또한 마치 우리 현 정부가 신당에 엄포를 내린 것과 일반이더라. 종종 학정이 무소불위하여, 어느새 이삼 개월이 지나 국내의 인민과 유지자의 동정이 죽은 것과 같더라)

94) 《淸議報》第42冊. "按齊武政變. 是西曆紀元前三百八十二年. 即中國周秦之間. 這是紀元前三百八十一年".

다 역시나 효용론적인 입장에서 자국에서 요구되는 명제를 충족시키기 위한 방편으로 적절한 변용을 시도했다.

테베 지사들이 아테네에 망명하여 기회를 엿보던 가운데, 뜻을 이루지 못한 지 어느새 3년이 지나고, 다소 무기력해진 테베 지사들의 좌절은 높아 가는데, 파비타 또한 고심하다가 답답한 심경에 혼자서 테베로 돌아가 동태를 살피고 간당을 처치할 계획을 세운다. 아테네에서 테베로 들어가는 길은 두 갈래가 있는데, 마류는 드넓은 동남으로 가고 파비타는 좁고 험한 서남의 방향으로 들어선다.

원작에서는 파비타가 산행에 비를 맞아 도중에 몸져눕게 되는 여정이 먼저 나오고, 이후에 마류가 간당처럼 포악한 촌장을 혼내 주는 일화가 펼쳐진다. 반면에 중국역본과 현공렴의《경국미담》에서는 뒤늦게 파비타를 따라 나선 마류의 에피소드가 먼저 나오고, 이후에 파비타의 행로가 전개된다.

더욱이 현공렴의《경국미담》에서는 파비타가 산행에 올라 비를 피하다가 만나게 된 철학자와 나누는 대담과 정치철학에 대한 논의와 자신의 삶을 회고하는 상념들은 배제되고 축소되어 있다. 현학적인 사항이 논해질 여유가 없었다는 것은 그만큼 번역작《경국미담》의 목적지향성을 뚜렷하게 드러낸다.

　가) 멀리 일 점의 불빛이 있어 비에 젖은 파비타는 크게 기뻐하며 산중에 살고 있는 사람을 찾아 그곳에 이르러 일간의 초옥이 있어 문을 두드리니 주인으로 보이는 자가 나와 파비타의 어려운 형상을 보고 집으로 들여, 비에 젖은 옷을 말리고 밥을 내어 주니 추위가 가신 파비타는 주인과 함께 따뜻한 방에 앉게 되었더라. 파비타가 주인의 용모를 보니 칠십여 세의 고령으로 두발과 수염이 모두 회백색이니 그 생김이 범상치 않더라. 실내의 한편에는 수십 권의 서책

이 놓여 있더라. 그 언어와 용모를 자세히 보니 노옹은 **예전 당국에
성행했던 고상하고 유명한 이학자인 미아, 정이 등의 유파로 극히
세속을 피하여 사는 사람들**을 신봉하더라. 파비타는 본래 (철학)이
론을 좋아하는 성정으로, 노옹을 대하자 의문이 생겨 서로 깊이 심
오한 이학(철학)을 담론하더라. 주인은 또한 파비타가 금일 이곳에
서 길을 잃은 전말을 듣고, 그 기로에 임하여 작은 길을 택해 혼자
서 온 파비타에 대해 말하기를 '세상의 만사는 그대가 오늘날 여행
길에 오른 것과 같도다. 멀지만 평탄한 대로를 택하면 위험이 적고
공적을 이루기 쉬울 것이라. 가깝지만 좁은 길을 택하면 공적은 적
고 위험이 따르리니, 그대의 용모와 의기를 보니 그대는 필시 범인
이 아니라. 그러나 예기로 말미암아 잘못하여 대로가 아닌 좁은 길
을 택했으니, 반드시 공적은 없고 그 몸이 해로워질 것이라. 그대는
비록 여행 중에 좁은 길에서 길을 잃은 사람이나, 장차 세상의 일에
서도 길을 잃게 될 것인지, 깊이 생각해 보라.'[95]

---

95) 《經國美談》(상편), 제11회. 遙カ彼方ニ一點ノ燈火アリ樹ノ間ヲ洩レテ見エケレハ
巴氏ハ大ニ打喜ヒ斯ル深山ノ間ニモニモ住ム人ノアリケルヨト辛フシテ其處ニ進ミ尚ホ
近ツキテ之ヲ見レハ最ト粗造ナル一軒ノ陋屋アリ.乃チ立寄テ庵ノ扉ヲ打叩ケハ主人
ト覺シキ者出テ來リシガ巴氏ノ難義ヲ聞テ之ヲ室内ニ延 キ雨ニ濕フ衣裳ヲ乾カサセ
又粗末ナル晩箇ヲ與ヘ未タ薄ミ寒キ頃ナルハ主客共ニ火ノ傍ニソ坐シニケル.巴氏ハ
此時熟 主人ノ容貌ヲ視ルニ七十許ノ高齡ニテ頭髪鬚髭共ニ灰白色ニシテ其容子凡
ナラス.室内ノ一偶ニハ數箇ノ書冊ヲサヘ配置シタリ.其言語容貌ニ因テ之ヲ察スレハ
此老翁ハ先年當國ニ現ハレタル高尚ナル有名ノ理學者美亞, 貞耳等ノ流派ニ汲ミ世
塵ヲ避クルノ人ナルヘシト信セラル.巴比陀ハ固ヨリ理論ヲ好ム性質ナレハ老翁ニ向
テ疑問ヲ發シ互ニ膝ノ進ムヲ覺ヘス深ク深妙ノ理學ヲ談シケリ.主人ハ又巴氏カ今日
此處ノ迷ヒ來リシ顛末ヲ問ヒシカ其岐路ニ臨テ小經ヲ擇ヒシコトヲ聞テ獨リ頻リニ
打首肯キ巴氏ニ對シテ語リケルハ '世事ハ皆ナ君カ今日ノ旅行ニ似タルノミ. 遠シト
雖トモ坦夷ナル大道ヲ擇ハ, 危險小フシテ功績多シ. 近シト雖トモ經路ヲ取ラハ功績
少フシテ危險多シ.君カ容貌意氣ヲ察スルニ君ハ必ス其ノ胸中ニ人民ヲ救濟スルノ大
志ヲ懷クノ人ナルヘシ.決シテ功名ヲノミ之レ求メ富貴ヲノミ是レ欲スルノ常人ナラ
ジ.然レトモ銳氣ノ爲メニ誤ラレテ大道ノ遠キニ倦ミ岐路ニ臨テ小經ヲ取ラハ其事必
ス功無クシテ其身ハ甚タ危フカルヘシ.君ハ唯旅行ノ小經ニ迷ヒシ人カ將タ世事ノ小
路ニモ迷フノ人カ靜思アリタキ口ニコソ.'

나) 파비타 (산속에서 비를 맞던 중) 어떤 가옥을 보고 들어서니, 비록 초가집에 불과하나, 흰 수염을 기른 노인이 있으니, 시종 전에 **필아사, 철례사 (희랍 고대의 염세학자) 인물의 일파로**, 주인은 따뜻한 불을 쬐게 해 주고 의복과 음식을 공급해 주더라. 기근상태인 파비타라, 식사를 마치고 담화를 나누니, 파비타는 이론에 능한 자라 두 사람이 서로 상대하여 의미가 서로 통하더라. 깊이 궁구한 **각 나라의 이학을 논하다가** 주인이 파비타가 길을 잃게 된 연유를 묻고, 그 사연을 듣더니 말하기를, 갈림길에 임하여 작은 길을 택하니, 천하의 사정이 발 아래에 내딛는 길과 일반이라. 탄탄한 큰 길을 걸어감은 비록 멀고 위험하나 성공에 이르게 됨이 많으니, 그대의 기상과 거동을 보니, 나라를 생각하고 인민을 구제하는 유지사가 아닌가. 공명과 부귀를 구하는 일반인과 달리 자기의 한 몸에만 의지하여 대도에 이를 것이라. 그러나 예기로 그대는 첩경에 들어섰으니 성공과 반대로 어려움을 면치 못할 터, 신체상 허다한 위난이 올 것이니, 그대가 들어선 길의 형편은 막막한 미로일지라.[96)]

다) 멀니바라보민 슈플스이로 한등광이 쏘야빗쥐거늘 반기여 갓가이나아가 문을 두다리니 쥬인이 뭇되 뉘뇨 딕답ᄒ되 실노흔 사ᄅᆷ이 즘간 풍우를 피ᄒ려흔다ᄒ니 쥬인이 문을 열고 마즈민 슈미호빗흔ᄯ은시라 일변 화로를 닉여 의복을 말니고 셕반을 닉여 은근이 딕졉ᄒ면셔 눈을 드러살피니 범샹흔 사람이 아니라 ᄯ또 학문을 문답

96) 《淸議報》(第46冊), 40쪽. 巴比陀看那屋時. 雖不過茅屋數椽. 却狼有淸致. 看那主人時. 是個老者鬚髯皓白. 飄飄凌雲. 像是從前的畢阿斯 鐵禮斯 (希臘古時爲厭世學者) 一流人物那主人給些火. 叫他自烘衣服. 又給些鄕下的粗飯. 叫他充饑看着巴比陀. 也不像是個常人. 便自己陪他. 作種種談話. 巴比陀也善于理論. 兩人機鋒相對. 意味相投. 慢慢談起深奧的理學來. 那主人問巴比陀失路的原因. 說是因臨歧路. 擇小經所致. 便感觸起道理來說道天下的事情都和足下走路是一般走坦夷的大路雖畧遠些到底危險甚少成功居多若走經路或畧近些到底難立功績易陷險地我看你的氣象擧動是個然心那國想救濟人民的有志之士不是甚麼要功名求富貴的常人只是僅仗着自己一股銳氣嫌大道遠了. 要走捷徑未免難以成功反在身體上生出許多危難來願 你把走路的事情推到處世上面莫迷了.

ᄒ고 파비타 되답이 여류ᄒ니 쥬객이 환흡ᄒ야 의긔가 상합ᄒ더라
쥬인이 ᄯᅩ 손더러 말ᄒ야 갈오되 현ᄒ의 일이 그되의 길일흔것ᄀᆺ
타 탄평흔 되로ᄂ 좀더 되고 멀드릭도 위퇴ᄒ미 업고 소로나 쳡경
으로 가면 종ᄉᄉ 져러흔 위퇴ᄒ미 잇는지라 그되 긔샹을 보미 나라의
열심ᄒ고 인민을 구제ᄒ려ᄂ유지ᄉᄉᄉ인되 좀간 일시예긔을 참지
못ᄒ야 되례을 바리고 쳡경을 구함이니 공을 이루지 못홀쑨 아니라
화가 몸의 밋칠터이니 그되의 길이러버림으로써 빙ᄒ야보라(《경국
미담》(상권), 37쪽)

첫 번째 인용문은 원작의 일부로, 파비타는 험한 산중에서 비를 맞
다가 가까스로 멀리 보이는 불빛을 따라가 노옹이 혼자 살고 있는 오
두막에 이른다. 이곳에서 몸을 녹인 파비타는 집안 한쪽 구석에 가득
쌓인 서책과, 노옹의 범상치 않은 생김새로 미루어 보아, 그가 당대
염세학파의 부류인 철학에 심취한 자임을 간파한다. 파비타 또한 본
래부터 철학에 관심이 많았던 터라 노옹과 정담政談과 철학을 주고받
으며, 그에게 큰 가르침을 받는다.

두 번째 인용문은 중국역본으로, 원작에서 단지 '극히 세속을 피하
여 사는 사람들'로 언급되었던 철학자들이, 당시 성행했던 '희랍 고대
의 염세학자'의 유파였다는 기술을 첨가하여 그 정체가 한층 더 명증
해진다. 이들 염세학자 일파는 세속을 떠나 있으나, 그 철학의 이치만
큼은 세속과 밀접하게 연관되어 있다. 노옹은 파비타가 길을 잃은 사
연을 듣고 대업을 이룰 사람이 잠시 동안의 충동을 이기지 못하여 공
적을 쌓기 어려운 좁은 길로 들어섰으니, 길을 잃고 위험에 처하게 되
는 것은 피할 수 없는 일이라며, 이 여행을 좋은 본보기로 삼아, 차후
에 어떻게 할 것인지 그 뒤를 모색하라는 충고를 한다.

세 번째 인용문은 현공렴의 《경국미담》의 일부로, 인용문에서 볼

2. 장르의 재편성, 역사에서 정치소설로 전환　141

수 있듯이 앞의 두 인용문과 달리 철학자의 학파나 부류에 대한 설명
이 누락되어 있다. 이렇게 철학자에 대한 정보의 배제는 단지 이 부
분에서만이 아니다.

　파비타와 위파능은 서로 성향이 다르지만, 둘 다 정치철학에 관심
이 많다. 파비타는 본래부터 이학에 관심이 많은 자로, 철학자와의
대담이나 아테네의 민정관인 이지와의 대담 등으로 어느 정도 수준
높은 정치철학을 지녔음을 보여준 바 있다. 위파능 또한 정치철학에
다대한 관심을 지닌 자로, 그는 특히 도덕적인 측면에서 덕을 실현하
기 위한 근거로 철학을 말한다. 대표적인 일례로 위파능이 감옥에 갇
혔을 때, 그는 평소와 다를 바 없이 의연하게 늘 답습하던 피타고라
스학파의 철학을 연구하거나, 파비타의 지시를 받은 안중安重으로부
터 탈옥의 계획을 들었을 때는 소크라테스 철학을 바탕에 두고 그것
에 비추어 덕의를 해치지 않는 행위라는 결론을 내고 탈옥을 결정한
다. 아래의 인용문은 원작과 중국역본에만 있는 부분으로, 이와 관련
된 사항이 나와 있다.

　　가) 위파능은 형을 받아 감옥에 갇혔지만, 그 신체와 용모가 수척
　　해지고 괴롭긴 해도, 가까이 죽음에 임해서도 옥중에서 시간을 정해
　　운동을 하여 쇠약해지지 않도록 하더라. 또한 조용한 때에는 평소에
　　신앙하던 피타고라스의 철학을 심중에 연구하고, 도덕자의 진리를
　　옥사옥졸에게 들려주더라. 전년 덕행에 대해 희랍의 성인이라 불리
　　는 소크라테스가 원죄로 말미암아 감옥에 갇혔을 때, 그 처형 전날
　　밤에 제자 무리가 옥중에 찾아와 탈옥을 청하니, 소크라테스는 '탈
　　옥을 하면 국법을 어기는 사람이 되니, 원죄로 죽는 사람이 되겠다'
　　고 하며 제자들의 후의를 사절하고 다음날 사형에 처해졌다는 세상
　　에 전해지는 미담이 있다. 나는 소크라테스와 그 취하는 바가 다르

지 않으나, 무엇보다도 나를 포박한 간당 등의 정부는 정부가 아니
므로, 정부를 집어삼킨 간당에 대해 지금 내가 탈옥하는 것은 덕의
를 해치는 것이 아니리.[97]

나) 위파능이 옥중에 있으나, 일호도 구차하지 않고 평일과 한 치
도 다를 바 없더라. 항상 신체를 운동하여 심신을 가다듬으며, 또한
시간이 날 때면 평소에도 연구했던 그가 가장 신앙하는 피타고라스
의 철학을 탐구하더라. 도덕학의 진리가 몸에 배어 있는, …… 성현
호걸의 진면목을 보이더라. 희랍 제일의 인물로 이학을 연구하더라.
위파능이 생각하더니, 소크라테스 처형의 때에, 전날 밤에 각 제자
의 무리가 찾아와 탈옥을 권하니, '나는 국헌의 사람으로, 법을 범
하기를 원하지 않는다'고 했다. 희랍 전국에 편재하니 의례히 탈옥
은 국헌에 범하는 것이리. 그러나 부득이한 사정으로 나는 소크라테
스와 같은 처지가 아니다. 현재는 간당의 정부이므로, 제무의 정부
의 법을 범하지 않는 것이리.[98]

---

97) 威氏ハ刑ニ就クノ際其身體容貌ノ瘦羸シテ見苦キヲ愧シルカ故ニヤ近ク死ス可キノ
身ニアリナカラ猶ホ獄室ノ中ニ於テ時間ヲ定メ時々其身ヲ運動シテ只管肢體ノ衰弱ス
ルヲ避ケニケリ. 而シテ又其ノ靜居スル時ハ平常信仰スルピサゴリヤ氏ノ理學ヲ心中
ニ硏究シ（タノ一節ハ慈氏ノ希臘史）時トシテハ其ノ發明セル道德學ノ眞理ヲ獄吏
獄卒等ニ說キ聞カスルコトモアリケリ. …… 前年德行ヲ以テ希臘ノ聖人ト稱セラレ
タルソクラテスカ冤罪ノ爲ニ牢獄ニ繫カル, ニ當テヤ就刑ノ前夜ニ於テ其ノ徒弟某
竊ニ獄中ニ忍ヒ入リ共ニ與ニ牢獄ヲ脫センコトヲ强請セシニソクラテスハ「獄ヲ脫
シテ國法ヲ破ルノ人ト爲ランヨリ寧ロ冤刑ニ死スルノ人ト爲ラン」トテ其ノ徒弟ノ
厚意ヲ謝絶シ翌日ニ至テ遂ニ死刑ニ處セラレシハ世上ニ傳フル美談ナレトモ（ソノ一
節ハ慈氏ノ希臘史）我トソクラテストハ其趣向シカラス. 何トナレハ我ヲ捕ヘシ奸黨等
ハ政府ニ似テ政府ニアラス政府ヲ奪ヒシ奸人ナレハ今此ノ獄舍ヲ脫スルトモ德義ヲ害
スル所ナシ.(제13회)

98) 《淸議報》(第46冊), 41쪽. 威波能雖在獄中仍是擧平日一樣全沒一毫苟且. 還常常
運動身體. 練習心靈. 又乘着這空閑的時候. 硏究平日所最信仰的畢殺可拉的理學. 發
明道德學的眞理眞是這身子一日在世便要盡他　一日的力量作他的事情要到頭己落在
地身體已不屬我的時候纔肯放鬆眞是臨難不苟一刻不懈眞是聖賢豪傑的眞本領眞是
希臘第一流的人物. …… 硏究理學 …… 威波能也曾想過. 他想道. 那年瑣苦那德處刑
的時候. 前一晚. 有個徒弟. 私自進到牢中. 要却開牢獄. 和他同走他說　道我要是做過
破犯國憲的人寧可含冤而死直大罵那徒弟不識道理. 不許他胡爲. 因爲他這們守禮所

다) 각셜 위파릉이 졔무 옥즁의 례슈호지 임의 3년이라 겨간의
슈츠 죽을 긔회를 지닉엿스나 뇌확호 긔운이 조곰도 쇠치 아니호야
일호구츠호 긔샹을 보이지 아니호고 쏘 이학의 통달호야 **도덕의 니**
치를 발명호니 참 셩현호걸의 본령이라 날마다 비루호 옥졸노 더부
러 미고히 슈쟉호야 **니학을 발명**호니 옥졸등이 무불감복호야 **셰계**
의 신문이 잇시면 일々히 알게호며 간당더리 잔혹호 거동을 베푸러
도 옥졸비가 극진보호호니(《경국미담》(상권), 39쪽)

첫 번째 인용문에서 위파능은 소크라테스의 사례를 들어, 탈옥을
하는 것이 국법에 위반되는 것이라 하여 탈옥하지 않고 죽음을 맞
은 이도 있지만, 자신의 경우에 현 정부는 간당들의 정부로, 간당들
의 법에 따를 이유가 없으므로, 탈옥하는 것이 결코 덕의에 위반되
지 않는 것이라 판단하고, 지금은 국정을 회복하고 백성을 도탄에
서 구하는 '현인군자의 본의'에 충실해야 할 때라고 결정하여 탈옥
하기로 한다.

두 번째 인용문인 중국역본에서 피타고라스는 필살가랍畢殺可拉으
로, 소크라테스는 쇄고나덕瑣苦那德으로 번역되어 원문 그대로 소개
되어 있다. 반면 현공렴의 《경국미담》에서는 세 번째 인용문에서 볼
수 있듯이, 세계적인 철학자의 이름이나 사상은 생략된 채, 단지 이
학으로만 축소되어 있다. 그리고 소크라테스의 사례를 들어 말하는
대목 또한 누락되어 있다. 소크라테스는 초기에 고대 희랍의 철학가
로 소개되었다기보다, 동양의 성현 같은 존재로 소개되었는데, 그의
존재가 한국에서 본격적으로 소개되기 시작한 때는 1930년대 초 무

以雖然死了 却聲名遍滿希臘全國人人都拜服他依禮這越獄而走是破犯國憲做不得的
事情却我比瑣苦那德不同現在的政府是奸黨的政府那因我的是奸黨囚我不是齊武的
政府因我犯了.

렵이다.[99] 개화기부터 조금씩 소개되기 시작한 희랍 철학가에 대한 사항이, 원작과 같이 번역되지 않았던 연유는 무엇일까. 이 또한 독립에 대한 사항을 강조하려는 취사선택의 결과로 해석해 볼 수 있다.

위파능은 탈옥한 뒤에, 파비타가 간당을 암살할 계획을 위파능에게 전하자, 간당을 암살하는 것은 도덕적인 행위가 아니라는 이유에서 반대한다. 위파능은 정도正道로써 의병을 일으켜 정정당당하게 성문으로 쳐들어갈 방책을 말한다. 요컨대 위파능은 시민을 유혈사태에 끌어들이는 행위의 공범이 되고 싶지 않다고 확실히 언명하고,[100] 간당의 암살보다 "공전의 개혁公戰ノ改革"을 주장한다. 암살은 비합법적 행위로, 이의 실행자는 "덕의의 죄인德義ノ罪人"이 되기 때문이다. 이러한 위파능의 사고는, 정치에 이상적인 정의를 구하고자 자기 자신의 죽음으로 그것을 입증한 소크라테스의 사상이 반영된 결과다.[101] 위파능은 테베의 정치 가운데에서도 덕의를 중시하는 '성덕의 군자聖德ノ君子'로, 파비타가 자신의 견해와 달리 암살을 추진하자, 이에 동조하지는 않지만 그를 돕고자, 파비타가 간당을 처리한 뒤에 테베에 나타나자 그와 함께 국사를 정돈한다.

이에 반대하여 파비타는 "일국 정치의 기초는 일국의 인심一國政治的基礎只着一國的人心"에 달려 있으므로, 인민들의 소망을 반영하여 간당을 암살하고 시급히 민정을 회복하는 길을 추진해야 할 것을 주장한다. 비록 파비타는 위파능과 달리 암살을 주장하지만, 간당을 암살

---

99) 김주일, 〈개화기부터 1953년 이전까지 한국의 서양고대철학에 대한 연구와 번역 현황 연구〉, 《철학 원전 번역과 우리의 근대》, 한국철학사상연구회(제23회 학술발표회), 2003년 5월. 이인재의 《희랍고대철학교변》(1912)이 최초로 소개된 희랍철학서인 것으로 보이며, 소크라테스와 관련해서는 《별건곤》(1927년 12월)에 실린 임창순의 〈소크라테쓰의 최후〉와 《신생》(1931년)에 지속적으로 실린 류형기의 〈소크라테스의 변명〉 등이 있다.
100) 마에다 아이, 앞의 책, 275쪽.
101) 마에다 아이, 앞의 책.

하는 "기계의 개정奇計ノ改正"과 3백 명의 유지자로 구성된 의병을 동원하는 "공전의 개혁公戰ノ改革"을 동시에 추진하기로 한다. 파비타는 일을 도모하기 전에 오로지 국정을 회복하고 인민을 구하는 것에 주안을 두고, 사사로운 개인의 원한으로 정치적 보복을 하는 수단은 경계하기로 유지사들 간에 결의한다. 파비타의 도덕성은 최대한 미덕을 발휘하여 살육보다는 간당 일원을 추방시키는 방편을 쓰는 대목에서 드러난다고 볼 수 있다.

위파능은《경국미담》의 후편에서 민정을 회복하고 안정된 상태에서 더욱 더 규칙적인 일과로 이학 연구를 하고, 소크라테스 학파인 철학자들을 초청하여 담론을 논하기를 즐기는 것으로 나온다. 이 철학가 가운데 신미아스는 소크라테스의 학우로 소개되어 있다. 요컨대 원작은 물론 중국역본에, 인물들이 이학에 관심을 가지고 어느 정도의 지식을 표출하고 있는 것과 달리, 현공렴의《경국미담》에서는 구체적인 철학유파나 철학가가 전혀 언급되어 있지 않다. 이는 정치철학이 철저히 배제된 세계, 독립과 비독립국으로 나뉜 현실세계에서, 철학으로 해명될 수 없는 이분법적 도식으로만 재단된 세계에 천착한 결과라 볼 수 있다.

고대부터 점괘의 길보와 흉보에 따라 전쟁의 승패를 결정했던 이들은, 점차 문명적 사고, 근대화된 사고로 자연을 인지하고 분석하면서, 과학을 통해 세계를 인식하기 시작했다. 이러한 사고에 따르면, 전쟁의 승패는 더 이상 길흉의 점괘가 아니라, 객관적인 수치에 따른 병사의 수와 무기의 보유 사항 그리고 군량 등의 준비 정도와 전술을 펼치기 좋은 지리적 여건 등에 달린 것이었다. 개화기에 특이한 사항은, 이렇게 미신에서 문명적 사고로 그 숭배의 대상과 방식이 달라지는 가운데, 객관적인 전쟁 여건이 좋지 못한 경우에 그 전쟁의 승패를 좌우하는 것으로 '사생결단의 의지로 점철된 애국정신'을 내세웠다는 점이다.

《경국미담》은 이러한 "절망결사의 지념絶望決死ノ志念"을 지닌 유지사有志士의 결집과 전 국민적 결합에 따라, 약소국이 맹주국으로 거듭나는 과정을 보여 준다. 이들은 나라의 사업에 의무를 다하는 애국심으로 무장되어 있으며, 나라의 운명을 내 집안의 운명처럼 받아들이고, 죽을 각오로 싸우기를 결의한다. 그리고 이러한 전쟁의 결과는 대승이라는 해피엔딩을 가져온다. 나라를 내 몸과 같이 생각하라는 개화기 지식인의 지침은, 《경국미담》에서도 발견된다. 간당의 계략으로 위기에 놓인 파비타는 마류와 집사 예온과 함께 아테네로 도피하려고 한다. 아테네로 가던 중, 강물에 빠진 파비타는 죽을 고비를 겪는데, 이때 그의 목숨을 구한 이는 때마침 강가에 나와 있던 어옹漁翁이다.

어옹은 평소 파비타의 자선으로 도움을 받았던 자로 파비타에게 은혜를 갚는 격으로, 자신의 아들인 안중安重을 딸려 아테네로 건너가도록 도와준다. 이 대목에서 어옹은 마에다 아이가 지적한 것처럼, 민중의 영웅을 형상화하고 있다. 어옹이 기꺼이 파비타의 사업에 동참하는 부분은, 정치적 개혁에 대한 민중의 주체적 참가를 말한 예외적인 부분으로, 어옹은 파비타의 뜻에 따르는 것이 곧 '백성된 직분'과 '애국하는 직분'을 다하는 것―"나라에 진력할 의무(國ニ盡スノ務メナリ, 제5장)", "나라를 위하는 직분(爲國的職分)"―이라 말한다. 이러한 사항, 백성된 직분이나 국민된 직분 또는 애국하는 직분에 대한 지침은, 이러한 정치소설이 많이 수용되었던 20세기 초 조선의 정치서사에서 쉽게 발견되는 것으로, 당대 동아시아 정치소설의 흐름과 개화기 정치서사의 경향이 긴밀한 연관성을 보이는 부분으로 눈여겨 볼 필요가 있다.

《경국미담》의 하권은 이들 영웅이 민정을 회복하고 난 뒤에 본격적으로 제무를 강대국으로 키워 나가는 과정으로 구성되어 있다. 문제는 그 방법에 있는데, 그 방법이란 곧 전쟁이다. 제무는 살아남고자 그리고 국세를 넓히고자 전쟁을 불사한다. 이 맥락에서 후편의 이야기는 제무가 그리스의 남부와 북부를 평정하는 '전쟁史戰爭史'라 볼 수 있다. 제무의 지사들은 전쟁에 이기기 위해 주변국과의 동맹과 외교 전략 그리고 지형에 따른 전술의 체계 등을 고려하며 지속적인 전쟁으로 말미암아 동분서주한다.

위파능이 전략적인 장수라면 파비타는 구변이 좋은 외교가에 가깝다. 파비타가 국정을 도맡아 정리할 즈음, 위파능은 군대를 조직하여 스파르타와의 결전을 준비한다. 테베의 국민들은 민정체제를 환영하고, 이들의 지침에 따라 일심동체로 나라를 지키기 위해 결의한다. 대전 끝에 제무는 당당한 맹주국으로 승인을 받는다. 이로써 스파르타와 아테네 그리고 가룬 등 강국을 제외한, 나머지 3백여 국으로부터 지지를 받는 강대국이 된다. 이로써 '경국미담'(나라를 세운 아름다운 이야기)은 끝난다. 그러나 현공렴의 《경국미담》에서는 원작에 없는, 파비타와 위파능이 서로 대담을 나누는 일화가 첨가되어 있다. 그 부분을 살펴보면, 다음과 같다.

　　긔원젼 삼빅륙십륙년모월모일노 택일ᄒ야 졔무도셩안에 만국태평회를 미즐ᄉᆡ 이쩌 희랍각국이 파사에 됴회를 기다리지 아니ᄒ고 각기 사신을 보ᄂᆡ여 회에 참녜홈이 사파와 아션과 가룬과 법융 등 사오국외에ᄂᆞᆫ 희랍 삼부백여국이 모다 졔무를 밧드러 맹쥬를 삼으니 졔무ᄂᆞᆫ 모지아 경ᄂᆡ에 ᄒᆞᆫ 자근나라로셔 마참ᄂᆡ 텬하에 발호비양ᄒᆞ더라 **일일은 파비태 위파릉으로 더부러 사실에 모도하야 한담**

ㅎ야 갈오디 우리 무리 국변이러ㅎ후로부터 오날날에 이르도록 고심
열성ㅎ야 이 지경에 이르러쓰니 희망ㅎ던 쯧시 이루엇도다 위파릉이
갈오디 디공디업을 이루기 어렵거니와 보젼ㅎ기 더욱 어려온지라 우
리무리 심만의 족하게 넉이지 말고 더욱 조심ㅎ야 보젼홈이 가ㅎ니
라 파비터 갈오디 우리나라사롬에 이국ㅎ는혈성과 우리무리에 열심
히 이디업을 이루어쓰니 ㅊ후에는 여차여차ㅎ고 져반져반ㅎ면 가히
디업을 보젼홀가ㅎ노라 위파릉이 갈오디 진실노 그디에 말과 갓도다
　이상에 긔록ㅎ바는 셔역긔원젼 삼빅팔십이년 졔무늬졍이 분
요ㅎ야 국셰 미약ㅎ고 인민이 도탄ㅎ야 영웅이 출슈ㅎ쎠로부터
긔원젼 삼빅뉵십뉵년국셰비양ㅎ야 희랍에 쥬밍ㅎ기까지 이르
히 십팔년ㅅ이에 졔무졔명시 안ㅎ로 간당을 졔어ㅎ고 밧그로 국
셰를 확장ㅎ던 일편 경국미담이 무삼의미가 잇스며 무삼 종지가
잇는고 이 칙보시는 이는 보기를 맛친 후에 칙을 덥고 싱각ㅎ여
보시오 (《경국미담》(하권), 95쪽)

앞의 인용문에서 볼 수 있듯이, 현공렴의 《경국미담》에서 번역자
는 테베 지사인 파비타와 위파능의 입을 빌려, 자국을 강대국으로 만
든 것에 만족하지 않고, 앞으로 이를 보전하는 데 주력해야 한다는
것을 말한다. '독립지도獨立之道'란 독립의 획득을 비롯하여, 독립의
보전에 그 핵심이 놓여 있다는 것을 보여 준다. 실제로 위파능이 사
망한 뒤에, 테베는 다시 약소국으로 전락하고 만다. 이들이 우려했던
대로 독립이 보전되지 못한 것이다.

　독립의 보전에 대한 사항은 비단 과거의 역사에만 한정된 것이 아
니라, 무엇보다 1907~1908년의 대한大韓독자의 입장에서는 절실한
과제였다. 이 지점에서 현공렴의 《경국미담》은 '제무가 이렇듯 위대한
나라로 성장하여 최절정의 권세를 누리는 맹주국으로 떠올랐으니, 이
지점에서 붓을 내려놓는다'는 문장으로 마무리된 원작과 결정적인 차

이를 보인다. 원작자의 시선이 최절정에 오른 맹주국이 된 제무에 머물러 있다면, 번역자의 시선은 차후 이 독립의 자리를 지키기 위해 치러야 하는 또 다른 고행으로 나아가고 있다. 원작에서 제무의 명사名士가 이룬 행적을 기억하라는 구절은, 보다 구체적으로 대한大韓독자에게 이 작품이 어떠한 의미가 있으며, 어떤 뜻이 담겨 있는지 깊이 연구해 보라는 질책에 가까운 당부로 바뀌어 있다.

이는 원작에서 최정상에 오른 테베의 영광스런 절정의 순간에 초점을 맞추고 그 기록을 멈추어 버린 것과 다른 차원의 문제를 제기한다. 다시 말하자면 최정상의 상태가 끝이 아니라고 보고, 이렇게 되기까지의 과정과 되고 나서의 보전하는 문제에 천착하여 진정한 독립의 의미를 알고 이를 실행하려는 데 초점이 맞추어져 있는 것이다. 역사를 과거 그 자체의 사건으로 한정하지 않고, 현재에 불러오는 방식은 단순한 기억을 넘어, 역사에 기반한 신화를 현재에 재현하는 일로 나아간다. 이는 기억을 현재화하는 것이다.

약소국을 강국으로 만들어 낸 영웅의 기억을 현재화하는 힘은, 애국에 대한 동력과 독립에 대한 의지로 나아간다. 이로 미루어 볼 때, 원문에 없는 부분이 첨가된 것은 독립권이 미약한 상태에 놓인 조선의 실정을 반영하려는 역자의 주관이 제시된 결과라 볼 수 있다. 외부 세계의 동향은 독립을 지향하는 형세이며, 이 추세는 더욱 늘어날 것이라 보았기 때문이다.

거대한 강국이던 스파르타에 대항하는 무기로서, 제무는 비록 부족한 병력이지만, 일당백의 효과를 낼 수 있는 애국정신의 고무에 집중한다. 작가는 제무 지사의 입을 빌려 "애국하는 혈성"으로 국가사업을 이루어 내는 것이라 말한다. 그러나 실제로 애국정신이 강하여 승전했다는 것은 알 수 없기에, 승전했다는 역사적 기록으로서의 실사는 비록 적은 병력이지만 애국성이 강하여 승전했다는 허구가 가미된 기술임을 알 수 있다. 중요한 것은 실사와 허구의 결합 자체가 아니라, 이 결합으로 애국성을 강조하고자 했던 작가의 의도에 있다. 그리고 이 부분에서, 애국하는 혈성이 전 세계적으로 중요시되었던 현상임을 볼 수 있다. '애국하는 혈성'이라는 수사가 단지 20세기 초 조선의 텍스트에서뿐만 아니라, 동아시아에서 조금씩 다른 층위를 지니고 포괄적으로 쓰였다는 것을 알 수 있다. 이는 메이지기의 정치소설과 청말의 정치소설 그리고 조선의 정치서사와의 상관성을 보여 주는 것이라 하겠다.

현공렴은 작품의 서문에서, 신채호가 국문소설을 허무맹랑한 소설이라 비판한 것처럼, 이 시기 순국문으로 간행된 작품의 대다수가 음탕하고 허황된 것이 많지만, 이 작품은 순국문이나 애국심을 고무시킬 수 있는 내용의 작품이라고 말한다. 이 사항은 당대 출판업자이기도 했던 현공렴의, 순국문과 애국심이라는 두 가지 사항을 결합시킴으로써 판매를 높이고자 했던 흥행전략이 반영되었음을 보여 준다. 이리하여 이 작품은 '신소설 경국미담'이라는 표제로, 발간과 동시에 《황성신문》이 '독립국을 세운 애국지사의 이야기'로 한 달 동안 지속적으로 광고하였다. 또한 현공렴의 《경국미담》에는 원작과 중국역본을 거의 그대로 번역하되, 두 가지를 의도적으로 배제한 부분이 있다. 이는 아테네의 문명 및 그리스 신화 이야기와 고대 그리스 철학가에 대한 사항이 그것이다.

앞서 살펴보았듯이, 현공렴의 《경국미담》에서는 테베 지사들이 아테네의 문명지를 유람하고 그리스 영웅인 테세우스의 신전을 방문하여 그에 얽힌 이야기를 듣고 회고하는 대목이 생략되어 있다. 그리고 인물들의 정치철학의 세계를 엿볼 수 있는 구체적인 철학자들인, 피타고라스나 소크라테스 그리고 염세학자들에 대한 언급도 빠져 있다. 문명에 대한 감각과 철학에 대한 지식이 보급되기 시작했던 개화기의 사정을 감안해 보면, 이를 소개하는 것이 그리 낯선 것이 아닐 수도 있다. 하지만 이는 독립에 대한 사항을 강조하기 위한 취사선택이 반영된 결과로 해석해 볼 수 있다. 현공렴은 원작에서 볼 수 없는 '애국지사들의 대담'을 가상하여 애국에 더 중점을 두고자 했다.

현공렴의 《경국미담》에서 세계는 약육강식이 지배하는 근대의 모형이 재현된 공간으로, 강대국과 약소국의 대립, 문명과 야만의 충돌, 그리고 독립국과 비독립국의 상황이 명백히 드러나는 곳이다. 약소국이던 테베가 강대국인 스파르타를 제압하기 위해 문명적이고 합리적인 사고로 전쟁을 준비하며 독립을 이루는 과정은 가히 드라마에 가까운 역사다. 실사에 바탕을 둔 테베 지사의 전술은 약소국이 실제로 강대국이 될 수 있다는 신화를 증명한다. 이리하여 독립된 그리스의 맹주가 된 테베는, 약소국의 희망이 되는 모델로 각인된다. 파비타와 위파능이 고민했던 민정 정체의 문제나 도덕 철학의 문제보다, 독립을 이루는 드라마틱한 현장이 보다 부각된 배경의 이유를 이 지점에서 찾아볼 수 있다.

현공렴의 번역작은 동시대의 다른 번안 작품에 견주어, 비교적 '번역에 가까운 번안' 작품이다. 앞서 지적한 사항을 제외하면, 원작에 견주어 거의 누락된 부분이 없으며, 결론이 뒤바뀐 사항도 없다. 그 결과 현공렴이 인위적으로 첨가해 놓은 '애국지사들의 대담'은 상대적으로 부각된다. 이들 애국지사는 국가의 대업인 독립을 이룬 후에, 이에 만족하지 않고, 이를 앞으로 어떻게 보전할 것인가 하는, 미래에 대한 성찰에 가까운 고민과 독립 보전의 각오를 다진다. 독립을 획득하는 것도 어렵지만, 이를 유지하기는 더 어려울 수 있다는 작중 인물의 말은, 현공렴이 대한독자에게 전하고 싶었던 발간 취지와도 연계된다. 국가의 존망이 위급한 상황에서 독립을 유지하고자 무엇을 할 것인지, 이에 대한 각성을 하라는 번역자의 지침은, 이로써 동시대 정치서사의 주제이자 공통적 과제인 애국성의 고양으로 통합된다.

Ⅲ. 정치적 행위와 다시쓰기, 번역문학의 정치성

1. 정치적 행위인 번역과 국가를 구축하는 글쓰기

1) 동양의 번역 사정과 정치적인 텍스트

서구에서 소설은 새로운 지적 성향의 등장과 맞물린 근대의 산물
이었다. 문학은 인간이 어떠한 것에 대해 인식하는 과정을 담고 있는
인식론의 여정을 수반하고 있으며, 더욱이 인간이 경험으로써 세계를
이해하게 된다고 볼 때, (리얼리즘)소설은 근대적 인간이 세계와 충돌
하는 과정에서 필연적으로 등장할 수밖에 없는 역사적인 발생물이기
도 했다. 그리하여 노벨은 논리성과 문학성을 지닌 것으로 평가될 수
있었다.[1]

아리스토텔레스에게 언어능력이 곧 로고스의 능력이었던 것처럼,
언어의 기능은 논리성을 지녀야 하는 소설과 밀접하게 연결되어 있
다. '소설에는 소설체가 있다'고 임화가 말했던 것처럼, 소설의 언어
(문체)가 존재했던 것이다. 이러한 언어의 체계, 집약성보다 늘어놓는
표현성과 맞물린 소설의 언어는 소설을 '번역이 가능한 장르'로까지
위치 지어 놓는다.[2] 이러한 언어가 보여 준 소설의 혁신은 '묘사와 설
명의 풍부한 독특성'에 있었으며, 이러한 특성이 판매율(인쇄-판매-

---

1) 이언 와트, 《소설의 발생》, 전철민 옮김, 열린책들, 1988, 21~22쪽.
2) 이언 와트, 위의 책, 43쪽.

광고)로 좌우되는 새로운 독서시장을 개척했다.[3]

　서구에서 정치적인 용어는 사회상을 풍자하기 위한 만화나 우화에서 주로 쓰였다. 19세기 만화 작가는 정치 언어를 활성화시킨 바 있으며,[4] 여기에는 정치적인 배경이 전제되어 있었다. 17세기 말에서 18세기 초에 이르는 시기에 영국에서는 중산층의 성장과 함께 소설이 성행하기 시작했으며, 이렇게 생성된 영국 소설은 자유롭게 미국으로 유입되었다. 미국은 18세기 말에 공화국의 탄생과 함께 소설의 역사가 시작된다. 미국의 경우 영국에 견주어 소설의 발달이 느렸는데, 그 이유는 식민지 개척에 정신이 쏠린 상태에서 문학이나 예술의 필요성을 느끼지 않았던 것, 청교도적인 입장에서 소설보다는 종교 서적에 대한 강조가 우세했다는 것, 저작권법이 없었기에 자유롭게 영국 소설 등 해적판이 성행하여 자체적으로 소설을 만들어 낼 필요성을 느끼지 못했다는 것 등을 들 수 있다. 그럼에도 소설은 점차 발전하게 되는데, 여기에는 '정치 우화나 정치 풍자 같은 저널리즘'의 발달이 크게 관여되어 있었다.[5] 초기에는 그 형태가 역사인지 소설인지 구별하는 것이 중요하지 않았으며, 우화의 형태일지라도 그 내용이 정치적이라면 일정 정도의 독자를 확보하는 데 성공하였다. 소설이 상업화되면서 좀 더 팔릴 수 있는 소설에 대한 관심이 고조되었던 것은 물론이다. 이러한 사정은 동양에서도 크게 다르지 않았다. 다만 결정적인 차이라면 동양에서는 정치적인 격변기나 혼란기에 소설이 등장하여, 흥미 본위의 소설보다는 계몽적인 소설의 가치가 높았다는 점을 들 수 있겠다.[6]

---

3)　이언 아트, 앞의 책, 74쪽.

4)　에릭 홉스봄 ; 박지향·장문석 옮김, 《만들어진 전통》, 휴머니스트, 2004, 518쪽.

5)　이에 대해서는 김욱동, 《미국 소설의 이해》, 소나무, 2001, 23~29쪽 참조.

6)　논자들은 입지立志, 상무尙武, 법률法律, 평등권平等權 등을 다루지 않는다면 소설적 가치를 매기기 어렵다는 입장을 취했다. 이 사항은 천핑위안陳平原, 〈중국소설의 근대

그리고 미국의 청교도주의자들은 소설을 불미한 것으로 여기고 의심스러운 눈초리를 거두지 않았다. 로맨스와 같은 것은 자칫 풍기를 문란하게 만들 수 있다고 본 것이다. 무엇보다 소설이 모방의 산물이라는 점은 진리와 거리를 둔 것으로 보이게 했다. 초기 이러한 경향은 동양에서도 발견된다.

동양에서 소설은 부인이나 아동이 읽는 하찮은 것으로 격하되었던 것이다.[7] 그러나 이러했던 소설의 지위는 정치운동과 그 운명이 맞물리면서 급상승한다. 일본의 정치소설에 영향을 끼친 소설은 영국의 정치가 디즈레일리의 작품이었다.[8] 이러한 작품의 영향으로 일본의 정치소설은 '창작'되기에 이른다. 가령 번역본 와타나베 오사무渡辺治의 《삼영쌍미 정계지정파三英双美 政界之情波》(1886)는 스에히로 텟초末廣鐵腸의 《설중매雪中梅》에 영향을 주었다는 기록에서 볼 수 있듯이,[9] 일본에서의 소설의 발생 또한 번역의 영향력을 떼어 놓고 말하기 어렵다.

미국의 소설 가운데 해리엇 비처 스토Harriet Beecher Stowe가 쓴 《엉클 톰의 오두막집Uncle Tom's Cabin》(1852)은 노예 해방이라는 정치적인 성과를 거두는 데 결정적인 역할을 한 정치소설로 기록되어 있

적 전환〉, 《동아시아 서사학의 전통과 근대》(동아시아 학술원 총서 2), 성균관대출판부, 2005, 273쪽 참조.

7) 동양에서 소설에 대한 기원과 인식에 대해서는 조남현, 《소설신론》, 서울대출판부, 2004; 이문규, 《고전소설 비평사론》, 새문사, 2002 참조.

8) 스즈키 사다미, 앞의 책, 278쪽. 자유민권운동기 정치가들이 각기 정치적 입장을 주장하고자, 영국 군주 중심 보수정치 및 제국주의 정책을 주장한 디즈레일리나 이에 반하여 국내 자유민주주의 개혁을 추진한 글래드스턴을 따라 쓴 것이 정치소설의 시작이었다. 디즈레일리 소설을 모방하여 쓴 것으로 오자키 유키오尾岐行雄의 《新日本》(1886)이 있고, 그의 소설을 번안한 것으로 세키 나오히코關直彦의 《政堂余談 春鶯囀》(1884), 와타나베 오사무渡辺治의 《三英双美 政界之情波》(1886), 이노우에 쓰토무井上勤의 《政海冒険 大胆書生》, 후쿠치 오치福地桜痴와 쓰카하라 세쿄塚原靖共의 《昆太利物語》(1887)가 있다.

9) 나카무라 미쓰오中村光夫, 앞의 책, 88쪽.

다. 자유민권운동이라는 특수한 정치운동과 명맥을 같이한 일본의 정치소설이 정치 담론을 펼치는 것으로 의의를 삼았다면, 중국의 경우에는 이미 도구로서의 문학에 대한 인식이 더욱 강화된 상태에서 정치소설에 대한 선호가 있었다고 볼 수 있다. 조선의 경우에는 노예 해방을 위한 스토의 저작이 있다는 정보가 소개되긴 했지만, 이렇게까지 동시적으로 반응하지는 않았다. 조선에서 엉클 톰의 이야기가 소개된 것은 이광수가 〈검둥의 셜음〉이라는 제목으로 번역한 1913년의 일이었다.[10]

청말에 번역된 세계소설의 목록 가운데에는 린수林紓가 번역한 작품이 대부분을 차지하고 있다.[11] 린수는 외국어를 알지 못했음에도 구술통역관들에 기대어 무수한 서구 서적을 고문古文으로 옮겨냈다. 청 말의 번역하는 기계로 불러도 좋을 만큼 린수는 지속적으로 번역을 했으며, 이렇게 번역된 서적은 중국의 사유 체계를 흔들어 놓았다.[12]

지나치게 많은 번역을 했기에 대표작을 선정하기란 쉽지 않지만, 그 가운데에서도 눈에 띄는 작품으로 엉클 톰의 이야기를 다룬《흑노우천록黑奴吁天录》(1901)과 로빈슨 크루소의 모험담을 다룬《로빈손

---

10)   서지사항은 김병철,《한국 근대 서양 문학 이입사 연구》, 을유문화사, 1980, 171쪽.

11)   청말에 번역된 작품목록에 대해서는, 천핑위안陳平原,《中國現代小說的起點 : 淸末民初小說硏究》, 北京大學出版社, 2005, 32쪽, 297~311쪽.

12)   외국어를 알지 못했지만, 린수가 번역한 서적은 110종 이상에 달한다. 이에 대한 사항은 리쩌허우李澤厚,《중국현대사상사론》, 김형종 옮김, 한길사, 2005, 343쪽. '린수의 소설이 크게 유행할 수 있던 것은 낯선 나라의 풍경이나 소설의 줄거리가 사람들의 시야를 크게 열어놓았다는 데만 있는 것이 아니라 나아가 그것이 일종의 새로운 사상·정감 방식의 수입이었다는 데 있다.'
상해의 상무인서관에서 나온 것만 해도 159종에 달한다는 설도 있다. 이에 대해서는 內田道夫 編,《中國小說世界》, 上海古籍出版社, 1992, 318~320쪽; 이보경,《문(文)과 노벨(novel)의 결혼 : 근대 중국의 소설 이론 재편》, 문학과지성사, 2002, 107쪽 참조.

표류기魯濱遜飄流記》(1905) 등을 들 수 있다. 일본에서는 물론, 조선에
서도 번역된 텍스트이며 무엇보다 서구에서 정치소설로 통용되었던
작품이다. 《로빈슨 크루소》같은 서적은 지배 계급과 노동 하층민 사
이의 '정치적 투쟁'을 보여 준다. [13]

더욱이 《엉클 톰의 오두막집》은 발간 초기에 노예폐지론이라는 '단
일한 정치적 본질'을 지향했던 정치소설political novel로 수용되었다. 감
상적인 대중소설과 다른 지점에서 '중요한 정치적 투쟁'을 이끌어 냈
기 때문이다. [14] 여기서 추상명사인 '자유自由'는 엉클 톰의 이야기로
그 구체성을 확보할 수 있었다. [15] 아래의 구절에서 확인할 수 있는 것
처럼, 《흑노우천록黑奴吁天录》(1901)의 서문과 발문에는 흑인 노예의
이야기는 단순히 미국이라는 공간을 넘어 동양에서 공감과 연대를 형
성할 수 있는 근간으로, (중국)민족의 위기의식을 극복하기 위한 증거
로서 번역되었다.

〈서문 中〉'작품 가운데 흑인 노예들의 참상을 누차 서술한 것은
단순히 비참함을 서술하는 데 공을 들이려는 것이 아니다. 그 원서
에 기록된 것을 보면 황인종이 장차 멸망할 것이라는 사실을 느끼게
되기 때문에 더욱 슬픈 마음이 생기는 것일 따름이다.'(其中累述黑奴
慘狀, 非巧於敍悲, 亦就其原書所著錄者, 觸黃人之將亡, 因而愈生其悲懷耳)

〈발문 中〉'이제 정치가 변혁되기 시작하고 있을 때 내 책이 때마
침 완성되었는데, 사람마다 옛날 책을 버리고 열심히 새로운 학문을

---

13) Nancy Armstrong, *Desire and Domestic Fiction : A Political History of the Novel*, New York ;
    Oxford : Oxford University Press, 1987. p.16.
14) John Whalen-Bridge, *Political Fiction and the American Self*, Urbana : University of
    Illinois Press, 1998, p.13.
15) Gillian Brown, *Domestic Individualism : Imagining Self in Nineteenth-Century America*,
    Berkeley : University of California Press, 1992, p.44.

추구하는 마당에, 내 책이 비록 천박하고 보잘것없지만 또한 (독자의) 의지와 기상을 진작시키고 나라를 사랑하며 종족을 보전하는 데 충분히 일조할 수 있을 것이다.'(今當變政之始, 而吾書適成, 人人旣蠲棄故紙, 勤求新學, 卽吾書雖俚淺, 亦足爲振作志氣, 愛國保種之一助)[16]

번역으로 보국保國과 보종保種을 도모한다는 발상이 이 시기만큼 강하게 작동했던 때를 역사에서 찾아보기란 쉽지 않다. 근대화된 서구 문명을 통째로 옮기는 작업이 수행된 시기였기 때문이다. 이렇듯 청말은 기존의 사유 체계를 버리고 새로운 사유가 가능한 언어를 만들었던 시기였다. 린수는 빠른 번역을 위해서 알기 쉽게 풀어쓰는 백화보다 오히려 고문古文인 문언을 택했다. 긴 문장은 몇 글자의 단어로써 충분히 의미 전달이 가능하다고 본 것이다. 이는 백화를 주장했던 량치차오의 경우에도 헤어 나올 수 없는 딜레마였다. '역자는 시간을 절약하기 위해서 문언과 속어를 병용할 수밖에 없었다(譯者貪省時日, 只得文俗幷用)'[17]는 고백에서 볼 수 있듯이, 량치차오는 정작 누구나 쉽게 읽을 수 있는 글을 위해서는 백화의 사용을 긍정했지만, 막상 신속한 번역을 위해서는 고문을 부분적이나마 사용하지 않을 수 없었다.

이렇듯 번역은 알기 쉽게 해야 한다는 점에서 의역을 허용했으며, 빠르게 해야 한다는 점에서 문체 선정의 논란을 수반하고 있었다. 이 과정에서 옌푸처럼 자체적으로 번역어를 만들어 내려는 시도가 일기도 했으며,[18] 이렇게 번역어를 만들 시간에 차라리 일본의 번역어를

---

16) 方正耀; 홍상훈 옮김, 《중국소설비평사략》, 을유문화사, 1994, 566쪽.

17) 《十五小豪杰》譯後語)(1902), 陳平原·夏曉虹 編, 《二十世紀中國小說理論資料》(第1卷), 北京大學出版社, 1989, 47~48쪽; 이보경, 앞의 책, 117쪽.

18) 옌푸는 '물경(物競 : 생존 경쟁), 천택(天擇 : 적자생존), 명학(名學 : 논리학), 라집(邏輯 : 논리)' 등을 만들어 냈다. 이에 대해서는 이보경, 앞의 책 130쪽을 참고할 것.

그대로 수입하여 좀 더 빠른 번역을 해내고자 하는 량치차오와 같은
분파가 생겨나기도 했다. 더욱이 후자 시각에서 번역은 저작권이 중
요하지 않았으므로 일본의 논설과 작품을 자유롭게 옮길 수 있게 했
다. 그 결과 량치차오를 중심으로 창간된《청의보》와《신민총보》등
은 일본의 정치소설을 비롯하여 일본의 논설을 그대로 담아내는 그
릇으로 기능했다. 량치차오는 일본 직통이었기 때문에, 량치차오의
글을 읽는 일은 일본의 언론을 읽는 일과 같았다. 다시 말해서 일본
의 영향을 직접 받은 유학생 부류(가령 이인직)나 중국을 거쳐 신문물
을 접한 유학자 부류(가령 신채호)가 서로 통하고 있었던 셈이다. 그러
나 여러 작품들이 일본보다 중국에서 좀 더 각색되고 변형된 지점은
분명 존재했고, 조선에서도 그러한 차이의 지점이 더욱 강조되었다.
그것은 소설에 대한 논쟁으로 국한시켜 볼 때, 소설의 번역과 창작의
목적이 개인 영달의 추구인가 아니면 국가 대의의 도모인가 하는 공
사公私 문제와 대립으로 나타났다.

　유독 사심을 경계하고 국가의 공적인 분자가 되라는 메시지가 조
선 매체에 많이 등장하는 것도 이러한 경위와 맞물려 있었다. 여기에
는 일본의 것을 수용한다기보다, 다만 서구의 것을 빠르게 수용할 수
있는 방편이라는, 일종의 믿음이 작용하고 있었다. 이들의 관심사는
단어에서 단어로 정확히 옮기는 것이 아니라, 옮기고 난 뒤에 파생되
는 효과로서 이들은 늘 예측 불가능한 변화에 주목하고 있었다. 말하
자면 이때의 번역은 '동의어 사이의 번역이 아니라, 주인 언어와 손님
언어 사이의 행간 번역의 중간지대'에 역점이 맞춰져 있었다.[19]

---

19) 본래 있는 언어와 외래에서 수입된 언어의 '등치'는 이로 말미암아 생겨날 '매개된 현
　　실 또는 변화의 층위'를 형성하고 있었다. 이에 대한 상세한 사항은 리디아 리우,《언어
　　횡단적 실천 : 문학, 민족문화 그리고 번역된 근대성 : 중국 1900~1937》, 민정기 옮
　　김, 소명출판, 2005 참조.

중국에서 발간된 《신소설》 잡지의 창간호에 실린 〈신중국미래기〉
는 중국에서 신소설이 곧 정치소설을 가리키는 것으로 이해되었음
을 보여 준다. 정치소설이나 탐정소설이나 과학소설 등 기존 중국소
설에서 볼 수 없었던 장르의 소설은 신소설이었던 셈이다. 이와 달리
조선에서 신소설이라 함은 정치소설과 밀접한 관련성보다 가정소설
로 전락한 흥미본위의 소설로 더 강하게 인식된 경향이 있다. 중국에
서 정치소설과 과학소설은 탐정소설에 견주어 보다 실증적인 성향이
강한 것으로, 무엇보다 '개량군치'에 복무하는 장르였다.[20] 이에 비추
어 볼 때, 조선의 신소설은 정치소설과 과학소설의 속성보다, 범죄와
복수가 난무하는 양상이 탐정소설의 속성과 흡사하다. 그러나 탐정
소설의 속성만으로 설명할 수 없는 부분이 또한 존재한다. 그 여분이
바로 신소설의 정치성을 가리키는 것이라 볼 수 있다. 이는 신소설이
정치서사에 들어올 수 있는 근거가 된다.

중국에서 외국소설이 정치교과서로 쓰였던 사정은 조선에서도 마
찬가지였다. 조선의 경우에도 근대적인 서구 풍속이나 정교政敎를 보
여 주는 것이 주로 역사서였고, 이러한 성향의 소설이 교과서로 쓰였
던 것이다. 국내에 소개된 외국 서적은 대개 일본이나 중국을 경유
한 중역이었으며, 번역은 일차적으로 '민지 계발'이라는 공적인 임무
를 띠고 있었다. 그럼에도 번역은 번역가의 사리사욕을 채우는 것으
로 그 본질이 왜곡되어, 번역된 서적이 교과서로서 쓰이기 부적합한
경우가 발생하기도 했으며, 더욱이 잘못 옮겨진 것을 그대로 옮기는,
중역으로 말미암아 빚어지는 한계를 벗어날 수 없었다.[21] 이는 중국
에서 루쉰이 번역자의 태도를 말하면서, 중역이 아닌 직역의 중요성

---

20)   천핑위안陳平原, 〈중국소설의 근대적 전환〉, 《동아시아 서사학의 전통과 근대》(동아
      시아 학술원 총서2), 성균관대출판부출판부, 2005, 273쪽.
21)   김봉희, 《한국 개화기 서적문화 연구》, 이화여대출판부, 1999, 128~129쪽.

을 강조했던 사연과도 같은 맥락이다.[22] 덧붙여 루쉰은 1903년에 과
학소설인 쥘 베른의 《월계여행》과 《지저여행》을 번역한 바 있다. 이
시기에 루쉰은 또한 〈스파르타의 혼〉이라는 상무정신을 일깨워 주는
단편을 쓴 바 있는데,[23] 루쉰에게 문학은 정치 안에서 만들어지는 것
으로, 문학과 정치는 불가분의 관계였다.[24] 또한 소설과 정치는 긴밀
했다. 다음 인용문에서 볼 수 있듯이 새로운 소설을 이용해 정치를
말하고자 했다. 소설은 은폐된 것, 발화될 수 없는 것을 들춰내고 폭
로할 수 있는 정치 수단이었던 것이다.

> 가경嘉慶 이래 비록 여러 차례에 걸친 내란(백련교, 태평천국, 염
> 비捻匪〔회교〕)를 평정했으나, 또 외적(영국, 프랑스, 일본)으로부터
> 여러 번 좌절을 당했다. 일반 백성들은 우매하여 차나 마시면서 역
> 도들을 평정하는 **무공담이나 듣기를 즐겼다. 그러나 지식인들은 이
> 미 달리 개혁을 생각하고 적개심을 빌려 유신과 애국을 부르짖고
> '부강'에 대해 특히 주의**를 기울였다. 무술정변이 실패한 지 2년이
> 지난 경자庚子년에 의화단의 변란이 일어나니 군중들은 이에 정부는
> 더불어 다스림을 도모할 수 없다는 것을 알게 되어 갑자기 배격하려
> 는 뜻을 가지게 되었다. 그것이 **소설에 반영되어 숨겨진 것을 밝혀
> 내고 폐악을 들추어내어 당시의 정치를 엄중하게 규탄**하였고, 또는
> 더욱 확대하여 풍속에까지 미쳤다.[25]

중국에서 근대소설이 등장한 배경에는, 역사적인 계기로 청일전쟁
의 패배를, 사회적인 경위로 서구 문물에 대한 도입이 추구되기 시작

---

22) 다케우치 요시미竹內好 ; 한무희 옮김, 《노신문집 Ⅳ》, 일월서각, 1986, 247쪽.
23) 마루오 쓰네키丸尾常喜 ; 유병태 옮김, 《노신》제이앤씨, 2006, 65쪽.
24) 다케우치 요시미 ; 서광덕 옮김, 《루쉰》, 문학과지성사, 2003, 165쪽.
25) 魯迅, 《中國小說史略》, 《魯迅全集》(제9권), 282쪽 ; 홍석표, 《중국현대문학사》, 이
    화여대 출판부, 2009, 59쪽.

한 것을 들 수 있다. 이러한 분위기 속에서 급격하게 생겨난 것이 번역문학이다. 더욱이 청말에는 창작 작품보다 번역 작품이 압도적이었다.[26] 그리고 이렇게 들어온 외국 문학은 내부의 중국 문학을 변형시켰다.[27] 그것은 창조에 가까운 작업으로, 기존의 중국 문학에 존재하지 않았던 새로운 장르의 도입을 일궈 냈다.

중국에서 외국소설의 번역이 급격하게 늘어났던 요인은, 문학이 아니라 정치에 있었다.[28] 이와 관련한 외부적인 사항으로 제도적인 변화의 면에서 1905년에 과거제도가 폐지됨에 따라 새로운 입신출세의 방편으로 일본 유학이 증가했다는 것과, 경제적인 변화의 면에서 전업 작가의 원형이 되는 것으로서 소설의 저술과 번역으로 생계비를 버는 집단이 등장하게 되었다는 것을 생각해 볼 수 있다. 무엇보다 정치적인 신념에 따라 소설을 번역하고 창작했을 때 이상과 현실을 동반할 수 있는 집단이 대거 등장할 수 있었던 정치적인 풍토가 생겼다는 사실을 배제할 수 없다.

량치차오를 주축으로 부각된 소설의 정치성이 지닌 틈새는 나중에 루쉰이 소설의 예술성을 강조하면서 메워지는데, 동시에 번역에 대한 태도도 달라진다. 량치차오가 속독을 위한 의역을 강조했다면, 루쉰은 소설의 진면목을 높이는 과정에서 직역에 초점을 맞추게 된 것이다.[29]

이와 관련하여 다음 인용문에서 볼 수 있듯이 옌푸 또한 자신이 행한 번역의 방법을 '의역'이라 말하고, 자신을 모방하지 말 것을 당부한

26) 阿英; 全寅初 옮김, 《중국근대소설사》, 정음사, 1986, 309쪽.
27) 진평원; 이종민 옮김, 《중국소설 서사학》, 살림, 1994, 216쪽. '외국문학의 충격으로 중국문학의 구성에 내부 정리가 이루어져, 소설이 중심 위치로 상승되고 다른 문학 형식의 표현 방법을 차용할 수 있게 되었다.'
28) 천핑위안, 〈중국소설의 근대적 전환〉, 앞의 책, 269쪽.
29) 루쉰魯迅 · 저우쭤런周作人, 《域外小說集》(序言), 《域外小說集》(第一冊), 東京, 1909; 위의 논문, 271쪽.

다. 이는 좀 더 정확한 번역을 하라는 당부이다. 옌푸는 원문의 의미
전달을 위해 중국에 존재하지 않던 단어들을 새롭게 조합하여 진화를
뜻하는 '천연' 등의 신조어를 만들어 냈다. 번역의 사정이 이러했기에
당연히 원문에 기술되지 않은 개념 설명을 추가하지 않을 수 없었다.
이는 원문을 있는 그대로 옮기는 것이 아니라, 이해를 도모하고자 내
용을 추가했던 것이다. 이렇듯 옌푸는 의역보다는 궁극적으로 번역어
사전이 성립된 뒤에 가능한 직역을 올바른 번역 방법이라 보았다.

> 번역에는 세 가지 어려움이 있는데, **원문에 충실해야 하고〔信〕, 의**
> **미를 전달할 수 있어야 하고〔達〕, 문장이 규범에 맞아야 한다〔雅〕**는
> 것이다. 원문에 충실하게 번역하는 것은 매우 어려운 일이다. 그렇
> 지만 원문에 충실하더라도 의미가 전달되지 않으면 번역하지 않은
> 것과 같기 때문에, 의미의 전달 역시 중시되어야 한다. 중국이 서
> 양과 통상을 개시한 이래 외국어를 배운 인재는 각지에 많이 있었
> 지만, 임의로 어떤 책을 골라 번역을 맡기면 원문에 충실하고 의미
> 를 전달하는 번역을 할 수 있는 사람은 매우 적었다. 그 이유는 첫
> 째 피상적으로 보고, 둘째 편협하게 이해하며, 셋째 제대로 변별하
> 지 못했기 때문이다. 지금 이 책은 언급하고 있는 내용이 지난 50년
> 사이에 서양에서 새롭게 발견된 학설이며, 또한 헉슬리가 만년에 쓴
> 저술이다. 번역서에서는 **원문의 심오한 의미를 밝히기 위해, 때로는**
> **단어와 구문의 순서를 바꾸기도 하고 원문에 없는 것을 추가하기도**
> 하였다. 자구의 순서에 얽매이지 않았지만, 그 의미가 원문에서 벗
> 어난 것은 아니었다. 나는 **이러한 번역을 '의역'이라 명명하고 '직역'**
> **이라는 말을 쓰지 않았다.** 이는 원문에 없는 설명을 덧붙였기 때문
> 이며, 사실 올바른 번역방법은 아니다.[30]

---

30) 엄복嚴復, 〈번역 범례〉, 《천연론》, 상무인서관, 1898. (《천연론》, 양일모·이종민·
강중기 역주, 소명출판, 2008)

루쉰 형제가 해외 소설을 번역하여 엮은 《역외소설집》의 개정판 서문에 좀 더 실질적으로 필요한 번역의 외부 조건이 나열되어 있어 주목된다. 넓은 학식과 이를 함께 논할 마음이 맞는 동지 그리고 이러한 번역 사업을 유지시켜 나갈 수 있는 끈기와 자금이 필요하다는 지적은, 이것이 이들이 최소한 번역에만 집중할 수 있는 환경적인 필요 요소였음을 보여준다. 그러나 이들에게는 이 모든 것이 결여되어 있었으며, 이러한 결여로 말미암아 시험적인 견본으로 빚어 나온 것이 이들 형제의 첫 저작인 《역외소설집》이었다.

> 우리는 일본에 유학할 때 일종의 막막한 희망을 품고 있었다. 그것은 **문예로 인간의 성정**性情**을 바꾸고 사회를 개조**하려는 생각이었다. 이러한 의도 때문에 자연스럽게 **외국 신문학을 소개하는 일**에 생각이 가 닿았다. 그러나 이 작업에는 **첫째 드넓은 학식, 둘째 마음 맞는 동지, 셋째 끊임없는 노력, 넷째 풍부한 자금, 다섯째 안목 있는 독자가 필요**하였다. 다섯 번째 것은 우리가 예상할 수 없는 일이었지만, 우리는 앞의 네 가지도 아무 것도 갖고 있지 못하였다. 이에 어쩔 수 없이 적은 자본으로 일을 꾸려가면서 임시로 시험 사업을 해볼 수밖에 없었다. 그 결과가 바로 《역외소설집》의 번역 출판이었다. …… 지금 이 책의 번역문을 읽어보니 문장이 생경하고 난삽할 뿐만 아니라, 아주 말도 안 되는 곳도 있어서 재판을 찍기에 사실 부적합하였다. 다만 이 책의 본질적인 의의만은 지금도 여전히 보존할 가치가 있고, 앞으로도 보존할 가치가 있다고 한다. 그중의 여러 편의 소설은 **지금 백화로 번역하여 유통시켜도 될 충분한 가치**를 지니고 있다. 애석하게도 나는 그동안 이를 위해 많은 시간을 낼 수 없었다. …… 따라서 임시방편으로 **문언으로 된 옛날 번역**을 다시 찍어 잠시 책임이나 면하고자 한다. 그러나 다른 측면에서 다시

생각해보면 이 책의 재판이 전혀 의의 없는 일도 아닌 것 같다.[31]

이들이 문언체(고문체)에서 백화체로 옮기는 경위는, 조선에서 한
문체에서 국한문체로, 국한문체에서 국문체로 재차 옮기는 과정과도
연결되는 면이 없지 않다. 그것은 좀 더 많은 독자를 포괄할 수 있는,
쉽고 대중적인 표현이 가능한 문체를 구사하는 일이라는 점에서 그러
하다. 박은식 역의《서사건국지》는 김병철이 국문체로 옮겼고, 현채
역의《월남망국사》또한 주시경과 이상익이 국문체로 옮긴 바 있다.
이렇듯 당대의 번역은 같은 것을 다르게 여러 번 써 내는 것이었다.
더욱이 저작권이 없는 상태에서 번역은 점차 중심에서 벗어나 그 의
미가 옅어지거나 특정한 방향으로 강조되거나 하여 변모되었다. 일종
의 탈중심화되는 경향을 이루는 것이 '이동'이라는 '번역의 속성'이 지
닌 숙명이기도 했다.

개화를 하면 할수록 번역어가 늘어난 현상은, 번역이 문명의 정도
를 좌우했음을 보여 준다.[32] 실제로 번역을 할 때 작품의 특성을 보여
주는 특정한 '스토리'나 '서사구조'에 대한 주의보다 전달을 위한 '역
어'(그 가운데서도, 작품의 핵심어)에 대한 주의가 고조되었던 것도 바로
이 시기였다. 박은식의 〈서사건국지〉와 상호 비교가 가능한 일본의 텍
스트로는 〈서서의민전瑞西義民傳〉이 있다.[33] 이 밖에도 〈서사건국지〉
와 상호 비교가 가능한 텍스트로 중국과 일본에 존재하는 텍스트는 상

---

31) 쑨위孫郁, 김영문·이시활 옮김,《루쉰과 저우쭈어런》, 소명출판, 2005, 94~95쪽.

32) 황호덕,《근대 네이션과 그 표상들》, 소명출판, 2005, 377쪽. '중국의《해국도지》
(1852)를 통해 '화륜선'이라는 단어를 접한 김기수는 일본 사행 중에 그 운행 원리를
준용한 '증기선'이라는 말을 접했고, 1881년 신사유람단 가운데 한 명이었던 이헌영과
1882년 수신사였던 박영효는 "汽船"이라 이를 명명하고 있는데, 이러한 어휘의 이동
은 개화의 진척에 따라 더욱 두드러진다.'

33) 다지리 히로유키, 〈巖谷小波의 〈서사의민전〉과 이인직의 신연극 〈은세계〉 공연〉,
《어문연구》(제34권 제1호), 2006.

당히 많다. 이 가운데 실러의 희곡 형식을 그대로 옮겨 놓은 텍스트로 〈일명 서서의민전一名 瑞西義民傳〉이라는 부제를 달고 있는 〈빌헬름 텔 ウイルヘルム・テル〉의 경우, 이 작품의 서문 다음에 실린 글에서 역자는 실러의 희곡을 그대로 옮기는 과정 중에 역어 선정과 전달의 고충을 있는 그대로 실토한 바 있다. 더욱이 그가 고심했던 것은 '자유·권리·의무·동맹'과 같은 새로운 언어를 적용시킬 수 있는 맥락을 창조하여 자연스럽게 작품에 배합시키는 일이었다. 그것은 번안의 과정에서 무대를 에도시대로 옮겨 왔기에 더욱 그러했다.[34]

　조선에서 당대 축약이나 번안의 형태가 많았다는 것은 완역을 가능케 하는 국문 문장의 모델이 없었기 때문이라는 이론도 있지만,[35] 무엇보다 완벽한 문장 모델의 결여보다는 새로운 개념을 옮겨 낼 어휘의 결여가 컸다고 볼 수 있다. 그럼에도 조선에서 번안된 텍스트는 특정한 작품의 주제어를 중심으로 그 주제어를 설명하기 위한 독립된 서사를 나름대로 구축하고 있었다. 이는 현채가 《경국미담》에서 독립을 강조했던 것, 구연학이 〈설중매〉에서 정치적인 토론의 장까지 나아가지는 못하더라도 연설장 검문 등 실질적으로 정치적 공론장이 통치된 방식의 사례를 적절히 활용했다는 것에서도 볼 수 있다. 그러나 〈설중매〉의 후속작으로 불리는 〈화간앵〉이 국내에 번역되지 않았듯이, 구체적으로 정당의 문제를 거론하고 있는 작품은 대체로 소개되지 않았다. 정치적인 개혁을 추진하는 의회를 배경으로 쓰여진 일본의 정치소설은 그 제도적인 틀이 현실적으로 수용 가능했던 것과 달

---

34)　실러Johann Christoph Friedrich Schiller, 佐藤芝峰 譯, 《ウイルヘルム・テル》, 秀文書院, 1905. 〈예언例言〉 一. 此の篇を譯するにあたり, 最も困難を覺えしは言語也. 舞臺を江戸期に採りたれば, 江戸時代の脚本に基きて, 〈御座らうがな〉, 〈貴殿〉, 〈身共〉, 〈お手前〉, 〈見やしやんせいなあ〉等の 語を用ひんとせしが, 一度テルを披くに及び 〈自由〉, 〈權利〉, 〈義務〉, 〈同盟〉等の語多きに愕けり.
35)　배수찬, 《근대적 글쓰기의 형성 과정 연구》, 소명출판, 2008, 70쪽.

리, 국내에서 그렇지 못했던 것, 제도적인 여건이 미약했던 점은 번
역의 불가능성을 낳았던 것이다.

　이 시기에는 상대적으로 번역의 대상과 태도에 대한 경계가 미약
했다. 그리고 이러한 중국의 번역 태도는 당대 일본의 번역 자세와도
맞물려 있었다. 당대 대표적인 서구 문명의 추종자인 후쿠자와 유키
치는 서구의 문명을 번역하는 과정에서 있는 그대로의 직역이 불가능
함을 깨닫고, 전달받는 수용자의 입장에서 이해 가능성의 정도에 따
른 의역을 추구했다. 그 과정에서 후쿠자와는 편파적으로 서구를 왜
곡했다.[36] 빠른 번역의 태도와 의역의 추구는 문명을 대량으로 흡수
해야 했던 시기의 일본이나 중국 그리고 조선에서 공통적으로 발견된
다. 또한 번역의 과정에서 이들은 새로운 번역 문체를 개발하기에 이
르는데, 일본과 조선의 경우는 점차 고루한 한문이 번역의 문체로 부
적합하다는 결론을 내리게 된다. 좀 더 실용적인 번역을 위해 한문의
틀을 깬 자국 문체의 변형이나 통일을 고심하게 된 것이다.[37]

　　① 당시 나는 사숙에서 네덜란드인인 페루의 축성서築城書를 번역
　　하고 있었는데 어느 날 선생님이 나에게 말씀하시기를 당신이 번역
　　하는 축성서는 병서兵書이다. 병서는 무사들 용으로 무사들을 위한
　　것이다. 최대한 문장에 주의하여 결코 난해한 문자를 사용하지 말아
　　야 한다. 그 이유는 일본에 무사들이 많지만 거의 학문에 어둡고 글
　　을 모르는〔無學不文〕 사람들이기 때문에 난해한 문자는 금물이다.[38]

---

36)　마루야마 마사오丸山眞男,《文明論之槪略を読む》, 東京: 岩波文庫, 1986, 42쪽;
　　정선태,〈번역·번안·사상 : 후쿠자와 유키치의 경우〉,《근대의 어둠을 응시하는 고
　　양이의 시선》, 소명출판, 2006, 70쪽.
37)　사이토 마레시; 황호덕 외 옮김,《근대어의 탄생과 한문 : 한문맥과 근대 일본》, 현
　　실문화, 2010, 130쪽.
38)　福澤諭吉,〈福澤全集緒言〉,《福澤諭吉著作集》(제12권), 慶應義塾大學出版會,
　　1969, 410쪽; 송혜경,〈후쿠자와 유키치와 번역〉,《번역과 일본문학》, 문, 2008,
　　165쪽.

② 학사를 간략히 하고 보통 교육을 실시하는 것은 국민의 지식을 개도하고 정신을 발달시키고 도리, 예술, 백반에 있어서의 초보의 문文으로서 국가부강을 이루는 기초이므로 가능한 한 간이하게, 가능한 한 넓게, 또한 가능한 한 빠르게 행해질 수 있도록 도와주셨으면 합니다. 그런데, 이러한 교육에 한자를 사용할 때는 그 자형과 음훈을 학습하기 때문에 오랜 세월을 소비하며 성업의 시기를 지연시키며 또한 배우기 어렵고 익히기 쉽지 않으므로 학문을 배우는 자는 매우 희소한 비율이 될 것입니다. 드물게 취학 면려하는 자도 아까운 소년 활발의 장시간을 소비해 단지 문자의 형상 호음을 조금 습지할 뿐이고 사물의 도리는 대다수 모르고 지나갈 따름입니다. 실로 소년의 시기야말로 사물의 도리를 구명하는 가장 좋은 시절인데 이 형상 문자로 된 무익한 고학 때문에 이것을 소비하고 그 정신 지식을 좌절시키는 일이 반복되어 너무나 비통스러울 뿐이라 생각합니다. 원래 우리나라에는 서양 여러나라에 추후도 뒤지지 않는 고유한 언사가 있어 이를 쓰는 데는 50음의 부호와 글자(가나 글자)가 있습니다. 한자 하나 쓰는 일 없이 세계 무량의 사물을 해석 서사함에 아무런 지장도 없고 진정 극히 간이하였는데, 중국인이 견식 없이 중국 문물을 수입하는 것과 마찬가지로 불편 무익한 형상문자도 수입해 마침내 국자를 이루어 상용하기에 이른 것은 실로 통탄을 금치 못할 일입니다. 대개 우리나라 사람들의 지식이 이처럼 졸렬하고 우리나라 국력이 이처럼 부진함에 이른 것은 멀리 그 원유를 추측컨대 그 기본적인 해악이 여기서 출발한 것으로 통분을 참지 못하겠습니다.[39]

③ 지금 로마자로 일본어를 쓰면 그 이해득실은 과연 무엇이냐, 라고 묻는데, 이 법을 행하면 우리나라의 어학이 확립된다. 그 이득이 첫 번째다. 아이가 처음 학문을 배울 때 일단 국어가 통하고,

---

39) 마에지마 히소카前島密, 〈한자폐지의 의儀〉, 1866. 12; 조미경 옮김, 김채수 외 편, 《한국과 일본의 근대언문일치체 형성과정》, 보고사, 2002, 200~201쪽.

이미 일반 사물의 이름과 뜻이 통한 다음에야 각 나라의 언어를 배울 수 있다. 그러니 같은 로마자라면 그를 봐도 이미 이상하지 않다. 종류가 다른 언어, 발음이 다른 언어 등이 이미 국어에서 통하면, 다른 언어는 이미 기억하는 일뿐이다. 이렇게 학문에 들어가기 쉬워짐이 처음부터 명백하다. 이 이득이 두 번째다. 말하는 것은 쓰는 것과 그 법이 같다. 그러므로 쓸 수 있으면 말할 수 있다. 즉 렉쳐Lecture, 토스트Toast부터 회의의 스피치Speech, 종교가의 설법을 모두 쓰고 암송할 수 있으며 읽고 쓸 수 있다. 그 이득이 세 번째다. 알파벳 26자를 알고 적어도 문법과 발음을 배우면 아녀자도 남자의 글을 읽고, 필부도 군자의 글을 읽고, 동시에 자연스럽게 의견을 쓸 수 있게 된다. 그 이득이 네 번째다. 작금에 서양의 계산법을 시행해 사람들이 왕왕 이를 쓴다. 그러다 가로쓰기의 편리함을 알았다. 그리하여 대장성, 육군 등에서 이미 북키핑을 시행하며 동시에 가로쓰기를 한다. 즉 그 법을 취할 뿐이다. 그 이득이 다섯 번째다. 최근 헵법의 사전 또는 프랑스인 로니의 일본어회가 있다. 하지만 지금의 속된 용법을 기록하고 있어 아직 급소를 얻을 수 없다. 지금 이 법을 일단 한번 확립하면 이것들 또한 일치시킬 수 있다. 그 이득이 여섯 번째다. **이 법이 확립되면 저술, 번역이 매우 편리**해진다. 그 이득이 일곱 번째다. 이 법이 확립되면 인쇄법이 모두 그 법에 따르니 그 편리함은 말할 것도 없다. 어떤 나라에 이 기술에 따라 발명된 것이면 모두 그대로 사용할 수 있다. 그 편리함이 여덟 번째다. **번역 중에 학술상의 단어 같은 것은 지금 자음을 쓰는 것처럼 번역하지 않아도 쓸 수 있다.** 또한 기계나 사물의 명칭 등에 이르면 억지로 역어를 붙이지 않고 원문자를 쓸 수 있다. 이 이득이 아홉 번째다. 이 법이 확립되면 무릇 서구의 만사가 전부 우리 것이 된다. 자국에서 쓰는 문자를 폐하고 타국의 장점을 취한다. 이는 사소하게 복장을 바꾸는 정도에 비할 수 없으며 우리나라 인민의 성질, 선에 따르는 흐름과 같은 아름다움을 세계에 자

랑해, 그들의 간담을 서늘하게 하기에 부족함이 없다. 이 이득이
열 번째다.[40]

일본은 서구의 문명을 옮기고자 '모방의 제국'이 되는 길을 제안했
다. 그 방편으로 한자를 버리고 영어를 쓰자는 논의가 제기되었다.
위의 세 인용문은 메이지기 번역과 (서구 문명의 번역을 위한) 문체를
둘러싼 일본의 사정을 보여 준다. 첫 번째 인용문은 본래 텍스트가
지닌 의미보다는 텍스트를 읽는 독자를 고려하여 최대한 쉬운 언어로
옮겨야 한다는 번역의 태도를 보여 준다. 두 번째 인용문은 간결하고
쉬운 문체 선정에 앞서 이에 방해가 되는 한자를 폐지하자는 논지의
일부이다. 세 번째 인용문은 영자를 쓰는 것이 수월한 번역을 가능케
하는 방법임을 말하고 있다.

중국의 경우 전통적인 학파도 있었으나, 일본의 수입어를 그대로
차용하여 서구의 문명을 옮기자는 논의가 대세였다. 이러한 혁신이
중국의 근간을 바꿀 수 있다고 보았다. 이들은 자국어인 한자를 버릴
수는 없었지만, 좀 더 빠른 속도전으로써 전통적인 조어를 버리고 일
본의 차용어를 택했다. 조선의 번역 사정은 이와 달랐다. 달랐다기보
다 조금 더 성격화되었다. 그것은 자국의식에 대한 인식이 외국 문명
의 수입과 동시에 급진적으로 성장했기 때문이다. 그것은 외세의 위
압을 느끼는 정도의 차이에 따른 결과였다.

일본은 페리Matthew C. Perry 내항 이후 서구에 대한 공포를 갖는 동
시에 급격하게 서구 문명에 매료되었다. 그들과 같이 되는 것이 국가
적 사업으로 발전하면서 서구 문명에 대한 동경이 심화되었다. 중국

---

40)   니시 아마네西周, 〈서양글자로 국어를 표기하자〉, 《明六雜誌》, 1874. 2; 연구공간
     수유너머, 《明六雜誌를 읽는다》, 동아시아 근대 프로젝트 세미나, 2004; 야마무로 신
     이치(山室信一), 《明六雜誌》(上), 岩波文庫, 1999.

은 아편전쟁을 치르면서 서구의 위력을 체험했지만, 동시에 오랜 역사를 지닌 중국 중심의 전통 사관을 쉽사리 내버릴 수도 없었다. 이들은 중체서용中體西用의 책략을 택하면서도 이 정책에 그들 스스로가 완전히 동화되지 못한 채 분열되는 혼란을 체감하지 않을 수 없었던 것이다.[41]

조선의 경우는 쇄국정책의 요인도 있었겠지만, 무엇보다 외부에 매료되기 전에 실리를 추구하는 외세에 눌리면서 생존을 위한 독립을 모색하는 데 몰두하게 된다. 그리하여 일차적으로 외세의 문자를 선호하기보다는 자국 문자에 대한 관심이 고조되었다. 초기에 '겉개화'나 '얼개화꾼'이라 하여, 개화란 외세에 아부하는 권력자가 서구와 외래의 것을 추종하는 것으로 여기기도 했다. 또한 매천이 한문현토체가 '단어에 단지 조사만 단 것은 마치 일본어와 같은 형태'라 하여 우려했던 것처럼,[42] 외부 문자의 침투를 경계하기도 했다. 이 시기부터 점차 '그들'의 언어를 쓰면 '그들'의 식민지가 된다는 사실이 문자와 번역 대상의 선정에 관여하기 시작했다. '그들'과 같이 문명에 이를 수 있다는 상상은 조선이 독립국이라는 전제가 성립할 때만 가능한 것이었다.

일본이나 조선에서 중국에서 건너온 문자를 배격해야 한다는 논지가 제기된 때는, 중국의 문물 정도가 더 이상 수입하거나 숭배할 가치가 없다는 사실이 어느 정도 입증된 뒤였다. 그만큼 중국은 외세에 붕괴되고 있었다. 일본은 서구를 인식하면서 중국으로부터 벗어나기를 시도한다. 중화중심주의를 부정하고 적극적으로 구화주의의 전략에 나선 것이다. 이에 대한 실천은 번역으로 압축되었다. 그리고 중국 또한 그들 스스로 중화중심주의 사고를 버리기 시작했다. 중국이 온 천

---

41) 중체서용의 곤혹감에 대해서는 이종민, 《근대 중국의 문학적 사유 읽기》, 소명출판, 2004, 45쪽 참조.
42) 황현; 김준 옮김, 《매천야록》, 교문사, 1994.

하의 중심이 아니라, 중국 바깥의 세계를 새로운 가치관 정립의 새로운 중심지로 바라보기 시작한 것이다. 이를 가능케 한 것 또한 번역이다. 물론 이 과정은 쉽사리 일어나지 않았다. 그들 내부에서 중체서용론을 주장하지 않을 수 없으면서도, 중국 중심의 사관에서 자유로울 수 없었던 한계와 혼란이 항상 뒤따르고 있었다.[43]

조선에서의 사정은 이보다 좀 더 특수하다. 조선의 경우에는 이미 자체적으로 실학파를 중심으로 중국의 문명을 선망하면서도 동시에 중화중심주의를 벗어나고자 하는 움직임이 있었다.[44] 그럼에도 조선은 청일전쟁을 계기로 청국을 패전국, 더 나아가 야만국으로 규정하기 전까지, 중화중심주의 사고에서 전적으로 자유롭지 않았다. 중화중심주의를 벗어나는 일은 혁신적인 것이기에 자체적으로 용납되지 못하는 부분이 컸다는 것이 현실적인 한계였으며, 중국을 대신할 주도 세력으로서 자국이 부각되는 것은 전쟁이나 중화중심주의의 붕괴와 같은 몰락의 경험과 충격이 없이는 불가능했던 것이 폐쇄된 조선의 현실이었다. 또한 조선의 개화는 주도적으로 이루어졌다기보다 여러 차례 폐쇄된 여건 속에서 소수자를 중심으로 개진되었다.

장빙린은 초기에 량치차오를 도와《시무보》를 편찬하는 등 유신파와 입장이 같았으나, 무술변법(1899)의 실패를 계기로, 청조를 부정하고자 하는 뜻을 밝히고, 유신파와 갈라선 인물이다. 더욱이 의화단 사건(1900년)을 계기로 혁명파의 의기가 거세지면서, 입헌공화제를 주창하기에 이르렀고, 이 과정을 거쳐 광복회를 조직한다. 이어 일본으로 건너가《민보》를 창간하고 입헌군주제를 주창하는 량치차오의 《신민총보》와 대립했다. 그럼에도, 기본적으로 문학을 바라보는 입

---

43) 이종민, 《근대 중국의 문학적 사유 읽기》, 소명출판, 2004, 45쪽.
44) 유형원·이익·박지원; 강만길 외 옮김, 《한국의 실학사상》, 삼성출판사, 1988.

장은 동일했다. 장빙린 또한 문학은 사회공리적인 역할을 담당한다고 보았다. 다만, 구미제국의 이중적인 모습에 대한 반동으로 외래문화의 수입을 거부하고 복고주의의 입장을 견지했다.[45] 이렇게 두 파가 나뉜 상태에서, 조선에서 주로 소개된 문학의 관점은 량치차오에 기탁하는 바가 압도적으로 컸다. 그것은 정치적 입장에서 안정적으로 선호되는 바가 량치차오의 편에 있었음을 시사해 준다.

이는 정치체제의 문제로, 입헌공화제보다 입헌군주제가 조선 사회에서는 현실적으로 수용되기 쉬웠다. 그럼에도 이러한 정체政體는 제대로 이해되지 못한 채 일괄적으로 황권을 위협하는 것으로 경계된바 있다.[46] 그것은 초기 《독립신문》의 창간과 함께 일어났던 만민공동회가 실패로 끝나고 만 사례로 입증되었다. 군주제를 폐기하고 공화정을 주장하는 급격한 혁명 운동이 조선에서 발견되지 않은 것도 이와 연관된다. 조선 정부를 전복하고 새로운 국가를 세운다는 상상보다, 조선 정부와 함께 점차 침입해 오는 외세를 막아 내야 한다는 독립에 대한 의지가 좀 더 강렬했던 것도 이와 관련이 있다.

갑신정변을 비롯하여 유신 운동이 실패한 기억과 만민공동회를 비롯하여 아래로부터의 운동이 차단된 경험은 군주제를 근본적으로 부정하고자 하는 의지를 내부적으로 형성해 내지 못했다. 그보다 외세의 노골적인 침입은 내부적으로 동학농민운동 같은 반봉건운동의 가능성을 차단함과 동시에 더욱 급박해지는 위기의식과 함께 애국독립운동이라는 명제로 모든 운동이 수렴되기에 이르렀다. 그만큼 내부적인 혁명이 중국만큼 발아할 토대나 명분은 없었던 것이다. 그리하여 오히려

---

45) 장빙린에 관한 사항은 김월회, 〈章炳麟 문학이론 연구〉, 서울대 중문과 석사논문, 1994 참조.

46) 주진오, 〈19세기 후반 개화 개혁론의 구조와 전개 —독립협회를 중심으로〉, 연세대 박사논문, 1995; 권보드래, 〈동포와 역사적 감각 : 1900~1904년 동포 개념의 추이〉, 《근대계몽기 지식의 발견과 사유 지평의 확대》, 소명출판, 2006, 59쪽.

독립의 명분과 의지가 상대적으로 주변국보다 강렬해질 수 있었다.

중국의 경우, 허구와 실제의 경계가 미약했던 것으로 보는 시각도 있다.[47] 그러나 허구와 실제의 경계가 없었던 것이 아니라, 실제에서 허구로 나아가는, 역사에서 소설로 연결되는 지점에 정치가 놓여 있었다고 보면 그 상관성을 좀 더 구체적으로 그려 볼 수 있다. 역사나 영웅의 이야기는 정치적인 목적을 위해 재현되었기 때문이다. 정치의 개입은 실사에서 허구로 변모하는 과정(역사(실사)→〈정치〉→소설(허구) =정치의 상상, 상상된 정치의 실현)에 소설이 '상상'의 영역으로 일종의 위상을 높이는 데 큰 역할을 했다. 다시 말해 전근대의 소설은 정치의 개입으로 근대소설로 변모했던 것이다. 정치가 개입된 소설과 소설을 포함한 서사는 한자리에 고착된 채로 일종의 전통을 형성하는 것이 아니라, 주변국으로 퍼지면서 새로운 정체성을 지니는 일련의 변모 과정을 거친다. 그리고 바로 이 과정에서 서사는 번역의 운명을 공유한다.

번역은 언어의 선택을 비롯하여 실리는 매체에 따라 다시 정치적인 성향을 지닌다. 번역되는 순간, 번역된 나라에서의 새로운 텍스트로서 정체성을 부여받게 되는 것이다. 여기서 번역의 문제는 적절한 번역어가 없을 때, 신개념을 대체할 자국어가 존재하지 않을 때, 언어를 새롭게 만들어 내거나 구언어의 질서를 재편해야 하는 상황에서 더욱 극대화되었다. 한 가지 예로 일본에서는 외래어를 적절하게 옮겨 낼 어휘가 부재한 상황에서 영어를 자국어와 같이 쓰자는 영어공용화론이 일기도 했으며, 중국에서는 새로운 문체로의 혁신이 요구되

---

47) 김진곤, 《이야기 小說 Novel》, 예문서원, 2001, 35~36쪽. 논자는 서구에서 '신화→ 서사시(로망스)→소설(노벨)'이라는 도식에 근거하여, 중국의 소설사에서 서사시에 해당하는 부분을 역사 서사로 대체하여 '신화→역사 서사→소설 서사'라는 발전 도식을 상정해 놓고, 여기서 '허구와 실제 기록이 엄격하게 구분되지 않았다'고 본다.

었으며, 조선에서는 중화질서의 붕괴와 함께 한자의 권위가 실추되면서 자국의 문자인 국문과 번역어로서 유용한 국한문체 사이의 논쟁이 일기도 했다.

모리 아리노리森有禮가 영어를 국어로 쓰자고 논했던 1873년은, 구체적인 일상어 외에 관념적인 추상어가 없는 일본어의 한계를 직시하면서 비롯되었다.[48] 그것은 직역에 대한 욕망이 작동한 결과였다. 서양의 문명을 고스란히 그대로 옮겨내야만 일본이 문명국에 도달할 수 있다는, 일종의 직역의 공식을 유념한 까닭이었다.

당대 번역된 서적은 일괄적으로 기존 체제에 존재하지 않았던 것으로, 앞서 말한 대로 사유방식의 변모를 요구했다. 버클Henry T. Buckle의 《영국 문명사》나 기조François Guizot의 《유럽 문명사》를 비롯한, 더욱이 '진화론'의 경우는 만물이 형성되고 소멸하는 과정의 신세계를 보여 주었다. 그 과정이란 이른바 '경쟁'으로, 적자생존과 우승열패의 논리는 제국의 입장을 정당화함과 동시에 변화하면 생존할 수 있다는 생존의 방법을 약소국들에게 전해 주었다.

번역의 본질은 모방에 있다. 그리고 그것은 생존의 방식을 모색하는 일이었다. 번역을 했던 대개의 지식인들이, 번역을 한 뒤에 그와 흡사한 텍스트를 창작하는 일은, 주체적인 모방을 해낸 결과였다. 가령 신채호가 지은 《을지문덕전》은 량치차오가 편역한 《이태리건국삼걸전》을 번역한 다음의 일이었다. 기이한 행적을 남긴 전통적인 영웅전과 달리, 신채호가 저술한 영웅서사는 서구의 영웅을 주체적으로 모방한 결과, 이보다 더 나은 자국의 영웅을 발견하고 재창조하는 과정에서 완성되었던 것이다. 어디까지나 전통적인 서사양식에 대한 관심에서 출발한 것이 아니라 외부를 의식한 결과, 이에 대적할 만한

---

48) 박지향, 《일그러진 근대》, 푸른역사, 2003, 70쪽.

새로운 서사양식으로 정치서사를 썼던 것이다.

중국에서 번역 대상으로 일서日書가 각광받은 것은 동일한 한자 문화권이기에 시간이 단축되고, 《가인지기우》나 《경국미담》의 중국역본에서 볼 수 있듯이 원텍스트에 있는 한시 등의 표현을 그대로 가져올 수 있고, 이에 덧붙여 중국인의 정서에 맞는 고문을 쓸 수 있다는 장점이 있었기 때문이다. 루쉰이 우려한 바와 같이 이러한 중역의 행태가 원텍스트의 본뜻을 왜곡하거나 누락시킬 수 있는 위험도 없지 않았지만, 그럼에도 사회개량의 도구로 통용된 번역서의 경우에 개작이나 변형은 어느 정도 허용되었다는 것이 일반적인 견해다.

'한문맥漢文脈에서의 번역'[49]이라고 압축할 수 있는 이러한 현상은 조선에서는 달랐다. 조선의 경우에 《경국미담》은 순국문으로 번역되었고, 무엇보다 해체된 한자는 더 이상 중국의 경우와는 달리 번역의 편리성과 한자 문화권의 공통 문화를 향유하는 것에 목적이 없다는 것을 보여 주었다.

중국에서 먼저 시작되고 형성된 번역서와 번역어도 있으나, 동양권에서 대부분의 번역어는 일본에서 완성되었다.[50] 이러한 현상은 번역어와 서구 문명의 수입이 곧 국력의 성장과도 맞물려 있음을 보여준다. 그리고 이러한 사실은 당대의 여러 논설에서 일본과 중국 그리고 조선 등 근대 초기에 계몽을 비롯한 시각에서 쉽게 찾아 볼 수 있다. 이 시기의 번역어는 자국에 없는 추상적인 개념을 지칭하는 것이 대부분이었다. 대표적으로 자유 · 독립 · 문명 · 연설 등이 그러했

---

49) 중국 번역사에 대한 개론적인 기술은 永田小繪, 〈中國飜譯史における小說飜譯と近代飜譯者の誕生〉, 《飜譯研究への招待》, 2007. (獨協大學國際敎養學部言語文化學科) 참조.

50) Lydia H. Liu, *Translingual Practise: Literature, National Culture, and Translated Modernity China, 1900-1937*, Standford : Standford Univ. Press, 1995.

다.[51] 눈에 보이지 않는 추상적인 형태를 지칭하는 언어들은 대부분이 서구에 존재하는 것으로, 대체할 용어가 없는 상태에서 대부분의 번역어는 새롭게 형성된 조어였다.

번역어는 국민국가를 형성하는 근간이 되는 핵심어로 쓰였기 때문에 번역어를 창출하거나 선택하는 일은 중요한 국가사업이었다. 일반적으로 언어, 더욱이 모국어는 그 국민의 정신과 연계되어 있다고 말한다. 그리고 이러한 사고는 20세기 초에 형성되었다고 볼 수 있다. 자국과 타국 사이의 국경이 보다 확실해지면서 그 테두리를 지켜 내고자 자국의식을 고양시키는 데는 군비의 확충보다 언어의 보급이 좀 더 우선시되었던 것이다. 무엇보다 동일한 언어는 국민을 하나로 통합하는 것이자 온 지역을 하나의 국가로 단일하게 균일화시키는 것이었다. 모리 아리노리의 영어 공용론에 반대했던 부류가 영어의 사용이 최상위 지식층과 교육받지 못한 하위층 사이의 간격을 더욱 심화시켜서 결과적으로 국민들의 대통합을 방해할 것이라 주장한 것도 이러한 언어의 역할을 인식했기 때문이다.

조선에서 언문諺文 사용은 번역의 효율성과 관련하여 각광받은 바 있다. 26자인 영자와 흡사하게 조선의 언문은 28자로, 그 형태가 간결하여 단시간에 습득이 가능한 과학적인 글자였다. 그리하여 이 언문이 상용화된다면 조선의 정치와 문물이 좀 더 빨리 발전할 수 있으리라는 것이 언문 사용 주창자의 주장이었다.[52] 이렇게 문체에 대한 논쟁이 일었던 것은, 이들의 시각에서 번역이란 속도의 문제였기 때문이다. 그것이 본래 의미에 위배되더라도 신속하게 전달만 된다

---

51) 야나부 아키라; 서혜영 옮김, 《번역어 성립 사정》, 일빛, 2003.
52) 〈논학정제삼(論學政第三)〉, 《한성주보》, 1886. 2. 15; 정선태, 〈근대계몽기의 번역론과 번역의 사상〉, 《근대어 · 근대매체 · 근대문학 : 근대 매체와 근대 언어질서의 상관성》, 성균관대 대동문화연구원, 2006, 46~47쪽.

면 상관이 없다는 번역의 태도 또한 이 맥락에서 지지되었다. 좋은 번역은 '빠르게' 그리고 '쉽게' 하는 것이었다. 그리하여 정치서사의 대부분은 한문현토체도 아닌, 국한문체나 국문체로 번역되었다. 번역서는 그 자체가 '지知의 산물'로 통용되었다. 특정한 분야의 서적을 번역하기만 하면, 그 나라 국민이 특정한 분야의 요소를 갖추게 된다는 일종의 믿음이 급속도로 팽창하고 있었던 터이다.[53]

《경국미담》(1903. 8. 30)과 《월남망국사》(1906. 9. 29)는 구한말 김윤식이 유배 중에 읽은 서적 가운데 하나였다.[54] 이렇듯 당대 지식인들의 독서 목록에는 비단 조선의 서적뿐 아니라 중국과 일본에서 통용되는 서적이 동시적으로 올라와 있었다. 유길준은 국력의 정도는 정치체제에 달려 있다고 보고,[55]입헌정체를 주장하려는 목적으로 입헌군주제를 소개하는 《정치학》을 번역한 바 있다.[56] 이 시기에는 학자 이외에도 서적상이 서적 판매를 위해서 자체적으로 번역을 하기도 했다.[57] 번역과 출판과 판매가 한 장소에서 동시적으로 수행되었다는 것은, 그 만큼 번역이나 출판이 미분화되어 있고 비전문적이었다는 것을 보여 준다. 국한문체 서적을 판매소에서 판매부수를 늘릴 목적

---

53) 〈外籍譯出의 必要〉(논설), 《황성신문》, 1907. 6. 28.
54) 김성배, 《유교적 사유와 근대 국제정치의 상상력》, 창비, 2009, 67쪽.
55) 유길준; 허경진 옮김, 《서유견문》, 서해문집, 2004, 174쪽.
56) 《駐韓日本公使館記錄》17, 機密 第62號, 1902. 5. 2., 126쪽; 현광호, 〈유길준의 동아시아 인식과 구상〉, 《근대 동아시아 지식인의 삶과 학문》, 성균관대출판부, 2009, 72쪽.
57) 《대한매일신보》(광고), 1908. 6. 27. (한기형, 《한국 근대소설사의 시각》, 소명출판, 1999, 236쪽) '본인이 서관을 영업한 지 미과(未過) 1년에 업무가 확장하와 신구서적과 야소교 서적과 학교 교과서류와 문방구 급(及) 학교용품 등 잡화를 염가로 대발매하오며 본관의 목적은 한문 부족하신 이와 부인사회를 위하야 내외국 사기(史記)와 가정에 합당한 소설 등을 순국문으로 번역하야 출판도 하옵고 신체가 강건치 못한 이의 부족증, 뇌점병, 자지못할 병, 허한증(虛汗症), 적병(積病), 속병, 이질, 낙태 제병(諸病)에 제일 신효한 방보익수(防補益水)를 발매하옵고 명함인쇄도 하오니 많이 래거(來去)하심을 후망함.'

으로 국문체로 번역하는 일은 쉽게 발견된다. 그리하여 동일 서적이 문체별로 각기 다른 형태로 자체 번안이 이루어지면서 텍스트가 지닌 주제의 전달은 더욱 명료해졌다.

20세기에 등장한 문학 장르의 특성 가운데 하나는 작품이 당대의 시국을 다루고 있다는 것이었다. 이 말은 그 시대를 설명해 줄 수 있는 새로운 어휘가 문학 작품에 등장했음을 가리킨다.[58] 널리 알려진 대로 황준헌은 《일본국지日本國志》(1890)에서 언문일치체의 효력을 피력한 바 있다. 그의 생각에 중국문자를 배우기 어려운 것은 '언어와 문자가 합하여 있지 않기 때문'이었다. 모든 백성이 문자를 알게 하려면, 그 문자의 형태가 최대한 쉽고 간결해야 한다는 논지는, 새로운 문체의 필요성에 눈을 뜬 량치차오에 의해서 실현되기에 이른다. 문자 형태의 변화보다는, 최대한 구어를 문어체로 쓴다는 발상이 그러하다.[59] 쉬운 글자는 우매한 민중을 계몽하는 데 필수 요소였으며 근대 교육의 시작이 되는 핵심 요소였다. 이렇게 쉬운 문자를 계발하여 교육시키기에도 급급한 상황에서, 온 백성이 외국어를 일상어처럼 구사하게 하는 일이란 얼마의 시일이 걸릴지 알 수 없는 일이었다. 그리하여 필요한 것이 다량의 번역이었다.

량치차오는 캉유웨이와 함께 대동역서국大同譯書局을 창립하여, 일본 서적을 집중적으로 번역했다. 이들이 이렇게 번역에 힘쓴 동기는 '번역을 통한 변법'에 놓여 있었다.[60] 민간 차원의 번역은 국가차원의

---

58) 페데리코 마시니; 이정재 옮김, 《근대 중국의 언어와 역사 : 중국어 어휘의 형성과 국가어의 발전(1840~1898)》, 소명출판, 2005, 189쪽.

59) 페데리코 마시니, 앞의 책, 177쪽.

60) 량치차오, 《시무보》, 1897. 10. 16; 페데리코 마시니, 앞의 책, 172쪽. '한 나라의 모든 인재들이 서양글을 배우고 서양책을 읽게 되려면 시간이 오래 걸린다. 나는 그동안을 기다리지 못할까 두렵고, 설사 배운다고 하더라도 반드시 바로 써먹을 수 있는 것은 아닐 수도 있으며, 또 모든 인재들이 이 길로만 나올 수도 없다. 이런 까닭에 지금 책을 번역하는 일을 서두르지 않으면, 소위 변법이라는 것은 모두 헛말이 되어버릴 것

번역보다 그 동기 의식이 명확하여 좀 더 활발하게 개진되었다. 더욱이 이들이 자국의식에 해가 될지도 모르는 사실을 기각하고, 소위 동문으로 칭하던 일본 서적에 집착한 이유는 이미 캉유웨이가 《일본서목지日本書目志》(1897)에 밝혀 놓은 것에서 벗어나지 못했다. 그것은 최단기간에 고효율을 낼 수 있는 방편이 일본 서적이었기 때문이다. 문자가 흡사하여 단기간에 일본어 습득이 가능하고, 일본 서적의 대부분이, 중요한 서양 서적은 이미 대거 번역해 놓았기에, 이를 취하는 것만으로도 큰 득이 된다는 것이 그 요지다.[61] 그리고 번역 대상 또한 중국에서 좀처럼 찾아보기 힘든 정치 서적에 대한 관심으로 고조되었다. 접할 수 있는 범위가 초기 자연과학에서 정치 분야로 넓혀진 것이다.[62]

자발적인 번역 활동은 정치 개혁의 의지와 만났을 때, 국가적인 차원의 공적인 번역보다 더욱 강력한 지식권력을 형성해 냈다. 이를 보여 주는 동양의 대표적인 인물이 량치차오이다. 조선의 진보적인 지식 형성에도 큰 영향을 끼친 량치차오의 저작을 비롯하여 《청의보》 등 당대 중국의 언론이 동시에 조선에서도 수용되었다는 점은 시사해 주는 바가 크다. 그것은 중국 자체가 일본을 수신자로 하여 조선이라는 발신자를 향해 가는 일종의 번역 매개체로 작동했기 때문이다. 이러한 중역이 한중일 삼국 사이의 번역 연쇄를 형성했다.

청일전쟁 이후에, 청 정부가 일본으로 유학생을 보낸 것은 1896년

이고, 국가는 장차 일법의 효과도 거두지 못하게 되리라.'

61) 캉유웨이, 《日本書目志》(서문), 1897; 《근대 중국의 언어와 역사》, 172쪽. '태서의 여러 학문의 책들 가운데 뛰어난 것은 일본인들이 이미 대략 번역하였다. 내가 그 공을 활용하고자 하는데, 태서를 소로 삼고 일본을 농부로 삼고 우리는 앉아서 그 결실을 먹을 수 있을 것이니, 비용을 천만이나 되는 금액을 들이지 않고도 중요한 책들을 모두 모을 수 있다.'

62) 캉유웨이, 앞의 책, 130쪽.

이었다.[63] 중국 근대문학은 일본 유학생의 탄생과 함께 이들이 만들어 낸 문학잡지의 발간을 계기로 본격적으로 전개되기 시작한다. 소설의 가치에 대한 언급은 이전부터 존재했으나,[64] 소설을 정치적인 도구로 바라본 것은 이 무렵의 일이다.[65] 소설이 '사회정치 등 여러 현실적인 문제들을 비교적 쉽게 토론할 수 있는 장르'로 간주되었기에 유신파를 중심으로 소설의 기능이 부각되었다.[66] 혁명 실패 이후 일본으로 망명을 간 자도 있었지만, 동경을 중심으로 중국 유학생들은 점차 급증하기 시작했고,[67] 이들은 일본의 소설을 수용하고 소개하는 주체로 자리를 잡았다.

이러한 소설의 기능에 대한 본격적인 고려와 기능적인 차원에서의 창작은 량치차오가 완성하였다. 량치차오는 〈논유학論幼學〉(1897)을 시작으로, 〈역인정치소설서譯印政治小說序〉(1898, 光緒24년)를 거쳐, 〈논소설여군치지관계論小說與群治之關係〉(1902)에 이르기까지 소설의 효능을 설파하였으며, 《청의보》에 도카이 산시의 〈가인지기우〉(1901)와 야노 류케이의 〈경국미담〉(1902)을 번역한 뒤에, 창간한 잡지 《신소설》에 일종의 표본이 되는 〈신중국미래기〉(1902~1903)라는

---

63) 홍석표, 《중국의 근대적 문학의식 탄생》, 선학사, 2007, 56쪽.

64) 여작거사鸞勺居士, 〈흔석한담昕夕閑談〉, 《영환쇄기》, 1872; 陳平原·夏曉虹, 《二十世紀中國小說理論資料》, 北京大學出版社, 1997, 570쪽; 이안동, 〈중국 신문업의 발생·발전과 문학의 관계〉, 《사상과 문화로 읽는 동아시아》, 성균관대출판부, 2009, 224쪽.

65) 엄복嚴復·하증우夏曾佑, 〈본관부인설부연기本館附印說部緣起〉, 《국문보國聞報》, 1897; 陳平原·夏曉虹, 《二十世紀中國小說理論資料》, 北京大學出版社, 1997, 27쪽; 이안동, 〈중국 신문업의 발생·발전과 문학의 관계〉, 《사상과 문화로 읽는 동아시아》, 성균관대출판부, 2009, 224쪽.

66) 홍석표, 앞의 책, 56쪽.

67) 앞의 책, 〈재일유학생 수의 변화추이〉를 보면, 1902년에 두 배로 급증하였다가, 1909년에는 대폭 감소하는 것을 볼 수 있다. 그리고 일본은 지리적으로 접근이 용이했고, 비용이 상대적으로 절감되었기에 각광받은 신 유학지였다. 이에 대해서는 류창교, 《왕국유평전》, 영남대 출판부, 2005, 44쪽 참고 가능.

정치소설을 지어 실었다. 혁명을 주도했던 정치가로서 량치차오는 소설로써 현실에서 불가능한 세계를 허구 속에서 가능한 세계로 치환시켰다. 그 세계는 소설이기에 가능한 것이었다. 소설이 문학적으로 기능하기 전에 정치적으로 쓰였다는 점은 소설의 미학적인 면모가 고려될 여지가 없었던 당대의 상황을 반영하거니와, 동시에 그러한 이유로 소설로서 문학적인 면모가 누락되어 있다는 후대의 비판을 비켜가기란 쉽지 않았다.

그만큼 이 시기의 소설이 지칭하는 것은 정치였다. '소설=정치'로 인식되었던 것이다. 이는 어디까지나 소설의 사명이 미학적 실현이 아닌 구국救國에 있었기에 그러했다.[68] 그리고 이러한 이유로 당대의 소설은 국경에 제한되지 않고 좀 더 자유롭게 넘나들 수 있었다. 자체적인 소설적 실험이 모색되기보다, 구국이라는 목적을 달성하고자 타국과의 국력의 차이를 논하고 그 차이를 좁히려는 방책으로 소설이 기용되었던 것이다.

옌푸와 대조적으로 량치차오는 민주, 권리, 역사, 종교 등 '일본어 차용어Japanese loanword'를 적극적으로 도입하고자 했다.[69] 이들의 번역어를 그대로 수용하여 그 번역어 대부분이 가리키는, 새로운 서구 문명의 근본을 이룬 추상어를 중국에 옮기고자 했던 것이다. 여기에는 크게 두 가지 이유가 있었다. 첫째는 중국과 일본이 동일한 한자문화권이었으므로, 일본어의 습득이 서양어의 습득보다 짧은 시간 안에 가능하다는 '속도' 면에서의 이점이었다. 두 번째는 계몽의 성과를 구체적으로 인지시키는 데 가까운 주변국의 것을 옮기는 것이 좀 더 유

---

68) 김은희, 〈량치차오의 소설론 연구〉, 《중국문학》(제19집), 1991, 117면.
　　이종민, 《근대 중국의 문학적 사유 읽기》, 소명출판, 2004, 138쪽.
69) Liu Jun, 〈Linguistic Transformation and Cultural Reconstruction : Contradictions in the Translation of Loanwords in Late Qing〉, *STUDIES IN LITERATURE AND LANGUAGE*, Vol. 1, No. 8, 2010, p. 50.

리하다는 '효율' 면에서의 이점이었다. 일본 서적을 이용해 서구 문명을 배우는 것이, 더 많은 중국인들이 쉽게 서구 문명을 접하고 문명화될 수 있는 방법이라고 본 것이다.

일본은 서구 서적이 대량으로 번역되어 있었고, 그런 이유로 중국이 원서보다 일역서를 취하는 것이 좀 더 빠르게, 단기간에 서구 문명을 흡수할 수 있다는 논리는 누구나 인정할 수밖에 없는 사실이었다. 정확한 번역보다 빠른 번역이, 심오한 언어의 표현보다 쉽게 이해 가능한 표현이 선호되었다. 당대에 필요한 것은 미학적인 것이 아닌 기능적인 것, 예술적인 완성이 아니라 계몽이라는 정치적인 과업의 달성뿐이었다. 번역의 발전기에 이르면, 번역이 나라의 부강을 이루는 최상의 방법으로 떠오른다.[70] 량치차오의 〈논역서論譯書〉를 보면 '번역은 그 나라의 발전도를 보여 주는 증표'로 제시되어 있다. 다음은 이와 관련한 사항을 좀 더 구체적으로 논한 것으로, 〈변법통의〉(《시무보》, 1897)에 실린 '논역서'의 일부이다. 인용문에서 볼 수 있듯이 번역의 중요성이 설파되어 있다. 번역은 일차적으로 서구에 대적하기 위한 수단이다. 무엇보다 생존도안生存圖案이다. 그도 그럴 것이 서구는 중국의 국조에서 패관소설에 이르기까지 샅샅이 번역하여 중국의 강약을 파악하고 중국에 진입할 청사진을 제작하고 있기 때문이다.

병가에 이르기를, 지피지기면 백전백승이라. 참으로 그 말이 옳도다. 중국이 패배를 당한 길이 두 가지이다. 처음에는 적이 강한지를

---

70) 중국 번역문학의 시기를 나눈다면, 근대 번역문학의 맹아기(1870~1894년), 근대 번역문학의 발전기(1895~1906년), 근대 번역문학의 번성기(1907~1919년)로 나눌 수 있고, 맹아기에 번역이 번역자의 이름을 감출 만큼 경시되었던 분야였다면, 발전기에는 번역이 국가의 부강책으로 떠오른다. 이에 대해서는, 郭延禮, 〈중국 근대번역문학의 발전 맥락과 주요 특징〉, 《중국근대번역문학개론》(상), 湖北敎育出版社, 1998 참고.

몰라서 패했고, 다음에는 적이 강해진 방법을 몰라서 패했다. 처음의 패배에 대해서는 그래도 이야기할 수 있다. 저들이 다만 몰랐을 뿐이다. 하루아침에 사정이 드러나 형세가 급박한 뒤에야 갑자기 깨달아 분발하여 일어나는 것은 어렵지 않다. 예전 일본은 존왕양이론이 일어나 관문을 닫고서 스스로 크다고 여겼다. 러시아, 독일, 미국의 겁박으로 말미암아 맹약을 맺는 모욕을 당하자, 치욕을 참고 법을 바꾸어 서양 사람들의 학문을 모두 취해다가 배우니, 마침내 지금과 같은 날이 있게 되었다. 두 번째의 패배에 대해서는 이야기할 수 없다. 중국이 여러 차례 좌절을 겪어 넋이 두려워하고, 담장이 찢기는 듯 하지만 관원들이 서양 관원들을 접하면 마치 호랑이를 만난 쥐처럼 두려워하고, 상인들이 서양 상인들에게 아첨하는 것은 마치 개미가 누린 고기에 붙어 있는 것 같다. 위로는 고관대작에서 아래로는 명사라고 일컬어지는 자들은 서양의 일에 대해서 통달하지 않은 것이 없다고들, 스스로를 자랑하고 차별화하나, 그 하루하루 닥치는 일들을 처리하는 것을 보면 진실로 서양 나라들에 들어가서 사람들과 교통하는 것뿐이니 진실로 한 번 웃을 거리도 되지 않는다. 나랏일을 도모하는 자들은 처음에는 그들의 말을 쓰지 않아서 패했고, 다음에는 그 말을 썼는데도 또한 패하였다. 그러므로 모르는 것은 그 화가 작으니, 자기가 모른다는 것을 알기 때문이다. 모르는데 스스로 안다고 말하는 것은 그 화가 크다. 중국이 서양의 법을 본받은 것이 삼십 년이 된다. 모른다고 한다면 저들은 다만 부지런히 남을 본받으려 한 것이 되고, 안다고 한다면 어째서 더욱더 오래도록 본받을수록 더욱더 멀어지는 것인가? 갑이 스스로는 안다고 하면서 남들이 모른다고 꾸짖는다. 병의 입장에서 보자면 을이 진실로 잘못했고, 갑 또한 아직 옳지 않다. 지금 사람들이 스스로 안다고는 하면서 옛사람의 알지 못함을 꾸짖는데, 후대 사람들이 보기에는 어제가 진실로 잘못되었고, 지금도 또한 아직 옳지 않은 것이다. 삼십 년의 패배는 이와 연관되어 있을 뿐이다. 문자들이 말하기를 "우리들이 이 말을 하면, 그러면 우리들이 아는 것이지요." "어찌 아무개가 족히 알 수 있겠습니까? 아니면 아마도 우리들만이 알기에 부족할 따름이지요." "아마도 거대한 천하에 참으로 아는 사람은 거의 몇 사람 없을 것입니다." **무릇 한 가지 일을 논하고 한 가지 학문을 닦는 것은 반드시 그 가운데 층층의 곡절이 있어 그 가운데 들어가지 않으면 알 수 없고, 전문 서적을 읽지 않으면 밝힐 수 없는 것이다.** 비유하자면 심상하게 경제를 번역하는 것도 진실로 경술을 닦지 않고 역사를 외지 않고 법률을 읽지 않고 천하 군국의 이로움과 병폐를 강론하지 않았다면 그 말이 반드시 적당하지 않을 것이다. 서양 사람들이 강함을 이룩한 방법은 그 조리가 만단으로 서로서로 견인하고 서로 근본 원인이 되어 천백년 시간을 거치면서 강구하고 천백 무리의 대중들을 모아 토론하고, 천백 종의 책을 지어 전파한 데 있으니, 진실로 그 책을 잃지 않고서 그 외면의 대강의 흔적만을 들어 그 장단점을 억측한다면 비록 큰 현자라 하더라도 할 수 없을 것이다. 그렇다면 **진실로 서양의 글에 통달하고 서양의 전적에 능란한 사람이 아니라면 비록 알고 싶어도 누구로부터 알 수 있겠는가?**

어찌 이것뿐이 아니겠는가? 지금 천하에 살면서 서양 법을 참조해서 그것으로써 **중국을 구하려고 한다면 또한 반드시 비단 서양 글에 통달하고 서양 전적에 능란하여 마침내 일에 종사한다고 되는 것만은 아니다.** 반드시 그 사람이 진실로 일찍이 경술을 깊이 익히고 역사를 숙독하며 법률에 밝고 천하 군국의 이로움과 병폐에 관해 익숙히 알아야 우리 중국이 천하를 다스리는 도리에 요령을 들어 그 뜻을 깊이 알 수 있을 것이다. **서양 책에 대해서도 그러하다. 이른바 서로서로 견인하고 상호간에 근본 원인이 되는 것을 깊이 연구하고 그 입법이 유래한 바, 통변이 말미암은 바를 얻어 우리 중국의 고금 정치 풍속의 같고 다름과 합하여 회통시켜서 그 행할 만한 것을 찾는 것, 이것을 일러 참으로 안다고 하는 것이다.** 지금 저 인생은 불과 수십년인데, 경술을 닦고 역사를 외고 법률을 읽고 천하 군국의 이로움과

병폐를 강론하자면 조금 얻는 것이 있는가 싶으면 그 나이가 이미 장
년에 달해 있다. 어렸을 적에 일찍이 다른 나라의 언어와 문자에 관한
수업을 받은 적이 없고 장성해서 비록 혹시 이에 뜻이 있다고 하더라
도 처자식에 벼슬길에, 일마다 핍박받아 그 형세가 필경 어릴 적 책을
끼고 책상에 엎드려 공부하는 옛 행태를 할 수 없다. 또한 매번 그 효
과가 빠르기를 구하니 머리 굽히고 성질 참아 가며 처음 배우는 생경
한 일에 힘을 다할 수 없다. 이로 말미암아 태만하고 포기하니, 중년
이후에 서양 글에 대해 성취가 있기를 바라도 참으로 어렵도다. **무릇
중국 학문과 서양 학문 가운데 한 가지라도 폐할 수 없음은 저와 같
은데, 그 두 가지를 겸하기가 어려운 것은 또한 이와 같다.** 이 때문에
거대한 천하에 참으로 아는 자는 거의 몇 사람 없다. 무릇 우리가 저
들을 모르고 저들도 우리를 모른다고 한다면 그래도 해가 될 것이 없
겠으나, 서양의 나라들은 유명호시有明互市 이래로 그 교회의 수도사
들이 이미 중국의 경전 사서 기록들을 가지고 와서 라틴어, 영어, 프
랑스어 각국의 글로 번역하였다. 강희연간康熙年間에 **프랑스 사람이
파리 도성 안에 한문관을 설치하고 이에 근세에는 여러 나라들이 계
속해서 도회지에 모두 한 구역을 건립하여 그곳에 한문으로 된 책을
수장하니 무려 수천백 종에 달하였고, 서양 글로 번역한 것도 광범위
한 것으로는 전사와 삼통이요, 복잡한 것으로는 국조의 경설이요, 외
람되고 누추한 것으로는 패관소설까지 각종 책들을 본국의 언어로 번
역하여 유포하지 않은 것이 없으니** 그 밖의 것은 말할 것도 없다. 심
지어는 우리 중국인이 우리나라의 허실과 옛일과 새로운 정치 등에
관해서 알고 싶을 때 도리어 저들이 지은 책을 중역하여 들어온 것에
바탕하는 것이 실로 한두 가지가 될 정도이다. (우리들이 보는 일본인
이 쓴 《청국백년사》, 《지나통람》, 《청국공상업지장》 등, 그 안에 이미
중국인이 전에는 스스로 알지 못했던 것이 이미 많으니 서양 글로 된
이러한 책에도 마땅히 적지 않을 것이다.)[71] (〈論譯書〉 中)

---

71) 梁啓超, 〈論譯書〉, 《變法通議》, 1897. (《음빙실문집》 제일책) 兵家曰. 知己知彼.

일반적으로 량치차오의 번역론을 논할 때, 그가 문체 개혁의 필요
성을 제기했던 〈논유학論幼學〉을 들어 말한다.[72] 량치차오가 택한 번

百戰百勝. 諒哉言乎. 中國見敗之道有二. 始焉不知敵之强而敗. 繼焉不知敵之所以
强而敗. 始焉之敗. 猶可言也. 彼直未知耳. 一旦情見勢迫. 幡然而悟 奮然而興 不難
也 昔日本是也 尊攘論起 閉關自大 旣受俄德美劫盟之辱乃忍恥變法 盡取西人之所
學而學之 遂有今日也. 繼焉之敗 不可言也 中國旣累遇挫 衄魂悸膽裂. 官之接西官
如鼠遇虎 商之媚西商 如蟻附羶 其上之階顯秩 下之號名士者 則無不以通達洋務 自
表異究其日日所抵掌而鼓呑者 苟以入諸西國通人之耳 諒無一語不足以發噱 謀國者
始焉 不用其言而敗 繼焉用其言而亦敗 是故不知焉者 其禍小 知而不知 不知而自謂
知焉 者其禍大 中國之效西法三十年矣 謂其不知也 則彼固孜孜焉以效人也 謂其知
也 則何以效之愈久 而去之愈遠也 甲自謂知而訛人之不知 自丙視之 則乙固失而甲
亦未爲得也 今人自謂知而訛昔人之不知自後人視之 則昨固非而今亦未爲是也 三十
年之敗 坐是焉耳 問者曰 吾子爲是言 然則吾子其知之矣 曰惡 某則何足以知之 抑
豈惟吾不足以知而己 恐天下之大 其眞知者 殆亦無幾人也 凡論一事 治一學 則必有
其中之層累曲折 非入其中 不能悉也 非讀其專門之書 不能明也 譬之尋常譯經濟者
苟不治經術 不誦史 不讀律 不講天下郡國利病 則其言必無當也 西人致强之道 條理
萬端 迭相牽引 互爲本原 歷時千百年以講求之 聚衆千百輩以討論之 著書千百種以
發揮之 苟不讀其書 而欲據其外見之粗迹 以臆度其短長 雖大賢不能也 然則苟非通
西文肄西籍者 雖欲知之 其孰從而知之 不甯惟是 居今日之天下 而欲參西法以救中
國 又必非徒通西文肄西籍遂可以從事也 必其人固嘗邃於經術 熟於史 明於律 習於
天下郡國利病 於吾中國所以治天下之道 靡不挈榘振領而深知其意 其於西書亦然 深
究其所謂迭相牽引互爲本原者 而得其立法之所自 通辯之所由 而合之以吾中國古今
政俗之異而會通之 以求其可行 夫是之謂眞知 今夫人生不過數十寒暑 自其治經術
誦史讀律講天下郡國利病 洎其稍有所得 而其年固己壯矣 當其孩提也 未嘗受他國語
言文字 及其旣壯 雖或有志於是 而妻子仕宦 事事相逼 其勢必不能爲學童挾書伏案
故態 又每求效太速 不能俯首忍性 以致力於初學塞澀之事 因怠因棄 蓋中年以往 欲
有所成於西文 信哉難矣 夫以中學西學之不能偏廢也如彼 而其難相兼也又如此 是以
天下之大 而能眞知者 殆無幾人也 夫使我不知彼 而彼亦不知我 猶未爲害也 西國自
有明互市以來 其敎士己將中國經史記載 譯以拉丁英法各文 康熙間法人於巴黎都城
設漢文館 爰及近歲 諸國繼踵 都會之地 咸建一區 庋藏漢文之書 無慮千數百種 其譯
成西文者 浩博如全史三通 繁縟如國朝經說 猥陋如稗官小說 莫不各以其本國語言
繙行流布 其他種無論矣乃至以吾中國人欲自知吾國之虛實 與夫舊事新政 恆反籍彼
中人所著書 重譯歸來 乃悉一二 (以吾所見日本人之淸國百年史支那通覽淸國工商業
指掌其中多有中國人前此不及自知者西文此類之書當復不少)

72) 梁啓超, 〈論幼學〉, 〈變法通議〉, 《飲冰室文集》(第1冊), 中華書局, 1970, 54쪽; 이
   종민,《근대 중국의 문학적 사유 읽기》, 소명출판, 2004, 138쪽.
   오늘날의 사람들은 말을 할 때 모두 오늘날의 말을 사용하지만, 글을 쓸 때는 반드시
   고인의 말을 모방한다. 이 때문에 부녀자와 아이들, 농민들 가운데서 독서를 어려운 일
   이라고 여기지 않는 이가 없다. 그래서 《수호전》·《삼국지연의》·《홍루몽》 등을 읽는
   이가 오히려 육경을 읽는 이보다 많은 것이다.(今人出語, 皆用今語, 而下筆效古言,

역 문체는 정치사상을 쉽게 주입시킬 수 있는, 누구라도 이해 가능한 쉬운 문체였다. 이해를 도모할 수 있는 것이라면 기존의 양식과 다르게 '속어俗語와 운어韻語 및 외국 문법'을 자유롭게 섞어 썼다. 어떤 것에도 구애받지 않은 이러한 문체를 당대 사람들은 '신문체'로 받아들였다. 그것은 그 자체로 혁신적인 것이었으며, 내용 또한 당대 정치적인 사안을 담고 있어 지배 정부의 통제에도, 암암리에 선풍적인 인기를 끌었다.[73]

번역에는 기본적으로 번역어와 (숙련된) 번역자 그리고 사전이 필요했다.[74] 더욱이 초기에는 단어의 통일이 중요했는데, 량치차오는 동일한 뜻을 가리키는 어휘가 이 책과 저 책이 다르다는 것을 비판하면서 〈논역서〉에서 '단어 목록'의 작성을 제안한 바 있다.[75] 번역어는 보편화되기 전에 특정한 계급의 성향을 대변해 주는 어휘로 쓰이기 쉬웠다. 가령 번역어의 등장은 그 시대의 신종 유행어로 통했던 것이다.[76]

故婦孺農吅, 靡不以讀書爲難事, 而水湖三國紅樓之類, 讀者反多於六經)

73)   梁啓超, 《淸代學術槪論》, 東方出版社, 1996, 77쪽. (홍석표, 《중국의 근대적 문학의식 탄생》, 선학사, 2007, 86~87쪽) '이때부터 梁啓超는 다시 선전을 주 업무로 삼았다. 《신민총보》, 《신소설》 등의 잡지는 그러한 뜻을 펴기 위한 것이었다. 사람들은 다투어 그것을 읽기 좋아하여 청 정부가 비록 엄금하였지만 막을 수는 없었다. 매번 책 한 권이 나오면 본토인 중국 땅에서는 번각본翻刻本 십수 종이 나왔다. 20년 동안 배우는 자들의 사상은 그 영향을 많이 받았다. 梁啓超는 일찍이 동성파桐城派 고문을 좋아하지 않았다. 어려서 문장을 지을 때는 만한晩漢·위魏·진晋을 배웠는데, 그러한 문장을 자못 숭상하고 단련에 힘썼다. 이 시기에 이르러 스스로 거기에서 벗어나서 평이하고 유창한 글이 되도록 힘썼으며, 때로는 속어俗語와 운어韻語 및 외국 문법을 섞어서 글을 썼으므로 어디에도 얽매이지 않게 되었다. 배우는 자들은 다투어 이것을 모방하여 신문체라고 했다. 나이 먹은 사람들은 통탄하며 법도에 없는 것이라고 꾸짖었다. 그러나 그 문장은 조리가 명확하고 붓끝에 항상 감정을 담고 있어 독자들을 사로잡는 일종의 마력을 지니고 있었다.'

74)   히다 요시후미飛田良文, 〈明治に生まれた翻訳ことば〉, 《國文學》, 學燈社, 2008년 제53권 7호.

75)   량치차오, 〈論學校 : 譯書〉, 《시무보》, 1897; (《飮冰室合集》), 《근대 중국의 언어와 역사》, 135쪽.

76)   야나부 아키라柳父章, 《飜譯語の論理》, 法政大學出版局, 2003.

서구어와 만남은 완전히 '이질적인 체계의 언어'와 충돌하는 것이었고, 이 시기 번역어는 조어를 만드는 작업과 직결되었다. 그 과정에서 번역어는 자국에 없는 것을 가감 없이 보여 주었는데, 그 대부분이 추상적인 개념을 담고 있는 어휘였다. 번역어란 이렇듯 '일상적 경험의 언어(세계)에서 학문적 추상의 언어(세계)'로 사고를 전환시켰다.[77]

번역어는 서구 문명을 옮기는 작업에서 만들어졌기에, 추상적이고 난해한 어휘가 압도적으로 많았다.[78] 그리고 막상 번역어의 문제보다 번역어가 가리키는 내용과 사상의 문제가 더욱 중대했던 것처럼, 번역은 단순히 언어의 이동이 아니라 배제할 수 없는 역사와 문화적 차이를 감안한 이데올로기 차원의 이동이었다. 번역 문제가 정치 문제와 맞닿을 수 있는 지점이 바로 여기에 있다. 그리하여 번역은 단순히 단어의 옮김이 아니라, 복합적인 다시쓰기로서 각인될 수 있었다.[79] 19세기 말에 량치차오가 번역의 중요성을 강조했던 것은, 정치 서적의 도입의 중요성을 강조하기 위함이었다. 결국 량치차오는 그 스스로 정치소설을 번역하고 정치이론을 소개하는 등 번역을 주도적으로 행하면서 그의 정치적 실천을 이루었다.

居今之時ᄒ야 稍達時務者ᄂᆫ 莫不曰 開民知開民知라 ᄒ나 雖然이나 民知ᄂᆫ 將何術以開之오 或曰 當以學校로 開之라 ᄒ야 私校義塾이 種種 創起로ᄃᆡ 敎科가 未備ᄒ고 敎師가 難得이니 居今日而言學校ᆫ딘 其亦難哉며 或曰 當以報紙로 開之라 ᄒ야 新聞雜誌가 稍稍 繼出이로ᄃᆡ 外籍이 罕入ᄒ고 陳說이 相因ᄒ니 居今日而言報紙ᆫ딘 其亦難哉ᆫ져

---

77) 앞의 책, 13쪽.
78) 앞의 책, 17쪽.
79) 번역이 '다시쓰기의 복잡한 과정'이라는 점은 로만 알루아레즈 및 카르멘 아프리카 비달; 윤일환 옮김, 〈번역하기 : 정치적 행위〉, 《번역, 권력, 전복》, 동인, 2008, 16쪽.

語에 云호디 坐井而觀天曰 天小라 흠은 所見者ㅣ 小也라 ᄒ고 又曰 **知**
彼知己라야 百戰百勝이라 ᄒ니 數十年來로 天下之變이 亟矣로디 我國民이
至于今 尙多矇然罔覺ᄒ고 悠然莫悟者ᄂ 何也오 其原因이 複雜雖多나 一則
曰 知己而不知人 故也라 卽下等愚昧者ᄂ 且置勿論ᄒ고 雖自處以上等先覺者
라도 知有彼國之强矣나 彼國之所以强則 不知也ᄒ며 知有彼國之富矣나 彼國
之所以富則 不知也ᄒ며 知有彼國之文明矣나 彼國之所以文明則 不知也ᄒᄂ
니 譬如立他人之門外ᄒ야 徒見其墻壁之宏麗와 宮殿之崔嵬ᄒ고 但 流涎於外
面之壯大而已오 其中之虛實曲折은 終莫能曉라 以此一管之窺로 將刻意而步趨
之나 安能濟事리오

今夫不究本而求進文明者ㅣ 皆此類也라 叫諸同胞曰 外國之政治가 勝於我
ᄒ니 我當學之라 ᄒ며 責諸同胞曰 彼國法律이 精於我ᄒ니 我當效之라 ᄒ
고 農工實業도 當倣於彼國이라 ᄒ며 敎育制度도 當法於彼國이라 ᄒ야 一
切 善政美俗을 非不欲一擧而效顰焉이로디 若問之曰 彼國之政治 法律 等이
果皆何如오 ᄒ면 彼仍漠然無以對也니 終日談龍肉ᄒ면 其可以自飽乎아 然
則 知彼知己之道ᄂ 將安在오 余ㅣ 邁邁思之건디 其莫如譯書乎ㅣ져 一切 關
於政治之書를 皆譯之면 庶幾我民이 知政治矣오 關於法律之書를 皆譯之면
庶幾我民도 知法律矣오 其他 關於實業與敎育之各種 書籍을 一一皆譯之ᄒ면
庶幾我民도 不入於愚昧聾瞽之域矣로다

近今 風潮之所激에 駸駸有發憤猛省者ᄒ야 忙忙奔走에 胥相警勵曰 何以則
求新學歟아 何以則 知新理歟아 ᄒ야 盖必有冥往而力索者로디 求歷史則 少
可觀之歷史ᄒ며 求學說則 無可讀之學說ᄒ고 觀諸書肆ᄒ면 但 **上海輸出之漢**
文册子而已라 此唯可融通漢文文理者ㅣ 乃可讀之인디 又皆粗雜陳古ᄒ야 除
幾卷以外에ᄂ 堪一寓目者ㅣ 無幾ᄒ며 至於 伊呂波册子ᄂ 或 有善藉之購渡
者로디 科蚪屈曲之字面을 素習者ㅣ 能幾人哉며 若夫學部之所譯出者ᄂ 只是
頑舊汗漫ᄒ 岡本監輔之萬國史와 粗學大綱ᄒ 林樂知之泰西新史 等 某某書籍
而已니 嗚乎라 維新十餘年에 開發民知之功業이 乃至於此ᄒ니 豈不可愧며
豈不可惜이리오

今日 **開民知之第一着**은 **莫先於譯書라** 上則 敎育主權者가 設譯書之局ᄒ며

養譯書之人ᄒ며 獎譯書之業ᄒ고 下則 社會有志者가 創譯書之所ᄒ며 育譯
書之才ᄒ며 務譯書之事ᄒ야 精譯而無粗譯ᄒ며 急譯而無緩譯ᄒ야 躋我民於
文明케 홈을 切切是祝也ᄒ노라.[80]

《황성신문》에 실린 위의 인용문은 량치차오의 〈변법통의〉에 실린
〈논역서〉의 논지와 흡사하다. 핵심적인 요지는 금일 민지를 열기 위
해서는 번역이 중요하다는 것이다(금일 민지를 계발하는 제일의 방법은 번
역서를 내는 것이라). 이를 실현하려면 번역 사업을 구체적으로 추진해
갈 번역소를 설립하여 번역이 가능한 인재의 양성 및 실제적으로 번
역서를 간행해야 한다. 인용문의 논설을 있는 그대로 부연하자면 위
로는 교육 주관자가 번역서국을 설립하여 번역가를 양성하고 번역하
는 일을 장려하는 것이고, 아래로는 사회 유지자가 번역소를 창설하
여 번역이 가능한 인재를 양성하며 부지런히 번역서를 내어 궁극적으
로 정교하고 신속한 번역으로 자국 민족의 문명을 더욱 빛나게 하는
일이다.

일차적으로 전기를 번역하여 간행하는 목적은 풍속의 개량에 있었
다. 가령 해외에서 출간된 영웅의 전기를 구입하여 이를 가지고 귀국
한 역자가 이를 번역하는 일은 자신의 사적인 욕망과 무관한 일이었
다. 그것은 이러한 영웅의 일대기를 소개하여 이를 읽는 독자의 심성
을 계도하려는 공적인 욕망이 발현된 결과였다.[81] 이러한 전기의 공
리성과 효용성은 정치소설의 속성과도 맞물린다. 정치적인 운동을 끌
어내려는 방편으로 기능하는 정치소설은 이러한 전기의 유용성과 결

---

80) 〈外籍譯出의 必要〉(論說), 《皇城新聞》, 1907. 6. 28.
81) 尾崎三良 譯, 《仏帝三世那波烈翁傳》(上), 村上勘兵衛, 1875. 傳記ノ譯アラス因テ
上梓シテ以テ世ニ公ニス觀者其事ノ口實ヲ採リ文ノ鄙俚ヲ啓ルナクンハ庶幾クハ警
戒ノ小補アランカ (전기를 번역하고 간행하여 세상에 내놓으니, 이를 보는 자는 그
일의 (허)실을 가려내어, 문의 비리(언어나 풍속 따위가 속됨)를 계도하고 경계하는 일
에 작은 도움이 되기를 바라노라.)

탁하여 자생할 수 있었다.

소설의 공리성을 목적으로 출간된 영웅의 전기나 정치적인 텍스트의 목적성은 오직 조선의 텍스트에서만 드러난 현상이 아니라, 당대 공명했던 중국과 일본에서 발견되는 특성이었던 셈이다. 달리 말하자면 조선의 근대 초기 문학적 특성은 고립된 채로 특정한 정체성을 구축했다기보다, 식민지로 전락하기 전에 중국과 일본과 대등한 위치에서 동시적으로 텍스트를 접할 수 있었다고 볼 수 있다. 이는 자국 문자가 성행하기 전에 동일한 한자문화권에서 더욱 활발했다. 점차 자국 문자의 중요성이 대두하면서 외래의 텍스트를 자국 문자로 옮기는 일에 대한 관심이 고조되었고, 외래의 텍스트는 번역이라는 과정을 거쳐서 국내에 (비)공식적으로 통용될 수 있었다.

중국에서 위원魏源의 《해국도지海國圖志》는 아편전쟁 이후에 대량으로 공급되었다. 이 책은 서양 지리에 대한 정보뿐 아니라, 서구의 정치 제도에 대한 관심을 이끌어 냈다.[82] 그리고 일본에서도 이러한 사정은 마찬가지였다. 일본은 이 책으로 얻은 정보로 이제 막 시작된 미국과의 관계를 정립해 나갔다.[83][84] 조선에서도 《해국도지》는 서구 세계에 대한 지식을 공급해 주는 서적으로, 일명 개화파의 필독서였다. 동경에서 정치학을 배운 바 있는 이인직은 〈치악산〉에서 《해국도지》를 개화한 지식을 전해 주는 서적으로 제시해 놓았다.

  (홍)이이빅돌아 너는요시글흔자아니읽고 우이편편이노나냐
  (백)요시는 좀 보는칙이 잇슴니다

---

82) 페데리코 마시니, 앞의 책, 63쪽.
83) 위의 책, 59쪽.
84) 채옥자, 〈개화기 한자어 계통의 국명에 대하여〉, 《전환기의 한국어와 한국문학》, 서울대 한국어문학연구소, 2011. 1. 28~29, 177쪽. '일본에 전파된 《해국도지》는 1854년부터 1856년 사이에 21종이 넘는 번각본이 나온다.'

(홍)응 보는 칙이무어시란말이냐 쓸데업는 칙보지말고다만흔
자를보더릭도 경서를읽어라
그릭 네소위본다는 칙은 무어시냐
(빅)**히국도지를어더다봅니다**
(홍)**히국도지 히국도지 히국도지가무어시냐**
칙을보려ᄒᆞ면 우리집에도 볼만흔칙이 그득흔딕 히국도지를비
러다가 본단말이냐 이이너도기화ᄒᆞ고시푸냐
어ㅣ 져자식이셔울몃변을 갓다오더니 사람버리깃구 …… 이이
빅돌아 집안에 못된칙 어더드리지말고 오날부터 밍자를읽던
지 론어를읽던지 ᄒᆞ여라
사름이 졔마ᄋᆞᆷ만 단단ᄒᆞ면 어딕를 가기로겨관이잇깃나냐만은
너갓치즁무소쥬한거시 셔울이나자쥬가면 마암이달쩌셔 못쓰
는법이니 다시는 셔울가지마라[85]

인용문에는 부자 사이의 대화 속에 신구新舊의 세대교체와 대립
이 서적으로 나타나 있다. 그것은 '맹자와 논어' 대 '해국도지'의 대립
으로, 이 두 서적은 각각 전고의 구습과 신종의 개화를 대변한다. 완
고파를 대변하는 홍참의는 아들에게 쓸데없는 책은 읽지 말고 맹자
와 논어를 읽으라고 당부한다. 그 쓸데없는 책이란 그가 이전에 들어
보지도 못한 책으로, 바로《해국도지》다.[86] 홍참의는 세 차례에 걸쳐
'해국도지'라 하고 되뇌어 보다가 결국 아들에게 이것이 무엇인지 되
묻는다. 이는 알기 위함이 아니라 자신이 알고 있는 범위 안의 지식
체계만 강조하기 위함이다. 홍참의가 알지 못하는, 알기를 거부하는
세계는 바로 개화한 세상이다.

---

85) 이인직, 〈치악산〉,《한국개화기문학총서 : 신소설 · 번안(역) 소설》, 아세아문화사,
   1978, 33~34쪽.
86) 〈해국도지〉 구절에 대한 간략한 언급은 다지리 히로유키田尻浩幸, 〈이인직 연구〉, 고
   려대 박사논문, 2000, 50쪽.

유길준이 일본에 유학을 가기 전에 박규수의 추천으로 읽었던 책이
《해국도지》이다. 박규수는 이 책 안에 '세계의 지리와 역사에 관한 저
술로, 외국세력에 대처하는 법'을 알 수 있을 것이라 말했는데,[87] 해외
의 지리서가 단순히 정보를 제공하는 차원이 아니라, 외국에 대적할
수 있는 생존방략을 전해 주는 생존도안生存圖案으로 기능했다는 것을
알 수 있다. 중국통역관 오경수가 입수한 《해국도지》는 당대 실학파의
입지와 맞아떨어지는 면모가 적지 않았다. 그리고 박규수를 필두로 그
의 방에 모여 사상을 공유했던 이들은 곧 갑신정변의 주역들이었다.[88]

  정치적인 상황이 급변하면서 강조된 것은 번역을 바라보는 관점이
었다. 어떻게 번역을 할 것인가 하는 번역의 방법보다는, 어떠한 자
세로 번역을 할 것인가 하는 번역의 태도와 당위에 대한 문제가 우선
이었다. 가령 《대한매일신보》의 필진이 생각했던 개량이란, '동국의
우온달'이나 '을지문덕의 형용'과 같은 동양 영웅들이나 '태서의 워싱
턴이나 나폴레옹'과 같은 서양 영웅들의 신화를 재현하는 것에 있었
다. 그리고 그들이 필요하다고 여긴 번역이란, 로빈슨 크루소의 모험
을 다룬 〈라빈손 표류기〉나 잔다르크의 업적을 다룬 〈안정덕의 이야
기〉와 같은 작품을 옮기는 일이었다.[89]

---

87) 김학준, 《한말의 서양정치학 수용 연구》, 서울대 출판부, 2000, 13쪽.
88) 김영작, 《한말 내셔널리즘 연구》, 청계연구소, 1975, 78~91쪽.
89) 〈연극장에 독갑이〉, 《대한매일신보》(론셜), 1908. 11. 8. 오호—라 리인직씨
     여 그듸의 말듸로ᄒᆞ면 기량ᄒᆞ지가 이믜 오릿엿슬터인듸 즁인의 눈으로 보면 기량
     ᄒᆞ거시 도모지 업스니 오호—라 리인직씨여 리씨의 심쟝은 사롬마다 다 알바—라
     리씨가 이왕에 일본가셔 류학ᄒᆞᆯ째에 쇼셜에 크게 주의ᄒᆞ여 거연히 한국안에 뎨일
     등쇼셜가로 ᄌᆞ담ᄒᆞ던쟈—라 리씨가 만일 샤회와 국가에 딕ᄒᆞ여 일반분이라도 공
     익샹에 싱각이 잇슬진딕 라빈손의 표류긔ᄀᆞᆺ흔 긔이흔 쇼셜을 겨슐ᄒᆞ여 국민의 집
     업ᄂᆞᆫ ᄆᆞ음을 고동ᄒᆞᆷ도 가ᄒᆞ고 안졍덕의 롤나라를 구원ᄒᆞ던것과ᄀᆞᆺ흔 쇼셜을 번역
     ᄒᆞ여 국민의 의국셩을 굿게ᄒᆞᆷ도가ᄒᆞ거늘 이제 리씨가 그러치아니ᄒᆞ야 뎌것도 아
     니ᄒᆞ며 이것도 아니ᄒᆞ고 다만 모리ᄒᆞᄂᆞᆫ 소견으로 쳡을 위ᄒᆞ여 변호ᄒᆞᄂᆞᆫ 귀신의 소
     리라ᄂᆞᆫ 쇼셜등을 겨슐ᄒᆞ여 샤회샹에 도덕을 해롭게ᄒᆞ며 보는 사람으로ᄒᆞ여곰 졍
     신을 혼미케ᄒᆞ여 칙갑멷빅환으로 식비를 치왓도다 …… 셔젹을 지어 젼포ᄒᆞ든지

그 포부를 무르면 외국말 멋마듸의 통변이나 법률 멋됴건의
좁은 문견에 지나지 못ᄒ며 그 ᄉ업을 볼진듸 흔두권 새 셔칙의
번역과 흔두곳 학교의 셜립흔것도업고 혹 잇셔도 더 **번역흔 칙ᄌ**
ᄂ 구졀이 모호ᄒ고 문법이번잡ᄒ야 가히볼만흔거시 젹고 이 셜립흔
학교ᄂ 열심히 젹고 교과가 완젼치 못ᄒ야 모리우희 집을 지음과 ᄀᆺ
거ᄂᆯ 그 평일에 언론과 ᄉ샹을 드른즉 ᄌ긔ᄂ 혹 영국이나 법국
이나 미국이나 아라ᄉ나 일본의 다른나라사름이 되어 이 나라를
방관ᄒᄂ쟈ᄀᆺ치 졔나라 력듸ᄉ긔를 흔번릿쇼ᄒ고 평론ᄒ기를
이ᄀᆺ흔 잔폐흔나라에셔 무ᄉᆷ일을ᄒ겟ᄂᆫ뇨ᄒ던지 ᄌ긔ᄂ 혹 월
손쎄ᄉ막과 가불마지니의 동등으로 불힝히 이나라에나셔 아모
ᄉ업도 못ᄒᄂ것ᄀᆺ치 졔나라 인종이나 흔번릿쇼ᄒ고 죠롱ᄒ믜
이ᄀᆺ치 우믜흔 사름과 무ᄉᆷ ᄉ업을 흠ᄭᅴᄒ리오ᄒ고 영국 복식의
일본모ᄌ로 양양ᄌ득ᄒ야 ᄃᆫ닐뿐이라

그런고로 일반인민의 평론ᄒᄂ말이 류학ᄉᆼ이라ᄒᄂ거슨 불과
시 쳥년ᄌ뎨들을 모라다가 **외국사름의 심쟝을밧고와 너흘뿐이라**
ᄒ니 이말이 비록 과흔듯ᄒ나 류학ᄉᆼ 졔군ᄌ의 흔번 깁히 ᄉᆼ각
흘 일이로다 이샹에 말흔거시 류학ᄉᆼ의 졸업ᄒ고 환국흔쟈가 모
다 그러흔거슨 아니나 잇다금 이ᄀᆺ흔 사갈의 류가 멋식 그 가온
듸 잇셔셔 류학ᄉᆼ에게 흔탄이업지아니홈으로 신명ᄀᆺ치 흠모ᄒ던
쟈를 다시 샤갈노 보며 셩현ᄀᆺ치 존슝ᄒ던쟈를 다시 이젹으로 볼
념려가 업지아니ᄒ니 슯흐다 **젼일에ᄂ 류학ᄉᆼ을 원슈로 본 ᄭ닭으**
로 한국이 유신의 긔회를 일헛다ᄒ려니와 오늘날 스스로 그릇드럿
스니 엇지 다란사름을 칙망ᄒ리오[90]

위의 인용문에 따르면 당대 유학생들은 자국을 최상의 문명국으

___
연희를 셜힝ᄒ든지 이 빅셩의 리되고 해되ᄂ거슨 못지아니ᄒ고 다만 지폐 멋빅환
만 ᄌ긔손에 드러가면 이거슬 즐겨ᄒᄂ 리쎠여 외국에 유람ᄒ여 문명흔 새공긔를
흡슈흔 사름의 심법이 이러흔가

90) 〈류학ᄉᆼ에게 경고ᄒ노라〉(속),《대한매일신보》(론셜), 1908.1.14.

로 만들 수 있는 유일무이한 지식인 그룹으로 평가되었다. 그러나 당대에 중요한 것은 지식의 유무나 수준이 아니라, 지식을 지닌 자들이 국가를 위해 복무하는가 하는 정치적인 실천에 놓여 있었다. 여기서 주목되는 것은 유학을 입신출세의 길로 여기고, 환국한 뒤에 단순히 사리사욕만을 챙기는 것만이 문제가 아니라는 것이다. 정작 이들이 유학을 하여 '외국 사람의 심장으로 바뀐' 것처럼, 자국의식을 상실하고 자국민으로서의 자부심을 잃고, 외국보다 뒤처진 자국의 현실을 비판하거나 아예 자국과 자신을 분리하여 자국의 현실을 경시하고 무시한다는 것에 있었다.

유학생들에게 거는 근본적인 기대는 외국의 서적을 번역하거나 근대적인 학문을 전파할 수 있는 학교를 설립하여 궁극적으로 자국의 수준을 외국 못지않게 높이는 데 있었다. 그러나 위의 글에서 볼 수 있듯이, 유학생들의 번역 수준은 '구절이 모호하고 문법이 번잡하여' 불분명한 문장과 복잡한 문체로 어려운 것을 쉽게 풀이하는 데 실패하고 있었다. 이러한 연유로 당대 평자는 유학생들이 소신을 가지고 자국을 계몽하려는 의지가 미약했다고 평가한다. 이러한 우려와 진단은 이들의 번역 태도에서도 입증되고 있었던 것이다. '외국말 몇 마디를 구사하여' 벼슬을 하고 월급을 받는 것에만 만족하는 생활에 길들여져 가는 것은 유학생들의 폐해로 대의를 상실한 유학생들은 스스로를 자국의 미래를 위협하는 요소로 지목받게 되었다.[91]

---

91) 〈자긔가 비루ᄒ면 텬싱직됴가 잇슬들 무엇ᄒ고〉, 《대한매일신보》(론셜), 1908.7.9. 오호—라 한국사름이 과연 어학에 텬직가 잇는가 한국사름이 어학에 텬직가 잇는가 외국학술을 연구코져ᄒ여도 어학이 업고는 능히 홀수업슬거시오 외국정치를 샹고코져ᄒ여도 어학이 업고는 능히홀수 업거시며 그 외에 일톄 외국문명을 슈입코져ᄒ여도 부득불 어학으로 쇼개를ᄒ여야 능히홀신즉 어학의 쓰임이 또흔 크도다 그런즉 이 어학의 텬직가 잇는 한국사름이 문명을 흡슈ᄒᄂ듸 스반공빅의 공효를 엇을거시어늘 이에 어학의 텬직가 한국사름만 못흔 일인을 볼지어다 뎌희는 셔양과 통샹흔지 몃히가 못되여 구라파의 식정치와 식학문을 빅방으

이렇듯 20세기 초는 일종의 평가가 이뤄지는 시기였다. 자국문학
이라는 판도 안에서 번역된 서적에 대한 평가, 유학생 출신 지식인에
대한 평가, 이들이 만들어내는 소설과 연희에 대한 평가가 그것이다.
이는 조선에서 번역 서적, 창작 소설, 공연 연극이 자국민의 정서를
좌우할 수 있다는, 어디까지나 소설효용론에 기인한 사고였다. 일본
이 제국으로 성장해 나가면서 조선은 상대적으로 일본의 침탈을 받지
않을 수 없었다. 그 과정에서 조선에서의 초기 문학이란 이러한 정치
적인 상황을 극복할 수 있는 정신, 굳건한 '국민의 심지'를 형성해 내
는 정치적인 도구였다. 이 논설이 쓰인 1년 전에 대대적인 국채보상
운동이 있었으며, 이 시기에 잔다르크는 조선에서 애국부인으로 호명
되어 소개된 바 있다. 장지연이 번안한 《신쇼셜 애국부인젼》이 그것
이다. 원작은 실러Schiller의 작품으로,[92] 이 작품은 비단 한국뿐만 아
니라 일본과 중국에서도 소개된 바 있다.[93] 그리고 이 시기에 다니엘
디포의 작품인 로빈슨 크루소의 이야기를 김찬金欑이 《절세기담 나빈
손표류기絶世奇談 羅賓孫漂流記》로 번역한다.[94]

한국의 신종 서적과 20세기 초의 근대적인 학문은 거의가 수입에
의존하고 있었다. 그러나 일단 국내의 번역 사정은 번역할 수 있는

로 슈입ᄒ야 유신의 공을 일우엇거늘 지금 한국사ᄅᆷ에ᄂ 셔국글과 셔국력ᄉ에 졍
통흔쟈를 흔두사ᄅᆷ도 엇기가 어렵고 어학텬직가 한국사ᄅᆷ만 못흔 뎌 쳥국사ᄅᆷ을
볼지어다 즉금 북경과 샹히등디에 버려잇ᄂ 칙ᄉ에 영문과 법문으로 번역ᄒ여낸
셔칙죵류가 허다ᄒ거늘 지금 황셩안에 각칙ᄉ에ᄂ 직졉으로 영국과 법국문ᄌ에셔
번역ᄒ여 낸쟈ᄂ 흔권도 아직업스니 그 어학의 텬직가 어딕 잇ᄂ뇨 슯흐다 이ᄂ
직됴가 업셔셔 그런거시 아니라 뜻이 업셔셔 그러흠이로다 원릭 다른 나라말을 빅
호ᄂ 목뎍이 외국문명의 일반을 엿보고져 ᄒᄂ 싱각에셔 난거시 아니라 다만 외국
인의 통변ᄒᄂ 쟈ㅡ나 되여 멋푼 월급을 엇으려흠이며 그러치아닌즉 외국인과 교
졔나ᄒ야 그 셰력을 의지ᄒ야 동포나 릉멸ᄒ고 해롭게흘쑨이니 무슴 겨를에 고샹
흔 ᄉ상이 나셔 문명의 근원을 탐지ᄒ리오.

92) Schiller, *Die jung frau von ORLEANS*(1801) 이 서지사항은 김병철, 71쪽.
93) 중국에서 발간된 잔다르크에 대한 서지사항은 서여명, 인하대 박사논문
94) Daniel Defoe, *Robinson Crusoe*, 1791. 김병철, 71쪽.

자가 상대적으로 소수에 불과하다는 점, 번역된 서책의 수준도 월등하지 못하다는 점에서, 어학교는 필수불가결한 존재로 인식되었다.[95] 자국의식을 약화시키는 위험성을 직시하면서도, 그럼에도 근대적인 학문은 자국 안에서만 자체적으로 발전시킬 수 없다는 것이 이들이 처한 현실이었다. 상대적으로 서구 서적의 직수입보다 일본 서적의 번역이 많았던 요인은, 일본이 동일한 동양권으로 풍속이 비슷하고 지리적으로 가깝고 무엇보다 한자문화가 공유되었기에 그 언어를 익히는 속도가 빨랐다는 이점이 있었기 때문이다. 이는 중국에서도 일본 서적을 대량으로 번역했던 경위와도 같다. 서구어에 견주어 상대적으로 일본어는 익히기 쉬웠으며, 신속한 대량 번역이 이루어질 수 있었다. 문제는 번역의 질이었는데, 번역된 책은 대개가 조잡한 형태로, 전문화되어 있지 않았다는 것이 당대의 진단이다. 이 과정에서 번역어는 자국어를 근대화시켰다. 또한 번역은 새로운 소설을 지어내는 원리이기도 했다.[96]

일본에서 번역 행위는 중화중심주의를 부정하고 서구의 문명을 일차적으로 우위에 두는 데 일정한 기여를 했다. 또한 번역 과정에서 논쟁이 된 번역문체는 온 국민을 하나로 통합할 수 있는 언문일치체와

---

95) 〈학술을 홀노 비오흔법〉(속), 《대한매일신보》, 1908. 5.21. 외국말 슓흐다 지금 외국말이라는거슨 흔가지 노례되는 보통학문이라 홀만흔거시 영문의 몃귀졀만 알고 구라파스 사름과 흔번 손이나 잡고 인스를 흐던지 일어 몃 마듸나 알고 일본스 사름과 우편 엽셔나 흔번 왕릭흐면 의기가 양양흐야 큰 영광으로 아니 이럼으로 나는 한국인이 외국 어학교에 드러가는거슬 일변으로는 즐기지아니흐나 또흔 금일 형편으로 볼진딕 어학도 또흔 유지쟈의 폐치못홀바—로다 대개 **금일 한국의 학문은 그 근원을 궁구흐면 일례 외국에셔 슈입흐는거신디 번역흐는쟈— 심히 적고 그 번역흔거시 또흔 졍긴치못흐니** 그런고로 가히 폐치못홀쟈—라 흐노라 그러나 외국말을 홀노 닉히고져흘진딕 반드시 속히 홀 싱각도말고 겨으르지도 말아야 더 영문은 고샤흐고 일어라도 가히 통투히 비홀지니라

96) 松本君平, 《新學問》, 1893. 12. 3. '소설은 현실의 생활을 번역한 산문이다.' (다지리 히로유끼, 《이인직 연구》, 고려대 박사논문, 2000, 31쪽)

사전 편찬에 대한 관심을 고조시켰다. 그리고 번역은 무엇보다 자국에 없는 것을 보여 주었다. 그것은 제국으로 나아가는 방법이었다. 후쿠자와가 본 것은 과정보다 결과가 중요한 우승열패의 세계였다. 그것은 도의의 세계가 아닌 힘의 세계였으며, 봉건질서를 대신하여 만국공법이라는 새로운 국제질서가 지배하는 세계였다. 이는 한낱 섬나라 일본이 동양의 제국으로 거듭날 수 있는 국가적 신분 상승의 길이었다.

전 세계적으로 근대 국민국가의 출현은 국민교육을 받아 국어를 구사하는 국민을 전제로 나타난 현상이었다. 국민국가는 자국어의 성립을 전제로 존립할 수 있었던 것이다. 그것은 구어 중심, 발화 중심의 음성주의가 문자보다 강조되었던 사실을 말해 준다. 표기법과 발화가 일치하는 언문일치체는 필연적으로 국민국가의 속성인 내셔널리즘과 연계된다.[97] 이 과정은 '번역문체→언문일치→내셔널리즘'으로 정리될 수 있다.

개화기 문학의 대중적인 작품을 말할 때, 보편적인 특징으로 언문일치체를 말한다. 언문일치체로 통하는 순국문체는 아동주졸을 비롯하여 교육을 받지 못한 여성 등 최대의 계층을 수렴할 수 있었다. 내셔널리즘적인 시각에서 순국문체는 조선만의 민족어이자, 흩어진 무리를 하나로 통합하여 국민을 형성하는 국민의 언어로서 국어와 맞닿아 있었다.

그러나 초보적인 단계에서 신소설은 국민의 통합이라는 내셔널리즘을 강화하려는 문학텍스트로 쓰이지는 않았다. 오히려 식민주의라는 특정 지배 체제에 편승하는 경향과 더불어 문명개화라는 반박의 여지가 없는 슬로건을 솔선해서 보여 주는 신문학이었다. 신소설의 정치적 기능은 표면적으로 식민주의로의 동참이더라도 문명과 개화를 일구어

---

97) 가라타니 고진柄谷行人; 조영일 옮김, 《문자와 국가》, 도서출판 b, 2011, 136쪽.

야하는 데 초점이 맞춰져 있던 것이다. 일반적으로 널리 알려진 대로 유효한 번역문체는 국한문체였다. 국한문체의 경우, 순국문으로 설명할 수 없는 외래의 신종 개념어를 그대로 수용할 수 있었으며, 한문이라는 타국 언어의 틀을 교묘하게 비켜 갈 수도 있었기 때문이다. 이는 국한문체가 관료적인 문체로 기능하기 수월했다는 것을 보여 준다.

이 시기의 번역시장을 주도했던 것은 관官의 세력보다 민간의 활동이었다. 이는 특정한 지배 이데올로기로 포섭할 수 없는 지점이 존재했다는 것을 드러낸다. 정부의 산하기구로서 그 지배 체제 아래에서 이루어지는 번역에는 번역 대상 선정의 자율권이 없었다. 오로지 지배 체제를 보조하기 위한 서적이나 학습도구로서의 서적만이 수입될 수 있었다. 번역어 또한 인쇄 가능한 언어가 지배 언어로서 기능하기 쉬웠기에, 지식의 소유를 전제로 한 국한문체의 번역이 우세했다. 국한문체로 번역된 서적은 정치, 지리 등 학술적인 서적 이외에도 교과서로 쓰일 만한 역사와 전기가 대다수를 차지했다. 여기서 다음과 같은 가정을 해 볼 수 있다. 당대 작가들은 언어(번역어)에 따라서 장르(서사양식의 유형)를 나누고자 했다는 것이다. 흥미롭게도 정치소설인《경국미담》과《설중매》의 경우에, 그리고 전기인《애국부인전》의 경우에, 이러한 본래의 원작이나 텍스트 자체의 특성에 상관없이 모두가 신소설로 표기되었으며, 동시에 순국문체로 번역되었다.

당시에 그들이 원했던 것은 단순히 독립이나 애국이라는 기치가 아니라, 나라를 새롭게 만들 수 있는 좌표로서 상무정신(《경국미담》), 새로운 정치제도로서 의회(《설중매》)와 그 중심에 존재하는 대통령이라는 본보기 그리고 때로는 이 두 가지를 결합한 인물 유형으로서 연설을 하는 정치가 타입의 무사(《애국부인전》)가 나오는 텍스트였다. 이들은 공통적으로 전통적인 문文에 토대를 둔 문인이 주역이 되는 텍스트를 그리거나 옮기지 않았다. 세계의 중심이 중국에서 서구로 또는 서구를 모방한 일본으로 옮겨졌다는 사실은, 그들이 번역으로 기존에 경시되었던 것, 자국에 존재하지 않는 것을 새롭게 받아들여야 할 운명임을 말해 주었다.

격하된 소설의 자리를 대신하여 우위를 차지하고 있는 것은 역사였다. 중국의 역사서는 '윤리적 교훈이 아니라 그저 재미'를 주는 것으로, 재미난 이야기의 차원에서 수용되었다.[98] 그것은 《삼국지》나 《좌전》 같은 역사서가, 실제 서구 역사를 다루고 있는 버클의 《영국 개화사》나 기조의 《유럽 문명사》와 달랐다는 것을 말해 준다. 바로 이 지점에서 역사와 허구(역사 이야기)의 경계가 모호해지며 또한 역사에서 허구로 나아갈 수 있는 여지가 생긴다. 그리고 근대에 들어 문학 개념이 재편되면서 역사와 허구의 경계가 또 새롭게 나뉘게 되는 것을 보게 된다. 중요한 것은 소설이 그 지위를 높이는 데 역사의 힘과 정치의 힘을 빌렸다는 점이다. 그리고 시기적으로 소설은 급증한 번역의 힘을 받았다.

번역은 전 세계로의 유포를 의미한다. 소설은 번역되어 새로운 역사적 정치적 함의를 지니게 된 것이다. 가령 '연애나 꿈의 이야기'를 다루었던 정치소설은, 뒤마의 소설이 번역·소개되면서, '혁명이라는 장대한 스케일'을 지니게 된다.[99] 또한 러시아 혁명당의 이야기를 다

---

98) '실제 인간이 어떻게 느끼고 어떻게 행동했는가 하는 이야기는, 어쨌든 중국에서는 소설이 인정받지 못하니까, 결국 역사라고 하는 식이 되는 거지요. 아니면 역사 이야기 같은 게 됩니다.' 가토 슈이치·마루야마 마사오, 임성모 옮김, 《번역과 일본의 근대》, 이산, 2000, 74~75쪽.
99) 西田谷洋, 〈自由民權運動におけるデュマ〉, 《明治飜譯文學と私》, 《민권문학연구 문헌목록》
뒤마의 번역본은 전통적인 면모도 부정할 수 없지만, '봉건질서로 회수되어 버리는 에도시대의 문학에 견주어, 구질서를 새로운 입장에서 부정하는 이데올로기의 새로움이 있다'는 것이 당대의 인식이었다.

룬 소설이 번역되면서 '진리에 기대어 자유를 외친 허무당'이라는 모
토가 자유민권운동파의 기치와 맞아떨어졌다. 그 영향으로 정치소설
《허무당실전기 귀추추虛無黨實傳記 鬼啾啾》 같은 작품이 창작되었다.
이로써 정치소설은 단순히 사상의 선전도구가 아니라, '민권운동 수
행에 정념情念을 강화하는 매체'로 기능하게 된다.[100]

　일본의 경우 "번역물 정치소설"이나 창작 정치소설은 일본의 내부
에서, 일본인이 자각하는 문제를 해소하려는 방안으로 제작되었다.
'번역된 정치서사'로써 일본은 '세계'라는 거대한 실체와 간접적이나
마 대면하고자 했으며, 국권과 민권의 대립이 심화될 무렵에는 정치
소설을 이용해 이상적인 정치의 방향을 제시해 보고자 했다. 중국의
경우 량치차오는 청일전쟁의 패배라는 충격 이후, 중국을 재건하기
위한 신문학운동(변법운동, 유신운동)을 펼쳤다. 그는 일본의 정치소설
을 수입하여, 일본이 메이지기에 이룬 강력한 왕권의 성립을 겨냥한
입헌군주제를 옹호하고, 유신과 혁명을 제창하고자 했다.[101]

　정치적으로는 입헌군주제를 추구했던, 어디까지나 온건파였던 량
치차오는, 동시에 문화 전반에 관심을 가진 계몽가로, 소설의 사회적
역할을 중시했다. 량치차오는 일본의 정치소설인 《가인지기우》를 번
역하고 〈역인정치소설서〉(1898)라는 서문을 썼는데, 여기서 소설이
란 구주각국의 변혁을 시작으로 인인지사仁人志士가 가슴속에 품은 정

---

100)　미야자키 무류宮崎夢柳, 〈解題〉, 《魯西國虛無黨 冤枉乃鞭笞》, 國文學硏究資料
　　　館, 2006.
101)　佐藤一郎, 《中国文学史》(中国文化全書), 高文堂, 1983, 49~92쪽. 아편전쟁에서
　　　청일전쟁에 이르기까지, 제국주의 열강이 무리하게 중국 내부에 압박을 가하기 시작하
　　　자, 문학 또한 이 여파를 받아 변모하기에 이른다. 엄복(대표작, 〈天然論〉)을 중심으
　　　로, 서양문학이 소개되고 과학사상이 도입되었다. 특히 량치차오는 일본의 메이지유신
　　　을 따라, 만주의 왕조를 받든 채로 입헌군주제의 확립을 목적에 두었다. 량치차오는 그
　　　의 스승인 캉유웨이와 함께 공양학을 신봉했으며, 광서제를 짊어지고 무술정변(1896)
　　　에 성공하여, 3개월이라는 짧은 기간이나마 정권을 장악한다.

치의 의론을 펼치는 것을 보여 주는 것이라 보았다.[102] 소설에 대한 공리주의적 입장('변혁을 목표로 정치사상을 북돋는 소설을 짓자')은, 일본 문학계에서 공리성을 벗어나 개인이나 자아의 세계로 천착해 들어가는 것과 상관없이, 오랫동안 지속되었다.[103] 이러한 량치차오의 정치적인 입장과 소설에 대한 태도가 반영된 산물로서, '번역된 정치서사'인 〈라란부인전羅蘭夫人傳〉을 살펴볼 수 있다. 이 작품은《신민총보》에 두 차례에 걸쳐 연재되었는데, 혁명의 물결 속에서 온건파의 입장에 섰던 롤랑 부인의 입장이 강조되었다. 롤랑 부인의 이야기는 일본에서 가장 먼저 도입되었는데 비교적 객관적으로 롤랑 부인의 전기를 전달하고 있다. 더욱이 롤랑 부인의 이야기는 전기 형태 이외에도 정치소설로 소개되기도 했다. 조선의 정치서사 가운데 신소설에서 롤랑 부인이 여주인공의 롤 모델로 부각되었던 것처럼, 일본의 정치소설에서 롤랑 부인이 여성의 권리 신장에 기여한 인물로 조명된 바 있다. 다음은 그 일부이다.

> 현명한 부인과 숙녀의 전기 중에 프랑스에 있어 가장 유명한 나폴레옹 부인 조세핀 및 롤랑 부인 마농 전기를 꺼내 읽는 와중에 그 것을 되풀이할 여념 없이 마음을 집중시켜 읽다가 잠시 책을 덮고 탄식하고 심중에 생각하는 모양이라. …… 롤랑 부인 마농과 같이 이전부터 정치사상을 지니고, 결혼한 뒤에는 항상 남편에게 자문을 주고, 같이 천하의 형세를 논하며, 장래의 대계를 도모하니, 자주

---

102) 앞의 책, 68쪽.
103) 앞의 책, 81쪽. '일본에서 자유민권운동을 시작으로 메이지 20년(1887)에 이르기까지 정치소설의 시대가 있었던 것처럼, 중국에서도 유신파의 운동부터 청말에 걸쳐, 정치소설의 전성시대가 있었다. 그러나 일본이 점차 자아 확립의 문제를 중심으로 한 근대소설을 성립시킨 것과 달리, 중국에 나타난 문학혁명은 신해혁명 이후에도 여전히 전통적 수법과 개혁을 목표로 한 정치사상을 염두에 둔 소설이 성립했다. 이는 제국주의적인 방향에서 그럭저럭 근대사회의 기초를 쌓은 국가와 제국주의 나라의 압박 아래 봉건체제의 해체를 의도하는 나라의 차이이기도 하다.'

그 사업을 도와 당파를 위해 숭배하더니 세인의 바람을 위해 일하더니 공업을 이루기전에 하루아침에 독수에 걸려 단두대의 이슬로 사라지게 되었으니 가장 애통한 일이라. 그러나 후세에 유명해져 그 풍채를 흠모하는 이가 생겨나니 귀부인의 지위를 떨어뜨리지 않고 초연 비굴의 구역을 벗어나 모범이 되는 행위로 말미암아 특히 프랑스에서 후세 부인의 위치를 높이는 세력을 얻는데 일대 원인이 되었다고 말하지 않을 수 없다. 또한 지금 미국의 사정을 보면 부녀자는 세력을 얻거나 혹은 신문기자도 되어 혹은 협회를 설비하여 연설하고 저서를 내니 부인의 위치가 높아져 국회의 대의사를 선출하는 것을 바라는 피선거권을 얻는 것을 주장하는 대집회를 열기도 하여 대표자를 뽑아 청원서를 관아에 보내는 데에 이르니 특히 미국 내 캔사스주의 신시법은 부인에게 이미 투표권이 있더라.[104]

소설 속 여성의 롤 모델인 실제 정치가는 롤랑 부인으로, 정치소설 속에 삽입된 영웅서사는 일본뿐 아니라, 중국과 조선의 여러 매체에서 발견된다. 소설뿐 아니라, 당대 매체에서는 개화된 기생이 과거를 반성하고 문명의 교육을 받고자 일본으로 유학을 가는 사례가 소개되기도 했던 것이다. '기생에서 여학생으로'의 변신에는 당대 성행했

104) 松木董宣, 《政治小說 芳園之嫩芽》, 共隆社, 1887, 23~24쪽. 賢婦淑女の傳記中より佛國にて最も有名なるナポレオン夫人ジョセフイン及びローラン夫人マノンの傳記を取り出し來りあれを讀みこれを繙き餘念なく心を凝らして讀み居りしが暫時ありて卷を閉ち屢々嘆息して心中に思ふ樣 …… ローラン夫人マノンの如きは夙に政治の思想を有し一旦其身を嫁するに及べば常に夫の諮問を 受け共に天下の形勢を論じ將來の大計を議し能く其事業を助くるを以て黨派の爲めに敬せられ大に世人の望を維げり然るに功業未だならずして一朝毒手にかロり斷頭場の露と消へしは最と悼むべき事にれども後世其名赫赫として人其風采を欽慕するもの亦たこれ婦女子の位置を落さず超然卑屈の區域を脱し模範とおるべき行爲あるに因るにりこれ等は殊に佛國にて後世婦人の位置を高め勢力を得る一大源因と云はざるべからず又飜つて今日米國の事情を察すれば婦女子は頻りに勢力を加へ或は新聞記者となり或は協會を設立し演説に著書に婦人の位置を高めんとして國會の代議士を選擧せんことを欲し尙進んで被選權を得んことを主張し大集會を開らき總代を選び請願書を官衙に呈するに至る殊に同國カンサス州の新市法は婦人として既に投票權を有し,

던《애국부인전》과《라란부인전》같은 전기의 영향이 지대했다. 작품
에서 이들 여주인공은 여학교를 다니면서 틈틈이 여장부나 영웅이 실
제로 활약했던 전기를 읽는다. 이러한 설정은 동아시아에서 공통적인
것이었으며, 작중인물은 전기를 통해 특정한 삶의 지향점을 모색하고
자 한다. 이는 개인의 성장이 국가의 성장으로 연계되는 양상이 통용
되었음을 보여준다.

일본에서《가인지기우》가 선풍적인 인기를 끌 수 있었던 요인 가
운데 하나는 기존 텍스트에서 볼 수 없었던 것, 바로 '세계'라는 거대
한 스케일의 지형도를 펼쳐보였기 때문이다. 당대 독자 가운데 더욱
이 청년들은 이 텍스트로 세계를 조감하고 국경 너머의 세계에 대한
야망을 키울 수 있었다. 이들이 경험하지 못했던 그러나 실재하고 있
는 세계에 대한 묘사는 그만큼 충격적이었던 것이다. 그리고 이 순간
에 세계를 인지할 수 있는 세계적인 감각이 조성되었다. 중국에서는
일본의 급격한 성장을 청일전쟁으로 절감했다. 그것은 세계의 중심이
라 자부했던 중화세계의 붕괴를 실감하는 일이었다. 중심이었던 세계
의 붕괴는 새로운 세계의 존재를 부정할 수 없게 했다.

중국은 새로운 세계의 중심을 파악하고 이를 받아들여야 했다. 그
리하여 개명한 지식인들이 파악한 세계는 진화와 경쟁으로 점철된 정
글이었다. 이곳에서 진리와 법은 힘과 권력이었다. 그것은 '강强'이라
는 한 글자로 압축되는 세계였다. 조선에서 세계는 감춰 두고 밖으로
내놓을 수 없는 것이었다. 신채호의 기억에 따르면 그가 처음으로 본
지구의는 박규수의 안채에 숨겨져 있었다. 그만큼 신구의 세력 갈등
이 심각했으며, 변화하는 세계를 전면적으로 내세우고 이를 받아들이
기에는 그 토대가 미약했다.

이러한 세계관, 세계가 표출된 방식들은 반대로 일본과 중국 그리

고 조선의 문학적 텍스트가 세계문학으로 인식되지 못했던 한계를 보여 준다. 세계 독자를 대상으로 하는 보편적인 테마에 천착한 작품보다 자국 독자에 한정한 작품과 주제로 모든 텍스트가 집약되어 있었다. 자국의 사정에만 국한된 정치적 테마에만 너무 갇혀 있었기 때문이다. 일반적으로 다음과 같은 패턴이 반복적으로 적용되었다. 군국주의와 애국주의가 결탁된 제국을 지향하는 것은 물론, 근대적인 국가의 설립을 위한 정신적 개조와 개혁 및 문화적 개량을 추구하는 혁명을 추종하는 데 귀착되는 것, 오로지 실력양성과 구국활동 및 애국활동의 일치를 주창하는 독립만을 강조하는 경향이 그것이다. 그래서 동일한 텍스트임에도 이들 텍스트들은 각국의 독자에게 각기 다른 내면풍경을 심어 주었다.

요컨대 당대 일본과 중국을 비롯하여 조선에서 공통적으로 행한 살아남기 위한 실천으로 각광받았던 사업은 번역이었다. 그것은 일차적으로 외국인 교사와 기술자를 초빙하는 일이나, 수행사와 관비 등 외국으로 유학생을 파견하는 일보다 저비용으로 고효율을 내는 방편으로 인식되었다. 이로써 국내에서 다수의 서양 서적이 자유롭게 번역될 수 있었다. 조선에서 번역은 일차적으로 조선왕조를 하루빨리 근대국가로 탈바꿈하는 데 필연적으로 수행되어야 하는 국가사업이었다. 그럼에도 국가사업으로서의 번역은, 일차적으로 국가와 국민의 형성에 앞서 군주에 대한 충성을 전제하는 텍스트로, 정치적 관념이란 군주를 향한 애국충정을 다하는 것으로 해석되어야만 했던 한계를 지니고 있었다.

자발적으로 수행된 번역이 정치적 풍자나 지배 정권에 대한 저항 지점을 확보할 수 있었다면, 국가사업으로서의 번역은 관료적인 성격에서 탈피하기 어려웠다. 국가사업의 차원에서 수행된 번역(서적)

은 정전의 형성 문제와도 연관되는데, 국가 주도로 이루어진 번역 텍스트는 교과서로, 학술적인 제도의 힘을 받았기에 정전으로 편성되기 용이했다.[105] 이와 달리 민간에서 이루어진 번역은 대부분 국한문체에서 국문으로 옮겨지는 이중 번역의 형태가 많았다.[106]

초기 번역의 형태는 국가의 주도로, 국가적인 사업과 자발적으로 수행된 번역이 교묘하게 맞물려 있었다. 그것은 국가가 주도로 번역한 텍스트 또는 공공연한 인정의 대상이 된 텍스트가 특정한 권력을 상징하는 것으로 인식되는 데 그치지 않고, 자국 내에서 여러 버전으로 복수적인 번역의 형태를 연출하는 것으로 나아가게 했다. 표면적으로 국한문체의 번역서가 동일한 내용의 국문체 번역서로 재차 옮겨지는 것은 물론이고, 완결된 형태의 장구한 텍스트의 내용이 각기 다양한 형태로 압축되어 재차 여러 텍스트로 수록되는 것을 그 한 사례라 할 수 있다. 그리고 이렇게 번역된 텍스트는 바르트의 말을 빌려 원작의 일의성—意性을 넘어 각기 다른 독자에게 읽힐 때마다 매번 새로운 의미가 부여되는 다의성을 지니고 있었다.[107] 그것은 보편성을 지향하는 세계문학의 경우에도 예외가 아니었다.

2) 세계문학의 수용과 국민국가 창출의 문학

푸코가 지적한 것처럼, 19세기 서구 자유문화 속에는 '사회적인 통

---

105) 학부學部에서 번역한 서적으로는 다음과 같다. 《영국사요》(1896), 《태서신사》(1897), 《중일약사》(1898), 《중동전기》(1899), 《미국독립사》(1899), 《파란말년전사》(1899), 《법국혁신전사》(1890), 《청국무술정변기》(1900), 《일로전기》(1904), 《애급근세사》(1905).

106) 가령, 국문으로 재차 옮겨진 텍스트로는 김병현의 《서사건국지》와 주시경의 《이태리건국삼결전》, 여러 《월남망국사》의 판본들 등이 대표적이다.

107) 진관타오, 류칭펑, 양일모 외 옮김, 《관념사란 무엇인가》, 푸른역사, 2010, 320~323쪽.

제'가 보이지 않게 작동하고 있었다.[108] 소설은 정치적으로 억압되었
을 때 이를 폭로하려는 목적으로 전략적으로 생겨난 장르라고 볼 수
있다. 소설이 근대의 산물인 것은, 문체의 혁명과 인쇄의 혁명 등 기
술적인 면에서의 발달을 떠나 무엇보다 근대라는 새로운 시대에 들
어 급격하게 분출되었기 때문이다. 서구의 로맨스에서 노벨로의 전
환은, 신의 이야기에서 인간의 이야기로 전환된 것과 같이, 획기적인
변화를 수반하고 있었다.

프랑스혁명과 이를 다룬 이야기는 19세기 정치적 무의식에 전례
없는 충격을 준 역사적 사건이었다.[109] 이 혁명과 함께 호명되는 롤랑
부인의 이야기는 비단 프랑스에서뿐만 아니라 혁명과 자유를 논하고
자 했던 각국에 전파되었다. 한국에서 롤랑 부인의 이야기는 민족적
정론지인 《대한매일신보》에 연재된 바 있다. 그리고 이는 량치차오가
《신민총보》에서 소개한 바 있다. 그리고 《신민총보》가 발간되었던 요
코하마에는 이미 일본의 잡지를 동시적으로 볼 수 있는 여건이 구비
되어 있었고, 이 이야기는 또한 일본에서도 파급되어 있었다. 이렇게
동일한 텍스트가 한중일에 연쇄적으로 걸쳐 있는 현상은 더 이상 낯
선 이야기가 아니다. 문제는 어떻게 변용했는가 하는 실제 적용의 상
태를 재검하여 그 차이를 가지고 자국에 유포된 텍스트의 특성을 파
악하는 것이다. 이 시기에는 물론 개화에 관한 문제를 대화 형태로
주고받는 '문답형식의 계몽서'도 있었다.[110] 그럼에도 주된 정론을 담
당하는 장르는 역시나 정치소설이었다. 이는 비단 소설이라는 특수한
서사적 특징에서 말미암은 일종의 강점이 있었기에 그러했다기보다,

---

108) Miller, D. A., *The novel and the police*, Berkeley : University of California Press, 1988.
109) Kadish, Doris Y., *Politicizing gender : narrative strategies in the aftermath of the French Revolution*, New Brunswick : Rutgers University Press, 1991. p.5.
110) 山本和明, 〈〈開化問答〉解題〉, 《開化問答》, 國文學硏究資料館, 2005, 261쪽.
       (小川爲治, 《開化問答》, 東京 二書屋, 1874)

시기적 · 제도적으로 자유민권운동이라는 특수한 정치운동을 등에 업고 있었기에 가능했다.

실러는 괴테와 함께 독일의 지성을 대표하는 문인이자 세계문학을 형성한 세계적인 문호이다.[111] 실러의 작품 가운데《오를레앙의 소녀》와《빌헬름 텔》은 각각 잔다르크와 빌헬름 텔의 이야기로 아시아 삼국에 번역되어 통용된 바 있다. 이들 작품은 당대 나머지 다른 작품들과 마찬가지로, 번역하는 과정에 그것도 여러 판본으로 번역하면서 새로운 의미가 추가되는 방식으로 변형되었다. 여기서 추가된 의미란, 텍스트에 가세된 근대적인 정치성의 표출과 연계되어 있다. 가녀린 소녀의 수난사로 압축된 전설은, 국가를 위해 투신한 무장의 일대기로 포장된다. 마찬가지로 고위관리의 횡포에 저항했던 빌헬름 텔의 신화는, 근대적인 국가 건설의 초석이 되는 공화정 체제의 설계를 위해 초석을 다진 거국적인 인물의 일대기로 변모한다. 그리고 이러한 변화 양상은 내셔널리즘의 양상이 강해지는 것에 비례하여 급속도로 진행되었다. 여기서 세계문학의 의미를 상기해 볼 필요가 있다. 세계문학이 번역되면서 국민문학으로 변질된 양상에 대한 고찰이 요구된다.

괴테는 19세기에 국민문학의 종말을 고한 바 있다.[112] 그러나 세계문학을 고양시키려는 이러한 시도와 반대로, 같은 시기에 아시아에서

---

111) 馬君武,〈歐學之片影〉(談叢),《新民叢報》, 中華書局, 제 28호.〈十九世紀二大文豪〉十九世紀之大文豪亦多矣. 其能使人戀愛使人 崇拜者非苟特 Goethe 非許累爾 Schilles 非田尼遜 Tennyson 非卡黎爾 Carlyle 何以故. 因彼數子之 位格之價値. 止於爲文豪故. 至於兩苟   Victor Hogo 及擺倫 Byron 則不然. (19세기 대문호 또한 많으리라. 사람으로 하여금 능히 사랑하게 하고 숭배하게 하니 이들— 괴테, 실러, 테니슨, 칼라일—이 다 그렇지 아니한가. 어떠한가. 그들의 지위와 가치로 하여금 문호에 한정되게 하지 않는다. 위고와 바이런이 그렇지 아니한가.)

112) 에커만,《괴테와의 대화》, 1827. 1. 31, 니시카와 나가오, 앞의 책, 88쪽. '국민문학이라는 것은 오늘날에는 그다지 의미가 없다. 세계문학의 시대가 시작되었기 때문이다. 따라서 모두가 이 시대를 촉진시키도록 노력해야 한다.'

는 국민문학의 창출이 시도되고 있었다. 영국의 산업혁명, 프랑스혁명, 나폴레옹의 정권으로 이어지는 이러한 일련의 유럽 정세는, 이미 제국으로의 진입이 막바지에 이르렀다는 것을 말해 준다. 일본의 메이지유신, 중국의 변법자강운동, 조선의 갑오개혁 등 위로부터 추진된 운동의 시작은 무엇보다 국민을 창출하고 국민을 결집시킬 서사를 필요로 했다. 그 과정에서 원텍스트의 본질적인 측면에 대한 고구보다, 필요에 따른 변용이 불가피했다. 무엇보다 원텍스트를 수용할 수 있는 문학적 창구가 존재하지 않았던 여건을 말하지 않을 수 없다. 모든 텍스트는 각국에 이입되는 순간 단일한 프리즘을 거쳐 원작과 각기 다른 방향으로 새로운 의미가 부가되어 분산되었다.

장지연이 번안한 《애국부인전》은 잔다르크의 일대기를 다룬 전기로, 이 텍스트가 유입된 경로를 살펴보면 본래부터 조선에 통용된 애국부인으로서 잔다르크의 이미지가 자체적으로 생성되었다는 것을 볼 수 있다. 번역의 과정을 거치면서 성격화된 이미지가 탄생한 것이다. 주된 특성은 식민주의 사관으로부터 탈피한 다시쓰기가 이루어졌다는 점을 들 수 있다. 단순히 주군을 위해 충성하는 무사의 이미지가 아니라, 국민국가의 건설에 앞서서 독립을 위해서 국민의 분자로서 주체적인 자리에서 자신의 소임을 다하는 모습에 역점을 둔 서사로 진정성이 있는 국민의 이미지가 창출된 것이다. 일본과 중국과 조선에서 각기 번역된 텍스트는 그 텍스트가 번역된 정치적인 상황에 따른 각기 다른 의미를 지향하지 않을 수 없다. 그럼에도 이들 텍스트가 공통적으로 피할 수 없는 것은 국민문학으로의 지향성이었다. 아무리 세계 문호가 지은 세계문학일지라도, 아시아에 이입되는 순간 이 또한 각기 내셔널리즘을 고양시키는 국민문학으로 왜곡되지 않을 수 없었던 것이다.

일본과 중국의 문학사에서, 《잔 다르크전》이나 《롤랑부인전》은 주요 번역 작품으로 기록되지 않았다. 이는 표면적으로 당대 문학계에 충격적인 파장이나 전환점을 제공하지 못했다는 것을 보여 주며, 초기에는 외국의 전기로서, 그 자체가 '기이한 이야기[奇談]' 또는 '낯선 이야기[怪談]' 때로는 골계滑稽담으로 '이야기[物語]' 그 자체로 한정되었거나, 특정한 사상을 전파하기 위한 '이야깃거리[素材]'로서만 인정되었다는 것을 보여 준다. 이 지점에서 일본과 중국의 문학사에서 주요 작품으로 언급되지 않았던 《잔 다르크전》과 《롤랑부인전》을 '번역 정치서사'의 범주에 넣고, 한국문학사에서 '저항문학의 초석'으로서 중요한 의의를 지닌 작품으로 각광받았던 《애국부인전》과 《라란부인전》의 의미를 재검해 보고자 한다.

일본과 중국의 문학사에서 누락되었던 《애국부인전》이 한국문학사에서, 그것도 창작물이 아님에도 조명되었던 이유는 무엇일까. 그것은 초기에 장지연의 창작품으로 오인되었다는 것과 별도로, 당대 장지연의 인지도가 신채호에 버금갈 정도로 높았다는 점을 들 수 있다. 또한 앞서 말한 대로 식민지 시기에 저항의식을 담고 있는 작품으로 금서로 지정되었다는 사실을 들 수 있다. 일본의 경우 《롤랑부인전》은 쓰보우치 쇼요와 도쿠토미 로카德富蘆花가 소개했으며, 중국에서는 량치차오가 의역한 바 있다. 현재까지 밝혀진 한중일 삼국에 남아 있는 《애국부인전》의 경우 다음과 같은 판본이 있으며[113], 《라란부인전》의 경우

---

113) 〈표1〉《애국부인전》의 경우는 다음과 같다. 다음의 서지사항은 이재선(〈개화기소설관의 형성과정과 량치차오〉, 《한국개화기소설연구》, 일조각, 1972, 《한국현대소설사》, 홍성사, 1979), 박상석의 앞의 논문에 나와 있는 것을 참조했으며, 이 책에서 새로 첨부한 것은 굵은 글씨체로 표기해 둔다. 그리고 이 도표에 포함시키지 않은 것으로, 〈如安外伝〉(シラー 著, 内田魯庵・嵯峨の屋お室 訳, 《内田魯庵・嵯峨の屋お室集》(明治翻訳文学全集 13), 大空社, 2002)이 있다. 이 텍스트는 실러의 작품(Schiller, Die Jung frau von Orleans (1801))을 번역한 것으로, 발행연도를 확인할 필요가 있다. 또한 아직 판본의 유무가 확인되지 않은, 〈若安貞德救國傳〉〈演劇界之李人稙〉, 《大韓每日

다음과 같다.[114]

申報》, 1908. 11)이라는 텍스트의 존재가능성도 배제할 수 없다하겠다.

발간 년도	작품명	원저자/ 번역자	출판사
1872	〈佛朗西國女傑如安之傳〉, 《西洋英傑傳》(2編 上)	Fraser, Edward (法勅西兒(フラセル)), 山内徳三郎(作楽戸痴鶯) 訳編	英蘭堂
1874	〈仏葷西如安達克の話〉, 《和洋合才袋(前集)》(제2권중 2권)	瓜生政和 編著	東京
1874	〈仏国如安達安克の事〉, 《世 界智計談》(제3권중 2권)	村田尚志 編	東京:金 松堂
1884	〈紀元後一千四百二十九年若 安阿亞爾格英軍ヲ阿里安二敗 ル〉,《万国有名傳戦記》	Creasy, Edward Shepherd, 吉村軌一, 岩田茂穂 訳	東 京 : 陸 軍 文 庫
1886	《自由の新花 : 仏国女傑如安 実伝》	朝倉禾積 訳, 新宮巍 校閲	丁卯堂
1886	《同天偉蹟佛國美談(LIFE OF JOAN)》	Tuckey, Janet, 粟屋, 関一 譯述	同 盟 書 房
1887	〈若安達亞克〉(ジョアンダー ク), 《婦女鑑》(제4권중 4권)	西村茂樹	宮内省
1890	〈豪傑婦人如安達克の傳〉, 《新作滑稽 楽しみ草紙》	山本新吉 著	東京: 上 田 屋 栄 三 郎 等
1892	〈若安達亞克〉,《正學要領》	佐藤益太郎	東京
1898	〈オルレアンの少女〉,《世界古 今名婦鑑》	湖處子識	民友社
1902	〈如安打克孃(ジョアンダー ク)〉,《世界十二女傑》	岩崎徂堂, 三上寄風 著	東 京 : 広文堂.
1907	《익국부인전》	숭양산인(장지연) 역	광학서포
1908	〈여안(如安)〉, 《녀ᄌ독본(하)》	남숭산인 쟝지연 집(輯)	광학서포

114) 〈표 2〉〈라란부인전〉의 경우는 다음과 같다. 다음의 서지사항은 김병철과 다지리 히
로유키의 저서 및 논문에 나와 있는 것을 참조했으며, 이 책에서 새로 첨부한 것은 굵
은 글씨체로 표기해 둔다.

1) 〈애국부인전〉의 경우

판본 A	Fraser, Edward, 山內德三郎(作楽戸痴鶯) 訳編, 〈佛朗西國 女傑 如安之傳〉, 《西洋英傑傳》(2編 上), 1872, 英蘭堂.

발간 년도	작품명	원저자/ 번역자	출판사
1882	《眞段郎蘭傳 :佛國革命 自由黨魁》	Abbott, John Stevens Cabot(ジョン, アボット)著, 門田平三　訳	東京:丸善 (共同刊行:慶応義塾出版社)
1886	《朗蘭夫人の伝》	坪內逍遥 (春廼屋朧) 訳	大阪: 帝国印書会社.
1898	〈仏国革命ノ花(ローラン夫人の伝)〉, 《世界古今名婦鑑》	蘆花　生編 (德富蘆花)	民友社
1902	〈朗蘭夫人〉, 《世界十二女傑》	岩崎徂堂, 三上寄風 著	東京：広文堂
1902	〈近世第一女傑羅蘭夫人傳〉(傳記), 《新民叢報》(제17호, 제18호)	량치차오 역	北京:中华书局
1906.11 ~1907.4	〈自由母〉, 《少年韓半島》(1-6호)	이해조 편집	少年韓半島社
1907.5. 23 ~ 7. 3,4,6	〈근세뎨일 녀중여중 라란부인젼 〉,《대한매일신보》	역자 미상	大韓每日申報
1907	《근세뎨일 녀중영웅 라란부인젼》	역자 미상	大韓每日申報
1908	《근셰뎨일 녀중영웅 라란부인젼》	역자 미상	박문서관
1908	〈라란부인(羅蘭夫人)〉,《녀ᄌ독본(하)》	남슝산인 쟝지연 집(輯)	광학서포

내용 및 특징	이 《西洋英傑傳》의 시리즈의 첫 권에서 번역자는 "구라파의 영걸의 전기"를 번역한 것이라는, 책의 출처와 원저자에 대해 밝혀놓았다. 이 가운데 〈佛朗西國 女傑 如安之傳〉에서, 텍스트의 마지막 부분에는 필자가 번안한 의도가 구체적으로 드러나 있다. 필자는 잔다르크의 죽음을 "유공무죄의 선인有功無罪の善人"이 사형을 당한 일대의 '가련한 사건'으로 보고, 이 책으로 무릇 이 책을 읽는 자들이 영걸의 공적과 현선賢善의 행상行狀을 추모하고 배우며, 그것을 마음에 담아 분기奮起하는 동인이 되기를 바란다는 뜻을 밝혀 놓았다. 더욱이, 텍스트의 마지막 부분에서 "권징의 일단勸懲の一端"을 보여 주는 계기가 되는 이야기라는 감상 또한 〈잔다르크전〉이 기존의 전통적인 문학형태인 골계나 군담, 혹은 권선징악勸善懲惡의 윤리를 보여주는 공리적인 작품으로 간주되었다는 것을 보여준다.
판본B	瓜生政和 編著, 〈仏蕈西如安達克の話〉(제2권 가운데 2권), 《和洋合才袋 (前集)》, 1874, 東京.
내용 및 특징	이 텍스트는 〈서양영걸전〉 다음에 간행된 것으로 보이며, 〈여안용맹의 도如安勇猛の図〉라는 특이한 그림이 실려 있다.[115] 삽화 및 내용 그리고 수사적 표현이 《楽しみ草紙》에 실린 것과 동일하다.(전체 동일) 프랑스가 영국의 압제를 받을 때, 동레미라는 작은 촌에서 태어난 여안如安은 가난한 농가에서 생장하여 독서를 즐기는 뛰어난 용모를 지닌 여아였다. 18세가 된 여안은 오를레앙 성의 위급함을 듣고 이를 구하고자 왕을 만나, 군사를 얻어 적진으로 진격해 들어간다. 특유의 용맹함으로 여안은 대승을 거두나, 시샘한 자에 의해 영국군의 포로가 되어 결국은 화형에 처해지고 만다. 이러한 여안의 이야기는 불의에 애통하게 죽은 비사로 전해진다.(충신이나 애국자의 면모가 언급되지 않음)
판본 C	村田尙志 編, 〈仏国如安達安克の事〉(제 3권 가운데 2권), 《世界智計談》, 1874, 東京 : 金松堂.

	이 책의 내부 소제목은 〈佛蘭西 如安達亞克之畧傳〉으로, 이 텍스트는 '벽촌에 살고 있는 농가의 딸'인 여안이 온화한 성품에 자비심이 있다는 인물소개로 시작된다. 이 무렵 프랑스는 영국의 압제로 거의 죽을 위기에 처해 있었는데, 여안이 18세의 나이로, 인민을 도탄에서 건지기 위해 침식을 거르며 기도하여, '프랑스를 회복하라'는 천신의 명을 받들고 이를 이루고자, 태자를 알현하여 병사를 내어 주기를 청하나, 관리는 여안에게 집으로 돌아가 '소나 양을 키우며 일생을 편안히 보내라'며 설유說諭한다. 여안은 이에 굴하지 않고, "일향적심一向赤心"을 보여, 다수의 관인을 설득하여 태자를 뵙고(제장들과 동일한 의복을 입은 태자를 알아보는 시험도 통과), 불국을 회복할 묘략과 건책을 내어 전장에 나선다. 여안은 명마를 타고 보검을 쥔 채 병마를 거느리고 오를레앙으로 진격하여, 이를 탈취하는 데 성공한다.
내용 및 특징	탁월한 전술(야간에 영군을 공격하는 등)로, 대승을 거둔 뒤 영군을 몰아내고 인민을 구원한 여안은, 왕을 모시고 즉위식을 갖는다. 이로써 평소에 품고 있던 바를 성취하자, 여안은 왕에게 고향으로 돌아가 노부모를 모시고 살 뜻을 밝힌다. 그러나 여안이 없으면 병사들이 와해될 것을 염려한 왕의 부탁으로, 여안은 총군總軍의 병권을 쥐고 영군과의 마지막 사투를 벌인다. 이 전쟁에서, 여안은 자신의 대공과 명예를 시기한 자로 말미암아, 함정에 빠져 영군의 포로가 되고 만다. 여안은 마술을 부려 부설浮說을 퍼뜨리고 신교에 의탁해 민중들을 미혹시킨 죄로 감금되었다가, '남복으로 유혹하여 이를 입게 하는 독계毒計'에 빠져, 결국은 사형에 처해진다. '지용무쌍의 기녀智勇無雙の奇女가 영인(간사하고 아첨을 떠는 이)의 간계(佞人の奸計)에 빠져 20세의 나이로 소살燒殺되었으니, 실로 애통한 광경이라' 하는, 여안이 죽는 마지막 부분에 대한 평은 《자유의 신화》와 비슷하다.

	이 텍스트에는 〈여안 신교를 받들어 찰스태자를 배알하는 그림〉과 〈여안이 말을 타고 영군과 싸우는 그림〉이 실려 있다. 더욱이 두 번째의 그림은, 여안이 피 묻은 칼을 휘두르며 적군을 베고 있는 그림으로, 피가 넘치는 토막 난 시체더미의 형상은, 여안이 사지死地와 같은 잔혹한 전장에서 싸웠다는 것을 여실하게 보여준다.
판본D	Creasy, Edward Shepherd, 吉村軌一, 岩田茂穂 訳, 〈紀元後一千四百二十九年若安阿亞爾格英軍ヲ阿里安ニ敗ル〉, 《万国有名傳戰記》, 1884. 東京 : 陸軍文庫
내용 및 특징	이 저서의 서문에는 일본의 육군사관학교에서 이용될 만한 전쟁의 사례를 소개한다는 발간 취지가 드러나 있다. 대표적인 세계의 전쟁 가운데 백년전쟁의 주역으로 약안이 소개되어 있다. 약안은 프랑스군을 이끈 인물로, 약안若安에 대한 전반적인 소개가 전쟁사 안에 들어있다. 이 텍스트에서 약안은, "구주개화에 대공大功"을 이루고 "구라파의 무운武運"을 연 인물이다. 구주각국이 금일에 개명한 이래 15세기 초반에 "한 용감한 소녀 약안(一勇女若安, ジョアン)"이 영군을 불국으로부터 격퇴시켜, 자국의 보전을 이룬 이야기에 초점이 맞추어져 있다. 〈若安阿亞爾格傳〉을 통해 당대 불국의 정황과 전쟁의 진전 상황을 재조명하는 중에, 약안의 출현 및 활약상과 비참한 최후를 기술해 놓았다. 목축업을 하는 부모 밑에서 자라난 약안은 18세에 전장에 참가하여 영국군과 싸운다. 약안은 유년기부터 "애국의 정신愛國の情神"이 발휘되어 불국佛國을 구호救護하려는 열망으로 날마다 사원에서 기도를 드렸는데, 상제로부터 불국을 구하라는 신탁을 받고, 18세가 되던 해 오를레앙의 위급함을 전해 듣고 집을 떠나 출전한 것이다. 당대는 미신이 성행하여 인심이 안정되지 못했으나, 약안의 등장으로 약안을 믿고 따르는 자들이 생겨나며, 약안은 불군을 거느리고 '사기를 장려하는 군술軍術과 병법'으로 승전을 거둔다.

	습격받은 일, 전투로 말미암은 사상자의 수 등, 전투의 여정이 비교적 상세히 기술되어 있으며, 결과적으로 약안이 비참한 최후를 맞게 되는 죄명으로 당대 미혹했던 종교 문제나 약안이 상제를 정성으로 섬기는 것에 대한 대목도 반복적으로 기술되어 있다. 오를레앙을 회복하고 왕의 즉위식을 거행하겠다는 왕과의 약속을 지킨 약안은, 고향으로 돌아가고자 했으나, 마지막까지 '국가에 진력하려는 마음'으로 출전하였다가, 크게 부상을 입고, 끝내는 不干的 人에게 사로잡혔다가, 영군에게 팔려 간다. 이 텍스트에서는 영군이 거금을 지불하여 약안을 사들인 것으로 나와 있다. 영군에게 잡혀간 약안은 종교재판소에 회부되어 마술을 부린 죄로 사형을 언도받고 분살焚殺된다. 흥미로운 것은, 마지막 부분에 작자가 약안의 죽음을 평하면서, 약안을 소크라테스(瑣刺底, ソゲラテス)에 비교해 놓은 것이다. 소크라테스가 속세를 어지럽히는 허황된 말을 퍼트린 죄로 사형된 것처럼, 약안 또한 억울한 누명을 쓰고 죽은 것으로, 그 누가 약안을 욕할 수 있겠는가 하는 것이다.
판본E	朝倉禾積 訳, 新宮巍 校閲, 《自由の新花 : 仏国女傑 如安実伝》, 1886. 1, 丁卯堂.
	이 텍스트에서 여안이 國步艱難의 상황에서 人民危急한 처지를 구할 수 있었던 것은, 원래부터 慈悲心이 큰 성정과 忠義 그리고 天神으로부터의 명이 밤낮으로 나타났기 때문으로 평해져 있다. 이 텍스트에서도 잔다르크(ジョアン, ダァーク)는 자신을 광녀라 취급하는 냉담함에 굴하지 않고, 대다수의 관인들을 설득하여 왕을 알현하기에 이르는데, 잔다르크(ダーク)가 관인들을 설득하는 것은 오로지 진정어린 적심충애의 언사(赤心忠愛の言詞)였다는 수사는, 《西洋英傑傳》에서와 동일하다. 왕은 자신을 찾아온 여안을 믿지 않고, 의복을 신하와 바꾸어 입고 여안의 신력을 시험하는데, 여안은 한눈에 왕을 알아보고 이 시험을 통과함과 동시에 병권을 하사받고 오를레앙으로 진격한다.

내용 및 특징	여안은 "여장군의 호맹한 용위(女將軍の豪猛なる勇威)"로 영국군을 거의 토벌한다. 여안은 항상 왼손에는 깃발〔小旗〕을 쥐고 오른손에는 검을 들고 싸우는데(綵旗を握り寶劍を揮る), 여기서 여안의 최종 목적은 왕의 즉위대례에 있었던 것으로, 대례식에 참관한 여안은 감격의 눈물을 흘린다. 파리성 전투에서 포로가 된 여안은 종교재판을 받고, 마술을 이용하여 허황된 설을 유포하고, 천신의 이름을 빌려 중인을 미혹하게 한 죄로 사형을 언도받는다. 여안은 '사지에 몰려는 독계毒計'를 눈치채지 못하고 남복을 입었다가, 이것이 미혹한 술수를 쓰는 자라는 증거가 되어 화형에 처해진다. 이러한 여안은 "忠義の志"를 지닌, "臣道"(신하로서 지켜야 할 도리)를 다한 충신이자, 國家危難의 상황에서 百戰百勝의 기록을 쌓은 여장부女丈夫로 고평된다. 참고로, 동시기의 정치소설에서 여장부는, 남성에 버금가는 지성으로 정사政事에 능한 여인을 지칭했다. 여기서는 용맹무쌍한 용위를 떨친(無雙の勇威を振ひ) 전사로서 여장부의 면모가 강조되어 있다. 여안의 용맹(如安の勇猛)은 사력을 다해(死力を尽し) 나라에 충성을 다하고(国に忠を尽くす), 언제나 국가를 위해 진력하는 것(国家の為に尽くす)으로 드러난다.
판본F	Tuckey, Janet. 저자 , 粟屋, 関一 역술 , 《同天偉蹟 佛國美談(LIFE OF JOAN)》, 1886, 10(再版), 同盟書房.
내용 및 특징	200페이지에 달하는 방대한 분량으로, 사건 전개와 장면의 전환에 있어 각 묘사 및 상황설명이 장구하다. 초판본이 메이지 17년(1884년) 2월 간행된 것으로 보아, 잔다르크의 전 생애(1412~1431)를 다룬 전기 가운데 가장 자세히 기록된 것으로 보인다. 더욱이, 여안이 전장에 나가서, 영국군과 싸울 때 양편에서 주고받게 된 서문의 전문이나 여안이 지은 글 〈文言〉이 수록되어 있어 상대적으로 분량이 길다.

서문에는 역자인 아와야粟屋가, 〈如安傳〉을 읽고 느낀 소감이 기록되어 있다. 여안은 일개 비천한 한 소녀로, 국가가 위태로운(國步艱難危急存亡) 상태를 보고 분연히 '강개의 뜻〔慷慨之志〕'을 일으켜 나라를 구한 소녀로, 이 이야기를 읽고 많은 기쁨을 느꼈으니, 이를 읽는 독자도 자신과 같은 감동을 느꼈으면 좋겠다는 것을 밝히고 있다.

이 텍스트에서 잔다르크는 충의지사忠義之士나 영웅지사英雄之士로 호명되며, 외적을 물리쳐 왕을 보위하고 백성을 구해 낸(如安之志 在勤王濟民殄掃外夷蕩) 충신의사로 높게 평가된다. 여안이 오를레앙의 성을 구한 것은 결과적으로 이적을 물리쳐 나라를 구한 것이며, 왕의 복권을 상징하는 의례의 주관으로 왕을 섬기는 충신으로 미화되어 있다. 요컨대 이 텍스트에서 근대적인 요소는 배제되고, 전봉건적인 요소를 계승한 인물로 잔다르크는 존왕양이尊王攘夷의 정신으로 왕권을 수호한 보편적인 충신의 이미지로 구현되어 있다.

이 텍스트의 교열자 또한 〈如安傳〉의 특성을 '충의심忠義心'를 보여 주는, 충의의 기색(忠義てふ色香)이 강한 것으로 평해 놓았다. 그리고 이 텍스트의 전면 그림은 잔다르크가 검을 어깨에 메고 전장에 서 있는 모습을 크게 클로즈업해 놓은 것이다. 이 모습 또한 장지연의 〈애국부인전〉에서 잔다르크가 한 손에는 깃발을 한 손에는 상징적인 검을 들고 연설을 하는 모습과 대조된다.

영길리(영국)의 헨리 오세에 대적하는 잔다르크의 출현(탄생)을 시작으로, 동레미촌에서 성장하여 천신을 받드는 신앙심을 지닌 잔다르크가 성장하여 활약하는 것은 여타의 작품과 동일하다. 요컨대 텍스트에 나온 표현을 빌려 말하자면, 여안은 "我國의 危急存亡"한 상태를 보고 "國家沈淪の憂를 덜어내기" 위해, "국가보호의 道를 세워"서 "國家의 政權"을 바로잡는다는 것이다.

이 텍스트에는 특이하게도, 장면의 전환에 따른 여러 삽화가 들어있는데, 간략히 살펴보면 다음과 같다. 〈여안이 오를레앙성의 위급함을 듣고 대의를 도모하다〉, 〈여안이 유지자를 설득하여 프랑스왕을 알현하기에 이르다〉, 〈여안이 왕 앞에서 기량을 시험하다〉, 〈여안 크게 영국군을 격파하다〉, 〈여안 프랑스왕이 즉위의 대례를 받게 하다〉, 〈여안 밤에 왕궁을 떠나 사지로 가다〉, 〈여안 사로잡히다〉, 〈루랑의 고시장 여안 화형 당하다〉. 더욱이, 이 가운데서 〈여안 시험하다〉는 삽화는, 여안이 말을 타고 창을 던지는 그림이다. 초기에 프랑스 왕은 여안을 믿지 못하여 그녀의 내력을 조사하고 시험을 하는데, 이 삽화는 여안의 무공 또한 시범적으로 테스트되었다는 것을 보여 준다. 이는 다른 작품에서 발견되지 않은 흥미로운 사항이다. 그리고 〈여안 크게 영국군을 격파하다〉에서는, 여안이 병사를 이끌고 영국군을 쫓아가는 장면으로, 행패를 부렸던 영국군에게 보복(다른 작품에서의 "복수")하는 통쾌함을 그려 내고 있다.

이 텍스트에서도 마찬가지로, 여안이 광녀狂女라 냉소를 받기도 하나, 여안은 자신을 힐문하고 시험하는 것에 굴하지 않고, 관리들을 설득하여 왕을 배알하는 데 성공한다. 여안은 국가의 복을 기도하고 왕에게 충성을 다하는 신하로, "일신을 희생하여(一身を犧牲に)"하여 국가의 치욕을 씻겠다는 맹세를 한다.

이 텍스트에서는 애국심과 같은 표현으로 단심(丹心, 24쪽)이 나온다. 이는 '붉은 마음'으로, 단심을 지닌 병사들이 나라를 위기에서 건지고 군왕의 지위를 보전하려는 것으로 그려지고 있다. 그리고 이때 시의적절하게 등장하여 국가를 구하고 인민의 고난을 덜어주는("國家の危急を救ひ人民の艱苦を安んせん", 25쪽) 잔다르크의 존재는, 조국의 운명을 바꾸고자 운명적으로 등장한 이로 묘사된다.

	여안은 자신의 진실한 단심(丹心, 41쪽)으로 왕의 신임을 얻고 병권을 쥐게 된다. 이로써 여안이 "애국심(愛國の心)"과 "충군의 지기(忠君の志)"를 다하여(37쪽), 신탁에 따라 국가의 대적大敵을 몰아내고 국난을 극복하는 데 성공한다. 이로써 여안은 "호기豪氣의 여장군"(63쪽)이자, "적심赤心"(86쪽)을 지니고 "단심성충丹心誠忠"하며, "군신만세君臣萬歲"를 고창하는 "충신국가의 주석(忠臣國家の柱石)"(132쪽)으로 고평된다. 요컨대, 불국회복에 진력한 "충의의 인민(忠義の人民)"이자 "忠誠有功의 烈女"(182쪽)로, 충의忠義에 뜻을 두고 대의大義를 실현시킨 "古今未聞의 女丈夫"(195쪽)이다. 여안은 음모에 휘말려, 포로로 잡히는 고난에 처하는데, 여러 재판 끝에 '의복음모'(남복으로 갈아입은 일)에 빠져 사형을 선고받고 화형에 처해진다. 여안은 교회재판장에서 재판을 받았는데, 여안의 심판의 기록은 남아 있지 않다.
판본G	西村茂樹, 〈若安達亞克(ジョアンダーク)〉, 《婦女鑑》(제 4권 가운데 4권), 1887. 7, 宮內省.
내용 및 특징	1410년 법국의 동레미촌에서 태어난 잔다르크의 일대기를 압축적으로 보여 주고 있다. 당시 법국은 두 당의 알력다툼으로 내분이 있는 상태였으며, 외부적으로 영국의 왕 헨리 5세와 6세에 이른 압박으로 더욱 피폐해져 있었다. 이때 13세 때부터 신의 형상을 보기 시작한 약안(若安, ジョアン)은 신을 경배하고 자애로움을 지닌 인물로, 자국이 남방까지 공격당하여 더욱 수세에 몰린 것을 보고 분격한다. 약안은 그 몸이 일개 '천민출신의 처녀(賤民の一處女)'이나, '근왕애국의 지(勤王愛國の志)'가 깊어, 한 목숨을 버려 국난을 헤쳐 나간 대공을 이룬 인물로, 불행히도 적의 수중에 떨어져 극형에 처해졌으니, 실로 가련하다는 것으로 평해진다.

	이 텍스트에는 〈약안 전장으로부터 사자를 적군에게 보내어 추격함〉이라는, 전장에서 지휘하는 약안의 모습이 담긴 삽화가 수록되어 있다.
판본H	山本新吉 著, 〈豪傑婦人 如安達克の傳〉, 《新作滑稽 楽しみ草紙》, 1890, 東京 : 上田屋栄三郎 等
내용 및 특징	이 작품은 '호걸부인'이라는 제목 그대로, 호걸로서 잔다르크의 '호전적인 면모'가 부각되어 있다. 더욱이 이 작품에 삽입된 〈여안 용맹의 도(如安勇猛の圖)〉라는 제목의 그림은, 적군을 무찌르며 말을 타고 달리는 여안의 호전적인 모습이 그려져 있다. 여안이 긴 머리카락과 치맛자락을 휘날리며 총을 쏘는 모습은 역동적인 이미지까지 전달해 주는데, 다른 판본에서 검이나 창으로 묘사되었던 무기가 이 텍스트에서는 총으로 그려져 있어 흥미롭다. 가난한 농가에서 생장한 여안如安이 영국군에 시달리는 자국을 구하고자 왕의 허락을 받아 병사를 거느리고 선두에 서서 싸우다가, 대공을 이룬 지 얼마 되지 않아, 여안을 시기한 자에 적국의 포로로 붙잡혀 화형에 처해 죽었다는 애통한 이야기로 구성되어 있다. (〈정학요령〉보다 길지만) 매우 적은 분량이나, 기본적으로 〈잔다르크전〉의 골자는 담고 있으며, 특수한 것은 '대승으로 전국영토의 7,8분을 되찾았다'는, 잃어버린 영토에 대한 회복의 기록이다.
판본I	佐藤益太郎, 〈若安達亞克〉, 《正學要領》, 1892, 東京.
내용 및 특징	《正學要領》의 상권 목차는 〈五常總論〉으로 구성되어 있으며, 그 가운데 〈第二章 義の畧解〉에 해당하는 사례로 〈如安達亞克(ジャダーク) 愛國の事〉가 실려 있다. 곧 텍스트상에서 잔다르크의 애국적 행위는 인仁, 의義, 예禮, 지智, 신信 가운데 '의'에 해당되는 것으로 간주되었으며, 애국이라는 의미보다는 오상 가운데 '의'를 실현시킨 인물로 주목되고 있다. 분량이 짧은 관계로 전문을 공개하면 다음과 같다.

잔다르크는 프랑스국 동레미촌 빈가의 여아로, 자애롭고 의로웠다. 당시 프랑스 국내 곳곳에는 거대한 혼란으로 나라가 어지러웠다. 영국왕 헨리 제5세는 당시 프랑스를 공격하여 왕위를 빼앗고 그 스스로 프랑스왕이 되어 남방의 모든 부락을 제외하고, 프랑스 전 지역에서 항복을 받아 낸 지 오래지 않아 죽고, 그 아들인 헨리 제6세가 뒤를 이어, 보다 증강된 병력을 이용하여 남방의 모든 부락을 공격하더라.

이 당시 샤를 제6세는 병으로 국정을 태자 샤를에게 넘겼지만, 영왕에게 밀려 파리에서 쫓겨나 도피했다. 이 당시 샤를 제6세는 병으로 국정을 태자 샤를에게 넘겼지만, 영왕에게 밀려 파리에서 쫓겨나 도피했다. 잔다르크는 이때 18세의 나이로, 국세의 쇠락함을 통탄하고 적개심을 품으니, 신언에 의탁하여 병권을 잡고 적병을 물리쳐 태자를 도와 왕위에 올리고자 하니, 이를 모든 사람들이 광녀라 하여 믿지 않았으나, 잔다르크는 추호도 굴하지 않고, 결국은 태자를 보위하기 위한 군장을 하고 군사를 이끌고 오를레앙부에 있는 영왕을 격퇴한 뒤, 영병을 물리친 것을 기념하여 그 성벽에 '오를레앙의 처녀'라는 상찬을 받고, 잔다르크는 청하여 태자를 왕위에 올리고, 또한 더욱 나아가 영왕을 공격하여 영왕이 백기를 성문에 걸도록 항복시키니, 태자가 레이무부에 들어가 즉위의 예를 행하더라. 이때는 1429년 7월이더라.

잔다르크가 최초로 왕의 뜻을 일으켜 세워, 이에 이르러 90일이 지나자 말하길, 잔다르크는 병권을 반환하고 고향으로 돌아가 공명을 전부 천명에게 돌려 이를 기쁘게 하라는 청을 받자, 이를 허락했다면 거기서 끝났겠지만, 여전히 장군의 인수를 차고 후에 프랑스가 영병과 전쟁을 하게 될 때, 잔다르크는 적의 포로가 되어 안타깝게도 끝내는 화형에 처해지게 되었도다.[116]

판본J	湖處子識, 〈オルレアンの少女〉(1893. 12 ~ 1894. 2), 《世界古今名婦鑑》, 1898. 4, 民友社.
내용 및 특징	이 작품은 총 3개의 장으로 구성되어 있으며, 먼저 (1)잔다르크의 탄생과 프랑스의 위급한 상황, 강한 충성심이 있는 동레미촌의 분위기에서 자라난 잔다르크의 남다른 신앙심과 충성심, 천명을 듣게 된 경위 및 한 청년의 구혼도 거절하고 프랑스 국운을 상징하는 오를레앙을 수호하고자 떠나는 여정이 구체적으로 기술되어 있다. 그리고 (2)오를레앙을 소망대로 구원해 내고 "군인의 도덕"을 개량시켜 좀 더 적에 대한 태세를 강화하는 등 천명에서와 같이 연이어 대승을 거둔다. 이로써 (3)잔다르크는 노틀담 사원에서 국왕가관(가례)식을 치르고 자신의 소임을 다한 것에 대한 기쁜 눈물을 흘린다. 일국의 안위를 지켜 낸 명예와 영광을 한 몸에 받았던 잔다르크는, 그만 영국의 포로가 되어 영국 교회의 질시를 받으며 그리스도의 심판에 따라 화형에 처하게 된다. 그러나 여기서 끝나지 않고 모든 사명을 다한 잔다르크의 영혼은 천사와 함께 하늘로 올라간다. 더욱이 작품의 중간중간에 천사가 등장하고 잔다르크가 천상으로 올라가는 대목은 이 작품이 소임을 다한 인간의 희생적인 면모에 주안을 두고 있다는 것을 보여 준다.
판본K	岩崎徂堂, 三上寄風 著, 〈如安打克孃(ジョアンダーク)〉, 《世界十二女傑》, 1902, 東京 : 広文堂.
내용 및 특징	이 텍스트에서 잔다르크는 "프랑스 왕국의 재건자再建者"로 정의되며, 동레미라는 작은 시골 마을 출신이나, 세인의 주목을 받게 된 경위가 기술되어 있다. 이 텍스트의 목차는 다음과 같다. 〈동레미의 전설(ドムレミの伝説)−불왕국의 대난(仏王国の大難)−천사의 출현(天使の出現)−불왕자의 사절(仏王子の使節)− 오를레앙의 원군(オルレアンの援軍)− 레이무의 즉위식(レイムの即位式)−콘펜의 패군(コンペーンの敗軍)− 루앙의 심문(ルーアンの審問)− 화형장의 기도(火刑場の祈祷)〉

	잔다르크는 "프랑스 왕국을 구한 소녀"로서 프랑스국이 대난을 겪는 때에 자신의 기도에 응답한 천사의 신명을 듣고 자신이 앞장을 서서 프랑스를 구해야 한다는 것을 사명으로 받들게 된다. 본래 동레미의 촌민들은 가장 "애국의 정신(愛國の精神)"이 있던 이들로, 여기에서 자라난 잔다르크는 용맹하게 프랑스 왕을 알현하고, 오를레앙으로 출전하여 병사들의 사기를 고무시켜 승전한다. 이후 왕의 즉위식을 갖고 파리성을 탈환하고자 진격했다가, 여안如安의 공적功績을 시기한 자의 함정에 빠져 영국군의 포로가 된다. 이 소식을 들은 파리의 민과 국왕은 별다른 손을 쓰지 않고, 잔다르크는 토사구팽兎死狗烹 격으로 죽음의 길에 들어선다. 여안은 단지 군인으로서 정당히 싸웠을 뿐(軍人として正しく戰へるのみ), 별다른 죄목이 없자, 영국측은 여안의 약점을 잡기 위해 마술을 쓰는 이교도異教徒로 몰고, '남장男裝의 계략計略'을 써서 그녀를 화형에 처한다. 이 텍스트에서는 여안이 법정에서 변론하는 대사나, 죄인이나 여안에게 감탄하는 법관의 독백 등이 삽입되어 있으며, 한 나라의 백성이자 군인으로서 사명(영국군 축출)을 다했던 잔다르크의 면모를 부각시켜 놓았다. 더욱이 마지막에 여안이 죽으면서 "신이여, 가엾이 여겨 주소서"라는 말을 남기며 죽었다는 멘트는 다른 판본에서 보이지 않는 부분이며, 편찬자는 여안을 평하면서, 영광된 생애를 살다 간 프랑스왕국의 재건자로, 프랑스뿐 아니라 전 세계에 기억될 인물로, 그 후 루앙의 땅에는 화려한 기념비가 세워졌는데, 이는 당시의 대업을 추모하기 위한 것으로, 위업의 발자취를 보여 준다고 말한다.
판본L	숭양산인, 《애국부인전》, 광학서포, 1907.
내용 및 특징	이름은 약안아이격으로, 정덕이라 불리기도 했던 약안은, 법국을 회복하고 이름을 날린 여장부다. 적국의 원수를 갚게 해달라(雪恥復讐)고 상제께 기도했던 약안은, 상제의 명을 받는다.

이때부터 약안은 총과 활을 배우는 등 병사훈련을 스스로 한다. 법국은 내란을 비롯하여 영국으로부터 압박을 받아 남방으로까지 후퇴하는데, 고립무원이 된 법국을 구하고자 약안은 왕을 만나 군사를 받고 승전을 거둔다. 약안은 자신을 만류하는 부모를 뒤로하고, 비록 여자이나 법국의 백성으로 "국민된 칙임"을 다하리라 말한다. 약안은 여장부("대원슈 녀장군 약안")의 풍채를 지니고, "나라 원슈 갑흘 마음"으로, 충성을 다하여 "국민된 의무"를 다한다. 약안은 "의"로 민심을 격발시키기 위해 격문을 돌리는데, 그 격문에는 "와신상담"할 때라 하여, "이국ᄒᆞ는 의무"와 "의국의 ᄉᆞ상"의 분발을 호소하고 있다. 약안은 이어 연설회를 열어, 인민으로서 "군ᄉᆞ될 의무"가 있다며, 사람마다 군사가 되어 자신의 나라를 지켜야 할 것을 말한다. 영웅 한 명을 기다릴 것이 아니라 스스로 싸워서 나라를 구제해야 한다는, 국민의 단결과 결사의지, 곧 "국민된 한 분ᄌᆞ의 의무"와 "이국심"을 강조한다. 이렇게 "이국성"을 고동시킨 약안은 "이국열혈"로 빈 주먹이나 죽기를 각오한 자세로 군사와 함께 전진한다. 이러한 약안은 "녀장군", "녀즁영웅", "졀세 호걸"로 칭송된다. 약안은 가면의례를 행한 뒤, 고향으로 돌아가고자 하나, 왕의 만류로 파리성을 탈환하고자 전장으로 나간다. 이 전쟁에서 약안은 영인의 함정(영인에게 뇌물을 받은 법국장수)에 빠져, 포로로 팔려 심판을 받는다. 약안은 '전장에 종사하는 국민의 책임'을 다했을 뿐이라 강변하는데, 영인은 약안의 죄를 묻고자 '남장 계교'를 써서, 약안을 화형에 처한다. 이후 법국인은 약안의 기념비를 세워, 그녀를 기린다. 번안자 장지연은 약안이 '국민을 위해 죽은' 것을 애도하고, '애국성과 충의'를 보여 준, '자신을 희생하여 나라 구할 책임'을 다한 인물이라 고평한다. 마지막으로 이러한 인물, 곧 영웅호걸과 "이국충의의 여자"가 있는지를 묻는다. 이 작품은 일본의 판본 가운데 《婦人鑑》(1887)에 실린 〈若安達亞克〉과 유사하다.

	이 작품과 《世界十二女傑》(1902)에 실린 〈如安打克孃〉를 참조해서 번안했을 가능성을 제기해 볼 수 있다. 참조로, '각설'하는 형식은 전통적이기도 하지만, 일본의 작품에서 '却說(さて)'하는 것과 비슷하다. 요컨대, 줄거리와 사건 전개는 일본의 판본과 유사하나, 연설의 내용은 곧 조선의 실정을 염두에 둔 내용으로 이루어져 있다.
판본M	남슝산인 쟝지연, 〈여안如安〉, 《녀ᄌ독본(하)》, 광학서포, 1908.
내용 및 특징	이 텍스트는 잔다르크를 여안如安으로 부르고 있으며, 짧은 분량이지만 여안의 업적과 죽음이 나와 있다. 이름과 줄거리는 국내의 〈애국부인전〉을 그대로 요약했다기보다, 일본의 판본을 참조하여 장지연이 개작한 것으로 보인다. 여안은 법국이 사지에 몰려있을 때, "나라를 ᄉ랑ᄒᄂ 대의大義"를 발휘하여 나라를 구원하는 데 일조한다. 당시 법국의 민심은 흉흉했던 터라, 여안은 신탁을 위장하여 자신의 뜻을 펼친다. 여안은 왕자를 도와 가례를 행하고, 법국의 위력을 회복시킨다. 그러나 영국인의 계교로 말미암아 영인의 포로가 된다. 여안은 심문 중에 자신의 행위는 "국민의 칙임"을 다했던 것이라 말하는데, '남장 계교'에 빠져 화형당한다. 여안이 죽은 이후, 법국인은 "화려ᄒ고 굉장ᄒ 기념비"를 세워 추모하고, 법국이 세력이 쇠하지 않도록 했다고 한다. 이 작품은 일본의 판본 중에 《世界十二女傑》(1902)에 실린 〈如安打克孃〉과 유사하다.

---

115) 이 삽화는 《樂しみ草紙》에 실린 것과 유사한데, 《和洋合才袋(前集)》에서는 근경으로, 여안의 얼굴과 가까이에 있는 사물을 중심으로, 곧 빗발치는 화살을 뚫고 총을 쏘며 달려 나가는 여안의 모습에 포커스가 맞추어져 있는 것과 달리, 《樂しみ草紙》에 실린 그림은 (상대적으로) 원경으로, 멀리서 주변풍경과 함께 전체적인 모습을 보여 주고 있어, 원작자가 제대로 밝혀져 있지 않아 확신할 수는 없지만, 두 작품이 동일한 원작을 대상으로, 원작에 있는 그림과 작품을 보고 번역했을 가능성이 있다.

116)   佐藤益太郎, 〈若安達亞克〉(全文), 《正學要領》, 1892.
　　若安達亞克(ジヤアンダーク)ハ法蘭西(フランス)國屯列米(ドムレミー)村ノ貧家ノ女

2) 〈라란부인전〉의 경우 [117]

판본A	Abbott, John Stevens Cabot（ジョン，アボット）著, 門田平三　訳, 《眞段(マダム)郞蘭傳 : 佛國革命 自由黨魁》, 1882, 東京: 丸善 (共同刊行: 慶応義塾出版社).
	이 텍스트는 현재 상권만 있는 것으로 확인되는데, 전체 목차는 다음과 같다. 상권에는 롤랑부인의 유년기 모습의 삽화가 수록되어 있고, 작품에서도 외양 묘사가 구체적으로 언급되어 있다. 상권 (제1장 유년의 기사 · 제2장 소녀의 기사 · 제3장 묘령의 기사 · 제4장 혼인의 기사) 중권 (제5장 국회의 기사 · 제6장 미세스롤랑도내무경된 기사)

ナリ慈愛ニシテ義アリ當時法國(フランス)々内大ヒニ乱レテ安寧ナラザリケレバ英王 (イギリス)顯利(ヘンリ)第五世ハ時コソ来レリト法國(フランス)ヲ攻ノ遂ニ其王位ヲ 奪テ自ら法國(フランス)王トナリ南方ノ諸部落ヲ除ク外ハミナ顯利(ヘンリー)ニ降參 セリ幾(イクバク)クモ無クノ顯利(ヘンリー)苑シ其子顯利(ヘンリー)第六世継デ立益 マス兵ヲ発シテ南方ノ諸部落ヲ攻ケレバ之モロ　殆ンド英王ノ有ニ帰セントセリ 此時法王沙爾(シヤル)第六世ハ疾ノ以て国政ヲ太子沙爾(シヤル)ニ任セシガ英王ノ為 ニ巴理(バリス)ヲ逐ハレ波亞疊ニ出奔セリ若安(ジヤンタアーク)此時晩々二十八ナレ ロ國勢ノ哀頽ヲ嘆ギ敵愾ノ志頻ナリケレバ神語ニ托シテ兵權ヲ握リ敵兵ヲ退ケ太子 ヲ扶テ王位に即カ使メント欲スルロ人皆狂女トシテ信ズル者ナシ去レロ若安達亞克 (ジヤアンダーク)ハ毫も屈セズ遂ニ太子ヲ扶シ夫ヨリ軍装シ兵ヲ率テ先痾勒安(オル レアン)府ニ在トコロノ英王ヲ撃退ケ先キニ英兵ニ瓱ラレシ所ノ城壘ヲ瓱ロシケレバ 人皆痾勒安(オルレアン)ノ處女ト賞讃シ合ヘリ若安達亞克ハ請テ太子ヲ使テ王位ニ 即シメ夫ヨリ又進テ英兵ヲ攻敗シカバ英兵ハ遂ニ降旗ヲ轅門ニ降テ降參セルヲ以テ 太子ハ黎牧(レイム)府ニ入テ即位ノ礼ヲ行ヒタリ時ニ千四百二十九年七月ナリ 若安達亞克ガ始メ勤王ノ志ヲ起テヨリ此ニ至ルマデ九十日ヲ出ズト云若安達亞克ハ 兵權ヲ還シ郷里ニ帰リ功名ヲ全フシ天命ヲ娯ント請ケレロ許サレザリケレバ止ヲ得 ズ猶将軍ノ印綬ヲ佩テ有シガ後マタ法国(フランス)英兵ト戦端ヲ開キシ時若安達亞 克ハ敵ノ虜ト為リ惜ヒ哉遂ニ火刑ニ処セラレタリ。

117) 김병철은 〈라란부인전〉(1907)이 그레이스原著에 春迺朧가 역술한 《朗蘭夫人》 (1886)이라 보고, 이는 〈근세제일여걸라란부인전〉을 대본으로 번역된 것이라 밝혀놓은 바 있다.(김병철, 《한국근대서양문학이입사연구》, 을유문화사, 1980, 71쪽) 그리고 이에 관한 사실은 강영주(〈개화기의 역사 · 전기문학(1)〉, 《관악어문연구》(제8집), 88쪽)의 논문에서도 지적된 바 있다.

내용 및 특징	하권 (제7장 진단랑란과 자코뱅당의 기사 · 제8장 지롱드당 최후의 쟁론의 기사 · 제9장 진단랑란, 금옥(감금)의 기사 · 제10장 지롱드당의 명맥의 기사 · 제11장 진단랑란, 재옥중의 기사 · 제12장 진단랑란, 역당을 위해 사형에 처해진 기사)
판본B	坪內逍遥 (春廼屋朧) 訳, 《朗蘭夫人の伝 (ローラン) 》, 1886, 大阪 : 帝国印書会社.
내용 및 특징	이 텍스트는 《소설신수小說神髓》의 저자로 유명한 쓰보우치 쇼요가 번역한 작품이다. 김병철에 의해 이 텍스트가 국내의 〈라란부인전〉의 원본으로 제시된 바 있으나[117] 내용을 비교해 보면, 쓰보우치의 번역작보다 도쿠토미의 번역작이 좀 더 원본에 가까운 것으로 보인다. 쓰보우치는 《朗蘭夫人の傳》의 소제목으로 〈泰西女丈夫傳の內〉라 하고, 서문에는 〈女丈夫傳敍〉라는 제목 하에 번역한 취지를 밝혀 놓았다. 《소설신수》를 통해 소설의 공리성을 부정하기 전에, 정치소설과 번역소설에 얼마간 기여를 하고 득을 보았던 츠보우치는[118], 초기에 여러 서양소설을 번역함으로써 근대(신)문학과 일본(에도)문학 사이에서의 균형을 잡았다고 볼 수 있는데, 《朗蘭夫人傳》의 서문에서는 이 책이 정사소설政事小說로서 기능하며, 정치사상을 환기시키는 좋은 이야기가 될 것으로, 세상의 정사가政事家를 위한 참고가 될 만하다고 고평해 놓았다.[119] 지금까지 밝혀진 〈롤랑부인전〉의 판본 가운데, 가장 방대한 분량으로 그 내용 또한 가장 상세하다. 이 책이 유독 분량이 많은 까닭은, 다른 텍스트와 달리 구성에 있어서 각각 등장하는 인물의 태생부터 현재의 위치까지 매번 소개하기 때문이다. 등장하는 인물을 소개한다는 것을 제외하고, 내용상의 줄거리는 널리 알려진 롤랑부인전과 동일하다. 다만, 다른 판본에서도 발견되지 않았던 부분이 있는데, 이는 롤랑이 죽고 나서, 그의 시체에서 발견된 편지의 전문이다. 롤랑은 그의 아내인 롤랑 부인이 억울하게 단두대에서

처형되었다는 소식을 듣고 자결을 했는데, 롤랑은 유서를 대신하여, 아내가 죽은 것을 통탄하고 자신을 "정의의 사(正義の士)"로 기억해 주길 바라는 내용의 쪽지를 남겼다.

마농(瑪ノン)의 출생에서부터, 마농이 "영웅열전의 번역서(英雄列傳の飜譯書)"를 애독하고, 더욱이 〈플루타르크 영웅전〉에 심취했다는 점은 동일하다. 성장기에 공화주의에 매료되고, 훗날 남편과 함께 자유평등의 대의를 외치는 것으로 예시되고 있으며, 재능이 많은 마농은 각종 학문을 익히며 로마어까지 익혀 무수한 서적을 탐독하고, 아버지의 일인 조각도 배우는 것으로 나온다. 마농은 사원에서 남편이 될 롤랑을 소개받는데, 그에게 빠진 마농은, 초반에 아버지의 반대에도 그와 결혼하기를 굽히지 않는다. 마농은 무신주의無神主義에 빠지기도 하는데, 이에 관한 마농의 자전적 기록이 그대로 옮겨져 있다. 스물 한 살에 갑작스런 모친의 사망으로 더욱 쓸쓸해진 마농은, 이태리국 등 여러 곳을 유람한 롤랑을 통해 외부 세계에 눈을 뜨며, 더욱 그에게 기대게 된다. 롤랑은 제조업을 하는 집안의 아들로, 해외의 제조업을 시찰하기위해 유람하기 시작했으며, 점차 공화주의 사상에 경도된다. 마농은 롤랑과 결혼하여 딸을 낳는다. 이외 각 인물의 집안의 내력이나 롤랑부인의 자전이 기록되어 있다. 프랑스혁명이 터지자, 롤랑부부는 혁명사업에 빠져들어 자유와 사회의 개혁운동에 열중한다. 그러나 "아름다운 자유국(善美の自由國)"(76쪽)과 "이상적인 공화정(理想的の共和政)"(77쪽)의 설립에의 소망은 달성되지 못하고, 나라보다 자기를 먼저 생각하는 이기주의자들로 인해, 롤랑부부는 죽음의 위기에 놓인다. 이 텍스트에서도, '롤랑이 국왕을 깊이 사랑하여(朗蘭は深く国王を愛して)', 민주정民主政의 설립보다 군주정君主政을 받드는 것에 손을 들고, 왕의 죽음과 함께 동일한 몰락의 행보를 걷는 것을 보여주고 있다.

판본C	蘆花 生編,〈仏国革命の花(ローラン夫人の伝)〉(1893. 12~1894. 2),《世界古今名婦鑑》, 1898. 4, 民友社.
내용 및 특징	《不如歸》(1898~1899)의 저자로 유명한 도쿠토미 로카(德富蘆花, 1868~1927)가 번역, 편집한 책으로 이 안에는 대한매일신보사에 소개된 바 있는 롤랑부인과 잔다르크 이외에, 〈英雄の妻〉라는 소제목으로 가리발디의 부인의 이야기도 소개되어 있다. 〈仏国革命の花(ローラン夫人の伝)〉에서는 롤랑 부인의 일대기를 총 6개의 장으로 나누어 전개해 놓았는데, 내용의 전개와 표현이 국내의 〈라란부인전〉과 동일하여, 이는 다지리에 의해 지적된 바도 있지만 원본일 가능성이 가장 높다. 첫 장은 롤랑 부인의 유년기로, 어린 시절부터 각종 서적을 읽었으며, 더욱이 플루타르크의 영웅전을 애독했다는 것으로, 자신이 2천 년 전의 스파르타와 아전에 태어나지 않은 것에 눈물을 흘렸다는 것으로, 이어 두 번째 장에서는 11세 무렵에는 종교상 학문상 습득의 영역을 넓히던 것이 당대의 소녀에게서는 볼 수 없는 진귀한 일이었다는 것으로, 롤랑 부인의 학문적 천재성을 강조하고, 점차 기독교보다는 자유사상에 눈을 떠가는 과정을 기술해 놓았다. "플루타르크 영웅전을 읽을 때는 희랍로마의 공화정치에 심취하고, …… 북미연방의 발달을 주목하고, 당시 불국에 있어서 수천백의 청년의 뇌중에 떠오른 공화정치의 정의/도덕과 평등/자유를 사랑하는 일념이 롤랑 부인의 가슴에도 피어올라, 공화론자가 되기에 이른다."(9쪽) 스무살의 롤랑부인은 '만약 자신에게 정부를 선택할 권리가 있다면 공화정체를 선택하겠다'는 의지를 밝힌다. 그러나 현재 왕정의 체제에서 살아가는 자신은 오히려 '왕가의 충실한 신민(王家の忠實なる臣民)'으로 모반심謀反心을 품을 것이 아니라, 왕의 즉위처럼 정부를 새롭게 하여 인민이 행복해지는 날을 보기를 희망한다고 말한다. 프랑스혁명의 주역에 있었던 공화론자였던

롤랑부인이 이렇게 신민으로서 살기를 원했다는 기술은, 메이지기의 왕권중심제의 분위기에 편승하기 위한 번역자의 개입이 따른 삽입구로 보인다.

3장에서는 롤랑과 결혼한 롤랑 부인이 가정을 꾸려나가는 부분으로, 리앙시의 제조업감독관인 남편을 도와, 남편의 서재에서 필기, 필사, 첨삭 등의 일을 하며 일과를 보내던 중, 프랑스대혁명에 직면하게 된다. 평소 공화주의에 뜻을 품었던 두 부부는, 혁명의 전장에 뛰어들어, "혁명의 전도사(革命の傳道師)"가 되어 혁명의 사상을 배포하는 데 열중한다. 더욱이 롤랑 부인은 혁명적 소책자인 "사람의 권리(人の權利)"를 편찬하고, 파리의 〈애국신문〉과 리앙의 〈리앙일보〉에 혁명의 기운을 고취시키는 글을 기고한다.

4장에서는 위원이 된 롤랑을 따라 파리로 온 롤랑 부인은, 곧 그들이 묵고 있던 여관이 지사의 회집장소가 됨에 따라, 혁명파의 동지들을 구성하게 된다. 곧이어 입법의회가 열리고, 입법의회는 다시 세 파로 나눠지는데, 각각 평원당(평범당)과 산악당 그리고 지롱드당이 그것이다. 지롱드당의 구성원은 학식 있고 이상이 높고 대담한 "애국자愛國者"들로, 그 중심에는 롤랑 부인이 자리하고 있었다.

5장에서는 점차 산악당의 권세가 세지면서, 혁명의 본질에 위반하는 악행을 저지르는데, 루이 16세를 단두대에 세우고, 곧이어 다른 당파를 공략하기 시작한다. 이에 반대했던 지롱드당은 산악당에게 쫓겨 해체되고 롤랑 부인은 체포된다. 6장에서 감금된 롤랑 부인은 의연하게 꽃과 책을 보는 등 자신이 좋아하는 것으로 감옥생활을 견딘다. 한 차례 풀려났던 롤랑 부인은 다시 재소환되어, 끝내 단두대에 오르게 된다. 롤랑 부인은 두려움에 떠는 남자 죄수에게 먼저 죽도록 양보하고, 이어 단두대에 올라, 그 가까이에 있는 '자유'의 상을 보고, "오호라 자유여, 수많은 죄악이 너의 이름에서 행해졌도다"(46쪽)는 말을 외치며 죽음을 맞는다.

	이후 롤랑 부인이 죽은 후, 길거리에서 한 시체가 발견되는데, 그는 바로 남편 롤랑이었다.
판본D	岩崎徂堂, 三上寄風 著, 〈朗蘭(ローラン) 夫人〉, 《世界十二女傑》, 1902, 東京 : 広文堂.
내용 및 특징	이 텍스트에서는 세계에서 제일가는 여걸 12명을 뽑아 놓았는데, 이 가운데는 잔다르크와 롤랑부인이 들어가 있다. 먼저 롤랑 부인에 대한 이야기편을 살펴보면, 이 텍스트의 목차는 다음과 같이 짜여져 있다. 〈夫人の父母(부인의 부모)〉, 〈夫人の幼時(부인의 유시(유년기))〉, 〈夫人の境遇と其意氣(부인의 경우와 그 의기(意氣))〉, 〈夫人の美貌(부인과 미모美貌)〉, 〈夫人と結婚(부인과 결혼)〉, 〈夫人とヂロンダン黨(부인과 지롱드당)〉, 〈夫人囚はる(부인 수감되다)〉, 〈夫人斬首臺に上る(부인 참수대斬首臺에 오르다)〉 이 텍스트의 분량은 비교적 짧은 편이며, 내용 또한 상대적으로 압축되어 있어, 동시대 〈롤랑부인전〉의 축소판이라 볼 수 있다. 줄거리의 골자는 유사하나, 당이 삼파로 나누어져 내분되는 이야기는 빠져 있다. 롤랑 부인의 부모는 도기 화공이었으며, 롤랑 부인은 팔남매 가운데 유일하게 생존한 아이였다. 롤랑 부인은 유년기에 독서와 음악을 즐겼으며, 플루타르크 저서를 애독했다. 스파르타의 기풍에 심취되는 등 영걸의 사적에 빠져들었다. 롤랑 부인은 점차 공화정론과 자유평등의 대망을 갈망하게 된다. 롤랑 부인의 유년기 초상화에 대한 외양묘사가 기술되어 있다. 롤랑과 결혼하여 가정을 이룬 롤랑 부인은, 딸을 출산한다. 롤랑 부부는 스위스와 영국으로 신혼여행을 다녀온 적이 있는데, 롤랑 부인은 영국인의 풍속에 감탄하고 자유사상을 더욱 굳건히 한다. 롤랑은 왕권을 미워하는 이들을 단속하며, 리온시의 국회의원이 되는데, 롤랑은 뜻이 맞는 정치논객들을 모아 지롱드당을 결성한다.

	프랑스왕 루이 16세는 끝내 실권을 잃고 마는데, 이때 롤랑은 내무대신으로, 롤랑 부인은 그 안에서 공문, 보고, 연설의 초고 등을 만드는 일을 한다. 재차 혁명이 일면서, 루이왕은 참수대에서 사형을 당한다. 이에 롤랑은 피신하고 롤랑 부인은 체포되는데, 롤랑 부인은 혁명의 유래 등을 집필하며 여장부로서 의연함을 잃지 않는다. 롤랑 부인도 결국에는 반대당에 의하여, 참수대에 올라가 죽음을 맞는다. 롤랑은 부인의 소식을 듣고 자살한다. 필자는 단두대에 올랐던 롤랑 부인이 어떤 심정이었을지를 헤아려 보며, 그녀의 절망감을 떠올린다.
판본E	량치차오, 〈近世第一 女傑 羅蘭夫人傳〉(傳記),《新民叢報》(제17호, 제18호), 北京 : 中华书局, 1902.
내용 및 특징	〈근세제일 여걸 라란부인전〉, 제 17호 (명치 35년 10월 2일) 〈근세제일 여걸 라란부인전(완)〉, 제 18호 (명치 35년 10월 16일) 대한매일신보사에 실린 〈라란부인전〉의 직역본임이 확실하다. 첫 구절부터 마지막까지 내용은 물론이고 수식어 등 표현과 구성이 동일한 구조를 이루고 있다. 매월 2회 발간된 《신민총보》에 연이어 실린 〈근세제일여걸 라란부인전〉은, 대한매일신보사에 실린 〈라란부인전〉의 원본으로 지목된 바 있다.
판본F	이해조 편집, 〈自由母〉,《少年韓半島》(제1호~제6호, 1906. 11 ~ 1907. 4), 少年韓半島社, 1907.
내용 및 특징	형제가 없던 라란 부인은, 적막한 와중에 책을 친구로 삼아, 사원 등에서 수학을 하면서 자애慈愛, 겸손謙遜, 민혜敏慧함으로 나날이 감정과 이상이 발달한다. 이어진 호에는, 라란 부인이 애독했던 "플루타르크 영웅전(布爾特奇之英雄傳)"에 대한 추가 설명이 작은 글씨체로 삽입되어 있다.[120]

이렇듯 라란 부인은 플루타르크 영웅전을 읽고, 로마와 희랍의 공화정치에 심취하고, 또 대서양 연안의 영국의 헌법과 미국의 탄생을 보면서, 끝내 평등과 자유, 정의와 간이 등의 이념이 라란 부인의 가슴속에 넘치게 된다. 그러나 라란 부인은 혁신왕정의 아래에서 자라 난 왕가의 한 충실한 신민(王家一忠實之臣民)으로서, 루이 16세의 즉위에 대해 유신의 대업이 성취되고 인민의 행복이 기약되는 것으로 여기고, 당시 폭도(暴亂之人)에 가까운 잔혹하고 과격한 혁명세력에 대하여 반대한다. 이 텍스트에서 라란 부인은, 여호걸이자 혁명시대의 인인지사仁人志士로 호명된다.

법국은 점차 혁명의 시대로 접어들면서, 일대 혁명(政界혁명, 思想界혁명)이 일어나자 여호걸女豪傑, 라란 부인이 등장하기에 이른다. 약한 여자의 몸으로 죽음에 임해서도 굴하지 않고, 암흑의 법국을 찬란한 문명(文明燦爛之花於暗黑法國)의 세계로 끌어올리려 했다. 그리고 라란은 여행과 독서를 좋아하는 리앙시의 공업감독관으로, 성실하고 품행이 바른 인물이나, 자신력이 강하고 기백이 강성하여 일찍이 공화정치에 심취하여, 그와 뜻을 같이한 마리농瑪利儂과 결혼한다. 이로써 마리농은 라란 부인으로 불리게 되는데, 결혼 이후 라란 부인은 딸을 낳고 한동안 평화로운 생활을 한다. 그러나 이 가정의 행복은 오래가지 않아, 혁명을 계기로 비록 라란 부인이 법란서역사와 세계역사에 요구되는 존재로 부상하나, 격렬한 혁명에 휘말려 죽음을 당한다.

이 텍스트 또한 《신민총보》에 실린 량치차오의 〈라란부인전〉을 부분적으로 번역하고, 필요한 경우에 칸트 등 서구철학자나 사상가의 이름을 더 추가한 것으로 보인다. 완역은 대한매일신보사의 국문판이라 볼 수 있으며, 이 텍스트는 라란 부인에 대한 개괄적인 사항만이 언급되어 있다.

	곧 라란 부인이 지롱드당의 핵심위원으로 활동하며, 여러 혁명적 논설을 쓰고, 세 파로 나눠진 당파의 내분 등의 구체적인 사항이 누락되어 있으며, 이 텍스트의 발간 취지 또한, 단순히 부녀자를 대상으로 한 텍스트가 아니라, 소년을 대상으로 한 '소년의 기개를 높이는' 이야기로 소개되었음을 알 수 있다. 물론, 여기서의 소년이란 어린 소년이 아니라 젊은 청년들로, 이제 막 근대세계에 직면한 조선반도의 전체 백성을 아우르는 것을 말한다.
판본G	역자미상, 《라란부인전》, 대한매일신보사, 1907.
내용 및 특징	대한매일신보사에 연재된, 그리고 단행본으로 간행된 《라란부인전》은 량치차오의 《羅蘭夫人傳》과 동일하다. 량치차오의 《羅蘭夫人傳》에는 '신사민', 곧 량치차오 자신이 의역한 의도를 밝히고 있다. 량치차오는 당시 무정부주의자 장병린과 논쟁을 하기도 했는데, 이 텍스트의 '작가의 말'에서 량치차오는 법국혁명과 영국혁명을 대조시키고, 둘 다 혁명된 후 공화정치가 된 것은 동일하지만, 영국은 헌법정치를 수립한 반면에 프랑스는 피바람이 부는 두려운 시대가 되고 말았다고 보고, 중국이 프랑스와 같이 되지 않도록, 곧 무정부의 상태가 되지 않도록 해야 한다는 경각심을 주고 있다. 여기까지 그대로 번역된 조선의 〈라란부인전〉에서는, "번역흔쟈"라 하여, 번역한 의도를 덧붙여 놓았다. 국민의 의무로서 애국을 해야 한다는 것이 논지로, 나라의 운명을 개인의 책임으로 알고, 대한의 남녀는 분발하라는 것을 밝혀 놓았다.
판본H	남숭산인 쟝지연, 〈라란부인羅蘭夫人〉, 《녀ᄌ독본(하)》, 광학서포, 1908.

내용 및 특징	제목은 국내에서 간행된 〈라란부인전〉과 같이 〈라란부인〉이나, 그 에피소드는 일본의 판본과 유사한 점이 많다. 라란 부인은 4살 때 부터 글 읽기를 좋아하여 점차 높은 학설을 연구하게 되는데, 그 스스로 희랍과 로마의 영웅으로 자처한다. 라란 부인은 친구의 소개로 라란을 만나 6개월 만에 결혼한다. 이로써 라란 부인은 자신의 뜻에 따라 "즈유로 결혼ᄒ 쟈"로 칭송되었으며, 법국에 혁명이 일자, 평화를 주장하는 입장에서 왕을 옹호한다. 그러나 민당의 변으로 라란 부인은 처형된다. 이때 라란 부인은 단두대에 올라가기 전에, '오늘은 내가 죽지만 머지않아 너희도 죽게 될 것이라'는 말을 한다. 그리고 비겁하게 도망쳤던 라란은 부인의 죽음을 듣고, 자결한다. 왕비와 노비가 라란 부인의 죽음을 슬퍼하며 장사하여 그 무덤에 기록하고, 죽기로 각오하고 민당정원에 들어가 꾸짖으니, 왕비는 광녀로 취급되고 노비는 목숨을 잃는다. 일종의 비사로 기록된다. 대사와 일화가 일본의 판본 가운데 《세계십이여걸世界十二女傑》(1902)에 실린 〈랑란부인朗蘭夫人〉과 유사하다.

---

118) 나카무라 미쓰오 ; 고재석 역, 앞의 책, 동국대 출판부, 2001.
119) "정사소설이 세상에 이익을 주는 까닭은, 먼저 정치사상을 환기시켜 주기 때문이며, 두 번째로 세상의 정사가를 위한 참고가 되기 때문이다. 이 책이 유익한 소이도, 역시 이에 있다."
120) 이해조 편집, 〈自由母〉, 《少年韓半島》(제2호), 少年韓半島社, 1907.
　　案ᄒ건딕 布爾特奇ᄂ 羅馬人이니 西曆紀元四百五十年頃에 生ᄒ야 其所著英雄傳이 凡五十八篇이니 皆希臘羅馬大에 軍人, 大政治家, 大立法家,이니 世界上傳記中에 第一傑作이라 其人을 感化ᄒ고 人을 鼓舞ᄒᄂ 力量의 偉大ᄒᆷ이 無比ᄒ지라 近世偉人에 拿破侖 俾士麥等이 皆酷嗜之ᄒ야 終身토록 以ᄒ야 自隨호딕 一日이라도 不讀홀 時가 無ᄒ더라(포이특기(플루타르크)는 로마인이니 서력 기원 450년경에 태어나, 그의 영웅전이 모두 58편에 이르니, 모든 희랍과 로마에서 위대한 군인, 정치가, 입법가로, 세상의 전기 가운데 제일 걸작이라. 사람을 감화시키고 고무시키는 역량의 위대함이 비견될 바 없는지라. 근세위인에 나파륜(나폴레옹)과 비사맥(비스마르크)등이 모두 그것을 굉장히 좋아하며, 종신토록 하여 따르되, 하루라도 읽지 않을 때가 없더라.)

한중일 삼국에는 공통적으로 수용된 문학작품이 상당했는데, 이들 대부분은 일본의 작품을 모방하거나 다르게 개작하는 것이 일반적이었다. 우선 《애국부인전》의 소재가 된 잔다르크 이야기는, 메이지기 일본에서 상당수 소개된 바 있다. 이 작품들은 정치소설이 대두하기 전후에 나왔던 것으로, "번역물 정치소설"의 계열에 속한다고 볼 수 있다.[121] 위의 도표에서 알 수 있듯이, 번역가들 가운데는 《소설신수》를 쓴 쓰보우치 쇼요나 《불여귀》를 지은 도쿠토미 로카 같은 당대 저명한 작가들도 있었다.

일본에서는 청일전쟁을 계기로, 군국과 애국에 대한 열기가 고조되었다.[122] 더욱이 전쟁을 위한 자금을 모집하고자 언급된 "국민적성의 지國民赤誠の志"[123]는 애국으로 통하는 것으로, 일본에서 애국은 전쟁과 맞물리면서 고양되기 시작한 감정이다. 이는 전쟁으로 말미암은 경제적인 손실을 견디게 하는 힘이자, 전쟁을 미화시킬 수 있는 유용한 슬로건으로 이용되었다. 청일전쟁 직후에는, 상무기풍尙武氣風의 양성이라는 교육안이 채택되었고[124], 일본 각지의 중학교 운동회에서

---

121)   平岡敏夫, 《日本近代文学の出発》, 紀伊国屋新書, 1973, 51쪽. 여기서 "번역물 정치서사"는, 정치소설이 창작되기 전에 일본에 소개되었던 서구의 작품들로, 《佛國革命起源 西洋血潮小暴風》등 새로운 소설상을 제시해주며 정신적으로 청년들에게 자극이 되었다.

122)   中野目徹, 《日本の歴史》(近代), 週刊朝日百科, 朝日新聞社 136~142쪽. 일본에서 충군애국忠君愛國은 무사도武士道의 중심이 되는 덕목이었으며, (러일전쟁을 앞두고 당대 언론에서 유포되었던)와신상담의 견인堅忍과 극기克己의 항목과도 조응하는 도덕적 요청이었다.

123)   앞의 책.

124)   앞의 책, 139쪽. 민중의 비분강개(悲憤慷慨)의 정(情)을 기조로 와신상담(臥薪嘗膽)의 구체적인 상은, 교육을 둘러싼 운동에서 볼 수 있다. 전쟁을 모방한 다양한 유희, 운동, (작게는 장난감) 등이 많이 나온 가운데, 전후의 교육계에서는 '尙武氣風의 養成'이 제창되었다. '상무기풍과 빈약한 체력의 양성'을 위한 방책으로, 무사의 무술을 연습, 육해군인에 대한 존경, 병영(兵營)의 참관, 청일전쟁의 전사자를 기리는 일 등을 내용으로 한 결의가 채택되고, 중학교 등에서는 군인연설회나 마술(馬術)연습회, 유도 연구(柔術의 稽古)나 검도 등이 성행했다. 또한 군가(軍歌)의 장려나, 소학교 교원의 복장이 군복

는 실탄이 장착되지 않은 총을 쏘는 행사運動會の發火演習, 중국인을 상징하는 돼지를 죽을 때까지 공격하는 경기[125] 등으로 잔인하고 살벌한 본성을 자극하는 프로그램이 당대의 군국열軍國熱에 맞추어 실행되었다.

또한 일본의 민중은 출정이나 징발 등 전쟁에 동원되는 과정 속에 국가라는 실체를 인식하고, 애국의 정서를 공유했다. 이들의 애국열愛國熱은 〈군국미담軍國美談〉으로 그려지기도 했는데, 죽는 순간까지 진군나팔을 불었던 소년의 이야기나 아들을 전장으로 보내는 노모의 이야기가 주를 차지했다.[126] 이 무렵, 청일전쟁에서 러일전쟁의 기간에 이르는 시기에 출간되었던 잔 다르크의 이야기로는 민우사의 〈오를레앙의 소녀オルレアンの少女〉(《世界古今名婦鑑》, 1898)와 광문당의 〈여안타극양如安打克孃〉(《세계십이여걸世界十二女傑》, 1902) 등이 있다.

이 가운데 〈오를레앙의 소녀〉에서는 잔 다르크가 '오를레앙의 소녀'로 불리게 된 경위에 초점이 맞춰져 있으며, 더욱이 잔 다르크가 강한 신앙심으로 천명을 받는 경위에 대한 추정 등 하늘의 명을 받들

과 같은 제복으로 바뀐 것도 이 차원에서였다.

125) 앞의 책, 140쪽. 청일전쟁 직후에 개최된 운동회에서 '돼지잡기/추격(豚追い)'이라는 경기가 실시되었는데, 그것은, 운동장에 풀어놓은 돼지의 꼬리를 중국인의 변발로 견주어, 악착같이 쫓아가서 발로 걷어차는 것으로, 돼지가 움직일 수 없게 될 때까지 공격을 가하는 잔혹한 경기였다. 이는 청일전쟁에 이어, 러일전쟁을 대비한 (삼국간섭에 복수하려는) '와신상담'의 분위기를 타고, 일본인의 의식 속에 아시아의 타민족에 대해 천시관賤視觀과 함께, 힘에 대한 신봉을 기르는 일례가 되었다.

126) 大濱徹也, 〈君国美談の虛美〉, 앞의 책, 141쪽. 청일, 러일전쟁 무렵, 국민의 애국심을 고취하기 위해서 충용미담忠勇美談이 다수 지어졌다. 청일전쟁 당시, 죽을 때까지 나팔을 손에서 놓지 않았던 소년의 충용이 군가나 시로도 지어지는 등 언론계에서 찬미된 바 있으며, 이 전쟁에 출정한 모자의 슬픈 이야기는 국정교과서에 실렸다. 이것들은 '민중적 애국심의 이야기物語'로서 널리 선전되었다. 이처럼, 청일, 러일전쟁에 출정한 병사와 남은 가족을 둘러싼 애화哀話는, 애국의 사상으로 윤색되어, 〈군국미담〉으로 학교교육에 활용되었다. 이는 충량忠良한 신민전설臣民傳說을 재생산한 것에 지나지 않는다.

어 왕을 보위하는 수호자로서 면모가 강조되어 있다.[127] 작품에서는
소제목 다음에 번역한 취지를 간략히 밝혀 놓았는데, "애국심의 화
신"이라 볼 수 있는 잔 다르크의 이야기로, 또 다른 애국심의 추종자
들이 생겨나기를 바라고 있다. 그러나 이를 살펴보면 '투쟁적인 애국'
이 강조되었다기보다, 적국에 대한 "복수〔臥薪嘗膽〕"와 자국의 "구제"
를 위한 기도를 천신에게 드리며, 동시에 조국의 구원을 명한 천신의
말을 빌려 잔 다르크가 자신의 소임을 다하는 것으로 '소극적인 왕의
충성자'로 부각되어 있다. 이 작품에서 잔 다르크를 애국자나 애국영
웅으로 호명하는 것은, 작품의 초반과 말미에서뿐이다.[128] 더욱이 일
본의 〈잔 다르크전〉에서는 전장을 누비며 싸우는 모습, 가령 '병권을

---

127) 湖處子識, 〈オルレアンの少女〉(1893. 12~1894. 2), 《世界古今名婦鑑》, 1898.
　　4. 民友社. 余は斯る異女子を語りて, 故らに血あり熱あり婦人社会を動かさんと欲
　　するものにあらず, 然れども今の時は女子にまれ男子にまれ愛国心の権化を要する秋
　　なるを思へばなり.(내가 이처럼 기이한 여자의 이야기를 하는 까닭은, 단지 피가 뜨거
　　운 부인사회가 일어서길 바라는 것에 한하지 않고, 지금 시대에 여자에게 있어서든 남
　　자에게 있어서든 애국심의 화신이 필요한 때라고 여겼기 때문이다.)
128) 湖處子識, 〈オルレアンの少女〉(1893. 12~1894. 2), 《世界古今名婦鑑》, 1898.
　　4, 民友社.
　　(一)フランスの北部, 今は日耳曼の領土なるロレイン州の邊陬に, トムレミーと呼
　　ぶ, 一寒村落あり.十五世紀の初に當つて, 此村にヂャック, ダークと呼ぶ一人の農
　　夫, イサベラと稱する女を娶つて共に栖めり.世界が嘗て生みなる最も不思議なる
　　女子, 最も大なる愛国者ヂャン, ダークは即ち此の無名の農夫の一女にして, 彼は
　　千四百十二年を以て初めて父母の白屋に日光を見なり.(프랑스 북부, 현재는 독일의
　　영토인 로레인 주의 구석진 변방에, 동레미라 불리는, 한 가난한 촌락이 있더라. 십오
　　세기 초에, 이 촌에 자크 다르크라 불리는 한 농부가 이사벨라라 불리는 여인을 취해
　　함께 살더라. 만물이 생겨난지 최초로 불가사의한 소녀, 최초로 거대한 애국자 잔다르
　　크는 이 무명 농부의 딸로, 그녀는 1412년에 태어났더라.)
　　彼等が心を合せなる祈も, 遂に嫉妬と怒の火を消す能はず, 天より来りし愛国の雄
　　魂は, 焔の中に天に帰りぬ.嗟呼世を救はんとして却て世に詛ひ懸けられしクリスト
　　の最後の後, 斯の如く慘憺なる然して光榮なる最後を有するもの, 幾人かあるや.(그
　　들이 마음을 다하여 기도해도, 끝내 시샘과 분노의 불길을 끌 수는 없었는데, 하늘로부
　　터 내려온 애국 영웅의 혼은, 화염 속에서 하늘로 돌아가더라. 오호라, 세상을 구함으
　　로써 세상에 저주를 받은 그리스도의 최후의 나중과 같이, 참담했으나 영광된 최후가
　　있는 것은 또 몇 사람이 있겠는가.)

쥐고 병사를 호령하고 칼을 휘둘러 적군을 토벌한다'는 식의 호국 열
기를 고양시키는 모습이 강조되어 있다. 〈군국미담〉에 비추어 볼 때,
이 텍스트가 좀 더 과격한 방식으로 전쟁의 분위기에 동화되는 면이
있었던 것을 추정해 볼 수 있다.

그리고 이전에 발간된《자유의 신화自由の新花》(仏国女傑 如安実伝)
는 여러 판본 가운데《서양영걸전西洋英傑傳》에 실린 잔 다르크전과
유사한 작품으로, 전체적인 내용의 전개와 일화 등은 장지연의 〈애
국부인전〉과 거의 동일하다.[129)130)] 작품《自由の新花》서문에서 잔 다
르크는 '나라를 위해 공적을 세우고, 군주를 위해 신하의 도리를 다
한'(国の為に功績をたて君の為ふ臣の道を尽て) 봉건적인 충신으로
고평되어 있다. 잔 다르크는 여안如安으로 불리며, 천신의 명에 따라
영국군을 몰아낸 공적("一女子の勇氣卓烈")을 세운 영웅이다. 여안은
도탄에 빠진 민중을 구해 낸 여걸("國步を艱難の中に安らかにし民庶
を土炭の厄より救ひ出だせる一女傑")로, 동레미라는 벽촌에서 태어
난 미천한 출신이지만, 왕을 섬기는 충정과 백성을 위해 희생하는 자
비심은 다 기울어져 가는 나라를 구할 만큼 뛰어났던 것으로 고평되
어 있다. 그리하여 그녀의 죽음은 실로 안타까운 일이라는 짧막한 감
상과 함께 글은 마무리되고 있다.

《서양영걸전西洋英傑傳》에서도 여안은 빈천한 곳에서 나와 맨손으로
군의 선두에 서서 나라를 구한 자라는 점이 부각되어 있다.[131)] 이는 메

---

129) 朝倉禾積 訳, 新宮巍 校閲,《自由の新花 : 仏国女傑 如安実伝》, 1886. 1.
     丁卯堂.

130) 이 글에서 참조한 일본자료는 대부분 현 일본국립국회도서관에 소장되어 있으
     며,《西洋英傑傳》의 경우 현 동경대학교 혼고도서관에 소장되어 있는 자료임을
     밝혀 둔다.

131) 잔다르크가 빈곤한 집안에서 성장하여 천신을 정성으로 섬겨 공을 이루고 입신양명
     했다는 부분은, 가장 먼저 번역된 것으로 보이는《西洋英傑傳》에서 상세히 기록되어
     있는데, 이는 여타의 텍스트에서도 동일하게 반복되고 있다. 다음은《西洋英傑傳》에

서 그 일부이다.

如安ハ當年妙齢僅に十八歳なりたつが其地の村爺田媼ハ言に及へず往来の人の噂
にも国歩艱難なる由を聞知り且ハ取分け痾□良(ヲルレアンス)城の人民危窮に処
する有様を傳え聞き元来慈悲広大なる性質なれば如何によって衆人の忠義を援な
苦辛を救ふ策あさんと□食を安んせす日夜想像ゑたりければ心神之に凝結して散
せす是より夜々天神枕頭に現れ佛国を回復し勁敵を国外に掃攘すへれ大任を命ら
るふも夢見て覚るを屡にして後には白昼夢ならて如安の眼にのみ天神を拝するを
有なるにぞ …… 如安ハ真実に其霊告を畏みやちてヲウクレウルの鎮撫ポウドリコ
ールトと呼ぶ人に面謁(拝謁)を乞て其身天帝の神勅を受たれす神威を仮託し兵に
将としてヲルレアンス城の囲を解べく且太子チヤルレスを扶翼し奉り正々の王位
を定むへすけバ其身を太子の皇居に導き拝謁の紹衣を為し且軍器兵卒幾干を授す
なるべき様□挙あらちつしとぞ歎願ゑたりたち然共ポウドリコールトハ如安が屡
々たる一少村娘也を以て更に之を信せき必定狂女ならざきは恐く拐児ならんと思
ひつるふそ如安が恐畏躊躇せき克く軍卒を指麾し佛國多少の宿将練師も敢て企及
ほする奇世の大功を成就せんを疑有へるらんき且崇霊する神詫を怠却すへならざ
る旨演逑せるを笑を忍ひて聞果つ抜如安に向ひ答ふる様汝さる及もすき望を勞思
んより家に在て□業の牛羊を牧し一生を送んいそ其に適応き職務也へしと言譏し
て少も用る色ななりすり嗚呼誠也□我恐らくハ大活眼の人といへ共浩る少女のさ
る大伎倆有んを洞察せすをハ謬なしと言可すきされど愛賢憂国の臣たちハ聊注意
すへきふ偏に行逑して採用せさりしはいかんそや (여안은 당시 이제 갓 열여덟 살로
성장했지만, 그 지방의 촌부나 노파가 말하지 않아도, 왕래하는 이들의 소문으로 국보
간난이 된 연유를 듣고, 한편으로는 특히 오를레앙 성의 인민이 위급에 처한 형편을 전
해 듣고, 본래부터 자비로운 성품에 따라 중인의 충의를 끌어내어 고통을 덜어낼 책략
을 밤낮으로 상상하더니 마음속에 떠오르고 흩어지며, 매일 밤 천신이 침두에 나타나
불국을 회복하고 경적(강적)을 국외로 물리쳐 없애야 한다는 대임을 명 받는 꿈도 꾸
고, 잠에 깨어나서도 여러 차례 한낮에 꿈을 보고, 여안의 눈에 천신을 받드는 바가 있
을 뿐이더라. …… 여안은 진실로 그 신령의 말씀을 황공히 여겨 분부대로 하고, 포우
도리코루도라 불리는 사람을 만나 뵙길 청하고, 자신이 천제의 신칙을 받고 신위를 가
탁하여 장병으로서 오를레앙 성의 포위망을 뚫고, 이어 태자 찰스를 도와 받들며 정당
한 왕위를 세우겠으니, 자신을 태자의 황거에 안내해 배알하게 해달라 하며, 군기와 병
졸 그리고 약간의 방패를 하사받아 들고일어나니, 탄원과 함께 포우도리코루도가 보기
에 여안이 일개 시골처녀에 불과함으로, 신탁을 믿는 것이 필시 광녀라 보고, 두려운
괴아라 여기더라. 여안이 두려워하여 주저하는 것을 이겨내고 군졸을 지휘하여 불국에
있는 다소의 경험이 풍부한 노장의 군대를 일부러 획책하여 놀라운 대공을 이루었으
나, 오히려 이러한 성취에 의심을 품고 또한 영검스러운 신을 고하는 것을 업신여기며
이를 물리치더라. 여안이 행하는 바가 비웃어지는 것을 참고, 들은 것은 담아두지 않
으니, 여안에 맞서 답하는 모양으로, '원하는 바를 홀로 괴로워하며 노심초사하기보다
집에서 목축업을 하는 일생을 보내고 그 자신에게 맞는 직무를 하라' 타이르며, 조금도
임용할 기색이 없으니, 오호라 진실로 사리를 꿰뚫어보는 안목을 지닌 자가, 담대한 소
녀의 기량을 알아보고, 그릇되지 않은 옳은 소리로 받아들여, 우국지심이 있는 신하들
이 주목하여 따라야 할 것으로, 일심으로 채용하게 하더라.)

이지기에 신분제가 흔들리면서 출신 성분에 따른 계급적 제약이 어느 정도 풀리고, 왕을 중심으로 권력이 재편되었던 정치적 상황과 맞물리는 면이 있다.[132] 특정한 신진세력이 왕의 권력을 강화하는 방편으로 실시한 사회·정치적 개혁으로 메이지 초기 정권을 장악했던 것처럼, 여안의 업적과 존재는 미천한 출신이나 왕을 위해 나라를 구하고 왕권을 떠받든 충신으로 해석되고 있으며, 이는 여타의 여러 판본을 통해서 반복적으로 수용될 여지를 남겨 두었던 것으로 보인다.

이 작품에서는 관료들이 여안의 "적심충애의 언사"에 감동되어[133], 그녀를 태자의 황궁으로 보내는 것이 허락되었다는 내용이 나오는데, 여기서 '적심충애'는 애국심을 지칭하는 것으로 볼 수 있다. 다만, 일본의 텍스트에서는 순수한 애국심보다 근왕제민과 입신양명의 측면이 좀 더 강조되었다는 것을 염두에 둘 필요가 있다. 앞에 《自由の新花》에서 여안은 자신의 '공명'을 질투한 비굴한 장수의 배신으로 영국군의 포로가 되는데, 이러한 여안의 '공명'은 외부적으로 나라의 구제이나, 개인적으로 입신양명을 뜻한다.

한편 중국에서 이러한 입신양명은 애국심과 대척되는 것이다. 량치차오는 개인의 입신양명을 위한 애국운동은 변질된 것으로, 애국의 본질에 위반된다고 보고 이러한 관점에서 "자신과 노선을 달리

---

132) 1869년 판적봉환과 1871년 폐번치현에 의해 중앙집권적 통일국가가 수립, 정착되기에 이른다. 이에 관한 개괄적인 사항은 유모토 고이치, 《일본 근대의 풍경》, 연구공간 수유+너머 동아시아 근대 세미나팀 역, 그린비, 2004, 505쪽 참조.

133) 浩すき共如安ハ志を屆せき其説を主張して野多の官等に説けれバ其赤心忠愛の言詞に感動される人有りて彼を太子の皇宮に致すへきをを許せらるば如安の喜悦譬るふ物なく當時國亂に依て道路自在ならに旅況頗る困難を極むと雖も毫も之を厭むは苦辛を嘗るに從て其志愈堅く遂にシノン府にそ到り着にる
却説彼官人ハ如安を誘ひ行在に啓候して如安が望を奏聞し拜謁を希たすばやがて之を許されたり去共其を非常すけば太子ハりざと瑤冠宝衣を捨るひ侍衛の諸官と均き服を穿ち其内ふ混して在をすれハ未だ拜謁せざる者之を亮知すべき様なたりしに如安は一目に知覚しつ頓首膝行して静な有り神託の音を送へ

하는 다른 애국 운동을 비판"하였다.[134] 앞서 언급한 대로 이러한 량치차오의 온건한 정치적 입장은 《신민총보》에 연재된 〈라란부인전〉에 나타난 바 있다.[135] 이 시기 중국에서 '애국'은 량치차오가 호명했던 바, 〈이태리건국삼걸전〉과 〈헝가리애국자갈소사전〉에서와 같이, 자국의 독립을 위해 헌신하는 "절대적이고 순결한" 정신을 추구하는 행위였다.[136]

   장지연의 《애국부인전》에서 약안은 일개 섬섬약질의 가녀린 여자지만 구국연설을 하고, 당대 미개한 민중을 선동하고자 신력을 빌

---

134) 이혜경, 《천하관과 근대화론》, 문학과지성사, 2002, 231쪽. 량치차오가 양명을 끌어들여 의리지변을 논하면서 공리주의를 비판하는 것은 자신과 노선을 달리하는 다른 애국 운동을 비판하기 위한 것으로, 주로 혁명파를 배제하기 위한 것이다.

135) 《新民叢報》, 40~52쪽. 法蘭西歷史世界歷史必要求羅蘭夫人之名以增其光燄也於是風漸起雲漸亂電漸迸水漸湧譆譆出出! 法國革命!! 嗟嗟咄咄!! 法國遂不免於大革命!!! …… 以爲革命旣起. 平生所夢想之共和主義. 今已得實行之機會. 夫人**非愛革命然以愛法國**故不得不愛革命彼以爲. 今日之法國已死致死而之生之舍革命未由於是夫妻專以孕育革命精神弘布革命思想爲事. …… 新史民曰. 吾讀羅蘭夫人傳. 而覺有百千萬不可思議之感想刺激吾腦使吾 忽焉而歌 忽焉而舞 忽焉而怨 忽焉而怒 忽焉而懼 忽焉而哀 法國大革命 實近世歐洲第一大事也. (법란서의 역사상, 세계의 역사상 요청된 라란부인의 이름은 날로 그 열기를 더해가더라. 이 바람과 함께 점차 구름이 일며, 점차 번개가 치고, 점차 세찬 물이 뿜어져 나오듯 점차 샘솟더라. 아아, 나 왔도다. 나타났도다! 법국혁명!! 오호라, 오호라!! 법국은 대혁명을 일으켰도다!!! …… 이로써 혁명은 이미 일어났도다. 평생 바라던 공화주의의 꿈을 이루었도다. 기회의 실행이 달성되었도다. 부인은 혁명을 사랑하지 않으나, 법국을 사랑한 연유로 부득불 혁명을 사랑하더라. 법국의 오늘은 이미 죽은 것이나, 혁명이 지난 후에, 부부는 혁명정신을 품고 길러, 혁명사상을 널리 배포하더라. …… 신사민은 말한다. 나는 '라란부인전'을 초역하였다. 이는 백천만의 불가사의한 감상이 나의 뇌수에 흘러들어 각성하도록 하였기 때문이다. 홀연 노래로, 홀연 춤으로, 홀연 노함으로, 홀연 두려움으로, 홀연 슬픔으로, 법국의 대혁명은 근세 구주의 제일가는 대사건으로 나타났다.)

136) 량치차오, 〈신민설〉(제18절), 《사덕을 논함》, 138쪽. (이혜경, 《천하관과 근대화론》, 문학과지성사, 2002, 230쪽) 애국이라는 일의一義를 가지고 얘기해 보자. 애국이란 절대적이고 또 순결한 것이다. 만약 애국이라는 명목을 빌려 입신출세하여 사욕을 채운다면 애국을 모르고 애국을 논하지 않는 자만도 못하다. 양명이 말하는 공리와 비공리의 분기점은 여기에 있다. 우리들이 양명이 말하는 공리의 마음을 모면하고 있는지 어떤지 청명한 새벽녘에 스스로의 마음을 비춰 보아야 하며, 그것은 남이 들여다볼 수 있는 것이 아니다.

려 민중을 규합하고, 전장에 나가 싸우다가 함정에 빠져 억울한 죽음을 당한 비운의 영웅이다. 더욱이 약안이 황금에 정신이 팔린 장수로 말미암아 위기에 처하는 대목은, 나라를 위해 싸우는 자와 사사로운 사욕에 빠져 배신한 자 사이의 극명한 대조를 보여 준다. 이는 공사公私의 대립을 통해 끝없이 사적인 욕망(=개인주의)을 배제하려 했던 당대 계몽가의 의도가 반영된 것으로, 애국과 단체의 결성으로 독립을 획득하고자 했던 과제의 어려움을 보여 주는 것이라고도 볼 수 있다.

그리고 일본에 소개된 〈잔 다르크전〉은 대체로 그 죽음이 애석하다는 것으로 그치는 반면, 조선의 《애국부인전》에서 잔 다르크의 죽음은 값진 희생으로, 잔 다르크는 본받아야 할 애국적인 국민으로 높이 평가된다는 점이 다르다. 이 차이는 전자가 사실 그대로의 표면적인 이야기 전달에 그치는 것과 달리, 후자는 사실을 빌려 와 이를 근거로 삼아 현재 필요한 애국의 메시지를 전달하려 했다는 의도에서 말미암는다. 《애국부인전》에서는 '나라를 위해서 국민의 의무를 다한' 모범적인 인물, 순수한 애국자로서의 면모에 무게가 실려 있다. 요컨대 일본에서는 앞서 언급한 〈군국미담〉의 이전 모델의 계열로, 〈잔 다르크전〉과 〈롤랑부인전〉이 발간되었을 가능성이 있으며, 중국에서는 량치차오의 정치적 입장을 간접적으로 표현하고자 《라란부인전》이 간행되었던 것으로 보인다. 조선에서는 제국으로 부상한 일본에 저항하기 위한 애국운동 차원에서 《애국부인전》과 《라란부인전》이 간행되었다. 보편적인 속성이 사라지고 보다 각국의 정황에 맞는 텍스트로 특수화된 것이다. 이는 결과적으로 이들 텍스트가 국내의 텍스트들과 하나로 뭉쳐지는 장을 만들고 국민문학을 창출하는 것으로 수렴되었음을 확인시켜 준다.

2. 발화될 수 없는 기표와 번역의 불가능성

1) 동일한 정치적 사건과 인물 재현 방식의 낙차

아기날도 장군

앞서 살펴본바, 세계문학으로 고평된 실러의 작품이 세계문학의 기획과 다르게 국민국가 창출의 문학으로 쓰이는 것을 목도할 수 있었다. 이러한 균열과 차이는 실제로 동시대에 실존했던 인물을 조명하는 작품에서 더욱 두드러진다. 필리핀(비율빈)의 독립운동을 위해 항전했던 아기날도 장군을 중심으로 필리핀이 식민지로 전락하는 과정을 그리고 있는 《비율빈전사》는 이 맥락에서 핵심적으로 고찰해 볼 필요가 있다. 아기날도는 실제로, 일본의 흑룡회로부터 정치 자금을 받았고, 중국의 혁명당과도 연루된 것으로 기록되어 있다. 더욱이 야마다 비묘山田美妙가 아기날도의 전기를 별도로 각색하여 출판할 정도로, 그에 대한 관심은 대단한 것이었다. 아기날도의 정치적 노선은, 아시아를 구제한다는 명목으로 동양의 평화를 전담하려는 망상을 지닌 흑룡회와 연결되어 있다는 점도 문제였지만, 그가 독립운동을 전개시키는 방식은 제국과 피식민지국 모두에게 신선한 충격을 주는 사건이었

음을 부정할 수 없다. 그것은 그가 동시대의 인물이라는 점에서 더욱
그러하다. 그럼에도 번역에서 빚어지는 낙차는 본질적인 번역 행위
자체의 차이에서도 말미암지만, 무엇보다 각기 정치적인 입장에 따른
텍스트의 선별적인 번역 양태는 동일한 정치적 사건과 인물이 그 재
현 방식에 있어서 저마다 다르게 구현될 수밖에 없었던 미묘한 사정
을 여실히 보여 준다.

그리고 이러한 아이러니컬한 사정은 제국에서 유용하게 통용되었
던 필리핀의 이야기가 식민지 통치 전략으로 쓰이는 한편, 식민지국
에서 통용된 텍스트는 제국에 저항하려는 움직임을 담지하고 있었다
는 점에서, 결과적으로 식민지국에서의 금서 처분이라는 상황을 유발
했다. 그러나 이 글에서 좀 더 면밀히 살펴보고자 했던 것은, 단순히
자국 내에서 금서 처분을 받은 도서가 아니라, 동일한 텍스트가 각기
다르게 읽혔다는 상이한 독법의 시각이 배태되는 과정이다. 국체를
위협하거나 위협했던 기억을 담고 있는 텍스트 배제의 문제도 아울러
거론할 수 있을 것이다. 그리고 이는 상호 다른 정치적인 상황이외에
도, 동일한 정치적 노선에 선 이들 사이에 빚어진 균열과 충돌의 과
정을 살필 때에 가능하다.

안국선의 《비율빈전사比律賓戰史》의 번역 저본은 《남양지풍운南洋之
風雲》으로, 이 작품은 엄밀히 말해 원작이 아닌 *CUESTION FILIPINA*
의 번역본이다.[137] 그러나 스페인어를 일본어로 번역하여, 중국과 한

---

137) 표제지에 밝혀진 ***CUESTION FILIPINA***의 전문은 다음과 같다.
MARIANO PONCE
CUESTION FILIPINA
UNA EXPOSITION HISTORICO-CRITICA DE HECHOS RELATIVOS A'LA
    GUERRA DE
LA INDEPENDENCIA
TRADUCIDA POR H.MIYAMOTO
         Y.S. FOUDZITA

국 등 동아시아에 원작의 공식적인 출간을 가능케 한 '원작에 버금가는 원전'으로 이 텍스트의 가치를 재검해 볼 수 있다. 이 글에서는 '번역 작품이 번역의 과정에서 새로운 원전으로 거듭날 수 있다'는 번역의 이론[138]에 따라, 《남양지풍운》을 원작으로 칭하고자 한다. 이 작품은 당시 일본에서 유학 중이던 중국 유학생이 번역했으며, 또한 안국선의 손을 거쳐 조선에서도 번역되었다. 대체로 일본에서 중국으로, 중국에서 조선으로 수용되었던 중역의 경로는, 이 작품에서 단축되었다. 일본에서 조선으로 바로 직역된 것으로, 안국선의 《비율빈전사》의 번역 저본은 《남양지풍운》이다. 이는 아래의 목차에서 확인해 볼 수 있다.

〈동아시아에 유통된 Mariano Ponce의 저서 Cuestion Filipina의
서지 사항 및 목차 비교〉[139]

日本	中國	韓國
南洋之風雲	飛獵濱獨立戰史	比律賓戰史
マリアーノ・ポンセ著	棒時 著	
宮本平九郎, 藤田季莊 共譯	東京留學生(同是傷心人) 譯術	安國善 繹述
東京：博文館	上海：商務印書館	京城：普成舘
1901(明治34年 2月)	1902(光緖28年 11月)	1907(光武11年 7月)
目次	目次	目次
第一章 緒言	第一章 緒言	第一章 緒言

---

138) 이와 관련된 번역 이론서 가운데 번역을 원작의 일종으로 간주하는 이론에 대한 사항은 로렌스 베누티, 임호경 옮김, 앞의 책, 66~81쪽 참고. 이 책에서 로렌스 베누티는 번역의 필연성으로서, 필연적으로 생기는 차이의 미학을 논하고 있는데, 그 챕터 가운데 〈원저자성〉을 논하면서 피에르 루이스의 저작을 사례로 번역을 "원작의 한 형태"로 볼 수 있는 시선을 제시했다. 이와 관련하여 수잔 바스넷, 김지원·이근희 옮김, 《번역학 이론과 실제》, 한신문화사, 2004, 74쪽 참고 가능.

139) 중국본과의 비교는 김병철, 《한국근대번역문학사연구》, 을유문화사, 1975, 241쪽을 참고했음을 밝혀 둔다.

日本	中國	韓國
第二章 比律賓独立戦争の起因	第二章 飛獵濱獨立戰爭之起因	第二章 比律賓獨立戰爭의起因
第三章 ビアック, ナ, バトー条約	第三章 必亞克那巴特之條約	第三章 〈쎄악크,나,쌔트〉條約
第四章 米西戦争の当初に於ける比米両軍の関係	第四章 美西戰爭發端之時飛美兩軍之關係	第四章 米西戰爭初의比米關係
第五章 ガヴィーテ州に於ける比律賓独立軍の奏功及群島の統一	第五章 加吾趺州比獵濱獨立軍之捷告及群島之統一	第五章 〈가부데〉州에在흔比律賓獨立軍奏功과群島의統一
第六章 米国当局者とアギナルド将軍との秘密会見	第六章 美國當局者及阿圭度將軍之秘密會見	第六章 米國當局者와 〈아기날도〉將軍의秘密會見
第七章 馬尼刺市攻撃前に於ける比国独立軍の状況, 比米両国衝突の端緒	第七章 馬尼刺攻擊之先飛獵獨立軍之狀況及飛美兩國衝突之端緒	第七章 馬尼拉市攻擊前에比國獨立軍이米軍과衝突의端緒
第八章 比律賓群島独立の宣言	第八章 飛獵濱群島獨立之宣言	第八章 比律賓群島의獨立宣言
第九章 馬尼刺市の包囲攻撃	第九章 馬尼刺市之包圍攻擊	第九章 馬尼拉市의包圍攻擊
第十章 馬尼刺市占領後に於ける米軍の暴状	第十章 美軍占領馬尼刺市之暴狀	第十章 馬尼拉市占領後米軍의暴狀
第十一章 マローロス市に於ける比律賓共和国議会の開設	第十一章 在馬露羅蘇市飛獵濱共和國議會之開設	第十一章 〈마로－로스〉市에比律賓共和國議會의開設
第十二章 比律賓共和国憲法の概要	第十二章 飛獵濱共和國憲法之概要	第十二章 比律賓共和國憲法의概要
第十三章 比律賓共和国憲法	第十三章 飛獵濱共和國憲法	第十三章 比律賓共和國憲法
第十四章 比律賓群島領有に関する欧米人の反対意見 附録 志士列伝	第十四章 關於飛獵濱群島之領有歐美人反對之意見	第十四章 比律賓群島領有에關흔歐米人의反對 志士列傳

앞의 표에서 볼 수 있듯이 외래어 표기 방식을 비롯하여, 〈지사열전志士列傳〉의 유무를 보아 안국선이 일본에서 출간된 《남양지풍운》을 번역의 저본으로 삼았음을 알 수 있다.[140] 당시 마리아노 폰세는 필리핀의 외교대사로서 자국의 독립을 위한 아시아의 원조를 받고자 일본에 체류했다. 폰세는 이 와중에 필리핀의 사정에 관심을 보인 일본의 소설가 야마다 비묘山田美妙를 만나 당시 필리핀의 지도자인 아기날도 장군에 대한 인터뷰를 한 바 있다. 야마다 비묘가 1902년 아기날도 장군의 전기를 출간하기 전에, 필리핀의 독립 문제를 다룬 《CUESTION FILIPINA》를 저술했기 때문이다.

안국선의 《비율빈전사》의 전신이 되는 원작으로, 스페인어로 기술되었던 이 작품은 1901년 일본어로 번역된다. 이렇게 출간된 작품은 1902년 상해에서 그리고 1907년 조선에서 번역되었는데, 《남양지풍운》의 부제는 '비율빈독립문제의 진상比律賓獨立問題之真相'으로, 목차에서 볼 수 있듯이 크게 본문과 부록으로 구성되어 있다.[141] 이 가운데 〈본편本編〉은 폰세가 부록인 〈지사열전〉을 일본인의 관점에서 일본인 공역자와 함께 쓴 것이다.[142] 이에 대한 사항 역시 번역 저본이

---

140) 일본식 표기는 比律賓이며, 중국식 표기는 飛獵濱으로 각각 다르다. 참고로, 중국 서적을 대량으로 수입하여 번역했던 대동서관에서 발매된 서적의 제목은 《飛獵濱戰史》다. 이에 대한 사항은 김봉희, 앞의 책 참조.

141) 좀 더 세분하여 살펴보자면, 《南洋之風雲》은 〈序〉―〈例言〉―〈마리아노 폰세의 전기〉―〈비율빈 독립군 군가〉―〈寫眞〉―〈비율빈군도 전도(全圖)〉―〈南洋之風雲 目次〉―〈本書〉―〈附錄: 小傳〉의 순서로 구성되어 있다. 이 가운데 실린 사진으로는, '마로스시 국회개설중의 광경', '국회의장', '비율빈 공화국 대통령 아기날도 장군', '리살과 필라르 그리고 폰세 씨', '루나와 아바르카와 아곤실리오와 베루겔 씨', '바르세로나 박사와 바사 그리고 리고 디 디오스 씨', '산 미구엘과 가르시아 씨', '산디고 씨와 말세리노 산토스 씨와 델가도 장군과 레이에스 씨', '아곤시리오 씨와 아파시블 씨와 이시도로 데 산토스 씨', '파우아 장군과 안토니아 루나 장군과 피오 델 피라루 장군', '가르시아 장군과 피라루 장군과 토레레스 장군과 마스카르도 장군', '마로스시에 있었던 비도독립선언식', '아기날도 장군 판판가주에 들어서 환영을 받다', '피라루 장군의 군대', '파우아 장군의 군대', '아기날도 대통령 친병사관', '가르시라 장군의 군대'가 있다.

142) 이에 대한 근거로 다음과 같은 부분을 들 수 있다.

밝혀지지 않았기에 전체를 마리아노 폰세가 쓴 것으로 간주되었으나, 각 지사들의 활동 사항이 기재된 부분은 번역을 위해서든 어떤 계기에서든 필리핀의 혁명사에 관심을 가지고 있었던 번역진들이 기술한 것이다. 그리고 《남양지풍운》의 서문은 번역자 가운데 한 사람인 미야모토宮本가 썼다. 그 내용의 일부는 다음과 같다.

비율빈군도는 원래 동양의 부유한 창고라고 일컬어지며, 일찍부터 열국들이 침 흘리고 있었고, 합중국이 토지를 전부 차지하려고 하더라. 또한 세계의 대세가 잇달아 그렇게 되도록 몰아가더라. 비록 그러하나, 과연 그 행동은 말 그대로 명분이 바르고 일이 사리에 맞는 것인가. 比人本西는 본디 우국지사라, 일찍이 고국의 굴욕에 분개하여, 뜻이 있는 자와 함께 도모하여 비율빈도의 독립과 자유의 기초를 수립하기를 바랐다. 정처 없이 떠돌며 간난신고 끝에 우리나라에 와서 머물렀지만 대개 남모르게 기약한 바가 있었다. **내 거처를 여러 번 방문하였는데, 그 사람됨이 일견 관후한 장자였다. 더불어 오주의 형세에 대해 논하다가 이야기가 그 나라 일에 미치자 강개하고 격앙되며 눈물을 뚝뚝 떨구며 말하였다.** 평상시 국가 독립의 과업은 마땅히 백년을 기약해야 한다고 하며 굳게 참고 때를 기다리며 독립이 이루어지기를 바랐다. 진실로 독립이 이루어지지 않는다면 온 섬이 초토화되더라도 다시는 후회하지 않을 것이었다. 근자에

---

1) "何となれば日本国人の既に知悉する所なればなり. 客年二月二十五日の萬朝報は記して"(왜냐하면 일본국인은 이미 다 알고 있기 때문이다. 작년 이월 이십오일의 만조보에 실린)(141쪽)

2) "比律賓の革命史を繙く者は必ずアギナルド, ルーナ, ピラール, ポンセ, リサール諸士の苦心經營の跡を見るべじ."(비율빈의 혁명사를 읽는 자는 반드시 아기날도, 루나, 피라르, 폰세, 리잘 등 모든 지사의 고심 경영한 자취를 봐야 할 것이다.)(152쪽)

3) "當時會ま歐洲より同港に逃れ來りしポンセ氏と協力し同地に於て革命期成同盟會を組織し, 以て本國革命黨に聲援を與ふるとに盡悴せり."((그해 팔월 혁명전쟁이 일어나자) 당시 구주로부터 달려온 폰세 씨와 협력해, 같은 곳에서 혁명기성동맹회를 조직하고, 본국혁명당에 성원을 보내는 데 진력했다.)(168쪽)

한 책을 지었는데,《비율빈문제》라고 하며 비율빈 섬의 지사들의 소
전이 부록되어 있다. 그 뜻은 비율빈인과 미국인이 참으로 부득이하
게 서로 다투며 싸우게 된 소이를 말하는 데 있다. 겸하여 비율빈군
도의 사정을 천명하였으니, 우리나라 지사들에게 일독을 권하고 싶
다. 비율빈군도 사정에 통달한 우리나라 사람은 지극히 적은데, 혹
자는 몽매한 민족이라고 대번에 판단해버리기도 한다. 그러나 이 책
을 보면 비율빈 군도 백성들의 교양에 바탕이 있고, 용감하며 의를
좋아하여 자못 우리나라의 옛 무사의 풍모가 있어 독립 자주의 기상
이 넉넉히 갖추어져 있음을 알 수 있을 것이다. 출판이 완성되자 내
가 인하여 느낀 바를 적어 책머리에 쓴다. 명치 34년 신축년 1월 潮
來 宮本平은 짓다.[143]

이 대목에서 기술된 비율빈지사의 모습은 유명한《월남망국사》의
첫 장면을 연상시킨다. 월남(베트남)의 망국 지사인 판보이쩌우潘佩珠
가 일본을 방문하여 프랑스의 횡포를 고발하고 몰락한 자국의 사정으
로 눈물을 흘렸던 것처럼, 비율빈의 망국 지사인 폰세가 흘리는 눈물
의 연유 또한 동일하다. 이들 망국 지사들이 바라는 바는 오로지 독
립이라는 두 글자의 성취뿐이다.

위에서 볼 수 있듯이, 미야모토는 자국의 실정에 비추어 비율빈의
사례를 들어 독립의 정신을 배양할 것을 말한다. 전반적으로 현금 시

---

143) 比律賓群島, 元見稱東洋富庫, 夙爲列國所垂涎, 合衆國之欲奄有之, 亦爲世界大
勢所驅而然也己, 雖然, 其擧果可謂名正事順歟, 比人本西者, 憂國之士也, 夙慨故國
屈辱, 與有志謀, 欲樹比島獨立自主之基, 流離間關, 來寓我國, 盖有竊所期也, 屢訪
余廬, 其爲人一見爲寬厚長者, 而與之論五洲形勢, 談及其國事, 則慷慨擊節, 言與淚
下, 常日, 國家獨立之業宜期百年, 堅忍待時, 庶幾有成, 苟獨立不成, 則擧全島爲焦
土不復悔也, 近者著一書, 曰比律賓問題, 附以比島志士小傳, 其意在說所以比人與
米人搆難寔出不得已, 兼闡明比島事情, 以欲煩我邦志士一讀焉, 邦人通比島事情者
極少, 或遽斷以爲蒙昧之民, 然觀此書, 可以知島民敎養有素, 勇敢好義, 頗有我國古
武士之風, 優備獨立自主之氣象也, 刻成, 余因書所感以辨卷首, 明治三十四歲次辛
丑一月 潮來 宮本平撰.

세를 평하고 번역한 취지를 밝혀 놓았다. 그 내용을 보자면, 현재는 만국공법이 지배하는 시대로 바뀌었으나 이 원리가 강대국에게만 유리한 것으로, 미국이 모든 것을 다 갖춘 나라임에도 필리핀을 장악했으니, 이는 세계의 도리에 어긋난다는 것과 이 책을 읽고 이웃나라의 실정을 알고 일본인들은 독립의 중요성을 자각하라는 것이다. 그리고 〈돈 마리아노 폰세Don Mariano Ponce 씨전〉의 부분에는, "본편의 저자 폰세 씨의 이름은 비율빈의 한 망명자로 우리나라사람에게 알려져 있다(本編の著者ポンセ氏の名は比律賓の一亡命者として我邦人に知られたり)"고 명확히 그 원저자의 이름이 밝혀져 있으며, 이는 또한 일본 국내에 어느 정도 알려진 인물임을 보여 준다. 폰세를 통해 짐작되는 비율빈의 사정은 동정할 만한 것으로, 고국의 독립을 위해 고군분투하는 인물의 어려움에 공감을 표하고 있다.

비율빈은 동정의 대상으로 일본인에게 인식되어 있었으며, 러일전쟁의 승전 이후 '차단된 욕망의 대상'으로 부각되기 전까지는, 동일한 아시아인으로서 서구에 대항할 연대가 가능했던 면모가 있었다. 바로 이 연대의 가능성을 믿고 폰세는 일본인에게 비율빈의 사정을 호소하기 위해 일본에 와 있던 차였다. 폰세는 제1장 〈서언緖言〉에서 비율빈 문제를 소개해 달라는 일본인의 간청에 따라 "소편을 지어 아국인(=비율빈인)과 동인종이 되는 귀국인(=일본인)의 동정에 호소한다(小篇を草し以て 我國人と同人種なる貴國人の同情に訴ふ)"고 자국의 진상을 기술하게 된 서술의 경위를 밝히고 있다.

〈마리아노 폰세 전기〉의 일부를 보면, 그가 어떻게 해서 이러한 책을 저술하게 되었는가 하는 경로가 상세히 나와 있다. 그 동기의 핵심은 "애국愛國의 충정衷情(至情)"에 있다. 마리아노 폰세는 스페인 통치 아래 제국의 수도인 마드리드로 유학을 가 그곳에서 《연대책임連帶責

任》(La Solidaridad)이라는 잡지의 편집에 가담한다. 이전부터 그는 본래 스페인 통치 전의 자국 역사에 관심이 많았던 터라 《비율빈사고比律賓史考》라는 저서를 쓰고, 〈서반아시대西班牙時代 전前에 있었던 비율빈군도比律賓群島 문명사文明史 고구考究의 자료資料〉등 각종 논문을 발표한 바 있다. 더욱이 《연대책임》이라는 잡지는 스페인 당국으로부터 발행금지 처분을 받을 정도로, 단순히 유학생 잡지가 아닌 비율빈 애국지사의 잡지로서 스페인 정부의 비행을 통렬히 비판했다.

이러한 경력이 있던 폰세는 1898년 8월에 비율빈국 정부의 대표자로 파견되어 일본에 머물던 가운데, 이 〈본편〉을 저술하기에 이른다. 〈본편〉은 1896년부터 시작된 필리핀 독립전쟁의 이야기로, 1902년에 이르기까지 끝내 필리핀이 독립을 완전히 이루지 못했던 좌절된 역사를 다루고 있다. 1896년 8월 26일, 비율빈이 스페인에 대항하여 혁명을 시작한다. 이를 계기로 미국이 비율빈인의 수장인 아기날도 장군에게 접근하여, 적극적인 협력을 약속한다. 그리고 미국은 스페인이 필리핀의 독립을 돕는다는 명목으로 무기를 공급한다.

한편 '비아크나바토' 조약으로 스페인 총독과 강화조약을 체결했던 아기날도 장군은, 미국 제독과는 일종의 비밀협약을 성립시킨다. 아기날도는 '강대한 북미합중국이 필리핀의 독립에 대하여 공명정대한 보호를 해주는 것'(제5장)을 믿고, 독재정부가 아닌 공화국의회로 바꾸어 대통령을 선출하고 내각을 편성하여 군도의 주권을 대통령에게 일임할 것을 주장한다. 그러나 미국은 스페인의 통치 방식과 같이, 신문에 필리핀인의 나체사진을 실어 필리핀인들을 야만인으로 격하시키고, 승전의 결과를 모두 미군의 공으로 돌리는 등 비율빈에 대한 통제를 정당화하려는 편법을 썼다.

그러나 정작 비율빈의 독립은 실질적으로 미국인의 원조 없이 비율빈이 자체적으로 이룩한 것이다.[144] 폰세는 이러한 미국을 일방적으로 자국의 적이라 규정하지 않고, 그 안에서 필리핀의 독립에 손을 들어 주는 단체와 인물들이 있음을 마지막에 진술하면서, 이러한 사실이야말로 실로 미국의 처사가 옳지 못함을 안에서부터 증명하고 있는 것이라 결론을 내린다. 이는 아기날도 장군의 진술에서 볼 수 있듯이, 단 한순간도 미국이 비율빈의 독립을 승인하지 않으리라고는 생각하지 않았던, 결과적으로 허망했던 기대에 대한 절망을 비켜 가기 위한 것으로도 보인다. 다시 말해 미국을 원망하지 않아서가 아니라, 더 절망하지 않고자 미국 측에 대한 이해와 분석을 시도한 것이다. 그리고 그 과정 가운데 생겨난 분열은, 폰세로 하여금 끝없이 의식적으로 미국에 감정적으로 대응하지 않고, 객관적인 사실을 있는 그대로 진술하고 있다는 말을 강박적으로 기입하게 했다.[145]

---

144) 스페인과의 대전에서 비율빈군의 활약상이 지대했으며, 이 부분에서 안국선은 미군의 행태가 그저 "어부의 공을 아무 일도 하지 않고 취한 것에 불과하다(漁翁의 功을 坐收흠에 不過흔지라)"(36쪽)는 수사로 압축해 놓았다.

145) ·余は少く前に遡り叙述せざるべからざる一事あり. …… 顚末を逑ぶるは, 敢て孆婦の怨言を学び自ら慰めんとする為めに非ず, 米西戰爭の當時に於ける我國と合衆國との關係を明にせんとするに在り.(나는 조금 앞으로 거슬러 올라가 서술해야할 것이 있다. …… (사건 경위의) 전말을 서술하면서, 굳이 과부의 원성을 따라 스스로 위로하기 위해서가 아니라, 미서전쟁 당시에 있었던 우리나라와 합중국 사이의 관계를 명확하게 하는 데 있다.) (제6장, 32~33쪽)

·吾人は玆に至り天下の公德に對して吾人眞意を吐露せざるえを得ず. …… 米國人は比律賓人の感情如何を顧慮せず.(오인은 이에 이르러 천하의 공덕에 대해 우리의 진의를 토로하지 않을 수 없다. …… 미국인은 비율빈인의 감정 여하를 고려하지 않는다.) (제7장, 52쪽)

·余は比律賓人として本編を草するに當り敢て漫に自國人の戰功を賞揚し敵軍の名譽を貶するを決心の事とせず, 寧ろ之を避けんと欲するや切なり.然れとも事實は事實として記述せざるべからず況や目擊者の證據あり且つ信憑すべき根據ある事實儼として存するに於てをや.(나는 비율빈인으로서 본편을 서술하는 데 굳이 함부로 자국인의 전공을 칭찬하고 적군의 명예를 비방하려는 결심을 한 것이 아니라, 오히려 그것을 비켜 가기를 바라 마지않는다. 그러나 사실은 사실로서 기술해야 하는데, 하물며 목격자의 증거가 있고 또한 믿을 수 있는 근거가 있는 사실이 엄연히 있는 마당에야.) (제9장, 65쪽)

정확한 사실을 진술하자면 비밀을 폭로하지 않을 수 없다는 것, 그
것은 미국이 은폐하고자 했던 마닐라 점령에 관한 것이며, 세계에 공
표된 것과 다른 사실이 밝혀지면 미국의 명예에 오점이 생길 것이지
만 밝히지 않을 수 없다는 것을 말하고 있다. 제13장에서 막대한 분
량을 할애하여 비율빈의 헌법을 소개해 놓은 이유도 이에 말미암는
다. '구적仇敵들이 비율빈의 문명 개화의 정도를 낮게 보고, 이를 은
폐하고 날조하는 이러한 비행을 타파하기 위한 믿을 수 있는 근거로
서'(89쪽) 전시 중에 형성된 비율빈의 법령을 그대로 공개하겠다는 것
이다.[146] 텍스트에서의 이러한 폭로는, 단순한 우의적 형태의 정치소
설과 다르게 실증적인 증거 제시로 불합리한 제국의 실체를 고발하는
효과를 극대화한다. 그리고 이렇게 미국이 "구세주救世主"로 와서 지
배자로 돌변한 모습은, 일본이 청국으로부터 독립을 도와준다는 명목
을 내세웠으나 끝내 조선의 통치자로 군림한 것과 맞물린다.

러일전쟁 이후 일본의 군사력 확대는 미국에 위협을 주었고, 그 결
과 가쓰라-태프트 비밀조약이 성립한다. 그 결과 일본은 필리핀을 침
공하지 않기로 하고, 미국은 일본의 조선 지배권을 인정한다.[147] 그러
나 미국 내에서의 일인 배척운동은 심화되었고, 일인과의 충돌은 일인
에 대한 경계로, 일본과의 전쟁이 유발될지도 모르는 상황으로 악화
되었다.[148] 이렇게 급변한 정치적 상황을 감안해 볼 때, 《남양지풍운》

---

146) 비율빈은 조국을 회복한 뒤 전역에 공화정치를 보급하여 새로운 법령을 제정하는
      데, 이 법령의 성격은 안국선의 《비율빈전사》에서 "文明主義"(18쪽)에 입각한 것으로
      정의된다. 이 "문명주의"의 수사는 원텍스트에 없던 부분으로, 나라의 독립을 유지할
      수 있는 근원은 문명화에 있다는 것을 절감했던 한말 지식인의 심경이 투사된 결과로
      보인다.
147) 아사오 나오히로 외 엮음, 임성모 외 옮김, 《새로 쓴 일본사》, 창비, 2004, 451쪽.
148) 〈일본과 미국의 관계〉(론셜), 《대한매일신보》, 1907. 8. 15;〈일미견징의 기미〉(외
      보), 《대한매일신보》, 1907. 8. 16;〈미일전징준비〉(외보), 《대한매일신보》, 1908.
      2. 25.

이 발행된 1901년은 러일전쟁 전이었기에 이러한 형태로 발행이 가능했으리라 추정해 볼 수 있다. 《남양지풍운》에 담긴 독립의 중요성(아시아 약소국의 독립운동에 대한 조명)은, 1907년 조선에서 《비율빈전사》로 그대로 옮겨졌다. 그럼에도 이 두 텍스트는 단순히 제국주의 비판이라는 이념으로 묶일 수 없는 격차를 지니고 있다. 필리핀이 미국의 제국주의 방책을 탓하는 것처럼, 이 이야기는 조선이 일본의 제국주의 방책을 탓하는 것으로 환원될 여지가 크기 때문이다.

《비율빈전사》에는 〈작가의 말〉과 같은 자국의 상황이 반영된 사항은 없지만, 당대 '망국서사 시리즈'와 함께 자국의 실정을 자각케 하는 저서로서 각광 받았던 것으로 보인다. 이 지점에서 번역진들이 보였던, 번역의 과정에서 도착 텍스트target text에 투사했던, 원천 텍스트source text에서 그들이 발견한 제국의 모습에 주목할 필요가 있다. 익히 알려진 대로 미국은 그들이 영국으로부터 독립하여 자유국을 세운 '건국의 여정'을 망각하고, 필리핀을 무력으로 진압했다. 필리핀인은 바로 이 지점에서 미국의 모순성을 지적하고, 동시에 진보적인 사상가들이 주축이 된 '反제국주의 운동가'에 대한 선망 속에서 혼란을 겪었다. 필리핀인은 미국인에게 그들이 영국으로부터 쟁취한 독립과 자유를 자신들에게도 줄 것을 요구했다. 더 나아가 식민지였던 미국이 현재 강대국이 된 것처럼, 필리핀 또한 그렇게 될 수 있다고 말한다. 이 주장이 묵살되고 미국의 자치가 시작되는 순간, 미국 또한 약육강식의 본성에 따르는 제국임을 절감한다.

《남양지풍운》은 텍스트의 장르를 단순히 역사나 독립사라고 규정할 수 없을 정도로 복합적인 면모를 지니고 있다. 이는 1)필리핀의 애국지사들이 독립을 이루고자 투쟁한 역사적 기록이면서, 2)미국이 어떻게 필리핀을 잠식했는가 하는, 제국의 가려진 뒷모습에 대한 폭

2. 발화될 수 없는 기표와 번역의 불가능성 259

로이면서, 3)필리핀이 잠시나마 구체적으로 국회를 개설하고 근대 헌법을 개정하고 어떻게 자국민을 규정하면서 체계적인 독립국가를 건설했는가 하는 건국에 대한 일지이면서, 4)결과적으로 모든 시도에도 미국의 일방적인 침공으로 말미암아 식민지가 되고 말았다는 망국의 서사이기 때문이다. 일본은 미국이 필리핀을 잠식하는 과정에서 '제국의 본성'을 배우고, 필리핀이 국회 개설과 헌법 개정을 하는 것을 보고 근대국가 실현을 구체화했을 가능성이 있다.

야마다 비묘의《아기날도》서문에는 필리핀의 사례가 아시아의 문제를 넘어 전 세계의 문제와 연결된 사항임이 기술되어 있다. 다시 말해 '박애와 평등이 말하는 이(=아메리카)로부터 파괴되기 시작'했음을 지적하고, 비율빈의 문제는 비율빈에 한정되지 않은 전 세계와 전 인류의 문제임을 언명한다.[149] 당시 일본인들이 제국주의라는 개념을 실제 상황에서 배운 계기가 되는 사례 가운데 미국이 필리핀을 점령한 일은 큰 본보기였다.[150] 고토쿠 슈스이幸德秋水는 '영국은 남아를 치고, 미국은 비율빈을 토벌하고, 독일은 교주를 취하고, 러국은 만주를 장악하고, 불국은 파쇼다를 정벌하고, 이태리는 아비시니아에서 겨루더라. 이는 근래의 제국주의의 대세와 맞물린 교착된 현상이라'며 시세를 진단한 바 있다.[151]

---

149) 山田美妙,《あぎなるど : 比律賓独立戦話》, 東京: 内外出版協会, 1902.

150) 1898년경, 내외출판협회의 山県悌三郎은, 일본, 중국, 조선, 인도, 필리핀, 타이의 청년 우의(友誼)단체인 동양청년회를 조직해서 아시아 각국의 사정을 상호 알기 위한 활동을 원조하고 있었으며, 여기에는 고토쿠 슈스이와 야마다 비묘 등이 참가했다. 당시, 동양청년회에서 가장 관심을 모은 것은 필리핀 독립운동으로, 더욱이 그 지도자인 아기날도의 동향에 참가자는 주목했다. 야마다 비묘가 마리아노 폰세의 필리핀 망명자의 이야기와 문헌을 소재로,《비율빈독립전화(比律賓獨立戰話), 1902》를 집필한 것도, 그 기운을 반영한 면이 있다. 山室信一,《思想課題としてのアジア》, 岩波書店, 2001, 350쪽.

151) 幸德秋水,《帝国主義》, 岩波文庫, 2005. (2004?)

《南洋之風雲》에서 언급된 대로,[152] 당시 일본인들은 최대의 판매부수를 올리던 《万朝報》로 필리핀의 사정을 알고 있었다.[153] 《万朝報》는 러일전쟁이 일어나기 전까지 반전론을 펼쳤던 진보적인 독립신문이었으나, 창간자인 구로이와 루이코黑岩淚香가 전쟁이 발발하고 나서 철병하지 않는 러시아 측에 대한 반감으로 주전론으로 입장을 바꾸면서, 정치적 입장을 이전과 달리하게 된다. 그러나 《万朝報》의 주필이었던 고토쿠 슈스이와 사카이 토시히堺利彦로 그리고 우치무라 간조內村鑑三는 이에 동의하지 않고 여전히 반전론을 고수했다.[154] 이 지점에서 러일전쟁을 기점으로 달라진 일본의 정세와 필리핀을 보는 시각의 변화가 주목된다.

러일전쟁 이전에 필리핀 같은 약소국에 관심을 보였던 일본은 정세가 전쟁에 집중되면서 거대한 언론계를 비롯한 전체 분위기는 일본의 제국주의를 합리화하려는 방향으로 나아가기 시작했다. 이 과정에서 필리핀 같은 약소국은 일본의 대륙 진출을 위한 발판으로 이용되고 식민지의 대상으로 조정되었음은 물론이다. 일본이 러일전쟁을 강행하면서 상대적으로 극우파의 활동이 강세를 띠었는데, 이와 관련하여 빼

---

152) "何となれば日本国人の既に知悉する所なればなり. 客年二月二十五日の萬朝報は記して"(왜냐하면 일본국인은 이미 다 알고 있기 때문이다. 작년 2월 25일의 만조보에 실린)(141쪽)

153) 구로이와 루이코가 창간한 《万朝報》는 당시 연재소설을 비롯하여 진보적인 사회면 기사를 실어 폭넓은 독자층을 확보하고 있었는데, 1895년에는 연간 총 발행부수가 2000만부에 달했다. 佐々木隆, 《メディアと権力》, 中央公論新社, 1999, 143쪽.

154) 《万朝報》는 당대 독립신문들 가운데 리더로서 많은 독자층을 확보하고 있었다. 《万朝報》를 창간한 구로이와 루이코는 러일전쟁을 둘러싸고, '반전론자에서 러일전쟁 지지자'로 변신한다. 초기 개전반대의 논진을 펼쳤지만, 후에 러시아가 철병하지 않자 주전론으로 전환한 것이다. 이에 《万朝報》에서 반대를 주장했던 고토쿠 슈스이, 사카이 토시히로, 우치무라 간조는 1903년 10월 12일 《万朝報》 일면에 퇴사의 뜻을 밝혀 화제를 모은다. 그 뒤 사카이와 고토쿠는 平民社를 조직하고, 같은 해 11월부터 주간의 《平民新聞》을 발행해서 "非戰論" 및 "反戰論"을 유일하게 주장했다. 이들은 일본에서 처음으로 《공산당선언》의 번역도 게재했는데, 이로 말미암아 정부의 탄압을 받아, 64호로 폐간되고 만다. 이에 대한 사항은 《日本の歷史》(朝日百科) 참조.

놓을 수 없는 정치단체가 바로 흑룡회다. 러일전쟁을 계기로 '민권론에서 국권론'으로 변신한 바 있는 현양사로부터 계승된 대아시아주의를 표방하여 비밀리에 단독 활동을 했던 흑룡회는 일명 대륙낭인으로 구성된 극우주의자들의 집결체였다.[155] 문제는 이들이 대아시아주의와 관련하여, 동남아시아 해방운동에도 관여했다는 점이다.[156]

이 과정에서 이들은 쑨원에게 혁명 자금을, 그리고 아기날도에게 혁명 지원금을 빌려 준 적이 있다. 그리고 조선과 관련해서는 현양사의 대표인 도야마 미쓰루頭山満가 김옥균을 비호한 바 있으며,[157] 흑룡회의 우치다 료헤이内田良平는 일진회의 이용구와 결탁하여 한일병탄을 주도했다.[158] 현양사를 거쳐 흑룡회로부터 정치 자금을 받은 쑨원이 폰세를 직접 만나기도 하고,[159] 필리핀과 연계된 혁명 활동을 추진했다는 점에서, '일본→조선/중국↔필리핀'의 노선으로 확대된 아시아국 사이의 긴밀한 연대가 극비리에 조성되어 있었음을 알 수 있다. 그러나 그 연대의 목적은 각기 달랐으며, '혁명단체와 내셔널리즘'이 '구세력과 제국주의'의 결탁에 대항하여 결합되었다는 점만이 유일한 공유 영역으로 보인다.[160]

일본은 텍스트 속에서 그리고 실전에서 제국을 보았고, 제국과 경쟁했다. 그들이 텍스트에서 보았던 대로 제국은 약소국에게 무자비

155) 키노시타 한지, 〈일본국가주의운동사〉, 1939(재인용); 다케우치 요시미, 서광덕·백지운 옮김, 《일본과 아시아》, 소명출판, 2004.
156) 마루야마 마사오, 김석근 옮김, 《현대정치의 사상과 행동》, 한길사, 1997, 95쪽.
157) W.G. 비즐리, 장인성 옮김, 《일본 근현대사》, 을유문화사, 2006, 251쪽.
158) 다케우치 요시미, 앞의 책, 255쪽.
159) 〈혁명당의 계획〉, 《대한매일신보》(외보), 1908. 4. 21.
山室信一, 앞의 책, 293쪽. 이 필리핀 독립운동은 향항에 체류하고 있던 梅屋庄吉이 일본으로부터의 무기구입을 하고 있던 아기날도Emilio Aguinaldo 장군의 사자 마리아노 폰세Mariano Ponce를 쑨원에게 소개시키고, 쑨원이 다시 宮崎滔天과 平山周에게 소개시킨 것에 따라 중국의 혁명운동과 연동시킨 적이 있다.
160) 마루야마 마사오, 김석근 옮김, 앞의 책, 204~205쪽.

했으며, 전쟁의 결과에 따라 영토와 권력을 획득해 갔다. 일본은 이
미 강화도 조약으로 미국에게 당한 것을 조선에서 그대로 행한 바 있
다.[161] 1901년 같은 해에 일본 내부에서 한편에서는 《남양지풍운》이
발간되고, 다른 편에서는 흑룡회가 창설되었다. 이러한 엇갈림은 일
본 내부에 일괄적으로 제국주의를 주창하고 이에 통합되기까지 진통
이 있었다는 것을 보여 준다. 그러나 그 과정은 결과에 매몰되고 《남
양지풍운》의 흔적은 문학사에 남지 않았다. 이와 함께 폰세가 감동했
던,[162] 일본인이 필리핀에 동정했던 시절도 같이 사라졌다.

20세기 초 조선에서 필리핀인은 이미 "米國領土下에셔 呻吟ᄒᄂᆫ
人種"이었다.[163] 그러나 그들의 혁명운동과 독립심에 대한 기사는 꾸
준히 게재되었으며, 이들을 동정하는 여론 또한 확산되었다. 더욱이
조선의 입장에서는 필리핀의 사례를 간과할 수 없었다. 당시 논자는
조선이 아직은 표면적으로 "堂堂ᄒᆫ 獨立國民"이나,[164] 이것이 허울뿐
임을 자각하고 있었다. 영국은 인도와 오스트레일리아 등을 장악하고
미국은 필리핀을 병탄하고, 그 외 모든 열강이 식민지 사업에 열을
올리는 대세 속에 국경이 바뀌고 열강들의 영유지가 넓어질수록 피식

---

161) 하타다 다카시, 〈조선사〉, 다케우치 요시미, 앞의 책, 254쪽. 재인용.
162) 余は既に歐米諸國人の比律賓群島に關する意見と, 之に對する同情とを叙述せ
り.而して日本國人が吾人に對し表せらるゝ熱誠の同情と, 貴國の新聞紙が常に吾
人の義擧を賞して其正理公道に基く所以を論し, 且其吾人が獨立する權利を有する
事及吾人が自由の國民たるに堪ゆる能力を有する事を承諾せられたる好意とに就て
は余の玆二贅言を費すの無用なるを信ず.(나는 이미 구미제국인의 비율빈군도에 관
한 의견과, 그것에 대한 동정을 서술했다. 그리고 일본국인이 우리에 대해 보여준 열성
적인 동정과 귀국의 신문지에 항상 우리의 의거를 칭찬하고 그 정리공도에 의거한 소
이를 논하고, 또 우리가 독립할 권리를 가진 일과 우리가 자유의 국민이 될 만한 능력
이 있는 것을 승낙해 준 호의에 대해서는 내가 이에 군말을 해봤자 무용한 것임을 믿는
다.)(제14장, 136쪽)
163) 〈比律賓島人이 我國人의 鄙陋홈을 唾罵흔다고〉(漫評), 《皇城新聞》, 1910. 5. 4.
164) 위의 기사.

민지국의 발판은 점차 좁아지면서 망국민은 늘어 갔다.[165]

이러한 추세 속에 조선민도 자유로울 수 없었다. 망국민인 청국인, 월남인, 비율빈인의 이야기는 조선인들에게 위기감을 주었다. 망국인은 그 기력과 피부색에서부터 테가 난다는 진단과 함께 이를 개조하기 위해 노력할 것,[166] 그리고 비율빈인처럼 독립심과 의협심을 지녀야 한다는 것은,[167]《비율빈전사》가 나온 이후에도 비율빈의 동태를 일일이 보고했던 당대 언론지에 지속적으로 보도되었다. 더욱이 19세기 말부터 미국과 비율빈의 관계에 대한 기사는《황성신문》의 〈외보〉란에 꾸준히 게재된 바 있다.[168] 아기날도 장군의 행적과 폰세의 이름도 소개되었다.[169][170] 비율빈 내부의 사정에 대한 〈외보통신〉은 비율빈 사건의 경과를 지속적으로 알려줌으로써, 조선의 자국인들에게 비율빈에 대한 인식 기반을 확보케 했다.

이러한 인식 기반을 토대로《비율빈전사》는 당대인의 관심을 끌 수 있었다.《비율빈전사》는 처절히 싸웠으나 결국은 패배하여 식민지가 되고 만 경위에 대한 진술서로, 동시대에 간행된 망국서사 시리즈에 속한다.[171] 이러한 망국서사의 출간에 간여한 안국선의 정치적 행보는 박영효와 연루되어 있다는 설이 있으며,[172] 이와 다르게 월남 이상

165) 〈바다를 보고 감동흠이 잇다〉,《대한매일신보》, 1910. 1. 30.
166) 〈국민의 외양과 국가의 성쇠〉,《대한매일신보》, 1910. 3. 29.
167) 〈시스평론〉,《대한매일신보》, 1910. 5. 4.
168) 〈比律賓陳情委員〉,《황성신문》(외보), 1899. 7. 29; 〈比律賓反徒〉,《황성신문》(외보), 1899. 9. 13.
169) 〈比律賓獨立軍首領의 處置〉,《황성신문》(외보), 1901. 5. 24.
170) 〈比律賓島鎭壓의 困難〉,《황성신문》(외보), 1901. 3. 12.
171) 당대 망국에 대한 대표적인 서사로《월남망국사》,《애급근세사》,《파란말년전사》 등이 있다.
172) 최기영, 〈안국선(1879~1926)의 생애와 계몽사상〉,《한국학보》(17권 2호), 1991; 양승태 · 안외순, 〈안국선과 안확의 근대 정치학 수용 비교 분석〉,《온지논총》(제17집), 2007.

재와 연루되어 있다는 설이 있는데,[173) 명확한 연유는 밝혀지지 않았지만 안국선은 일본에서 귀국한 뒤에 유배된 적이 있다.[174) 확실한 것은 안국선이 진보적 정치사상을 지니고 있었으며, 일본의 유학파나 독립협회의 회원들과 교류하는 등 민주주의 정치 시스템에 대한 감각을 지니고 있었다는 점이다.[175)

안국선의 번역 행위는 이러한 그의 정치 감각과 맞물려 있다. 이 정치적 감각은 번역과 창작을 통해 구체적으로 표출되었다. 교사이자 연설가로 활동할 무렵,[176) 안국선은 《비율빈전사》를 번역했는데 이 번역 행위는 이미 단순한 번역 활동을 넘어서고 있었다. 더욱이 '번역이 되었다'는 점은, 그 시대가 이러한 서적을 '허용하고 동시에 요구했다'는 것을 함의한다. 번역이 되는 것에는 본질적으로 "작품의 성격이 번역될 수 있는지의 여부"를 만족시켰다는 것을 의미하기 때문이다.[177) 이 맥락에서 원작은 번역을 거쳐 시대를 초월해 다른 의미를 지닌 산물로 재탄생한다. 이에 비추어 볼 때 《비율빈전사》는 원작과 동일한 내용이나 전혀 다른 제목으로, 상반된 상황과 의미를 지닌 작품으로 간행되었다. 당대 조선 출판시장의 특이한 점으로 저작권이 불분명했다는 것을 들 수 있다. 특히 번역과 관련하여 그 출처가 되는 원작과 원작자에 대한 언급은 거의 찾아볼 수 없다. 무엇보다 이 저작권은 필자나 번역자가 아닌 출판업자가 소유하는 것이 일반적이

---

173) 최원식, 〈'비율빈전사'에 대하여 : 아시아의 연대〉, 《문학과 역사》(제1집), 1987; 김학준, 〈대한제국 시기 정치학 수용의 선구자 안국선의 정치학〉, 《한국정치연구》, 1997.

174) 〈안씨청원〉, 《대한매일신보》, 1908. 3. 22.

175) 안국선이 의회민주주의를 이상으로 한 정치관을 지녔다는 점에 대한 사항은 권영민, 〈개화기 지식인의 환상: 천강 안국선의 경우〉, 《문학과지성》(34호), 1978(겨울) 참조.

176) 〈청년회연설〉(잡보), 《대한매일신보》, 1908. 1. 28.

177) 발터 벤야민; 반성완 옮김, 《발터 벤야민의 문예이론》, 민음사, 2002, 320~322쪽.

었다. 출판업자는 책의 판매권을 지닌 자로서 그 스스로 저자임을 자처하기도 했다. 이는 저자라는 지위에 대한 개념이 그만큼 불분명했고, 작품의 원천이 되는 사항보다 작품이 통용되는 상황과 여건에 많은 관심이 쏠려 있었음을 보여 준다.

2) 재현될 수 없는 사건과 윤리적인 번역

서구에서 원본과 번역을 구별하고 원본의 우위성이 확보된 것은 17세기 저작권의 확립과 때를 같이한다.[178] 이에 비추어 볼 때, 개화기 전근대적인 출판시장의 특징으로 저작권이 불분명했다는 점은 원본과 번역본에 대한 구분을 중시하지 않았다는 것을 보여 준다. 이 시기 원저자와 원본의 우위성이 언급된 텍스트는 거의 없다. 개화기에 원저자와 번역자 사이의 권력다툼은 보이지 않으며, 그러한 문제 제기 또한 시기상조일 수 있다. 다만 현재의 번역이론과 접맥하는 부분으로, 당대의 번역이 자국의 이데올로기를 반영하는 산물로 통용되었다는 점을 확인할 수 있다. 여기서 《비율빈전사》라는 번역대상을 안국선이 직접 선정했는지 아닌지는 확인할 수 없다. 다만 안국선이 《비율빈전사》를 번역할 때, 어떤 언어(문체)를 가지고 어떠한 독자를 대상으로 특정한 제도에 따라 번역했다는 것만을 추정해 볼 수 있다.

안국선은 보성관 번역원에서 활동했는데, 이곳은 보성학교에서 설립한 인쇄소인 보성사와 출판사인 보성관에 딸린 부속기관으로, 주로 보성학교에서 사용할 교과서를 비롯하여 일본 서적 등 강의 교재를 전문적으로 번역하고 직접 판매까지 했던 것으로 알려져 있다. 이 보

---

178) 윤지관, 〈번역의 정치학: 외국문학 번역과 근대성〉, 《안과 밖》(제10호), 2006, 28쪽.

성학교를 세운 이용익은 1905년 일본에서 견문을 마치고 돌아올 때, 인쇄 기구와 함께 대략 3천 원 어치의 일본 서적을 구입해 왔다.[179] 이 일본 서적 안에 《남양지풍운》이 들어 있었을 가능성이 있으며, 일본에서 유학했던 안국선이 직접 구입해서 들어왔을 가능성 또한 배제할 수 없다.

《비율빈전사》가 안국선이 자처해서 번역한 작품인지 아니면 보성관 번역원에서 지정한 것인지, 작품 선정 방식과 번역의 경로가 불분명한 이상, 당시 출판 경향과 제도를 살펴보지 않을 수 없다. 보성학교와 연계된 보성관은 일차적으로 교과서용 도서를 인쇄·출판하는 기관이었다. 이 맥락에서 《비율빈전사》는 일종의 역사 교과서로 쓰였다. 신서新書임에도 광고가 한 차례도 되지 않았다는 점이 이를 확실케 한다. 이 교과서의 목록을 지정한 자는 안국선이라기보다 보성학교를 세우고 총관했던 이용익일 가능성이 높다. 그러나 정작 번역자로 안국선이 지목되었다는 점은, 안국선의 정치적 관심사와 선정 작품이 어느 정도 맞아떨어졌다는 것을 증명한다.

안국선은 본래 정치학을 연구했으며, 《연설법방演說法方》을 비롯하여 《외교통의外交通義》등 실용적인 서적을 편찬한 바 있다. 이 번역이 가능했던 요인으로, 이러한 외면적인 출판제도 이외에 언어와 독자의 관계를 조명할 필요가 있다. 번역이 되는 순간, 외부의 언어가 자국어로 바뀐다는 것은 전혀 다른 독자를 대상으로 한다는 것을 의미한다. 또한 당시 여러 문체가 쓰였다는 점을 감안해 볼 때, 문체의 선정은 독자 대상의 규정을 내포하고 있었다. 도식적으로 말해 '국한문체는 식자층'을 그리고 '국문체는 아동주졸'을 겨냥하고 있는 상황에서, 안국선은 《연설법방》의 경우처럼 "有志흔 紳士와 將來에 有望흔 靑

---

179) 김봉희, 앞의 책, 59쪽.

年"[180]을 대상으로 국한문체를 택하여 한정된 독자를 대상으로 번역
했다.

안국선은 《비율빈전사》를 번역하면서 차후 정치소설 창작에 많은
도움을 받았던 것으로 보이는데, 원텍스트에 소개된 의회제도와 인
민의 여론을 기반으로 한 정부 구성과 자유로운 공화정제의 선택 등
여러 근대적인 정치 개념과, 일본 번역진들이 언급한 우의적 성격을
갖춘 정치소설의 개념 정의와 명확한 사례 등이 그렇다. 그럼에도
번역저본 《남양지풍운》과 번역본 《비율빈전사》는 동일한 내용이지
만, 출판시기에 따라 상반된 결과를 가져왔다. 번역은 "근본적으로
자민족 중심적인 활동"이며, "자국 독자층의 기대치 및 지식수준"에
따라,[181] 외국 텍스트가 새롭게 조율된다는 점을 염두에 둘 때, 필연
적으로 다를 수밖에 없는 언어적 차이와 독자의 상이함이 반영된다.
민족의 언어가 다르듯이, 동일 대상인 타자에 대한 의식도 다르기
때문이다.[182]

1907년에 간행된 《비율빈전사》는 병탄 이후, 1914년 6월 5일에
발매금지 처분을 받았다.[183] 총독부가 발매금지한 서적들이 일괄적으
로 독립심을 고양시키고, 자국에 대한 애국심을 일깨워 준다는 공통
점을 공유하고 있다는 것을 감안해 볼 때, 《비율빈전사》 또한 이러한
'위험한 사상'을 담고 있었다는 것을 보여 준다. 아이러니컬한 것은
《비율빈전사》에는 나머지 다른 저서와 달리, 대한의 실정이 실린 작
가의 말이나, 대한의 사정이 직접적으로 반영된 구절이 없다는 점이
다. 당시 일본에서 발행된 원텍스트와 거의 흡사하게 번역된 이 텍스

---

180) 〈演說法方〉, 《皇城新聞》(廣告), 1908. 2. 6.
181) 로렌스 베누티, 임호경 옮김, 앞의 책, 26쪽, 36쪽.
182) 荒井茂夫, 《'帝國' 日本의 學知》, 岩波書店, 2006, 231쪽.
183) 권영민, 《한국현대문학사》, 민음사, 2002, 99쪽.

트가 금지되었던 이유를 추정해 볼 때, 정치적인 변동사항과 번역에 대한 본질적인 성격에 대한 검토를 하지 않을 수 없다.

정치적으로는 앞서 언급한 대로, 러일전쟁을 기점으로 한 제국주의의 확대와 일본의 급변한 태도 그리고 동일한 텍스트의 다른 맥락에서의 출현배경과 시기 등을 들 수 있다. 그리고 번역에 대한 특성으로, 번역이 원텍스트에 지배되지 않고, 오히려 번역을 통해 필연적으로 자국의 사정을 반영하지 않을 수 없는 속성을 지니고 있다는 점, 그 결과 원텍스트와 다른 맥락에서 형성되는 새로운 창작물이 된다는 점을 생각해 볼 수 있다. 이 지점에서 원텍스트를 동일하게 다시 쓰는 과정에서 빚어지는 차이의 지점들(역으로 완벽한 동일성)을 살펴볼 필요가 있다.

앞서 살펴본 대로, 필리핀의 이야기는 일본에서 자국의 사정과 결합하여 출판되었으며, 조선에서는 필리핀의 이야기와 미국과 같이 제국으로 부상한 일본의 지배 상황을 암묵적으로 비유하는 선상에서 출판되었다.

일본은 이미 페리 내항으로 강압적인 불평등 조약을 경험한 바 있다. 일본은 자신들이 겪었던 무력적인 방식의 개화가 어떠한 수모를 가져오는지 익히 알고 있었던 것이다. 이후 일본은 이러한 서구에 반감을 지니면서도, 자신들이 당한 방식 그대로 유구와 타이완 그리고 조선에 침략을 가한 바 있다.[184] 일본은 이미 식민지에 대한 실험을 아이누와 유구의 사례로 개진시키고 있었으며, 이때 만국공법을 적절히 악용했다. 어느 나라의 소유권인지가 불분명한 경우, 주인 없는 땅에 들어가는 것이 합법적이라 여기고 이를 국가사업의 형태로 추진한 것이다.

---

184)   고모리 요이치小森陽一; 송태욱 옮김, 《포스트 콜로니얼》, 삼인, 2002, 41쪽.

이러한 일본이 왜 필리핀에 동정을 표명할 수 있었을까. 물론 일본인 전체가 이런 일에 적극적으로 동의하지 않았다는 점, 그들 내부에 논란이 있었고 이에 반대하는 그룹이 존재했다는 것을 감안해 볼 수 있다. 그러나 무엇보다, 이들은 필리핀에 대한 야욕을 개진하기보다 이러한 필리핀을 자신들보다 먼저 치고 들어온 미국에 대한 반감, 미국에 대한 배척의식에 더욱 동조하려 했던 것으로 보인다. 일본은 필리핀이 스페인의 지배를 받을 때부터, 필리핀에 암묵적으로 관여하고 있었다. 필리핀에 동조하는 것이 '동정적인 잠식'으로 발전할 수 있다고 전망했기 때문이다. 이는 또한 서구가 문명을 내세워 동정하면서 잠식해 가는 것과 같은 궤도에 따른 모방적 식민전략이다.[185]

이러한 '비방과 모방'이 교차하는 가운데 일본은 점차 제국으로 부상하면서 후자로 기울기 시작한다. 기존 약소국에 대한 동조는 자신들이 제국이 되기 위한 사다리였을 뿐이다. 사다리를 쓰고 버리듯이 제국과 같은 힘을 지닌 뒤에는 '아시아의 제국'으로서 약소국에 대한 야욕을 드러냈다.

《비율빈전사》를 어떻게 읽을 것인가 하는 문제를 제기할 때, 일차적으로 이 텍스트가 번역본이라는 특성을 배제할 수 없다. 번역본이라는 점은 이 작품이 어디까지나 원작의 아류이며, 원작의 완성도를 떨어뜨리는 생략과 축소가 범해지고 있으며, 결과적으로 '결함'이라는 상태를 벗어날 수 없는 것으로 간주되었다. 이러한 관점에서 번역본은 창작된 작품에 견주어 조명될 기회가 상대적으로 적었으며, 연

---

185) 페리 내항 이후의 정세에 대해, "외국 사람들은 원래부터 특히 어리석은 백성들을 회유하는 데 능숙한 데다가, 그처럼 시국과 자신들의 상황에 대해 한탄하는 사람들이 많은 곳을 파고 들어가서 은혜와 혜택을 베푼다면, 앞으로 큰 어려움이 있게 될 것입니다."(1854년 1월)(마루야마 마사오, 박충석 · 김석근 옮김, 《충성과 반역》, 나남, 1998, 186쪽 재인용)라고 기술하고 있다. 이는 반대로 일본의 동정이 곧 타국을 잠식해 가는 수단으로 연계되어 발전될 가능성을 보여 준다.

구사적으로 고찰된다 해도 원작에 미치지 못하는 결과물로 규정되기 쉬웠다.

　여기서 《비율빈전사》를 '어떻게 읽을 것인가'라는 문제는 이 작품이 번역본이라는 외적인 요인에서 자연스럽게 '이 작품이 어떻게 옮겨졌나'하는 출간의 경위와 수용의 정도에 대한 문제로 나아간다. 그리고 '어떻게 옮겨졌나'에 대한 질문은 일반적으로 '얼마나 원작과 동일한가' 하는 요소를 절대 기준으로 삼아, 원작과의 동일성을 중점에 두는 관점이 전개되었다고 볼 수 있다. 이 관점에서 번역된 작품의 성과는 언제나 원작의 수준에 미달하는 것으로, 다층적으로 번역된 변형태의 특징을 배제하는 방향으로 환원되었다.

　원작을 우위에 두고 원작과 번역본을 바라보는 시선은, 위에서 아래를 내려다보는 지배자의 시선으로, 제국에서 식민지로 번역 작품이 흘러 들어가는 형국을 낳았다. 이러한 수혜 관계에 따른 번역은 그대로 제국의 시선에 포섭된 상태로 남는다. 이러한 고정된 상태는 일종의 '균열과 혼종'의 전환(발견)을 계기로, 동등한 위치의 확보 및 전복의 가능성을 논할 수 있는 것으로 변화한다. 원작에 동화되지 않고 원작과 다른 뒤틀린 형태(오역이나 오독)로, 더 나아가 전유(전복과 되돌려 주기)를 거쳐 원작의 틀을 역으로 해체시킨다.[186] 앙드레 르페브르는 번역을 다시쓰기로 볼 것을 주장한 바 있다.[187] 르페브르는 원전

---

186)　원작과 다른 오역에 대해서는 더글러스 로빈슨, 정혜욱 옮김, 《번역과 제국》, 동문선, 2002 참조.

187)　이에 대한 사항은 위의 논문을 비롯하여, 최근 번역이론에 상세히 소개되어 있다.
　　백승우, 〈번역의 정치 : 하버마스의 수용과 다시쓰기〉, 서울대 언론정보학과 석사논문, 2002, 22쪽.
　　André Lefevere, *Traducción, reescritura y la manipulación del canon literario(Translation, Rewriting, and the Manipulation of Literary Fame)*, Salamanca : Colegio de Espana, 1997. 손나경, 〈다시쓰기로서의 번역：Heart of Darkness 번역본 고찰〉, 《영미어문학》제87호, 2008. 6(재인용).

과의 동일성 추구를 번역의 목표로 삼지 않고, 자국의 이데올로기에 부합하는 형식으로 변형되는 것을 번역의 속성으로 제시한다. 이 맥락에서 번역자는 원본을 자국의 이데올로기에 부응하는 사례로 제시하는 데 만족한다.

　이들의 목표는 더 이상 원전의 동일한 반복이 아니라, 원전과 다른 차이를 생성해 내는 데 있다. 이는 번역가의 권력이기도 하다. '왜곡된 번역'이 아닌 의도적인 '동일한 다시쓰기'가 수행되었음에도 자국의 정치적 사정이 뒤따른다. 이 지점에서 예전에 미국을 비판했던 일본의 모습을 상기시키면서, 현재 모방된 제국의 모형으로 자국을 압박하는 일본을 비방할 수 있다. 번역의 목적은 동일한 정보의 전달이 아닌, 자국이 필요로 하는 정보를 나열하는 데 있기 때문이다. 이 과정에서 번역가는 자국 독자와의 암묵적인 타협 속에 '선택과 배제'의 원리를 고수한다.

　안국선은 어떠한 구절도 별도로 삽입하고 않고, 원작을 있는 그대로 충실하게 번역했다. 다만 원작에 견주어 분량이 줄어든 것은, 원작의 골자를 그대로 가져오되, 많은 사례나 인물의 이야기를 축소하거나 생략했기 때문이다. 더욱이 스페인어로 원문이 기입된 부분을 일체 옮기지 않고, 오로지 일문으로 번역된 부분만 중역했다. 원텍스트와의 차이를 굳이 선별하자면, 부분적인 수사의 삽입 뿐[188], 원텍스트와 거

---

188)　텍스트에서 조선과 관련된 사항이 기입된 부분은, 조선의 연원을 부기해 놓은 부분일 뿐이다. 가령 "一千八百九十八年(光武二年)五月一日"(《比律賓戰史》, 9쪽) 그리고 "千八百九十九年(明治三十二年)一月二十日"(83쪽)을 "一千八百九十九年(光武三年)一月二十日"(《比律賓戰史》, 46쪽)로 바꾸어 놓은 것을 볼 수 있다.
　　그리고 수사가 첨가된 사례로 포로를 대하는 방식에서 인도와 박애로 대했음에도, 잔인한 살육을 했다는 허위보도를 통해 비율빈의 야만성을 드러내는 미국의 언론에 대해, 안국선은 "그 마음이 가악하다(其設心이 可惡ᄒ도다)"(29쪽)고 덧붙여 평한다. 또한 뒤늦은 통첩으로 일방적인 공격을 가세한 미군에 대해 "그 속임수가 가악하다(欺騙術이 可惡ᄒ도다)"(35쪽)고 말한다.
　　그리고 마지막 부분에서 미국 정부가 비율빈에 대해 행하는 정책이 도리에 어긋난 것

의 동일하다. 이렇게 충실한 번역의 형태임에도 자국의 정치적 상황을 수반하고 있다. 안국선의 번역은 일본의 제국주의가 모방하고 있는 미국의 제국주의를 그대로 재현해 놓았는데, 미국이 스페인으로부터 필리핀을 원조하는 구원자에서 제국주의를 시행하는 침략자로 변모하는 양상은, 일본이 청국으로부터 조선을 독립시킨다는 미명 아래 다시 조선을 그들의 식민지로 바꾸어 버리는 것과 겹쳐진다.

이 선상에서 《비율빈전사》는 미국과 동일한 제국으로 변모한 일본의 팽창된 국가주의에 대한 비판을 담고 있는 것으로 읽힌다. 다시 말해 의도적으로 번역 저본 그대로 번역했음에도, 필리핀과 일본과 연계된 《남양지풍운》과 필리핀과 일본 그리고 조선과 연계된 《비율빈전사》는 결코 동일할 수 없는 격차가 따른다. 《남양지풍운》이 만국공법의 이행을 저버리고, 무단으로 침략하여 필리핀을 장악한 만행을 고발하고 있는 것이라면, 《비율빈전사》는 이러한 제국의 원형인 미국과 더불어 이를 따라하는 일본을 암암리에 비방한다.

필리핀 측은 미국이라는 '만들어진 제국'을 향한 반격으로 '미국 또한 식민지였다'고 말한다. 미국이 본래부터 절대적인 제국이 아닌 일명 '식민지 출신의 제국'이라는 지적은 필리핀인에게 미국에 대한 절대적인 권위를 부정하고, 필리핀 또한 미국과 같이 될 수 있다는 희망의 근거로서 두 개의 다른 층위가 복합적으로 뒤엉켜 있었다. 이로 볼 때 일본은 미국을 모방한 제국이다. 제국은 식민지를 한없이 내려다보며 통치의 정당성을 확보하고자 한다. 이 종속적인 시선과 지배의 구도는 쓰기 행위로써 완화될 수 있다. 그러나 전유와 전복이라는

이라는 최종 평가는 원텍스트에 나오지 않은 표현으로, 폰세의 목소리보다 안국선의 목소리가 더 강조되어 있다. (以上에 論述홈은 歐米諸國의 重要훈 人士가 比律賓群島에 關ᄒ야 意見을 陳述홈이니 米國政府가 比律賓에 對ᄒ야 施ᄒᄂ 政策이 非理無道홈은 可히 了解ᄒ리로다 (제 14장, 92쪽))

호미 바바의 논리에 따르면 위계질서의 반복이라는 고질적인 문제가 남는다. 다만, 다시쓰기로써 단순히 독립으로의 환원이 아니라, 정치적 · 사회적 제도와 여건에 따라 상이한 층위를 생산해 냈던 부분들에 대한 다채롭고 복합적인 해석의 여지를 남겨 둘 필요가 있을 것이다. 전유를 통한 전복과 다른 이 행위는 최소한의 평등한 자리에 도달하려는 시도로서 평등한 지점에서 서로를 동등하게 바라볼 수 있는 관계의 설정을 허용한다. 원작과의 이러한 거리 좁힘은 대등한 지위를 허용해 주며, 번역작은 이로써 원작으로부터 자유로운, 자국의 실정에 맞는 작품이자 자국민의 기대를 반영하는 작품으로 재탄생한다.

자국에서 벌어지는 실제 사건으로서 정치적인 사건은 작품에서 허구적으로 재현할 수 없는 사건이었다. 그저 정치적인 사건을 배경으로 또는 이를 계기로 텍스트의 서사는 진행된다. 정치적인 사건은 고정된 채 어떠한 변용이나 가상을 허용하지 않는다. 정치서사는 철저히 바로 이 지점에서 출발한다. 정치적인 사건을 배경으로 신소설은 전개되었고 역사와 전기 등은 정치적인 사건을 전제로 특정한 이데올로기를 전달했다. 풍자나 우화 또한 이러한 정치적인 현실을 개탄하거나 비판하는 것으로 일관되었다. 그리고 바로 이 자리, 허구로 재현될 수 없는 실제 사건은 바로 윤리적인 번역의 수행에 특정한 역할을 담당했다. 국내에 소개되기에 적합한 정치적인 사건만이 언급되고, 동일한 정치적 사건일지라도 국내 실정에 맞게 변모되었다. 이는 민족주의라는 블랙홀에 흡수되지 않을 수 없던 실정 때문이다. 민족주의라는 형상으로 인민에게 주입된 공통 감정이 존재했던 까닭이다.[189] 이 안에서 해체된 원텍스트는 원작자와 다른 발언을 할 수 있

---

189) '한 시대 혹은 특정 세대를 특징짓는 지배적 심성'인 망탈리테에 대해서는 손유경, 《고통과 동정》, 역사비평사, 2008, 25쪽.

었다. 이는 아무리 모방을 하며 쫓아가도, 언제나 그 뒤를 쫓고 있는 '자국의식'이 있기 때문이다.[190] 동일할 수 없는 차이로서 '자국의식'이 강조되는 한 온전한 모방은 불가능할 수밖에 없었다.

《가인지기우》 제10권에는 김옥균이 화자인 산시를 찾아온 손님으로 등장한다. 김옥균은 산시와 아시아의 독립을 논하면서, 조선의 독립을 위해 갑신정변을 일으켰던 원인과 경과를 상세히 말한다. 이는 시바 시로의 정치적 입장이 김옥균에게도 투영되어 있는 것임을 알 수 있다. 산시는 실패로 끝나 버린 갑신정변을 안타까워하면서 그때 자신이 도왔더라면 실패하지 않았으리라는 말을 한다. 그의 세계는 텍스트에 나오는 말을 빌려 '동양의 안녕과 평화를 지켜서 구미 강적에게 대적해야 한다'는 반구화주의 논리와 아시아주의 논리가 결탁되어 있는 것이다. 김옥균의 발언과 심경은 이러한 논리를 뒷받침해 주는 사례로 쓰였다.

국내에서 갑신정변의 여파는 일본 유학생까지 배격하는 현상을 낳았다. 이는 을미사변을 계기로 생겨난 반일 정서로 더욱 심화되었다. 명성황후는 쇄국정책을 고수하는 대원군과 달리 서구문명 도입의 중요성을 인식하고 있었다. 동일하게 개화를 주창하는 노선이었으나, 과거의 급진개화파와 달리 일본이 아닌 러시아와 청국과 결탁하여, 일본 노선의 개화파와 대립했다. 이것이 그녀가 경계 인물로 지목된 이유였다. 앞서 기술했듯이 《가인지기우》의 저자인 시바 시로는 조선의 독립을 위해서 일본이 나서야 한다고 보았다. 이러한 일본 측의 대의를 달성하는 데 장애물로 간주된 왕비는 필연적으로 제거되어야 했다. 작가의 분신인 화자 산시는 최대한 간결하게 조선의 정치사를 기술하고,

---

190) 자국의식에 대한 발언은 사이토 마레시, 《한문맥의 근대》, 나고야대학출판회, 2005, 65쪽 참조. 가령, 량치차오는 '지나'라는 명칭을 대신하여 '중국'이라는 국명을 고수했다.

을미사변의 가담혐의로 감옥에 갇힌 자신의 처지가 그저 나폴레옹이 섬에 유배된 것과 다르지 않다고 자위한다. 이러한 이야기는 《청의보》에 직역되어 소개되었으나, 조선에는 소개되지 않았다.

번역에서 누락된 부분은 대체로 자국의 실정에 부적합하기 때문에 빠진 것이다. 변용은 자국 독자를 이해시키는 방편으로, 자국에 없는 것을 있는 것으로 뒤바꿀 때 발생한다. 더 나아가 다시쓰기는 지배 헤게모니에 대항하는 형태로 그들의 방식과 사상(언어)을 이용하여, 받았던 대로 되돌려 주는 저항의 형태로 가능했다. 여기서 일본의 《가인지기우》나 《한일합방 미래의 몽》, 중국에서 《조선망국사》와 같이 동아시아에서는 통용되었으나 조선에서는 배제된 텍스트는 조선에서 수용할 수 없는 부분을 건드리고 있다는 것을 보여 준다.

제삼기 조선은 일본의 조선이 되었다. (계속)

그 차관의 약속에 대하여 어떤 이는 이것이 바로 영국이 이집트를 대한 것과 같다고 말한다. 그러나 나는 그것과 같지 않다고 생각한다. 왜냐하면 이집트는 차관 때문에 재정권을 잃었는데, 조선은 이미 재정권을 잃은 상태에서 나중에 차관을 얻게 된다. 그렇다면 일본 사람들이 지금 이후에 한국에 차관을 주는 것은 이전에 대만행정청에 차관을 준 것과 같다. ……

두 달 전부터의 한국 정략에 대한 여론 연구자는 내가 다 헤아리기 어렵지만 그 가운데 **시바 시로씨(진보당의 한 명사로 〈가인지기우〉의 저자)**의 한 논문인 〈한국의 장래〉라는 글이 본 월 《태양》지에 **등재**되어 있는데, 여러 설들을 종합하고 두루 평가하였다. 그 글에서 든 것은 모두 아홉 가지 설이다.

1. 한국황제반면론(그대로 조선의 독립을 부지하자는 주장이다)
2. 일한대제국합병론(대략 오스트리아와 헝가리와 같이 두 군주를 세운다는 것)

3. 고문정치론(총괄하는 고문관 1명과, 나머지 각 지방에 모두
   고문관을 파견하기)

4. **보호국론**

5. 한국영구중립론(스위스, 벨기에와 같은)

6. 총독정치론(한국을 거두어서 오키나와와 대만과 같은 군현으
   로 만드는 것을 말함)

7. 방기정치획취실업론(정치는 내버려두고 산업은 취하자는 논의)

8. 한국황제양위론

9. 망명객 이용론

　시바 시로씨의 원저는 모두 2만여 자로 이러한 여러 설들의 논
거들을 차례차례 들어 놓고 소통하고 증명하였다. 일본의 여론이
대략 이와 같다. 지금은 번잡함을 피하고자 다시 많이 인용하지
는 않지만 요는 일본이 한국을 보는 관점을 이로부터 알 수 있다
는 것이다. 현재 실제로 행해지는 것은 4번설이다. 4번설이 또한
실제로 일본이 앞으로 한국을 대하는 정략의 불이법문이다.[191]

---

191)　中國之新民,〈朝鮮亡國史略(完)〉(時局),《新民叢報》, 中華書局, 1904. 10. 9.
　　第三期 朝鮮爲日本之朝鮮(續)
其借款之約或謂是卽英國之所以待埃及顧吾猶以爲不類也何則埃及以借款而失財政權朝
　　鮮則旣失財政權而後借款然則日人今後之借款與韓其猶前此之借款與臺灣行政聽也
　　……
兩月以來日本輿論硏究對韓政略者更僕難數就中柴四郎氏(進步黨一名士著佳人奇遇者
　　也)新著一論名曰〈韓國之將來〉登諸本月太陽報中綜羣說而徧評之其所擧者得九說
甲 韓皇半面論(主仍扶持朝鮮之獨立者也)
乙 日韓大帝國合倂論(略如奧匃之双立君主國云)
丙 顧問政治論(派一總顧問官其餘各署及各地方皆派顧問)
丁 保護國論
戊 韓國永久中立論(使之如瑞士如比利時云)
己 總督政治論(謂收之爲郡縣如琉球臺灣故事)
庚 放棄政治獲取實業論, 辛 韓皇讓位論, 壬 亡命客利用論
柴氏原著凡二萬餘言臚擧此諸說者之論據而疏通證明之日本之興論略其於是矣　今避繁
　　不復博引要之日之視韓從可知也　而現在所實行者則丁說也　丁說者亦實日本今後對
　　韓政略之不二法門也

앞의 인용문은 《신민총보》에 실린 〈조선망국사략〉의 일부이다. 여기에는 조선을 어떻게 식민지화할 것인가 하는 여러 방안이 소개되어 있으며, 이는 시바 시로가 《태양》에 게재한 것을 량치차오가 옮긴 것이다. 국내 대표적인 민족 정론지인 《대한매일신보》에서도 일본 측의 야심을 비판한 적이 많지만, 이렇듯 일본에 게재된 조선식민지론을 본격적으로 소개하지는 않았다. 그것은 분노하기 전에 좌절을 수반하지 않을 수 없는 현실에 대한 자포자기를 유발할 수 있기 때문이다. 그리고 이렇게 번역되지 않는 지점들은 조선에서 '조선만의 것'을 지키고자 했던 의지를 보여 준다. 이렇게 '조선적인 것'은 누락이나 변용과 같은 필터의 역할을 함과 동시에 다시쓰기를 거쳐 저항이나 배제를 통한 거부를 드러내어 궁극적으로 자국의 민족의식을 사수했다.

동일한 정치적 사건이 《비율빈전사》에서와 같이 정치적 입장에 따라서 다르게 재현될 수밖에 없었고, 각국의 내셔널리즘이라는 블랙홀에 흡수되어 변용되지 않을 수 없었다. 비록 실패로 끝났을지라도 진취적인 개혁과 미래를 담보한 사건은 재현되었다. 망국이라는 망조를 보여 주는 사건을 그린 텍스트는 자국에 허용될 수 없었다. 〈가인지기우〉에서 김옥균과의 대담을 재현한 시바 시로가 명성황후의 시해 과정을 구체적으로 재현하지 않는 것은 자신의 정치적 신념을 강조하는 과정에서 빚어진, 도의에 벗어나는 측면을 비켜가기 위한 방편이었다. 그리고 이와 같은 텍스트는 조선에서 허용되지 않았다. 갑신정변처럼 여러 정치서사에서 회자되는 사건에 반하여, 을미사변은 제대로 재현되지 않았다. 그것은 재현될 수 없는 금기어를 품고 있었기 때문이다. 한 나라 황후의 피살사건은 당대에 발화될 수 없는 기표이자 재현될 수 없는 사건이었다. 이렇듯 번역의 불가능성은 할 수 없는 것이 아니라 하지 않는 것에서도 발생했다. 번역의 속성인 모방은 원본의 세계에 진입하기 위한 수단으로, 최대한 원본에 근접하는 것을 그 목적으로 한다.

그러나 이 시기의 모방은 원본을 있는 그대로 따라가기 위한 것이 아니라, 주체적으로 필요한 것만 선별하여 수용하기 위한 활동이다. 그 목적은 선별된 것을 활용하여 자국의식을 좀 더 강화하는 데 있다. 자국의 생존이라는 명제에서 자유롭지 않았다는 것은 이러한 맥락에서이다. 흥미로운 것은 특정한 지시에 따른 것이 아니라 자발적으로 이러한 정서를 형성했다는 것이다. 그것은 이 시기에 분파된 여러 정치단체의 모형을 창출했다. 그리고 이러한 정치단체를 구성한 지식인은 그들 스스로가 정치적 행위로 번역을 주도했다. 정치적인 논증을 펼치기 위한, 입헌정체라는 새로운 정치 체제를 구축하기 위한 활동으로 다양한 정치논설과 정치적인 텍스트를 도입했던 것이다. 이 지점에서 이러한 번역 주체들인 정치적 문사文士가 활동했던 정치단체를 살펴볼 필요가 있다.

Ⅳ. 문사文士의 정치적 행위와
정치적 상상의 한계

1. '근대의 박물지博物誌'를 편찬하는 정치적 문사
    文士의 시대

1) 국권 획득에 대한 과잉과 도의道義의 결핍

새로운 세계가 이미 열렸고 생존을 모색할 방도로 새로운 서사가
필요했다. 그것은 새로운 국가를 창출해 낼 영웅을 호명하는 일이었
다. 그 국가의 형태는 기존에 존재하지 않았던, 생존을 위해 필수불
가결한 국민국가였다. 그리고 부정할 수 없이 국민국가는 결과적으로
제국을 지향했다. 강대한 나라는 도의를 숭상하는 나라가 아니라 문
명을 기반으로 세력을 확장하고자 또는 주변국의 침입을 받지 않고자
다져진 나라로, 국민국가의 모형은 제국에서 나온 것이었다.

  가) 이 근처의 집에 사냥꾼 차림을 한 남자 세 명을 그린 그림이
  걸려 있는 것을 보았다. 그 유래를 물었더니 스위스를 창설한 조상
  의 초상이라고 했다. …… 1307년 독일 황제 알베르트 1세가 강권
  으로 스위스 국내의 민중을 억압하고 가렴주구를 일삼았다. 스위스
  에 주둔하는 군대가 폭위를 휘두르며 여러 주들을 가혹하고 잔학한
  태도로 대했고, 관리의 횡포는 참기 어려울 정도로 심해졌다. 그러
  자 모든 사람들이 독일의 지배에 원한을 품게 되었다. 마침내 빌헬
  름 텔이라는 용감한 남자가 지도자가 되어 슈비츠 · 우리 · 운터발덴
  세 주에서 의용군을 조직해, 오스트리아의 관리를 추방하고 주둔군
  사령관을 활로 쏘아 죽였다. 1315년 모르가르텐에서 의용군이 오

스트리아 군을 물리친 이후, 스위스는 독립하여 공화정치를 실시하게 되었던 것이다. 세 주는 모두 사르넨에서 가까운 지역이기 때문에 지도자들의 의거를 그림으로 묘사했고, 그 가운데 3인의 사냥꾼 초상을 집집마다 걸어놓은 것이다. 중앙에 그려져 있는, 활을 품은 강인한 모습의 남자가 빌헬름 텔이다. 이처럼 유럽 각국에서는 자주自主를 숭상하고 있으며, **그 땅의 역사를 기억하여 돈독하게 그 뜻을 계승하고 있다.** 루체른시에는 사자의 동굴이 있다. 이것 역시 무공武功과 애국심을 보여주는 곳이다. 어린 아이와 연약한 여성들까지도 모두 나라의 풍속을 기억하면서, 자신의 나라야말로 세계에서 풍속이 제일 아름다운 나라라고 말한다. 이러한 마음가짐이 자립과 자주를 유지하는 힘이다. 소학교에서 학생들에게 역사를 가르치는 뜻도, **조상 대대의 뜻을 이어 점차 나라의 모습을 갖추어 온 경과를 아이들의 머릿속에 심어서 애국심을 배양하게 하는 데 있다.** 동양 역사의 체제와는 크게 다르다.[1]

나) 사르데냐 섬의 해안에 섬 하나가 있는데, 하얀 지붕의 집이 한 채 보였다. 이것은 이탈리아의 민권운동가 가리발디의 주택이다. **가리발디는 일찍이 이탈리아 통일 전쟁 때 민간에서 군대를 일으켜 커다란 공훈을 세운 당대의 영웅**이다. 프랑스혁명 이래 제왕의 전제정치가 점차 쇠퇴하고 민권과 자유의 정신이 확산되었지만, 오스트리아와 이탈리아 양국은 여전히 구태의 정치를 유지하고 있었다. 이탈리아와 같은 나라에서는 30년 동안이나 연방의 왕후들이 로마교황의 권위를 방패 삼아 노쇠한 권력을 멋대로 휘둘렀다. 1840년대 말, 이를 견디지 못한 인민들은 곳곳에서 봉기를 일으켰다. 이때 민병대를 지휘하고 있던 가리발디는 공화 정치의 확립과 성직자의 정치 간섭 폐지를 주장하면서, 로마에 근거지를 두고 여러 방면에서 밀려드는 군대와 격전을 치렀다. 그 뒤 독립운동을 전개하고 있던

---

1) 구메 구니타케; 정선태 옮김, 앞의 책(제5권 유럽대륙(하) 및 귀항일정), 111~112쪽.

사르데냐 왕과 협력하여 오스트리아의 대군을 격파했다. 곤경에 직면하여 민력은 피폐할 대로 피폐해져 있었지만 의연하게도 가리발디는 이에 굴하지 않았다. 1861년 가리발디는 사르데냐군을 이끌고 나폴리 왕국을 멸망시켰는데 이 역시 그의 무력 덕분이었다. 난이 평정된 뒤 공론에 따라 사르데냐 왕이 이탈리아의 통치자로 선출되었다. 이리하여 통일국가의 길이 열렸고 입헌정치도 수립되었다. 그런데 이것은 가리발디의 뜻과 거리가 멀었다. 그는 여전히 공화론을 주장했으며, 정치 일선에서 물러나 이 섬으로 돌아온 뒤에도 변함없이 유럽의 민권론을 유지하고 왕권과 종교 권력을 폐지하는 것을 자신의 사명으로 생각했다. 미국에서 남북전쟁이 일어났을 때 가리발디는 북부의 주장이 옳다고 하면서 그곳으로 건너가 북군을 도왔으며, 미국인들은 그의 지휘 아래 큰 업적을 세웠다. 그는 남북전쟁에서 임무를 마치고 곧바로 이 섬으로 돌아왔다. 그 뒤 프랑스가 프로이센에 패배하면서 공화정치를 수립하자, 이번에도 그는 그 주장이 옳다고 하면서 리옹으로 달려가 프랑스인 의용대를 조직하여 격렬하게 싸웠다.[2]

다) 프랑스혁명 이래 알프스보다 북쪽 나라들은 모두 민권을 보호하고 입헌정치로 이행해 갔으나 오스트리아 · 이탈리아 양국은 알프스산맥을 만리장성으로 보고 자유로운 논의를 억압하고 있었다. 그러나 시대의 흐름을 막을 수 없어 5년도 지나지 않아 남이탈리아에 민권당에 의한 반란이 일어났다. 국왕은 오스트리아군의 힘을 빌어 이를 탄압하고 잔혹한 조치를 취했으므로, 이후 이탈리아의 민심이 더욱 흉흉해져 통일을 잃게 되었다. 1848년에는 오스트리아에도 자유주의의 논의가 불붙어 롬바르디아의 수도 밀라노에 주둔하고 있던 오스트리아군이 철수했다. 사르디니아왕은 기회를 놓치지 않고 민권 보호를 구호로 병사를 일으켰다. **유명한 장군 가리발디도**

---

2) 앞의 책, 302쪽.

로마에서 공화주의를 내걸고 거병했다. 그리고 양군이 연합하여 오스트리아군에 맞섰다. 그러나 국력이 피폐했기 때문에 패배하고 사르디니아왕은 퇴위당하였다. 현 이탈리아 국왕 빅토리오 엠마뉴엘 2세는 이때 사르디니아 왕위를 이었다. 그는 입헌정치를 지향하여 인망을 얻었고, 프랑스의 나폴레옹 3세와 동맹을 맺어 오스트리아군을 물리치고 롬바르디아를 탈환하였다. 이를 보고 북이탈리아 여러 나라들이 각각 국왕을 추방하여 사르디니아에 바쳤다. 1860년에 사르디니아는 가리발디를 총수로 내세워 나폴리왕국과 싸웠다. 그 결과 나폴리왕국은 멸망하게 되었다. 이렇게 이탈리아가 국내를 통일한 것은 지금부터 불과 12년 전의 일이다. 가리발디는 원래 공화정치를 시작하는 것이 목적이었으므로 사르디니아왕을 통일군주로 하는 것에 반대했다. 그는 은퇴 후 카르레라섬에 들어가 절개를 지켰다. 한편 사르디니아왕은 국회 투표로 통일 이탈리아의 군주가 되어 입헌정치를 정하고 피렌체로 천도하였다.[3]

라) 1795년에 프랑스혁명의 영향으로 민권보호론이 알프스의 북쪽 지역에 널리 보급되고 사람들이 자유의 은총을 받게 된 때에도 오스트리아, 이탈리아의 사람들은 아직 압제하에 있었다. 특히 당시의 나폴리왕은 포르투갈의 왕족으로 오스트리아 왕가의 인척이고 이탈리아 중에서는 가장 강대한 것을 믿고 여전히 인민을 압제하고 착취하였다. 인민들은 이 압제에 견디지 못하고 1820년에 반란을 일으킨 바 나폴리왕은 오스트리아의 병력을 빌려 무참한 탄압을 가하고 압정을 계속했다. 또 1849년에는 사르디니아 왕이 일으킨 민권 보호를 위한 군사행동이 실패하자 나폴리왕국은 또 이탈리아 각국의 리더로서 위세를 떨쳤다. 그러나 1859년에 사르디니아왕은 프랑스와 연합하여 다시 군사행동을 일으키고 다른 이탈리아연방에서도 민중들이 봉기하여 지배자를 추방하고 사르디니아와 행동을 같

---

3) 구메 구니타케; 서민교 옮김, 앞의 책(제4권 유럽대륙(중)), 286~287쪽.

이 하였다. 이렇게 남북 이탈리아의 대전이 되어 **영웅 가리발디가
나폴리왕국을 공격하자 왕국 사람들의 마음이 이미 이반된 상태여
서 전투도 없이 나폴리는 바로 멸망해버린 것이다.**[4]

첫 번째 인용문은 스위스의 방문기록에서 엿볼 수 있는 빌헬름 텔
의 이야기다. 나머지 세 인용문은 가리발디에 대한 기록이다. 더욱
이 여기에 소개된 가리발디의 업적은 그의 정치적 신념의 실현 운동
으로 압축되어 있다. 가리발디가 공화정체를 위해 끝까지 싸운 여정
은 특정한 정치적 신념의 작동 방식에 따라 국가의 운명이 바뀔 수
도 있다는 것을 보여 주는 실증적 사례이다. 흥미로운 것은 가리발
디가 '무武'를 상징하는 이탈리아 혁명가로 인식되기 전에, 일본에서
'민권운동가'로 인식되었다는 점이다. 일반적으로 《이태리건국삼걸
전》으로 널리 알려진 가리발디는 다른 두 영웅인 마치니와 카보우르
와 다르게 온갖 간난고초에도 아랑곳하지 않고 끝까지 이탈리아 통
일을 위해 싸운 무장으로 그 명성이 높았다. 가리발디의 업적은 이
탈리아의 통일 이외에 공화정체의 주창 그리고 부패한 교황이나 성
직자의 교권敎權의 위세를 약화시킨 것으로 간추려진다. 이로써 가
리발디는 정치를 교권과 분리시키고, 정치의 자유를 최대치로 확보
하고자 했다.

《미구회람실기》에서 지속적으로 강조된 것은 단순히 유럽기행에
따른 유럽의 풍속을 소개하는 데 그치는 것이 아니라, 이들이 왜 강
한가 하는, 현 상태에 대한 과정을 고찰하는 것이었다. 그리하여 이
들은 단순히 강대국만을 고구한 것이 아니라, 약소국이 강대국으로
성장한 과정에 역점을 두고 그 현상을 분석해 놓았다. 이러한 분석

---

4) 앞의 책, 351~352쪽.

가운데는 산업, 박람회 등 여러 경제적인 분야의 발전도를 꼽고 있지만, 무엇보다 각 나라에 얽힌 영웅들의 서사를 빼놓을 수 없다. 앞의 인용문들은《미구회람실기》에 소개된 빌헬름 텔과 가리발디에 대한 기술들로, 여타의 영웅들보다 이들이 좀 더 강조되어 있다. 이는 무에서 유를 창조한, 약한 나라에서 강한 나라를 건설한 이들이기에 좀 더 주목의 대상이 되었음을 추정케 한다.

　전쟁은 혼란이자 새로운 힘의 균형을 잡는 과정이었다.[5] 전쟁을 주도했던 일본의 시선에서, 이 시기에 필요한 것은 '도덕이 아니라 완력腕力'이었다.[6] 이러한 시선에서 일본은 제국과 같이 경제적 이득과 영토의 확장을 위해 조선에 체계적으로 침투해 들어가기 시작했다. 청일전쟁이 일본의 기량을 검증한 수준이었다면, 러일전쟁은 일본이 제국으로 승인받을 수 있는 중대한 사업이었다. 일본의 지식인들은 러일전쟁을 계기로 제국에 대한 환영을 구체적으로 현실화하는 작업에 동참하기 시작했다.

---

5)　정치적 사건 가운데 전쟁만큼 인물의 운명을 바꾸는 데 지대한 역할을 하는 것도 없다. 전쟁이나 난리(내분)는 개인의 사적인 행적과 무관하게 일어나기도 하지만, 그 어떠한 시련보다 강력한 재앙으로 개인의 운명을 바꾸기 쉽다. 물론 전쟁을 기회로 개인의 운명이 상승하는 경우도 있다. 그리고 이 두 가지를 다 보여 주는 사례도 있다. 일례로《혈의 누》의 옥련이가 대표적인 인물이다. 옥련이는 청일전쟁을 계기로 가족이 해체되는 시련을 겪지만 동시에 일본 군의관의 도움으로 일본으로 건너가게 되고, 그곳에서 새로운 인생을 설계하는 데 성공한다. 그러나 러일전쟁으로 말미암아 일본 군의관이 죽자, 옥련이는 다시금 시련에 직면하였다가 구완서와의 만남으로 미국으로 건너간다. 이렇듯 전쟁은 일종의 시련과 기회를 동시에 제공한다.

6)　요시노 사쿠조吉野作造, 〈蘇峰先生著《時務一家言》を読む〉,《新人》, 1914.(《選集》3, 86~87쪽), 한상일,《제국의 시선》, 새물결, 2004, 152쪽.(재인용)
'세계에는 세계주의 또는 인도주의를 주장하고 세계 만민의 융화를 강조하면서 국가들 사이에 벌어지고 있는 이해의 경쟁이라는 어두운 부분을 감추려는 자가 있다. 또한 이른바 동포주의라는 것이 국제경쟁의 화禍를 완화시키는 경향이 있음은 부인할 수 없다. 그러나 문제는 오늘날 국제경쟁을 완화하려는 세력이 대단히 미약하다는 것이다. 국제관계는 개인관계와 달리 도덕이라는 것이 중요하지 않다고 해도 좋다. …… 어쨌든 오늘날 국제관계를 지배하는 것은 개인에게 있어서와 달리 도덕이 아니라 완력腕力이다.'

물론 이들 가운데는 비전론자도 있었으나,[7] 대부분이 주전론자로
전향하여 운명을 건 전쟁의 필수불가결함을 주창했다. 청일전쟁은 문
명이 교체되는 시기에 펼쳐진, '신문명과 구문명'이라는 문명 사이의
대결이었다.[8] 러일전쟁은 '백인종과 황인종'이라는 인종 사이의 다툼
이자, '전제정체와 입헌정체' 사이의 대결이었다.[9] 앞서 말했듯이 이
들이 본 것은 힘이 지배하는 세계였다. 이러한 세계에서 만국공법이
란 허상에 불과했다.

　　가) (비스마르크 연설 가운데) 이른바 만국공법은 열국의 권리를
　　보전하기 위한 원칙적 약속이긴 하다. 하지만 대국이 이익을 추구할
　　때에는 자신에게 이익이 있으면 만국공법을 잘 지키지만, 만약 만국
　　공법을 지키는 것이 자국에 불리하면 곧장 군사력으로 해결하려 하
　　므로 **만국공법을 지키는 것은 불가능하다.** 소국은 만국공법의 내용

---

7)　애국정신을 군국주의를 확장시키는 전염병과 같다고 보았던 고토쿠 슈스이는《20세기
　　의 괴물 제국주의》(1901)라는 저서로 전 세계를 지배하고 있는 망령과 같은 제국주의
　　를 비판한 바 있다. 러일전쟁을 목전에 두고, 청일전쟁까지 반전론자였던 자들도 대개
　　가 전향하여 전쟁을 옹호했던 무리로 돌아서는 가운데, 고토쿠 슈스이와 우치무라 간
　　조는 몸담고 있던《만조보万朝報》를 그만두면서까지 반전론의 신념을 표명한 바 있다.
　　이들의 논지는 '반전'론과 '반국가'론으로, 후에 창간한《평민주의》를 보면 마르크스 등
　　의 사회주의와 아나키즘에 기대고 있다. 이들의 사상은 종적으로 무력이 아닌 인풍(仁
　　風)의 확립으로 위기를 극복하고자 했던 요코이 쇼난横井小楠과 약소국의 편에 설 것
　　을 주장한 오노 아즈사小野梓의 계보와 연계되며(야마무로 신이치; 박동성 옮김,《헌법
　　9조의 사상수맥》, 동북아역사재단, 2010), 횡적으로 국가의 경계를 부정하고 전쟁을
　　부정했던 캉유웨이의 대동사상과 연계된다고 볼 수 있다.
8)　초기 후쿠자와 유키치를 비롯하여 우치무라 간조의 주장으로 이에 대해서는, 김현
　　철,〈청일전쟁〉,《동아시아의 전쟁과 평화》, 연세대 출판부, 2006, 151~152쪽 참조.
9)　최기영,《한국근대계몽사상연구》, 일조각, 2003, 50쪽. 1904년 러일전쟁이 발발한
　　직후, 국내에서는 근대화를 목표로 근대국가의 건설을 지향하는 '정치경장안'이 나온
　　바 있다. '정치경장안'은 곧 '근대국가 설계도안'으로 정치란 국가를 건설하는 지침을
　　제공하는 것이었다. 그러나 이는 어디까지나 한계가 있었던 안으로, 가장 진보적이며
　　혁신적인 정치 담론이 오갔던 시대는 독립협회가 존재했던 시절이었다. 곧 독립협회에
　　서 의회개설이 제안되었던 것과 달리, 20세기 초에 들어 제안된 정치개혁안에는 의회
　　개설이 언급되지 못한 것이다.

을 이념으로 삼고 이것을 무시하지 않는 것으로 자주권을 지키려 노력하지만, 약자를 번롱하는 실력주의의 정략에 휘둘리면 자신의 입장을 전혀 지킬 수 없는 것은 자주 있는 일이다. …… 그동안의 전쟁도 모두 독일의 국권을 지키기 위해 어쩔 수 없이 했었던 것임을 세상의 식자들은 알 것이다.

(몰트케 연설 가운데) **만국공법도 오로지 국력의 강약에 따라 그 의미가 달라진다. 국외중립의 입장에 서서 만국공법만을 준수하려는 것은 소국의 행동이다. 대국이라면 국력으로 그 권리를 관철시켜야 한다.** …… 우선 군비를 강화하고 무력으로 유럽의 평화를 지키는 것이 가장 중요하다.

나) 금일에 패퇴한 로서아인이 내일 다시 오지 않는다고 기약하기 어려우며, 또 그때에 당하여는 두 나라의 사정이 대병을 다시 움직일 수 있을지 알 수 없는 가운데 또 반드시 승리를 기약하기도 어려운 것이다. 토이기인이여, 스스로를 지키는 방어책 없이 타인의 힘만 믿고 의지함이 옳을까? 이때의 행이 다른 때의 불행이 아닐 줄 어찌 알리오? 저들의 속임수가 천하에 행해짐이 오랜지라, 육지의 대포와 해상의 함선이 정략의 최상이며, 국제 외교의 후원이다. 금일에 각기 이해관계로 나를 도와 저들을 공격한 자가 명일에 또한 그 이해관계로 저들과 협동하여 나를 분열치 않는다고 증언하기 어렵다. 이해관계의 기미는 예측하지 못하니 **지금 이 폭력의 시대에 공법의 바른 도리는 앉아서 의논할 수 있는 것이 아니니,** 국가의 독립을 고수하고 다른 나라의 침략을 물리치고자 하는 자는 토이기인에서 거울삼는 바가 있을 것이다.[10]

첫 번째 인용문은 이와쿠라 사절단이었던 구메 구니타케久米邦武가

---

10)   유길준, 〈서〉, 《英法露土 諸國 哥利米亞 戰史》, 광학서포, 1908.

실제로 들었던 것을 기록한 비스마르크와 몰트케의 연설이다. 여기에
는 만국공법의 이중성이 여실하게 드러나 있다. 이 안에는 전쟁의 필
수불가결을 주창하여 대국이 소국을 지배하는 힘의 논리를 합리화하
고자 하는 뜻이 들어 있다.[11] 그리고 이러한 관점은 유럽 사회에 일반
적으로 통용되고 있었다. 이들이 목도하여 기술한 것을 보면, 일본의
제국주의와 동양의 중심이 되고자 하는 야심이 서구 독일을 모델로
하여 이들을 추종한 결과로 나타난 현상임을 알 수 있다.

  '세계평화를 자신의 손으로 지켜내고, 독일이 유럽의 중심이자 전
유럽의 평화를 보호하고 있음을 모든 나라들에게서 듣고 싶은 것이
우리들의 희망이다'[12]라는 몰트케의 연설문에는, 세계평화에 일조한
다는 명분으로 침략을 합법화하고 이를 전제로 주변국을 통치하겠다
는 전략이 담겨있다. 이는 일본이 동양의 평화유지를 내세워 중국과
조선에서 정부의 입장에서 보면 내분을 일으킨 혁명당을 돕고, 끝내
청일전쟁을 유도하고 러일전쟁을 일으켜 제국의 반열에 오른 과정에
대한 청사진이었음을 확인케 한다.

  유길준이 번역한 《영법로토제국 가리미아전사英法露土諸國 哥利米亞
戰史》는 크림전쟁에 대한 기록으로 영국과 프랑스의 도움으로 러시
아의 위해로부터 간신히 명맥을 보전한 터키의 이야기를 다루고 있
다. 두 번째 인용문은 그 서문의 일부로, 자신의 견문을 토대로 《서
유견문》이라는 저서를 남기기도 했던 유길준은, 서구를 돌아본 이와
쿠라 사절단과 같이 세계를 지배하는 실제 법칙은 만국공법이나 도
의가 아니라, 강약에 따라 먹고 먹히는 '힘의 논리'라는 것에 동감한
다. 그야말로 '폭력의 시대'인 것이다. 만국공법은 고정된 법체계가

---

11) 구메 구니타케, 박삼헌 옮김, 앞의 책(제3권 유럽대륙(상)), 371~382쪽.
12) 앞의 책, 385쪽.

아니라 수시로 국력에 따라 변모하는 유동적인 산물로, 결국 약소국이 기댈 수 있는 것은 강대국과 같은 국비확장일 뿐이다. 그러나 정치서사의 다양성은 단순히 이러한 특정 경로로만 치닫지 않는다는 점이 발견된다. 그것은 전쟁의 불가피함과 살상의 합리화에 동조하는 것과 반대로, 이러한 현황의 은폐된 점들을 폭로하여 폭력으로 점철된 시대의 부조리함을 돌파해 나가고자 했던 목소리가 공존했다는 점에서 그러하다.

현대 인류의 잔인하고 신의 없는 세태를 비판하는 것은 당대 동아시아에서 펼쳐진 전쟁으로 말미암아 상실된 인의와 도의의 회복을 주창한 것으로 읽어 볼 수 있다. 이들이 만국공법을 말하면서도, 만국공법의 허실을 비켜날 수 없다는 것이 그들이 처한 현실이라는 것을 알고 있었다. 만국공법이 결국에는 겉으로는 정의를 말하는 것 같으나, 실제로는 강대국이 이 법을 임의로 악용하여 약소국을 식민지화하는 것이 목도되었기 때문이다. 이러한 사태가 빚어지는 원인으로 표리부동한 인간의 본성을 거론하는 것은 우화가 지닌 위력이다. 걸러 낼 필요 없이 직설적인 정치적 발언이나 세태에 대한 묘사는 인간 자체를 부정하는 데서 가능하기 때문이다. 이러한 우화나 풍자적 속성을 지닌 텍스트는 더욱 문학적이기도 하다.[13]

〈금수회의 인류공격〉은 20세기의 인류를 지배한 약육강식 세태의 잔혹함을 고발하는 텍스트다.[14] 일본의 정세는 물론 당대 논란이 되

---

13)   여기서 우화나 몽유와 같은 풍자를 대변하는 장르들은 상대적으로 문학적이라 볼 수 있다. 이와 관련하여 조남현은 '〈금슈회의록〉, 〈몽견제갈량〉, 〈만국대회록〉 등이 '꿈'을 가설하여 논설양식과 달리 문학성literariness을 확보'하려 했음을 밝힌 바 있다. 조남현, 〈開化期 小說樣式의 變異現象〉,《開化期 文學의 再認識》(근대문학연구 제1집), 지학사, 1987, 135쪽.

14)   쓰루야 가이시鶴谷外史, 〈禽獸會議 人類攻擊〉, 金港堂書籍, 1904.(《禽獸會議 人類攻擊》(일본판),《근대서지》(제3호), 근대서지학회, 소명출판, 2011), 서재길,《〈금수회의록〉의 원작 《금수회의인류공격》에 대하여〉,《근대서지》(제3호), 근대서지학회, 소

었던 정치적 사항들이 논의되고 있다.[15] 아래의 인용문에서 볼 수 있
듯이 약육강식이나 만국공법의 이면을 직접적으로 고발하고 있는 원
작에 견주어, 〈금수회의록〉의 경우는 좀 더 완화된 표현으로 기술되
어 있다.

1) 오늘날 와셔는 거죽은 사름의 형용이 그대로 잊지마는 실상은
싀랑과 마귀가 되어 서로 싸호고 서로 죽이고 서로 잡아먹어셔 약
흔자의 고기는 강흔자의 밥이되고 큰거슨 젹은거슬 압졔ㅎ야 남의
권리를 륵탈ㅎ여 남의 지산을 속여 쎄아스며 **남의 토디를 아셔가며
남의 나라를 위협ㅎ야 망케ㅎ니 그 흉측ㅎ고 악독홈**을 무어시라 닐
ㅇ깃소(〈금수회의록〉(1908), 27쪽)

2) 이십세기 금일은 (인류) 스스로 호랑이와 이리의 구역에 들어
가(던져지고 말았으니), 손톱과 어금니를 날카롭게 세워 겨루니, **약
육강식이라 말하는 것, 생존경쟁이란 것**은 원래 이 금수사회의 싸움
이었는데, 지금은 인류 중에서도 (볼 수 있어) 약한 것은 강한 것
에게 먹히더이다. 큰 것은 작은 것을 억압하여 타인의 나라를 빼앗
으니, **타국의 토지를 강탈하여 불쌍한 망국의 백성이 생겨났소이다.**
또한 망국의 백성에게 가혹부당의 세금을 부과하더이다.[16](〈禽獸會議

명출판, 2011. 저자에 대한 이력 및 한중일 삼국의 서지사항에 대해서는 351~356쪽
참조.
15) 아래의 인용문과 이와 관련하여 눈에 띄는 몇몇 대목들이다.
* 구주 부녀자의 경우를 들으니, 남녀동권의 설을 주창하는 하이칼라 숙녀들이 있더라.
영국의회의 광경을 들으니, 정당내각을 열망하는 시골의 의원들이 있더라.(歐洲婦女
子の境遇を耳にして,男女同權の說を主唱するハイカラ娘あり.英國議會の景光を聞
て,政黨內閣を熱望する田舍議員あり.)(〈禽獸會議 人類攻擊〉, 62쪽)
* 현대 인류의 동정심 없고, 의리 없고, 부덕하고, 신의 없는 형상을 보시오.(現代人類の
仁なく.義なく.德なく.信なきの有樣を見る.)(〈禽獸會議 人類攻擊〉, 110쪽)
* 인류사회의 상태를 살펴 붓을 집고 도의의 쇠퇴를 논하노라.(人類社會の狀態を察する
に,筆を執て道義の衰頹を論ずる者あり.)(〈禽獸會議 人類攻擊〉, 134쪽)
16) 〈禽獸會議 人類攻擊〉,18쪽. 二十世紀の今日は自ら虎狼の範圍に投じて,爪牙の利

人類攻擊〉(1904), 18쪽)

첫 번째 인용문은 안국선의 《금수회의록》이며, 두 번째 인용문은 이에 해당하는 원작의 일부다. 《금수회의록》에서는 다른 이의 영토를 침탈해 가는 제국들의 폭력을 비판하고 있다. 이는 물론 원작도 마찬가지이다. 그러나 원작에서는 좀 더 구체적으로 '약육강식'과 '생존경쟁'이라는, 20세기 초를 지배했던 논리 자체를 비판하고 있다. 이러한 자연도태설은 본래 동물들의 세계에 적용했던 것으로, 인간들의 세계에 적용하여 강한 자가 약한 자를 지배하는 것을 생존경쟁의 원리라고 하여 합리화하는 것은, 결국 인간이 동물과 다를 바 없는 것으로, 인간의 도리에 위배되는 것임을 명시해 놓고 있다. 그러나 이러한 자성과 비판의 목소리는 결과적으로 분출되지 못했다. 더 큰 목소리에 억눌리면서 20세기 초는 결국 제국과 식민지라는 세계를 연출했다.

19세기 말에 정치가 소개되고 도입되었다면, 20세기는 정치가 체계적으로 작동하고 응용되는 시기였다. 공식적인 형태로 현실로 진입이 불가능한 정치운동은 암묵적인 형태로 더욱 활발하게 진행되었다. 그리고 여기에는 정당이라는 형태가 정치운동을 일으키는 근간으로 적극적으로 활용되고 있었다. '19세기에 정치 활동이 반란이었다면 20세기에 정당 활동이었다'는 진단은,[17] 조선에서도 통용되는 세계적인 흐름이다. 조선의 경우 19세기 말의 정치 활동이나 정치적 사건

銳を競ひつつあるなり. …… 弱肉強食と言ひ, 生存競爭というが如きは, 元是れ禽獸社會の爭ひなるに, 今や人類中, 弱の肉は強の食と爲し, 大は小を壓して以て, 人の國を奪ひ, 他の土地を掠め, 憫れなる亡國の民に課するに.

17) 실뱅 라자뤼스, 이현우 외 옮김, 〈레닌과 정당, 1902~17년 11월〉, 《레닌 재장전》, 마티, 2010, 392쪽. '20세기 정치의 주요한 특징 가운데 하나는 조직이다. 조직적이지 않은 정치 활동은 없으며, 실제로 정당이라는 단어가 이를 잘 보여준다.'

은 철저히 차단되었다. 그것은 내부적으로 더욱이 통제의 힘이 부족할 때는 외력을 빌려 와서라도 자체적인 정치운동은 철저히 봉쇄되었다. 그러나 20세기에 들어서면 상황이 달라진다. 외력을 적으로 인식하면서, 내부적인 단결이 모색되기에 이른 것이다. 이는 해외에서 그 운동적 성향이 강하게 드러났으며, 내부에서는 비밀리에 조직을 구성하여 정치 운동을 개진시키는 단체가 급격하게 등장하게 되었다.

해외에서, 뚜렷이 유학생을 중심으로 단결하는 양상은 조선도 그러하거니와 중국의 경우도 마찬가지였다. 그 배경은 주된 유학지인 일본을 중심으로 이루어졌다. 유학생들은 외부의 시각에서 자국의 정세를 파악하고 이를 개혁할 의지를 적극적으로 피력했다. 일본이 주된 유학지로 선정된 배경은, 일본어 서적으로 번역하는 이유와도 일치했다. 그것은 접근이 용이하다는 점과 빠르게 변화된 문명의 양상을 좀 더 효율적으로 흡수할 수 있다는 기대에 근거했다. 요컨대 (배우는) 속도를 줄이고 (배우는 데 들어가는) 비용을 줄이자는 전략이 반영된 결과였다.

정치적 성향은 이를 공유하는 조직을 형성했으며, 이 조직은 자신들의 정치적인 취지를 알리기 위한 매체를 발간했다. 그리고 이 매체에는 정치선전을 위한 소설이 실리게 되었다. 이러한 도식(정치→조직 및 단체→기관지→정치서사)은 정치서사가 어떻게 형성되고 유통되었는지 그 경위에 대한 객관적인 정보를 준다. 일본이 천황을 중심으로 일치단결하는 것과 달리, 중국에서는 무력한 청 정부를 비판하는 운동이 대대적으로 이루어졌다. 이 과정에서 변법을 지향하는 신종 잡지가 나왔는데, 이러한 배경에서 출발한 잡지는 자연스레 정치적인 성향을 지니지 않을 수 없었다. 캉유웨이를 중심으로 한 유신파를 대변하는 량치차오는 《강학보强學報》(1895)와 《시무보時務報》(1896)를 창간한 이래, 실패한 변법운동으로 일본으로 도피하여 그곳에서 《청의보淸議報》(1898)와 《신민총보新民叢報》(1901)를 발간했다. 중국 근대문학의 시작은 옌푸의 《천연론》과 량치차오의 〈역인정치소설서〉 등이 나왔던 1898년으로 설정한다.[18]

조선에서는 왕을 중심으로 한 충군애국의 사상을 설파했으나, 실제로 강조된 것은 애국이라는 두 글자였다. 외척으로 일컬어지는 민씨 정권의 횡포는 명성황후의 죽음으로 일단락되었으며 쇄국으로 일컬어지는 대원군의 통치는 일본군의 개입으로 오래가지 못했다. 고종은 실권을 상실해 가던 때 조선에서 중심을 잡아 가는 것은 특정한 대상이나 타도의 대상이 아닌, 애국이라는 추상명사였다.

일본과 중국에서 정치소설은 단순히 문학의 수용과 이입사로만 설명할 수 없다. 한국을 포함하여, 특정한 작품을 번역하고 소개하는 것은 단순히 대중적 취향과 자신들의 기호로 이루어지는 작업이 아니었기 때문이다. 일차적으로 원작자와 번역자 사이에는 지적인 연대가 존재했다. 학적인 네트워크를 공유했던 이들은 실질적으로 대외적인 정치단체를 거쳐 접촉한 바 있으며, 정치적인 이념이 상통했을 때 그들의 지적인 산물에 대한 공감의 표명이 가능했다.

이는 특정한 정치단체의 주도적인 접촉 시도나 압력 행사가 수반되지 않고, 그들이 서로 자발적인 호응을 보였다는 점에서 조금 다른 차원에서 접근해볼 필요가 있다. 가령 흑룡회의 전신인 현양사가 조선에서는 동학단체를 움직였다거나 필리핀이나 동남아시아의 정치세력들과 실질적으로 접촉하여 정치자금을 후원했다는 것과 다른 차원인 것이다.[19] 그것은 물적인 도움이나 사적인 친분을 교묘하게 동

---

18) 이종민, 《근대 중국의 문학적 사유 읽기》, 소명출판, 2004, 132쪽.
19) 한상일, 앞의 책, 81쪽. 현양사의 기본 노선과 활동의 특성은 외향적이라기보다는 내향적이었고, 조직적이라기보다는 비조직적이었으며 계획성이 부족했다. …… 현양사

원하지 않고도, 아시아 지성인들 사이에 지적인 연대가 자발적으로 이루어졌기 때문이다. 더욱이 지적인 연대는 자국에 특정한 이데올로기를 구축하는 데 실질적인 영향을 미쳤다. 이러한 연대의 지적인 결과물로서 번역된 서적들은 일명 '사상의 연쇄' 구조를 형성한다.[20]

　그러나 일종의 도미노 효과처럼 서로 맞물리는 과정은 그다지 유기적이지 않았다. 오히려 반발적인 면모가 존재했는데, 그것은 기존 권력세력의 이양 과정에서 빚어지는 충돌을 무시할 수 없었기 때문이다. 중국은 패전 이후에도 동양의 중심을 일본으로 보지 않았다. 그저 극복하기 위한 수단으로서 모방의 전략을 택했던 것이다. 중국의 정신은 그대로 가지고 있어야 한다고 보았다. 이것은 초기에 일본도, 조선도 마찬가지였다. 그들은 각자 화혼양재론和魂洋才論, 중체서용론 中體西用論, 동도서기론東道西器論을 내세웠다.[21] 이러한 초기 단계에서 이루어지는 지적인 연대는 서로가 대등하다는 전제가 놓여 있었다. 이러한 흐름을 보여 주는 사례로 흥아회에 가입한 중국의 왕타오王韜 계열의 변법 지성인들과 그들이 일본의 실체를 파악하고 탈당하게 된 과정을 들 수 있다. 이들 사이의 이러한 균열은 진정한 연대란 공허한 허상에 불과한 것임을 보여 준다. 그리고 이러한 내분과 갈등으로 얽힌 뒤틀림은 텍스트에도 반영되었다. 동일한 텍스트가 번역될 때 각기 상이한 정치적 입장에 따라서 텍스트의 이용가치와 강조점이 달

는 한국의 동학혁명에 개입했고, 현양사의 간부들은 소위 민간외교를 위하여 중국을 자주 오갔다. 그뿐만 아니라, 현양사는 국민동맹회, 대지외교동지회, 대러동지회 등과 같은 정치적 압력단체와 함께 러시아와의 전쟁을 재촉했다. 또한 그들은 한일병합 과정에 깊숙이 관여했고, 중국 대륙에 혁명의 기운이 소용돌이치는 동안에는 캉유웨이, 량치차오 등의 개혁파 인사들은 물론 쑨원, 황싱과 같은 혁명가들과도 긴밀한 관계를 가졌다. 그러나 이러한 모든 활동은 현양사라는 단체에 기대어 조직적으로 계획되고 실행되었다기보다는 개인의 역량에 따라 이루어졌다.

20)　지적인 연대와 관련하여 사상이 서로 맞물리는 연쇄작용에 대한 고찰로는 山室信一, 《思想課題としてのアジア》, 岩波書店, 2001 참조.

21)　김욱동, 《번역과 한국의 근대》, 소명출판, 2010, 183쪽.

라졌던 것이다. 조선의 김홍집, 박영효를 비롯하여 김옥균 계열의 개화 지식인들 또한 흥아회에 동참했으며, 일본과 동등한 위치를 점할 수 있다고 전망했다. 그러나 그 실상은 실패한 갑신정변보다 더 무참했다. 한중일 사이의 공유된 정치적 문제와 과제를 같은 처지에서 고구하고자 했던 조선의 지식인들 가운데 김옥균과 신채호가 그 중심에 놓여 있다. 이들 사이의 차이는 '동양'이라는 용어를 이해하는 방식에서 찾을 수 있다. 김옥균은 일본이 동양의 영국이라면, 조선은 동양의 프랑스가 되리라 낙관했다.[22) 반면에 십 년 남짓 후에 동양이라는 기표가 지닌 허실이 드러난 시점에서 신채호와 안중근은 일본의 동양주의를 침략주의로 간파한다.[23)

국권획득에 대한 과잉과 도의에 대한 결핍을 보여 주는 전형적인 경향은 을미사변으로 압축된다. 조선에서의 비극적인 정치적 사건의 일례인 을미사변은, 단순히 조선 국내에만 한정된 사건이 아니었다. 여기에는 러시아, 미국, 중국, 일본 등 조선을 둘러싼 주변국들과 열강 사이의 세력 다툼이 반영되어 있었다. 이 사건은 일본이 삼국간섭 이래 반감의 대상으로 떠오른 러시아를 경계하는 차원에서와 그리고 미국과의 은밀한 원조관계가 성립한 배경을 염두에 두고 무엇보다 조선에서의 실권을 중국이 아닌 일본으로 확정시키기 위한, 일종의 시작점을 찍는 과정이었다.

조선침략을 합리화하기 위한 일본의 방편은 '동양의 평화'라는 대의를 제기하는 것에서 드러난다. 일본이 조선을 이익선으로 보는 관점은,[24) 일본과 조선과 중국의 운명이 서로 연쇄적으로 맞물려 있다

22) 야마무로 신이치, 《사상과제로서의 아시아》, 岩波書店, 2001.
23) 안중근, 〈동양평화론〉(1910)과 신채호, 〈동양주의에 대한 비평〉(1909). 이에 대한 지문은 최원식, 백영서 엮음, 《동아시아인의 동양 인식 : 19~20세기》, 문학과지성사, 2001 참조.
24) 中塚明, 《日淸戰爭 硏究》, 東京: 靑木書店, 1968, 85~86쪽; 민두기, 《시간과의

는 사고와 연계되어 있다.[25] 러시아의 시베리아 철도 건설을 경계하는 논리나 을미사변을 일으키는 경위가 모두 동일한 목표를 지향한다는 말이다.

일본의 아시아주의를 이끌었던 슬로건은 '동양의 맹주'였으며, 일본은 일차적으로 러시아에 맞서고자 조선을 일본과 하나로 통합하여 중국에 대적할 수 있는 자리에까지 오르고자 했다. 이것이 대륙 진출이라는 대외적인 정치적 과제를 해결하고자 조선을 일본의 이익선으로 규정했던 일본 우익의 주된 시각이었다. 이러한 외적인 정치적 사건과 연루된 텍스트로는 앞서 언급한 《가인지기우》가 있다.

《가인지기우》의 초편은 애국자가 약소국을 동정하고 번민하는 것으로 채워져 있다. 이는 도카이 산시가 현실적으로는 바랄 수 없었던 '세계 각지의 독립운동이나 반식민지투쟁의 연대'에 대한 긍정을 전제한 것이었다.[26] 을미사변에 가담했던 도카이 산시는 《가인지기우》의 후편에서, 을미사변을 추진할 수밖에 없었던 심경에 대한 변호를 한 바 있다. 그리고 이렇게 민감한 사안을 다루었던 《가인지기우》는 조선에서 번역되지 않았다. 고종은 시해된 명성황후를 기리는 연례행

───────────

경쟁》, 연세대 출판부, 2002, 30쪽. '我邦의 利益線의 초점은 실로 조선에 있다. 시베리아 철도가 완성되는 날은 곧 조선이 多事하게 되는 때임을 잊어서는 안된다. …… 일본의 병력이 20만 명을 넘어서게 되면 그것으로써 이익선을 防護하기에 족하게 된다.'(《외교정략론》, 1890. 3월)고 하게 되는데, 이 이익선이란 주권선 수호를 위한 외곽선으로 상정된 것으로서 주권선을 지키기 위해 이익선을 장악해야 한다는 것이다.

25) 정교, 변주승 옮김, 《대한계년사 2》, 소명출판, 2004, 116쪽. 일본군이 궁궐에 들어가기 전, 일본 수비대 장교는 그 부하들을 모아 놓고 연설하기를, '우리 일본이 조선의 정치를 깨우쳐 이끌어 주고, 청나라와 혈전을 벌여 조선의 독립을 확고히 한 것은 동양 세계를 보전하기 위한 것이었다. 지금 조선의 왕후 민씨가 조정의 권력을 제멋대로 휘두르고 새로운 정치체제를 무너뜨리니, 조선은 망해 없어질 따름이다. 조선이 망하면 일본도 오랫동안 지탱할 수 없다. 일본이 오랫동안 지탱하지 못하면 청나라도 홀로 존재하기 어렵다. 청나라가 홀로 존재할 수 없다면 동양의 대세는 뒤따라 무너질 것이다. 그러므로 왕후 민씨는 바로 조선 오백 년 종묘사직의 죄인이다. 단지 조선의 죄인만이 아니라 곧 일본 제국의 죄인이다. 오직 이뿐만이 아니라, 이는 동양 세계의 죄인이다.'

26) 마에다 아이, 《근대일본의 문학공간》, 新曜社, 昭和58年, 17쪽.

사를 해마다 했으며, 친일적인 정치세력을 대변하는 김옥균은 암살된 뒤에도 대역 죄인으로 참형을 당했다. 국가적인 의례와 절차란 이렇듯 강경한 것이었고 이러한 분위기 속에서 황후를 텍스트로 가져오기란 불가능에 가까웠다.

반대로 황현의 기록에도 남아 있듯이 민씨 세도의 횡포에 대한 기억은 다른 정치적인 지도를 그리고 있었으며, 이와 연관된 텍스트의 진술은 은폐된 형식으로 잔존했다. 《혈의누》에서 청일전쟁의 원인으로 지배 정권을 지목했던 것을 상기해 볼 수 있지만, 이와 관련해서 《파란말년전사》를 살펴볼 필요가 있다. 이 텍스트의 역자인 어용선은 1899년 3월에 고종 정권을 전복하고 민주국체를 따라 대통령제를 실시하려 한다는 혐의로 체포된 바 있다.[27] 원작과 동일하게 이 텍스트는 폴란드가 러시아, 오스트리아, 프로이센에 의해 삼국으로 분할되어 몰락한 과정을 다루고 있으나, 문제는 이러한 표면적인 이야기에 그치지 않았다는 점에 있었다.

《파란말년전사》는 일본, 중국, 한국에서 공통적으로 '반反러시아적 정치적 입장을 담은 서사'로 읽을 수 있다. 서문과 발문에 드러난 내용을 포함하여, 작가와 역자의 정치적 노선이 동일하게 비주류적인 입장에서 각각 러시아에 대한 적개심을 드러내고 있다. 또한 내부적으로 어용선의 경우 나약한 고종 정권에 대한 부정이, 중국의 경우 만청 정부에 대한 배척이, 원작의 경우 전쟁을 획책하는 주류의 정부 정책에 대한 거부가 자리했다. 문학의 지형도는 정치적인 권력관계에 따라 재편되었다. 그리고 그것은 정전의 형성으로 나타났다. 어떤 것을 문학으로 보고, 어떤 텍스트를 정전으로 설정할 것인가 하는 것은 철저히 선택과 배제라는 과정의 반복 속에서 이루어졌으며, 이러한

---

27) 오영섭,《한국 근대현대사를 수놓은 인물들》, 경인문화사, 2007, 328쪽.

선택권은 그 필요성을 설정하는 정치적인 성향을 지닌 세력에게 놓여
있었다.

조선과 같은, 동병상련의 시선에서 타국을 바라보는 텍스트 가운
데 폴란드의 멸망사를 다룬《파란말년전사》가 있다. 이 작품은 텍스
트가 얼마만큼 지배정권에서 자유로울 수 있는가, 마음껏 정치적인
입장을 피력할 수 있는가를 보여준다. 작품에서 무기력한 폴란드 왕
의 이미지는 조선의 유약한 고종의 이미지와 겹쳐지며 작가는 폴란드
를 잠식하는 외세의 그림자가 왕을 비롯한 지배정권의 실책으로 빚어
진 사태임을 고발한다. 동일한 텍스트를 거쳐 각기 전쟁과 혁명과 독
립을 말하는 서로 다른 목소리의 분화는 오로지 과잉과 결핍이라는
비정상적인 질주와 퇴보 사이에서 정체되었던, 근대국가 혹은 제국
건설이라는 미명하에 자행되는 은폐된 근대의 폭력성을 보여 준다.

이들의 서로 다른 목소리는 균질하지 못한 불균형 상태의 지배국
또는 지배 세력에 대한 반감을 피력하는 방식이자, 일 방향적으로 진
행되는 사태의 반대편에서 한 방향으로만 몰아붙이는 국가사업에 포
섭되지 않는 방식이기도 하다. 어용선의《파란말년전사》(1899)는 시
부에 다모츠渋江保의《파란쇠망전사波蘭衰亡戰史》(1895)를 번역한 텍
스트로, 한중일에 통용된 작품의 목차는 다음과 같다.

〈한중일에 유통된 渋江保의 〈波蘭衰亡戰史〉의 서지 사항 및 목차 비교〉

日本	中國	韓國
波蘭衰亡戰史	波蘭衰亡史	波蘭(國)末年戰史
羽化生 渋江保 著	渋江保 原著	渋江保 著
	薛公俠 譯述 (江蘇薛墊龍)	魚瑢善 譯
東京 : 博文舘藏	上海 : 鏡今書局	京城 : 搭印社

日本	中國	韓國
1895년 (明治 2 8 년 7 월 1 3 일 인쇄)	1904년 (甲 辰 年 四 月 十 五 日 印刷)	1899년 (光武3년 11월 10일)
目次	目次	目錄
第一編　發端	第一章　發端	第一編　發端
第一章 緒言	第一節 緒言	第一章 緒言
第二章 前時ノ波蘭	第二節 波蘭之初代	第二章 古時波蘭이라
第三章ジョン, ソビエスキ王, 卽チジョン三世ノ傳幷ニ治世	第三節 約翰索丕斯幾傳	第三章 昭比斯耆王의 治世라
第四章波蘭, 瑞露二國ノ左右スル所ト爲ル	第四節 瑞俄干涉波蘭	第四章 瑞典, 露西亞, 兩國이 波蘭을 操縱홈이라
第二編波蘭分割ノ近因(其一)	第二章　波蘭分割之近因上	第二編 波蘭分割의 近因이라 其一
第一章露國女皇カタリナ, 波蘭ニ對シテ傍若無人ノ擧動ヲ爲ス	第一節 俄帝伽陀釐對於波蘭之擧動	第一章 露, 國女皇의 恣橫이라
第二章露公使恣ニ波蘭正義ノ士ヲ捕フ=委員相談會	第二節 志士之被捕及國會之解散	第二章 露, 國公使가 波蘭義士를 捕홈이라
第三章正義ノ士竊カニ恢復ヲ謀ル=露兵, 正義ノ士ト戰フ	第三節 志士之拒俄	第三章 義士가 露,兵과 戰홈이라
第四章露土兩國干涉ヲ接ユ=同盟黨ノ動靜	第四節 土軍助同盟黨拒俄	第四章 露, 土, 戰爭과 愛國黨의 動靜이라
第三編波蘭分割ノ近因(其二)	第三章 波蘭分割之近因下	第三編 波蘭分割의 近因이라 其二
第一章露軍大擧シテ土耳其ヲ攻ム=希臘,土耳其ノ覊絆ヲ脱セントス	第一節 俄攻土耳其	第一章 露,軍이 土耳基룰 攻호고 希臘은 土耳基의 覊絆을 脱코자 홈이라

日本	中國	韓國
第二章 普ノフレデリック　大王,獨逸帝ジヨセフ　二世ト相會ス=同盟黨ノ勢力頂点二達シ漸ク衰兆ヲ現ハス	第二節 法助同盟黨	第二章 普魯士의 厚禮斗益大王과 奧,國皇帝肇世厚가 相會ㅎ고 愛國黨의 形勢는 漸漸 衰頹홈이라
第三章 露軍, 殘酷ヲ極ム=墺普兩軍, 波蘭二入ル=同盟黨, 波蘭王ヲ擁セントシテ誤ル	第三節 同盟黨之計劃不成	第三章 露, 軍은 殘酷ㅎ고 奧,普, 兩軍은 波蘭에 入ㅎ고 愛國黨은 波蘭王을 保護코자ㅎ다가 見敗홈이라
第四章露,墺,普ノ三國同盟ヲ結ブ=同盟黨解散ス	第四節 同盟黨之解散	第四章 露, 普, 奧, 三國이 同盟을 結ㅎ고 波蘭愛國黨은 解散홈이라
第四編　波蘭第一回分割	第四章 波蘭第一回分割	第四編　波蘭第一回分割이라
第一章波蘭分割策ノ起原=普,墺,露三國互二氣脉ヲ通ス	第一節 普奧俄之聯合	第一章 波蘭分割策의 起原과 普, 墺, 露, 三國이 氣脉을 互通홈이라
第二章 三國ノ政略幷二同盟	第二節 三國之政策及其同盟	第二章 普,墺,露, 三國의 政畧과 밋 同盟이라
第三章 三國各々分割ノ理由ヲ公ニス=三國, 波蘭二分割ノ承諾ヲ迫ル	第三節 三國分割之辨解	第三章 三國이 各其分割ㅎ는 理由를 公布ㅎ고 또 三國이 波蘭의게 分割ㅎ는 承諾을 迫求홈이라
第四章 愛國者激シク分割ノ　議二反對ス=分割遂二行スル　=外國冷然タリ	第四節 波蘭初分割	第四章 愛國者는 分割議룰 反對ㅎ고 밋 分割이 旣成ㅎ믹 外國은 冷淡置之홈이라
第五編 波蘭第二回分割	第五章 波蘭第二回分割	第五編　波蘭第二回分割이라
第一章 波蘭ノ志士, 挽回ノ策ヲ講ス=露國益々波蘭ノ根ヲ絶タント謀ル	第一節 改正憲法之謀	第一章 波蘭의 志士는 挽回홀 策을 講究ㅎ고 露國은 波蘭의 根本을 益絶코자홈이라

日本	中國	韓國
第二章 波蘭人,普王フレデリック, ウ井リアム二欺カレテ同盟ヲ結フ=波蘭, 新憲法ヲ發布ス	第二節 波蘭與普結同盟及新憲法發布	第二章 波蘭人이 普王越利嚴의게 見欺ᄒ야 同盟을 結ᄒ고 ᄯ 新憲法을 發布홈이라
第三章 歐洲各國波蘭ノ改革ヲ祝ス=露國獨リ激シク之二　反對ス=露軍, 波蘭二入ル　=普軍亦波蘭二入ル	第三節 俄軍普軍之入波蘭	第三章 歐洲各國이 波蘭의 改革을 祝賀ᄒ고 獨히 露,國은 反對ᄒ며 ᄯ 露,軍이 波蘭에 入홈이라
第四章 普露兩國波蘭第二回ノ分割ヲ謀ル=露公使暴行ヲ　恣ニス=波蘭再ヒ分割セラル　=露國猶波蘭ノ實權ヲ掌握ス	第四節 波蘭再分割	第四章 普, 露, 兩國이 波蘭 第二回分割을 謀ᄒ고 露公使가 暴行를 益恣ᄒ며 波蘭이 再次分割이 되고 露,國이 ᄯ 波蘭의 實權을 掌握홈이라
第六編 波蘭第三回分割,卽チ 波蘭ノ滅亡	第六章 波蘭第三回分割	第六編 波蘭第三回分割은 곳 波蘭의 滅亡이라
第一章 愛國者,擧兵ヲ謀ル　=義士, コスシウスコチ大元帥二選フ	第一節 愛國黨擧兵之謀	第一章 愛國黨이 擧兵홀식 義士高壽欺古가 元師에 被選홈이라 附高壽欺古小傳
第二章 コスシウスコノ傳 附文學者ニームツヱウ井ッツノ傳	第二節 哥修士孤略傳	第二章 愛國黨이 露,軍과 戰ᄒ고 露,兵이 臥蘇府人民을 殘虐ᄒ며 普,軍은 臥蘇府를 圍홈이라
第三章 愛國者,露軍ト戰フ=露人,ワルソー二　於テ殘虐ヲ極ム=普軍,ワルソーヲ圍ム	第三節 愛國黨與俄普兩軍戰	第三章 愛國黨이 敗績ᄒ고 波蘭이 三回分割이 되야 遂亡ᄒ고 欺他尼欺羅王이 其位를 失홈이라
第四章 愛國者ノ軍敗績ス=波蘭三タビ分割セラレ遂二亡ブ=波蘭王スタニスラス,アウガスタス, 位ヲ廢セラル	第四節 波蘭三分割而亡	第四章 波蘭이 亡國ᄒ 後情形이라
波蘭衰亡年表	附錄 波蘭滅亡後之狀況	
附錄 波蘭滅亡後ノ狀況	第一節 建立哇沙公國	

日本	中國	韓國
第一 愛國者ノ至誠ト, 拿破崙ノ助力ト二由リテ波蘭人民再ヒ自由ヲ恢復セントス＝ワルソー公國ノ建設	第二節 哇沙公國被滅	
第二 拿破崙滅ビテ事敗ル	第三節 俄領波蘭普領波蘭奧領波蘭	
第三 奧領波蘭.普領波蘭.露領波蘭	第四節 康士但丁公之暴虐	
第四 波蘭軍總督コンスタンチン大公, 虐政ヲ恣ニス	第五節 波人之擧義旗	
第五 波蘭人義旗ヲ飜ヘス＝クロピッキノ不決斷＝アダム, ザートリスキ公, 波蘭ノ大統領二選バル	第六節 阿達疏公略傳	
第六アダム, ザートリスキ公ノ傳附露國女皇カタリナ二世ノ非常二淫奔ナリシ事	第七節 波蘭軍之敗績	
第七 愛國者, 露ノ大軍ト戰フ＝波蘭軍終二敗績ス	第八節 俄軍入哇沙	
第八コンスタンチン公等ノ死去＝露軍ワルソー二入ル＝波軍, 露二降ル	第九節 鳴呼波蘭滅	
第九 波軍降服後ノ狀況＝二コラス帝, 波蘭ヲ全滅ス	第十節 波蘭近來之擧動	
第十 波蘭全滅以後ノ波蘭人		

중국에서 시부에의《파란쇠망전사》는 중국 유학생들의 번역단체인 역서휘편사訳書彙編社가 1901년에 번역하였다.[28] 그리고 3년 뒤에 설 공협이 번역했는데, 설공협은 이들과 연계되었을 확률이 높다. 일본 어를 한역하는 데 정통했던 설공협은 나머지 다른 번역가들에게 영향 을 미칠 정도였다.[29]

그리고 한국에서 이 작품은 어용선에 의해 번역된다. 어용선은 일 본 유학생으로, 유학 중에 시부에의 저서를 입수하여 이를 번역한 것 으로 알려져 있다.[30] 그는 또한, 신학문을 섭렵한 근대지식인으로서 국내에 들어와 관료를 지내기도 하지만, 주로 교사 등을 하며, 특정 한 분야에 두각을 드러냈다기보다 자신이 꿈꾸었던 입헌정치체제에 대한 이상을 간직했던 것으로 보인다.[31][32]

시부에는 아시아주의라는 일본 특유의 지배관념으로부터 한발 떨 어져 있었으며, 설공협은 청조 타도라는 변법자강파와 뜻을 공유하는 신진 세력들과 함께였으며, 어용선 또한 입헌제라는 민주정체를 옹호 하면서 당대 이를 배격했던 고종 세력에 대한 반감을 가진 계열이었

28)　후지모토 나오키藤元直樹, 앞의 논문, 102쪽.

29)　寇振鋒,〈《三十三年の夢》の漢譯本《三十三年落花夢》について〉,《言語文化論集》(第 一号), 53쪽.

30)　《皇城新聞》, 1898. 10. 27. (箇箇珠玉)日本留學卒業生에 金東圭劉文相兩氏報告에 曰生等이 奉承政府訓令ᄒ옵고 乙未春에 日本에 留學ᄒ야 于今四年이라 郵遞와 電 信事務를 見習了完ᄒ엿다ᄒ고또 留學卒業生魚瑢善氏와 申海永氏ᄂ 大藏省中央金 庫의 事務를 練習卒業ᄒ고 金鎔濟氏ᄂ 內務省地方廳事務를 練習卒業ᄒ고 權鳳洙 氏ᄂ 司法行政事務及裁判所檢事局事務를 修習從事ᄒ야 卒業證書를 受ᄒ엿다니우 리ᄂ 速히 需用ᄒ기를 望ᄒ노라

31)　《皇城新聞》, 1898. 11. 3. 私立光興學校를 新門外鑰洞前畿營執事廳으로 移設ᄒ ᄂ딕 課程은 日語筭術歷史地誌法律經濟行政學講演作文體操오 入學試驗은 陰暦本 月二十日로 二十三日신지ᄒ되 國漢文讀書와 作文이오 開學은 二十四日이오나 追 後願學人도 許入ᄒ깃스오니 僉員은 趁期來臨ᄒ심을 望홈　私立光興學 校主 朴禮 秉 校長 李建鎬 敎師 申海永, 魚瑢善, 金鎔濟, 權鳳洙, 南舜熙

32)　어용선이 만민공동회와 관련한 기록은 아래의 기사 참조.
　〈再昨日紳民들이 仁化門前으로 離次開會〉,《皇城新聞》, 1898. 11. 17.

다. 그럼에도 이들이 자주 거론되지 않았던 것은, 이들의 유세가 미약했다는 것을 보여 준다.

이들의 비정치적인 성격은 당대 시류에서 호응받기 어려운 것이었다. 이들은 공통적으로 혁신적인 사고를 지니고 있었다. 부연하자면 시부에의 경우, 총체적인 역사서의 발간과 공상과학소설의 저술에 몰두했다. 표면적으로 볼 때, 이러한 행적은 선두에 서서 전격적인 국가사업에 동참하지 않았음을 보여 준다. 그리고 설공협의 경우, 변법자강파 옹호론의 입장에서 기존 지배 정권을 비판하고 군주를 옹호하지 않았다. 마지막으로 어용선의 경우, 고종지배체제에 반하여 과격한 입헌군주제의 이상을 지지했다. 이 사건들은 연쇄적이지 않지만 동시대적인 조류에서 볼 때 큰 틀에서 합치되는 바가 적지 않다. 그것은 정권의 반대편에 놓여 있다는 정치적인 입지를 가리킨다.

이러한 동시대성, 동질적인 입장의 공유와 별도로 텍스트는 번역되는 순간 그 자체의 독자성을 보이는데, 이러한 균열을 보여주는 주된 논지(입장)는 각기 기술된 서문과 발문에서 드러난다.

> 가)《파란쇠망전사》(명치28년 7월)는 러시아의 여왕 카타리나 2세가 표트르 대제의 유훈을 받들어, 잠식하려는 탐욕으로 결국은 파란을 멸망시킨 전말을 기록한 역사서이다. 프로이센의 프리드리히 대왕이 러시아가 혼자서 이러한 천복의 땅의 이익을 독점하는 것을 두려워하다가 이내 욕심을 부려, 오스트리아와 러시아 두 나라와 같이 파란을 분할시킨 일, 러시아와 프로이센과 오스트리아 이 삼국이 이러한 분할에 만족하지 않고, 다시 재삼 파란을 분할시켜 이내 멸망시킨 일, 또 원세개와 같은 러시아공사가 술수를 부려 위세와 권력을 마음대로 부린 일, 국성야와 같은 코시우스코가 나라에 몸을 바친 일 등은, 모조리 다 실려 있어, 오인의 거울이 되는 바가 적지 않다. (이

를 거울삼아 경계해야 할 전례로 삼아야 하리.) 일찍이 이러한 역사
서를 편찬하고자 했는데, 이제야 다행히도 이것을 편찬하게 되었다.
본래 바랐던 것은 상세한 역사를 재구성하는 것이었으나, 지금의 것
은 그것의 십분의 일, 이도 미치지 못했다. 고로 이러한 격화(정통을
찌르지 못하고 겉돌기만 하는 것)에 대한 우려가 없는 것은 아니나,
그 일반은 충분히 엿볼 수 있을 것으로 독자가 이에 대해 그 대부분
을 살필 수 있게 된다면, 더 바랄 것이 없을 것이다.

　종래 편찬한 《보오전사》(명치28년 5월) 등과 같은 것은, 현존한
나라의 전사이기에, 전략상의 사실을 운운, 정략상의 사실을 운운,
개전 전후의 전말을 서술하는 것으로 충분했다면,《파란쇠망전사》에
이르러서는 즉 그러하지 않다. 백 년 전 이미 멸망하고, 한 나라로서
는 추호도 족적을 남기지 않은 것, 전사이지만 고로 많은 독자 가운
데는, 이리하여 흡사 암중모색에 가깝다는 생각이 들 것이며, 사람들
도 전혀 기대하지 않을 것이다. 이에 있어 본서는, 제일편은 즉 발단
으로 여기에서는 파란 건국의 초기로부터, 쇠망전전에 이르는 역사
를 약술하고, 제이편에서는 쇠망전사 그 일을 서술해 놓았다.

　《보오전사》와 같은 것은, 겨우 7주간에 걸친 전쟁의 기록이라면,
분량은 적어도 상당히 상세하게 기술한 것이다. 파란분할의 일에 있
어, 제일 분할은 서력 1772년이고, 제이 분할은 1792년, 제삼 분할
은 1795년에 있어, 그 이십 삼, 사년에 걸친 사건의 전말을 기술한
다면, 오로지 대강 기술하고, 사소한 일은 생략하지 않을 수 없다.
인용한 책으로, 프렉쳐의 《파란사》와 무명씨의 《파란사》, 콜라우시
의 《독일사》, 칼라일의 《프리드리히 대왕전》, 켈리의 《로국사》등을
참고했다. 명치28년 4월　우화생(저자)이 쓰다.[33]

---

33)　《波蘭衰亡戰史》의 서문, 波蘭衰亡戰史ハ, 露女皇カタリナ二世ガ彼得大帝ノ遺訓
　　ヲ奉シテ, 蠶食狼吞ノ慾ヲ逞クシ, 遂ニ之ヲ滅ボシタル顚末ヲ記セル歷史ナリ.而シ
　　テ權畧絶倫ナル普ノフレデリック大王ガ, 露國獨リ此ノ天福ノ地ヲ壟斷スルヲ恐
　　レ, 己モ亦一栢ノ羹ヲ得ント欲シ, 墺露兩國ニ說キテ之ヲ分割シタル事, 露普墺三
　　國ガ此分割ヲ以テ足レリトセズ, 更ニ再三之ヲ分割シテ遂ニ滅亡セシメタル事, 又

나) 爾來百餘年間에 世人이다 波蘭國의 分裂됨을 哀憐ㅎ야 露西亞의 專橫無厭ㅎ 貪慾과 普魯士의 反覆無信ㅎ 譎計와 墺地利의 惟利是就ㅎ는 行爲를 忿怒唾罵ㅎ며 坐 英, 法, 等 歐洲諸國이 冷淡看過ㅎ야 救難濟急ㅎ는 高義가 無흠을 譏刺責難ㅎ되 至於波蘭人ㅎ야는 其不忠不義ㅎ다가 亡國흔 罪를 苟責深誅ㅎ는 者ㅣ 無ㅎ니 此는 當時慘毒흔 事情을 充ㅎ고 容恕ㅎ는 厚意라 然ㅎ나 **波蘭國은 波蘭人이 自닌흠이오 露, 普, 墺 三國이 亡케흠은 아니라** 大抵邦國은 반다시 自伐흔 後에 人이 伐ㅎ느니 向者에 波蘭國으로ㅎ여곰 可乘홀 機隙이 無ㅎ엿던들 彼三國者의 虎視之威와 狼噬之計가 비록 耽耽ㅎ나 何處를 從ㅎ야 下手ㅎ리오 **嗚呼ㅣ라 波蘭臣民이 其罪를 免치못ㅎ리로다** 外國은 可交이 언뎡 可恃치 못ㅎ며 可親이 언뎡 可賴치 못ㅎ느니 故로 一國政治는 自由權利로 儼然獨辨ㅎ야 外人容喙를 勿許ㅎ며 至於外交政畧ㅎ야는 莊嚴흔 主義와 愼重흔 手段으

袁世凱的ノ露公使ガ術數ヲ弄シ, 威權ヲ擅ニシタル事, 國姓爺的ノコスシウスコガ, 身ヲ以テ國ニ殉シタル事等ハ, 悉ク載セテ編中ニ存シ, 吾人ノ股鑑ト爲スベキモノ尠ナシト爲サズ. 生夙ニ此ノ史ヲ編纂セント欲シ, 今幸ニ之ヲ編纂スルヲ得タリ. 然レモ生ガ曾テ望ミタル所ハ, 詳密ノ歷史ニ在リテ, 今ハ其ノ十ガ一ニモ及バズ. 故ニ隔靴ノ憾ナキニアラザレドモ, 其ノ一班ハ充分ニ窺フヲ得ベシ讀者之ヲ以テ梗槩ヲ察スルノ資ニ供セラレナバ, 生ノ願愈ゾ之ニ加ヘン.

從來編纂スル所ノ 《普墺戰士》 等ノ如キハ, 現存國ノ戰史ナレバ, 戰略上ノ事實ト云ヒ, 政略上ノ事實ト云ヒ, 凡テ只開戰前後ノ顚末ヲ敍スルヲ以テ足レリトスレドモ, 《波蘭衰亡戰史》 ニ至リテハ則チ然ラズ. 百年前旣ニ滅ビテ, 一國トシテハ毫モ根迹オ存セザルモノ, 戰史ナルガ故ニ多キ讀者ノ其ノ中ニハ, 斯クテハ恰カモ暗中ニ物ヲ搜索スルノ念ヒヲセラル, 人々モ 全ク之ナキヲ期スベカラズ. 是ヲ以テ本書ハ, 第一編, 卽チ發端ト題スル編ニ於テ, 波蘭建國ノ初ヨリ, 衰亡戰前ニ至ル迄ノ歷史ヲ略述シ, 第二編ヨリ衰亡戰史其ノ物ヲ叙スルト爲セリ.

《普墺戰史》 ノ如キハ, 僅々七週間ニ涉レル戰爭ノ記事ナレバ, タトヒ紙數ハ少ナクトモ, 稍々詳細ニ敍述スベキ餘地ナキニアラザレトモ, 波蘭分割ノ事タル, 第一分割ハ, 西曆一千七百七十二年我ガ安永元年三辰ニシテ, 第二分割ハ, 同九十二年我ガ寬政四年王子, 第三分割ハ, 同九十五年我ガ寬政七年乙卯ニ在リテ, 其ノ間二十三四年ニ涉レル事件ノ顚末ヲ記スルナレバ, 專ラ大綱ヲ述ベテ, 瑣事ハ之ヲ省キヌ. 又引用書ハ, 多クフレッチヤーノ《波蘭史》(Fletchers' History of Poland)ト, 無名氏ノ《波蘭史》(History of Poland)トヲ用ロ, 傍ラコーロースノ《獨逸史》(Kohlrausch's History of Germany), カーライルノ《フレデリック大王傳》(Carlyle's History of Friedrich Ⅱ of Prussia, called Frederick the Great), ケリーノ《露國史》(Kelley's History of Russia)等ヲ參考ニ供セリ. 明治二十八年四月 羽化生しるす.

로 偏頗훈 嫌을 避호며 **依賴훌 念을 斷호야 與國의 歡心을 均得훈 然後에**
國家의 獨立을 始保훌거시어늘 噫라 波蘭人은 其計가 此에 不出호엿도다
今夫 波蘭國 國勢를 論호건딕 其土地의 廣大홈과 人民의 衆多홈과 物産
의 富饒홈이 歐洲諸强國中에 讓頭치아니호고 坯 兵馬의 强盛홈이 足히
一時에 稱雄호겟거늘 ①其立國훈 制度가 偏黨의 弊를 養成호며 其偏黨
의 習氣가 外國의 干涉을 招引호엿스니 大抵 宇內列國을 環視호건딕 每
每히 內國政治上異論으로 甲乙是非에 偏黨이 不無호나 外國에 對훈 則鬪
墻小忿을 相捨호고 協同一致호야 衆心이 成城호는 故로 비록 外勢가 逼
壓홀지라도 蹉跌之患이 無호거늘 波蘭의 偏黨은 不然호야 外國에 藉援
치 아니면 內國에 執權치 못호는 故로 因호야 其爭奪호는 私計가 國家
의 大器를 輕視호기에 至호니 此는 曷故로 致然홈인고 波蘭國王室에 元
有훈 君王世襲制를 廢止호고 外國으로셔 人君을 迎立호는지라 이럼으
로 甲國을 向호야 迎코자호는 者는 其援을 甲國에 竊求호고 乙國을 向
호야 迎코자호는 者는 其心을 乙國에 潛通호며 彼甲乙外國은 此時를 乘
호야 或賄賂로뼈 波蘭人心을 收拾호며 或 干戈로뼈 波蘭國論을 壓伏호야
畢竟外國의게 受制홈을 不免호니 此는 人君을 他國으로셔 迎立호다가
國家를 衰頹케호는 一原因이오 坯 ②波蘭國國會는 元來多數可決호는 法
을 不立호고 全數히 認可홈을 求호는 故로 비록 忠臣烈士가 良法美規를
陳코자홀지라도 不忠悖亂者 一人만 其間에 介在호야 或 外國에 受略호며
或 私慾에 因循호야 沮遏之議를 發호면 곳 滿堂議員의 苦心經營호던 政策
이 一時에 다 泡花幻影에 歸호니 此는 其國國會가 不善호야 國家를 衰頹
케호는 二原因이오 坯 波蘭國國中에 公共훈 政法이 不有호고 ③오작 貴
族이 官爵을 世守호며 平民은 政治에 干與호는 權이 無훈 故로 國勢가
强盛치 못홀 쑨아니라 至於國家安危存亡이라도 平民은 小不動念호야 貴
族의 禍福이 平民의게 相關이 無훈 故로 波蘭은 곳 貴族의 國이오 全國人
民의 國은 아니니 此는 貴族平民의 等分이 太甚호야 國家를 衰頹케호는
三原因이라 大抵 此 三原因은 곳 波蘭의 亡國훈 大槪니 其實을 言호면 國
王을 尤홈도 不可호고 國會를 咎홈도 不可호며 坯 平民도 苛責지 못홀

거시오 오작 貴族輩를 痛罵홈이 可홀지라 假令 國王을 外國으로서 迎立
혼다홀지라도 外援을 勿藉ᄒ고 內勢를 協同ᄒ면 可홀거시오 國會에 全
數認可를 主혼다홀지라도 其不利홈을 知ᄒ거든 區區혼 黨論에 勿泥ᄒ
고 愛國ᄒᄂ 眞心으로 改革을 行ᄒ면 可홀지니 此ᄂ 다 當時 貴族의 責
이오 平民의 與知홀빅아니라 然則 其 歸罪處와 執咎者를 何人이라 謂홈
이 可홀고 此ᄂ 此人이 此罪를 難免이오 坐 其時波蘭에도 明君賢臣이 間
出ᄒ야 改革之政을 勵行코자혼 時도 豈無ᄒ리오마ᄂ 此ᄂ 或露, 后의
陰慘혼 計策으로 其功을 沮戲ᄒ며 或 朝廷에 歧貳혼 黨議로 其事를 中止
ᄒ야 畢竟荏苒間에 苟且혼 方策과 姑息ᄒᄂ 風氣로 澆季世運을 自作ᄒ고
坐 外國의 干涉이 日加月甚ᄒ야 國內에ᄂ 賣國黨과 愛國黨의 分派를 生
ᄒ니 所謂賣國黨은 露西亞의 賄賂를 甘ᄒ며 威嚇를 恐ᄒ야 오작 其頤指
氣使혼 빅되니 萬一其心을 推原ᄒ면 비록 賣國고자홈은 아니로되 其跡
은 곳 賣國이오 愛國黨은 忠義慷慨혼 氣節로 露西亞의 專橫홈을 憤ᄒ야
力量을 不顧ᄒ고 其無道홈을 抵抗ᄒ다가 慘毒혼 禍를 被ᄒ니 其功은 不
成ᄒ엿스나 其心은 愛國이라 大抵 露西亞가 萬端으로 波蘭政治를 干涉ᄒ
야 其國王을 自己籠中物과 갓치 拘束ᄒ며 其國에 忠臣烈士를 誅戮竄逐ᄒ
야 國政改革을 防遏ᄒ고 陰險혼 詐計와 誑誘혼 詭術로 波蘭의 國事를 日
非ᄒᄂ 惡境에 陷落케ᄒ니 此ᄂ 非他라 波蘭國의 富强홈은 곳 露西亞의
利가 아니며 坐 波蘭人의 智識이 發達ᄒ면 其吞噬ᄒᄂ 凶圖를 得售치못
홀지라 이럼으로 當時 波蘭人中에 其 見識이 及此ᄒ야 忠勇혼 義性과 剛
毅혼 膽畧으로 黨與를 糾合ᄒ야 其國의 衰運을 挽回코자혼 者ㅣ不無혼
들 奈何ᄒ리오 國王은 庸暗혼 中에 惻慞ᄒ고 坐 其性이 反覆無常ᄒ야 國
家의 重홈은 不顧ᄒ고 自己一身의 私計만 是慮ᄒᄂ지라 一朝에 改革黨의
氣焰이 盛ᄒ면 其言을 嘉納ᄒᄂ듯ᄒ다가 坐 露, 公使術中에 墮ᄒ야 改革
黨이 自己의게 不利홀가 恐ᄒ야 狐擬狼顧ᄒ고 甚至於露, 公使의 力을 潛乞
ᄒ야 自己의 忠義諸臣을 殺戮殆盡ᄒ며 坐 朝廷諸臣中에 忘國小人輩ᄂ 國
王의 風旨를 承ᄒ며 露, 公使의 威力을 恐ᄒ야 諂附阿從ᄒ야 改革黨誅滅
ᄒ기를 是務ᄒ니 嗚呼라 然ᄒ고 不亾코자혼들 得乎아 然이 及其露, 公使

의 專橫이 漸極호 後에야 朽敗호 波蘭政府도 비로쇼 疑懼之念을 懷호고 左右의 與國을 環顧호야 救護者를 望호니 此時普魯士王은 坯호 奸雄이라 波蘭土地를 垂涎홈이 旣久호딕 無隙可乘홈을 患호더니 今에 波蘭人의 跟蹌호 事機를 見호고 奸凶호 暗計로 其改革을 助成호며 露,國의 不法홈을 防絶호다 稱호고 條約을 成호거늘 波蘭人은 深謀遠慮가 無호고 外國을 輕信호ᄂᆞᆫ지라 이럼으로 普王의 援助를 大喜호야 大旱에 甘雨를 得호듯 露,國의 異議를 排斥호며 政府의 改革을 斷行호니 此ᄂᆞᆫ 前門의 虎를 進호고 後門의 狼을 迎홈이라 其可憐호 狀을 엇지 殫記호리오 至此호야 泰山갓치 信仰호던 普, 國王이 도로혀 露西亞와 密約을 定호고 墺地利를 勸誘호야 波蘭國分割호ᄂᆞᆫ 陰謀가 始成호엿도다 此를 從호야 波蘭의 彊土가 日蹙호고 亂黨이 日滋호다가 彼露,普,墺 三國의 同盟分割時를 當호야 輿地版圖上에 波蘭國名號를 抹除호엿스니 彼暗昧自亡호 國王은 安樂公의 身世로 露,國京城에 俘鬼가 되고 私計朋爭호던 權貴들은 亡國臣의 殘命으로 異域絶塞에 充役호며 蚩蚩호 國民들은 其仇讐되ᄂᆞᆫ 三國에 分隷호니 噫라 偏黨의 禍가 此에 極호도다 外國을 輕信호ᄂᆞᆫ 者ᄂᆞᆫ 其國에 不利홈이오 偏黨의 私計로 外援을 藉依호ᄂᆞᆫ 者ᄂᆞᆫ 其害가 尤甚호니, 今此波蘭의 滅亡홈도 其國內에 露國黨과 普國黨이 有호야 露,普,를 引入홈이라 波蘭人이 波蘭國事를 營홀진딕 波蘭國을 爲홈이니 此ᄂᆞᆫ 波蘭黨이라 稱홈은 可커니와 外國黨되ᄂᆞᆫ 者ᄂᆞᆫ 忘其本홈이어늘 畢竟은 外國黨의 名義로 私黨의 力을 保存코자호다가 其國이 亡호기에 至호니 國이 亡호고 其黨이 何處에 得存호리오 故로 國家를 欲保호ᄂᆞᆫ 者ᄂᆞᆫ 設或朋黨을 相結홀지라도 外國力을 依賴호야 國勢를 鞏固케홈은 一은 곳 其國을 自賣홈이오 二ᄂᆞᆫ 곳 其身을 自戕홈이니 試想홀지어다 大抵外國이 營求호ᄂᆞᆫ 利端이 無호면 엇지 其國의 黨與를 援助홀 理由가 有호리오 波蘭의 覆轍을 觀홀지어다 此理가 極히 昭然호니 故로 曰 波蘭國은 波蘭人이 自亡홈이오 露,普,墺, 三國이 亡케홈은 아니라호노라 (《波蘭國末年戰史》의 서문)

다) 고통은 상심보다 더 큰 고통이 없고 슬픔은 망국보다 더 큰 슬픔이 없다. 비록 그러하나 망국에도 구별이 있다. 남겨진 백성들이 종사가 전복되고 끊어진 슬픔과 노예나 우마처럼 부림받는 욕됨을 알지 못하고, 뻔뻔하게 편안히 여기고 담담하게 잊는다. 거짓에 물들어 지록위마의 지경에까지 이르며 적을 아들로 알고, 타인의 나라를 자기 나라로 알며, 타인의 임금을 자기의 임금으로 안다. 두근두근 두려워하며, 누린내 나는 개새끼들 아래에 납작 엎드려서는 종지鐘簾[34]가 아무 탈이 없다고 생각해서는 예전처럼 춤추고 태평시대를 분식하며 향유한다. 따뜻한 바람에 맛있는 음식까지 더해져서 풍경은 달라지지 않았지만 눈을 들어 보면 산하가 달라졌음을 알지 못한다. 이것은 겁 많은 종족들이 영원히 멸망하는 바이니, 동해가 말라도, 타다 남은 재가 끝내 다시는 탈 날이 없을 것이다.

그렇지 않은 경우는, 사람들의 마음이 죽지 않고, 천명이 만 가지로 새로워져, 저물녘 향기로운 풀 사이로 때때로 독립의 노래가 들리고, 넘실대는 물과 잔잔한 산에서도 오히려 자유의 칼을 간다. 그렇다면 강동 자제들은 준재들이 많으니 권토중래하면 어찌될 줄 알지 못할 것이다. 지리상의 명사가 어찌 한번 변하여 그대로 국가상의 명사가 되지 않을 줄 알겠는가? 대팽臺澎이 전복된 이후로 중국이 몰락하여 오랑캐가 횡횡한 지 200년이 되었다. 끝없이 긴긴 밤에 중원의 왕기가 완전히 소멸되고, 유약한 군웅들뿐이니, 대왕의 웅장한 풍모는 어디에 있는가? 우리 가련한 동포와 아울러 종족들은 화이의 경계가 흑룡강 화수 가운데 빠져 버려 허둥지둥 광복의 사업을 배재하는 것을 묻고 있구나! 온 세상이 서로 통하고, 가풍이 크게 일어나 반쯤 개명된 선비들은 국토가 분할된 것이 두려워서 동일한 세계를 보고 들으며, 문득 분주히 부르짖기를 중국이 장차 파란이 될 것이다, 중국이 장차 파란의 전철을 밟을 것이라고 한다.

아! 형질로써 말하자면 중국이 파란이 된다는 것은 애당초 오늘

---

34) 鐘簾: 맹수 형상을 한 종이나 악기를 매다는 큰 기둥 또는 틀.

시작되지도 않았고, 정신으로써 말하자면 중국이 장차 파란이 되기를 구한다는 것은 그럴 수 없는 것이다. 러시아에 저항하는 여러 지사들이 앞에서 구원하고, 뒤에서 이어져서 끊임없이 이어지는데, 빗발치는 탄환과 창의 숲에 임해서도 두려워하지 않고, 꽁꽁 언 날씨에 눈밭에서 자도 후회하지 않는 것을 보지 않았는가? 애국당의 단결과, 가수사고哥修士孤의 운동이 일찍이 깃발을 흔들고 북을 쳐서 성피득보聖彼得堡의 죄를 묻는 것을 보지 않았는가? 무릇 허무당의 인물 가운데 파란 국적을 가진 자가 있다는 것을 보지 않았는가? 무릇 **일로전쟁 때 황해의 풍운이 높다랗게 요동치고 파란 의용군의 격문이 오주에 전송되는 것을 보지 않았는가?**

무릇 어찌 상회湘淮의 원로元老와 무술戊戌의 당인들처럼 거짓 조정의 개가 되어 스스로를 영화롭게 하는 것을 달게 받고 있단 말인가? 그렇다면 우리들은 오늘 이태리와 그리스를 스스로 기약한다고 크게 말하지 말지어다. 능히 파란처럼 조국에 충성하는 정신을 가지지 않는다면 저 이종의 왕을 칭하는 자가 결단코 오래도록 우리 땅을 밟을 수도, 오래도록 우리의 털 짐승을 먹을 수도 없을 것이니, 하물며 이제 막 세력 범위가 정해진 자들에 있어서겠는가. 내 친구 칩룡蟄龍이 〈파란쇠망사〉를 번역하니, 종족을 보호하여 적과 대적하는 뜻을 세 번 표하였다. 10년의 혈전과 아홉 대의 복수이니, 파란의 성공이 멀지 않았도다. 우리 민족은 심각하게 반성할지어다. 우리 민족은 거울삼을지어다. 우리 민족은 스스로 주리지 말지어다. 황제기원 4395년 중국 소년 중의 소년 류인권[35]

---

35) 《波蘭衰亡史》(序文), 痛莫痛於喪心哀莫哀於亡國雖然亡國亦有別矣子遺之民不知覆宗絶祀之慘奴隷牛馬之辱而靦然安之淡然忘之浸假以至於指鹿爲馬認賊作子以他人之國爲我國以他人之君爲我君伈伈俔俔俯伏於羊羶狗種之下以爲鐘簴無恙歌舞依然猶可粉飾太平享日暖風和之滋味而不知風景不殊擧目有山河之異星皇皇種族所有永永沈淪而東海可枯刧灰終無復燃之一日矣非然者人心未死天命万新斜陽芳草時聞獨立之歌剩水殘山猶礪自由之劍則江東子弟多才俊捲土重來未可知地理上之名詞又烏知不一變而仍爲國家上之名詞也自臺澎傾覆以來神州陸沈胡虜橫行二百年矣漫漫長夜中原之王氣全消粥粥群雌大王之雄風安在我可憐之同胞乃幷種族華夷之界而淪

앞의 세 개 지문은 각각 텍스트에 실린 서문으로, 다소 길지만 선명한 차이를 한눈에 볼 수 있도록 하고자, 그 전문을 인용한 것이다. 첫 번째 인용문은 원본의 서문으로, 저자인 시부에가 직접 기술해 놓은 것이다. 위에서 볼 수 있듯이 이 서문에서 시부에는 첫 구절부터 이 책의 핵심 내용을 단 한 줄로 명기한 뒤에, 전반적인 도서의 가치를 재고해 놓았다. 어떠한 정치적 이념을 반영하고 있거나 독자에게 특정한 사상을 요구하는 것이 아니라, 도서로서 어떠한 자리를 차지할 수 있는지, 그리고 이 책을 편찬하면서, 바로 직전에 출간되었던 《보오전사普墺戰史》(5월)와 비교를 거쳐, 《파란쇠망전사》(7월)의 결함들에 대한 해명을 해 놓고 있다. 이러한 진술은 작품의 완성도를 그 스스로 자가진단하고 비판한 것으로, 그만큼 텍스트 자체에 대한 독립적인 가치를 재고하고 있었음을 보여 준다. 다만 이 대목에서 정치적인 사안이라면, 수사적인 차원에서 비유 대상으로 언급된 실제 인물들의 정치적 성향에서 추정되는 사항뿐이다.

교활한 인물에 속하는 러시아 공사는 위안스카이로 비유되는데, 위안스카이는 조선의 정치에 관여했던 자로 변법파를 배신하고 권력을 쥐었던 인물이다. 이에 반하는 인물로 폴란드의 독립을 위해 싸웠던 장군 코시우스코는 명나라의 유신 국성야國姓爺로 비유되어 있다.

骨於黑龍江禍水之中邅問驅除光復之事業哉實海旣通歌風大扇半開之士憎於瓜分豆剖之禍輒奔走呼號以同一世之視聽而曰中國將爲波蘭中國將蹈波蘭之覆轍嗚呼以形質言中國之爲波蘭初不自今日始以精神言中國將求爲波蘭而不可得不見夫拒俄諸志士前援後繼項背相望臨之彈雨鎗林而不懼投之冰天雪窖而不悔乎不見夫愛國黨之團結哥修士孤之運動曾揚旗擊鼓問罪於聖彼得堡乎不見夫虛無黨中之人物有波蘭籍者在乎不見夫日俄戰爭之際黃海風雲岌岌搖動波蘭義勇軍之檄文傳誦於五洲乎夫豈如湘淮之元老戊戌之黨人甘爲僞朝功狗以自榮也然則吾人今日且勿大言高論以伊大利希臘自期矣能如波蘭不忠祖國之精神則彼異種稱王者卽斷不能久踐我土而久食我毛矧勢力範圍之初定者耶吾友蟄龍譯波蘭衰亡史於保種敵愾之旨三致意焉十年血戰九世復仇波蘭之成功不遠矣我民族其猛省我民族其借鑒我民族其毋自餒黃帝紀元四千三百九十午年中國少年之少年柳人權

국성야는 청나라의 회유에도 끝까지 명나라를 위해 투쟁했던 인물로, 이민족으로 구성된 청나라의 정권을 거부하는 것은, 훗날 개진된 변법파의 일념과도 상통하는 면이 있다.

그러나 변법자강운동이 일어난 시기는 1898년이다. 《파란쇠망전사》(1895)가 출간된 지 3년 뒤의 일인 것이다. 출간 무렵의 위안스카이는 1894년 청일전쟁의 패전이라는 고배를 마신 직후였다. 그러므로 여기서 시부에가 역점을 둔 것은 조선에서 일본과 러시아와 대등하게 외교권을 간섭하며 실세를 부렸던 위안스카이의 면모가 되겠다. 또한 청국과 러시아의 부정적인 면모가 상통하는 것으로 간주되는 것은, 당시 청일전쟁의 여파(승전)와 결과(삼국간섭)가 복합적으로 작용한 것으로 봐야 할 것이다.

그럼에도 원본의 서문에서 파란은 러시아로 말미암아 몰락했다는 실증적인 사실이 명시되어 있으며, 이에 대한 역사적인 판단이나 주관적인 개입은 배제되어 있다. 더욱이 시부에는 자신이 이 저서의 편찬을 위해 인용했던 참고문헌을 밝혀 놓음으로써 가타부타 논쟁할 수 있는 장을 일축시켰다. 서문은 독자와의 첫 대화이자 직접적인 언명이라는 점에서, 그의 정치적인 인물의 사례는 당대 독자에게 쉽게 어필할 수 있는 이해를 위한 형식이었던 것으로 보인다. 시부에가 노리는 바는 특정한 정치적 이념으로의 포섭이 아니라, 지식체계로서 역사의 재구성에 있었다.

두 번째 인용문은 조선에서 간행된 텍스트의 서문으로, 〈파란말년전사〉의 정치적인 성격이 비교적 명확하게 드러나 있다. 먼저 원본에서 러시아를 비롯한 외부세력과 폴란드가 보였던 '가해자와 피해자'의 대립구조는, 조선의 번역본에서 모호하게 처리되고, '가해자는 곧 피해자'로, 폴란드의 멸망은 폴란드인이 자초한 것으로 나와 있다. 이러한 지적은 《미국독립사》의 서문에서도 보이는바, 진정한 독립은 외부로부터 구할 수 있는 것이 아니라 그 국민 개개인이 독립된 정신으로 무장할 때야 비로소 구할 수 있는 것이라는 일종의 '자생론'의 기치와 연계된다고 볼 수 있다.[36]

이렇듯 서문은 파란신민이 그들 스스로 나라를 자멸시킨 '죄'를 피할 수 없다는 강경한 입장에서 시작한다. 이 시각은 무조건적으로 외부 세력의 횡포를 비판하는 것과 다른 지점에 선다. 내부 정당체계에 비판 어린 시선을 전면적으로 보냄으로써, 원본의 서문과 차이를 확보함과 동시에, 텍스트 자체를 거대한 논의의 근거로 활용하여 논자의 의견을 개진시키는 것이 특징적이다. 논자는 단죄의 시각에서 파란이 멸망한 원인을 내부에서 찾고, 그 내부 원인 제공자들에게 일침을 가한다. 인용문에 나와 있는 대로, 파란이 몰락한 원인은 크게 세 가지이다.

첫째로 편파적인 당파싸움에 말미암는다. 사사로운 이익에 휩쓸린 당파가 자신들의 실리를 위해 대의를 도모하지 못하고, 외국세력을 국내에 끌어들인 것이 몰락의 주된 요인이다. 두 번째로 국회가 국정을 처리하는 데, 비효율적인 만장일치제를 고수하여 생겨난 폐단이 그것이다. 세 번째로 귀족들의 관직 세습제라는 문제가 있다. 이로 말미암아 참정권이 없는 평민들은 정치에 관여하지 않게 됨으로써, 한 나라는 온 백성의 나라가 아닌, 귀족 특권층의 나라로만 존재하게 된 것이다. 이러한 사항들은 원작의 본론 부분에서 체계적으로 언급된 것이다. 그리고 번역본의 본문에서도 다뤄지고 있는 사항이기도 하다.

---

36) 현은, 《미국독립사》(서문), 황성신문사, 1899. (민족문학사연구소, 《근대계몽기의 학술 문예사상》, 소명출판, 2000) "국민들이 타성에 젖어 남에게 도움을 구하려는 마음은 많고, 우뚝하여 꺾이지 않는 마음은 적다. 이것이 우리나라가 독립의 이름만 있고 독립의 실질이 없는 까닭이다."

그럼에도 굳이 서문에서 언급한 것은 무엇 때문일까. 이는 원작과 달리 '역사서' 그 자체의 발간에 의의를 두지 않았다는 것을 보여 준다. 무엇보다 이 서문에서 강조점은 두 가지로 압축된다. 첫째는 편파적인 귀족 무리가 매국을 무릅쓰고 사익을 추구했던 폐단의 지적이고, 둘째는 우매하고 유약한 국왕이 나라가 아닌 일신의 안위만 돌보고, 오히려 자신을 지지해 주는 충신과 개혁당을 저버리고 외국의 간계에 빠져 버린 실책에 대한 지적이 그것이다.

여기서 좀 더 세부적으로 들어가면, '권력지향형의 매국당이나 혁신적인 애국당'으로 나뉘는 것은 '보수당과 개혁당'으로 대치되며, 이는 자신의 정권을 유지하고자 보수적으로 군림하는 자들이 외국 세력에 의지하여 권력을 장악하거나 유지하려는 보편적인 정권의 흐름과도 맞물린다. 동시에 '로국당露國黨과 보국당普國黨'의 대립은, '러시아, 프로이센, 오스트리아'라는 삼국의 대립과 실리적 연합과 맞물리면서, 조선 실정에 비추어 볼 때 '청국파와 일본파' 혹은 '로국파와 일본파' 등 '청국, 러시아, 일본'의 세력 다툼의 장이 내부적인 당파 싸움과 연계되어 있었던 자국 내의 편파적인 사정과 절묘하게 일치하는 것임을 말해 준다.[37] 더욱이 '매국당과 애국당'이라는 표현으로 당파를 선과 악으로 극명하게 나누고, 은연중에 그 속성을 국내의 '수구파와 개화파'로 대입시켜 놓은 것은, 획기적인 정권의 변화 없이는 국가가 부흥할 수 없다는 확고한 정치적 신념을 드러낸 것이라 하겠다. 여기서 역자가 외부세력에 대한 응징보다는 내부세력의 개선에 더 역점을 두고 있다는 점, 더욱이 지배층(왕과 귀족)을 비판하고 그들에게 개혁을 요청하고 있다는 점은 주목할 필요가 있다.

---

37) 김병철, 앞의 책, 197쪽. '친청파, 친러파, 친일파'로 나뉘는 것에 대한 언급 참조 가능.

　세 번째 인용문은 중국에서 발간된 텍스트의 서문으로, 논자는 이 책의 발간을 축하하면서, 그 필요성을 역설하고 있다. 여기서 눈길을 끄는 대목은 조선의 텍스트에서와 같이 파란을 '앞서 간 자국의 전례'로 삼고 있다는 점이다.《파란말년전사》에서 "波蘭의 覆轍"을 볼 것을 주문하는 데는, 내란에 가까운 특정 당파의 높은 외세 의존을 경계하기 위함이었다. 이와 달리《파란쇠망사》에서 "波蘭의 覆轍"은 중국 또한 삼국 분할된 파란의 경우처럼 열강에 의해 분할되고 말 운명임을 가리키기 위함이다.《파란쇠망사》서문 마지막 구절의 "황제기원"이라는 연원표기방식에서도 알 수 있듯이, 이 저서를 기획한 논자들은 지배정권을 피지배층과 다른 종족으로 분리하여 북방의 이민족으로 격하시키고, 고루한 청조를 타도하려 했던 변법자강운동의 정신을 표명해 놓았다.

　인용문에서 필자는 패망한 나라를 만주족에게 망한 한족의 나라로 보며, 다시금 자국의 전성기를 대변하는 화이사상을 지닌 한족의 나라가 갱생하기를 기원하고 있다. 청일전쟁 패배로 더욱 극대화된 열강의 침투에 이어, 완전히 분할할 위기에 처한 청국의 운명은 이미 몰락해 버린 파란의 운명과 다르지 않았다.

　이러한 절망적인 상황에서 이들은 청국을 구원할 방략으로 기존 정권에 대한 전복의식을 강조하고 있다. 청국의 주도권을 잡은 서태후를 비롯한 청국 정권의 행태는 점차 청국과 그 민족을 퇴보의 길로 치닫게 한다는 사실과, 이들의 탄압으로 실패해 버린 자강운동의 흔적은, 혁신 세력에게 이루지 못한 미망의 꿈을 남겨 주었던 것이다. 한족을 중심으로 한 새로운 제국의 건설이라는 유토피아를 위해, 지금 청국의 위기는 역으로 '쇄신하지 않으면 생존할 수 없다'는 절체절명의 국가적 과제와 맞물려 이들에게 더욱 힘을 실어 주는 기회가 되기도 했다.

19세기 말에서 20세기 초에 이르는 동안, 한중일 삼국이 공통적으로 겪어야 했던 정신적 진통의 원인은 '전쟁'에 있었다. 청일전쟁에 이은 러일전쟁은 정신병이라는 전쟁 후유증을 실제로 낳았으며,[38] 전쟁 기간 동안 '열린 전쟁터'로서 조선은 무구한 희생을 치러야 했다. 이 시기의 역사는 일명 '전쟁사'로 볼 수 있으며, 전쟁의 결과에 따라 국가의 지위가 결정되고, 제국의 간섭에 따라 정치적 판도는 급변했다. 이 과정에서 제국의 대열에 끼지 못한, 피식민지국의 정치적 상황은 늘 '위태로운'이라는 수사를 동반해야 했다. 이러한 전쟁의 장에서 급속도로 발전한 것이 '정치운동'이다. 이 정치운동은 외부의 정황, 정세에 따라 '독립'을 향한, 또는 '국가의 팽창'을 위한 운동으로 각기 다른 속성을 지니며 발전했다.[39]

그리고 이러한 정치운동은 문학운동으로 대체되었다. 제국에서 정치운동은 문학으로 활성화되었으며, 피식민지국에서 정치운동은 문학으로 대리 충족되는 면이 강했다. 덧붙이자면, 동아시아에서 유일한 제국이었던 일본의 경우, 메이지 정권(1868~1912)이 확립된 이후 내부적인 정치운동으로서 민권의 확장을 위한 자유민권운동(1870년대~1880년대)과 함께 이를 다룬 정치소설이 성행했으며[40], 제국권에 들지 못한 피식민지국에서의 정치운동은 '독립'을 지향하는 내적인

---

38) 〈근세 전쟁에 정신병〉(론셜),《대한매일신보》, 1905. 3. 2. 이번 일로전쟁에 젼에 업던 병이 싱겻느듸 …… 우리의 심리학도 근릭 신식 전쟁에는 젹합지 아니한 거시 …… 디뢰를 뭇어셔 그거시 터질 째면 큰 디동ㅎ거나 화산의 터지는 것과 갓ㅎ셔 그런 지란이 졍신병을 나게ㅎ고 …… 근릭에 맥도벌드 대쟝이 쟈살한 것도 그 싯닭이라ㅎ고.

39) 20세기 초 일본 국내에서 "팽창적인 일본"상이 제시된 경위에 대해서는 가노 마사나오; 최혜주 옮김《일본의 근대사상》, 한울, 2003. 17쪽 참조.

40) 대표적으로 중국과 한국에서도 유통된 작품으로《경국미담》(민권옹호),《가인지기우》(국권옹호)를 들 수 있다. 이에 관한 사항은 박종명,〈명치정치소설의 정치주장과 한국〉,《교육논총》(제14집), 1990 참조.

투쟁방법으로 문학을 매개로 전개되었다.

더욱이 동아시아 삼국에서 유일하게 제국의 경험을 지닌 일본의 경우, 모든 면에서 다른 아시아국보다 서구문명과 근대 정치의 모델 수용이 빨랐다고 볼 수 있는데, 일본 내부에 자유민권운동이라는 정치운동이 펼쳐지기 전에, 일본은 외부적으로 자국을 제국으로 끌어올리고, 일본국을 동아시아의 선두로 내세우고자 (차후 '동양평화론'과 연결된다고 볼 수 있는) '국가의 팽창설'을 제기하며, '독립의 의지'와 '제국의 열망'에 대한 야심을 동시에 드러냈다. 후쿠자와는 《문명론의 개략》에서 일본의 최대 과제로서 '독립'을 기술한 바 있으며, 그의 생애동안 일본이 제국의 반열(1894년 불평등조약 개정)에 오르고, 더 나아가 서구(러시아)를 제패하는 자칭 영광을 누렸다.

일본은 이렇듯 정신적으로 '순간적인 공허함'이 소거된 상태로, 급속도의 성장을 이루는 데 일시적인 성공을 거두었다. 그와 달리 중국의 경우, 아편전쟁(1840)에 이어 청일전쟁(1894~1895)의 패배로 흔들리기 시작한 중화중심주의가 무너지면서 제국의 그늘에 놓이게 되는 국가적 수모를 감당해야 했다. 그리고 조선의 경우, 중국이 보기에 이미 일본의 수중으로 넘어간 조선의 상태는 〈조선망국사朝鮮亡國史〉로 압축될 정도로,[41] 일본의 승세에 따라 주권이 약화되면서, 식민지로 전락할 위기에 무방비한 상태였다. 이렇게 각기 다른 정황 속에서, 동아시아 삼국에 공통적으로 통용되었던 '정치서사'는, 각국의 정치적 상황에 따라 상이한 목적을 지니고 번안되었다. 다시 말해 작품의 소재가 동일한 정치서사일지라도, 나라의 정치적 입장에 따라 각기 다르게 수용되고 각색되었다.

---

41)   梁启超 主编, 《新民總报》(中国近代期刊汇刊 2), 北京 : 中华书局, 2008.

2) 합법적인 정치적 행위로서 전쟁과 혁명

제국주의적 사관에 입각하여 영토의 팽창을 주창했던 그룹과 이에 맞서 독립주의를 주창했던 그룹은 내셔널리즘이라는 하나의 뿌리에서 출발한다. 일본이 독립주의에서 제국주의로 기운 특수한 경험을 지닌 아시아 국가로 구별된 바 있듯이, 과도한 집단의식의 정도에 따라 두 이념의 차이는 좁혀졌다가 넓혀졌다. 그것은 동일하게 민족주의를 고양시켰으며, 앞서 살펴본 대로 국권확장에 대한 과도한 집념은 도의를 상실한 제국주의로 기울기 쉬웠다. 흥미로운 것은 이러한 제국주의의 속성을 부정하고자 했을 때, 제국주의의 본질을 서구의 것으로 바라보았다는 점이다. 일본은 일본만의 것, 중국은 중국만의 것, 조선은 조선만의 것을 잃지 말아야 한다고 주장하면서, 이를 잃지 않기 위한 방편으로 서구의 것에 대한 수용과 모방을 감행했다.

중국과 조선은 일본이 불평등조약 개정을 거쳐 제국으로 부각되는 과정을 목도하면서, 일차적으로 독립을 고양시킬 수 있는 문학의 수입이 궁극적으로 제국에 가까워지는 선로를 여는 것이라 보았다. 이것이 량치차오가 정치소설을 중국 문단에 도입한 이유였다. 조선에서도 근대국가라는 무정형의 실체를 구체화하는 국민을 형성할 수 있는 방편으로 문학을 수립하고자 했다. 그러나 문학이 규정되지 못한 상태에서 단순히 문학을 수립하기 위한 문학이라기보다, 조선적인 것을 잃지 않기 위한 방편으로서의 문학이 수립되어야 했다.

일본의 경우에 이들은 자칭 동양을 대표해서 '아시아적인 것'을 지켜내야 한다고 보았다. 아시아적인 것은 본래 오카쿠라 텐신岡倉天心이 〈동양의 이상〉에서 썼던 표현이다. 텐신의 본래 의도와 다르게 아시아적인 것은 파시즘을 구현하는 슬로건으로 악용되었지만, 텐신은

서구의 것으로 표상되는 제국주의를 부정하기 위한 방편으로 서구와
혼재될 수 없는, 근간이 될 수 있는 속성으로서 아시아적인 것을 말
했다. 동시에 우월한 것으로 추앙되는 서구의 것에 짓눌리지 않기 위
한 방편이 아시아를 하나로 결집시키는 일이었다. [42][43]

텐신이 평생에 걸쳐 집착했던, 어떠한 우열을 제기할 수 없는 '미'
의 영역과 흡사한 것은 문학이 아닐 수 없다. 그것은 지(성)적으로 훈
육되는 것이 아니라 정(서)적으로 교감되는 것이기 때문이다. 그러나
이러한 텐신의 세계가 깃든 논문의 번역은 20년대에 이르러서야 가
능했으며, 내적 고백의 형식이자 미의 영역으로서 문학이 탄생하는
자리는 20세기 초에 시기상조였다. 이 맥락에서 20세기 초는 정치문
학이 아닌 근대적인 문학의 기원이 되는 정치서사가 범람하는 시기였
다는 것이 좀 더 정확한 진단이 될 것이다. 정형화된 문학적 틀에 포
섭되지 않는 역사와 전기가 소설과 함께 어우러질 수 있는 것도 이러
한 사정이기에 가능했다.

정치운동 이외에 소설을 지탱해 주는 힘은 전쟁과 혁명 같은 실제
로 정치적 면모가 극단적으로 드러났을 때 더욱 극대화되었다. 전쟁
을 선동하거나, 혁명을 고창하기 위해서 소설은 필수적인 프로파간다
의 기능을 자임했던 것이다. 정치적 활동을 추동하는 힘이 제국이라
는 가상의 이미지를 지속적으로 공급하는 데 있었으며, 나라를 위해
목숨을 잃은 자들의 군국담과 영웅담은 정치소설을 거쳐 체계적으로
재구성되었다.

부유한 문명국가의 형성은 단지 정치소설의 형태에만 국한된 사항
이 아니었다. 당대에 조명되거나 소개된 여러 서양의 위인이나 영웅

---

42)   오카쿠라 텐신; 최원식 · 백영서 옮김, 〈동양의 이상〉, 《동아시아인의 동양인식》, 문
      학과지성사, 1997.
43)   다케우치 요시미; 서광덕 · 백지운 옮김, 《일본과 아시아》, 소명출판, 2004, 277쪽.

들은 대개가 문명국가의 형성에 일조하거나 부유해지는 비법을 실제로 보여 준 인물들이었다. 이들 가운데 미국의 프랭클린은 '치부致富의 방법'을 일깨워 주는 근검한 국민의 모범이 되는 영웅으로 소개되었다. 이러한 전기와 아울러 각국의 정황을 알려 주는 역사는 정치소설과 동일한 목적을 공유하고 있었다. 그것은 강국의 건설로, 일본의 경우 제국으로의 편입이 그 방법이었다. 불평등조약을 개정하는 일은 전쟁으로 가능했다. 이들에게 전쟁은 승격하는 기회로 작동했던 것이다. 이 맥락에서 전쟁은 거국적인 정치활동이자 독립이라는 명분 속에 정당한 것으로 인식되었다.

그러나 정치서사로 범주를 넓혀 볼 때, 초기 정치소설과 상반된 경향을 지닌 텍스트를 볼 수 있다. 그것은 국권확장에 대한 과잉의 시대를 부정하는 것으로, 상실된 도의의 세계를 회복하려는 경향을 형성했다. 그 한 예로 〈20세기의 괴물 제국주의〉(1901)에서 제국주의를 탄핵했던 고토쿠 슈스이의 반전론이나 근대국가의 폭력성을 넘어서는 방편으로 공동체를 지향하는 캉유웨이의 대동사상이나 이러한 영향을 받은, 대동교를 신봉한 박은식이 〈몽배금태조〉에서 말한 '나라를 멸하며 종족을 멸하는 부도불법'의 원리가 지배하는 세계를 비판하는 것은 상통하는 면이 없지 않다. 이 지점에서 도의道義에 대한 고민이 시작된다. 가령, 아래 인용문에서 볼 수 있듯이 전쟁을 일삼은 나폴레옹보다 독립을 위한 전쟁을 했던 워싱턴에 대한 고평은 이런 맥락에서 가능했던 것으로 해석할 수 있다.

今에 華盛頓으로써 拿破倫에 比較ᄒ면 其 境遇가 不同홀쑨아니라 其 性質이 亦 大異ᄒ도다 拿破倫은 風雲의 機會를 乘ᄒ고 時勢의 潮流를 和ᄒ야 己身의 光榮을 希ᄒ며 華盛頓은 逆境에 處ᄒ야 國家를 爲ᄒ야 力

을 盡ᄒ고 人民을 爲ᄒ야 心을 憚ᄒ식 正義를 遵ᄒ고 公道를 行ᄒ며
拿破倫은 事ㅣ 不能ᄒᆯ것이 無ᄒ다는 語를 服膺ᄒ야 萬障을 打破ᄒ고
華盛頓은 道가 正義에 在ᄒ다는 一語를 服膺ᄒ야 一身을 不顧ᄒ니 東西
古今에 歷史를 閱컨딩 英雄이라 稱ᄒ는 者는 非常의 才學贍識이 必有ᄒᆯ
쑨아니라 其 天眞이 爛熳ᄒ야 己를 不欺ᄒ고 人을 不詐ᄒ야 皇天이 愛
ᄒᆷ이 操縱의 力을 予ᄒ고 擧世ㅣ 信ᄒᆷ이 經綸의 任을 委ᄒ니 實, 華盛頓
이 其人이라 其 幼年엔 原質이 一凡品에 不過ᄒ더니 至誠으로써 偉大의
業을 成ᄒ니 此로 由ᄒ야 觀ᄒ면 剛毅決斷의 才와 忍耐克己의 功으로
由ᄒ도다 …… 彼一生最完全ᄒ 占은 公正目的과 純粹方法에 在ᄒ니 夫 詭
計는 政治家의 惡習이라 故로 彼의 外邦及國人을 對待ᄒᆷ이 公道에 一出
ᄒ고 雖智計를 用ᄒ나 姦詭엔 不及ᄒ더라 彼ㅣ 高位에 屢登ᄒᆷ은 皆世人
이 命ᄒᆫ비오 自求ᄒᆫ 바는 아니라 彼ㅣ 自信力을 務ᄒ야 其 職을 盡ᄒᆯ
식 國의 利를 謀ᄒ고 身의 利를 不謀ᄒ는지라 故로 纖毫影響이라도 其
動作을 反對ᄒ는 者ㅣ無ᄒ니 其 謙遜ᄒ 性質을 可及지못ᄒ깃도다 且 人
類를 能히 調和ᄒ야 人으로ᄒ야금 其 光風을 浴케ᄒ더라 彼美國의 大
業이 皆恐懼中으로 由ᄒ야 幸福을 得ᄒ 者라 戰事를 泛ᄒ 後에 黨派의
爭이 無己ᄒ딩 能히 善을 取ᄒ고 惡을 捨ᄒ야 其 性質이 後日 政治家의
大價値를 得ᄒ니 宜乎人의 信愛를 受ᄒ리로다[44]

아시아가 한 자리에 모이는 계기는 전쟁을 통해서였다. 청일전쟁
을 계기로 아시아 각국의 지성인들 사이에 교류가 활성화되었으며,
이를 기점으로 번역되는 서적 또한 증가했다. 최초로 조선에 소개된
정치인은 나폴레옹이다. 더불어 워싱턴의 이야기는 당대 신문 논설
란을 비롯하여 대부분의 잡지를 장식했다. 더욱이 나폴레옹이 전쟁하
기를 좋아하다가 패망한 인물로 그려진 것과 달리, 워싱턴은 독립전
쟁으로 독립을 쟁취하고 입헌정치체제에 따라 선출된 대통령이라는

---

44) 이해조, 《華盛頓傳》, 회동서관, 1908.

이상적인 정치가로 더욱 많이 소개되었다. 분명한 것은 적절한 전쟁, 더욱이 독립을 쟁취하기 위한 전쟁은 우호적으로 수용되었으며,《라란부인전》의 경우와 같이 온건한 입장에서의 혁명을 근대국가를 형성하는 데 필요한 요소로 수용했다는 것이다. 문제는 특수한 정치적 이념과 행위보다 이러한 이념과 행위가 필요해지는 정치적 상황이었기 때문이다.

익히 옌푸는 서구의 정치 개념을 설명할 목적으로 국가를 말한 바 있다. 그가 중국 인민들에게 강조했던 것은 일차적으로 국가라는 새로운 용어를 나머지 다른 용어—土地, 種族, 國民, 國群(society)—와 구별하고, 국가라는 신개념을 주지시키는 데에 있었다.[45] 국가는 한마디로 거대한 단체다. 그것은 개인과 개인이 결합한 집단의 최종적인 모형으로, 점차적으로 커지거나 강성해지는 진보/진화론적 시각과 맞물려 있다.

국가는 '일정한 토지와 권력으로 조직한 단체'라는 점은 조선에서도 마찬가지로 통용되던 상식이었다.[46] 문제는 이러한 국가를 운영할 국체의 선정 방식에 놓여 있었다. 당대 '정치사상'은 '애국관념'으로 이해되었으며, 이 안에서 애국관념을 '분골쇄신 충국애국의 사상'으로 한정하느냐,[47] 전제정치 체제를 넘어 입헌정치 체제로 나아가는 근대적인 국가사상으로 넓히느냐의 문제가 상충했다.

주로 후자의 관점에서 조선이 차후 지향해야 할 정치체제가 지지되었는데, 이러한 배경으로 자주 거론되는 것이 러일전쟁이었다.[48] 러일전쟁은 서로 상반된 정치체제를 지닌 국가 사이의 싸움이었던 것

---

45) 옌푸; 양일모 옮김, 《정치학이란 무엇인가》, 성균관대출판부, 2009, 47쪽.

46) 최석하, 〈국가론〉, 《태극학보》(제1호), 광무10년, 8. 24.

47) 윤효정, 〈국민의 정치사상〉, 《대한자강회월보》(제6호), 광무 10년, 7.1.

48) 윤효정, 〈전제국민은 無애국사상론〉, 《대한자강회월보》(제5호), 광무 10년, 7. 1.

이다. 다시 말해 러일전쟁은 단순히 러시아와 일본 사이의 격전이 아
니라, 주변국인 중국을 비롯하여 조선에도 큰 자극을 주는 정치적 사
건이었다.[49] 그것은 정치체제의 변화를 요구하는 일과도 연계되어 있
었다. 러시아와 일본의 싸움은 전제국가와 입헌국가의 국력을 비교하
는 장이기도 했던 것이다. 어떠한 정체를 취하느냐에 따라서 국력의
정도가 달라질 수 있다고 보았다. 그 결과 중국은 1906년 광서제光緖
帝의 칙령으로 입헌제로의 변모가 공식적으로 추진되기에 이른다.[50]
이는 조선의 경우에도 마찬가지였다. 국체는 국가주권의 조직이며 정
체는 주권행동의 행태로, 일본이 프랑스와 같은 입헌체제라면 러시아
는 전제체제로 구별되었다.[51]

《파란쇠망전사》의 중국 역본 텍스트에서 특이한 사실은 러일전쟁
에 대한 언급이다. 이는 원작이나 조선 역본에도 기술되지 않은 사
항으로, 《파란쇠망사》가 발간된 시기의 전쟁에 대한 평가가 기입되
어 있다. 이는 텍스트를 과거의 문서나 원본의 의도에 고착시켜 보
지 않고, 현금의 시국에 맞게 끝없이 재편성하여 활용하고자 했음을
짐작케 한다. 내부적으로 볼 때, 중국에서 청일전쟁 패배의 요인은
크게 두 가지였다. 그것은 보수적인 완고당의 방해와 유신당의 인식
부족이었다.[52] 완고당에서는 양무하려는 의지조차 미약했으며 이를
저지했다. 유신당 또한 '정교와 제도' 같은 신정에 대한 인식이 없는
상태에서 그저 서양의 부강은 물질문명의 부유함에서 오는 것이라
바라보았다.[53]

청일전쟁 이후에 일어난 무술유신은 이러한 모순을 타개하고자 했

---

49) 채기두, 〈대한장래〉(연설), 《대한학회월보》(제3호), 1908. 4. 25.
50) 옌푸, 앞의 책, 35쪽.
51) 〈국가의 관념〉(속), 《서북학회월보》(제1권 제1호), 륭희 2년. 6. 1.
52) 소공권; 최명·손문호 옮김, 《中國政治思想史》, 서울대 출판부, 1998. 1104쪽.
53) 앞의 책, 1106쪽.

다. 무술유신은 말 그대로 메이지유신을 모방하려는 소산이었다. 그
러나 정작 이러한 무술유신의 중심에 놓여 있던 캉유웨이조차 혁신적
인 혁명에는 반대했다. 그리하여 그는 청조를 받들고 군주체제를 옹
호하는 모순을 보였던 것이다.[54] 바로 이 지점이 인용문에서 언급된
것처럼, 캉유웨이를 '반개의 선비'나 이홍장처럼 별수 없는 '무술의
당파'로 보이게 했을 것이다. 캉유웨이는 만주족을 포용하여 강력한
중국, 더 나아가 온 민족이 통합된 대동의 세계를 구축하고자 했다.[55]
과격한 혁명은 기필코 청국왕조를 몰락시키고 말 것임을 두려워했던
것이다. 그의 개량적인 사고는 량치차오가 온건한 혁명과 과격한 혁
명을 나누고, 과격한 혁명을 경계한 일로도 이어진다.

   중국에서 러일전쟁의 승패는 입헌군주제의 필요성을 제기했다. 입
헌군주제를 따른 일본의 승전은 황제전제를 따른 러시아제정보다 우
월하다는 것을 입증하는 사건이었던 셈이다. 이로써 입헌파와 혁명파
가 나눠지는데, 혁명파는 청조가 이러한 입헌제마저도 시행할 능력이
없다고 부정했다. 중국 역본인《파란쇠망사》의 요체는 혁신적인 혁명
에 대한 절대적인 긍정이다. '새로운 혁명정신만이 중국을 구하고, 파
란같이 되는 길을 미연에 방지하리라'는 예언과 같은 굳은 신념이 깔
려 있다. 그리고 이는 문학이기에 가능한 실천의 영역과 관련된다.
문학이 관념의 영역을 벗어나 실천의 영역으로 진일보하는 데, 혁명
은 필연적으로 요청되는 사항이었던 것이다.

---

54) 캉유웨이는 만주족과 한족을 구별할 수 없으며, 이러한 민족 사이의 차이가 중요한
     것이 아니라 문화의 차이가 중요하다고 보았다. 곧 만주족 이래 중국의 문화에 변동이
     없으므로, 굳이 만주족을 배격해야 할 명분이 없다는 것이다. 그는 프랑스혁명을 말하
     면서도 온전히 혁명 그 자체를 긍정할 수 없는 일종의 분열을 일으켰다. 이러한 사항에
     대해서는 앞의 책 1109~1160쪽 참조.
55) 리쩌허우; 임춘성 옮김, 《중국근대사상사론》, 한길사, 2005, 262쪽. "사람이 모두
     평등하고 제왕이 없는 이상 세계는 필경 만주족과 한족도 구분하지 않고 군주와 백성
     이 함께 다스리는 실천 위에 구축되어야 했다."

초기 한국문학의 실정이 애국담론에 기운 경향이 있었다면, 중국
의 경우에는 혁명담론에 치우쳐 있었다. 혁명이라는 언표의 지배력은
민족이나 애국보다 강대했다. 외세의 침입과 패전으로 말미암은 정
신적인 충격은 가치관을 급변시켰지만, 동시에 저버릴 수 없는 전통
과의 갈림길에서 내적인 분열을 일으켰다. 이 과정을 생략해 버리고,
단 하나의 가치를 향해 지속적으로 밀어붙이려는 시도가 혁명이다.
이는 역사의 형성 과정과 맞물리면서, 역사를 구축하는 중대한 동인
으로 작동했고, 그 결과 혁명의 가치는 절대적으로 군림하고 제창될
수 있었다. 혁명이라는 이름 아래에 모든 것이 용인될 수 있었듯이,
그 이름으로 모든 것이 평가되고 재단될 수 있었다.

이렇듯 극단적인 양면을 지닌 혁명은, 어느 정도의 정당성을 담보
하고 있는 용어였다. 혁명으로 기록되지 못하는 것은 반란이나 정변
으로 일축되었던 것에서 볼 수 있듯이, 혁명은 일차적으로 왕조와의
싸움이었다. 중국에서 혁명은 계절이 반복되는 일종의 주기와 같은
것으로, 이는 왕조 교체를 위한 정당성을 부여하기 위한 것이었으며,
결과적으로 청국왕조를 긍정하기 위함이었다. 그러므로 그 뒤에 혁명
이라는 용어는 금기되거나 기피되었다. 혁명이라는 용어는 청일전쟁
이후에, 더욱이 의화단운동의 실패 이후에 1903년을 정점으로, 무능
력한 청국왕조를 전복하려는 운동을 뒷받침해 주는 견고한 토대였다.
이 과정에서 혁명은 배만排滿과 진보를 가리키는 용어로 거듭났다.[56]

---

56) "수천 년 동안의 각종 전제정치 체제를 쓸어버리고, 수천 년 동안의 여러 가지 노예
근성으로부터 탈피하여, 500만의 괴상한 만주종족을 멸종시키고, 260년 동안의 잔혹
한 치욕을 깨끗이 씻어, 중국 대륙이 청정지역이 되도록 하고 황제의 자손이 모두 워싱
턴이 되게 한다면, 기사회생하고 혼백이 돌아오며 18층 지옥에서 나와 33천당으로 오
르게 된다. 아주 무성하고 매우 창망하며 지극히 존귀하고 유일무이하며 위대하고 홀
륭한 하나의 목적을 혁명이라 한다. 웅대하도다! 혁명이여. 성대하도다! 혁명이여."
(쩌우룽의《혁명군》中) 진관타오·류칭펑; 양일모 외 옮김,《관념사란 무엇인가》, 푸른
역사, 2010, 466쪽.(재인용)

이는 일본의 자유민권 의식과도 연계된다.[57]

조선에서 어용선 등 일부는 일본 유학 시절에 민권의식을 수용했으며, 이로 말미암아 정부로부터 탄압을 받기도 했다.[58] 일본 유학생들은 왕정 전복이라는 근대적인 국가 수립을 위해 타도해야 할 대상을 선정하고 이를 급진적으로 추진했던 것이다. 민권의식이 성장할 토대가 철저히 배제되면서, 이렇게 억눌린 기류는 문학, 역사, 정치 등의 여러 계열의 텍스트로 틈입했다. 요컨대 원작에 견주어, 조선과 중국의 번역 역본은 기존 정권에 대한 전복적 의지를 은유하거나 직접적으로 표출하여, 역사서라는 텍스트를 정치적인 텍스트로 탈바꿈시키는 데 성공한다. 그러나 이러한 의도적인 정치성의 개입은 오로지 텍스트를 어떻게 변형시키느냐의 문제라기보다, 어떻게 적절한 사례로 이용하느냐 하는 활용의 문제에 역점이 맞춰졌다는 한계를 지니고 있었다.

원작 《파란쇠망전사》를 번역한 조선역본의 〈파란말년전사〉와 중국 역본의 《파란쇠망사》는 모두 직역된 텍스트이다. 이렇게 직역된 텍스트는, 흑백의 논리처럼 선택과 배제의 논리를 선명하게 보여 준다. 뒤틀지 않고 수사를 첨가하지도 않고, 오로지 원작에서 필요한 것만 선별해서 취한 것으로 구성된 텍스트는, 이 맥락에서 원작과 비교하여 미완되거나 결여된 산물이라기보다, 오히려 원텍스트를 원재료로 여기고 이 재료에서 필요한 것들만 추려 내어 완성작을 만들어 낸 것으로 보아야 한다. 여기서 당위를 표명하는 것은, 후자의 시각에서 비교 대상 사이의 대등한 전제를 구할 수 있기 때문이다. 상호 대

---

57) 앞의 책, 464쪽.

58) 유창희, 〈국민의 의무〉, 《친목회회보》(제3호), 1896년. "나라란 무엇을 이름인가. 만인의 공중을 이름이라. 나라는 일인의 소유인가. 만인의 소유이다. 그런즉 만인이 공정한 의무를 각자 애호하여 국세를 공고히 하고 민권을 확장하여 자주독립을 확고히 세움이 국민의 공정한 의무로다."

등한 위치에서 동일성과 차이를 산출해 낼 때, 번역 텍스트의 특성을 생산적으로 구명할 수 있을 것이다. 이러한 시각과 관련하여, 번역된 《파란말년전사》와 《파란쇠망사》를 살펴볼 때 그 특유한 성격의 조감도를 그려낼 수 있다.

1) 일천칠백육칠십년대의 파란은, 독립이라 칭했지만, 이는 완전히 공문뿐이었다.(독립은 그저 이름뿐) 그 실제상에 있어서, 러시아의 속국으로, 그 국왕은 한 지방의 장관과 같이 대우되어, 완연히 일청전쟁 이전의 조선이 지나의 속국과 같던 시절을 방불케 하더라. 그리하여 (조선 내정에 간섭했던) 위안스카이 같은 러시아공사 레프닌은, 바르샤바에 주둔하여, '파란왕을 좌지우지하는 것은 나의 힘에 달렸다'라고 말하는 둥, 폐위의 권한은 자신에게 있다는 의중을 파란왕에게 넌지시 겁을 주어, 2만 이상의 러시아 병사를 전국 각지에 배치하고, 그 휘하에 국토를 유린하는 꼴이더라.[59]

2) 西曆一千七百六七十年間은 波蘭이 獨立이라 稱하나 其實은 露, 國의 屬國이라 露, 國公使 燁仁은 曰波蘭王은 吾家所立이오 又 其 廢立하는 權은 我手中에 在하다하야 波蘭王을 逼迫하고 二萬餘 名 露, 兵을 國內各地에 散布하야 號令이 一出하면 곳 全國을 蹂躪할 勢가 有하며[60]

첫 번째 인용문은 원본으로, 이 구절에서는 러시아가 폴란드를 표

---

59) 《파란쇠망사》, 52~53쪽. 一千七百六七十年代ノ波蘭ハ, 獨立ト稱スト雖,是レ全ク空文ノミ.其實際上ニ於テ, 露國ノ爲メニ属國視セラレ, 其國王ハ一地方ノ長官ノ如クニ待遇セラル, サマハ, 宛ナガラ日淸戰爭以前ノ朝鮮ガ支那ニ於ケルト相髣髴タリ.而シテ袁世凱的ノ露公使レプニン(Repnin)ハ, ワルソーニ在リテ, '波蘭王ヲ立テタルハ予ノ力ナリ'ト廣言ヲ吐キ,且ツ廢立ノ權ハ我カ一身ニ存ストノ意ヲ波蘭王ニ諷シテ, 暗ニ之ヲ恐迫シ, 二萬以上ノ露兵ハ, 全國各地ニ散布シテ, イザト言バ, 一撃ノ下ニ國土ヲ蹂躪センズ有樣ナリ.

60) 《파란말년전사》, 26쪽.

면상으로만 독립국이라 칭하고 속국으로 여겨 좌지우지하는 것은 마치 위안스카이가 청일전쟁 이전에 조선을 좌지우지했던 것과 동일하다고 지적하고 있다. 이는 청일전쟁으로 조선이 중국으로부터 독립했다는 것을 전제한 판단이다. 이 구절은 두 번째 인용문인 조선의 텍스트에서 보듯이 생략되어 있다. 조선의 실정을 다룬 부분을 배제하고 오로지 폴란드의 사정에 관한 객관적인 진술만을 번역해 놓은 것이다. 이는 청일전쟁으로 말미암아 조선이 독립을 획득했다는 명제의 모순성을 보고 있었다기보다, 이러한 대외적인 사실의 논의 여부에 중점을 두지 않으려 했다는 것을 추정해 볼 수 있다.

《파란말년전사》의 본문은 《파란쇠망전사》를 압축한 것으로, 앞서 살펴본 대로 원본과 동일하지만, 전체적인 사건의 전개는 '현 정권을 지배하는 지도층에 대한 비판문'으로 읽힐 정도로, 우유부단하고 용렬한 폴란드 왕에 대한 비판으로 일관되어 있다. 이는 국내 사정을 미묘하게 반영하고 있는 것으로 읽을 수 있는 부분으로, 고종 정권에 대한 비판의 알레고리로 읽힐 수 있는 소지를 열어 두고 있다. 폴란드의 정권은 특정한 귀족계급에게만 놓여 있었으며, 폴란드의 왕은 유약하고도 용렬하여 자신의 실리만 추구할 뿐 백성과 나라 전체를 돌보는 데는 실패하고 말았다. 어용선은 여러 차례 폴란드 왕의 어리석음을 꾸짖는데, 이 대목의 반복은 원본에 견주어 강조되어 있다. 어용선은 자국의 사정과 동일하게 진행되고 있는 파란의 이야기를 끌어와서, 타국 역사를 사례로 자국의 정치를 말하려 한 것이다.

실제로 어용선은 고종 정권에 반하는 입헌정치체제를 주창한 바 있으며, 당시 고종 반대파의 여론과 연계된 사건에 휘말려 고종 정권의 비판자로 몰린 적이 있다. 역사적 기록에 따르면, 1899년 3월에 어용선 등은 고종 정권을 전복하고 민주국체를 따라 대통령제를 실시

하려 한다는 혐의로 체포되었다.[61]

그런데 1899년은 이러한 사건이 있던 직후, 《파란말년전사》(11월)가 간행된 해이기도 하다. 도일 유학생 출신의 어용선은 현 와세다대학에서 정치경제학을 전공하고, 학문적으로 실질적인 정치체제에 대한 고민을 하고, 이를 동류의 일본 유학생들과 공유했다. 나라가 약한 것은 정치체제에 대한 회의와 반성을 필요로 했을 것이며, 새로운 지도자를 옹립하고자 하는 시도 또한 충분히 개진될 수 있는 사항이었다.

이로 말미암아 획책을 받기도 했던 어용선은, 은연중에 《파란말년전사》로 단순히 '국권회복'이나 '애국심고취'로 연계되는 지배담론에 편승하는 텍스트를 쓰고자 하지 않았을 것이다. 그가 주안을 둔 것은 오히려 유약한 군주의 폐해를 지적하여 지배 정권을 전복하고, 새로운 국가 건설을 위한 지침과 방안을 모색하는 데 있었다. 당시 짧은 기간이었지만 정계에 입문하기도 했던 그는, 미묘한 형태로 자신의 이상을 간접적이나마 이런 방식으로 은연중에 피력했을 가능성이 농후하다.

중국의 사정은 이보다 더 급박했다. 파란의 쇠망사를 읽는 것은 날로 쇠망해 가고 있는 자국의 쇠망사를 목도하는 일이었다. 실제로 중국의 쇠망은 조선의 쇠망보다 앞서 급격하게 진행되고 있었다. 중국 내부에서는, (청일)전쟁의 주체에서 (러일)전쟁의 관람객으로 변모하면서, 사태를 해석하기보다 받아들이는 일에 더욱 고심했다. 그것은 중화의 붕괴를 그들 스스로 납득할 수 없는 일에서부터, 누가 아군이고 적군인지를 분별할 수 없을 정도로 급변하는 열강들의 정치적인

---

61) 〈어용선 등 포박 운운에 대한 회답〉, 《주한일본공사관 기록(1894~1910)》 13, 241쪽; 오영섭, 《한국 근현대사를 수놓은 인물들(1)》, 경인문화사, 2007, 328쪽.

행보와 무관하게 내부적인 분열을 반복했던 사정에 있었다.

1) 제십 파란 전멸 이후의 파란인

파란의 국체는 외형상으로는 이미 전멸한 것이더라. 그러나 인민의 심중에는, 영구히 생존하여, 결코 소멸하지 않더라. 이에 마음은 항상 이 국체를 추모하고, 열망하는 고로, 억눌린 심정이 극에 달하여, 때때로 터져 나와 난을 야기하는 것도 적지 않더라.[62] ……

1867년 파란 전멸의 공을 완수하려는 정략으로 말미암아, 와루스(바르샤바)의 행정기관을 폐지하고, 파란 각 주에 있는 정부는 러시아에 있는 지방정부와 동일하게 하더라. 이에 이르러 파란은 러시아로 말미암아 몰락했다고 말할 수 있으리. 현금에 있어 파란인은 일천만 명이더라. 그러나 그 오백만 명은 러시아아국에 속해, 다른 이백오십만 명은 프로이센에, 또 이백오십만 명은 오스트리아에 속하더라. 본 항은 십여 년 전의 계산에 근거한 것이라. 1893년 통계에 따르면, 러시아 영지의 파란은 면적 사만 9158만 리더라.

2) 제10절 요사이 파란의 거동

공협은 말한다. 내가 이 편을 번역하면서 나도 모르게 무수한 흠모심, 존경심, 숭배심이 연달아 피어나 심취하고 마음이 가서 향화를 공양하고 싶기도 했고, 제수를 올려 제사를 드리고도 싶었다. 파

---

62) 《파란쇠망전사》, 299~310쪽.〈第十 波蘭全滅以後ノ波蘭人〉波蘭ノ國體ハ, 外形上ニ於テ既ニ全滅セラシタリ. 然レトモ人民ノ心裏ニ於テハ, 永ク生存シテ, 決シテ消滅スベクモアラズ. 而シテ心ハ常ニ此ノ國體チ追慕シ, 熱望スルガ故ニ, 鬱結ノ極, 往々破烈シテ爭亂チ惹起スル少ナカラズ. ……

同六十七年 我カ慶應三年丁卯 波蘭全滅ノ功チ完フセントノ政略ヨリ, ワルソーノ行政機關チ廢シ, 又波蘭十州ニ在ル政府チシテ, 他ノ露領ニ在ル地方政府ト同一樣ノモノタラシメタリ. 玆ニ至リテ, 波蘭ハ露西亞ノ爲メニ死セリト云ヒテ可ナランカ. 現今ニ於ケル波蘭人ハ, 凡ソ一千萬アリ. 而シテ其ノ五百萬ハ露國ニ屬シ, 他ノ二百五十万ハ普國ニ, 又二百五十萬ハ墺國ニ屬スルナリ. 本項ハ, 十餘年前ノ計算ニ據リタルモノナリ. 又一千八百九十三年(卽チ一昨明治二十六年)ノ統計ニ據ルニ, 露領波蘭ハ, 面積四萬九千百五十八方哩, 人口七百九十六萬零三百零四人トアリ.

란 같은 나라는 어떤 영웅이든, 어떤 호걸이든 간에 막론하고 끝내 밟아서 멸망시킬 수 없기 때문에, 비록 俄普奧의 강포함으로도, 亞歷山大尼古拉斯의 잔학함으로도 겨우 파란국의 표면만을 멸망시킬 수 있었고, 파란국의 정신은 멸망시킬 수 없었다. 정신이 망하지 않으면 그 표면도 또한 끝내 망하는 데까지 이르지 않을 것이다. 대개 그 몸은 타국에 있지만 마음은 고국에 있어 미자의 노래를 슬피 부르고 신정의 눈물을 아프게 뿌리니 노래와 곡소리가 끊이지 않으면 분격이 이어지고, 분격이 끊이지 않으면 폭동이 이어진다. 비록 순식간에 일어나 순식간에 진압당해 하나도 이루지 못할지라도, 그러나 사람의 마음속에는 아직 죽지 않은 분화구 같은 뜨거운 피가 있으니, 수십 년 뒤에 옛날처럼 찬란하고, 옛날처럼 장엄한 파란국이 波羅의 黑海 사이에 우뚝 서게 될 줄 어찌 알겠는가? 내가 이 때문에 남은 먹에 몽당 붓을 적셔서 요사의 파란의 거동을 써서 끝내 독립하리라는 증표로 삼노라. ……

바르샤바의 행정기관을 폐지했더라. 외로운 의사가 러시아의 성세에 저항하더라. 종종 학정을 차마 다 서술할 수는 없다. 파란인은 독립을 열망하고 강력한 러시아에 항거하더라. 여러 지사들은 각지에 흩어져 있거나, 비밀당에 그 종적을 감추거나, 허무당에 투신했더라. 일어난 거사의 기운은 쉽사리 사라지지 않고, 수십 년래의 의로운 깃발이 들고 일어섰다는 소문이 때때로 들려왔다. 1904년 일아전쟁이 일어나자, 파란인이 이를 듣고 움직이기 시작하더라. 사상의 동요 끝에 혁명! 혁명!! 파란독립! 파란독립!!의 소리가 점차 온 나라를 에워싸더라. 이는 오스트리아 額利幾恩의 지사 아무개 등이 파란 의용군을 조직하여 일본을 원조하겠다고 편지를 보냈더라. 일본이 러시아를 공격할 때, 보복을 완수하겠다고 하였다. 그 〈의용군 조직 주의서〉에 말하기를

'일본인사는 현명하기 때문에, 반드시 장차 동아평화를 보전하고 중국과 한국 독립을 옹호할 것이다. 그렇기 때문에 러시아에 대항하

는 것은 명예로운 전쟁이 되리라. 이러한 열렬한 마음으로 반드시
천하의 환영을 받을 것이다. 영국과 미국의 두 나라는 본디 러시아
와 이익관계의 충돌이 있던 터이라. 그들이 일본은 도울 것은 말할
것도 없다. 그러나 이 전쟁에 대하여 우리 파란인과 일본은 천연의
동맹관계가 있는데, 일본인사는 일찍이 이를 알고 있을까? 우리 파
란은 15세기 이래 117만 3천 평방킬로미터에 달하는 영토를 지니
고 있으며 삼천오백만의 민중이 있던, 구주대륙에서 당당한 왕국이
었도다. 그러나 국세가 쪼그라들어 크게 떨칠 줄 모르다가 18세기
말에 이르러서는 끝내 러시아, 프로이센, 오스트리아 삼국에게 조각
조각으로 분할되어, 이내 망국의 비운에 빠지게 되었도다. 이로부터
파란 정치의 형식은 비록 늑탈을 당했으나 정치상 하나의 원질은 유
럽 국제 간에 끊임없이 움직이고 있다. 또한 장차 결단코 운동이 갑
자기 그칠 염려는 없다. 진실로 세계에 아직 파란 민족이 존재한다
면, 반드시 기회를 타서 일어나 조국의 광복을 이루는 그날이 있을
것이다. 파란인이 가장 미워하는 것은 러시아라. 저들은 실로 우리
파란인과 불공대천의 원수이다. 파란인이 러시아를 미워하는 것은
뱀과 전갈에 비유할 수 없을 정도로 크다. 파란 왕국의 대부분은 강
폭한 러시아의 영토가 되었고 파란 민족의 3분의 2가 강폭한 러시
아의 속박을 받는다. 이것은 만부득이한 것으로 비록 그러하다 하지
만 파란인은 한 명도 그 구속을 달게 받아들이고 마음으로 복종하는
이가 없다.'[63]

---

63) 《파란쇠망사》(附錄), 26~35쪽. 〈第十節 波蘭近來之擧動〉 公俠曰 吾譯此篇我 不
覺有無數欽慕心尊敬心崇拜心 連枝並蔕交呈一時而心醉焉神往焉願以香花供養焉 願
以俎豆祠祀焉 以爲若波蘭者無論如何英雄如何豪傑終不能踐踏而漸滅之故雖以俄普
奧之强暴亞歷山大尼古拉斯之殘虐僅能亡波蘭國之表面而不能亡波蘭國之精神精神
不亡則其表而亦不至終亡 蓋其身寄異邦心存 故國悲吟微子之歌痛灑新亭之淚 歌哭
不已繼以憤激憤激不已繼以 暴動雖其旋起旋撲卒無一成然人心未死熱血如焚安□數
十年後不有燦爛如故莊嚴如故之波蘭國屹然峙立於波羅的黑海間乎吾故爲之染殘墨
揮禿管寫波蘭近來之擧動以爲終得獨立之左券焉 ……
罰廢哇沙行政之機關. 孤義士抗俄之聲勢. 種種虐擧不忍殫述. 波人惟熱望獨立誓抗强
俄凡百志士散居各國或隱跡於秘密黨或投身於虛無黨相機擧事氣不稍餒以故數十年

첫 번째 인용문은 원본이고, 두 번째 인용문은 중국역본이다. 목
차에서 알 수 있듯이 파란 멸망 뒤의 상황을 다룬 후반부는 조선에서
번역되지 않았다. 중국역본에서 '제십절第十節 파란근래의 거동波蘭近
來之擧動'에 해당하는 부분을 보면, 역자가 그 스스로를 호명하여 자
신이 번역했던 동기를 밝혀 놓았다. 중국에서는 폴란드인이 러시아를
혐오하는 마음에서 일본의 편을 들었다는 것, 더 나아가 폴란드인이
수동적으로 러시아의 지배를 받지 않고, 이에 끝없이 저항하고자 했
다는 점을 덧붙여 강조하고 있다.

이는 조선의 시각과 큰 차이를 보이는 지점이다. 조선의 저작에서
는 폴란드인의 무기력함만을 지적하는 데 그치고 있기 때문이다. 이
는 조선에서 강조하고자 했던 초점이 애국활동이 아니라, 개인의 책
임과 독립에 주안점이 놓여 있었음을 말해준다.《애급근세사》나《미
국독립사》와 같이 타국에 의존하지 않고, 그 스스로 힘을 길러서 외
세에 대항해 나가야 한다는 자력자생의 입장이었던 것이다.

요컨대 역사적으로 정치적으로 상이한 텍스트의 발간 배경에는,
일종의 일관된 형식이 존재했다. 그것은 좀 더 진보적인 정치의 편에

來 義旗之揭時有所聞
千九百四年. 日俄戰事起 波人聞之蠢焉 思動籍端紛起革命! 革命!! 波蘭獨立! 波蘭
獨立!! 之聲轟於四境於是居於奧國額利幾恩之志士某某等組織波蘭義勇軍致書日本
願助日擊俄.以遂其報復之念其義勇軍組織主意書曰 以日本人士之賢明. 必將以保
全東亞和平. 擁護中韓獨立之故. 而對於俄國爲名譽之戰爭. 以此熱心. 必受天下之歡
迎. 英美二國. 本與俄國有利益關係之衝突. 其左祖日本. 所不待言. 然於此戰事. 我
波蘭人寔與日本有天然之同盟關係. 日本人士曾具及此否耶. 我波蘭於十五世紀. 時
有百十七萬三千平方啓羅邁當之領土. 與三千五百萬之民衆. 於歐洲大陸. 亦堂堂王
國也. 然以國勢凌夷不知振作. 至十八世紀末. 遂爲俄普奧三國所爪分而陷於亡國之
悲運矣. 自是以來我波蘭政治之形式雖被剝奪然而 政治上之一原質則當運動於歐洲
國際間 而不止且將來亦決無運動忽止之慮苟 世界向有波蘭民族則必有乘機崛起
光復祖國之一日波蘭人之所最嫉者俄國也. 彼實爲吾波蘭人不共戴天之仇波蘭人之嫉
俄. 雖蛇蝎無以喩之. 波蘭王國之大部分爲暴俄之領土. 波蘭民族三分之二受暴俄之
束縛. 是萬不得已也. 雖然波蘭無 一人甘受其羈絆心服

서는 길이었다. 때로는 바깥에서 때로는 혁신적으로 그러하다. 일본
의 경우,《파란쇠망전사》가 발간되었던 해에 독자의 감정을 고양시킨
것은 청일전쟁의 승리와 삼국간섭이라는 불합리한 사건이었다. 이 과
정에서 러시아에 대한 반감이 극대화되었다. 러시아의 주도로 요동반
도를 할양해야 했기에, 러시아에 대한 공포감과 동시에 극도의 알레
르기가 생겨난 것이다. 이러한 반反러의 감정은 흥미롭게도 일본에만
국한된 것이 아니었다. 지속적으로 남하정책을 펼쳤던 러시아의 행보
는, 중국의 영토에도 그 세력을 뻗치고 있었으며, 더욱이 의화단사건
으로 합법성을 빙자한 횡포에 대한 중국인들의 반감은 혁명을 주창하
는 신진세력을 중심으로 극대화되었다. 이들은 반러시아운동을 체계
적으로 펼치고자 '반러시아 의용군'을 조직하기에 이른다. 이는 동시
에 청조를 향한 반감의 표출로 이어졌으며, 이러한 정치적인 실천의
행태는 혁명을 표면적으로 구현하는 길로 나아갔다.[64]

또한 조선의 경우에도 남하하는 러시아에 대한 "공로증恐露症"이
있었다.[65] 아울러 친러파와 합작한 명성황후 세력에 대한 반감이 끝
없는 정치적 긴장을 자아냈다. 친일파와 일본을 경계하고자 러시아를
적극적으로 끌어들인 명성황후가 시해된 이후, 아관파천으로 강력해
진 러시아의 세력은 '일본 유학생을 역적으로' 규정하고 이들을 추궁
하고 몰아내는 데 일조했다.

국가적인 사명을 띠고 또는 개인의 출세욕에 따라 일본 유학길에
올랐던 이들은, 대부분이 게이오 의숙에 몸을 담고 있었다. 어용선이
나 그와 친했던 신해영(훗날 보성고등학교 교장) 또한 마찬가지였다. 동

---

64) 이 시기에는 "명분은 러시아에 항거하는 것이고 실질은 혁명이다"라는 논조가 유행
     할 정도였다. 진관타오, 류칭펑, 앞의 책, 484쪽.
65) 허동현,〈1880년대 한국인들의 러시아 인식 양태〉,《한국민족운동사연구》32, 한국
     민족운동사학회, 30~44쪽.

시에 이들은 박영효를 중심으로 또는 다른 인물을 내세워 고종 정권
을 위협하는 위험인물군으로 지목되기도 했다. 이들이 자신들을 모
함하고 방해하는 수구파나 친러파 등에게 적대감을 지닐 수밖에 없는
사정 또한 이 배경과 무관하지 않다. 이러한 '한중일의 반反러파들'은
러일전쟁을 심력으로 응원했다. 팽배해진 아시아주의를 떠나 일차적
으로 러시아인들에 대한 반감이 극대화된 지점에서 러시아의 편보다,
(중립을 선언했던 조선의 경우 반강제적인 것도 있었지만) 일본의 편에 서
지 않을 수 없었던 것이다. 그리고 파란이 몰락한 이야기는 번역되었
을 때, 외부적으로는 러시아의 폭정을 고발하는 것이자, 내부적으로
는 무능력하고 정체된 정권을 질책하는 전복적인 서사로서 '다시 쓰
기'였다.

  삼국간섭(1895. 4)이후 석달 뒤에 발간된 《파란쇠망전사》(1895.
7), 아관파천(1896) 이후 지속된 유학생 탄압 사건과 맞물린 어용
선 사건(1899. 3) 이후 발간된 《파란말년전사》(1899. 11), 반러시아
운동과 배만혁명운동이 무르익던 시절을 타고 발간된 《파란쇠망사》
(1904. 4)는 내·외부적으로 억눌린 상태의 감정을 분출해 내는 돌파
구였다. 그러나 러일전쟁의 명분이 약소국의 독립을 위한 전쟁이 아
니라, 일본이 제국이 되기 위한 발판을 다지는 전쟁, 곧 (예비) 열강
사이의 충돌이었다는 점에서, 무엇보다 이렇듯 각기 다른 동상이몽을
지닐 수밖에 없는 나라의 사정은, 정작 폴란드의 독립을 말하지 못하
는 공통적인 우를 범했다.[66] 폴란드의 이야기를 읽으면서 폴란드를
연상하는 것이 아니라, 폴란드와 동격으로 치달은 자국의 사정을 읽

66) 명칭은 戰史이지만, 실제로 폴란드인이 싸운 것은 마지막에 코시우스코가 일으킨 독
    립항쟁에 지나지 않는다. 오히려 여기서 전사의 의미는 제국들 사이의 각축전을 지칭
    하는 것으로 봐야 한다. 그 내용의 핵심이 망국사나 몰락사라 할지라도, 파란을 중심으
    로 다루기보다 어떻게 파란이 분할되었는지 하는 제국들의 식민지 정책사가 중점적으
    로 조명되고 있기 때문이다.

어 내는 것은 텍스트와 격리된 것이자 일종의 분열이다.

부정할 수 없는 것은 나약한 정부로는 강한 국권을 지니고 국체를 바로 세울 수 없다는 것이었고, 명확해지는 것은 이러한 상태를 지속할 수 없다면 아예 기존의 정체를 뒤바꿔야 한다는 당위의 명제였다. 텍스트를 바꾸고, 이렇게 바뀐 텍스트를 혁명이나 정치운동의 근거로 활용하는 것은 이들이 이러한 생각을 전파하기 위함이었다. 무엇보다 이는 그들 스스로가 자신들의 논리를 세우고, 필요한 논거를 찾고, 이해를 구할 수 없는 상층부와의 전면전을 비켜 가면서 지속적으로 대립각을 세울 수 있는 유용한 방편이었다.

2. 정치적 사건을 둘러싼 인물과 단체와 매체의 등장과 소멸

1) 정치적 실천과 인물 · 단체 · 매체

정치소설이 한국과 중국을 비롯하여 아시아에서 통용될 수 있었던 것은, 앞서 살펴본 대로 특정한 사상가를 중심으로, 계몽이나 구국이라는 정치적인 이념을 전달하는 데 유용한 수단으로 인식되었기 때문이다. 그러나 좀 더 면밀히 들어가 보면 이러한 공통기반을 조성했던 것에는 실제적인 정치단체들 사이의 협력과 공모가 존재했다. 그것은 아시아 각국의 핵심적인 정치인들이 서로 연계되어 있었다는 것을 보여 준다. 이러한 인적인 네트워크가 실제로 작품 사이의 교류와 영향

관계를 극대화시켰으리라는 추측은 어렵지 않다. 가령 일본에서 극우
단체로 명성을 날린 흑룡회의 경우 실제로 조선에서는 동학단체와 중
국에서는 량치차오를 비롯한 진보적인 혁명단체와 연관되어 있었다.
이들 사이의 상호 결탁과 연대가 결국에는 일본의 이익에 기여하고
말았지만, 각자 각국의 생존과 번영을 목표로 주도면밀하게 이루어지
고 있었던 것이다.

흑룡회의 특징은 조직적으로 정치단체가 운영되지 않고, 특정한
개인을 중심으로 단독적으로 은밀하게 정치활동이 이루어졌다는 점
을 들 수 있다. 이는 초기 정치적 운동이 발생했던 중국이나 조선의
경우도 마찬가지였다.[67] 특정한 개인을 중심으로 결성된 정치단체는

---

67) 아시아에 관여하고자 한 일본의 정치단체와 발간 매체로는 다음과 같다. 흥아회
(1880)는 아시아주의 단체로 나중에 아시아협회로 개칭되었다. 여기에는 유길준, 김
옥균, 강위 등도 참가한 바 있다. 현양사(1881)는 국권주의 단체로 정한파인 향장사를
주축으로 이루어졌으며 정한론을 지지했다. 아시아의 지식인들과의 접촉을 시도하여,
조선의 김옥균, 중국의 쑨원, 황싱, 캉유웨이, 량치차오, 필리핀의 아기날도 등을 원조
했다. 천우협은 현양사가 일시적으로 만든 행동단체로, 한국에서 동학이 발생했을 때
일본이 조선에 진출할 수 있는 계기를 만드는 역할을 했다. 흑룡회(1901)는 국익을 최
우선으로 삼는 정치단체로《흑룡》이라는 월간지를 발행했다. 흑룡회의 핵심 구성원인
우치다 료헤이는 천우협의 일원이었고, 도야마 미쓰루는 현양사의 일원이었다.
청말의 정치단체와 발간 매체로는 다음과 같다. 광학회(1887)는 영국 선교사가 주도
로 만들었던 것으로,《만국공보》,《중서교회보》,《대동보》,《여성》등을 발행하여 개화
사상을 보급하는 한편으로 영국의 이익을 도모했다. 청일전쟁 이후 캉유웨이와 량치차
오를 중심으로 결성된 강학회(1895)는《중외기문》을 발행하여 정치개혁을 주장했다.
중국에서의 비밀결사로는 홍문회, 가로회, 치공당, 삼합회, 홍강회 등으로, 이러한 중
국의 비밀결사 가운데, 청방은 광복회, 가로회는 화흥회, 삼합회는 흥중회로 각각 혁
명조직과 연계되어 있었다. 광복회(1904)는 일본 유학생들을 중심으로 조직된 단체로
자영농 이상의 농민계급의 입장을 반영했다. 흥중회는 쑨원孫文이 주도로 조직한 단체
로 해외교포가 주된 기반이었다. 화흥회는 황싱黃興이 주도로 조직한 단체로 부르주아
계급 중상층과 개명 지주 신사의 적극적인 지지를 받았다. 이들 세 단체는 중국혁명동
맹회(1905)로 합쳐진다. 이들 정치조직들은 '반청복명反淸復明'이라는 구호를 공유했
다.(리쩌허우; 임춘성 옮김,《중국근대사상사론》, 한길사, 2005, 489~491쪽)
조선에서 조직된 진보적인 정치단체와 발간 매체로는 다음과 같다. 독립협회(1896)는
《독립신문》과《대조선독립협회회보》를 발간하고 입헌군주제를 주장하고 실제로 의회
개설운동을 펼친 바 있다. 공진회(1904)의 핵심적인 구성원이었던 윤효정은《대한자
강회월보》를 통해 국민의 본분으로서 애국의 의무 등을 주창한 바 있다. 그리고 보안

그 힘을 늘리고 표출하는 방편으로 정치매체를 발행했다. 가령 조선
에서 의회설립운동을 추진했던 독립협회는 《대조선독립협회회보》를
발간했으며, 민족적 정론지인 《대한매일신보》는 비밀조직인 신민회
의 기관지 역할을 했다. 중국의 혁명운동은 반만과 반제 입장을 관철
하고 있었다. 중국의 경우 왕타오는 《순환일보》를 창간하여 변법자강
의식을 선전한 바 있으며[68], 량치차오는 《청의보》와 《신민총보》 이외
에 《시무보》나 《강학보》 등 여러 매체를 이용해 진보적인 정치적 입
장을 피력했다. 이렇게 매체를 동원하는 방식은 일본에서 이미 활성
화되어 있는 사안이었다. 조선에서 을미사변을 주도한 주범들은 일본
공사관의 기관지인 《한성신보》의 필진이나 편집자들이었다. 이 맥락
에서 보면 정치서사를 구성하는 핵심적인 요소는 정치적 '사건'과 이
를 주도하거나 연루된 '인물' 그리고 정치단체 및 운동을 뒷받침해 주
는 '매체'의 발간이다.

    정치적 논설이 대량으로 특정한 정치단체를 중심으로 번역되었다
는 사실은, 일본과 중국 사이에 진보적인 정치적 입장이 공유되었다
는 것을 보여 준다. 이들의 입장과 노선은 결국 입헌정치체제를 갖추
자는 것으로 압축된다. 이를 가장 먼저 달성한 나라는 일본이었으며,
중국과 조선에서는 러일전쟁의 귀추를 두고 입헌정치체제의 우월성
을 강조했다. 이들의 시각에서 러일전쟁은 곧 전제정체와 입헌정체의

(1904)는 일본의 황무지 개간권 요구에 저항하고자 결성된 정치조직이다. 보안회가 해
체된 뒤 윤효정, 이준, 양한묵 등을 주축으로 구성된 헌정연구회(1905)는, 장지연, 나
수연, 김상범, 임병항 등의 가세로 확대되어 대한자강회(1906)를 발족하고 《대한자강
회월보》를 발간했다. 대한자강회가 해산된 이후 결성된 대한협회(1907)는 《대한협회
회보》를 창간했다. 또한 이 당시에는 비밀결사인 신민회(1907)가 결성되었다. 신민회
는 독립협회의 구성원이 주축이 되어 이루어졌지만, 입헌군주제를 옹호했던 독립협회
의 입장과 달리 공화정체를 내세웠다. 신민회의 기관지는 《대한매일신보》였다.
68) 차배근·이민, 《중국근대신문의 선구지 《순환일보》에 관한 소고〉, 《언론정보연구》
     (42호), 서울대 언론정보연구소, 2005.

다툼이기도 했던 것이다. 한중일은 공통적으로 입헌정체를 이상적으로 받아들였다. 조선에서 입헌정체를 수립하기 위한 의회설립운동은 독립협회를 시작으로, 대한자강회와 대한협회 등으로 계승되었다.

조선에서 초기에 독립이라는 과제가 요원했던 것에는, 실질적으로 국권에 대항하는 민권운동이 불가능했기 때문이다. 군주로부터 독립이 불가능했고, 군주로부터 독립이 되지 않는 한 국민으로서의 발판을 다지기란 쉽지 않았다. 대표적으로 독립협회에 대한 탄압사건이 그러하다. 독립협회는 군권에 위협을 줄 수 있을 정도로, 해산되어야 할 만큼 성장했었다. 이러한 성장은 자신들의 롤 모델이 될 만한 메이지유신이나 미국의 독립전쟁 같은, 나라와 각 개인의 독립을 실행하고자 하는 진취적인 계몽사업의 결과이기도 했다. 그러나 실질적으로 군주제의 울타리 안에서 연설에 기반을 둔 대표자 선출과 국회의 설립은 요원한 과제였다. 바로 그것이 최고조로 진취적이었던 순간에 최고의 절망과 좌절을 경험해야 했던 이유가 되었다.

이는 곧 독립협회의 전성기를 가리키는 것이었다. 구연학이 원작 《설중매》를 번안하는 과정에서 독립협회와 연설장 장면을 연계시키는 것은 이 맥락에서 중요하다. 조선의 역사에서 이 시기만큼, 민권운동에 필적할 만한 사건이 흔치 않았던 것이다. 원작에 나타난 감시와 검열과 통치의 시선은, 이러한 분위기 속에서 번역된 텍스트로 옮겨질 수 있었다. 이 맥락에서 이 시기의 작가는 사실과 허구 사이에서 고민한 것이 아니라, 가상과 실현 가능성 사이에서 갈등했다. 원작의 태반은 가상으로 전락하고, 실현 가능한 사항들만이 간추려졌던 것이다. 그것의 기준은 어디까지나 정치적인 실현 가능성이었다. 그리고 실현 가능한 영역들의 표출은 오히려 실현 불가능한 지점들을 노출시켰다.

구연학의 《설중매》(1908)는 일본의 정치소설가 스에히로 텟초末広 鉄腸의 《雪中梅》(1886)를 번안한 작품이다. 원작은 일본의 대표적인 정치소설로, 1881년 국회개설조칙이 발표된 이후 1890년 국회가 설립되기까지, 정치적 격동기의 혼란을 비집고 나왔다. 1886년은 실제로 자유민권운동에 참가했던 작가와 동시대인들에게는, 이제 곧 4년만 지나면 국회가 실제로 생긴다는 기대감에 부풀어 있던 시기였다. 자유민권운동은 이른바 국회개설운동으로, 국회 개설을 촉구하는 상소문이 쏟아지는 가운데 진보적인 정치사상을 보급하는 상징적인 매개물로서 다수의 정치소설이 실질적으로 운동을 주도하는 자유민권가의 손에서 쓰였다. 자유민권운동은 당대 세계사와 연결되어 인식되었는데, 미국 독립선언, 영국 혁명, 프랑스혁명 등과 나란히 대치되는 세계사적 사건으로 여겨졌다. 자유민권운동은 크게 세 가지의 조건을 내걸고 진행되었는데, 그것은 인민의 참정권을 구하는 "국회의 개설国会の開設"을 최대 목표로 삼고 국민대다수의 요구였던 "지세의 삭감地租の軽減" 그리고 국권의 확립을 위한 "굴욕적인 조약의 개정屈 辱条約の改定"을 중요한 과제로 삼았다.[69]

이러한 배경 가운데 《雪中梅》도 민권운동에 참여했던 스에히로의 정치적 사상이 투입된 전형적인 정치소설의 하나였다.[70] 원작에는 동

---

69) 坂本多加雄,《明治国家の建設(1871~1890)》, 中央公論新社, 1999, 235~237쪽. 〈自由民権運動〉,《日本の歴史》4.

70) 스에히로가 실제로 정치운동에 참가하여 탄압받았던 사건에 대한 기록은 다음과 같다.
　　久我懋正,《現今 民權家品行錄》, 秋山堂, 1882.〈末廣重恭君列傳〉政府ガ新聞條 例讒謗律ヲ發シ國安チ妨害スルノ議論チ罰責セントセラレタルチ以テ …… 君獨リ慨 然自ラ奮ヒ其令ヲ以テ嚴酷ニ失スル者ナリト論議セシヲ以テ直チニ獄ニ下ル者六旬 實ニ我國新聞條例ニ抵觸スル者ノ開山タリ是ニ於テ末廣重恭君ノ名一時ニ聞コト云 フ君期滿チテ獄ヲ出ツルヤ朝陽社ヲ去リ朝野新聞社ニ入ル後チ (정부가 신문조례참 방율(新聞條例讒謗律)을 발포하여 국가안보를 방해하는 의론을 처벌하려고자 하는 것 에 대하여 …… (스에히로)군이 홀로 개연히 그 스스로 떨쳐 일어나, 그 명이 심히 잘

적인 상황과 극적인 장면을 보여 주는 삽화가 상당수 삽입되어 있다. 원작은 번안작과 다르게 독자를 끝없이 의식하고 있으며, 독자에게 작가 자신이 의도한 바가 제대로 전달되는지 아닌지 끝없이 신경을 쓰고 있다. 그것은 소설이 독자와의 소통을 전제로 한다는 문학적인 의의보다, 정치소설이라는 새로운 소설 유형의 목적이 일차적으로 소설로써 정치적인 의사를 전달하려 한다는 외부적인 목적성을 강하게 지니고 있다는 것을 반증한다. 스에히로는 이 작품에서 미래 시점에서 과거를 회상하는 액자구성 형식을 취하고 있는데, 2040년 국회개설을 기념하는 날에 그 즈음 발굴되었던 쿠니노 모토이国野基 비석에 대한 화제를 시작으로, 국회 개설을 위해 투신했던 쿠니노의 일대기인 《雪中梅》와 《花間鶯》을 재조명하는 의의를 밝히면서, 국회 개설의 높은 가치를 재차 강조하고 있다.

반면 조선의 번안작은 작가가 활동하는 시대보다 십년 전인, 1890년대 후반으로 내려가 과거에 정치적 활동을 펼치고자 했던 청년의 모델을 가정하고 있다. 구연학의 《설중매》에서는 국회 개설을 축하하는 미래가 없으며, 현금의 조선 정치가 실질적으로 무력한 상황에 놓인 것을 직시하고 있다. 구연학이 과거로 거슬러 갈 수밖에 없었던 것은, 이미 통제된 미래, 모든 가능성이 차단된 미래를 보았기 때문이다. 그럼에도 그는 일본 국회 개설의 승리를 경축하는 《雪中梅》를 번안했다. 이 과정에서 구연학은 정치소설이라는 표제어도 그대로 가져왔는데, 신소설의 계열에서 이 정치소설의 표제어는 다른 의미로 해석되어야 한다. 일본정치사에서 "《雪中梅》의 시대"[71]가 있었다는

못되었다는 논의를 보여, 감옥에 갇히게 되었으나, 실로 이 법령에 저촉되는 자가 심히 많아, 이로 말미암아 스에히로로末廣重恭군의 이름은 일시에 유명해져 출옥한 뒤에 조양사朝陽社를 나와 조야신문사朝野新聞社에 들어가게 되니)

71) 德田秋江. 丸山真男, 《日本の思想》, 岩波新書, 1961, 71쪽.(재인용)

진술은 문학과 정치가 필연적으로 자연스럽게 결합되어 있었다는 것을 보여 준다. 그리고 그 필연성은 일본과 근접한 한국과 중국에서도 요청되었다.

원작 《雪中梅》는 1903년 중국에서 그리고 1908년 한국에서 각각 번안되었다.[72] 당시 중국에서는 량치차오가 이미 설파한 바 있는 소설의 효용론에 힘입어 정치소설의 입지가 높아진 상태였으며, 그 분위기 속에서 《雪中梅》는 번안되었다. 이와 달리 한국의 경우, 소설을 일종의 도구로 보는 시각이 있었으나, 정치의 전달 매체라기보다는 일종의 계몽 교과서 또는 문명의 안내서라는 시각이 우세했다. 정치소설은 한마디로 "정치운동이 문학에 반영"[73]된 결과물이다. 정치소설이란 정치적 활동을 하는 인물을 중심으로, 그 인물이 정치조직을 결성하고 정치운동을 본격적으로 펼치는 과정을 기술한 것이다. 번안작에는 정치소설의 핵심이 되는 정치적 활동political action이 결여되어 있다. 일본의 정치소설이 근대 정치운동과 소설 창작이 철저히 결합된 형태라면, 한국에서 번안된 정치소설은 근대 정치운동이 빠진 소설의 가공만 존재하는 것으로, 정치운동과 소설 창작이 분리되어 있다.

---

72) 형식적인 구성상 《설중매》와 원작의 가장 큰 차이는, 구연학이 상上과 하下로 나누어진 원작의 구성을 하나로 합치는 과정에서 발단과 목차를 비롯하여 서문도 과감하게 삭제해 버렸다는 점이다. 형식적인 면에서, 원작 《雪中梅》는 하편의 시작도 상편과 동일한 방식으로, 별도의 서문과 목록이 들어가 있다. 번안작 《설중매》는 상편과 하편을 합치는 과정에서 첨가된 서문과 목록을 다 지우고, 새로운 회를 나누어 놓았는데, 사건 전개에는 에피소드가 생략되었을 뿐, 동일한 플롯을 유지하고 있다. 다시 말해 목차를 소개한 다음부터 구연학은 설중매의 서사에 해당하는 부분은 있는 순서 그대로 번안해 놓았다. 일차적으로 빠져 있는 부분들, 곧 일본의 다른 문인이 쓴 상·하의 서문과 상편에 국회개설을 축하하는 과정에서 설중매가 발견되는 과정이 나타난 발단 부분은, 이야기 속의 이야기로 액자구성을 취하고 있다. 얼핏 불필요한 액자구성을 탈피해서, 서문과 발단을 생략해 버린 것은, 그 내용이 일본의 실정을 알리는 부분임으로, 조선에서 출판될 설중매의 번안 과정에서 필요한 사항이 아니었다는 것을 알 수 있다. 목차의 소개도 빠져 있지만, 목차가 없는 것이 당시 일반적인 신소설의 형태였다는 것을 감안해 보면, 국내 실정에 맞추어 번안했다는 것을 알 수 있다.

73) 나카무라 미쓰오, 고재석·김환기 역, 앞의 책, 71쪽.

《雪中梅》(下)의 서문에 노벨과 소설의 관계를 쓴 오자키 유키오尾崎行雄는 당대 청년들에게 인기 있는 정치가이자 스에히로에게 감화된 문인이었다. 오자키는《雪中梅》의 서문에서 로맨스와 노벨의 차이를 언급한 바가 있는데, 이는 "텟초의 문학이해와 크게 떨어져있지 않는" 것으로, 인정본을 채택하여 노벨로서의 정치소설을 완성시키려 했다.[74] 근대 초창기 소설에 대한, 더욱이 정치소설이라는 용어에 해당하는 소설의 의미 규정을 둘러싸고 많은 혼선을 빚어 온 것을 보여 주는 부분이 삭제된 것은, 구연학이 제목 앞에 달아 놓은 정치소설이라는 용어가, 소설의 특성을 드러내는 장르로 쓰인 것이 아니라 의미 없는 공백의 기표로 쓰였다는 것을 보여 준다.

앞서 말한 대로, 번안작에서는 미래에 대한 희망이나 정치적 행동에 대한 결의가 보이지 않는다. 세리가와 테츠오芹川哲世는 원작과 같이 정치활동을 구현해 내지 못한 이유를 실제로 설중매가 번안되었던 현실이 합방 이전으로, 현실적인 제약을 받았을 것이라 언급한 바 있다.《雪中梅》의 후편인 주인공의 정치활동이 본격적으로 펼쳐지는 《화간앵花間鶯》이 소개되지 못했던 것 또한 현실적으로 "병합 전"[75]이라는 외부적으로 정치성을 표출할 수 없었던 여건에 말미암는다고 볼 수 있다. 엄밀히 말해, 번안작은 정치운동보다는 정치이론의 소개에 그쳐버린 상태로 정치소설로서의 실감이 약화되어 있다. 하지만 언론의 자유가 차단된 상태에서 그 검열과 통제를 우롱하는 방식으로, 현실 무대인 연설장에서 자유롭게 할 수 없는 말을 소설이라는 허구의 형식을 빌려 마음껏 정치를 논하는 것으로 전환된 것이 정치소설이 나올 수 있었던 계기라 한다면, 일괄적으로 암울한 시대 속에서 미래

---

74) 越智治雄, 〈政治小說における〈ノベル〉の意味―《雪中梅》と《外務大臣》〉, 《近代文学成立期の研究》, 岩波書店, 1984, 299쪽.

75) 芹川哲世, 〈韓日開化期政治小說의 比較研究〉, 서울대 석사논문, 1975, 60쪽.

를 기약할 수 없었다는, 시대적인 정황의 탓으로만 돌릴 수는 없을 것이다.

기존 문학의 틀에서 애정에 얽힌 개인의 결합에서 그치던 서사는, 근대정치의 수용으로 말미암아, '국가라는 거대한 틀을 운영하는 일원의 형성'이라는 명제를 요청받으며, '국가를 일으킬 수 있는 국가사업 동반자와의 결합'이라는 서사로 발전해 갔다. 신소설이라는 범주 속에서 정치성이 결여된 형태로 신소설로 일컬어졌던 구연학의 《설중매》는 이 대목에서 재해석될 필요가 있다. 작품에서 주인공의 결혼은 단순히 결합하는 데 그치지 않고, 이상적인 국가를 꾸리는 방향으로까지 나아가야만 한다. 국가사업에 동참할 수 있는 동반자와의 결합이 이상적인 결혼이며, 공적인 사명과도 직결된다. 단지 정치적인 사안들인 독립협회의 활동이 구체적으로 작품에서 드러나지 않았기에 정치소설로서의 입지를 확고히 굳히지는 못했지만, 독립협회를 차용했다는 의의만은 쉽게 보아 넘길 수 없는 무게를 지니고 있다고 할 수 있다.

《설중매》가 출간된 1908년은 일명 애국계몽기로 좁혀 볼 수 있는 시기로, 1904년 러일전쟁 이후 점차 제국의 침략정책이 드러나는 현상에 대해서 위기감이 고조되고, 국채보상운동 등 나라를 살리기 위한 민족 대단결의 운동이 실시되던 해였다. 이 민족 대단결의 현상은 십년 전 만민공동회를 결성하여 서간도 반환을 성공시켰던 사례를 환기시켜 준다. 이 만민공동회는 독립협회와 합작되어 있었고 황제의 명으로 해산되기까지 그 운명을 같이했다. 구연학이 국회개설을 성취해 낸 일본의 자유민권운동과 버금가는 국내 사례로 의회운동을 추진했던 독립협회를 끌고 나온 것은 상당히 적절한 대체였다고 볼 수 있다.

원작《雪中梅》의 자유민권운동은 번안작에서 독립협회의 운동으로 대체되었는데, 실제로 자유민권운동과 관련된 조선의 정치운동은 갑신정변이었다. 《매일신보》에 〈金玉均梟首の現狀〉이라는 기사의 표제 옆에는 사지가 절단된 신체와 "대역부도옥균大逆不道玉均"이라는 제목 아래 잘린 머리와 손과 발이 따로 매어져 있는, 그야말로 효수당한 김옥균의 삽화가 실려 있다. 갑신정변의 실패는 조선 정부에 근대 개혁이라는 희망의 싹이 잘려 나간 것으로, 김옥균을 후원했던 후쿠자와 등 일본의 지식인층은 조선 정부에 실망을 금치 않을 수 없었다. 왕권을 전복하려 했던 대역 죄인으로 판명되어 상해에서 암살된 뒤, 다시 조선으로 옮겨져 처벌을 받았던 김옥균의 죽음은, 근대 사회로의 이행이 늦어질 수밖에 없었던 조선 정권의 필연성과 좁힐 수 없었던 동경과 경성의 차이, 스에히로와 구연학이 섰던 자리, 자유민권운동과 독립협회가 각기 다른 결말로 나아갈 수밖에 없었던 행로를 암시한다.

효수당한 김옥균의 삽화

일본의 정치적 근대화를 일구어 낸 사건은, 메이지기 이후에 도입된 연설장의 풍경으로 압축해 볼 수 있다. 연설과 토론이라는 근대 문명의 정치적 수단을 적극적으로 도입하여, 기존의 신문도 정치를 다루는 대신문大新聞과 잡다한 오락거리를 다루는 소신문小新聞으로 분화하기 시작한다.[76] 그만큼 정치적인 영역에 대한 관심이 증폭하기

---

76) 〈大新聞と小新聞〉, 《日本の歷史》, 39쪽. 메이지 초기 일본의 신문에 국사의 소식을 전하는 언론활동중심의 정치 기관지인 대신문과 오락 활동을 중심으로 '거짓일 수도 있다'는 말과 함께 정사나 스캔들 등을 전하는 소신문의 구별이 있었다.

시작했으며, 이에 참여하려는 대세의 급증으로 정치적 공론장은 근대 국가의 필연적 요건으로 자리하게 된다. 이러한 현상은 동아시아에 급격히 수용되기 시작하는데, 더욱이 일본과의 정치적 관계가 밀접하게 얽혀 있던 조선의 경우, 일본의 정치적인 풍조가 그대로 수입되었다. 이는 주로 동경 유학생 계층을 중심으로 형성되었다고 볼 수 있는데, 좀 더 획기적인 일은 일본에서의 수입뿐만 아니라, 미국에서 유학을 마친 미국 유학파의 대두로 근대사회의 기반이 되는 언론과 정치적 기관 및 연설이 표면적으로 부상하기 시작했다는 점이다.

이를 상징하는 것으로 독립신문 창간과 독립협회의 출현을 들 수 있다. 이 조직은, 이후에 황성신문을 주축으로 내부적으로 정치 개혁안을 내놓은 사안들에 비견될 수 없을 정도로,[77] '의회 개설의 추진'이라는 개혁성을 내포하고 있었다. 바로 이 지점, 의회 개설의 추구라는 특성은, 구연학이 원작을 번안하는 과정에서 독립협회를 정치적인 무대로 설정했던 이유를 보여준다. 실제로 자유민권운동[78]과 교

---

77) 최기영, 〈러일전쟁 발발 직후 지식인의 정치개혁론— 1904년의 '정치경장에 관한 주요 사항'을 중심으로〉,《한국근대계몽사상연구》, 일조각, 2003, 50쪽. 1898년 독립협회에서 중추원을 개편하여 의회의 역할을 할 수 있도록 논의한 바 있었으나, '정치경장안'에서는 그 수준에도 미치지 못하였으며 의회의 중요성을 별도로 언급하지도 않았다. 아마도 의회개설문제는 황제의 권한을 제한한다는 점에서 논의되지 않았을 가능성이 크다.

78) 稻田雅洋, 〈民衆と革命〉,《歷史学事典》(第4卷). 자유민권운동自由民権運動: 1870년대 중기부터 80년대 전반에 걸쳐 전개된 입헌정체의 수립을 도모한 정치운동. ……자유민권운동의 발전에는, 신문이라는 새로운 미디어가 큰 역할을 하고, 그 편집자나 기자가 민권운동에 다수 참가했던 것이나, 연설이라는 새로운 선전의 퍼포먼스가 많은 민중을 운동에 끌어들였던 역할도 크다. 1881년 10월, 10년 뒤에 국회를 개설한다는 조칙이 나오게 되면서, 같은 달 말에 자유당이 또 1882년 3월에 개진당이 여러 가지로 결성되어, 국회개설을 향한 준비가 진행되었다. 그러나 그 즈음 정부의 반격도 강해지고, 집회조례를 개정하고 운동에 대한 규제를 강화하거나, 후쿠시마 사건 같은 탄압사건도 일어나거나 했다. …… 자유민권운동이 일본근대사에 완수했던 역할은 크고, 대일본제국헌법(1889년 발포)이나 제국의회(1890년 개설)가 19세기 동아시아에서 최초로 지어졌던 것은, 민권운동에 따라 정부에 압력을 끼쳤던 결과로, 그것을 입헌체제의 이념으로부터 본다면, 조그만 한계를 포함한 것이 있어도, 큰 성과로서 평가되었다.

차되었던 조선 내부의 사건은 갑신정변(1884)이나,[79] 자유민권운동의 궁극적인 목적이 의회 개설에 있었던바, 의회를 설립할 권리를 논하고 있던 정치적인 현장은 바로 독립협회(1896)에서 목도되었던 것이다.[80] 번안작에서 주인공 이태순이 국사범의 혐의로 일본으로 피신했다는 풍설과 독립회관에서 정치 연설을 하는 대목은, 조선에서 가능한 정치적인 사건의 설정과 무대를 최대한 현실적으로 보여주고 있는 것이다. 또한, 조선에 존재하지 않았던 의회의 초기 모델을 공론화된 연설장으로 대체시켜 바라보았을 가능성이 있다. 연설장의 출범은 의회의 출현을 예고하기 때문이다.

문간에순검이 서서 **드러가는사람마다 불너셩명을 조사**하다가 **학도갓치보이는사름은 그 거쥬와통호를 슈쳡에적고** 분명히 학도가 아님을변명호후에 입장하게하더라 원릭 언의정치연셜이든지 1) **그 발긔호자가 연셜의문졔와 대의를 일일이먼져 고호야** 치안의방히

---

79) 牧原憲夫, 〈民權と国権〉, 《日本の歷史》, 週刊朝日百科, 昭和 63. 3. 20. 갑신정변 (1884) 김옥균, 박영효 등 개화파가 다케조에 신이치로로竹添進一郞 공사의 지원을 받아 중앙우편국 개설의 기념연회에 모인 정부요인을 기습하고 쿠데타를 감행. 청국군의 반격에 신정권은 겨우 삼일 만에 붕괴, 김옥균은 간신히 일본으로 도망갔지만, 반일 기운이 급격히 고조되어, 재류 일본인 수십 인이 살상됨. 자유민권운동의 상황이 좋지 않은 가운데, 반전을 꾀하고자 고안된 방안이 조선에 정변을 일으켜 일본 국정의 시각을 외부로 돌리고, 그 사이에 민권운동을 달성하자는 책략이 사용되었다. 오오이 켄다로우 大井憲太郞, 고바야시 쿠스오小林樟雄, 이소야마 세이베에磯山清兵衛 등이 나중에 오사카 사건(1885)으로 불리는 반정부계획을 도모하는 과정에서 조선의 근대화를 목표로 한 김옥균 등을 지원해서 수구파로 친親청국파의 사대당 정부를 무너뜨리고 조선의 종주국을 자인하는 청국과 일본의 대립을 격화시켜 그 혼란을 틈타 일본 정부를 전복하려는 계획을 꾸몄다. 하지만 실제로는 2백 발 분의 폭탄 재료를 준비했을 뿐, 자금 부족이나 조선 도항조의 대장, 이소야마磯山의 배반 등으로 예상 외로 진척되지 않던 가운데 경찰의 검색을 받아 11월 하순 이후 오사카, 나가사기 등의 각지에서 87명이 체포되고 미수로 끝났고 말았다.

80) 송건호·강만길, 《한국 민족주의론》, 창작과비평사, 1982, 29쪽. 독립협회의 의회개설운동은 1898년 4월 3일에 독립협회 토론회의 주제를 '의회원을 설립하는 것이 정치상에 제일 긴요함'으로 정하여 토론을 하고 그해 4월 30일자 《독립신문》에 의회설립의 필요성을 해설하는 장문의 논설을 게재한 이후 본격적으로 전개되었다.

가 될듯ᄒ면 인가ᄒ지아니ᄒ고 또 2)연셜장에 경찰관이 출장ᄒ야
언론의과격홈이 잇스면 즘지식히고 방쳥ᄒ는사롬을 히산케ᄒ니
대뎌 광무년간에 외국유학흔 싱도즁 정치를 개량ᄒ고 국셰를 유
지코져ᄒ야 셰력이넘우 강대ᄒ며 언론이또흔 과격ᄒ야 일셰를
경동ᄒ고 정부를 공격ᄒ거늘 이럼으로 정부에셔 률문을 뎨명ᄒ야
단속을 엄즁히 ᄒ는고로 각쳐연셜회와 각학교토론회까지 모다 금지
ᄒ니 이는 빙셜이 드을에 덥혀 초목이령락홈과 갓ᄒ야 참담흔긔
상이 잇더라[81]

위의 인용문은 독립회관에 연설회가 열린다는 광고를 보고 몰려든
청중들을, 순검이 하나하나 검문하는 대목이다. 이는 정부를 공격하
는 주장을 펼치는 학도를 색출하기 위한 수단으로, 당시 의회개설안
을 두고 독립협회와 대립했던 정부의 입장과 엄격했던 언론 통제 현
황을 보여 준다. 그리고 참가자는 연설 전에 반드시 1)연설의 주제와
내용을 밝히고 미리 관의 허가를 받아야 하며 2)연설장에는 항상 경
찰관들이 배치되어 이들의 연설을 철저히 감시하는 체계로 구성된,
비교적 까다로운 연설의 절차가 있었다는 것을 알 수 있다. 일본에서
메이지 10년대에 민권론자가 정치연설을 시작하여 반정부적인 연설
집회가 성행하고,[82] 이에 정부의 통제가 뒤따랐던 시대적 정황에 대
한 기술은 원작에서 사실적으로 묘사되고 있으며, 이 과정은 위에서
보듯 번안작에서도 유사하게 전개된다.

다만 정치소설의 시작이 정치 지식을 일반인에게 보급하려는 통로

81) 且具然學, 〈雪中梅〉, 《新小說·飜案(譯)小說 3》, 亞細亞文化史, 1978, 7쪽.
82) 메이지 10년대 연설의 발생과 그 전개과정에 대해서는 兵藤裕己, 〈明治のパフォー
     マンス―政治演説と芸能〉, 《感性の近代》, 岩波書店, 2002, 149~167쪽 참조. 더욱
     이 연설speech에 대하여, "지식이나 정치의 대중화라는 문명개화의 시대 기운 속에서,
     처음으로 필요성이 인식된 언어행위"(149쪽)였다고 정의하고 있다.

였다는 점을 생각해 보면, 번안작에서 당대의 독자가 정치 지식을 흡수할 만한 것으로 내세울 부분이 미약했다는 것이 쉽게 드러난다. 번안작은 정치 지식의 전달과 선동을 수행하는 목적과 별도로, 19세기 말에 존재했던 과거의 정치문화를 상기시켜, 20세기 초에 재현한 결과물에 지나지 않는다. 연설은 처음부터 정치성을 반영하는 도구가 아니었다. 연설이 정치색을 강화하기 시작한 것은 그 내부에서의 계제階梯(전쟁이나 내란)에 따른 결과였다.[83] 초기 연설은 크게 정당 및 조직의 구성과 정치운동을 도모하는 수단으로서의 연설, 학문, 계몽의 연장선에서 교육의 방편으로서의 연설로 그 성격이 혼재되어 있었으며, 번안작 《설중매》는 후자에 가까운 역할을 수행하는 기표로서의 연설만을 보여 주었다.

신용하는 독립협회의 전개과정을 3단계로 나누어 살펴본 바 있는데, 《설중매》는 토론회 계몽 운동기를 배경으로 한다.[84] 더 흥미로운 것은 이 시기에는 실제로 정치성의 강조보다는 계몽을 목적으로 토론회가 운영되었다는 점이다. 계몽啓蒙은 문자 그대로 '빛의 세계로의 인도'를 의미한다. 정치적인 권력의 장을 펼쳐 내기 전 단계에서 모두에게 최소한의 지식과 정보를 전달해야 하는 것이 당대 지식인의 기본적인 과제였다. 여기서 토론회debating society는 서재필 주도로 "매주 일요일 오후 3시에 독립관"에서 개최한 것으로, 독립협회의 가담자가 아니라도 민중이 연설장에 나아가 연설하는 모습은 쉽게 볼 수 있었다.[85]

독립협회의 토론회는 회의의 규칙을 정하여 운영했는데, 앞서 언급

---

83) 고모리 요이치; 정선태 역, 《일본어의 근대》, 소명출판, 2003, 62쪽.

84) 신용하, 《한국근대지성사연구》, 서울대출판부, 2005, 177쪽. [독립문건립운동기 (1896~1897. 8. 28)→토론회계몽운동기(1897. 8. 29~1898. 2. 20)→정치개혁운동기 (1898. 2. 21.~12. 25)]

85) 앞의 책, 182쪽.

한 대로 "정치적政治的 대회장大會場이라기보다는 하나의 교육기관"으로서 인식되었다. 독립협회는 어디까지나 "지식정보知識情報를 배포하는 중심기관"으로 왕권의 타도라는 혐의로 붕괴되기까지 과격한 주의보다 민중과 함께 나아가는 지식공동체의 설계를 목표로 했다.[86] 《설중매》에서 독립협회에 소속된 인물로 나오는 이태순은 제2기에 정체되어 있는 자로, 실제로 정치단체로 변모하기 시작한 시기까지는 나아가지 못한 채, 독립협회의 일원으로서의 활동이 끝나게 된다.[87] 표면적으로 번안작 《설중매》는 정치조직이나 행위가 없는 근대 정치의 언설言說만이 역설적으로 강조되었다. 보수적이며 인정이 많은 중도파 이태순의 성격은 전근대성을 대변하며, 전근대적인 인물이 근대적인 개혁을 추진한다는 모순과 함께, 양학을 익혀 정치운동을 하고자 했던 근대성이 수사로 그치고 마는 것을 보여 준다.

　이로 미루어 볼 때, 번안작 《설중매》는 근대적인 장치의 리얼리티가 손상된 채, 단지 그 소재의 나열에 지나지 않은 것인지도 모른다. 《설중매》에 언급된 근대성은 실제로 있는 것을 '재현하는 근대성'이 아니라 없는 것을 소개하는, 일명 '보여주기showing 근대성'의 초기 상태일 가능성이 있다. 그렇다면, 이 지점에서 구연학이 근대적인 의장을 벗기고 무엇을 채우려 했는가를 물어야 할 것이다. 그것은 표면적으로 조선의 전근대성을 초월하지 못한 채, 번역이 불가능했던 한계와 작품 속에서 조선을 '있는 그대로' 재현하려고 했던 시도의 의의를 재검하는 일이기도 하다.

　근대적인 매체 가운데 신문은 일차적으로 정보전달에 그 목적이

---

86)　"The Independence Club", *The Korean Repository*, 1898년 8월호, 286쪽. (위의 책, 184쪽 재인용)

87)　서영희, 《대한제국 정치사 연구》, 서울대출판부, 2003, 48쪽. 독립협회는 원래 친미계열의 양반관료들이 주축이 된 계몽운동단체로 출발하여 1898년 초부터 반러시아 운동을 시작으로 정치단체로 변신하였다.

있으나, 신문의 목적이 계몽성을 위주로 할 때, 신문의 기사는 논설로 인식되었다. 이 시기 신문은 "독자의 정치적인 관심"이 증폭함에 따라 그 수요가 확장되기 시작했으며,[88] 정치적 공론장을 형성하는 '소리 없는 발'로서 지역적인 경계를 허무는 주요한 수단이었다. 이는 정치적인 뜻을 공유하는 주요 인물들이 각 지방에서 나온 정치논설을 서로 교류하며 읽어 보고 통탄하는 대목에서 세세하게 드러나고 있다. 더욱이 원작에서는 연설문까지 그대로 삽입되어 낭독하는 대목이 실려 있어, 근대 국가의 기반이 되는 의회 설립을 향한 위로부터의 정치 운동과 인민에게 정치사상을 공급하여 아래로부터의 운동을 펼치고자 하는 미묘한 정치적 입장 차이와 함께, 정치담론의 생산 및 행동을 추진해 나가는 정치적 감각의 미세한 경계들을 보여 준다.

원작과 동일하게 번안작의 첫 장면은, 여주인공이 신문을 읽고 있는 모습이다. 병든 어머니가 잠이 들었을 때, 소일거리로 하는 것이 '신문 읽기'인 여주인공의 행위는 근대인의 일상을 상징하는 것으로, 신문이라는 매체가 흔히 접할 수 있는 보편적인 정보 전달의 수단으로 일상에 침투했다는 것을 보여 준다. 원작에서 신문은 정치연설의 논설을 실은 대신문과 항간의 풍설을 작위적으로 실어 놓은 소신문으로 나누어 언급되는데, 각각 정치담론을 논하면서 논설을 소리 내서 낭독하는 대목으로, 그리고 여주인공을 비방하는 기사를 읽어 내려가는 대목으로 상세하게 신문의 기능이 언급되고 있다. 텍스트의 전개과정에서 신문의 역할은, 사건의 기술을 최대한 압축시키기도 하며,[89] 당대 사회 현황을 있는 그대로 기술(대신문/독립신문의 경우, 논

---

88) 平田由美, 〈〈議論する公衆〉の登場〉, 《近代知の成立》, 岩波書店, 2002, 205쪽.
89) 가령, 원작에서와 같이, 번안작에는 다음과 같이 신문기사로써 인물의 행위를 압축하는 대목이 있다.
   오날신문에 큰일낫데 또 사룸을놀너고 나종에 쌀々우으랴고 아니 그츳말아닐셰 이신문좀보게 셔싱이 신문을집어보니 뎨목에 량씨구류라 ᄒ얏ᄂ되 근팅독립협회즁에 유

설란)하기도 하며, 주인공을 위기로 몰아넣기(소신문/독립신문의 경우,
잡보란)도 한다.

가) 한낫우직흔 리태순과 암약흔 녀ᄌ를엇지 쳐치홀도리가 업ᄉ
리오 ᄒ면셔 입을송교관의귀에 듸이고 **약시약시 ᄒ라**ᄒ니
송교관이 올치 그 **신문긔ᄌᄂ 션생과 친분도잇슬쑨아니라 사름을
비방ᄒ기 됴화ᄒᄂ니 부탁만ᄒ면 아니될리치가업스니** 지금가ᄂ길
에 **말ᄒ야보리로다**
하상천이 ᄯᅩ 송교관다려여보게 그리ᄒ고 ᄯᅩ **약시약시ᄒ게**
송교관이 고긔를 쓰덕이며 올치그러치 쏙될일이지
하상천이 ᄯᅩ 말ᄒ되 그리ᄒ고 그 **부비ᄂ 약시약시ᄒ게**[90]

나) 가와키시: 상대가 바보스럽게 정직한 쿠니노와 일개의 여자
라. 어떻게든 처리할 수 있지 않은가. 마츠다군,
잠시 귀 좀 빌리세. **여차여차 알았는가.**
마츠다: 과연 홍미롭군 저 **신문은 선생과 연고가 있고 비방을
좋아하는지라 속히 기재할 것이라. 지금 가서 부탁해
보지요.**
가와키시: 아니아니 아직 일이 있네 **여차여차하면** 더 좋지 않겠
는가
마츠다: 묘계묘계라
가와키시: 그러고 나서 이렇게 하는 거지.
마츠다: 응응 한데 그 우메키치라는 아이는 이 즈음 찻집에서 만
난 여자지요. 그것이. 과연. 흠, 이전 쿠니노와 과연.

명흔 리태순씨ᄂ 작일오젼십시에 샹동려관에서 잡히고 문젼철씨ᄂ 일본에 유학홀ᄎ로
부산까지가셔 륜션회사에셔 잡혀 경셩경무북셔로 보뉘얏다ᄂ 풍셜이잇ᄂ듸 그뉘용인
즉 이상흔셔찰이잇셔 국ᄉ범에 반연이잇ᄂ듯 ᄒ다ᄒ나 진위가 분명치못ᄒ다 ᄒ얏더
라(27∼28) (강조는 인용자)
90) 《설중매》, 64쪽.

그렇다면 충분히 교사敎唆할 테니까. 좋았어. 과연. 그렇
지.

가와키시: 알았는가 그렇게 해서 **그 비용은 이렇게 하지.**

마츠다: 그렇다면 **팁까지 문서로 하고 후지이에게 지불하도록** 합
니까.

가와키시: 잘 아는군.

마츠다: 어떻든 선생의 조치는 가혹하니까 상대가 되는 자는 대
단히 곤란하리다.

가와키시: 하찮은 인정에 얽매여서는 무슨 일도 할 수 없어. 자
네가 한편에서 선동해 준다면 여자는 내가 잘 속여 볼
심산이네.

곧 문밖에서 나는 방울 소리 지링 지링. 외치고 말하길, "오늘
석간신문 조야신문"

가와키시: 정사상의 것은 말할 것도 없이 무슨 일을 해도 기관이
아니면 안될 것이네. 그 안에 있는 쿠니노도 조금은 세
간에 후원자가 있는 남자니까 조심해서 조야신문이나
개진에 탐지되지 않도록 주의해야만 할 것이야.[91]

---

91) 末広鉄腸, 〈政治小説　雪中梅〉, 《政治小説集》, 山田俊治校注, 岩波書店,
2003, 472~473쪽. 相手が馬鹿正直な国野と一人の女だもの　何とでも処置があら
ふぢやアないか　松田君一寸と耳を貸せ　斯ダ分つたか　松「成程面白い　アノ新
聞紙は先生に縁故がある上に讒謗が好きだから直に書くに相違ない　今帰り掛に頼
んで見ませう」川「イヤへ　まだ用がある　斯ダ善いか　松「妙計へ」川「夫れから
斯するのだ」松「ウンへ　ハテ夫の梅吉と云ふ奴は此の間売茶で逢た女ですネ　彼
れか　成程　フーン　以前国野と　ナールホド　夫んなら能く吹き込んだら　ヨシ
へ　ナール程　ソーダ」川「分つたか　さうして其の費用は斯するのだ」松「夫ん
なら纏頭まで書付にして藤井に払はせるのですか」川「知れたことヨ」松「如何も
先生の処置は厳酷だから相手になった人は随分難儀だ」川「些々たる人情に係はる
様では何事も出来る気遣ひはない　君が一方さへ煽動して呉れたら女は僕が旨く欺
し付ける心算だ　忽ち聞く門外鈴の音チリンへ　叫んで曰く」今日　毎夕新聞　絵
入朝野新聞　川「政事上のことは言ふまでもなく　何事を為すにも機関がなければ
ならぬものだ　其の内国野も少しは世間に贔負のある男だから　能く気を付けて絵
入朝野や改進に嗅ぎ出されぬ様に注意すべきことサ」

앞의 두 인용문은 비방하기를 좋아하는 기자를 시켜 여주인공에 대한 허위기사를 유포하려는 일을 꾸미는 대목으로, 번안작은 하상천이 제기한 음모의 방식 세 가지를 "약시약시"라는 말로만 처리하여 그 전모를 감추고 있는 것과 달리, 원작에서는 세 가지 음모를 꾸미는 과정이 드러나 있다. 그것은 먼저 신문사에 하루가 부정한 여자라고 허위사실을 보도하는 일이며, 두 번째로 거짓으로 쿠니노를 기생과 부적절한 관계를 맺은 것으로 하여 부정한 인물로 만드는 일이다. 이를 이용해 하루의 부정한 행실을 간접적으로 알리고, 동시에 쿠니노가 기생과 관계한 일을 하루에게도 알려, 둘의 사이를 갈라놓는 일이다. 작품에 실린 삽화 가운데 대표적인 것으로 쿠니노가 하루를 부정한 여자로 오인하여 하루로부터 온 편지를 찢으며 분노하는 대목이 있을 만큼, 이 계략은 그대로 들어맞는다. 그리하여 이야기는 이러한 오해를 어떻게 해소하는가에 초점이 맞춰진다.

그 전에 이렇게 격렬히 분노하는 쿠니노의 모습은 쓰보우치가 지적한 바대로 쿠니노라는 인물의 성품에 맞지 않는 비이성적인 성향이라는 지적을 유발할 만큼 격렬하게 분노한다. 여성의 행실에 분개하는 남성의 모습은 군자의 이미지나 장부의 이미지와도 들어맞지 않는다. 더욱이 이 작품에서 쿠니노는 여주인공의 도움과 지원으로 모든 위기를 극복하는 것으로 그려져 있어, 지극히 수동적이며 인간적인 인물로 형상화된 면이 없지 않다. 한편, 반동인물들은 음모에 소요되는 모든 경비를 하루의 숙부인 후지이에게 부담하도록 하여, 자신들은 어떠한 손해나 부담을 지지 않고 이 모든 일을 처리하고자 한다. 이러한 사항들은 번역작에서 기술되지 않았다.

더욱이 원작에서 눈에 띄는 것은, 당대 신문 매체와 정치계가 밀접하게 연관되어 있다는 대목이다. 신문은 정치 소식을 다루는 기관으로, 기관의 힘을 빌리지 않으면 사적인 음모를 비롯하여 제대로 뜻을 펼칠 수 없다는 가와키시의 발언은 당대 정치 세태가 언론과 맞물려 있었다는 것을 보여준다.

1907년에 제정된 광무신문지법은 일본의 신문지조례와 유사한 형태로, 언론을 규제하고 모든 출판물을 통제하기 시작했는데, 이 단속의 분위기는 원작과 동일하게 번안작에서 남주인공이 당시 감시망에 걸려 검거되는 사태로 크게 확대되어 묘사된다. 이태순(원작에서 쿠니노)은 친구에게 줄 다이아몬드라는 영어자전의 명을 쓰면서, 다이나마이트라고 잘못 썼다가, 다시 지우고 바르게 필기하나, 그 지웠던 자국이 은밀한 테러 조작이라는 의심을 받아 끝내 감옥에 들어가게 된다. 정치적인 음모나 과격한 폭동을 경계하고자 했던 강경한 당의 방침은, 개인의 사적인 편지까지 일일이 검열하는 것으로 극대화되었다.

원작에서 주인공이 감옥에 들어가는 대목은, 감옥의 외부 조건 묘사에서 감옥의 내부 수감자들의 일화에 이르기까지 구체적으로 기술되어 있는데, 이는 작가 스에히로가 실제로 정치적 사건에 휘말려 검거되었던 자신의 경험을 반영한 결과로, 열악한 감옥의 환경을 고발하고 당대 엄격하게 시행했던 정치적 탄압의 행태를 간접적으로 비판하는 것이기도 하다.

이와 달리 번안작에서 감옥의 묘사는 극도로 축소되어 있는데, 이 부분에서 이태순은 자신의 신세를 한탄하며 옥중의 귀신은 되지 않을까 노심초사하는 나약한 심경만을 드러내고, 작가 구연학은 문명사회로 진보하기 위해서는 감옥의 개량이 필요하다고 직접적으로 언급한다.[92] 조선에서 감옥 개량에 대한 의론은 자주 제기된 바 있는데, 독

---

92) 문견철과 구두쇠는 엇지디답ᄒᆞ엿ᄂᆞ지 격연히모로나 만일변명이 되지못ᄒᆞ면 경ᄒ더리도 삼사년금고를 당ᄒᆞᆯ지니 이러듯 연약ᄒᆞᆷ이 옥즁의귀신을 면치못ᄒᆞᆯ지라 슈년전에 긔회잇슬ᄯᅥ 장씨집 다릴사회로 갓더면 이러ᄒᆞ 횡액은 당ᄒᆞ지 아니ᄒᆞ얏스리로다

립신문 논설란에 감옥의 죄수를 인터뷰하여 그 정황을 알리고 선처를
호소하는 글이 실리기도 했으며, 황성신문의 정치경장안의 조항에는
감옥의 위생 상태나 시설의 개선이 포함되기도 했다.[93] 어느 정도 사
회적 이슈였던 감옥 개량에 대한 사항은, 번안작과 원작에서 언급된
사항이긴 하나, 서양의 사상가 벤담의 원형감옥[94]론 등으로 구체적인
개선 방향의 모델을 제시하고 있다.

　　이 손수건은 어제 이제까지 이름을 알지 못하는 마츠다 아무개로
　　부터 차입되어 보내졌던 것이지만, 이제는 내가 위난에 처해서 뜻이
　　변할 것이라 여겨, 백반으로 글씨를 베껴 바르게 훈계할 뜻을 빗댄
　　것으로 보인다. 어떻게든 송백은 설상에서도 그 절개를 나타내니,
　　장부는 곤란에 처할 때마다 더욱더 그 뜻을 굳건히 하라는 의미로
　　다. 에부터 영웅호걸의 사업의 대성은 모두 간난신고의 결과일 터.
　　이제까지 국가 안팎의 서적을 읽어 잘 알고 있었으면서도 일시 나약
　　한 마음이 일어난 것은 내 생각해도 한없이 비겁한 것이라. 그건 그

　량친이 이몸의 화난 맛남을 드르시면 오작걱정 되시리요 넷말에 쌔른바„에 굿센풀을
　안다ᄒ엿스나 또 롭흔가지가 부러지기 쉽다는말도 잇스니 슬프다 아모리 텬질이 강
　명ᄒ 사름이로딕 옥중의 고초를 이긔지못ᄒ면 굿센 마압이 자연사라지고 눈물이 흐
　르는도다(34).
93)　〈죄수경형〉,《독립신문》,광무 3년 3월 15일; 〈죄수경형(전호 련속)〉,《독립신문》, 광
　무 3년 3월 16일. 옥졍에 ᄒ로 콩나물 살문 소금국 두 그릇세 뉘와 돌반직이 ᄒ 흰밥
　피쥬발에 칠홉 그릇식 두째 주는 것 바라고 긴긴 히를 보닉니 …… 거쳐와 식ᄉ범졀
　좀 달니 마련 되오면 국가에 만힝일듯 ᄒ오며 이번 경ᄉ에 아모조록 셩의딕로 광탕지
　뎐을 베푸시기를 ᄇ올ᄋ나이다.
94)　룜동셜한에도 불을 찌지아니ᄒ고 담뇨 ᄒ나로 칩고긴밤을 지닉며 북풍바지에 류리
　창으로 눈이 날녀들어오믜 수족이 얼어 터지고 삼복염련에는 조곰도 바롬이 통치못ᄒ
　며 남향ᄒ방으로 털창으로 일광이 닉려쏘히되 피홀곳이 업셔 가마에 찌는듯ᄒ고 간수인
　은 양복입고 칼찰차고 엄연히 교의에 걸어안진 형상은 렴라대왕으로 보이고 옥사장이
　는 검졍털뇨를 뒤집어 썻스믜 죄인들 눈에는 귀신인가 십으고 병인의 신음ᄒ는소릭는
　죽음사름이 부르지지는가 의심ᄒ니 이는 진실노 사라져 지옥에 쌔ᄋ졋다ᄒ녀라 셔양
　에서도 젼에는 이러하더니 (벤삼)이라 ᄒ는사름이 나셔 옥을 짓는법과 죄인 두는법을
　기량ᄒ믜 각국이 다 본밧아 일신히 기량ᄒ고 인ᄒ야 그후로 죄인도 감싱 되얏다ᄒ니
　우리나라도 급히옥을 기량홈이 묘ᄒ리로다.

렇고 용맹한 이 시는 누구의 시가인가 내 처지에 일생의 양사(훌륭
한 스승)라. 옛날 존 하워드는 스스로 좋아서 감옥에 들어가 그 은
덕을 구미제국에 퍼뜨렸다고 들었는데 나도 타일에 뜻을 가지고 정
사政事상에서도 제일 첫 번째로 감옥제도의 개혁을 주장하리라. 유
쾌하게 전후를 잊고, 큰 소리가 일어나 놀라서 눈을 뜨니 지금까지
보였던 감옥의 형상은 일시에 사라지고 계곡의 물소리는 도도하게
베개를 울리니 "그런데 지금껏 감옥에 있었던 때가 꿈이었던가."[95]

위의 인용문은 원작의 일부로, 주인공은 수감 중에 잠시 의기소침
해졌다가, 하루의 격려 편지를 받고 기운을 냄과 동시에 현재 자신이
겪고 있는 시련을 바탕으로 정치 사업에 더욱 투신할 것을 다짐한다.
더욱이 밖으로 나가면 감옥을 개량할 뜻을 밝히는데, 서구식 감옥개
량의 사례를 들어 감옥의 개선은 세계적인 문명국의 추세로, 문명국
의 반열에 오르기 위한 사안으로 언급하고 있다. 원작의 상편에서 이
와 같이 감옥의 개량이 언급된 데 이어, 하편에서는 연극장의 개량이
사회 문명의 수준을 높이는 방편으로 제시되어 있다. 구연학은 연극
장의 개량을 논하는 부분을 번역하면서, 소설의 무대가 되는 19세기
말에 존재하지 않았던, 20세기 초의 연극장의 광경을 삽입해 놓았다.
  독립협회를 인물의 활동무대로 설정한 이상, 굳이 번역하지 않아

---

95) 此の手巾は 昨日 是れまで名前を知らぬ松田某より差入れ呉れたるものなるが
    サテは我が危難に逢ひて 志を変ずることもあらんと思ひ 明礬にて書写し 規戒
    の意を寓せしものと見える 如何にも松柏は雪霜に逢ひて其の節操を現はし 丈夫
    は困難に当る毎に愈よ其の 志を堅くする訳だ 昔しより英雄豪傑の事業を大成せ
    しは皆艱難辛苦の結果だと云ふことは 是れまで内外の書を読んで能く知て居なが
    ら 一時女々しき心を起せしは我れ乍ら不覚千万なり 扨も勇々しき此の歌は何人
    の吟咏なるか 我が身に取つては一生の良師ヂャ 昔しジヨンホアイトは自ら好ん
    で獄に入り 其の恩徳を欧洲諸国に流せしと聞く 我れも他日 志を得て政事上に
    立ちもせば第一番に獄制の改革を主張せん 愉快々々と前後を忘れて大声を発せし
    に驚きて眼を開けば 今まで見えし獄屋の形は一時に消失て谷川の水声は滔々とし
    て枕に響けりハテ今のは獄内に居つた時の夢であつたか.(400~401쪽)

도 되는 부분을, 시대착오를 거치면서까지 번안해 놓은 연유는 무엇일까. 구연학은 최대한 현실적인 여건, 독자가 수용할 수 있는 시공간의 역사를 끌어당겨, 최대한 원작에 가까운 번역을 하고 있다. 물론 그 내용은 순전히 조선의 현실을 반영하는 '조선식'의 여건 나열이다. 구연학은 조선의 연극장이 그 외관만 서양식의 모형이지, 기존의 구풍은 여전하여 "리도령이니 춘양이니 ㅎㄴ잡셜"을 늘어놓으며 "쑥두니 무동이니 의미업ㄴ 유희"만 하고 있다고 비판한다.

번안작에서 연극이 연설이나 소설보다 풍속개량에 가장 유용한 수단으로, 정치사회의 개량 못지않게 연희演戲의 개량도 필요하다고 한 부분은, 원작에서 연극은 서구식의 풍조에 맞게 개선해야 하는 문화영역으로 그 나라의 문명수준을 보여 주는 매체로 중요할뿐더러, 연극 내용에 있어 근대국가를 지향하는 정치극을 다루어야 할 것이라고 개선의 방향을 명료하게 나타내고 있다. 더욱이 이 부분은 주인공의 주장과 함께, 그 자신이 평소 생각해 왔다는 연극시나리오를 기술하고 있어 주목된다.

> 나에게는 예전부터 한 가지 생각해 둔 게 있었는데, 기원전 수백년이라든가 희랍에 한 왕국이 있어 그 왕은 현인賢人에게 '아테네'나 '스파르타'의 풍을 배우고 국민의회를 열었다네. 당시 국중에 정부당과 국민당이 있었는데, 국민당은 점차 세력을 키워 정부당도 조금 가지고 남은 것을 겸하는 모양으로 온 것이라, 재상은 내각에서 회의를 열고 2십 년 동안 유지했던 정권을 국민당에게 넘겨 준 것은 유감일지라도, 옛말에도 그것을 잡기를 원한다면 우선 그것을 주라고 말한 것도 있고, (어찌되었든) 국민당에는 일시 인망이 있었지만 정사상의 경험이 부족해서 도저히 충분히 내각을 조직할 수 없었다네. 한번 그것에 지위를 양도하고 그의 하는 바를 보았지만, (결국

은) 상책으로 중의를 정해서 일동 사표를 내고 이어 국민당의 내각
이 되었다네. 생각했던 대로 신내각에는 인물이 부족하다기보다 무
슨 일도 통합이 되지 않아 재차 정부당이 세력을 얻은 모양이 되었
지만 그 신진교대의 사이에 제도와 법률도 크게 개량이 되었다네.
국민당도 최초의 실패에 데고서 스스로 실력을 양성하여 결국 정당
정치의 단서를 열었다네. 나라가 점차 번성하고 인민은 더욱 진력하
여 모두 국왕의 보위 만세를 축하했다고 하는 것이 (내가 고안해 낸
연극 시나리오의) 대강의 줄거리일세.[96]

위의 인용문은 제3회 분량에 실린 대목의 일부이다. 이 대목에서
는 '극장 개혁을 논한다'는 소제목에서도 알 수 있듯이, 기존의 고루
한 연극장의 테마를 부정하고 새로운 내용의 정치적인 메시지를 담고
있는 연극의 중요성을 설파하고 있다. 이 부분에서 쿠니노는 당시 주
된 풍속의 하나였던 연극장에 대해 말하면서 그저 서구를 따라 신식
연극이라 하여 무대에 올린 것은 하나같이 서구인이 보면 그저 웃음
거리밖에 되지 못하는 수준이라 비판한다.

그는 연극 개량의 필요성을 설파하면서, 연극 무대에 올릴 만한 시
나리오로 자신이 고안한 연극의 각본을 들려준다. 이 가상의 줄거리

---

96) 〈僕には兼て一ツの考案がありますが, 紀元前何百年とかに希臘に一の王国があ
り, 其の王は賢明の聞えある人で〈アゼン〉や〈スパルタ〉の風を学んで, 国民会
議を開きたるも, 当時国中に政府黨と 國民黨の二ツがあつて, 國民黨は次第に勢力
を増加し, 政府黨も些ト持て餘し兼ぬる様になつて来たものだから, 宰相は内閣に
て会議を開き, 二十年も維持した政権を国民党に渡すのは遺憾の様なれど, 古語に
も, 之れを取らんと欲すれば先づ之れを与へよ, と云ふこともあり, 国民党には一
時人望があれども, 政事上の経験に乏しいから, 迚も十分に内閣を組織することは
出来まい。一度之に地位を譲りて其の為す所を見るが上策ならんとて, 衆議之に一
決し, 一同辞表を出だし, 遂に国民党の内閣になりしに, 果して新内閣には人物の
乏しきより, 何事も纏りが付かず, 再び政府黨の勢力を得る様になりしが, 其の新
陳代代の間に, 制度法律も大に改良に就き, 国民党も最初の失敗に懲りて, 自ら実
力を養ひ, 遂に政党政治の端緒を開き, 一国次第に繁盛して, 人民は尽とく国王の
宝祚万歳を祝する, ト云ふ筋書にしたいものだ〉(452~453쪽)

는 그리스 정치사에 배경을 두고 있지만, 서로 경쟁하는 두 당을 설정하여 활발한 정치적 활동을 펼치는 것으로, 시행착오를 거듭해서라도 좀 더 완벽한 정당정치를 이루어 내는 것에 초점이 맞추어져, 궁극적으로 이상적인 국내 의회정치의 실현을 이루고자 하는 작가의 정치의식이 투사되어 있다. 요컨대 연극 또한 정치사상의 유용한 보급수단으로, 구습의 폐허가 만연한 현재의 잡극을 대신하여, 정치적으로 진보한 국가 설계를 위한 고군분투의 과정을 그릴 필요가 있다는 것으로, 좀 더 현실적인 정치적 실천을 강조하고 있다.

번안작에서 주인공이 실질적으로 정치적 활동political action을 하는 것은 거의 묘사되지 않았는데, 연설 이후 펼치는 정치적 행적은 뜻을 같이하는 동지들과 함께 지회를 조직하기 위해 각기 지방이나 경성으로 이동하는 사항만 제시되어 있다.[97] 이 또한 미처 목적을 이루기 전에, 경성에 올라온 이태순은 장매선과의 사건에 휘말려 정치적 활동을 뒷전으로 미루게 된다. 그나마 원작과 비견될 정도로 당대 정치적 분위기를 그리고 있는 대목은 역시나 연설한 내용의 기술 부분이다. 정당을 구성하고 의회를 조직하는 일은, 하루에 먼 길을 갈 수 없듯이, 장기간에 걸쳐 추진해야 하는 사업이므로, 지금부터 차곡차곡 준비를 하여 달성해야 한다는 진보적인 중간파의 정치적 입장이 그대로 번안되어 있다. 물론 좀 더 세부적인 것은 원작에서 더욱 극명하게 나타나 있다.

세월의 경과에 따라 몇 차례의 개량 소식을 곧잘 순수한 정당 되기로 (삼고) 국회의 필요에 응하는 희망이 없지 않은 당시에 나 같은 사람도 은밀히 전도를 향한 개량의 의견을 말한다면 ①제일은 소

---

97) "문견철은 강순현과 지회를조직홀일로 파쥬디방으로 향ㅎ야가고 리태순과 남덕즁은 경성으로올나오며 양인의 지회셜립방법도 리약이ㅎ고 근일경성형편도 문답홀식"(47)

단결을 해산하고 대단결하기 ②제이는 박식한 학자와 실제가를 당중에 망라하고 활발한 운동을 시도해 보기 ③제삼은 막연한 사실에 기인해서 격렬한 파괴의 성질을 띠지 않기, 언론을 제지하고 전국의 정사사상을 불러일으키기 ④제사는 당중에 취해 입법 행정의 사무를 조사하고 정당한 조리가 있게 하기. 이에 언제라도 국가의 대사에 상응해서 만족되도록 준비를 정돈하기. 생각건대 정당은 반드시 이같이 되어야 한다. 민간에 이 같은 정당이 없는 이상에 가령 국회가 설립되어도 우리들이 기대하는 바와 같이 이익을 실제로 볼 수 없을 것이다.(번호처리는 인용자)[98]

① 제일 학자와 실제가의 협화(협력과 화합)를 구하기. 전해에 정당이 사분오열하고 결합을 하는 능력이 없고 말았던 것은 필요한 학문을 하는 것과 세상물정에 익은 것과 상호 맞아떨어지지 않았던 것(인정세태에 어두운 것)이 원인이다. 소이(약간의 차이)를 버리고 대동을 구하는 것은 앞으로의 사회를 위해서 분주해야 하는 것으로 주의해야만 하는 일대 요점이 된다. ②제이 담당한 봉건의 미몽을 깨기. 우리들은 구주의 남자이다. 우리들은 오익奧羽의 인물이다. 토지에 의해 서로 결합하는 것은 메이지 13~14년 무렵의 상태였지만, 이 버릇은 지금에 이를 때까지 아직 완전히 없어지지 않은 것 같다. 완고하고 고루한 응고물을 타파하는 게 아니라면 결코 진정한 정당의 성립을 볼 수 없다. 봉건의 분자는 가장 입헌정체에 방해되는 것을 알 수 있다. ③제삼 격렬한 언론에 따라 하층인민의 열심을

---

98) 歳月を経過するに従ひ数回の改良沙汰を歴て純然たる政党となり 以て国会の必要に応ずる希望なきに非らず当時余の如きも窃かに前途に向て之れが改良の意見を持せり（謹聴）第一は小団結を解散して大団結となし 第二は博く学者と実際家を党中に罔羅して活潑なる運転を試み 第三は空漠にして事実に基かず激烈にして破壊の性質を帯ぶる 言論を制止して全国の政事思想を呼起し 第四は党中に就て立法行政の事務を調査し并々と条理あらしめ 以て何時にても国家の大事を担当するに足るべき準備を整頓するにあり 思惟へらく 政党は必ず此くの如くならざるべからず 民間に此くの如き政党なき以上は仮令ひ国会の設立に会ふとも吾輩の期待するが如き利益を実際に目撃する能はざるべきなりと（大喝采）（356）

끌어올리는 것은 역시 정사가政治家의 일시 방편이기는 하나 이것을
위해서 해로운 독을 앞날에 흘려 보내는 것에 불과하다. 활동한다면
의외의 결과를 생기게 한다. 이는 장래 세계의 유지자가 이같이 거
동하는 것을 바라지 않은 것이다. ④제사는 막연한 의론을 배척하고
실제의 사업을 조사하기. 이에 우리들의 주의를 실지에 관철할 준
비를 정돈하는 것은 오늘날에 가장 필요한 일이다. 철학상의 공리
는 마치 그것을 정사상에 관계없는 학자의 이견과 겨루는 것(언론상
에서 충분히 담화하는 것)과 같다. 다른 지방의 민정을 알고 해외의
형세를 알 것. 제도 법률을 시작으로 군정 경찰보다 철도 전신 등의
처치〔處理〕와 같이 그것을 계획하고 당당한 조리로 않는다면 국회의
설립도 결코 개량의 목적을 달성하지 못할 것이다. 다른 오늘날 제
군에게 부탁하는 것은 이 네 가지에 주의해서 국회 준비에 착수하는
데 있다. (번호처리는 인용자)[99]

앞의 연설문의 요지는 정당의 개선 사항을 밝히는 부분으로, 번안
작에 그대로 반영되어 있다. 간략히 소개하자면, 원작을 압축한 번안

---

99) 第一   学者実際家の協和を求む   前年政党の四分五裂して結合を為す能はざり
しまのは   要するに学問あるものと世故に慣るゝものと互に氷炭の勢ありした因
るなり   小異を棄てゝ大同を求むるは後來社会の為めに奔走するものゝ注意すべき
一大要点なり   第二   務めて封建の迷夢を破る   我々は九州男子なり   我々は奥
羽の人物なりと云ひ   土地に因つて相結合したるは明治十三四年頃の有様なりし
が   此の習気は今日に至るまで未だ全く洗除する能はざるものゝ如し   頑陋の凝固
物を打破するに非らずんば決して真成なる政党の成立を見るべからず   封建の分
子は最も立憲政体に妨害あることを知らざるべからず   第三   激烈の言論に因て
下等人民の熱心を引起すは亦政事家が一時の方便なれども   之が為めに毒害を後
日に流し   動もすれば意外の結果を生ずるに至る   余は後來世の有志者が此くの
如き挙動あることを欲せざるなり   第四は空漠の議論を排斥して実際の事業を調査
し   以て我々の主義を実地に貫徹するの準備を整ふるは最も今日の必要とする所
なり   哲学上の空理は姑く之を政事上に関係なき学者の抵掌に付して可なり   地方
の民情を知り海外の形勢に達し   制度法律を始め軍政警察より鉄道電信等の処置の
如き   之を計画して井々条理あるに非らざれば国会の設立に逢ふも決して之が改良
の目的を達する能はざるべし   余の今日諸君に望む所は此の四者に注意して   国
会の準備に着手するに在り   (喝采) (367~368)

작에서 이태순의 주장은 다음과 같다. 먼저 협회 규모를 개량할 방침을 제시하는데 1)문벌을 가리지 않고 인재를 등용할 것, 2)학식 있는 사람을 써서 활발한 운동을 전개할 것, 3)온건한 입장에서 정치사상을 조성하고 4)회중에 과정을 나누어 입법행정의 사무를 조사하여 국가의 대사를 담당할 준비와 정리를 하는 것이다. 그리고 이것은 정당 구성을 거쳐 협회를 확장시키는 방향으로 나아가야 하는데, 이와 같은 과제를 실행하기 위한 세부적인 선행과제로 1)학문가와 실지가의 화동, 2)문벌을 지키는 부패한 사상 철폐, 3)격렬한 언론의 타파를 말한다. 요컨대 이태순의 정치적 입장은 오로지 "공론을 쫓아 정치를 개량"하는 것이다. 과격한 수단을 취하는 것을 경계하고, 인민을 분발시켜 "국가의 유지자"로 만들고, 공론을 균일하게 하여 "완전한 협회"를 만들자는 이론이 작품 전반에 걸쳐 전개된다.

앞의 두 번째 인용문에서 국회 설립을 위한 준비 사항이 좀 더 구체적으로 기술되어 있는데, 실제로 자유민권운동의 추진사항 가운데 대동단결의 흐름이 존재했다.[100] 단합을 긴급한 과제로 언급하고 있는 쿠니노의 연설은 현세의 추이를 반영한 거울인 셈이다. 그리고 이것은 작가 스에히로가 실제로 정치 참여를 했던 인물이라는 데서 그 사실성이 더욱 부각되고 있으며, 이 작가적 경험의 차이는 작품의 역량 차이로 전환된다. 정당을 조성하는 실제 상황의 경험은, 작품 속에서 재현할 수 있는 정치적 상상력과 추진력의 격차를 불러왔다.

번안작은 정치적인 활동이 차단된 상태에서 미래를 꿈꿀 수 없는

100) 朝尾直弘 외, 이계황·서각수·연민수·임성모 역, 《새로 쓴 일본사》, 창비, 2003, 414쪽.
고모리 요이치, 정선태 옮김, 앞의 책, 163쪽. 호시 토오루星亨와 나카에 초민中江兆民 등을 중심으로 하는 구 자유당 계열의 활동가들이 1886년 10월에 전국유지대간친회를 열어, "소이를 버리고 대동을 목표로 하는" 방향에서 자유당과 개진당의 대립을 뛰어넘어 반정부운동을 위해 대동단결할 것을 호소했다.

조선을 배경으로, 일본의 정치 행태를 표면적으로 취할 수밖에 없었다. 원작과 번안작은 둘 다, 점진적인 정치개량과 입헌정치의 실현을 주창하지만, 그 내부적으로 근대국가 수립(민권 달성)과 약육강식과 제국주의 세계를 극복하는 방안(독립 운동)이라는 각기 다른 정치적 배경을 가지고 있었으며, 이는 어떠한 방식으로 추진해 나갈 것인가 하는 구체적인 실행사항을 설정·추구하는 데 서로 다른 출발과 깊이의 차이를 보이고 있었다.

이상적인 국가를 향한 열망은 동일하지만, 강도와 접근방식은 현실의 무대에서 허용될 수 있는 범위만큼 그 속에서 바뀌었으며, 이는 원작과 번안작 사이의 내적인 거리를 가져왔다. 1886년에 출간된 원작과 거의 20년이라는 시간의 격차를 두고 번안된 《설중매》는, 시간적인 차이와 함께 조선이라는 특수한 공간적인 차이로 말미암아 원작과 상당히 다르게 번역되었다. 있는 그대로 일본의 시간과 공간을 옮기는 번역이 아닌, 조선의 시간과 공간이라는 특수한 세계로 교체시키는 번안을 해 놓은 것이다. 미래의 행복을 향한 결혼의 행진은 동일하지만, 현실적인 기반에 따라 축소되고 변용되었다. 하지만, 그 열망은 정도의 차에 관계없이 이상적인 국가의 건립으로 나아가며, 이는 잠재적으로 작품 속 깊이 포진되어 있다.

2) 정치적 상상과 상상된 세계의 실현 불가능성

정치서사에 등장하는 인물들은 일반적으로 전쟁이나 혁명 같은 그리고 시국의 변천에 따른 몰락과 시련을 경험한다. 정치서사에서 인위적인 재난은 정치적인 사건으로 말미암아 빚어지는 시련을 가리킨다. 대대적인 근대화 추진 사업에 따라 이루어진 계몽 프로젝트는 전근대적인 생활습성을 처단했다. 이 과정에서 발생한 수난자들의 이야기는 정치서사의 곳곳에 포진되어 있다.

익히 알려진 대로, 〈소경과 안즘방이 문답〉과 같은 풍자에서 볼 수 있듯이 계몽 사업은 미신타파라는 구호를 가져옴으로써 점쟁이들을 근대화추진사업 바깥으로 내몰았고, 갑자기 몰아닥친 단발령은 망건장이의 생계를 위협하기에 이르렀다. 이러한 근대화추진사업으로 몰아닥친 여파는 비단 풍자로만 고발되지 않았다. 익히 《표트르대제》에서 보았던 대로 긴 수염을 지닌 자들이 근대화를 추진하는 군주의 명에 따라 겪어야 했던, 수염이 잘리는 수모는, 의당 근대라는 절대적인 선을 실현시키는 데 불가피한 것으로 그려졌다.

《애급근세사》에서 애급이 몰락한 요인은 무조건 서구 스타일대로 근대화를 추진하려는 의욕이 앞선 나머지 과도한 차관으로 말미암아 초래된 재정적인 위기에 있었다. 무엇보다 《송뢰금》에서 볼 수 있듯이 근대적인 위생관념과 질병검사는 가족을 해체시키고 주인공의 시련을 가중시켰다. 상이한 서사양식의 차이에도 정치서사의 자장에서는 이렇듯 전면적으로 드러나는 정치적인 격변이나 시련과 반대로 근대라는 문명의 도입이 가져다 주는 이점에 가려진 이면까지 드러난다.

이렇듯 근대성은 사건 발생의 원인으로 작용하고, 정치성은 발생한 사건과 연계되어 특정한 이념의 축을 구축하는 과정에서 드러나며, 이 두 요소의 상호작용은 결과적으로 사건을 재구성하는 인위성과 맞물리면서 정치서사를 완성시킨다. 역사나 전기라는 실증적인 성향이 강한 텍스트일지라도 편찬되는 과정에서 배제될 수 없는 편찬자나 역자의 정치적인 입장은 끝내 텍스트를 재배치하는 과정을 수반함에 따라 픽션과 연루된 인위성을 전면 부정할 수 없게 한다.

정치서사 가운데 근대성과 정치성과 인위적인 장치가 가장 강하게 결탁된 것은 신소설이다. 신소설의 대부분은, 익히 정치적인 성향이 드러나는 텍스트로 판별된 《혈의누》나 《은세계》를 제외하더라도, 정치적인 사건을 배경으로 또는 전쟁이나 난리와 같은 정치적인 사건을 계기로 서사가 움직여 나간다. 이는 주인공들이 정치적 사건에 연루되어 시련을 겪거나 반대로 위기에서 벗어나기도 하는 등 인물들의 행보가 달라지기 때문이다.[101] 이렇게 정치적 사건과 맞물린 정치서사는 궁극적으로 각기 다른 서사양식의 격차를 좁히는 시야를 확보해 준다.

 신소설에서 가장 많이 거론되었던 정치적 사건은 갑오경장이다. 갑오경장이 주요한 정치적 변동 사항으로 지목된 이유로는, 갑오경장이 제기한 사항과 그 여파가 신소설의 취지와 어느 정도 부합했다는 것을 보여준다. 갑오경장으로 인해 조선사회는 재판소 설치, 개가 허용, 연좌법 폐지 등의 실질적인 변화를 겪는다. 조선 백성들을 어느새 '경무청에 신고하자' '재판소로 가 설치雪恥하자'는 사고를 지니게

---

101) 신소설에서 작품 배경으로, 그리고 이러한 무대장치를 넘어 인물의 행동 방향을 바꾸는 계기로 작동하는 정치적 사건을, 신소설에 나타난 빈도순으로 나열해 보면 다음과 같다.

년도	정치적 사건 및 이후의 정세	관련 작품명	편수
1882년	인천개항	행락도	1
	임오군란	마상루	1
1884년	갑신정변, 유학생 처벌	은세계, 구의산, 쌍옥적	3
1894년	동학혁명, 동학당 기승	월하가인	1
	청일전쟁	혈의누	1
	갑오경장	재봉춘, 추월색, 치악산, 원앙도, 목단화, 빈상설	6
1895년	전봉준 처형, 동학당 박멸	화의혈, 현미경	2
1896년	독립협회 조직	설중매	1
	전국을 13도로 개편	목단화	1
1899년	경인선 개통	모란병	1
1904년	러일전쟁	두견성, 송뢰금, 모란봉	3
1907년	군대해산	화세계	1

되며, 점차 법률을 일상 속에서 재현하게 된다. 이와 더불어 개화를 선호하는 분위기 속에, 남녀가 동등하게 교육받고자 하는 욕구, 지식 있는 여성의 선호 및 문명을 지향하는 근대교육을 절대적으로 긍정하게 된다. 더욱이 잦아진 상선의 출몰과 자본주의(금전주의)의 강화는 하층민의 신분상승을 위한 계기로 작동하며, 양반이라는 절대적인 신분체계가 흔들리고 신교육 여부에 따라 상하질서가 재편되는 길을 열어 주었다.

이는 〈빈상설〉이라는 작품에서도 확인되고 있다. 근대를 향한 사회개혁의 제도는 근대를 지향하는 자가 새로운 권력을 가질 수 있다는 것을 보장해 주었고, 새로운 세력을 형성하는 계층에 편입하기 위한 노력과 역경은 신소설 주인공이 당연히 거쳐야 하는 통과의례처럼 그려진다. 기존의 세계를 이탈하여 새로운 세계로 진입하는 과정을 가장 성공적으로 보여 주는 인물은 〈혈의누〉의 옥련이와 〈은세계〉의 옥남이다. 이 두 작품의 구조는 정치적 사건의 개입으로 말미암아 인물의 행방이 엇갈리고, 그 서사의 전개도 지대한 영향을 받으며 정치적 세력의 흐름에 따라 인물의 방향이 결정되는 것을 보여 준다.

앞서 살펴본 대로 정치소설이라는 용어는 일본과 중국 등 20세기 초 한중일에서 공통적으로 사용된 바 있다. 이는 실제로 정치소설이라는 장르가 형성되었다는 것을 시사해 준다. 한중일에 통용된 정치소설이라는 장르의 기원은 일본에서 찾아볼 수 있는데, 일본에서 정치소설은 당시 국정의 이슈였던 자유민권운동의 합법화를 지지하는 방편으로 쓰여지기 시작했으며, 국권과 민권의 화합을 남녀의 결합으로 상징적으로 표현하기 시작한 것이 그 모태가 되었다.

적어도 정치소설이라면, 국가의 대사에 관련된 사건이 언급되어야 하며, 서로 이념을 공유하는 남녀가 우여곡절을 거쳐 결합하고 힘을 합쳐 대사를 이루어 내야 한다. 이러한 패턴은 정치적 사건, 정치적 활동을 하는 인물, 그리고 이들을 지원하는 기관지의 성립을 수반하고 있으며, 정치운동의 명이 다하는 순간 정치소설의 운도 다했다고 볼 수 있을 만큼, 정치소설은 그 시대적 정황과 긴밀히 맞물려 있었다.

한국에서 정치소설이라는 용어를 표지에 내세운 소설로는 크게 《설중매》와 《서사건국지》를 들 수 있다. 20세기 초 신문 논설란에 실린 각종 잡문과 문답, 전기, 우화, 풍자 등이 정치담론을 표방했던 것은 물론, 단행본으로 나온 《자유종》(문답), 《금수회의록》(우화), 《몽견제갈량》(풍자), 《을지문덕전》(전기), 《월남망국사》(역사) 등 각종 서적이 장르를 불문하고 정치를 논하는 정치적인 담론에 속했기 때문이다. 이는 그만큼 정치라는 용어가 광범위하게 그리고 실질적으로 쓰이지 않을 수 없었던 시대적 상황을 보여 준다. 독자는 정치성이 없는 장르에 흥미를 가지지 않았던 적도 있었으며, 서적상은 적어도 애국충절을 드러내는 작품을 인쇄하여 이를 주된 판매 서적으로 내세우지 않을 수 없었던 시절이 존재했던 것이다.

앞서 언급한 대로 개화기 문학사에서 서로 대립되는 장르로 평가되어 온 신소설과 역사·전기는 둘 다 정치소설이라는 용어를 공유한 바 있다. 신소설과 역사·전기의 대립되는 성향은 신채호가 제기한 바 있으며, 신채호는 소설다운 소설을 정의하면서 풍속을 흐리고 애국정신을 쇠퇴하게 하는 문필은 사라져야 한다고 주장했다. 이러한 경향은 박은식, 장지연 등 신지식유학파를 중심으로 수용된 바 있으며, 그들의 저작들에서 그러한 사고는 쉽게 찾아볼 수 있다. 여기서 흥미로운 것은 이러한 대립을 초월하여 어떻게 서로 다른 장르가 같은 용어를 공유하게 되었는가 하는 점이다.

〈혈의누〉에서 청일전쟁은 옥련 일가의 운명을 완전히 바꾸어 놓는다. 이들은 해체되어 각자 떠돌다가 극적인 우연을 거쳐 화합하게 되는데, 이 과정에서 밖을 떠돌았던 옥련이와 옥련이 아버지는 어느 정도 개화가 되고, 정식으로 근대 교육과정을 마친 옥련이는 구완서라는 완벽한 배필을 만나는 것은 물론, 일본과 미국을 거치는 사이에 최첨단의 교육을 몸에 익힌 근대인으로 탈바꿈한다. 그야말로 일본에서 옥련이를 길렀던 계모의 말을 빌려, '옥련이의 운수가 좋으려고' 청일전쟁이 일어난 것이다. 〈혈의누〉에서 청일전쟁이 없었다면, 옥련이 일가는 흩어지지도 않았을 것이며, 옥련이는 조선의 아이로 성장해서 일본이나 미국으로 건너가는 일도 없었을 것이다.

이 맥락에서 보면 옥련이는 그야말로 청일전쟁이 낳은 아이다. 전쟁 중에 일본이라는 새로운 탯줄을 타고 완전한 문명의 개체로 태어난 것이다. 청일전쟁 중에 옥련이는 조선이라는 나라에서 태어난 운명을 벗어나 일본 아이로 거듭난다. 천부적인 재능으로 일본 아이처럼 일본어를 능수능란하게 구사하는 옥련이는 조선 복색을 벗고 양복을 입은 문명한 나라의 아이로 성장하는 데 성공한다.

이렇게 변신에 가까운 성장 과정을 보여 주는 또 다른 아이로는 〈은세계〉의 옥남이가 있다. 정치적인 사건과 정황에서 자유로울 수 없었던 옥남이는, 옥련이처럼 거의 고아와 다름없는 처지에서 스스로 문명의 교육을 통해 철저히 이지적인 문명의 아이로 거듭난다. 옥남이는 그의 누이 옥순이와 함께 미국 유학길에 오르는데, 옥순이가 고향에 두고 온 어머니를 생각하며 눈물을 흘리는 것과 반대로, 옥남이는 오로지 국가사업과 자신이 나아갈 길만을 생각한다.

여보 우리나라에서 원통흔 일 당흔 스람이 우리 쑨 아니라 드러

나게 당흔 스람도 몃천명몃만명이오 무형상으로 죽어나고 녹아나
셔 삼쳔리강산에 쳐량흔 빗을 씌이고 이쳔만인민이 도튼에 드러셔
ᄂ라ᄂ 싸아노흔 둙의   갓치 위틱ᄒ고 인종은 봄바람에 눈ㅣ녹듯
스러져 업셔지ᄂ 쩌라 이 나라를 붓들고 이 빅셩을 슬니랴ᄒ면 졍
치룰 기혁ᄒᄂ데 잇ᄂ 거시니 우리ᄂ 아모쏘록 공부를 만히 ᄒ고
지식을 널펴셔 아모 쩌던지 기혁당이 되야셔 ᄂ라의 스업을 ᄒᄂ거
시 부모에게 효셩ᄒᄂ 거시오 …… 아모리 우리 집에 박졀흔 스졍
이 잇드릭도 그 박졀흔 스졍을 도라보지 믈고 국민동포에게 공익을
위ᄒ야 공부를 더ᄒ고 잇습시ᄃ 우리나라의 일ᄆ 잘되면 눈을 못
감고 도라가신 아버지게셔 디하에셔 눈을 감을 거시오 쳘쳔지 흔을
품고 실진신지 되셧던 어머님게셔도 흔이 풀니시면 병환이 나흐실
넌지도 모를일이니 어머니를 위홀 싱각을 고만ᄒ고 나라위홀 도리
를 ᄒ시오

위의 인용문에서 볼 수 있듯이 옥남이는 〈자유종〉에서 언급한 것
처럼 일종의 '나라의 공물'과 같다. 나라의 공물로 바쳐지고자 태어난
아이처럼 철저한 국가사상을 지닌 인위적인 인물로 그려진다. 그에게
는 어머니라는 근원적인 고향의 그리움과 향수가 결여되어 있다. 옥
남이는 감정이 메마른 기계처럼, 자신의 뇌리에 주입된 국가사상으로
철저한 개혁당이 되어 국가의 사업에 매진할 것을 누이에게 설파한
다. 더욱이 1907년 6월 헤이그 밀사 사건을 계기로 고종의 양위라는
정치적 이변이 일어나자 옥남이는 이를 조선에 새로운 시대가 개명한
것이라 보고, 자신이 돌아가 활동을 펼칠 때라고 판단한다.

일본 정권과 결탁했던 김옥균의 후예처럼, 옥남이는 순종 정치의
시대를 광명의 시대로 오판하는데, 이러한 시대적 착오는 일본의 세
력을 긍정하지 않을 수 없었던 이인직의 정치적 감각에서 말미암는

다.[102] 그리고 이러한 판도는 작품 전반에 탐관오리에 저항하여 목숨을 잃은 최병도의 시대와 봉건 세력의 수탈에 저항하여 봉기를 일으켰던 동학당과 정면충돌하는 옥남이의 운명과 대조를 이룬다.

여기서 진정으로 국가를 위한 길이 무엇인가 하는 근본적인 문제제기가 요구된다. 미리 말하자면 국가를 위한 길은 오로지 정치 개혁일 뿐이다. 정치를 개혁하는 길만이 백성과 나라를 살리는 길이라고, 옥남이는 추상적인 정치개혁안을 반복해서 말한다. 그러나 단도직입적으로 말해 옥남이가 지닌 정치사상은 현실성이 결여된 것으로, 단순하고 순진한 것이다. 확실한 것은 옥남이가 지닌 시대적 과제는 또 다른 정치적 사건과 맞물리면서 다른 층위의 정치성을 지닌다는 점이다.

옥남이의 관심은 오로지 새로운 황제를 중심으로 근대 국가를 수립하는 것에 있으며, 기존의 부패한 세력은 물론 국가의 전략에 저항하는 무리를 배격하거나 한 백성으로 포섭하여 단일한 독립 국가의 체제를 갖추고자 한다. 그러나 그의 뿌리는 김옥균이 못다 이룬 정치 개혁에 있으며, 옥남이 자신 또한 개혁당이 되는 것에 일차적인 목표를 둔다. 김옥균은 기존 정권을 전복했다는 데서 다른 층위를 지니지만 옥남이는 정치적인 변화의 흐름을 타고 귀국하여 황제 중심의 국가, 이를 뒷받침하는 천황 중심의 국가에 협조하고자 한다.

일본에 우호적인 이인직의 정치 감각은 〈은세계〉에서 절정에 이른다. 갑신정변을 주도했던 김옥균은 그 시대의 위대한 영웅으로 추앙되며, 그의 사상은 최병도라는 인물을 거쳐 재현되고, 최병도가 무자비한 탐관오리에게 억울한 죽음을 당하는 것은, 기존 정부 세력을 전복하고자 했던 김옥균의 비참한 죽음을 연상시킨다. 김옥균은 일본의 세력을 등에 업고, 그들의 지원에 의지하여, 조선 왕권을 뒤엎고

---

102) 다지리 히로유키, 《이인직 연구》, 고려대 박사논문, 2000, 83면.

급진적인 개혁을 추진하고자 하는 이상을 실행했다. 삼일천하로 끝난 이 시도는 처절한 실패로 기록되고, 이 과정을 지켜본 개혁의 참여자와 지지자들은 조선이 개화할 가망은 없다는 비관론을 가지게 된다. 그러나 이렇게 암울한 역사의 기억은 〈은세계〉에 와서 전복된다.

역대 죄인은 최고의 영웅으로, 영웅을 죄인으로 판단했던 시대적 착오는 나라의 불행을 초래했다고 여겨진다. 김옥균은 불멸의 영웅이자, 그의 사상은 그 누구도 절대 꺾지 못할 정의로 나아간다. 이는 〈은세계〉에서 '김옥균→최병도→최옥남'으로 계승되며, 근대를 부정하는 적대자들은 '보수당→탐관오리→동학당'으로 압축된다. 이러한 대응관계는 시대적 정황에 따라 구체적으로 전개되는데, 김옥균이 생존했던 시절부터 갑신정변이 일어나고 갑오경장을 거쳐 고종의 퇴위가 일어나기까지 20년 남짓의 역사적 길이를 함축하고 있다.

이인직의 특이한 정치적 감각은 영토 확장설로 드러나는데, 〈혈의 누〉에서 이인직은 구완서의 입을 빌려 조선을 독일같이 연방국을 삼되 일본과 만주를 합쳐서 문명한 강국을 꾸려 나가고자 하며, 〈은세계〉에서 옥남이의 입을 빌려 조선의 개혁이 늦었으나 만일 빨랐다면 블라디보스토크와 만주를 소유했을 것이며, 지금으로부터 30년 전에 개혁이 되었다면 일본과 동맹을 맺고 러시아를 견제하고 청국을 버리고 대륙으로 진출했을 것이라는 가능성을 설파한다.

이러한 대륙진출설은 일본의 침략정책과 맞물려 있으며, 대략 30년 전에 조선에서 일어났던 정치적 사건인 한일수호조약을 옹호하며, 친일적인 성향이 전면에 드러나 있다는 비판을 비켜가기는 어려워 보인다. 그러나 텍스트 내부에서 보면, 친일을 주장하는 것이 아니라 문명개화할 협력의 대상을 설정하여 자국의 수호를 확고히 해야 한다는 의지가 들어간 것이라고도 볼 수 있다. 〈은세계〉의 전반부는 탐관

오리에게 희생당한 최병도의 한 서린 삶에 집중되어 있으며, 그 후반부에는 이러한 모순과 부조리를 어떻게 극복해 갈 것인가 하는, 추상적이긴 하지만 이상적인 정책안이 제시되어 있기 때문이다.

세계지도는 움직이는 상형문자와 같다. 더욱이 20세기 초에 세계는 발견되고 기록되는 시기에 이어, 제국의 식민지로 편입되어 가는 영토 분할 전쟁이 점철되면서 더욱 세계지도라는 문자는 복합적인 의미를 지니게 되었다. 그것은 영토의 주인이 뒤바뀌는 일과를 표시하는 것이었다. 세계열강의 영토 쟁탈전은 아시아에서 전근대의 중심지였던 중국을 중심으로, 한반도와 만주의 주도권을 둘러싸고 펼쳐졌다. 그것은 철도 산업과 맞물려 있었으며, 더욱이 시베리아 철도는 군수물자를 수송하는 유용한 전쟁 도구이자 아시아에서 유럽을 잇는 획기적인 교통수단이었다. 무엇보다 주변 열강을 긴장시킬 수밖에 없는 압도적인 실체였다.

개화기 문학텍스트에서 재현된 북방北方의 이미지는 러시아의 경우 부랑민의 무법지대(〈소학령〉), 간도의 경우 지사들의 도피처(〈소금강〉), 만주의 경우에 회복해야 할 유토피아적인 고토의 공간(〈몽배금태조〉)으로, 작품의 단순한 배경을 넘어 작품의 주제를 함축하고 있는 도안으로서 구현되었다. 신소설 가운데 북방에 대한 '동경憧憬'이 드러난 텍스트로 최찬식의 〈추월색〉(1912)이 있다. 익히 알려진 대로 이 작품에서 신혼여행지로 선택된 만주라는 공간은 당대 일본의 제국주의적 시선에 이미 포섭된 곳이었다.

> 영창이 내외는 혼인 지내던 제삼 일에 만주봉천으로 신혼여행을 떠난다. …… 남대문 정거장에서 의주 북행 차 타고 가며 곳곳이 구경하는데, 개성에 내려 황량한 만월대와 처창한 선죽교의 고려 사적을 구경하고, 평양 가서 연광정에 오르니, 그 한유한 안계는 대동강

비단 같은 물결에 백구는 쌍으로 날고 …… 곧 부벽루, 모란봉, 영
명사, 기린굴 등을 낱낱이 구경하고, 그 길로 안주 백상루, 용천 청
유당 다 지나서 의주 통군정에 올라 난간에 의지하여 압록강산에 풍
범사도와 연운죽주를 바라보더니 …… 즉시 압록강을 건너 구련성
을 구경하고 계관 역에 내려 멀리 계관산과 송수산을 지점하며,

　(영창) "이곳은 일로전역 당시에 일본군이 대승리하던 곳이오구
려. 내가 이곳을 지나가 본 지 몇 해가 못 되는데 벌써 황량한 고 전
장이 되었네."

　(정임) "아 …… 가련도 하지. 저 청산에 헤어진 용맹한 장사와
충성된 병사의 백골은 모두 도장 속 젊은 부녀의 꿈속 사람들이겠소
그려."

　(영창) "응, 그렇지마는 동양 행복의 기초는 이곳 승첩에 완전히
굳고 저렇게 철도를 부설하며 시가를 개척하여 점점 번화지가 되어
가는 이는 우리 황색인종도 차차 진흥되는 조짐이지요."[103]

　이들이 압록강을 건너 회상하는 과거는, 일본이 러시아와 치렀던
1904년 압록강 전투의 장이다.[104] 중국과 경계를 짓는 압록강 주변
은, 19세기 말에 러시아에 편입되었다가 일본에 장악되었다. 그리고
그 안에는 철도가 놓여 있었다. 일본은 러일전쟁의 승리로 동북아시
아로의 진출이라는 발판을 다지게 되었으며, 그 다리가 되는 것이 바
로 러시아가 깔아 놓은 (남)만주 철도였다. 일본은 일명 '만철滿鐵의
시대'를 열게 된 것이다. 영창이가 말하는 "동양 행복"이란 러일전쟁
을 개전한 일본의 표어였으며, 철도부설에 대한 박차는 곧 만주 점령
이라는 대륙 팽창을 위한 기도였다.

---

103)　최찬식 ; 권영민 엮음, 《추월색》, 뿔, 2008, 77~80쪽.
104)　러일전쟁은 크게 여순항 공격(1904. 2)→제물포 공격(1904. 2)→압록강 전투(1904.
　　　5)→봉천전투(1905. 3)→발틱 함대 격파(1905. 5)의 순서로 완결되었다.

만주는 식민지기에 일본 학도들의 수학여행지로도 각광받았는데, 이 역시 개화기부터 시작된 것으로 러일전쟁을 기념하고 찬양하는 군국주의의 노선과 동일한 것이다. 그러므로 〈추월색〉에서 작중인물들은 계획했던 북방을 둘러보는 데 실패한다. 계획했던 신혼여행은 제국의 흔적을 탐방하는 것으로 영토에 새겨진 제국의 성립 과정을 살피고 음미하는 정치적인 국토 순례로 왜곡되었기 때문이다. 이는 끝내 이러한 여행이 제국의 허상을 보는 것에 불과하다는 것을 의미한다. 게다가 이들이 제대로 둘러보기도 전에, 마적단을 만나 여행 일정은 틀어지고, 순식간에 여행은 패닉 상태로 뒤바뀐다. 이로 말미암아 북방에 잔재하고 있는 마적단이라는 무법적인 존재를 고발하고, 이 가운데 잃어버렸던 가족을 만나 귀향하는 것은, 이들의 북방 견문이 그저 일본제국주의의 정책을 찬양하는 수사를 보여 주기 위해 일부러 삽입해 놓은 삽화에 불과하다는 것을 말해 준다.

〈혈의누〉가 청일전쟁의 풍경에서부터 시작되었다면, 〈추월색〉은 신혼여행지의 코스로 잡힌 러일전쟁 터를 바라보며 회고에 잠기는 순간 마무리된다. 이러한 시작과 마무리는 물론 정치적인 색채가 드러나는 지점이다. 신소설에서의 친일적인 성향은 역으로 창작된 역사나 전기에서 자국의 역사나 영웅을 조명하는 민족주의 관점과의 대조를 형성해 왔다. 이미 언명된바, 신채호에게 제국주의란 '영토와 국권을 확장하는 주의'로, 이에 대항할 수 있는 방법으로 제시된 것이 '타민족의 간섭을 받지 않는 주의'인 민족주의였다. 그의 논리에 따르면 제국주의는 민족주의가 박약한 나라에만 침입한다.[105] 그렇기에 제국주의를 내세운 열강에게 잠식되지 않기 위해서는 민족주의를 강화할 필

---

105) 〈제국주의와 민족주의〉,《대한매일신보》, 1909. 5. 28. (《단재 신채호 전집》(하권), 단재 신채호선생 기념사업회, 1977, 108쪽)

요가 있다. 이러한 민족주의의 필요성은 제국이 되기 전 단계에서 세계적으로 공감되는 사항이었다. 19세기에는 전 세계가 민족주의, 정확히 '민족적 제국주의'에 휩싸여 있었다.[106]

이를 앞서서 보여준 나라가 영국이었으며, 영국의 식민정책은 민족적 제국주의와 상통하는 것이었다. 세계적인 흐름 속에 자생한 민족주의는, 대외적으로 타민족에 대한 배타주의를 함의하고 있었다. 조선 같은 약소국에서 통용된 저항적 슬로건으로서의 민족주의의 면모가 지배적이지 않았던 것이다. 민족주의를 과장한 열강 세력들은 이를 합리화하는 방편으로 자신들의 문화를 최상의 문명으로 끌어올리고자 했다. 이 과정에서 미술, 문학, 과학 등 여러 학문 분야에 민족성이 주된 것으로 자리하게 된다.[107]

개화기에 발행된 학술지는 일본의 유학생이 주축이 되었음에도, 량치차오라는 중국의 특정한 사상가를 중심으로 한 지적인 연대가 대세였다. 여기서 중요한 것은 단순히 이입과 수용이 아닌, 이들이 세계정세를 동시적으로 아우르면서 어떻게 필요한 사항을 공유하고 공명하려 했는가 하는 것이다. 한 가지 예로 최석하는 량치차오가 말한 중국혼中國魂의 필요성에 동감하고, 조선에도 조선혼朝鮮魂이 필수임을 주장한다. 그러나 이는 단순히 중국혼에 대비될 만한 것으로서 조선혼이 아니라, 세계정황을 살펴볼 때 량치차오의 진단대로 강국에는 마치 정치소설이 존재했던 것처럼, 각 나라에는 그 나라의 혼이 존재했다는 연역적 추론의 과정을 거친 결과다.[108] 여기서 국혼國魂은 풀

---

106) 한흥교 역, 〈정치상으로 관한 황백인종의 지위〉(〈라인시〉씨약술), 《대한흥학보》(제1호), 대한흥학회, 1909. 3. 20.

107) 한흥교 역, 〈정치상으로 관한 황백인종의 지위〉(〈라인시〉씨약술), 《대한학회월보》(제8호), 1908. 10. 25.

108) 최석하, 〈朝鮮魂〉, 《태극학보》(제5호), 광무10년. 12. 24. 일본에는 '무사도를 숭상하여 국가를 위해 자기의 생명을 초개같이 보는' 대화혼大和魂이 있고, 러시아에는

이하면 나라의 정신으로, 그것이 제국주의와 결탁되었는지의 여부를
떠나 국가를 강성하게 만드는 요소로 각인되었다.

　이러한 정신의 영역에 대한 가치부여는 예술의 장르 가운데 문학
에의 관심을 고조시켰다. 쉽게 말해 대문호가 있는 나라가 강성한 것
은 대문호의 문장으로 구성된 텍스트가 형성해 낸 공통된 정서가 존
재하기 때문이다. 그것은 흩어져 있는 정신을 하나로 결집시켰고, 기
존에 꿈꿀 수 없었던 상상의 세계를 현실로 만들었다. 그것이 루소의
영향으로 일어난 프랑스혁명이다. 또한 흑인 노예의 비참한 실상을
고발한 스토 부인의 소설과 포스터의 노래는 차후 남북전쟁기의 특정
여론 형성과 연계되어 있었다. 이는 문학이 지智나 의意로 해결할 수
없는 '정情의 분자를 포함한 문장'이었기 때문이다. [109]

　문학의 일부인 시나 노래, 소설을 답습하여 공통된 국민의 이상과
사상이 형성될 수 있다는 관점은, 궁극적으로 문학이 국력과 맺고 있
는 관계로 나아갔다. 흥망성쇠로 압축되는 국가의 운명은 국민의 이상
에 달려 있었으며, 이러한 국민의 사상은 문학이 지닌 '정'의 속성에서
발원되고 있던 터이다. 공통된 정서는 거대한 단체인 국가를 구성하는
데 필요했다. 이 지점에서 공통된 정서는 민족주의로 연결된다. 상상
의 공동체인 국가를 구성하는 것은 하나의 집단이라는 가상의 이미지
를 구체적으로 채워 나가는 무수한 문자들이 있었기 때문이다.

　이해조는 소설을 쓰는 작업을 '언言을 기록하는' 것이라 보았다. [110]

　'세계를 통일하여 일국을 건설하려는' 아국혼俄國魂이 있고, 프랑스에는 '오주에 자국의
　문화文華를 전파하여 자국의 국력을 해외에 뻗치려는' 법국혼法國魂이 있고, 영국에는
　'사해상의 상권을 장악하여 해외에 식민지를 만들고 상업권으로 천하에 웅비하려드는'
　영국혼英國魂이 있고, 미국에는 '재력으로 무력을 대적하며 황금으로 탄환을 압도하여
　건강한 제국주의를 시행하는' 미국혼美國魂이 있다.
109)　이보경, 〈문학의 가치〉, 《대한흥학보》(제11호), 대한흥학회, 1910. 3.2.
110)　이해조, 《탄금대》(서문), 신구서림, 1913.

자음과 모음을 씨실과 날실로 엮듯이 항간에 떠도는 말들을 수합하여 편찬한 것이 소설이었던 것이다. 이해조는 소설이 단독적으로 존재하는 것이 아니라, 사회와 맺고 있는 파급력을 지닌 것으로 보았다. 그러나 그의 생각에는 소설의 파급력은 권선징악적인 차원에서의 훈계를 두는 것으로, 인간의 인성 개선에 국한되어 있었다. 풍속을 개량하여 국가를 강력하게 한다는 것과 거리가 있었다. 그러나 민족주의와 제국주의가 동전의 양면과 같이 하나로 얽혀 있듯이, 신소설의 작가가 구상했던 세계지도는 역사나 전기 또는 몽유 양식을 구상했던 강렬한 민족주의자 노선의 작가들과 다르지 않았다. 그것은 북방세계로의 진출이었다.

그들은 북방의 영토 중에 '만주'에 주목했다. 《대한매일신보大韓每日申報》의 필진은 청국의 영토인 만주를, 자국의 '잃어버린 영토'로 규정하고 있다. 청국과 공통된 사정의 동일한 운명을 공유하는 것처럼, 만주와도 동일한 운명을 공유하지만, 은연중에 제국과 같이 만주를 자국의 영토로 포섭하려는 의지를 보이고 있는 것이다.

철도가 횡행하는 20세기에, 말을 타고 달리는 과거 북방의 영웅들을 회고하는 영웅서사의 작가들은 일괄적으로 북방을 자국의 영토로 보고 있다. 드넓은 만주에 이르기까지 중원을 호령했던 연개소문(《연개소문전》), 북방정책을 추진하여 요동반도를 포섭하고자 했던 최영(《최도통전》), 기고만장했던 수나라를 제패했던 을지문덕(《을지문덕전》) 등 이들 작가들이 북방의 영웅들을 20세기의 모범적인 국민으로 내세운 이유는, 단순히 민족정신이나 애국정신이 강했던 영웅들이었기 때문만은 아니다. 20세기에 제국들의 시선은 시베리아 철도의 시공施工을 계기로, 만주라는 북방의 공간에 집중됐다. 그 결과가 앞서 말한 대로 러일전쟁이었으며, 조선은 만주와 동일한 처지에서 전쟁의 추이를 지켜볼 수밖에 없었다.

확실한 것은 '북방北方의 소유자所有者가 곧 조선朝鮮의 소유자所有者'가 되는 것이었고, 이것이 20세기의 실상이었다.[111] 이러한 북방의 소유자가 조선인이 될 순 없는가. 왜 러시아나 일본에게 빼앗기고 이들의 세력에 휘둘리는가 하는 것이 당대 민족주의자 계열의 개화기 작가들의 의문이었다. 만주는 제국의 야망이 집결된 교차로였다. 이 땅과 직결된 조선은, 흥미롭게도 만주와 동일한 처지임을 비관하기보다, 만주가 본래 조선인들이 활동하던 무대였음을 주장한다. 이러한 현상은 신채호를 중심으로 형성되었는데, 신채호의 경우 조선민족의 영토를 만주로까지 넓혀서 상정하고 이를 주창한다. 조선민족의 시조로 불리는 단군을 내세워, 고조선에서부터 조선에 이르기까지 북방영토를 둘러싼 변천사를 조명하며, 결과적으로 만주가 조선의 영지임을 재차 확인하는 태도로 일관하고 있다.

이러한 신채호의 사관은, "과거, 현재, 미래의 민족"을 위한 것으로 분석된 바 있다.[112] 조선민족의 활동영역을 만주로까지 넓혀서 보고, 만주에서 활약했던 민족의 기상을 되살리고자 하는 의도는 충분히 민족과 관련하여 언급될 수밖에 없을 것이다. 그러나 신채호는 익히 알려진 대로 영토의 크기에 민족의 강대함이 비례한다고 보지 않았다. 신채호의 '국가 유기체설'은 무형적인 민족의 정신에 따라 국가의 성대함이 커지거나 작아진다고 보는 것이었다. 이러한 변모는,

---

111) 〈한국과 만쥬〉, 《대한매일신보》, 1908. 7. 25. 한국민족이 만쥬를 엇으면 한국이 강ㅎ고 다른 민족이 만쥬를 엇으면 한국민족이 쇠약ㅎ며 또다른 민족중에도 북방민족이 만쥬를 엇으면 한국은 북방민족의 셰력 범위안에 드러가고 동방민족이 만쥬를 엇으면 한국은 동방민족의 셰력범위안으로 드러가니 오호라 이는 사쳔년릭ㅣ에 밧고지 못홀 명흔 젼례가 되엿도다

112) 앙드레 슈미드; 糟谷憲一 외 옮김, 《帝国のはざまで》, 나고야대학출판부, 2007, 201쪽.

그 나라의 영토 크기나 인구수 혹은 군함 등의 무기 보유 여부가 아니라, 오로지 강인한 민족정신의 여부에 달려 있다고 보았다. 이래야만, 그나마 열악한 여건의 조선이 갱생할 수 있는 가능성을 찾을 수 있었던 것이다.

신채호가 만주에 주목하여 조선민족과의 연관성을 찾고자 했던 시도는, 당시 이슈였던 러일전쟁의 시국과 맞물려 있었다. 만주라는 북방으로의 진출이 현실적으로 불가능한 상황에서, 만주가 본래 조선의 영토였다는 시각을 제시하는 것은, 단순한 고토회복주의에 입각한 사고라기보다 제국주의 열강들의 침략상을, 주인의 땅에 마음대로 들어서는 횡포를 고발하는 것에 가까웠다. 동철 철도와 남만주 철도가 부설된 공간은, 고조선의 땅이자 부여의 땅이었으며 고구려의 땅이자 고려의 영토였다. 나중에는 발해의 영토였으며, 이런 식으로 끝없이 계승되어야 할 자국의 영토였다.

著者가 일즉 支那로 西遊歸來ㅎ 友人에게 聞ㅎ즉 滿洲, 奉天, 吉林, 旅順口 等地로 旅行ㅎ미 往往 石槨의 發現과 宮室의 遺制로 我先民의 遺躅을 依俙像探ㅎ 者─ 尙多ㅎ 中某村은 曰 高麗村이니 是는 昔日 高句麗人이 荊棘을 披ㅎ고 奠居ㅎ던바며 某城은 曰 高麗城이니 是는 昔日 高句麗人이 城郭을 築ㅎ고 守護ㅎ던바라 而今에는 비록 千百年을 已經ㅎ야 物換星移ㅎ고 陵高各深ㅎ얏스나 昔我祖先이 長搶大劍으로 收取ㅎ야 堅城利甲으로 自衛ㅎ던 舊地에 今日渺渺後孫이 匹馬錦囊으로 客遊ㅎ니 古今變遷의 感이 腦際에 頻觸ㅎ더라고 著者에게 談及ㅎ더라 無涯生이 曰嗚乎라 此는 乙支文德 諸公의 經營ㅎ던 陳跡이로다 當日에 血汗을 擲ㅎ며 財産을 糜費ㅎ며 身命을 不顧ㅎ고 以得以守ㅎ 遺産을 後人이 不肖ㅎ야 他手에 盡歸ㅎ얏도다 (《乙支文德》結論 中)

압록강 서쪽 언덕에 죽장을 짚고 서성이며 쓸쓸히 요동과 심양의 대륙을 조망하니, 이는 천수백 년 전에 우리 조상들이 말을 달리며 내닫던 땅이 아닌가? 우리나라 사천 년 역사에 제일의 절대 영웅 천개소문의 옛 묘소가 산해관 가까운 곳에 있다고 말하더라. 대개 천개소문의 역사로 말하면 삼척이나 되는 규염에 늠름한 풍채는 당나라 사람이 《태평광기》에 그려냈으며, 깃발이며 성류가 사천 리에 뻗친 당당한 진세는 유공권의 건필로 그려졌으며, "고구려 대장 연개소문은/ 장안을 순식간에 도륙내리/ 금년에 만일 쳐들어오지 않으면/ 명년 8월에는 군대를 일으키리"라는 시가는 여련거사의 패담에 실려 있고, **오늘에 이르도록 북경 봉천 등지에서는 천개소문의 역사와 검술로 연희를 만들어 세상 사람들의 이목을 진동케 하고 있다.**[113] (《泉蓋蘇文傳》緖論 中)

첫 번째 인용문은 《乙支文德》의 결론 부분에 수록된 북방견문록으로, '만주, 봉천, 길림, 여순구' 등지에 이르는 곳에 바로 고려촌이 남아 있다는 사실을 전하고 있다. 20세기 초에 여순구는 노기 마레스케 乃木希典 장군이 일명 203고지를 탈환하고자 고전했던 곳으로 유명했지만, 이러한 사항보다 신채호는 만주에서 여순구에 이르기까지 중원에 산재한 을지문덕의 흔적을 되짚어 본다. 을지문덕을 회고하는 방식은, 구체적인 지명의 언급으로써 그 위상位相을 확보하고, 한민족의 조상이 활약했던 곳으로 되새김질하여, 중원에 조선의 자리를 새겨 넣는다.

---

113) 鴨江西岸에 竹杖이 踽凉ᄒ야 遼瀋大陸을 眺望ᄒ니 此ᄂ 千數百年前에 우리 先民 □□이 馳騁踊躍ᄒ던 地가 아닌가? 第一吾邦四千年 歷史에 絶代英雄 泉蓋蘇文의 古墓가 山海關 近地에 在ᄒ다 云ᄒ더라. 蓋 泉蓋蘇文의 歷史로 言ᄒ면 三尺虯髯에 凜凜ᄒᆫ 風采ᄂ 唐人《太平廣記》에 畵出ᄒ얏ᄉ며 旌旗 兵疊 四千里의 堂堂ᄒᆫ 陣勢ᄂ 柳公權의 健筆로 模寫ᄒ얏ᄉ며 "高句麗大將蓋蘇文 去屠長安一瞬息 今年若不來 進攻 明年八月就興兵"이란 詩歌ᄂ 如蓮居士稗談에 載在ᄒ얏ᄉ고 至于今 北京奉天 等地에셔 蓋蘇文의 歷史와 劒術로 演戱를 作ᄒ야 世人의 耳目을 震動케ᄒ거늘.

두 번째 인용문은《천개소문전泉蓋蘇文傳》의 서론 부분으로, 박은식 또한 신채호와 마찬가지로, 압록강 너머 요동과 심양에서 그리고 북경과 봉천 등지에서 러일전쟁에서 활약한 일본군의 위상이 아닌, 중원을 호령하던 연개소문의 위엄을 그려 낸다.

일본의 경우 만주 등의 대륙을 자신들의 고토로 보았다. 이러한 향수는 대륙 침략을 정당화하는 정서로 변용되었다. 잃어버렸던 영토로 규정하여, 이러한 영토로의 진입은 자신들의 꿈과 동경을 실현시켜 주는 계기가 되는 것이자, 자신들이 당연히 누려야 할 복록을 받는 것이라 여긴 것이다. 제국에서 고토회복주의는 제국주의의 영토팽창주의를 낭만적으로 포장하는 정치적인 수단의 일종이었다. 조선에서의 고토회복주의는 어떠했는지를 아울러 살핀다면, 조선에서도 이러한 시각에는 변화가 없다. 수천 년 전 조선의 시작점은 남방이 아니라 북방이었으며, 조선의 시조는 북방에서부터 시작하여 남하하여 나라를 건립한 것이었다. 더욱이 신채호의 사관에서 고구려를 긍정하고, 북방진출론을 강하게 주창하는 것은 영토 팽창주의에 대한 전면 부정이 없었다는 것을 보여 준다. 오히려 강력한 군사정권을 토대로 영토를 팽창하여 국권을 강화시키는 방책을 긍정했다. 그리하여 강렬한 내셔널리스트로서 신채호를 비롯한 개신파 지식인들은 북방의 영웅을 민족적 영웅으로 격상시켜 놓은 것이다.

시베리아 철도를 계기로 중요한 지정학적 공간으로 부각된 북방을 둘러싼 제국의 각축전은, 조선에도 자극을 주는 사건이었다. 그러나 현실적으로 조선은 만주와 동일한 처지로, 제국들의 분할대상이자 점령대상이었다.[114] 이 맥락에서 현실적으로 불가능한 북방으로 진출을

---

114) 〈평화소식〉, 《대한매일신보》(론셜), 1905. 1. 14(음력 을사정월십사일). 로국은 한국과 만쥬에 침모ᄒᆞᆫ 것이 **사이베리아 쳘로의 극단에 일기 부동항구를 엇쟈**는 뜻인디 그런 항구들의 잇는 토듸는 지금 일본인 쟝즁에 다 잇는지라 **두 나라가 갓혼 목적으로**

실현시키는 상상을 펼쳐 보인 〈소금강〉과 〈몽배금태조〉는 '북방 진출론'을 극적으로 표출시킨 북방텍스트로서 절대적인 입지를 갖는다.

〈몽배금태조〉는 꿈속에서 금나라를 세운 아골타를 만나 대담하는 것으로 구성된 작품으로, 작중 화자인 무치생은 압록강을 건너 만주 대륙 흥경興京 남계南界에 당도하여, 그곳에 이주하여 살아가는 한민족을 살펴보며 장차 민족을 발전시킬 방안을 모색하던 중, 홀연 나비로 변하여 백두산 근처로 날아가 금태조를 만나는 꿈을 꾼다. 이 글에서 박은식은 한민족의 영토를 백두산을 기점으로 조선팔도와 만주까지 아울러 규정한다. 금태조는 〈최도통전〉과 〈연개소문전〉에서도 언급된 바 있는 영웅으로[115], 이 글에서는 금태조의 태생을 설명하면서, 그가 현재 한민족과 동일한 민족으로 자국의 영웅임을 강조한다. 금태조의 출생지는 두만 강변으로 백두산의 기를 받아 위업을 달성할 수 있었던 것으로 그려지며 지리적인 요소와 민족적 기질을 결부시켜, 본래 한민족이 광활한 대륙을 장악하고 있었으며 그 기상 또한 드높았다는 것을 부언한다.

이 맥락에서 북방을 무대로, 그 안에서 펼쳐지는 이야기의 기록은 크게 '북방견문'과 '북방진출론'으로 나눠진다. 이들 사이의 경계는 국경의 설정에 따른다. 국경을 넘어서는 순간, 북방견문이 시작된다. 이와 달리 북방진출론에는 국경이 없다. 본래부터 자국의 영토, 잠시 잃어버렸던 영토였다는 관점은 당연히 되찾아야 한다는 고토수복론

싸우는디 그 목적은 한국과 만쥬이라 려슌함락 견에는 평화가 근사ᄒ다고 도홀만ᄒ거니와 지금은 정치샹 실디로 보면 될 듯ᄒ지 아니ᄒ지라 아모라도 일본의 진졍이 말못된것을 알거니와 우리도 일본이 금년말ᄭᆞ지 젼쟁을 연속홀 경비를 능히 딕지못ᄒᆞᆯ것을 확실히 알고.

115) 金太祖 阿骨打ᄂᆞᆫ 白頭山下에 一小部落으로 崛起ᄒᆞ야 一擧에 遼를 滅ᄒ고 再擧에 北宋을 取ᄒᆞ얏스니 此로 觀ᄒᆞ면 國의 勝敗存亡이 土地大小와 人民衆寡에 不在ᄒ고 其國人才如何에 在ᄒ것이니 泉蓋蘇文의 大膽雄略으로 엇지 大小衆寡를 較計ᄒᆞᆷ이 有ᄒ리오.

을 정당화한다.

〈소금강〉에서 간도는 잃어버린 고향이자 정치 활동을 펼칠 수 있
는 독립당의 근거지로 소개된다. 이 작품에서 활빈당은 앞으로 나
아갈 바를 모색하는 중에, 국내 정권과 충돌하지 않고 오히려 공로
를 쌓을 수 있는 방편으로 상실된 영토인 간도로 진출하기로 결의한
다.[116] 〈소금강〉에는 다른 신소설에서 찾아보기 힘든 민족주의 성향
의 실천과 모험이 펼쳐져 있다. 그것은 북방에서 이민족과의 전쟁으
로 극대화되어 나타나는데, 이 전쟁에서 승리를 거두고 자국민의 영
역을 확실히 다지는 모습은 북방으로의 성공적인 진출 및 전쟁을 불
사해 가며 영토를 확보해 가는 제국과 동일한 수법을 연출하는 것으
로 제국으로의 진출 가능성을 보여 준다. 다시 말해 생존을 위해서
자국의 국토를 넓히는 전략은, 제국주의의 영토팽창주의를 부정하지
못한다.

'영토확장에 대한 논리'들은 공통적으로 '제국주의 합리화 노선'으로
귀결되었다. 신채호의 논리도 이 법칙에서 비켜나지 않는다. 영토팽
창주의와 직통하는 다물주의(옛 고구려영토회복주의), 을지문덕주의, 그
리고 국가 유기체설의 수용은 그가 고난의 시국을 극복하는 방법이자,
거스를 수 없는 제국주의 노선에 대한 수긍이 전제된 것이었다.

요컨대 '북방의 영웅'들의 흔적을 재현하여, 일종의 '다물주의'를
주창하기에 이른 역사 전기의 작가들은, 제국주의에 대한 반감보다,
이에 이르지 못한 것에 대한 안타까움을 동시에 드러내고 있다. 본
래는 강성했나니, 본래는 강국이었나니, 본래는 중국의 땅이나 일본

---

116) 〈소금강〉, 《대한민보》, 1910. 2. 3. 셔간도나 북간도나 두 곳 즁 드러가 일변으로 진
  황디를 개척ᄒᆞ야 농업을 힘쓰며 긔계를 제죠ᄒᆞ야 실업을 발달ᄒᆞ며 일변으로 긔십만명
  양병을 ᄒᆞ야 외국인의 침탈ᄒᆞᆫ 물니치고 우리나과 일엇던 판도를 돌오찻잣스면 공으로
  ᄂᆞᆫ 국토를 확장ᄒᆞ겟고 사로ᄂᆞᆫ 죄명을 씻슬가ᄒᆞ나이다.

이 노리는 땅들이 모두 조선의 것이었나니, 하는 잃어버린 영토에 대한 회상과 집착은 영토팽창주의를 부정할 수 없었던 그들의 입장, 조선이 본래 일본보다 강하여 제압하기도 했다는 것, 일본이 제국으로 성장한 사실에 대한 인정할 수 없는 반감이 더욱 강했던 사실을 보여준다 하겠다.

이들의 '북방견문기'나 '북방생존기'는 북방을 누볐던 '북방의 영웅담'과 함께, 북방을 새롭게 조명하고, 제국주의로 흘러가는 세계의 흐름을 그들 스스로 해체시키고 재편성해 나가고자 했던 전복적 의지를 보여 준다. 기차를 타고 북방으로 공간을 이동하는 인물들은, 제국주의자들이 오로지 영토의 획득과 전쟁의 목적으로 북방으로 나아갔던 것과 달리, 실제 생존을 위해 좀 더 많은 재력을 형성하기 위해, 또는 마지막으로 기댈 수 있는 삶의 도약지로 북방을 선택했다. 그러나 이러한 차이에도, 이들의 북방 진출은 본래 자국의 영토를 회복한다는 의미에서의 가상된 승전일 뿐, 새로운 삶의 터전으로서의 정착은 실패하는 것이 현실이었다.

V. 결론

　이 책에서는 동아시아로 논의 대상의 범위를 넓혀 개화기 초기에 한국문학이 어떠한 경로를 거쳐 형성되었는지 그 유입 과정을 고찰해 보고자 했다. 동시대에 이제 막 근대문학이라는 관념이 형성되기 시작했을 때, 비슷한 여건의 일본과 중국의 문학 사정을 살펴서 어떠한 영향관계를 지니게 되었는지 고구해 봄으로써 본질적으로 한국 문학만의 특이성을 도출해 보고자 했다. 이에 대한 사항은 여러 연구자들도 개진하고 있는 근대문학사의 중요한 과제이기도 하다.

　근대문학이 형성된 시점을 '소설'이라는 양식으로 규정할 수 없는 서사가 범람한 시기로 보고, 이 시기의 문학을 단지 한국이라는 국경에 가두지 않고, 동아시아라는 확장된 범주로 시야를 넓혀, 근대문학이 출범했을 당시, 동아시아 전반에 걸쳐 공통적으로 나타났던 공명의 현상에 주목해 보았다. 그 결과 식민지라는 제국주의의 피지배 상황이 본격적으로 합법화·합리화되기 전에, 동아시아에서 대등하게 그리고 공통적으로 성행했던 영웅서사들, 이들 전체를 아우를 수 있는 정치서사의 전개 과정을 그려 보면서, 한국의 근대문학이 어떻게 탄생하고 또 어떠한 질곡을 거쳐야 했는지, 그 전모를 개괄적이나마 텍스트를 통해 재검해 볼 수 있었다.

　한국 근대 문학사가 기술되기 시작한 1920~1930년대의 문학사를 볼 때, 앞선 연구자들은 공통적으로 개화기를 근대 문학의 도입기 내지 형성기로서 주요한 기점으로 주목하고 있었다. 다만, 이 시기에 범람했던 여러 문학 장르를 정리하는 과정에서, 몇 가지 용어가 혼재하여, 텍스트가 지닌 컨텍스트상의 맥락을 제대로 보지 못한 면이 있다는 한계가 발견되었다. 이는 한국 문학의 근대성을 자생적인 발전과 창조적인 변용의 과정으로 바라보는 시선보다, 외래문학의 도입과 외부의 영향 내지는 외부적인 억압 체계에 저항하기 위한 도구로서의 문학으로 그 특성을 일반화하는 과정에서 빚어진 것이다. 그리고 이러한 경향은 크게 두 가지의 문제를 낳았다. 그것은 결과적으로 민족담론이라는 거대한 블랙홀에서 개화기 문학의 특성이 일반화되었다는 점이며, 그 과정에서 신소설과 역사, 전기라는, 크게 오락성과 교훈성을 담보로 한 서사양식의 갈래를 조성했다는 점이다.

이 글에서는 '정치서사'란 용어를 기존의 정치적 산문〔임화〕, 혹은 정치소설〔김태준〕이라 명명된 장르의 작품과 개화기에 성행했던 정치성을 띤 서사작품들, 각각 신소설이라는 표제와 정치소설이라는 표제를 달고 있는 두 작품을 하나로 묶어 통칭할 수 있는 개념으로 사용하고자 했다. 아울러 기본적으로 정치서사를 정치적인 활동을 하는 인물이 정치적인 사건을 일으키거나, 이러한 사건에 연루되어 정치적인 매체와 정치운동에 관여 또는 이러한 것의 도움으로 서사적인 전개를 이끌어 내는 것을 지칭하는 것으로 정의하고자 했다. 이렇게 볼 때, 정치서사라 함은 정치적인 인물과 정치적인 사건 그리고 이러한 사건과 인물에 따라 전개되는 서사양식임을 의미한다. 이에 따른 작품들은 실존 인물과 허구적인 인물이 공존하는 정치소설의 모형과 닮아있다.

그러나 한국 문학에서는 정치소설이 정착하지 않았다. 이는 앞서 살펴본 대로, 문학과 역사의 경계가 비교적 선명하게 부각되었던 일본이나 중국과 다른 지점이기도 하다. 한국 문학의 실정에서 정치소설이라는 용어로 창작된 작품은 희박하며, 오로지 번역된 정치서사만이 존재한다. 여기서 정치서사의 용어는, 정치소설과 신소설이라는 장르의 용어가 혼재한 사정에 말미암는다. 대부분의 정치소설은 신소설로 전환되었으며, 이 과정에서 정치소설의 정치성이 삭제되거나 누락되어 오히려 신소설적인 정치소설 또는 정치서사의 모형이 예비되기에 이른다. 이러한 경우의 가장 이상적인 결과물은 이인직의 〈은세계〉라 볼 수 있다.

익히 알려진 바대로 〈은세계〉에는 김옥균이라는 실존 인물과 허구적 인물이 만남을 이루고 서로 영향을 주고 받는 것으로 제시되어 있기 때문이다. 이러한 실재성과 허구성의 조합은 바로 정치소설의 구성 원리와 맞닿아 있는 지점이기도 하다. 그러나 정치소설은 그러한 조합이나 허구성보다 실재성에 더욱 치중되어 있으며, 실제 역사적인 사건의 전개에 좀 더 집중하고 있어, 대표적인 일본 정치소설인 《가인지기우》와 《경국미담》의 경우, 방대한 세계사적 지식을 요구하면서 동시에 이를 전달하는 기능을 주로 담당하고 있다. 물론 이 안에는 실재한 인물과 가공의 인물이 공존하면서, 또한 남녀 사이의 애정이나 정치적인 입장이 관여하고 있어 정치소설의 정치성을 여실히 보여 주고 있다. 역사적인 사실과 이데올로기적 측면에 치중된 분위기에서 한발 더 나아가 인정소설같이 세태를 적절히 반영한 《설중매》가 나올 무렵에는 정치소설의 미래적인 속성이 강화된다.

당대의 실재했던 정치운동가가 작가를 겸임했다는 점에서 알 수 있듯이, 정치소설이 자유민권운동이라는 정치운동과 맞물리면서, 정치운동의 프로파간다로서의 성격을 고착시켜 나간 것이다. 그것은 이상적인 유토피아, 국회가 성립된 미래사회에서, 국회 성립에 이르기까지의 과정을 그려 내는 방식으로 미래시제에서 과거로 들어가는, 미래에 대한 인식을 작품의 전제로 깔고 있는 것에서 드러난다. 현실에서 아직 이루지 못한, 그러나 지향해야 하는 과제를 작품에서 달성시켜, 국회 건설이 자국의 번영에 얼마나 필수 불가결한 중대 사업인가를, 당대에 피력할 수 없는 미래 정치에 대한 감상을 텍스트에서 실현시켜, 그 감상을 확고한 의지로까지 끌어올린다.

이러한 정치사상의 개입은 형식적으로 실증적인 사실만을 전달하는 역사와 허무맹랑한 일들을 기술한 고대 소설과 다른 영역으로, 근대문학의 시점이 되는 정치소설의 입지를 다졌다. 역사와 문학의 구별이, 역사를 드라마틱하게 정치적인 입장에 따라 재구성해 내는 것이 정치소설의 성패의 관건이 되었던 것이다. 무엇보다 여기에 국권과 민권의 대립과 결합을 상징하는 남녀의 등장과 화합은 당대 독자들의 흥미까지 충족시키는 사항이기도 했다. 그러나 이러한 정치소설은 단순히 일본 국내의 사정에만 국한된 것이 아니었다. 이는 이러한 정치소설이 번역되었을 때, 그 내재된 성격이 표면화하는 과정에서 더욱 분명하게 드러났다. 그것은 내셔널리즘과 결합한 국민국가의 문학을 탄생시켰다는 점이다.

근대 초기의 정치소설이란, 초기의 민권가들이 이후에 오히려 좀더 강력한 내셔널리스트로 변모하고 말았듯이, 정치소설의 속성은 민권 주창에서 국권 주창으로 변모하고 말았다. 이는 당대 정치운동과 정치소설이 그 운명을 함께하고 있었다는 사실을 보여 주는 것이기도 하다. 또한 정치소설의 성격이 결국은 내셔널리즘적인 속성을 내재하고 있으며, 내셔널리즘으로 귀결되고 있다는 것을 보여 준다. 이는 번역이 되었을 때 좀 더 중요한 사안으로 부각될 수 있는 부분으로,

번역된 정치소설과 정치서사의 대부분이 일제강점기에 금서로 지정
되어 금지처분을 받았다는 아이러니를 연출하기 때문이다. 일본의 정
치소설은 인정세태소설 더 나아가 사소설이 본격적으로 등장하기 전
까지, 더욱이 번역문학을 다루면서 근대문학의 초기 상태를 대변하는
장르로 중요하게 부각된 바 있다.

특이한 것은 일본이 서구의 정치소설 모방이나 재현에 집착하지
않고, 자체적인 정치적 사안을 담은 정치소설을 창작해 냈다는 점,
이 과정에서 내셔널리즘이 강화되거나 간접적으로 독자에게 주입되
었다는 점이다. 더욱 문제적인 것은 이러한 정치소설이 동시대에 주
변국으로 전파되었다는 점이다. 일본의 정치소설은 일차적으로 일본
에 유학하고 있던 유학생들의 손에서 번역되었다. 이는 주로 사적인
행위의 차원이었으며, 국가가 주관하는 공공사업과 다른 목적을 지
녔다. 그것은 일차적으로 정부를 전복하려는 의지의 발현이기도 했으
며, 무엇보다 국내에 없는 새로운 경향의 소설을 소개하고 이러한 新
소설을 이용해 新국가를 형성할 수 있다는 새로운 열망을 창출하는
데 핵심적인 기제로 인식되었다.

이러한 영향관계는 중국 유학생들 사이에서 좀더 선명하게 구현
된 바 있다. 그것은 무술정변 같은 국내의 정치운동에 가담했던 일
군一群들이 그 뜻을 이루지 못하고 일본으로 도피, 다시 복귀할 꿈을
지니고 이들의 정치사상을 대변해 줄 통로를 일본의 정치소설에서
발견함으로써 가능한 일이었다. 중국 유학생들 안에서, '혁명파(쑨
원)-장빙린-〈민보〉'와 '입헌파(캉유웨이)-량치차오-〈신민총보〉'
의 두 계열은 서로 다른 정치적 입장의 노선에 서서, 각기 다른 문학
세계를 고집했는데, 과거 고문헌을 통한 국학의 강조를 장빙린 측에
서 했다면, 현금의 문학으로서 정치소설에 내재한 역동적인 힘을 발

굴하고 이에 의지하고자 했던 량치차오 측에서는 일본의 정치소설을 대량으로 흡수했다.

그 결과 《청의보》와 《신민총보》에는 일본 정치소설을 번역한 〈경국미담〉, 〈가인기우〉 그리고 〈라란부인전〉이나 〈크롬웰전〉과 같은 당대의 소설과 전기가 중국 내부로 수용될 수 있었다. 또한 혁명에 대한 서로 다른 입장, 각기 다른 정치적인 입장에 따라 량치차오는 과격한 혁명을 부정하고 〈라란부인전〉과 같은 텍스트로 온건한 혁명을 주창하고자 했다. 이러한 경향은 조선에도 그대로 들어왔는데, 이는 주로 인천항을 거쳐 들어왔던 잡지가 《청의보》였기 때문이다. 무엇보다 유학자들 사이에서 온건한 정치적 변혁을 추구하고자 했던 정치적 입장의 배경이 일치했을 가능성도 배제할 수 없다.

조선의 경우 중국과 마찬가지로 주로 유학생들이 주축이 되어, 일본의 정치소설과 텍스트가 대량으로 도입되었다. 문제는 일본을 거친 중국 텍스트에서 중역된 경우를 제외하더라도, 일본의 텍스트가 그대로 번역되지 않았다는 점에 있다. 조선 내에서 자체적인 개작에 가까운 번안이 이루어졌던 것이다. 이는 정치적 배경 차이와, 상이한 근대적 문물과 제도의 유무에 달린 필연적인 결과였다. 동일한 텍스트가 서로 다른 형태로 번안된 것, 또는 치밀하게 직역된 경우에도 발견되는 차이는 곧, 번역된 텍스트가 원본의 세계를 동일하게 재현하지 않고 있다는 것을 보여 준다. 더 나아가 완연히 다른 텍스트로서 다시쓰기가 수행되었음을 말해 준다. 텍스트가 번역되는 순간 원본에 가까운 것이 아닌, 자국의 실정에 가까운 것으로, 자국의 정치적인 상황을 반영하는 반영물로 재현될 수밖에 없다는 것은 본질적으로 텍스트 자체의 성격보다, 텍스트가 소개되고 수용되는 경로에 초점을 맞추게 한다.

조선에 들어온, 국내 시장에서 유통된 텍스트는 원저자나 원본의 출처가 중요하게 여겨지지 않았고, 때로는 과감하게 생략해도 좋을 만큼, 번역되는 순간 출판사의 상품으로 거듭났다. 이 부분은 저작권법이 아직 통용되지 않는 상황에서, 윤리적인 번역이란 저작자의 의도를 존중하는 것이 아니라, 당대 시대가 요구하는 정치적인 과제를 제대로 수행해 낼 수 있는 작품의 재생산에 역점을 맞추고 있었다는 말로도 해석해 볼 수 있다. 번역은 일차적으로 조선왕조를 하루빨리 근대국가로 탈바꿈하는 데서 필연적으로 수행해야 하는 국가사업이었다. 국가사업으로서의 번역은, 일차적으로 국가와 국민의 형성에 앞서 군주에 대한 충성을 전제하고 있는 텍스트로, 정치적 관념이란 군주를 향한 애국충정을 다하는 것으로 해석되어야만 했던 한계를 지니고 있었다.

자발적으로 수행된 번역이 정치적 풍자나 지배정권에 대한 저항점을 내재할 수 있었다면, 국가사업으로서의 번역은 관료적인 성격에서 탈피하기 어려웠다. 그럼에도 초기 번역의 형태는 국가가 주도한, 국가적인 사업과 자발적으로 수행된 번역이 교묘하게 맞물려 있었다. 그것은 국가의 주도로 번역된 텍스트 혹은 공공연한 인정의 대상이 된 텍스트가, 특정한 권력을 상징하는 것으로 인식되는 데 그치지 않고, 자국 내에서 여러 버전으로 복수적 번역 형태를 연출하는 것으로 나아갔다. 표면적으로 국한문체의 번역서가 동일한 내용의 국문체 번역서로 재차 옮겨지는 것은 물론이고, 완결된 형태의 장구한 텍스트의 내용이 각기 다양한 형태로 압축되어 재차 여러 텍스트가 수록되는 것을 그 한 사례라 할 수 있다.

그리고 이 과정에서 제3장에서 살펴본바, 《애국부인전》과 같이, 세계적인 문호로 높게 평가된 실러의 작품이 세계문학의 기획과 다르게 국민국가 창출의 문학으로 쓰이는 것을 목도할 수 있었다. 개화기에 성행한 실러의 대표작으로는 잔다르크의 일대기를 다룬《애국부인전》과 빌헬름 텔의 이야기를 다룬《서사건국지》가 있다. 이들 세계문학은, 실러가 말한 바대로 숙명적으로 민족문학의 성격을 벗어날 수는 없다. 그러나 민족문학의 성격만이 전면적으로 부각되어 쓰이지만은 않았다는 점을 감안해 볼 때, 이들 텍스트가 여러 버전으로 성행했던 아시아의 상황에 대한 면밀한 해석이 요구된다. 이 책에서 다룬《애국부인전》에 국한시켜 볼 경우, 잔다르크의 이야기는 일본에서 야차(두억시니)의 이미지로 쓰인 바가 적지 않다. 잔다르크의 형상은 칼을 들고 적군의 목을 베거나, 심지어 권총을 들고 적군과 총싸움을 하는 것으로, 그야말로 전투하는 여전사이다. 잔다르크는 자신의 열악한 조건에 굴복하지 않고 공적을 쌓는 입신양명의 전형적인 롤 모델이었다.

더욱이 메이지기에 성행한 이 텍스트는, 신분제가 붕괴되면서 하급무사의 지위가 상승되었던 시대 분위기와도 어느 정도 호응하는 면이 있다. 이러한 잔다르크의 이미지는 중국의 경우에 화목란의 이야기를 연상시킨다. 전장터에서 공적을 쌓는 여전사의 이미지가 그러하다. 이러한 무사나 전사의 이미지는 조선에 들어와서 근대국민의 표상으로 새롭게 거듭났다. 싸우는 잔다르크를 대신하여 호소력 있는 연설을 펼치는 잔다르크의 형상이 그렇다. 연설이란 근대의 정치적인 행위로, 정치조직을 구성하고 근대적인 국회를 개설하고 정부를 수립하는 데 일차적이고 기본적인 수단으로 인지된 바 있다. 오래전의 영웅이 연설을 하는 장면은, 실존했던 인물과 현재라는 시간적 격차를 넘어 읽는 독자로 하여금 일종의 감정을 고양시키는 것으로, 여기에 개입된 작가의 목소리는 조선에 필요한 정치적인 사안을 직설적으로 피력하는 데 성공한다.

이러한 균열과 차이는 실제로 동시대에 실존했던 인물을 조명하는 작품에서 더욱 두드러진다. 필리핀의 독립운동을 위해 항전했던 아기날도 장군을 중심으로 필리핀이 식민지로 전락하는 과정을 그리고 있는《비율빈전사》는 이 맥락에서 핵심적으로 고찰해 볼 필요가 있었다. 아기날도는 일본의 흑룡회로부터 정치 자금을 받았고, 중국의 혁명당과도 연루된 것으로 기록되어 있다. 더욱이 야마다 비묘가 아기날도의 전기를 별도로 각색하여 출판할 정도로, 그에 대한 관심은 대단한 것이었다. 아기날도의 정치적 노선은, 아시아를 구제한다는 명목 아래 동양의 평화를 전담하려는 망상을 지닌 흑룡회와 연결되어 있다는 점에서도 문제적이지만, 그가 독립운동을 전개하는 방식이 제국과 피식민지국 모두에게 신선한 충격을 주는 사건이었음을 부정할 수 없다.

그것은 그가 동시대의 인물이라는 점에서 더욱 그러하다. 그럼에도 빚어지는 번역에서 오는 낙차나 본질적인 번역 행위 자체에서 차이가 있지만, 무엇보다 각기 정치적인 입장에 따른 텍스트의 선별적인 번역 양태는 동일한 정치적 사건과 인물이 그 재현 방식에 따라서 서로 다르게 구현될 수밖에 없었던 미묘한 사정을 여실히 보여 준다. 그리고 이러한 아이러니컬한 사정은 제국에서 유용하게 통용되었던 필리핀의 이야기가 식민지 통치전략으로 쓰이는 한편, 제국에 저항하려는 움직임까지 짊어지고 있다는 점에서 식민지(국)에서의 금서처분이라는 상황으로 나타났다.

그러나 이 책에서 좀 더 면밀히 살펴보고자 했던 것은, 단순히 자국 내에서 금서처분을 받은 도서가 아니라, 동일한 텍스트가 각기 다르게 읽혔다는, 상이한 독법의 시각이 배태되는 과정이었다. 번역과 관련해서는 국체를 위협하거나, 위협했던 기억을 담고 있는 텍스트를 배제하는 문제도 아울러 거론할 수 있을 것이다. 그 한 예로 《조선망국사》나 《한일합방 미래의 몽》이라는 작품이 그러하다.

그리고 조선과 동병상련의 시선에서 타국을 바라보는 텍스트 가운데 《파란말년전사》의 경우, 텍스트가 얼마나 자유로이 정치적인 입장을 피력할 수 있는 유동적인 매체로 기능할 수 있는지를 보여 준다. 무기력한 폴란드 왕의 이미지는 유약한 고종의 이미지와 겹쳐지며, 작가는 폴란드를 잠식하는 외세의 그림자가 왕을 비롯한 지배정권의 실책으로 빚어진 사태임을 고발한다. 동일한 텍스트를 이용해 각기 전쟁과 혁명과 독립을 말하는 서로 다른 목소리의 분화는 오로지 과잉과 결핍이라는 비정상적인 질주와 퇴보 사이에서 정체되었던 근대국가 혹은 제국 건설의 미명 아래 자행되는 은폐된 근대의 폭력성을 드러낸다.

이들의 서로 다른 목소리는 균질하지 못한 불균형 상태의 지배국·지배세력에 대한 반감을 피력하는 방식이자, 사태의 반대편에 서서 한 방향으로만 몰아붙이는 국가사업에 포섭되지 않는 방식이기도 했다.

조선에서 초기에 독립이라는 과제가 요원했던 이유는, 실질적으로 국권에 대항하는 민권운동이 불가능했기 때문이다. 군주로부터 독립이 불가능했으며, 군주로부터 독립이 되지 않는 한 국민으로서의 발판을 다지기란 쉽지 않았다. 대표적으로 독립협회 탄압사건이 그러하다. 독립협회는 국가의 입장에서 보면 해산시켜야 할 정도로, 군권에 위협을 줄 수 있을 정도로 성장했었다. 이러한 성장은 자신들의 롤모델이 될 만한 메이지유신이나 미국의 독립전쟁 같은, 나라와 각 개인의 독립을 실행하고자 하는 진취적인 계몽사업의 결과이기도 했다.

그러나 실질적으로 군주제의 울타리 안에서 연설에 기반을 둔 대표자 선출과 국회의 설립은 요원한 과제였다. 바로 그것이 최고조로 진취적이었던 순간에 최고의 절망과 좌절을 경험해야 했던 이유가 되었다. 이는 독립협회의 전성기이기도 했다.

구연학이 《雪中梅》를 번안하는 과정에서 독립협회와 연설장 장면을 연계시킨 것은 이 맥락에서 중요하다. 조선의 역사에서 이 시기만큼, 민권운동에 필적할 만한 사건이 흔치 않았던 것이다. 원작에 나타난 감시와 검열과 통치의 시선은, 이러한 분위기 속에서 번역된 텍스트로 옮겨질 수 있었다. 이 맥락에서 이 시기의 작가는 사실과 허구 사이에서 고민한 것이 아니라, 가상과 실현 가능성 사이에서 갈등했다. 원작의 태반은 가상으로 전락하고, 실현 가능한 사항들만이 간추려졌던 것이다. 그리고 그 기준은 어디까지나 정치적인 실현 가능성이었다.

한국문학에서 정치서사는 앞서 정의한 대로 정치적인 사건을 일으키거나 그런 사건에 연루된 인물이 정치적인 행위를 펼치는 것이다. 이러한 정치서사의 정의에 따라 보면 신소설과 역사, 전기는 밀접히 연계되어 있다. 정치소설만을 놓고 볼 때, 정치소설에 관련된 장르가 또한 역사와 전기, 신소설이다. 정치소설에 재현된 배경은 역사적인 사실에 놓여 있으며, 그 인물 또한 실제 인물의 행적이 중요한 토대로 기능하며, 허구의 인물과의 조합은 신소설의 갈래로 분화되어 있는 셈이다. 이렇게 볼 때, 개화기문학을 이분법적으로 나눠 놓았던 장벽이 붕괴되고, 하나로 엮어질 수 있는 통로가 생겨난다. 그것은 정치성의 유무에 따라 장르를 나누었던 그 기준점, 정치성의 유무가 오히려 두 장르를 하나로 묶는 총체로 기능할 수 있다는 것을 보여 준다. 이러한 차원에서 마지막 장에서는 오락성과 흥미성으로 대변되는 신소설에서 정치적인 사건이 서사를 나아가게 하고 있음을 살피고자 했으며, 또한 정치서사의 공통된 테마인 북방인식을 살펴보고자 했다. 이러한 작업은 한국문학 안에서 정치문학의 시작이었던, 문학 이전 단계의 서사양식에서 구현된 정치성의 실체를, 무엇보다 이러한 정치성을 텍스트에서 구현하고자 했던 당대의 의도를 좀 더 명증하게 파악하는 데 단초가 될 수 있으리라 기대해 본다.

참고문헌

1. 기본 자료

1) 신문 및 잡지

《大韓每日申報》,《大韓民報》,《獨立新聞》,《歷史学事典》,《白巖朴殷植全集》,《三千里》,《少年韓半島》,《新民總報》,《新小說・飜案(譯)小說》,《女子讀本》,《週刊朝日百科 日本の歷史》,《駐韓日本公使館 記錄》,《淸議報》,《親睦會會報》,《漢城新報》,《皇城新聞》,《西北學會月報》,《朝鮮日報》,《畿湖興學會月報》,《大韓民報》,《國聞報》,《大韓自强會月報》,《大韓學會月報》,《大韓興學報》,《時務報》,《新人》,《瀛寰瑣記》,《飮冰室文集》,《日本書目志》,《太極學報》,《漢城週報》,《民權文學硏究 文獻目錄》

2) 작품

《佳人之奇遇》,《慨世美談》,《枯骨之扼腕》,《今世の佳人》,《今世西洋英傑傳》,《南洋之風雲》,《綠簑談》,《桃色絹》,《明治四十年の日本》,《米國獨立戰史》,《米國前大統領哥蘭的公傳》,《未來之警鐘》,《芳園之とんが》,《普墺戰史》,《佛帝三世那婆烈翁傳》,《比斯馬爾克傳》,《比律賓戰史》,《雨前の櫻》,《宇宙之舵蔓》,《月雪花》,《春吉鳥》,《波蘭衰亡戰史》,《現今民權家品行錄》,《現今淸韓人傑傳》,

小川為治,《開化問答》, 東京 二書屋, 1874.

柴四郎,《埃及近世史(初版)》, 博文堂書店, 1889.

麥鼎華,〈埃及近世史〉,《淸議報》, 1900.6.1~1901.2.11

張志淵,《埃及近世史》, 皇城新聞社.

矢野龍溪,《經國美談》(上, 下), 報知新聞社, 1883, 1884.

玄公廉,《經國美談》, 우문관, 1908.

山内徳三郎(作楽戸痴鶯) 訳編,〈佛朗西國 女傑 如安之傳〉,《西洋英傑傳》,
1872, 英蘭堂.

瓜生政和 編著,〈仏董西如安達克の話〉(제2권 중 2권),《和洋合才袋 (前集)》,
1874, 東京.

村田尚志 編,〈仏国如安達安克の事〉(제 3권중 2권),《世界智計談》, 1874, 東京：
金松堂.

吉村軌一, 岩田茂穂 訳,《万国有名傳戦記》, 1884. 東京：陸軍文庫.

朝倉禾積 訳, 新宮巍 校閲,《自由の新花：仏国女傑 如安実伝》,1886.1,丁
卯堂.

粟屋, 関一 역술,《同天偉蹟 佛國美談(LIFE OF JOAN)》, 1886, 10(再版), 同
盟書房.

西村茂樹,〈若安達亞克(ジョアンダーク)〉,《婦女鑑》(제 4권 중 4권), 1887.7,
宮内省.

山本新吉 著,〈豪傑婦人 如安達克の傳〉,《新作滑稽 楽しみ草紙》, 1890, 東京：
上田屋栄三郎 等

佐藤益太郎,〈若安達亞克〉,《正學要領》, 1892. 東京.

湖處子識,〈オルレアンの少女〉(1893. 12 -1894. 2.),《世界古今名婦鑑》, 1898.
民友社.

岩崎徂堂, 三上寄風 著,〈如安打克孃(ジョアンダーク)〉,《世界十二女傑》, 1902,
東京：広文堂.

슝양산인,《애국부인전》, 광학서포, 1907.

門田平三 訳,《眞段(マダム)郎蘭傳：佛國革命 自由黨魁》, 1882, 東京：丸善.

坪内逍遥 (春廼屋朧) 訳,《朗蘭夫人の伝(ローラン)》, 1886, 大阪：帝国印書会
社.

蘆花生編,〈仏国革命の花(ローラン夫人の伝)〉,《世界古今名婦鑑》, 1898, 民友
社.

岩崎徂堂, 三上寄風 著,〈朗蘭(ローラン)夫人〉,《世界十二女傑》, 1902, 東京：広
文堂.

역자미상,《라란부인전》, 대한매일신보사, 1907.

山田美妙,《あぎなるど：比律賓独立戦話》, 東京：内外出版協会, 1902.

渋江保,《波蘭衰亡戰史》, 博文館藏, 1895.

薛公俠 譯,《波蘭衰亡史》, 鏡今書局, 1904.

魚瑢善 譯,《波蘭(國)末年戰史》, 搭印社, 1899.

理智先生(J. EWING RITGHLE), 渡邊修次郎 譯補,《大政事家 虞拉土斯頓(グラッドストン)立身傳》(THE LIFE AND TIMES OF WILLIAM EWART GLADSTONE), 東京:中央堂, 1886.

실러(JOHANN CHRISTOPH FRIEDRICH SCHILLER), 佐藤芝峰 譯,《ウイルヘルム・テル》, 秀文書院, 1905.

尾崎三良 譯,《仏帝三世那波烈翁傳》(上), 村上勘兵衛, 1875.

루쉰(魯迅)・저우저우런(周作人),《域外小説集》(第一冊), 東京, 1909.

엄복(嚴復),《천연론》, 상무인서관, 1898.

량치차오 찬(纂),《월남망국사》, 광지서국, 1905.

2. 국내논저

1) 단행본

국사편찬위원회,《대한제국관원이력서》, 탐구당, 1972.

권보드래,《한국근대소설의 기원》, 소명출판, 2000.

권영민,《서사양식과 담론의 근대성》, 서울대출판부, 1999.

_____,《한국현대문학사》, 민음사, 2002.

_____,《풍자우화 그리고 계몽담론》, 서울대 출판부, 2008.

_____,《혈의누》, 뿔, 2008.

_____,《한국 민족문학론 연구》, 민음사, 1988.

金台俊,《朝鮮小說史》, 清進書館, 1933.

김교봉・설성경,《근대전환기 소설 연구》, 국학자료원, 1991.

김병철,《한국근대번역문학사 연구》, 을유문화사, 1975.

_____,《한국번역문학사연구》, 을유문화사, 1988.

_____, 《한국근대서양문학이입사연구》, 을유문화사, 1980.

김봉희, 《한국개화기서적문화연구》, 이화여대출판부, 1999.

김석봉, 《신소설의 대중성 연구》, 역락, 2005.

김성배, 《유교적 사유와 근대 국제정치의 상상력》, 창비, 2009.

김영민, 《근대계몽기 문학의 재인식》(연세근대한국학총서 21), 소명출판, 2007.

_____, 《한국문학의 근대와 근대성》, 소명출판, 2006.

_____, 《한국의 근대신문과 근대소설 1 : 대한매일신보》, 소명출판, 2006.

_____, 《한국의 근대신문과 근대소설 2 : 한성신보》, 소명출판, 2008.

김영작, 《한말 내셔널리즘 연구》, 청계연구소, 1975.

김욱동, 《미국 소설의 이해》, 소나무, 2001.

_____, 《번역과 한국의 근대》, 소명출판, 2010.

_____, 《번역과 한국의 근대, 소명출판, 2010.

김윤식 · 김현, 《한국문학사》, 민음사, 1973.

김윤식 · 정호웅, 《한국소설사》, 문학동네, 2000.

김종준, 《일진회의 문명화론과 친일활동》, 신구문화사, 2010.

김진곤, 《 이야기 小說 Novel》, 예문서원, 2001.

김찬기, 《한국 근대소설의 형성과 전(傳)》(연세근대한국학총서 5), 소명출판, 2004.

김태준, 《조선소설사》, 예문, 1989.

_____, 《朝鮮小說史》, 학예사, 1932.

김학준, 《한말의 서양정치학 수용 연구》, 서울대 출판부, 2000.

류창교, 《왕국유평전》, 영남대 출판부, 2005.

민두기, 《시간과의 경쟁》, 연세대 출판부, 2002.

민족문학사연구소 편역, 《근대계몽기의 학술 · 문예 사상》, 소명출판, 2000,

박지향, 《일그러진 근대》, 푸른역사, 2003.

배수찬, 《근대적 글쓰기의 형성 과정 연구》, 소명출판, 2008.

백철, 《조선신문학사상사》, 수선사, 1948.

白鐵, 《新文學思潮史》, 民衆書館, 1953.

서영희, 《대한제국 정치사 연구》, 서울대출판부, 2003.

설성경, 《신소설 연구》, 새문사, 2005.

손유경, 《고통과 동정》, 역사비평사, 2008.

송건호 · 강만길, 《한국 민족주의론》, 창작과비평사, 1982.

송민호, 《한국 개화기 소설의 사적 연구》, 일지사, 1975.

송혜경, 〈후쿠자와 유키치와 번역〉, 《번역과 일본문학》, 문, 2008.

신동욱, 《신문학과 시대의식》, 새문사, 1981.

신용하, 《한국근대지성사연구》, 서울대출판부, 2005.

안자산, 《朝鮮文學史》, 한일서점, 1922.

安鍾和, 《新劇史이야기》, 進文社, 1954.

梁啓超, 《월남망국사》, 안명철 · 송엽휘 역주, 태학사, 2007.

연세대 근대한국학 연구소, 《근대계몽기 단형 서사문학 연구》, 소명출판, 2005.

_____, 《한국 근대 서사양식의 발생 및 전개와 매체의 역할》, 소명출판, 2005.

오영섭, 《한국 근현대사를 수놓은 인물들(1)》, 경인문화사, 2007.

유기룡, 《新文學과 시대의식》, 새문사, 1981.

유길준, 《서유견문》, 허경진 옮김, 서해문집, 2004.

유형원 · 이익 · 박지원, 《한국의 실학사상》, 강만길 외 옮김, 삼성출판사, 1988.

이문규, 《고전소설 비평사론》, 새문사, 2002.

이민희, 《파란, 폴란드, 뽈스까!》, 소명출판, 2005.

이보경, 《문과 노벨의 결혼 : 근대 중국의 소설 이론 재편》, 문학과지성사, 2002.

이삼성, 《동아시아의 전쟁과 평화 2》, 한길사, 2010.

이재선, 《한국 개화기 소설 연구》, 일조각, 1972.

_____, 《한국현대소설사》, 홍성사, 1979.

이종민, 《근대 중국의 문학적 사유 읽기》, 소명출판, 2004.

이혜경, 《천하관과 근대화론》, 문학과지성사, 2002.

이화여대 한국문화연구원, 《근대계몽기 지식개념의 수용과 그 변용》, 소명출판, 2004.

_____, 《근대계몽기 지식의 굴절과 현실적 심화》, 소명출판, 2007.

_____, 《근대계몽기 지식의 발견과 사유 지평의 확대》, 소명출판, 2006.

이효덕, 《표상공간의 근대》, 박성관 옮김, 소명출판, 2002.

임화, 《林和 新文學史》, 임규찬·한진일 엮음, 한길사, 1993.

전광용, 《신소설 연구》, 새문사, 1986.

정교, 《대한계년사 2》, 이철성 역주, 소명출판, 2004.

정선태, 《개화기 신문 논설의 서사 수용 양상》, 소명출판, 1999.

정선태, 《근대의 어둠을 응시하는 고양이의 시선》, 소명출판, 2006.

정진석, 《한국언론사》, 나남, 1990.

조남현, 《소설신론》, 서울대출판부, 2004.

조남현, 《한국현대소설유형론 연구》, 집문당, 1999.

조동일, 《신소설의 문학사적 성격》, 서울대 출판부, 1973.

조미경 옮김, 김채수 외 편, 《한국과 일본의 근대언문일치체 형성과정》, 보고사,
       2002.

조연현, 《한국신문학고》, 을유문화사, 1977.

최기영, 《한국근대계몽사상연구》, 일조각, 2003.

최원식, 《한국계몽주의문학사론》, 소명출판, 2002.

_____, 《한국 근대소설사론》, 창작과 비평사, 1986.

최원식, 백영서 엮음, 《동아시아인의 동양 인식 : 19~20세기》, 문학과지성사,
       2001.

표세만, 《정치의 상상 상상의 정치 : 보편인 야노 류케이이 세계》, 혜안, 2005.

한기형, 《한국 근대소설사의 시각》, 소명출판, 1999.

한상일, 《제국의 시선》, 새물결, 2004.

한원영, 《韓國新聞 한 世紀 Ⅱ》, 푸른사상, 603~607쪽.

홍석표, 《중국의 근대적 문학의식 탄생》, 선학사, 2007.

_____, 《중국현대문학사》, 이화여대 출판부, 2009.

황정현, 《신소설 연구》, 집문당, 1997.

황현, 《매천야록》, 김준 역, 교문사, 1994.

황호덕, 《근대네이션과 그 표상들》, 소명출판, 2005.

   2) 논문

강영주, 〈개화기의 역사 전기문학〉, 《관악어문연구》, 서울대국문과, 1983.

강준철, 〈꿈 서사양식의 구조 연구〉, 동아대 박사논문, 1989.

강현조, 〈이인직 소설 연구〉, 연세대 박사논문, 2010.

菅光晴, 〈'雪中梅'의 飜案樣相〉, 서울대 대학원 석사논문, 1999.

구장률, 〈근대계몽기 소설과 검열제도의 상관성〉, 《한국근대서사양식의 발생 및 전
　　개와 매체의 역할》, 소명출판, 2005.

_____, 〈신소설출현의 역사적 배경-이인직과 "혈의누"를 중심으로〉, 《동방학지》,
　　2006.

권보드래, 〈동포와 역사적 감각 : 1900~1904년 동포 개념의 추이〉, 《근대계몽기
　　지식의 발견과 사유 지평의 확대》, 소명출판, 2006.

_____, 〈한국 근대의 '소설' 범주 형성에 관한 연구〉, 서울대 박사논문, 2000.

권영민, 〈개화기 지식인의 환상: 천강 안국선의 경우〉, 《문학과 지성》(34호), 1978.
　　겨울.

芹川哲世, 〈韓日開化期政治小說의 比較硏究〉, 서울대 석사논문, 1975. 60쪽.

김교봉, 〈신소설의 서사양식과 주제의식에 관한 연구〉, 연세대 박사논문, 1986.

김석봉, 〈신소설의 대중적 성격 연구〉, 서울대 박사논문, 2003.

김월회, 〈章炳麟 문학이론 연구〉, 서울대 중문과 석사논문, 1994.

김윤식, 〈'정치소설'의 결의형태로서의 신소설〉, 《한국학보》 31집, 1983.

김은희, 〈량치차오의 소설론 연구〉, 《중국문학》(제19집), 1991.

김재영, 〈근대계몽기 '소설'인식의 한 양상 : 《대한민보》의 경우〉, 《근대계몽기 문학
　　의 재인식》(연세근대한국학총서 21), 소명출판, 2007.

김종철, 〈"은세계"의 성립과정연구〉, 《한국학보》, 1988.

_____, 〈한말 민족현실과 신소설-"송뢰금"을 중심으로〉, 《인문논총》 제 5집,
　　1994.

김주일, 〈개화기부터 1953년 이전까지 한국의 서양고대철학에 대한 연구와 번역 현
　　황 연구〉, 《철학 원전 번역과 우리의 근대》, 한국철학사상연구회(제23회 학
　　술발표회), 2003년 5월.

김주현, 〈개화기 토론체 양식 연구〉, 서울대 석사논문, 1989.

김학준, 〈대한제국 시기 정치학 수용의 선구자 안국선의 정치학〉, 《한국정치연구》
　　(vol. 7), 한국정치연구소, 1997.

김현철, 〈청일전쟁〉, 《동아시아의 전쟁과 평화》, 연세대 출판부, 2006.

노연숙, 〈'대한매일신보'에 나타난 기독교적 상상력〉, 《민족문학사연구》, 민족문학
사 연구소, 2006.

_____, 〈20세기 초 동아시아 정치서사에 나타난 '애국'의 양상〉, 《한국현대문학연
구》, 한국현대문학회, 2009.8.

_____, 〈20세기 초 민족담론과 신채호의 민족학적 상상력〉, 《작가들》, 작가들,
2005.

_____, 〈20세기 초 한중일 정치서사와 근대의 정치적 상상(1)〉, 《한국현대문학연
구》, 한국현대문학회, 2011.4.

_____, 〈20세기 초 한중일에 통용된 정치적인 텍스트의 굴절 양상 고찰〉, 《정전과
비교문학의 과제》, 한국비교문학회, 2011년 춘계 학술대회 발표문.

_____, 〈개화계몽기 국어국문운동의 전개와 양상〉, 《한국문화》, 서울대 규장각 한
국학 연구소, 2007.

_____, 〈시베리아 철도와 개화기 작가의 북방의식〉, 《어문연구》, 한국어문교육연
구회, 2011. 여름.

_____, 〈안국선의 《비율빈전사》와 번역 저본 《남양지풍운》의 비교 연구〉, 《한국현
대문학연구》(29), 한국현대문학회, 2009.12.

_____, 〈한국 개화기 영웅서사 연구〉, 서울대 석사논문, 2005. 2.

_____, 〈20세기 초 동아시아에 유통된 《경국미담》비교 고찰〉, 《어문연구》, 한국
어문교육연구회, 2009. 12.

_____, 〈신소설에 나타난 정치적 사건과 결합된 가족서사 고찰〉, 《한국근대문학
연구》, 한국근대문학회, 2008. 하반기.

_____, 〈일본 정치소설의 수용과 한국 신소설의 다층화〉, 《인문논총》, 서울대학교
인문학연구원, 2008. 6.

다지리 히로유끼(田尻浩幸), 〈이인직 연구〉, 고려대 박사논문, 2000.

_____, 〈"은세계"의 '역사 담론'〉, 《한국문예비평연구》, 1999.

_____, 〈신소설과 근대계몽〉, 《한국문예비평연구》, 1998.

_____, 〈巖谷小波의 〈서사의민전〉과 이인직의 신연극 〈은세
계〉 공연〉, 《어문연구》(제34권 제1호), 2006.

박상석, 〈'애국부인전'의 연설과 고소설적 요소〉, 《열상고전연구》(제27집), 열상고

전연구회, 2008.

박수미, 〈개화기 신문소설 연구〉, 성균관대 박사논문, 2005.

박종명, 〈金玉均과 明治政治小說〉, 《비교문학》 15, 1990.

_____, 〈명치정치소설의 정치주장과 한국〉, 《교육논총》(제14집), 1990.

박지현, 〈당대(唐代) 정치 문인의 등장과 소설적 글쓰기〉, 《중국의 지식장과 글쓰기》, 소명출판, 2011.

방민호, 〈《혈의루》 계열 신소설에 나타난 재난의 의미〉, 《한국문학과 재난의 상상력》, 한국현대문학회, 2011.6.18.

배정상, 〈위암 장지연의 '애국부인전'연구〉, 《현대문학의 연구》30, 한국문학연구학회, 2006. 11.

백승우, 〈번역의 정치 : 하버마스의 수용과 다시쓰기〉, 서울대 언론정보학과 석사논문, 2002.

백지운, 〈한중일 근대소설과 문학이념의 문제〉, 《중국현대문학》, 한국중국현대문학학회, 1999.

서여명, 〈한·중《서사건국지》에 대한 비교 고찰〉, 《민족문학사연구》, 민족문학사연구소, 2007. 12.

_____, 〈중국을 매개로 한 애국계몽서사 연구 :1905~1910년의 번역 작품을 중심으로〉, 인하대 박사논문, 2010.

서재길, 〈《금수회의록》의 번안에 관한 연구〉, 《국어국문학》(제157호), 국어국문학회, 2011. 4.

손나경, 〈다시쓰기로서의 번역:Heart of Darkness 번역본 고찰〉, 《영미어문학》, 한국영미어문학회, 2008.6.

손성준, 〈《이태리건국삼걸전》의 동아시아 수용양상과 그 성격〉, 성균관대 석사, 2007.

_____, 〈국민국가와 영웅서사:《이태리건국삼걸전》의 서발동착(西發東着)과 그 의미〉, 《사이》, 국제한국문학문화학회, 2007.

_____, 〈번역과 원본성의 창출 :롤랑부인 전기의 동아시아 수용 양상과 그 성격〉, 《비교문학》, 한국비교문학회, 2011. 2.

송명진, 〈개화기 서사 형성 연구 : 고전 산문 양식의 轉化 양상을 중심으로〉, 서강대 박사논문, 2007.

慎根縡,〈19世紀末~20世紀初 韓·日小說에 나타난 近代意識의 比較硏究 ―〈雪中梅〉를 中心으로〉,《일본학》, 동국대 일본학연구소, 1984.

야에가시 아이코,〈한일개화기소설연구–정치소설과 신소설의 비교를 통해서〉,《일본연구》, 1986.

양문규,〈신소설을 통해 본 근대 전환기 문학의 민족의식〉,《현대문학의 연구》, 1999.

양승태·안외순,〈안국선과 안확의 근대 정치학 수용 비교 분석〉,《온지논총》(제17집), 온지학회, 2007.

왕희자,〈안국선의〈금수회의록〉과 田島象二의〈인류공격금수국회〉의 비교연구〉, 이화여대 박사논문, 2011.8.

윤영실,〈동아시아 정치소설의 한 양상 :《서사건국지》번역을 중심으로〉,《상허학보》, 상허학회, 2011.

윤지관,〈번역의 정치학: 외국문학 번역과 근대성〉,《안과 밖》(제10호), 영미문학연구회, 2001.

이강옥,〈장지연의 의식변화와 서사문학의 전개〉,《한국학보》, 일지사, 1990.

이상희,〈신소설의 형성기반과 대중 소설적 미학〉, 성균관대 박사논문, 2006.

이승윤,〈한국 근대 역사소설의 형성과 전개 ― 매체를 통한 역사담론의 생산과 근대적 역사소설 양식에 관한 통시적 고찰〉, 연세대 박사논문, 2006.

이안동,〈중국 신문업의 발생·발전과 문학의 관계〉,《사상과 문화로 읽는 동아시아》, 성균관대출판부, 2009.

이영아,〈신소설에 나타난 육체인식과 형상화 방식 연구〉, 서울대 박사논문, 2005.

田尻浩幸,〈신소설《은세계》와 일본 정치소설〉,《어문연구》88, 한국어문교육연구회, 1995. 12.

정근식,〈식민지 검열의 역사적 기원〉,《사회와 역사》, 2003.

정선태,〈근대계몽기 '국민' 담론과 '문명국가'의 상상〉,《근대 한국, 제국과 민족의 교차로》, 한양대학교 비교역사문화연구소 국제학술회의, 2008.

_____,〈근대계몽기의 번역론과 번역의 사상〉,《근대어·근대매체·근대문학 : 근대 매체와 근대 언어질서의 상관성》, 성균관대 대동문화연구원, 2006.

정혜영,〈신소설과 외국유학의 문제–이인직의 "혈의 누"를 중심으로〉,《현대소설연구 20》, 2003.

조현일, 〈안국선의 계몽·민족주의와 문학관 초기 논설과 《비율빈전사》를 중심으로〉,《국제어문》(vol. 27), 국제어문학회, 2003.

주진오, 〈19세기 후반 개화 혁명론의 구조와 전개 – 독립협회를 중심으로〉, 연세대 박사논문, 1995.

차배근, 이민,《중국근대신문의 선구지 《순환일보》에 관한 소고〉,《언론정보연구》, 서울대 언론정보연구소, 2005.

채옥자, 〈개화기 한자어 계통의 국명에 대하여〉,《전환기의 한국어와 한국문학》, 서울대 한국어문학연구소, 2011. 1.

최기영, 〈광무신문지법에 관한 연구〉,《역사학보》92, 1981.

_____, 〈안국선(1879~1926)의 생애와 계몽사상〉,《한국학보》(17권 2호), 일지사, 1991.

최용남, 〈몽자류 소설 연구〉, 전북대 박사논문, 1991..

최원식, 〈'비율빈전사'에 대하여 : 아시아의 연대〉,《문학과 역사》(제1집), 1987.

_____, 〈'雪中梅' 연구〉,《한국학 연구》3, 인하대 한국학 연구소, 1991. 3.

표세만,《《셋츄바이》와 《설중매》의 계몽주의—남여 인물조형을 중심으로〉,《日本學報》第61輯 2卷, 2004. 11.

_____, 〈普遍人 야노 류케이의 세계〉,《日本語文學》(제30집), 2005.

_____, 〈한일 근대문학의〈정치〉수용 양상에 대한 연구—정치소설과 신소설의 '남여'를 중심으로〉,《日本文化研究》第13輯, 동아시아일본학회, 2005.

허동현, 〈1880년대 한국인들의 러시아 인식양태〉,《한국민족운동사연구》32.

현광호, 〈유길준의 동아시아 인식과 구상〉,《근대 동아시아 지식인의 삶과 학문》, 성균관대출판부, 2009.

황정현, 〈신소설의 분석적 연구〉, 연세대 박사논문, 1992.

3. 국외논저

1) 단행본

Andrew Edgar and Peter Sedgwick, *Cultural Theory*, routledge.

Armstrong, Nancy, *Desire and domestic fiction : a political history of the novel*, New York ; Oxford : Oxford University Press, 1987.

Brown, Gillian, *Domestic individualism : imagining self in nineteenth-century America*, Berkeley : University of California Press, 1990.

Howe, Irving, *Politics and the novel*, New York : Fawcett World Library, 1967.

_____, 《소설의 정치학》, 김재성 옮김, 화다, 1988.

Kadish, Doris Y., *Politicizing gender : narrative strategies in the aftermath of the French Revolution*, New Brunswick : Rutgers University Press, 1991.

L.H.Liu, *Translingual Practise: Literature, National Culture, and Translated Modernity China, 1900-1937*, Standford : Standford Univ. Press, 1992.

Loomba, Ania, *Colonialism/ Post colonialism*, London ; New York : Routledge, 1998.

Miller, D. A., *The novel and the police*, Berkeley : University of California Press, 1988.

W.G. 비즐리, 장인성 옮김, 《일본 근현대사》, 을유문화사, 2006.

Whalen-Bridge, John, *Political fiction and the American self*, Urbana : University of Illinois Press, 1998.

가노 마사나오, 《일본의 근대사상》, 최혜주 역, 한울, 2003.

가라타니 고진(柄谷行人), 《문자와 국가》, 조영일 옮김, 도서출판 b, 2011.

가메이 히데오(龜井秀雄), 《〈소설〉론》, 신인섭 옮김, 건국대 출판부, 2006.

가토 슈이치 · 마루야마 마사오, 《번역과 일본의 근대》, 임성모 옮김, 이산, 2000.

강상중, 《내셔널리즘》, 임성모 옮김, 이산, 2004.

_____, 《愛国の作法》, 朝日新書, 2006.

고모리 요이치(小森陽一), 《포스트 콜로니얼》, 송태욱 옮김, 삼인, 2002.

_____, 《일본어의 근대》, 정선태 역, 소명출판, 2003.

고바야시 히데오, 《만철》, 임성모 옮김, 산처럼, 2004.

고토쿠 슈스이(幸德秋水), 《帝國主義》, 岩波書店, 2004.

郭廷禮, 《중국근대번역문학개론》(상), 湖北敎育出版社, 1998.

구메 구니타케(久米邦武), 《특명전권대사 미구회람실기(제2권 영국)》, 방광석 옮김, 소명출판, 2011.

나카무라 미쓰오(中村光夫), 《일본 메이지 문학사》, 고재석 · 김환기 옮김, 동국대

412

출판부, 2001.

南富鎭, 《文学の植民地主義 ―近代朝鮮の風景と記憶》, 世界思想史, 2006.

內田魯庵 · 嵯峨の屋お室 訳, 《內田魯庵 · 嵯峨の屋お室集》, 大空社, 2002.

內田道夫 編, 《中國小說世界》, 上海古籍出版社, 1992.

魯迅, 《中國小說史略》, 《魯迅全集》九卷, 北京 : 人民大學出版社, 1981.

____, 《중국소설사》, 조관희 역, 소명출판, 2004.

니시카와 나가오, 《국민이라는 괴물》, 윤대석 옮김, 소명출판, 2002.

다지리 히로유끼, 《한국문예비평연구》, 1998.

다케우치 요시미(竹內好), 《노신문집 IV》, 한무희 옮김, 일월서각, 1986.

_____, 《일본과 아시아》, 서광덕 · 백지운 옮김, 소명출판, 2004.

_____, 《루쉰》, 서광덕 옮김, 문학과지성사, 2003.

더글러스 로빈슨, 정혜욱 옮김, 《번역과 제국》, 동문선, 2002.

로렌스 베누티, 《번역의 윤리》, 임호경 옮김, 열린책들, 2006.

로만 알루아레즈 및 카르멘 아프리카 비달, 《번역, 권력, 전복》, 윤일환 옮김, 동인,
      2008.

로제 샤르티에, 《프랑스혁명의 문화적 기원》, 백인호 옮김, 일월서각, 1999.

루샤오펑(魯曉鵬), 《역사에서 허구로》, 조미원 · 박계화 · 손수영 옮김, 길, 2001.

리디아 리우, 《언어 횡단적 실천 : 문학, 민족문화 그리고 번역된 근대성 : 중국
      1900~1937》, 민정기 옮김, 소명출판, 2005.

리쩌허우, 《중국근대사상사론》, 임춘성 옮김, 한길사, 2005.

마루야마 마사오, 가토 슈이치, 《번역과 일본의 근대》, 임성모 옮김, 이산, 2000.

마루야마 마사오(丸山眞男), 《日本の思想》, 岩波新書, 1961.

_____, 《文明論之槪略を読む》, 東京: 岩波文庫, 1986.

_____, 《현대정치의 사상과 행동》, 김석근 옮김, 한길사,
      1997.

_____, 《충성과 반역》, 박충석 · 김석근 공역, 나남, 1998.

마루오 쓰네키(丸尾常喜), 《노신》, 유병태 옮김, 제이앤씨, 2006.

마에다 아이(前田愛), 《近代日本の文学空間》, 新曜社, 昭和58年.

末広鉄腸, 《政治小説集》, 山田俊治 校注, 岩波書店, 2003.

孟昭毅 · 李載道 偏, 《中國翻譯文學史》, 北京大學出版社, 2005.

미야자키 무류(宮崎夢柳), 《魯西國虛無黨 冤枉乃鞭笞》, 國文學硏究資料館, 2006.

미카미 산지, 다카쓰 구와사부로, 《일본문학사》(上 · 下), 金港堂, 1890.

발터 벤야민, 《발터 벤야민의 문예이론》, 반성완 역, 민음사, 2002.

方正耀, 《중국소설비평사략》, 홍상훈 옮김, 을유문화사, 1994.

福澤諭吉, 《福澤諭吉著作集》(제12권), 慶應義塾大學出版會 , 1969.

사이토 마레시, 《근대어의 탄생과 한문 : 한문맥과 근대 일본》, 황호덕 외 옮김, 현실문화, 2010.

사카이 나오키(酒井直樹), 《번역과 주체》, 후지이 다케시(藤井たけし) 옮김, 이산, 2005.

山本和明, 《開化問答》, 國文學硏究資料館, 2005.

山室信一, 《思想課題としてのアジア》, 岩波書店, 2001.

山田有策, 前田 愛 注釋, 《明治政治小說集》, 角川書店, 1974.

森鷗外, 《渋江抽齋》, 岩波文庫, 1999.

三好行雄, 竹盛天雄, 吉田凞生, 浅井 淸 편, 《日本現代文学大事典》, 明治書院, 平成 6年.

소공권, 《中國政治思想史》, 최명 · 손문호 역, 서울대 출판부, 1998.

수잔 바스넷, 《번역학 이론과 실제》, 김지원 · 이근희 옮김, 한신문화사, 2004.

스즈키 사다미(鈴木貞美), 《日本の〈文學〉槪念》, 東京 : 作品社, 1998.

_____, 《일본의 문학개념》, 김채수 옮김, 보고사, 2001.

스티븐 컨, 《시간과 공간의 문화사(1880~1918)》, 박성관 옮김, 휴머니스트, 2004.

쑨위(孫郁), 《루쉰과 저우쭈어런》, 김영문 · 이시활 옮김, 소명출판, 2005.

쓰보우치 쇼요(坪內逍遥), 《소설신수》, 정병호 옮김, 고려대 출판부, 2007.

아리스토텔레스, 《정치학》, 천병희 옮김, 숲, 2009.

아사오 나오히로(朝尾直弘)외 엮음, 《새로 쓴 일본사》, 이계황 · 서각수 · 연민수 · 임성모 역, 창비, 2003.

아영(阿英), 《중국근대소설사》, 전인초(全寅初) 옮김, 정음사, 1986.

앙드레 슈미트, 《帝国のはざまで》, 糟谷憲一외 옮김, 나고야대학출판부, 2007.

야나기다 이즈미(柳田泉), 《政治小說硏究》(上·中·下), 춘추사, 1935.

_____, 《明治政治小說集》, 筑摩書房, 1967.

414

야나부 아키라(柳父 章),《飜譯語の論理》, 法政大學出版局, 2003.

───────────,《번역어 성립 사정》, 서혜영 옮김, 일빛, 2003.

야마무로 신이치(山室信一),《明六雜誌》(上), 岩波文庫, 1999.

───────────,《思想課題としてのアジア》, 岩波書店, 2001.

───────────,《키메라 만주국의 초상》, 윤대석 옮김, 소명출판, 2009.

───────────,《헌법 9조의 사상수맥》, 박동성 옮김, 동북아역사재단,
　　　2010.

───────────,《러일전쟁의 세기》, 정재정 옮김, 소화.

梁啓超,《淸代學術槪論》, 東方出版社, 1996.

엄복(嚴復),《천연론》, 양일모 · 이종민 · 강중기 역주, 소명출판, 2008.

에릭 홉스봄,《만들어진 전통》, 박지향 · 장문석 옮김, 휴머니스트, 2004.

연구공간 수유너머,《明六雜誌를 읽는다》, 동아시아 근대 프로젝트 세미나, 2004.

옌푸,《정치학이란 무엇인가》, 양일모 역주, 성균관대출판부, 2009.

오오누마 도시오(大沼敏夫) · 나까마루 노부아끼(中丸宣明) 校注,《政治小説集》
　　　(新日本古典文學大系, 明治編), 岩波書店, 2006.

요네타니 마사후미(米谷匡史),《アジア · 日本》, 岩波書店, 2006.

요한 페터 에커만,《괴테와의 대화》, 장희창 옮김, 민음사, 2008.

越智治雄,《近代文学成立期の研究》, 岩波書店, 1984.

유모토 고이치,《일본 근대의 풍경》, 연구공간 수유+너머 동아시아 근대 세미나팀
　　　역, 그린비, 2004.

이노우에 유이치,《동아시아 철도 국제관계사》, 석화정 · 박양신 옮김, 지식산업사,
　　　2005.

이언 와트,《소설의 발생》, 전철민 옮김, 열린책들, 1988.

자크 랑시에르,《문학의 정치》, 유재홍 옮김, 인간사랑, 2011.

──────,《정치적인 것의 가장자리에서》, 양창렬 옮김, 길, 2008.

장 뤽 낭시,《무위의 공동체》, 박준상 옮김, 인간사랑, 2010.

齋藤希史,《漢文脈の近代 : 淸末＝明治の文学》, 名古屋大学出版会, 2005.

佐藤益太郎,《正學要領》, 1892.

佐藤一郎,《中国文学史》(中国文化全書), 高文堂, 1983.

佐々木隆,《メディアと權力》, 中央公論新社, 1999.

中塚明, 《日淸戰爭 硏究》, 東京: 靑木書店, 1968.

진관타오 · 류칭펑, 《관념사란 무엇인가》, 양일모 외 옮김, 푸른역사, 2010.

真辺美佐, 《末広鉄腸 硏究》, 梓出版社, 2006.

陳平原 · 夏曉虹 編, 《二十世紀中國小說理論資料》(第1卷), 北京大學出版社, 1989.

진평원, 《중국소설 서사학》, 이종민 옮김, 살림.

_____, 《중국소설사》, 이보경 · 박자영 옮김, 이룸, 2004.

_____, 《中國現代小說的起點 : 淸末民初小說硏究》, 北京大學出版社, 2005.

坂本多加雄, 《明治国家の建設(1871−1890)》, 中央公論新社, 1999.

페데리코 마시니, 《근대 중국의 언어와 역사 : 중국어 어휘의 형성과 국가어의 발전 (1840~1898)》, 이정재 옮김, 소명출판, 2005.

히라오까 도시오(平岡敏夫), 《日本近代文学の出発》, 紀伊国屋新書, 1973.

平田由美, 《近代知の成立》, 岩波書店, 2002.

布袋敏博, 《近代朝鮮文学における日本との関連様相》, 緑陰書房, 1998.

폴 리쾨르, 《시간과 이야기 3 : 이야기된 시간》, 김한식 옮김, 문학과지성사, 2004.

폴 프티티에, 《문학과 정치사상》, 이종민 옮김, 동문선, 2002.

프랑코 모레티, 《근대의 서사시》, 조형준 옮김, 새물결, 2001.

하루오 시라네, 스즈키 토미 엮음, 《창조된 고전》, 왕숙영 옮김, 소명출판, 2002.

호미바바 편저, 《국민과 서사》, 류승구 옮김, 후마니타스, 2011.

荒井茂夫, 《'帝國' 日本의 學知》, 岩波書店, 2006.

2) 논문

Lefevere, André, Traducción, reescritura y la manipulación del canon literario(Translation, rewriting, and the manipulation of literary fame), Salamanca : Colegio de Espana, 1997.

Liu Jun, 〈Linguistic Transformation and Cultural Reconstruction : Contradictions in the Translation of Loanwords in Late Qing〉, *STUDIES IN LITERATURE AND LANGUAGE*, Vol. 1, No. 8, 2010.

416

康東元,〈清末における日本近代文學作品の飜譯と紹介〉,《圖書館情報メヂィァ研究》(제2권 1호), 2004.

寇振鋒,〈清末《新小說》誌における《歷史小說 洪水禍》: 明治政治小說《經國美談》からの受容を中心に〉,《名古屋大學 中國語學文學論集》(제17집), 나고야대학 중국어학문학회, 2005. 3.

_____,〈清末《新小說》誌における《政治小說 回天綺談》: 明治政治小說《英國名士 回天綺談》との比較〉,《多元文化》(제5호), 나고야대학 국제언어문화연구과, 2005. 3.

_____,〈《三十三年の夢》の漢譯本《三十三年落花夢》について〉,《言語文化論集》(第一号).

_____,〈《新中國未來記》における〈志士〉と〈佳人〉: 《經國美談》《佳人之奇遇》からの受容を中心に〉,《多元文化》(제4호), 나고야대학 국제언어문화연구과, 2004. 3.

_____,〈清末の漢譯小說《經國美談》と戲曲《前本經國美談新戲》: 明治政治小說《經國美談》の導入, 受容をめぐって〉,《名古屋大學 中國語學文學論集》(제18집), 나고야대학 중국어학문학회, 2006. 3.

_____,〈清末の漢譯政治小說《累卵東洋》について: 明治政治小說《累卵の東洋》との比較を通して〉,《多元文化》(제6호), 나고야대학 국제언어문화연구과, 2006. 3.

權美敬,〈金玉均と明治政治小說〉,《日本學報》, 2003.

金仙熙,〈韓國における〈歷史敍述〉の問題〉,《東アジア文化交渉研究》(제3호).

藤元直樹,〈渋江抽齋沒後の渋江家と帝國圖書館〉,《參考書誌研究》(제60호), 2004년 3월.

林原純生,〈政治小説'雪中梅'を論ず〉,《日本文学》vol.40, 1991.

兵藤裕己,〈明治のパフォーマンス-政治演説と芸能〉,《感性の近代》, 岩波書店, 2002.

慎根縡,〈末広鉄腸の《雪中梅》と具然学の《雪中梅》〉,《日韓近代小說の比較研究》, 明治書院, 2006.

실뱅 라자뤼스,〈레닌과 정당, 1902~17년 11월〉,《레닌재장전》, 이현우 외 옮김, 마티, 2010.

永田小繪,〈中國飜譯史における小説飜譯と近代飜譯者の誕生〉,《飜譯研究への招
    待》, 2007.(獨協大學國際敎養學部言語文化學科)

유페이(于沛),〈近代早期中国対世界历史的认识〉,《北方论丛》(The Northern
    Forum), 하얼빈논문집, 2008. 1.

前田愛,〈'雪中梅'の冨永春〉(末広鉄腸),《国文学》(10月臨時増刊号), 第14卷, 昭
    和44.

陳力衛,〈《雪中梅》の中国語訳について〉,《文学研究》vol.93, 2005.

천핑위안(陳平原),〈중국소설의 근대적 전환〉,《동아시아 서사학의 전통과 근대》(동
    아시아 학술원 총서2), 성균관대출판부, 2005.

八重樫愛子,〈韓日開化期小説研究-〈政治小説〉と〈新小説〉の対比を通して〉,《日
    本研究》, 1986.

和田繁二郎,〈《雪中梅》《花間鶯》試論〉,《立命館文学》264, 1967.

히다 요시후미(飛田良文),〈明治に生まれた翻訳ことば〉,《國文學》, 學燈社, 2008
    년 제53권 7호.

참고자료

〈정치서사에서의 정치적 배경과 맞물린 서사전개의 변모양상〉

20세기 초 정치적 사건	대상작품	작품에 나타난 정치적 배경	실제사건과 작중인물의 관련양상	주인공 및 이와 관련된 인물의 위기	가족사의 변모양상
1882년 미·영·독과 수교통상조약 인천개항 청, 대원군 납치하여청으로 데려감. 임오군란	행락도 (1913)	"그때는 어느씨냐호면 우리조션에 부산항구가 몬져터지고 함경도 원산과 경긔인천 제물포가 년ㅊ열니든 째러라"	쇄국의 시대가 무너지고 문호가 개방되기 시작하면서, 부산→원산→인천 순으로, 항구가 열리는데, 작품에서 노비였던 금돌이가 음모를 꾀하는 주인집을 떠나 일단 인천 항구에서 돈벌이가 좋다는 소문을 듣고 인천으로 갔다가 우연히 헤어졌던 본래 주인의 둘째 아들 만득이를 만나게 된다.	첩의 아들로 본부인의 형에게 많은 시달림을 받았던 만득이는, 도적에게 잡혀갔다가 팔리는 신세가 되어, 청국인에게까지 팔려 가 고생을 하게 된다. 겨우 도망을 쳐서 인천으로 들어가는 청인의 배를 잡아타고 고국으로 오는데, 인천의 개항으로 가족 상봉의 기회가 생긴다.	인천에서 만난 만득이의 모습은, 복장은 물론 머리 스타일까지 청국인으로 그의 어머니가 못 알아볼 정도였다. 남편의 본부인 아들의 행패를 벗어나 겨우 목숨을 부지하기 위해 헤어졌던 두 모자는 금돌이의 도움으로 재회하게 된다. 이 작품에서 정치적인 변모, 개항은 가족이 상봉할 기회로 제공된다.
임오군란	마상루 (1912)	"그란리는 무슨 란리냐호면 늙으나 젊으나 어룬아히 무론호고 군요군요호는 임오년 군요 란리러나"	임오군란이 일어나자, 경성내의 남녀노소가 각자도생으로 피란을 가는 분위기 속에서, 주인공 부부도 피란을 간다.	탄환이 집안에 들어오는 것을 보고 겁에 질려 급히 길을 나선 부부는, 정신없이 가다가 발병이 난 부인을 말을 타고 가는 사내에게 맡기게 된다.	먼저 부인을 말을 태워 보내고 뒤따라가던 중, 부인을 부탁 맡은 사내가 그녀를 겁간하고 자신의 아내로 삼으려 한다. 남편과 헤어지고 나서 네 차례(마부→산골 남자→홍진사→외간 남자로 위장한 남편) 겁간의 위기를 넘긴 아내는 우여곡절 끝에 다시 남편과 재회한다.

20세기 초 정치적 사건	대상작품	작품에 나타난 정치적 배경	실제사건과 작중인물의 관련양상	주인공 및 이와 관련된 인물의 위기	가족사의 변모 양상
1884년 러시아와 수교통상조약 **갑신정변** (김옥균, 박영효 등의 쿠데타와 실패)	은세계(1908)				
	구의산(1913)	"그찐 죠션정부에 악훈법령이 힝호야 히외에 나갓던사름이라면 곡직을 불문호고 모조리 근포를호야 옥속에서 썩이지 안이호면 역적놈 일반으로 수형에 쳐혼다훔으로 고향에 도라올싱의를 못호는즁 셔로로 통경을호고 십으나 잘못호다가 늙은부친에게 련루가될터일쑌더러"	정치적 사건에 연루되어서 운명이 바뀌는 경우도 있지만, 이 작품에서는 정치적 사건에 연루되지 않기 위해 미리 유학생을 엄금하는 정치적 분위기[1]를 탐지하고 이를 피하는 방편으로 외국 생활 및 유학의 길을 걷는 것을 보여준다.	외국에 유학을 다녀온 자를 처벌하고 심지어 연락하고 있다는 기미가 보이는 가족까지 연좌 법으로 처벌하는 분위기에서, 죽은 것으로 처리된 오복이는 가족들과 연락을 두절한 채 타향에서 지내고 되고, 가족들 또한 오복이의 소식을 모른 채 그의 죽음을 비통해한다.	김판서의 딸 애중이는 아버지의 죽마고우인 서판서의 아들 오복이와 혼인을 한다. 첫날밤 오복이는 목이 잘린 채 발견되고, 애중이는 하루아침에 과부가 된다. 그녀는 살인누명을 벗고 진범을 잡기 위해 남장을 하고 탐문을 시작한다. 애중이는 서판서의 후실이 범인임을 알아내고 처벌을 한 뒤 유복자 효손을 낳는다. 나중에 효손이는 집나간 서판서를 절에서 만나고, 상경하던 중 칠성과 동반자(오복이, 즉 효손 아버지)를 잡아 경무청에 넘기는데, 사건의 전말이 드러나고 법정에서 온 가족이 만나게 된다.

20세기 초 정치적 사건	대상 작품	작품에 나타난 정치적 배경	실제사건과 작중인물의 관련양상	주인공 및 이와 관련된 인물의 위기	가족사의 변모 양상
	쌍옥적(1911)	"요사이 경무사ㅅ도의 비훈을 못 보앗나 외국 간 연잇는 ㅈ한 아만 잡아밧쳐도 상여금을 강도멧놈 포박흔 것보다 썩만히 쥬신다는듸" (39면)	집안의 운명이 달린 거금의 가방을 분실한 김주사의 의뢰로 범인을 잡기 위해 탐문중인 정순검은, 범인으로 지목한 이들이 김 주사의 외척으로 아들을 외국으로 보내, 유학자금을 조달하느라 애를 먹고 있었다는 것을 알게 된다. 이를 김 순검과 상의하자 김 순검은 이들을 잡아 포상금을 받아낼 궁리를 한다.	유학생을 국사범으로 몰아세우고 처벌하는 분위기 속에서, 포상금을 위해 이들을 체포할 생각인 김순검과 달리, 정순검은 시세가 바뀌어 인재가 필요할 날이 올 것이라며 [2] 이를 반대한다. 그런데도 김순검은 몰래 이들이 묵고 있는 주막으로 가는데, 그곳에서 탐문 중이던 김소사가 죽어있고, 이 두 순검은 오히려 혐의를 받아 감옥에 들어간다.	유학생을 역적의 한패로 여기고 잡아들이는 정부의 행태를 정당하지 않은 처사라 비판하며 유학생들의 부친 검거를 만류했던 정순검은, 이들이 살인을 했다는 김순검의 증거물로 인해 놓친 것을 후회하다가, 살인 혐의를 받아 감옥에 들어간다. 범죄의 증가로 말미암아 범죄자를 잡아들이라는 명을 받고 겨우 풀려나지만, 목숨의 위협을 받아 금강산으로 가게 된다. 그러나 그곳에서도 고초를 겪고, 사라졌던 유학생의 부친들을 만나는데, 이들 또한 범인이 아니라 다만 유학 간 자식의 이야기가 밖으로 노출될까 두려워 숨어다녔다는 것을 알게 되고 우여곡절 끝에 진범을 잡는 데 성공한다.
1894년 1월 동학혁명 시작(전봉준)			동학난의 지도자로 지목되어 납치된다.	동학난에 가담을 거부하자 죽음의 위기에 몰린다.	구사일생으로 집으로 돌아온 주인공은 자신을 구해준 여성과 결합하여 가족을 이룬다.

20세기 초 정치적 사건	대상작품	작품에 나타난 정치적 배경	실제사건과 작중인물의 관련양상	주인공 및 이와 관련된 인물의 위기	가족사의 변모 양상
*정치적 사건(분위기)으로 본래 터 전(생계 기반)을 상실 → 가족 해체→고난 극복(조력자만 남) 이후 가족 상봉의 패턴.	월화가인 (1911)	"갑오년동학란을당ᄒᆞ야부랑잡류들이아모조록심진사를ᄭᆞᆯ어닉여압장을세우고도당을소집ᄒᆞ랴고"	동학당 합류 거부(동학당에게 잡혀가 위협을 당하다가 간신히 빠져나옴)	지방에 은거하다가 생계를 위해 (개발회사를 통해) 묵서가(멕시코) 노동자로 떠난다.	"동학의 풍파"로 남편이 멕시코로 떠나는 바람에 가족 해체. 남편과 재회하기까지 부인 시련(강제 개가) 및 남편의 시련(노동 착취)이 각각 기술된다.
1894.8.1.~1895.3. 청일전쟁 (한반도에서 전투)	혈의누 (1906)				
	두견성(下) (1912)	"갑오년 일청전징이되고 기화당들이 니러나셔 정부를 기혁흔다고 ᄒᆞᄂᆞ딕 서울이 죽ᄭᅳᆯ듯 ᄒᆞ지오 …… 남편되ᄂᆞᆫ 사ᄅᆞᆷ은 기회당쪽에ᇙ가드럿다가 나죵에 역적으로 몰녀셔 자아죽인다고 ᄒᆞᄂᆞ딕 어딕로갓ᄂᆞᆫ지 영히 종적을 모르고"(85면)	두견성(하)에서 '이야기 속의 이야기'라 할 수 있는 대목으로 여주인공을 도와주고, 자신이 삶의 희망이 되는 성경책을 소지하게 된 과정을 설명하기 위해 자신의 경력을 이야기하는 노부인의 집안사. 청일전쟁에서부터 시작된 가족사의 비극.	일본 유학을 한 남편이 개화당에서 활동하다가 시세가 바뀌어 역적으로 몰려 일본으로 피신했다가 다시 귀국하여 활동하다가, 경자년에 또 역적으로 몰려 죽임을 당하게 된다. 이 사이 남편이 없을 때나 정치적 격변이 있을 때마다 부인에게 시련이 더해진다.	정치적 활동을 했던 남편의 행적으로 집안이 몰락하고, 온 가족이 생활고를 비롯하여 신변의 위험까지 경험했던 이야기는 전쟁의 부정적인 측면을 작품 두견성 안에서 유일하게 보여준다. 두견성은 작중인물이 러일전쟁에 참전하는 등 전쟁을 배경으로 한 작품이다. 주변 인물들은 전쟁을 통해 돈과 명예를 얻고자 하며, 일본의 승전을 기원하는 마음이 노골적으로 제시되어 있다.

20세기 초 정치적 사건	대상작품	작품에 나타난 정치적 배경	실제사건과 작중인물의 관련양상	주인공 및 이와 관련된 인물의 위기	가족사의 변모 양상
1894. 6 갑오경장 (신정부조직, 과거제 폐지, 재판소 설치, 조세금납제, 양력체제 채택) 김홍집내각 수립 일본에 철도, 전선 부설권 줌 1894.12. 고종, 홍범 14조 선포	재봉춘(1912)	"갑오경장 이후에 사민동등의 제도가 실시됨으로 민셰상에는 이젼갓흔 구별이 업스나 몟빅년 너려오던 습관을 일시에 타파키는 어려운고로"	천민과 양반이라는 신분의 격차가 공식적으로 약화되었으나, 현실적인 분위기의 제약으로, 백정인 성달이 그의 딸을 양반가로 시집을 보내기 위해 양반 허부령에게 양녀로 보낸다.	돈만 아는 양반 허부령은 출신 성분을 약점으로 삼고 성달과 그의 딸로부터 각각 재물을 착취한다. 성달은 혼인을 계기로 생이별을 하게 된 자신의 부인이 병이 났음에도 딸과 쉽게 만날 수 없는 현실과 허부령의 횡포에 만민이 평등한 세상을 동경하게 된다.[3]	백정의 딸이라는 신분을 감추고 이참서와 결혼한 허씨 부인은, 신분을 밝혀야 할 위기에 처하자 이참서의 명예를 위해 종적을 감춘다. 이러한 사태를 초래한 양부 허부령은 뒤늦게 잘못을 반성하고, 이참서에게 모든 사실을 말한다. 개화사상을 가진 이참서는 허씨 부인과 재결합한다.
	치악산(1908)	"그쎄는 갑오경장이후라 개화를조아ᄒ던 리판셔는 풀긔가 졈졈싱기고 완고로 패를차던 홍참의는 몬지가 더욱 폴삭폴삭나는듸"(40)	갑오경장 이후 개화에 대한 분위기가 대세를 이루는 가운데, 완고한 성품을 버리지 못한 시아버지 홍참의와 무속을 섬기는 시어머니 때문에 개화사상을 받아들인 며느리와 아들이 시련을 겪게 된다.	아들은 신학문을 익히고자 아버지 몰래 장인어른의 도움으로 동경 유학을 떠나고, 며느리는 남편을 기다리는 동안 시어머니의 질시로 집에서 쫓겨나 여승이 되는 등, 개화와 보수의 관념이 두 집안 사이의 격차와 갈등으로 극대화된다.	백돌이[4]는 개화의 분위기를 추종하고 나라를 위한 사업을 도모하고자 유학길에 오른다. 개화된 사고를 지닌 부인은 이에 찬성하며 시집살이를 참고자 하나, 시어머니와 하녀의 계교로 집에서 쫓겨난다. 여러 차례 위기를 넘기고 유학에서 돌아온 남편과 다시 결합하게 된다.
	원앙도(1911)	"경장이후에는 연좌가 업스니 불가불 짐작을 ᄒ여야 가ᄒ니 충절이 특이흔 명류의 후예를 심상흔 무리와	조감사는 아우 조참판의 죄에 연루[5]되어 감옥에 수감되었다가, 갑오경장 이후에 풀려난다. 잠시 위기에 처	조판서가 연좌법에 따라 감옥에 끌려가게 되자 조판서의 집안은 물론, 그의 딸인 금쥐의 운명도 위기에 빠진다.	종으로 팔려갔던 금쥐는 다행히 아버지 친구를 만나 그의 집에서 머물다가, 본래 정혼자였던 말불과 혼인도 이루고,

20세기 초 정치적 사건	대상 작품	작품에 나타난 정치적 배경	실제사건과 작중인물의 관련양상	주인공 및 이와 관련된 인물의 위기	가족사의 변모 양상
		갓흔률을 쓰기 어려우니 ㅎ야 일변으로 정부 각대신의 공론을 돌니고 일변으로 텬폐에 상쥬ㅎ야 조아모를 무죄빅방ㅎ라고 선고가 되엿ᄂ듸"(103)	했던 조감사의 딸 금쥐는 다행히 민군수의 아들 말불과 결혼하여, 아버지 조감사와 함께 미국으로 유학을 간다.		아버지 조판서가 경장 이후 풀려나게 되자 온전한 일가를 이루어, 정치적 상황의 급변을 예감하고, 미국 유학길에 오른다.
	추월색 (1912)	"이 씨ᄂ 갑오기혁정칙이 실픽 된 이후로 졈ᄼ간영이 금달에 출립ㅎ야 쓧잇ᄂ 스름은 일병비쳑ㅎᄂ 시디인고로 엇던혐의ᄀ가 리시죵 초산간 식이를 엿보고 성총에 모함흔바이라"	김승지와 이시종은 절친한 사이로 서로 자녀인 영창과 정임의 혼사를 약속하는데, 김승지가 초산에서 민요를 만나 죽을 위기에 처하고[6], 아들 영창은 지나가던 미국 박사에 의해 구원되어 유학 가게 된다. 한편 리시종도 뜻있는 자를 배척하는 정치적 분위기에 휩싸여 관직을 버리고 본래 살던 집을 떠나 은둔하게 된다.	정임이는 늘 영창이를 잊지 못하는데, 이시종은 그의 딸이 과부가 되면 개가라도 시키려던 참이라, 민요로 사라져 버린 김승지 일가를 잊고, 다른 집안과 혼사를 결정한다. 이에 정임이는 가출하여 기생으로 팔려갈 위기를 맞기도 하나, 탈출하여 동경유학을 간다.	동경에서 유학하던 정임이는 불량한 자에게 강간의 위기에 처해 칼을 맞는데, 우연히 영창의 손에 구원을 받고, 꿈에 그리던 영창을 만난 정임이는 귀국하여 결혼한다. 만주로 신혼여행을 떠난 그들 부부는 야만인으로 그려진 청국인에게 납치를 당하나 그곳에서 뜻밖에 죽은 줄 알았던 김승지 내외를 만나고, 온 가족이 결합하게 된다.
1895.3. 전봉준 처형	화의혈 (1911)	"동학을 박멸흔다 빙자ㅎ고 인명을 파리죽이듯ㅎ야가며 지물을엇더케글어드렷던지"(22면)	동학당을 소탕하려는 정치적 분위기를 타고, 일반 부유한 양민도 동학으로 몰아 죽이고	선초는 자신 때문에 잡혀 들어간 아버지를 꺼내기 위해[7] 이시찰의 요구에 따르되, 백년가약을 맺을 달	자결한 선초의 혼은 그의 동생 모란에 씐 듯이, 모란이 언니와 같이 기생이 되어 줄곧 이시찰에게 복수

20세기 초 정치적 사건	대상작품	작품에 나타난 정치적 배경	실제사건과 작중인물의 관련양상	주인공 및 이와 관련된 인물의 위기	가족사의 변모 양상
1895.8. 을미사변 (명성황후 시해) 1895.11. 단발령			그들의 부를 빼앗는 부패한 관리층을 대변하는 이시찰. 이시찰은 전라도 장성에 빼어난 기생 선초의 소문을 듣고 절개를 지키려는 그녀를 범하고자 그의 부친을 동학당이라는 누명을 씌워 잡아들인다.	라고 부탁한다. 그러나 그는 이미 일가를 이루고 있고, 그동안 자신에게 순종하지 않았던 선초의 태도를 빌미 삼아 거짓 약속을 하고 떠나버린다. 줄곧 이시찰을 기다리던 선초는 이 사실을 알고 결국 자결한다.	할 기회를 엿보다가, 어느 연회장에서 이시찰을 발견하고 마치 선초인 것처럼 그의 악덕을 고발한다. 이로 인해 주위의 신망이 떨어진 이시찰은 동냥으로 생계를 연명하는데, 동냥을 얻으러 어느 부잣집에 갔다가, 그 집 안주인이 된 모란을 맞닥뜨리고 또 한번 망신을 당한다.
	현미경 (1912)	"갑오 을미년 동학통에 시골사는 스름치고 적으나 크나 그 독히를 입지안이흔 스름이업스나 … 그셕 동학란리에 욕을보아도 참혹히보고 집을 망히도 더럽게 망흔 집은 모다 국직ㅅㅅ흐고 셰력잇는 스름들이라 동학란리가 평정되고 정치가 기혁된후에도 그 스름들이 다시 정부일판을 차지흐고 좌지우지를 흐는고로 그셕 동학에게 욕보든싱각을흐고 셜치를	동학난리에 시달렸던 정치세력들이 동학이 평정된 뒤에, 이들을 모조리 잡아 죽이는 태세를 취하는 데, 이 분위기를 틈타 정승지는 자신에게 복종하지 않거나 재산이 많은 양민을 무조건 동학당이라는 죄목을 씌워 잡아 죽이고 그들의 재산을 갈취한다.	작품의 주인공 빙주는 동학당으로 몰려 억울한 죽임을 당한 아버지의 원수를 갚고자 기생으로 변신하여 정승지에게 접근한다. 그리고 그의 목을 베어 아버지의 제사상에 올린다. 그 후 아버지의 시신을 수습할 뜻으로 목숨을 부지하며 도망을 가는데, 가는 길에 같은 동네에 살았던 옥희를 만난다. 옥희가 화적을 토벌하려는 병정의 유탄을 맞아 쓰러지자, 빙주는 옥희로 위장하여 그녀의 삼촌 댁에 들어간다.	옥희의 계략으로 죽을 고비를 여러 차례 넘기는데, 정치적 판도가 바뀌어 아버지의 누명이 벗겨지고, 죽지 않고 살아있었던 아버지와도 상봉하게 된다. 그리고 평소에 서로를 흠모해 왔던 박참위가 결혼하여 가정을 이루고 아들까지 낳는다.

20세기 초 정치적 사건	대상작품	작품에 나타난 정치적 배경	실제사건과 작중인물의 관련양상	주인공 및 이와 관련된 인물의 위기	가족사의 변모 양상
		한번히볼 계획인지 묵은 칙상을 다시 이르집어 방방곡곡이 사츨을히셔 동학여당을 싱그리 잡아 죽이는 되"		빙주는 이후 살아난 옥희가 삼촌 댁에 찾아와 잡혀 갈 위기에 처하는데, 주변 인물의 도움으로 위기를 넘긴다.	
1896.2. 아관파천 1896.4. 독립신문발간 1896.7. 독립협회조직 1896.8. 전국을 13 도로 개편	설중매 (1908)				
	목단화 (1911)	"정슉이가 됴션 십슙도 산천의 경기와 리슈의 원근을 그린듯이 말ᄒ니 이는 정슉이 츰 구경흔게 안이오 디 리학을 연구흔고로 셔슴지안코 말홈이라"	주인공 정숙은 겁간의 위기를 피하고자, 남장을 한 채 어느 집에 들어가, 강산 유람 중이라 둘러댄 뒤에, 13도로 개편된 전국 지리를 설명하여, 자신의 신분을 감추기 위한 수단으로 근대지식을 활용한다. 그 밖에 평소 학교에서 체조를 익혀 험한 산길을 잘 타는 등 근대적인 신체를 대변하고 있다.	미세한 정치의 행정 시스템의 변화에도 민감하게 반응, 이를 작품에 적용하고 있는 것을 보여주는 대목으로, 최근에 공식적으로 통과된 개가법과 함께, 개화에 대한 인식 그리고 근대교육에 대한 인식의 변화를 둘러싼 대립과 갈등을 첨예하게 보여준다.	갑오경장 이후에 개가법이 공식화되었지만, 개가에 대한 인식은 다르게 적용되었는데, 이 작품에서 여주인공 정숙은 개가를 부정하고 있다. 이 사실은 개가해 들어온 계모에게 결정적인 미움을 사게 되어, 계모의 계략으로 집에서 나와 여러 차례 겁간의 위기를 당한다. 경무청의 설립 등 법에 대한 인식이 증가하는 상황에

20세기 초 정치적 사건	대상 작품	작품에 나타난 정치적 배경	실제사건과 작중인물의 관련양상	주인공 및 이와 관련된 인물의 위기	가족사의 변모 양상
					서도 돈에 대한 욕심으로 사람을 사고파는 일이 비일비재하게 벌어지는데, 역시나 이기는 것은 정의와 법이다. 특히 이 작품에는 위기탈출의 길을 열어주는 근대 지식 및 제도(근대법률)의 보장에 힘입어 '원만한 가족 구성원의 재편성'(계모 퇴출) 및 새로운 가족의 형성(이참판-정숙-금순-서씨 부인)'을 돕고 있다.
1898. 2. 대원군사망 1898. 9. 황성신문창간 1898. 10. 독립협회, 만민공동회 개최 1898. 11. 독립협회 강제해산됨					

20세기 초 정치적 사건	대상 작품	작품에 나타난 정치적 배경	실제사건과 작중인물의 관련양상	주인공 및 이와 관련된 인물의 위기	가족사의 변모 양상
1899.5. 서울에전차 개통 1899.8. 대한제국 국가제도 반포 1899.9. 인천-노량 진간 철도개 통	모란병(1909)	"긔차를탓스면 불과 몃시동안 이 되겟구면 근 일에는 일본군 스만 슈업시실 고 단이노라고 힝긱은 티이지 를안이ᄒ니 엇 더케ᄒ는 슈가 잇셔야지"(48 면)	일본이 철도부 설권을 가진 뒤, 최초로 경인선 을 개통시키는 데, 이를 계기로 일본의 영향력 이 더욱 커진다. 작품에서 기차 가 일본인을 위 주로 태우기 때 문에 탈 수 없어 인천으로 내려 가는 시간이 지 체됨에 따라, 기 생집에 넘긴 여 주인공이 탈출 할 수 있는 시간 을 벌게 한다	서울에서 인천 제 물포까지 기차로 하루면 가는 세상 이 되었는데, 이 와 동시에 모든 철도권이 일본인 소유로 제약된바, 행객이 편하게 이 용할 수 없을 경 우가 발생하여, 작품에서는 색주 가주인이 걸어서 인천까지 가는 것 으로, 기생으로 팔려간 위기에 처 한 여주인공의 탈 주로를 열어준다.	색주가 주인은 인천행 기차를 타지 못하는 상 황으로 발이 묶 인 한편, 기생으 로 팔려 다니다 가 탈출한 금선 이를 도와주지 못할망정 노리개 로 삼으려 한다. 의리 있는 송순 검은 상관인 그 의 의도를 눈치 를 채고, 금선을 돕기 위해, 그녀 를 데리고 인천 을 빠져 나가는 기차를 타려고 하는데, 이때는 마침 기차가 행 객을 다시 태우 기 시작하여 무 사히 탈출에 성 공한다. 기차는 정치적 사건이라기보다 문명을 보여주 는 수단으로 등 장하는데, 여기 서는 기차의 운 행에 대한 사항 이 당시 정치 통 제권을 소유하 기 시작한 일본 인의 행패를 간 접적으로 보여주 는 상황의 상징 물로 주인공 운 명의 판도를 가 리는 데 주요하 게 쓰이고 있다.

428

20세기 초 정치적 사건	대상 작품	작품에 나타난 정치적 배경	실제사건과 작중인물의 관련양상	주인공 및 이와 관련된 인물의 위기	가족사의 변모 양상
1904 한일의정서 1904.8. 제1차 한일협약					
1904.2 ~1905.9 러일전쟁	두견성(上)(1912)	"일로전징이 니러나 데일에 인천히젼에 승젼을 힛다 는 소문과 압록강싸홈에 승젼을 힛다 는 소문이 신문호외로 돌고 입둔 사람마다 그 리약이쭌인 딕"(56면)	러일전쟁을 계기로 돈을 벌고자 하는 자(강과천)와 전장에 나아가 목숨을 바쳐 싸우고자 하는 자(봉남), 그리고 어떻게든 목숨을 부지하며 재물과 명예를 쌓아가려는 비열한 자(조정위)로 그리고 남편과 아들을 전장에 보내고 활약을 고대하며8) 기다리는 자(혜경)의 관계가 구체적으로 그려진다.	군인인 남편 봉남이를 기다리는 혜경이는 더욱 심해지는 폐병으로 말미암아 이를 전염병으로 여기는 시어머니에게 쫓기듯이 외딴곳으로 요양을 가서 마음고생을 한다.	전쟁으로 헤어졌던 이들 부부는 서로 다른 방향을 향해 가는 기차 창문을 통해 우연히 얼굴을 보는 것을 마지막으로 혜경이 숨을 거둠으로써 영원히 헤어지게 된다.
	송뢰금(1908)	(개발회사광고지를 붙이는 자를 향해서)"경을 칠 놈들 이번 일아젼쟝에 뒤여지지도 안이ᄒ고 어나구석에서 또 왔고나"(333)9)	러일전쟁 이후의 상황으로, 주인공의 가정은 갑신정변-갑오경장-청일전쟁 등의 정치적인 사건에 반응하며 이동(일본→평양→원산→미국)을 하는데10), 결국에는 개발회사를 통해 포와(미국 하와이)로 돈을 벌러 떠난다.	남편이 미국으로 떠난 뒤,심사가 복잡해진 부인은 힘들게 생활하던 중, 미국으로 오라는 남편의 전보를 받고 온가족이 이민 갈 준비를 한다. 일본으로 건너가 미국의 배를 기다리던 중 안질검사에서 번번이 딸이 떨어지자, 결국 부인과 아들만 미국으로 가고 딸은 일본에 남아 수학함.	상권만 전해지고 있어 가족의 결합 결과는 알 수 없는 상태.

20세기 초 정치적 사건	대상작품	작품에 나타난 정치적 배경	실제사건과 작중인물의 관련양상	주인공 및 이와 관련된 인물의 위기	가족사의 변모 양상
1905.5 경부철도 개통 1905.11 제2차 한일협약 (을사5조약)					
1906. 2 일본,한국통감부설치					
1907.1. 국채보상 운동 1907.6. 헤이그 밀사 사건 1907~1910 순종 1910.8. 군대해산 의병투쟁 ~1911.12. 신민회 조직	화세계(1911)	"하로는 면보가 소면에서 눈조각ᄀᆞᆺ치 날니며 군뒤 희산의 명령이 ᄂᆞ려오니"(15)	경상도에 내려와 있던 구참령은 갑작스러운 군대 해산으로 말미암아, 마침 약조했던 결혼을 미루고, 서울로 올라가게 된다.	이방 김홍일의 딸 수정이는 구참령과 혼인을 약조한다. 이후 군대 해산조치로 말미암아 구참령이 서울로 가버리자, 수정이의 부모는 최좌수 당질과 혼인시키고자 한다. 수정은 이를 거부하고 집을 나가 목숨을 끊고자 하나, 주변 인물들의 도움으로 연명하던 중 갖은 고난을 극복하고 구참령과 결혼한다.	위세 높은 군인으로 마음대로 행동하며 생활했던 구참령은 군대 해산을 계기로 벼슬에서 밀려나자, 개과천선하여 붓을 파는 필공으로 생활한다. 그러다 우연히 여승으로 변장한 수정을 만나 위기를 극복하고 부부로 결합하여 가정을 이룬다.
1909.7. 일본, 사법권 장악 1909.10. 안중근, 이등박문 사살					
1910.8. 한일합방 조선총독부 설치 대한제국을 조선으로 개칭.					

* 20세기 초 정치적 사건(1863~1907 고종(대원군섭정~1872))
* 《혈의 누》, 《은세계》, 《설중매》는 본문 참조

---

1 (외국생활이 십여년이 지난 후에도) "일젼에도 신문을 보닛가 경무ᄉᆞ 김씨가 ᄉᆞ갈ᄀᆞᆺ흔ᄆᆞᄋᆞᆷ으로 **류학ᄉᆡᆼ 아모〻〻를 근포ᄒᆞ야 참혹히 죽엿다**ᄒᆞᄋᆞᆸᄂᆞᆫᄃᆡ 아모리 ᄉᆞ정은 절박ᄒᆞᄋᆞᆸ시나 인쳔으로 하륙을ᄒᆞ셧다ᄂᆞᆫ 불측ᄒᆞᆫ화가 언의디경에 밋츨ᄂᆞᆫ지 모로오니 위치가 멀ᄶᅳᆨᄒᆞᆫ졔쥬로 건너가 엇더케 련비를 ᄒᆞᄋᆞᆸ던지 셰상형편과 ᄃᆡ 문안을 ᄌᆞ셰탐지ᄒᆞ온후 진퇴간 쳐치ᄒᆞ시ᄂᆞᆫ일이 가ᄒᆞᆯ가ᄒᆞᄂᆞ니다"(〈구의산〉, 51면)

2 "자식을 외국보ᄂᆡ여 문명ᄒᆞᆫ공부 식이는것이 그다지 큰죄란 말인가 그사람네가 자식들을 외국보ᄂᆡᆯ그ᄯᅢ는 관비ᄉᆡᆼ이나 사비ᄉᆡᆼ이나 웬 셰상이 모다 보ᄂᆡ도록 권ᄒᆞ엿다네 지금경무사ᄭᅴ셔는 보ᄂᆡ는것이 좃타고 다만한마듸라도 찬조ᄒᆞ던량반이 아니라던가 지금은 ᄃᆡ역부도나 지〻아니ᄒᆞ게 녁이나보데마는 이다음 얼마못되야 그네들을 일등인물로 ᄃᆡ우ᄒᆞ게될는지 누가 안다던가"(〈쌍옥적〉, 41면)

3 "나ᄂᆞᆫ ᄂᆡᄉᆡᆼ젼에 **인ᄉᆡᆼ의쓸데업ᄂᆞᆫ 계급을 타파코쟈**ᄒᆞ오 량반이니 신사니ᄒᆞ고 ᄡᅥ들고단기ᄂᆞᆫ 것들즁세도 강도보다 더비루ᄒᆞᆫ 마음을가지고 잇ᄂᆞᆫ것이 거ᄌᆞᆺ두량이니 나ᄂᆞᆫ량반이던지 상놈이던지 **상하를통ᄒᆞ야 착ᄒᆞᆫ 사ᄅᆞᆷ은 사회의 상등지위를쥬고 악ᄒᆞᆫ사ᄅᆞᆷ은 모라다가 사회의 하등계급으로 ᄯᅥ러트렷스면 조캣소** 만일계급이 잇ᄂᆞᆫᄭᆞ닭으로 악인이라도 문벌만놉흐면 하날을쓰고 도리질을 허며 선인이라도 문벌이나즈면 친구도마음ᄃᆡ로 상종ᄒᆞᆯ슈가업다ᄒᆞᆯ진ᄃᆡ 이세상은 혼돈세계이니 지공무사ᄒᆞ신 하날이쩨오외다갓흔사ᄅᆞᆷ으로 하야곰 이러ᄒᆞᆫ쓸데업ᄂᆞᆫ 차별을 만드셧누" (〈재봉춘〉, 140면)

4 "우리나라사ᄅᆞᆷ들이 졔몸과 졔부모 졔쳐ᄌᆞ 졔집 졔ᄌᆡ물만즁히녀기고 졔나라ᄂᆞᆫ 망ᄒᆞ던지 흥ᄒᆞ던지모르ᄂᆞᆫ사ᄅᆞᆷ들이라 졔손으로 졔발등ᄶᅵᆨ드시 우리나라사ᄅᆞᆷ이 우리나라를망ᄒᆞ야놋코 분ᄒᆞ니 졀통ᄒᆞ니 남의게쳔ᄃᆡ밧기가실이니 먹고살 도리가업나니ᄒᆞ면셔져무도록ᄒᆞᄂᆞᆫ것은 나라망ᄒᆞᆯ짓만ᄒᆞ니 그러케미련ᄒᆞᆫ일이잇소"(〈치악산〉, 52면)

5 "갑오경장ᄒᆞ기 이젼에ᄂᆞᆫ 외국을 교통ᄒᆞ거나 정치에 유의ᄒᆞᆫ쟈면 열에 아홉은 국ᄉᆞ범으로 몰니ᄂᆞᆫᄃᆡ 지금법률갓치 륙범죄인이라도 상당ᄒᆞᆫ 형벌이 당자 일신상에 긋치ᄂᆞᆫ것이 안이라 그ᄯᅢᄂᆞᆫ 한사ᄅᆞᆷ의죄에 일문을 함몰ᄒᆞ고 삼족ᄭᆞ지 멸ᄒᆞᄂᆞᆫ 혹독ᄒᆞᆫ 법을 쓰던세월인ᄃᆡ 조감ᄉᆞ의아오 조참판이 국가의 쇠약ᄒᆞᆷ을 분히녁여 정부를 ᄀᆡ혁코자ᄒᆞ다가 동모자가 비긔를루셜ᄒᆞ야 흉ᄒᆞᆫ죽엄을 당ᄒᆞᆯᄲᅮᆫ안이라 그련좌로 조감ᄉᆞᄭᆞ지 구격라ᄅᆡᄒᆞ라ᄂᆞᆫ령이 ᄂᆡ리니" (〈원앙도〉, 41면)
"경장이후에ᄂᆞᆫ 연좌가 업스니 불가불 짐작을 ᄒᆞ여야 가ᄒᆞ니 충셜이 특이ᄒᆞᆫ 명류의 후예를 심상ᄒᆞᆫ 무리와 갓흔률을 쓰기 어려우니 ᄒᆞ야 일변으로 정부각대신의 공론을 돌니고 일변으로 텬폐에 상쥬ᄒᆞ야 조아모를 무죄ᄇᆡᆨ방ᄒᆞ라고 션고가 되엿ᄂᆞᆫᄃᆡ" (〈원앙도〉, 105면)

6 "관하초산군에셔 거 이월이십팔일 하오삼시경에 란민쳔여명이 불의에 취집ᄒᆞ야 관아에 충

화ᄒ고 작셕을 란투ᄒ와 관사와 민가수빅호가 연소ᄒᄋᆸ고 리민간사상 이십여인에 달ᄒ야 야료란폭홈으로 강계진위되셔서 병쫄일소되를 급파ᄒ야 익일상오십시에 초히 진압되엿ᄉ 온되 히군수와 급기가죡은 힝위불명ᄒᄋᆸ기 방금 조사즁이오ᄂ 죵닉죵젹을 부지ᄒ깃ᄉ오 며 민요주창자ᄂ 엄밀히 수싀ᄒ 결과로 장두오인을 포박ᄒ야 본부에 엄수ᄒᄋᆸ고 자에보고 홈"(〈추월색〉, 21면)

7 "쇼문을드르닛가 동학죄인은 잡는되로 포살을ᄒ다는되 아바지를 동학간련으로 몬다ᄒ니 뒤끗치엇더케될는지 알슈가 잇ᄂ요"(〈화의 혈〉, 34면)

8 "이졔몃히잇다가 우리나라가어느나라ᄒ고 싸홈을히셔승젼을ᄒ면 무경이옵바ᄂ 그ᄣᅥᆫ에 외 부되신이되여서 강화담판을 ᄒ고 집의 령감은 륙군되신이되여서 수십만되병을 지휘홀터 이지 그ᄣᅥᆫ에 우리들은 무얼ᄒ누 젹십ᄌ긔나 들고 나갈가히도 몸이 잔약히셔안될걸,"(〈두 견셩〉, 92면, 띄어쓰기는 인용자)

9 일본에서 러일전쟁의 승전보를 목도하는 광경이 나타나 있다.
"일본국닉 쳐쳐에 호외신문이 눈발ᄀ치 날니며 집집마다 일장국긔를 닉달며 로소남녀 상하 귀쳔이 무비 질기여 쒸며 쒸다가 우스니 깃분 긔싀은 일본젼국에 가득ᄒ고 졔등힝렬의 경 츅은 거리 거리 버려셔서 만셰소릭가 공즁에 ᄉ못치ᄂ 것은 됴양 봉텬이 일아젼졍에 함낙 된 후 아국의 동양근거디로 만견볼픠ᄒ게 굿게 싸코 극동 일판을 셕젼지셰를 삼자ᄒᄃ 려 순구 함락과 졔독수항ᄒ 소문이라"(〈송뢰금〉, 58면)

10 "김쥬ᄉ가 갑신년 젼에 일본에 갓다가 나와 남이알ᄭ 쉬쉬하고 지내더니 갑오년 경쟝ᄒᄃ 처음 공도로 쥬ᄉ를 ᄒ야 일 이 삭 힝공ᄒ다가 ᄯᅳᆺ과 일과 ᄀ지안이홈을 한탄ᄒ고 평양으로 낙향ᄒᄋᆮ더니 미긔에 일쳥젼징이 일어나매 원산으로 향ᄒ야 온ᄯᆺ은 피란도 겸ᄒ고 원산이 포구로 일홈ᄂ 곳이라 상업상에 유의ᄒ야볼가 ᄒ 터인되"(〈송뢰금〉, 14면)

찾아보기